KAMANA
SHAWAARI
K'WARASI
GHAMLAKOWIE
LOGOWIE
NIZINA
SATESH
SYVNEROWIE
OOMNI
GÓRY KAWIROH
DOLINA DHAWII
Webra
Jezioro
Araya
Maluaryna
Tamaryna
REWYNSI
GÓRNI
REWYNSI
DOLNI
WYŻYNA
REWYŃSKA
KANBERI
PERGANI
KONFEDERACJA
DWÓCH PNI
WYRWYROWIE
BIALI
UWERUNKOWIE
FLAW-KEROWIE
SZARY
OCEAN

Każde martwe marzenie

Opowieści z meekhańskiego pogranicza

MEEKHAN.COM

Dotychczas w cyklu ukazały się:

1. Opowieści z meekhańskiego pogranicza.
   Północ – Południe
2. Opowieści z meekhańskiego pogranicza.
   Wschód – Zachód
3. Niebo ze stali.
   Opowieści z meekhańskiego pogranicza
4. Pamięć wszystkich słów.
   Opowieści z meekhańskiego pogranicza
5. Każde martwe marzenie.
   Opowieści z meekhańskiego pogranicza

Robert M.
Wegner

Każde martwe marzenie
Opowieści z meekhańskiego pogranicza

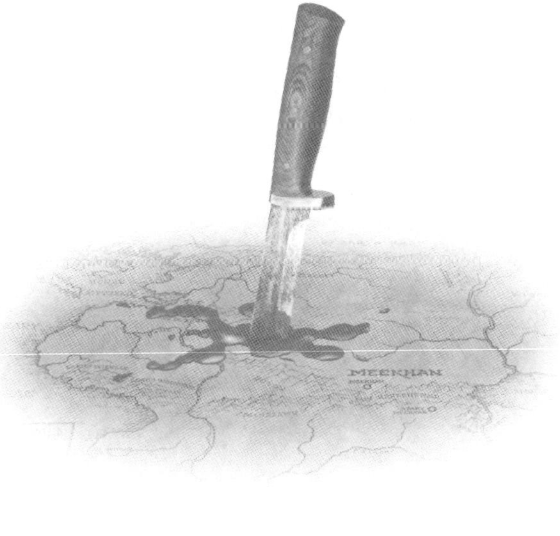

powergraph

Warszawa 2018

Redaktor prowadząca serii: Kasia Sienkiewicz-Kosik
Redakcja: Michał Cetnarowski
Korekta: Maria Aleksandrow
Skład i łamanie: Powergraph
Ilustracja na okładce: Rafał Kosik & Jolanta Dybowska
Projekt graficzny serii i opracowanie: Rafał Kosik
Mapa na wyklejce: Jolanta Dybowska

Wyłączny dystrybutor:
Firma Księgarska Olesiejuk Spółka z ograniczoną odpowiedzialnością
ul. Poznańska 91, 05-850 Ożarów Mazowiecki
tel./fax: 22 721 30 00
www.olesiejuk.pl

Wydawca:
Powergraph Sp. z o.o.
ul. Cegłowska 16/2, 01-803 Warszawa
tel. 22 834 18 25
powergraph.pl
e-mail: powergraph@powergraph.pl

ISBN 978-83-64384-86-8

Druk: Białostockie Zakłady Graficzne SA
Printed in Poland, EU

Część I
Napięta cięciwa

Prolog

Po pięciu dniach wędrówki na południe zeszli wreszcie w doliny zamieszkane przez ludzi i rozbili obóz w taki sam sposób, jakby znajdowali się we własnej prowincji. Jawnie, na widoku. Nie ma lepszego sposobu, by ogłosić swoje przybycie i przy okazji pokazać, że ma się dobre intencje. Tylko bandyci i złodzieje próbują się ukrywać.

Znaleziono ich tak szybko, jak się tego spodziewali. Setka zbrojnych. Białe płaszcze, najróżniejsza broń.

Straż.

Okrzyknęli się z daleka. Podali numery i miejsce pochodzenia. Tamci najpierw wydawali się skonfundowani i nieufni, potem jednak wycofali się, polecając im pozostanie na miejscu.

— Słuchamy się, panie poruczniku?

Dowódca zdjął hełm i przeczesał palcami rudą czuprynę.

— Tamten oficer to starszy porucznik. Muszę posłuchać. Sam byś się zdziwił, gdyby w Belenden nagle pojawiła się kompania spod Olekadów.

— Ale nie podobała mi się jego mina...

— Velergorf, po tym, co przeszliśmy, nie zamierzam się przejmować każdą głupią miną, którą zobaczę. Jak ranni?

— Nie najgorzej. Ale potrzebujemy ciepłego i suchego miejsca, żeby nie weszła w nich gorączka.

— Na razie niech odpoczywają. — Porucznik zerknął na niebo. — Zmierzcha, pewnie dopiero jutro przyślą po nas przewodników.

Przysłali.

Rankiem obóz otaczały trzy kompanie Straży pod dowództwem pułkownika, który przedstawił się krótko jako Mynhal Konwec z Dziewiętnastego Pułku Górskiej Straży. Przyszedł do nich w towarzystwie kilku ciężko uzbrojonych ludzi, zlustrował namioty, sprzęt, stan kompanii.

I rozkazał im złożyć broń.

Konsternacja przetoczyła się między namiotami, żołnierze wymieniali zagubione spojrzenia. Górska Straż nie rozbrajała się nawzajem, chyba że kogoś podejrzewano o zdradę. Velergorf zerknął na porucznika. Ten wahał się przez chwilę, wystarczająco długą, by jego ludzie zaczęli sięgać po miecze, topory, włócznie...

— Stać! — ryk oficera sprawił, że wszyscy zamarli w pół ruchu. — Dziesiętnicy na miejsca! Przygotować się do złożenia broni!

— Panie porucz...

— Ani słowa, dziesiętniku. Ani słowa. — Rudy porucznik odwrócił się do starszego stopniem. — Porucznik Kenneth-Lyw-Darawyt melduje Szóstą Kompanię Szóstego Pułku Górskiej Straży z Belenden gotową do złożenia broni.

Pułkownik nieznacznie skinął głową, a towarzyszący mu ciężkozbrojni rozluźnili się trochę.

— Przyjąłem, poruczniku.

— Mamy rannych, nie wszyscy dadzą radę chodzić.

— Możecie ich położyć na noszach.

— Dziękuję.

Rozbroili ich szybko i sprawnie, choć miejscowi żołnierze wydawali się lekko zaniepokojeni i rozkojarzeni. Raz po raz zerkali na wschód, jakby spodziewali się stamtąd ataku.

Velergorf bez słowa oddał topór i nóż, po czym patrzył, jak jego dowódca odpina pas z mieczem i podaje pułkownikowi. Takie gesty miały swoje znaczenie, oficer nie powinien zdawać broni komuś młodszemu stopniem.

Mynhal Konwec przyjął pas bez słowa i bez słowa przekazał go dalej.

— Mogę zapytać, skąd przyszły takie rozkazy? — Porucznik stanął przed dowódcą Dziewiętnastego.

— Ze stolicy.

— Jak konkretnie brzmiały, panie pułkowniku?

— Dowiecie się na miejscu. W koszarach. Albo i nie.

— Nie rozumiem, panie pułkowniku.

Przez ogorzałą twarz Konweca przemknęło stadko emocji. Od zniecierpliwienia po rozbawienie. Ponure i gorzkie rozbawienie.

— Zrozumie pan koło południa, panie poruczniku. Może nawet wcześniej, jeśli się pospieszymy.

Poprowadzili ich szybkim marszem i byli na tyle uprzejmi, by pomagać przy noszach. Może więc nie jest tak źle, przemknęło Velergorfowi przez głowę. Może to tylko jakaś głupia pomyłka.

Przez cały ranek wspinali się na najwyższą chyba górę w okolicy. To z pewnością nie była najprostsza ani najłatwiejsza droga, ale nikt nie protestował. Dziewiętnasty był na swoim terenie, więc pewnie miało to jakiś sens.

Gdy dotarli na szczyt, otworzyła się przed nimi panorama na szeroką na kilkadziesiąt mil, żyzną dolinę położoną między Małym a Wielkim Grzbietem. Dalej na południe widzieli szczyty Małego Grzbietu, niewyraźne i zamglone.

— Patrzcie na wschód — rzucił krótko pułkownik.

Velergorf zerknął we wskazanym kierunku i zamarł. Wschód... niebo na wschodzie... Nieba nie było. Wielka, szarobura chmura spowijała wszystko brudnym całunem.

— Od wczoraj przysunęła się bliżej. Na wschodnim krańcu Olekadów zaczyna padać szary śnieg. Śnieg zmieszany z popiołem — pułkownik mówił cicho, ale Velergorf miał doskonały słuch. — To podobno tamtejsze Uroczysko. Uroczysko koło Starego Meekhanu też... *puff*. Dym sięgnął stolicy i na razie nie mamy stamtąd żadnych wieści. Ale rozkazy to rozkazy, poruczniku. Jesteście aresztowani pod zarzutem zdrady.

Interludium

Kościane siedzisko było twarde i tak zimne, że powoli zamieniało mu tyłek w kawał zmrożonego mięcha. W chacie panował ziąb, a prymitywne palenisko, czarne i najwyraźniej od wielu dni martwe, tylko pogłębiało poczucie chłodu. Północ. Ta cholerna Północ. Podobno już dawno powinna zawitać tu wiosna, oczywiście według miejscowych standardów, czyli wiatry powinny wiać mniej zaciekle, po oceanie pływać mniejsze kry, a plwocina na jego butach powinna zamarzać dłużej niż ledwie w kilkanaście uderzeń serca.

Ale nie tym razem. Północ najwyraźniej oszalała.

Zgodnie z planem portal wyrzucił go po drugiej stronie Loharrów. Miały tutaj znajdować się osady łowców fok i morsów, myśliwych polujących na białe lisy i ptactwo polarne, harpunników czekających na stada wielorybów. Cenne futra, mięso, olej i tran, bryły ambry znalezione na brzegu lub wydobyte z trzewi morskich potworów... Północna strona Loharrów dostarczała na rynki całego świata drogie i rzadkie towary.

Jednak łowcy fok, myśliwi i zabójcy wielorybów prawie nigdy nie spędzali tutaj zimy. Obozowiska zaludniały się wiosną, gdy łodzie i statki znajdowały drogę przez morze topniejące wokół gór, i pustoszały jesienią, kiedy wyładowane po burty statki zabierały ludzi z powrotem na południe. Zimą okoliczne wody zamarzały bowiem i żegluga po nich stawała się niemożliwa.

Czasem jednak trzeba było zostać – jeśli sezon okazywał się tak udany, że statki nie zdołały zabrać całej zdobyczy, ktoś musiał spędzić kilka najgorszych miesięcy na kamienistym wybrzeżu, by powracający myśliwi nie znaleźli zapasów rozgrabionych przez białe niedźwiedzie, lisy polarne czy innych drapieżców: dwunogich i zbrojnych w żelazo. Ci, którzy zdecydowali się zimować na Północy, gdzie w ciągu dnia słońce pojawiało się na niebie ledwo na godzinę czy dwie, a i to nie zawsze, czekali na początek kolejnego sezonu niczym na zbawienie.

Ale najwyraźniej w tym roku czekali na próżno.

Północne przesmyki nie zrzuciły jeszcze lodowej skorupy. A tam, gdzie lód choć trochę popękał, pola kry były wielkie jak miasta. Wpłynięcie statkami między rozdzielające je szczeliny groziło zmiażdżeniem kruchych kadłubów niczym łupin orzecha. Okręty nie przypłynęły, zapasy się skończyły, białe jak włosy Anday'yi lisie futro, za które na południu można by się przez miesiąc objadać frykasami aż do bólu brzucha, tutaj nie mogło zapełnić jednego żołądka.

Ironia losu.

Jego portal otworzył się pół mili od osady, którą stanowiło pięć drewnianych chat postawionych z cennego na Północy drewna i kilkanaście namiotów z wielorybich żeber obciągniętych skórą. Wielkie kotły, w których wytapiano sadło morskich olbrzymów, przykryto płachtami i zabezpieczono, setki stojaków, na których skrobano i konserwowano futra, bodło niebo, bezczynnie oczekując na rozpoczęcie nowej pracy. Cisza i spokój.

A powinien przywitać go gwar, ruch i tyle gotowanego foczego mięsa, ile zdołałby zjeść.

Poczuł to od razu, gdy przekroczył umowną granicę osady. Mrowienie w okolicach krzyża, drętwiejące opuszki palców, uczucie, że ktoś właśnie patrzy na twoje plecy, naciągając cięciwę do ucha. Cierpienie, dawno przebrzmiały krzyk, którego wspomnienie nadal tnie powietrze, ból i męka.

To były „dary" Bitewnej Pięści. Czuł Moc, tę krew w żyłach świata, czuł zarówno aspekty, jak i dzikie, chaotyczne Źródła. A nawet ten niezmierzony, niepojęty żadnym umysłem ocean poza nimi. Moc, aspektowana czy nie, poddawała się emocjom, pozwalała im się kształtować, ugniatać i rzeźbić. I „używana" w ten sposób, zostawiała ślad na skórze rzeczywistości.

Panował tu głód, a z tego głodu zrodziło się coś innego, mrocznego i paskudnego. Desperacja, gniew, nienawiść.

Zaatakowali go z trzech stron jednocześnie. Trzy owinięte w futra postacie rzuciły się na złodzieja, dwie wybiegając zza najbliższej chaty, trzecia wyskoczyła z namiotu za jego plecami. Żadnego powitania, żadnych pytań, skąd jest i jakim cudem się tu znalazł; za to wszystko musiały mu wystarczyć trzy szerokie harpuny wycelowane w pierś i plecy.

Ten atakujący z tyłu był pierwszy. Altsin nie patrzył na niego, nie musiał, uchylił się tylko płynnie, miękkim ruchem przepuszczając pchnięcia pod pachą. Złapał harpun tuż za grotem, złamał drzewce i wbił zębate ostrze w gardło mężczyzny.

Nawet nie zerknął na upadającego trupa.

Dwójka pozostałych napastników wrzasnęła jednym głosem, jednym ruchem uniosła broń i jednocześnie cisnęła w jego pierś. Patrzył spokojnie, jak oba harpuny płyną ku niemu przez powietrze: drzewca lekko wibrowały, groty, pokryte rdzą i krwawymi zaciekami, ciągnęły za sobą blade smugi. Tą bronią mordowano, a duchy zabitych wciąż lepiły się do żelaza.

Zrobił krok w lewo, złapał nadlatujący harpun za środek drzewca, okręcił się na pięcie i posłał go do właściciela. Ostrze pomknęło z powrotem z siłą większą, niż nadałby mu ją oblężniczy skorpion, uderzyło mężczyznę w pierś i rzuciło nim o ścianę chaty. Był martwy, zanim grot przyszpilił jego ciało do drewna.

Ostatni atakujący zamarł z dłonią na rękojeści na wpół wyciągniętego noża. Altsin przeżył już coś takiego, dawno temu, gdy pewien rzeczny półbóg próbował się dowiedzieć, z kim ma do czynienia. Wtedy czuł się, jakby opętała go jakaś siła, teraz jednak było to dla niego tak naturalne, jak kiedyś wkładanie ręki w niezawiązaną sakiewkę.

Dla zwykłego śmiertelnika musiał wyglądać na demona, który ma oczy dookoła głowy, rusza się szybciej niż błyskawica i dysponuje siłą dziesięciu ludzi.

Nóż powoli wrócił do pochwy, a ostatni napastnik odwrócił się i pognał do chaty.

Altsin ruszył za nim.

A teraz, niespełna po godzinie, siedział w tej właśnie chacie i patrzył w oczy związanego człowieka. Plwocina więźnia powoli zamarzała na bucie złodzieja, leżący na kamiennej posadzce jeniec nie miał nawet dość sił, by splunąć jak należy.

Nieważne.

Wszystko było nieważne w obecności tego, co kołysało się pod powałą, prawie pośrodku chaty.

Altsin oderwał wzrok od spętanego mężczyzny i jeszcze raz omiótł spojrzeniem wnętrze. Jedynie na blat stołu zmarnowano tu trochę drewna, resztę mebli, taborety, ławy, nawet półki przy ścianach i ramy łóżek zrobiono z wielorybich kości. Starannie obrobionych i dopasowanych.

Mistrzowska robota.

— Ty to zrobiłeś? — zagadnął w dialekcie nesbordzkich klanów.

Co do tego, że więzień był jednym z tych piratów, nikt nie mógł mieć wątpliwości. To właśnie oni stanowili większość łowców futer i myśliwych na tych ziemiach. Poza tym mężczyzna miał jasną skórę i włosy oraz niebieskie oczy, a tatuaże z prymitywnych run, ozdabiające jego skronie, pozwalały nawet określić przynależność do konkretnego plemienia i rodu.

Przepytywany, szarpnął się teraz tylko i jeszcze raz spróbował splunąć na tego, który go uwięził. Więcej jednak w tym geście było przerażenia i desperacji niż buty.

Ta podróż nie tak miała wyglądać. Altsin miał tu spotkać statki i ludzi, którzy – za odpowiednią opłatą – przewieźliby go wzdłuż wschodniego krańca kontynentu tam, gdzie chciał się dostać. Otwieranie magicznych portali było trudne, niewygodne i zostawiało ślad, po którym każdy średnio uzdolniony czarownik mógł go odnaleźć. Poza tym jego ciało nadal było ciałem śmiertelnika: owszem, mógł dysponować wspomnieniami *awenderi* jednego z najpotężniejszych bogów w dziejach, magia mogła płynąć w jego żyłach, ale użycie pełnej mocy Bitewnej Pięści wypaliłoby go od środka w kilka kwadransów. Potwierdzała się prawda ze starych wspomnień – bez wyznawców i bez wsparcia w gromadzie potencjalnych naczyń, gotowych przyjąć jego ducha, gdy aktualne się „zużyje", *awenderi* był i jednocześnie nie był potęgą. Jak miecz zrobiony z wulkanicznego szkła, ostrzejszy od stali, lecz gotów rozpaść się na kawałki, gdy uderzy się nim ze zbyt wielką siłą. Oto najlepszy żart, jaki świat mógł mu zrobić.

Ale potrafił teraz kilka rzeczy, które dla większości śmiertelników były nieosiągalne. Wystarczyła chwila, by przyswoił sobie każdy język, którym przy nim rozmawiano, był szybki, silny, bardzo odporny na zimno, pragnienie i głód.

A także widywał duchy. Zwierząt, ludzi, i nie tylko.

— A ty? Czego chcesz? — mruknął.

Wstał i szybkim krokiem wyszedł z chaty, wiedziony przez niską, chudą zjawę, która od jakiegoś czasu kręciła się przy związanym mężczyźnie.

Duch poprowadził go nieco poza osadę, gdzie w olbrzymiej, pamiętającej zapewne wiele zim pryzmie ubitego na twardo śniegu wykuto wielką lodową jaskinię.

Tutaj, oprócz skór i futer, które nie zmieściły się na statki, znajdowała się reszta zeszłorocznej zdobyczy myśliwych. Wielkie jak ćwiartki wołu kawały zmrożonego wielorybiego sadła. Wejście do jaskini było otwarte, a liczne ślady zwierząt w środku świadczyły o tym, że strażnicy zaniedbali swoje obowiązki.

Nie to było jednak najważniejsze.

Dwadzieścia kroków od tej przechowalni, w dziurze wygrzebanej w śniegu, walały się szczątki kilku psów. Dokładnie sześciu. Sześć czaszek, setki mniejszych kości. Duch wskazał na psy, na jaskinię wypełnioną sadłem, na siebie. W tych gestach nie było oskarżenia, tylko bezradność i smutek.

I pytanie - dlaczego?

Altsin westchnął. Historia, którą miał przed oczyma, stała się nagle prosta i nabrała głębi. Czarnej jak lodowe ślepia podmorskich bestii. Ten lód wypełnił mu żyły, skrócił oddech, zamglił wzrok.

Wrócił do chaty. Usiadł na kościanym taborecie. Nie patrzył na mężczyznę. Jeszcze nie.

— Kiedy miały przypłynąć statki?

Leżący nie odpowiedział. Skrzywił się tylko i zawarczał jak pies.

— Ze dwa miesiące temu, prawda? Tu wiosna przychodzi nieco wcześniej niż na wschodnich terenach. Ale w tym roku nie przyszła. Statki nie przypłynęły.

Jedyną odpowiedzią było milczenie.

— Zapasy skończyły się wam wiele dni temu, a człowiek to nie zwierzę, nie da rady przetrwać, żując skóry i pijąc wielorybi tłuszcz.

Altsin poprawił się na taborecie i wreszcie spojrzał na więźnia. Para jasnych jak poranne niebo oczu wwiercała się w niego palącym spojrzeniem.

— Nie wiesz, co to głód — głos mężczyzny był śliski i lepki jak kawał nadgnitego łoju. — Nie wiesz, co to *wrehh*.

Wrehh - głodowy szał, to określenie pochodziło z języka górskich klanów mieszkających najdalej na północno-zachodnim wybrzeżu. *Wrehh* to szał sprowadzony na człowieka przez samotność, brak światła słonecznego i ciągłe zawodzenie północnych wiatrów. Ale przede wszystkim przez głód. Potworny, odbierający rozum, zamieniający swoje ofiary w upiory żywiące się ludzkim mięsem. Ogarnięta takim szałem matka przegryzała gardła własnym dzieciom, chłepcząc gorącą krew, a ojciec ćwiartował ciała i ogryzał do czysta drobne kości. Gdy nie stało już ofiar, dzieci, starców, innych dorosłych, rozkopywano świeże mogiły, a gdy i tego brakło, odrąbywano sobie ręce i nogi, obcinano uszy i nosy.

Jedzono.

Informacje te nagle stały się częścią jego wiedzy, jakby sam od urodzenia mieszkał w tych górach.

Ale wraz z nią przyszła i inna świadomość. Ludzie, których dopadł głodowy szał, kończyli jako obciągnięte skórą szkielety, wyjące w niebo. Ten mężczyzna był chudy, ale nie aż tak zagłodzony; szalony, lecz nie obłąkany. Nie. Tu chodziło o coś innego.

— Dlaczego nie odeszliście stąd, gdy statki nie przypłynęły?

— Jak? Czym? Pieszo przez Loharry? Bez jedzenia? Bez...

— Saniami. Oni mieli psy. Sześć psów. Ludzie nie mogą się żywić samym wielorybim sadłem, ale psy tak. Oni zresztą też by mogli. Prosili tylko o pomoc.

Twarz mężczyzny zmieniła się w maskę furii.

— To nasze. Nasze! Mieliśmy pilnować! Nie oddawać! Nie dać! Nasze! Nie ich!

Nie mówił już, tylko wyszczekiwał słowa, pryskając śliną na wszystkie strony.

Altsin spojrzał mu w oczy, a wrzaski umilkły, jakby związanemu ktoś zadzierzgnął na szyi wisielczą pętlę.

— Było ich dwóch. Jedyni ze szczepu, którzy mieli dość sił, by wyruszyć po pomoc. Zabrali te psy, które jeszcze mogły ciągnąć sanie, i pojechali na zachód, skąd co roku przychodziła wiosna. Dotarli aż tu. Mieliście wszystko, by ich ocalić. Dość wielorybiego sadła, by nakarmić całą wioskę. Nie chcieli waszych futer ani skór, mogli nawet zapłacić za ten tłuszcz własnymi. A wy...

— Jakbyśmy oddali to tym zwierzętom, przychodziliby co roku. I byłoby ich więcej i więcej. To nie ludzie. To bestie. Popatrz na nich. Popatrz.

Altsin po raz kolejny zerknął na to, co wisiało pod powałą. Dwa ciała, prawie ludzkie, choć od ludzi niższe i szersze w barach, obdarte do naga, jakby to miało ułatwić ich... obróbkę. Obaj aherowie zostali fachowo wypatroszeni i częściowo oskórowani. Z ud i pośladków wycięto im szerokie i długie pasy mięsa. Choć prawdę powiedziawszy, niewiele tego mięsa na nich było. Ich twarze, z wielkimi wałami nadocznymi i kłami wystającymi z dolnych szczęk, były zaskakująco spokojne jak na to, co ich spotkało.

— Widzisz? Patrz. Nie ludzie. Ludzkiego mięsa bym nie tknął, przysięgam, ale oni? Zwierzęta. Zwierzęta się zabija, a nie karmi własną krwawicą.

— Nagle zacząłeś mówić ładnymi, pełnymi zdaniami? Mieli psy, ofiarowali je wam w zamian za ten tłuszcz. Mogliście zabrać sanie i zwierzęta i pojechać wzdłuż wybrzeża najpierw na zachód, potem na południe. Z dobrze odkarmionymi psami w osiem, może dziesięć dni bylibyście wśród ludzi.

— A oni co? Oni co? Zabraliby część zdobyczy i poszli do swoich, a potem co? Nie wróciliby po resztę? To nasze. Nasze! Nie tych zwierząt! Nie ich!!!

— Więc uwięziliście tę dwójkę, zabiliście i zjedliście ich psy, ale były chude, więc nie starczyły na długo. A potem to? — Wskazał na ciała.

— Sami umarli. Sami. Nasze noże nie odebrały im życia.

Altsin zgodził się, kiwając ze smutkiem głową.

— To prawda. Sami umarli. Wy tylko okradliście ich z futer, związaliście i zostawiliście nagich na dworze. Więc umarli sami.

Wyszedł z chaty. Zimno. Daleko na wschodzie, gdzieś za Wielkim Grzbietem Ansar Kirreh, czuł... coś. Dzieliły go od tego miejsca jeszcze setki mil, więc wrażenie było takie, jakby kątem oka dostrzegał promień księżyca wpadający przez szparę w okiennicach, ale... do licha, dawał radę to wyczuć. Z takiej odległości! I stamtąd właśnie, z miejsca, o którego sprawdzenie prosił Oum promieniowała też na świat lodowa furia, której odpryski nawet tutaj zmieniały pory roku.

Pani Lodu się wściekała.

Wrócił i przykląkł nad związanym mężczyzną. Ten wykręcił głowę i posłał mu zaskakująco przytomne spojrzenie.

— Zabijesz mnie?

— Tak.

— Bo co? Bo zabiłem te zwierzęta? Bo nie chciałem im oddać co moje?

— Nie. Nie dlatego. Dlatego, że jeśli cię nie zabiję, nie będę mógł w nocy spać. Bo będzie mnie dręczyć poczucie, że nie zrobiłem wszystkiego jak należy. Bo albo na świecie będzie trochę, ociupinkę sprawiedliwości, albo niech ten świat trafia szlag.

— Sprawiedliwość? To jest sprawiedliwość?

Altsin spojrzał na niego z góry i uśmiechnął się samymi kącikami ust.

— Nie wymagaj ode mnie zbyt wiele. Uczyłem się jej, kradnąc i zabijając w portowych zaułkach.

Przycisnął głowę mężczyzny do posadzki i szybkim ruchem nakreślił na jego czole znak Złamanego Miecza. Moc popłynęła przez ciało więźnia wielką, niepowstrzymaną strugą. Ten zaskomlał, czując, jak gorąco wypełnia jego członki, jak ogień zaczyna buzować w żyłach. A w chwili, gdy jego włosy zaskwierczały i zwęgliły się, a skóra zaczęła dymić – zawył.

Moc wybuchła i ukształtowała się w portal o średnicy pięciu stóp, ciało mężczyzny zaś rozpadło się w proch.

Altsin wszedł w przejście, wiedząc, że właśnie oszczędził sobie przynajmniej dwustu mil drogi przez góry. Zamykające się magiczne wrota rzygnęły ogniem na izbę, a drewniane ściany momentalnie zadymiły się i zapłonęły.

Przez kilka godzin ogień tańczył po całej opustoszałej osadzie.

Rozdział 1

Miasto omdlewało w uścisku gorąca. Całymi dniami słońce wyprażało ulice z zaciekłością kowala rozgrzewającego w palenisku oporny kawał żelaza, nocami zaś nagrzane kamienie i cegły oddawały ciepło, jakby drwiąc sobie z modłów mieszkańców tęskniących do odrobiny chłodu. I choć zgodnie z kalendarzem, a także śledzonymi przez astrologów i magów obrotami gwiazd na niebie, była dopiero połowa wiosny, upały ani myślały zelżeć.

Podobno szczęśliwi posiadacze piwnic przenosili do nich łóżka, bo tylko kilkanaście stóp pod ziemią można było znaleźć odrobinę wytchnienia od wszechobecnej spiekoty.

Niektórzy starcy gadali, że jak sięgają pamięcią, nie było tak gorącej wiosny. Taka wiosna, mówili, taka wiosna zwiastuje niezadowolenie Matki, wojny, zarazy, pożary, powodzie, głód i pomór bydła. Ciekawe czasy nadchodzą, mamrotali, ciekawe.

Jednakże starców tych mało kto słuchał, bo dla nich każda pora roku była najgorętsza albo najzimniejsza, albo najbardziej dżdżysta, i każda zwiastowała jak nie koniec świata, to przynajmniej wyższe podatki czy boleśniejsze zaparcia. Czasem starość spogląda na świat przez kawałek szkiełka wydobyty z kupy łajna i nie ma sposobu, by temu zaradzić.

Tymczasem niezależnie od takiego gadania upał trzymał miasto w spoconej, lepkiej i odbierającej siły garści.

W południe wszelki ruch na ulicach zamierał, pustoszały chodniki, przekupnie zamykali stragany, ławeczki przed winiarniami prażyły się w słońcu, z niecierpliwością oczekując gości. Życie przenosiło się w pobliże fontann, studni i ujęć akweduktów, gdzie chlapano się, oblewano wodą, a nawet próbowano pływać, bo dostanie się do którejś z miejskich łaźni wymagało albo rezerwowania miejsca z kilkudniowym wyprzedzeniem, albo kiesy pełnej złota.

Przybysz z odległych stron, przeniesiony nagle na te ulice jakąś magiczną sztuczką, mógłby pomyśleć, że znalazł się w jednej z tych legendarnych metropolii z Dalekiego Południa, gdzie słońce wyżej wspina się na nieboskłon, wszyscy noszą jedwabie, bezcenne przyprawy zaścielają ziemię, a śniadoskóre piękności przechadzają się w towarzystwie niewolników kastratów. Nie uwierzyłby, że znajduje się w Meekhanie, tym Meekhanie, Mieście Miast, Sercu Imperium, Kwiecie na Krzemiennej Koronie, Pierwszym Słupie Milowym. No, chyba że straż miejska dorwałaby go za włóczęgostwo i bezprawne użycie magii teleportacyjnej i przeklinając w najczystszym meekhu, pognała do lochu.

Co było mało prawdopodobne, bo w południe nawet strażników trudno spotkać na ulicach. Zapewne szukali ochłody przy jakiejś fontannie.

Spocony mężczyzna, kuśtykający korytarzem cesarskiego pałacu, przekonał się o tym na własnej skórze. Portal wyrzucił go na środku ulicy, po czym – mlaszcząc i wydając sycząco-bulgoczące dźwięki – znikł. I pies z kulawą nogą nie zainteresował się tym wydarzeniem. Nie żeby magiczne przejście otwierające się na ulicy było w stolicy czymś niezwykłym, wszystkie ważniejsze gildie i stowarzyszenia magów miały tu swoje przedstawicielstwa, no i rzecz jasna armia, służba dyplomatyczna, a nawet bogate cechy kupieckie chętnie korzystały z możliwości szybkiego transportowania ludzi i wieści, ale właśnie z tego powodu podjęto odpowiednie środki zaradcze.

Od z górą stu lat Tarcza loh-Hewlena działała bez zarzutu. Dziesiątki potężnych amuletów – nasyconych Mocą aspektów zakłócających działanie magicznych portali, takich jak Mroźny Całus, Psi Nos czy Cierń – sprawiały, że w promieniu dwóch mil od centrum miasta żadna teleportacja nie mogła się udać z dającym się przewidzieć marginesem bezpieczeństwa. A dla magów próbujących otworzyć przejście bezpośrednio do któregoś z cesarskich pałaców jawiły się one ponoć jako bezdenna, lodowa głębia, w której nie dało się ustalić położenia żadnego korytarza czy komnaty.

W świecie, gdzie przeciętny czarodziej z odpowiednim aspektem potrafił otworzyć portal, nie oszczędzano na bezpieczeństwie cesarza i dworu.

Niewielka była to pociecha dla wędrowca, którego portal wyrzucił dwie mile od celu i który ostatnie pół godziny wlókł się rozgrzanymi niczym wnętrze pieca ulicami, by po dotarciu do bramy w murze otaczającym pałacowy ogród i po okazaniu Imperialnej Pieczęci musieć czekać, aż jakiś kapitan służbista z gwardii potwierdzi, z kim ma do czynienia.

W tamtej chwili Gentrell-kan-Owar udusiłby drania gołymi rękami, choć z drugiej strony sam kazałby oficera powiesić, gdyby ten zaniedbał środki ostrożności. Są zasady, które obowiązują każdego, a na dodatek Szczurza Nora była odpowiedzialna za ustanowienie większości z nich.

Wreszcie pozwolono mu wejść do opustoszałego ogrodu i skierowano do lewego skrzydła budynku. Zastanawiał się, dlaczego z trzech rezydencji cesarza w Mieście wybrano właśnie tę. Nie pałac Kaliahe, główną siedzibę rodu ber-Arlens, służącą jako centrum władzy od przeszło dwustu lat, ani nie skrzącą się białym marmurem trzystupokojową aberrację architektoniczną znaną jako Sonweria, otoczoną liczącym kilkaset akrów ogrodem. Zamiast tego spotkanie miało się odbyć w Menaner, zwanym oficjalnie, choć nieco na wyrost, Pałacem Menanerskim.

Budynek znajdował się w najstarszej części miasta, pamiętającej początki Imperium. Zbudowano go zaraz po odbiciu tych ziem z rąk kultu Reagwyra, gdy młode państwo, niemogące się jeszcze zdecydować: czy chce iść na wojnę z resztą kontynentu, czy też zadowoli się tym, co już ma, próbowało tylko umocnić swoje granice. Ta część metropolii nosiła nazwę Krzemiennej Dzielnicy i nie była to nazwa nadana na wyrost. Tutejsze uliczki były wąskie, kręte i łatwe do zabarykadowania, kamienice miały potężne mury strzeżone przez ciężkie drzwi i wąskie okna, a strome dachy pokryte szarym łupkiem gwarantowały, że rzucona na nie pochodnia spadnie i skona w rynsztoku.

Menaner był sercem tej dzielnicy, starszym bratem każdej z kamienic, wyrastającym ponad nie dwiema wieżami wznoszącymi się dumnie w niebo. To były prawdziwe obronne stołpy z blankami i ukrytym za nimi chodnikiem strzeleckim, skąd dało się prowadzić ostrzał na wszystkie strony. A trzysta jardów „ogrodu" dookoła, w którym nie rosło nic większego niż mlecz, gwarantowało, że łucznicy nie będą się musieli kłopotać z wybieraniem celu.

Te trzysta jardów dało kan-Owarowi w kość równie mocno jak rozgrzany bruk miasta. Za to gdy, po kolejnej kontroli, znalazł się wreszcie w środku, zaczął podejrzewać, dlaczego spotkanie wyznaczono właśnie tutaj.

Grube na trzy stopy mury kryły wnętrze chłodne niczym prastary grobowiec. Gdy tylko znalazł się za drzwiami, milczący sługa podał mu misę z perfumowaną wodą i płócienny ręcznik do otarcia, a gdy Szczur się odświeżał, napełnił kielich winem o zapachu pomarańczy i postawił na stoliku obok drzwi. A potem skłonił się nisko i powiedział głęboko modulowanym, dźwięcznym głosem z akcentem charakterystycznym dla centralnych prowincji:

— Spotkanie odbędzie się w Sali Paradnej. Proszę za mną.

Gentrell zerknął na niego, próbując wybadać, czy dostanie jeszcze jakąś wskazówkę. Cesarską służbą zarządzał, i to żelazną ręką, Mawilo Vanesares, zwany Brązowym Klucznikiem. Mawilo pochodził z jednej ze wschodnich prowincji, a cesarz podobno osobiście ocalił mu życie w czasie Bitwy o Meekhan, zyskując w zamian jego całkowite i bezwzględne oddanie. I to właśnie Vanesares zdecydował, że nikt, ani Nora, ani Psiarnia, ani służba dyplomatyczna czy Rada Pierwszych, nie ma prawa umieszczać na dworze żadnych agentów. Cesarska rodzina nie padnie ofiarą wojenek i przepychanek o władzę, stwierdził, a ponieważ cesarz poparł jego zdanie, było po dyskusji.

Vanesares nie miał rzecz jasna żadnego wpływu na to, ilu szpiegów spróbują umieścić wewnątrz pałacu kapłani, magowie czy potężne cechy kupieckie, ale jak Trzeci Szczur się orientował, niewielu się to udawało. Tak zwana prywatna służba cesarza, czyli ludzie, którzy mogli mieć bezpośredni kontakt z imperatorem, liczyła nie więcej niż trzysta osób i każda z nich została osobiście wybrana przez Klucznika. Co do reszty – tysięcy bezimiennych pałacowych popychadeł, stajennych, ogrodników, palaczy, zamiataczy podłóg – to Nora od czasu do czasu dostawała listę nazwisk z uprzejmą prośbą, by sprawdzić tych ludzi, i zawsze większość z nich okazywała się marionetkami sterowanymi spoza pałacu. Niejeden agent o podwójnej lojalności narodził się w ten sposób, więc między Brązowym Klucznikiem a Szczurzą Norą trwało coś w rodzaju niepisanego, milczącego sojuszu. On pozwalał im przejmować niektórych z tych szpiegów, oni wspierali po cichu jego starania o to, by najbliższa służba cesarza pozostała tylko służbą.

Ale Gentrell-kan-Owar wolałby mieć tu jednego ze swoich ludzi, bo przynajmniej byłby cień szansy, że dostanie informacje, po co wezwano go tak nagle, używając magii i odrywając od naprawdę ważnych spraw. Ponkee-Laa zapłonęło ogniem religijnego fanatyzmu skierowanego przeciw matriarchistom, a wszystko, co jest skierowane przeciw Wielkiej Matce, jest też skierowane przeciw

Meekhanowi. A choć Perła Wybrzeża nie ozdabiała już imperialnej korony, to nadal przez jej port przechodziła połowa handlu cesarstwa. Do tej pory tamtejsza Rada Miasta kierowała się zdrowym rozsądkiem, wiedząc, że obie strony zyskują na takim zimnym, pozbawionym resentymentów podejściu. Układ, choć nigdzie nie został spisany, był prosty – księstwo Fiiland i rządzące nim w rzeczywistości miasto nie będą czynić wstrętów meekhańskim kupcom, nie tylko ze strachu przed Imperium, lecz także dlatego, że dwie trzecie złota zostającego w Ponkee-Laa pochodziło z handlu z Meekhanem. Z kolei cesarstwo, zadowolone z takiej współpracy, nie wyśle armii, by odzyskała Utracone Prowincje, jak nazywano teren Wolnych Księstw i samego Fiilandu.

Układ ten, pragmatyczny niczym małżeństwo z rozsądku, świetnie spisywał się przez przeszło dwadzieścia ostatnich lat, a tu nagle, w kilka zaledwie miesięcy, wszystko posypało się przez – jak wielu naiwnie sądziło – demona religijnego fanatyzmu. A z fanatykami, zwłaszcza z Kultu Pana Bitew, nie da się rozmawiać rozsądnie.

Jednak szybkość, z jaką kapłani Reagwyra umocnili swoją władzę w Ponkee-Laa, wskazywała na to, że dostali wsparcie. Może było to złoto płynące z wrogiego Meekhanowi państwa, może ingerencja jakichś potężnych magów – choć wizja sojuszu między kapłanami a czarodziejami wydawała się mało prawdopodobna – a może nawet dłoń Nieśmiertelnego, rozstawiającego swoje pionki na planszy. Ta ostatnia możliwość wzbudziła w nim prawdziwą grozę, więc osobiście uaktywnił wszystkich agentów, których Nora umieściła wśród imperialnych kapłanów Świątyni Reagwyra. Ta część Kultu Pana Bitew, która została wcielona do oficjalnego panteonu i podporządkowana Wielkiej Matce, miała znacznie łagodniejszą formę niż jego pozostałości, znajdujące się poza Meekhanem, lecz i tak cały czas tkwiła na specjalnej liście Szczurzej Nory. Niewielu Świątyniom Wywiad Wewnętrzny poświęcał aż taką uwagę.

I nic.

Brakowało najmniejszego dowodu na to, by Reagwyr osobiście próbował sterować swoimi kapłanami w Ponkee-Laa. Jego Królestwo pozostało krainą odległą i zamkniętą, a nawet jeśli modły wiernych przekraczały jego bramy, to odpowiedzi na nie były jak zwykle bardzo enigmatyczne. Gdyby miało się okazać, że to jednak Pan Bitew stał za wydarzeniami w Ponkee-Laa, to elegancja i delikatność, z jaką to robił, zawstydziłaby nawet takiego starego wyjadacza, jak Trzeci Szczur Imperium.

Nie cios bojowym toporem, lecz delikatne muśnięcie sztychem szabli, pocałunek zatrutego sztyletu, garota pieszcząca gardło ciemną nocą.

To działanie było zupełnie niepodobne do Reagwyra.

A potem, nagle, z dnia na dzień, zamieszki wygasły. Jakby ktoś przykrył kaganek szklanicą. Ostatnie raporty mówiły o rozbieraniu barykad i fali represji, szykowanych przeciw co bardziej fanatycznym wyznawcom Pana Bitew. Istniała szansa, że jeśli matriarchiści, a zwłaszcza kapłani Wielkiej Matki, dobrze to rozegrają, uda im się zająć dominującą pozycję wśród religii Ponkee-Laa. Nora zaczęła już nawet dyskretnie wspierać tamtejszą hierarchię.

Stare powiedzenie mówiło – tam, gdzie są świątynie Pani, tam jest Meekhan.

Wszystko zdawało się układać wprost świetnie, tylko nadal nie wiedzieli, co tak naprawdę stało się w tym cholernym portowym mieście. A niewiedza – dla Gentrella osobiście – była jak to swędzące miejsce między łopatkami, w które trudno się podrapać. Doprowadzała go do szału.

Te myśli tłukły mu się po głowie, gdy sługa zaprowadził go pod zielone drzwi, skłonił się grzecznie i bez słowa, nawet bez mrugnięcia okiem, oddalił się. Sukinsyn.

Sala Paradna, zgodnie z nazwą, imponowała wielkością, choć niekoniecznie wystrojem. Jeden stół z kilkoma krzesłami wokół i dwie niewielkie szafki podpierające ściany stanowiły całe jej wyposażenie, lecz uwzględniając, co leżało teraz na podłodze, nikt nie powinien się temu dziwić. W sumie była to zwykła, choć duża komnata z rzędem okien na jednej ścianie i serią obrazów o tematyce militarnej na pozostałych. Bitwa pod Gonwer, obrona brodu na Yiis, generał gep-Hewos spinający konia i wskazujący mieczem lukę w szykach Czarnego Legionu Reagwyra. Genno Laskolnyk prowadzący decydującą szarżę w ostatnim dniu Bitwy o Meekhan. Szczur nadal uważał, że jakiś wróg generała musiał przekupić malarza, bo na obrazie Laskolnyk miał minę, jakby cierpiał na ciężki przypadek zatwardzenia.

W tej chwili jednak znacznie ważniejszy niż obrazy bohaterów Imperium był mężczyzna siedzący na krześle naprzeciwko drzwi. Średniego wzrostu, szpakowaty, w prostym stroju, jaki mógłby założyć wędrowny kupiec albo małomiasteczkowy pisarz. Szare spodnie, żółta koszula, zielona kamizela. Kregan-ber-Arlens, Imperator Meekhanu, Władca Tysiąca Dróg, Pan Krzemiennej Korony, Pogromca Wschodniej Nawałnicy, i tak dalej, lubił podkreślać, że ceremoniał i etykieta to zaledwie narzędzia, a nie cel sam w sobie. A gdy trzeba, jak to określał, „brać się do roboty", należy ograniczyć je do niezbędnego minimum. Tak jak teraz.

— Wasza Wysokość. — Gentrell-kan-Owar skłonił się nisko, przy okazji zerkając uważniej na to, co leżało na posadzce.

— Szczurze. — Uśmiechowi cesarza towarzyszył gest nakazujący szpiegowi wyprostowanie się. — Jak droga?

— Nie mogła być lepsza, Wasza Wysokość.

— To widać. A kolano?

Od czasu wydarzeń w zamku Lotis, gdy Trzeci Szczur starł się z odzianą w biel furią, prawe kolano Gentrella zachowywało się czasem jak część ciała należąca do kogoś innego. Mimo iż uzdrowiciele Nory sporo się nad nim napracowali, chrzęściło, skrzypiało, a po dłuższym wysiłku łupało paskudnym, ciężkim bólem. Tak jak dziś. Ale mógł chodzić bez laski, a w pierwszych miesiącach po tamtej rzezi wcale nie było pewne, czy w ogóle stanie na tej nodze.

— Doskonale, dziękuję.

Niedbałe skinięcie głową zakończyło tę wymianę uprzejmości. Imperator wstał, podszedł do leżącej na podłodze płaskorzeźby i mrużąc oczy, spojrzał na nią z zagadkowym wyrazem twarzy. Gentrell poświęcił kilka uderzeń serca na przyjrzenie się władcy.

W takich okolicznościach, nieoficjalnie, bez armii dworaków plączących się wokół, bez muru sztywnego protokołu, określającego kto jak blisko cesarza może stanąć, jak nisko ma się ukłonić i ile czasu trzymać zgięty kark, nie widział go od dobrych siedmiu... nie, ośmiu lat. Bogowie, ależ się postarzał i nie chodziło o to, że wyglądał, jakby od wielu dni nie dosypiał, ani o wory pod oczyma i usta zaciśnięte w wąską krechę. Lecz o oczy. To były oczy starego człowieka. Zmęczonego i zgorzkniałego. A przecież Kregan-ber-Arlens ledwo przekroczył pięćdziesiątkę.

Cesarz oderwał wzrok od posadzki i spojrzał na Szczura, a kan-Owar szarpnął się, jakby wielki szerszeń właśnie użądlił go w kark. Nie zgorzkniałego, uświadomił sobie, lecz takiego, który wie, że czekają go ciężkie dni i noce, i nie zawaha się, wydając rozkazy odpowiednie na takie właśnie parszywe czasy.

— Wiem, że moja twarz wygląda równie paskudnie jak to coś — stopa imperatora szturchnęła rząd kamiennych płyt leżących na posadzce — ale byłbym wdzięczny, gdybyś to im poświęcił teraz swoją uwagę. Wiesz, co to jest?

— Szaleństwo Embrela.

Odpowiedź wymknęła się Gentrellowi, zanim uświadomił sobie, że nazwanie prapraprapradziadka cesarza szaleńcem nie jest najmądrzejsze. Ale, do cholery, nawet w oficjalnych kronikach Imperium używano czasem tej nazwy.

Szaleństwo Embrela - wysoka na trzydzieści i długa na czterdzieści pięć stóp, wykonana z marmuru oraz niezliczonej ilości kamieni szlachetnych i półszlachetnych, dokładna replika Imperium.

Odwzorowano na niej wszystko: góry, doliny, rzeki, jeziora, lasy, drogi i najważniejsze miasta. Granice tworzył rząd stalowych mieczy i tarcz, symbol wymowny, lecz niemal kiczowaty wobec bogactwa, którego strzegł. Za nimi rzeki i jeziora wyłożono bowiem szmaragdami i szafirami, puszcze porastały wysokie na cal, ręcznie robione drzewa o srebrnych pniach i koronach z okruchów jadeitu. Miniaturowe miasta dumnie wznosiły wieżyczki o kopułach z rubinów i topazów, imperialne drogi – pasma ametystów, agatów i granatów – przeskakiwały nad szmaragdowymi rzekami, mostami z czystego złota. A pośrodku tego wszystkiego Meekhan, ten Meekhan, Serce Imperium, Miasto Miast, lśnił pojedynczą wieżą zwieńczoną stusiedemnastokaratowym brylantem zwanym Łzą Matki.

Powiadano, że koszt tej instalacji przekraczał trzyletnie wpływy do imperialnego skarbca, i to w latach największej potęgi Imperium. Powiadano również, że wiszące na ścianie w cesarskiej sali audiencyjnej Szaleństwo Embrela robiło takie wrażenie na cudzoziemskich delegacjach, że warte było więcej niż dziesięć pułków piechoty. Barbarzyńscy emisariusze widząc ten ostentacyjny pokaz niewyobrażalnego dla nich bogactwa i potęgi, zginali niżej karki i zaczynali traktować siedzącego przed nimi władcę jak półboga. W cieniu płaskorzeźby rodziły się traktaty wzmacniające jeszcze bardziej potęgę Imperium.

W czasie wojny z Se-kohlandczykami płaskorzeźba znikła ze ściany, zastąpiona serią obrazów przedstawiających chwałę meekhańskiego oręża. Oficjalnie oddano ją do czyszczenia i odnowienia. Nieliczni wiedzieli, że Szaleństwo zostało odarte z całego splendoru, wykarczowano puszcze o drzewach ze srebrnych pni, po szmaragdowych rzekach pozostały tylko płytkie szramy w marmurze, złote mosty przetopiono na monety, a rubiny, ametysty, topazy i inne kamienie sprzedano. Za uzyskane w ten sposób pieniądze wystawiono Pierwszą Konną, a zostało ich jeszcze dość, by nająć, płacąc czystym kruszcem, tysiące barbarzyńców z Małych Stepów. Podobno jedynie Łza

Matki przetrwała, ukryta w bezpiecznym miejscu, i to tylko dlatego, że nie znaleziono na nią kupca.

Ten uważany kiedyś za przejaw obłędu i pychy przodka Imperatora zbytek stał się ostatnią nadzieją Imperium w czasach se-kohlandzkiej nawałnicy. A były to czasy, gdy w skarbcu z posadzki zrywano marmurowe płyty, by i je sprzedać.

Teraz jednak Gentrell miał przed oczyma obraz Imperium ogołoconego z bogactwa. Kamienne płyty leżały bezwstydne w swojej nagości. Czterdzieści dziewięć kawałków marmuru, ułożonych w odpowiedni sposób, tworzyło obraz. Góry Krzemienne, Manelawy i Dovsy w centrum, Wielki i Mały Grzbiet Ansar Kirreh na północy, Góry Wrzasku i Anaary na południu. Rysy w kamieniu po rzekach, dziury w miejscach miast, niezliczone dzioby tam, gdzie kiedyś stały jadeitowo-srebrne lasy. I tylko rząd zakurzonych, miejscami powykrzywianych i połamanych stalowych mieczy i tarcz na granicach pozostał na swoim miejscu.

Przed oczyma Szczura leżała alegoria chwiejącego się, zrujnowanego wojną państwa.

— W rzeczywistości — głos cesarza dobiegł go jakby z daleka — nie jest tak źle. Podatki spływają, kopalnie soli dają stały dochód, a wydobycie żelaza na północy już pięć lat temu osiągnęło poziom sprzed wojny. Fiilandczycy ani żaden z tych durniów z Wolnych Księstw nawet nie myślą o robieniu jakichkolwiek problemów naszym kupcom spławiającym towary Elharan. Wszystko jest w porządku, może poza Ponkee-Laa, rzecz jasna, ale tam sprawy idą już ku lepszemu, prawda?

Gentrell oderwał wzrok od płaskorzeźby i napotkał kpiące spojrzenie.

— Czasem, gdy się zamyślisz, da się z twojej twarzy czytać jak z otwartej księgi, kan-Owar. Gdybym nie wiedział, że masz w głowie całą bibliotekę, także z księgami, których nikomu nie pokazujesz, kazałbym cię przenieść do innej służby. Albo powiesić.

Cesarz podszedł do kamiennych płyt i lekko kopnął najbliższą.

— Postanowiłem, że będzie tu leżeć, zanim jej nie odnowimy. To najdokładniejsza i największa mapa Imperium, jaką mamy. Przyda się.

Szpieg zamrugał, wyławiając z ostatniego stwierdzenia najważniejszą informację.

— Odnowimy, Wasza Wysokość?

Przez chwilę prawie słyszał tysiące, dziesiątki tysięcy cesarskich orgów, złotą rzeką wpadających w bezdenną dziurę. Szaleństwo Kregana?

— Musimy. Sala tronowa bez tej ozdóbki świeci pustką. Ludzie zaczynają się zastanawiać, jak bardzo jest z nami źle. Poza tym ostatnimi laty nasi szkłomistrze i alchemicy wynaleźli setki sposobów barwienia szkła, a pozłacany ołów też dobrze wygląda, dopóki ktoś nie zacznie go skrobać nożem. Na szczęście, z tego co pamiętam, nikomu nie wolno podchodzić do tronu z bronią, więc jest szansa, że przez wiele lat nikt się nie zorientuje, że kantujemy. A Łza Matki wreszcie wróci na swoje miejsce.

Kolejny kopniak wyrównał lekko niedopasowaną płytę.

— Potrzebny nam dowód, że nic się nie zmieniło, Szczurze. Imperium podniosło się już po najeździe koczowników, wychowaliśmy nowe pokolenie, odbudowaliśmy twierdze, miasta i wsie, handel tętni w naszych żyłach, a armia ma niemal tylu żołnierzy co przed wojną. Bo potrzebujemy, zwłaszcza tu, w stolicy, namacalnego dowodu, że najazd był tylko złym snem, chwilową aberracją w nieprzerwanej dominacji Meekhanu nad resztą cywilizowanego świata. I dlatego odnowimy Szaleństwo Embrela i powiesimy je na poprzednim miejscu.

Cesarz podszedł do stołu i wziął do ręki długą na kilka stóp trzcinę, po czym ruszył wzdłuż krawędzi płaskorzeźby. Minął Travahen, ruszył na północ wzdłuż wgłębienia imitującego Morze Białe, gdzie kiedyś po falach z szafirów pływały maleńkie stateczki o kadłubach wysadzanych perłami, i zatrzymał się przy północno-wschodniej krawędzi mapy. Przez chwilę patrzył w milczeniu na wielką, niemal płaską połać kamienia symbolizującą Wielkie Stepy, którą od ziem Imperium oddzielał rząd powyginanych stalowych mieczy i tarcz wijący się wzdłuż głębokiej rysy w marmurze. Amertha, rzeka stanowiąca wschodnią granicę Meekhanu, wyglądała wyjątkowo mizernie, jakby dla przypomnienia, że już raz przepuściła w głąb kraju hordę barbarzyńców.

— Co u Wozaków?

Trzcina stuknęła obszar na wschód od Olekadów. Przytulona do północnej krawędzi Wielkich Stepów Wyżyna Lytherańska wyglądała wyjątkowo mizernie i niepozornie.

— Wasza Wysokość? Ja...

— Nie! — w głosie cesarza pojawiła się nowa nuta. Ostra, niebezpieczna i choć władca nie oderwał wzroku od leżącego na podłodze wyobrażenia Imperium, Gentrell poczuł się, jakby smagnięto go batem. — Nie będziemy się bawić w „nic o tym nie wiem, panie", „to wykracza poza moje kompetencje" albo „tymi sprawami zajmują się inni ludzie w wywiadzie". Jesteś Trzecim Szczurem w Norze. Powierzono ci najważniejsze sekrety Imperium, w tym dowodzenie garnizonem w Lotis i opiekę nad tamtejszymi więźniami. Straciliśmy tam Hanevelda, a Psiarnia nadal dostaje szału na wspomnienie o śmierci Drugiego Ogara. Straciliśmy też kilkunastu żołnierzy – świadków masakry w Glewwen-On, a jedyna osoba z wioski, z którą dało się jakoś komunikować, skończyła jako dziecko uwięzione w starszym o kilka lat ciele i nic nie pamięta. Urwał nam się trop prowadzący do Małej Kany. A przypominam, że zgodnie z tym, co wiemy, szuka jej połowa naszych bogów. Reszta zapewne też, choć udaje, że nie.

Kregan-ber-Arlens spojrzał w końcu na podwładnego, a Gentrellowi przypomniało się pierwsze wrażenie, jakie odniósł, widząc cesarza. To był wzrok kogoś, kto podjął już decyzję i wyda każdy, najbardziej nawet parszywy rozkaz, by osiągnąć cel. Zdumiał się, ale nagle poczuł ulgę.

Pierwszy człowiek w Imperium kontynuował, patrząc na Szczura kamiennym wzrokiem:

— I ktoś, na przykład kilku ludzi stojących niżej w hierarchii od ciebie, mógłby twierdzić, że to twoja wina. Miałeś tę dziewczynę na wyciągnięcie ręki i pozwoliłeś jej zniknąć. Znaleźliśmy rysunek, którego użyła, by uciec. Przeniosła się do Ponkee-Laa, najważniejszego dla nas portu na świecie, i cóż to? Nie minął rok, Perła Wybrzeża wrze, matriarchiści i reagwyryści skaczą sobie do gardeł, a nasi kupcy zaczynają ponosić straty. Co ty na to?

— Sytuacja już się poprawiła, Wasza Wysokość. Zamieszki zostały stłumione, a tamtejsza Rada Miasta przywraca porządek.

— Zamieszki nie zostały stłumione, lecz z nieznanych przyczyn wygasły. Kult Pana Bitew stracił impet, jakby coś podcięło mu skrzydła, a my nie wiemy co za tym stało. Lub raczej – kto za tym stał.

Szczur zamrugał. O zamieszkach i nadchodzącej wojnie religijnej w Ponkee-Laa plotkowano od miesięcy. To była tajemnica ulic, zaułków, cechów rzemieślniczych i gildii kupieckich. W Świątyni Mądrości i Łaski Pani odprawiono nawet kilka nabożeństw błagalnych w intencji „naszych braci w potrzebie". A kilkanaście dni temu, gdy do stolicy dotarła wieść, że przywrócono porządek, całe miasto – zresztą nie tylko ono – odetchnęło. Wojna religijna w Perle Wybrzeża oznaczałaby niewyobrażalne straty dla gospodarki Imperium. Składy towarowe pełne rzeczy, których nie opłacało się wysyłać za granicę inaczej niż rzeką i morzem, zamknięte warsztaty, uszczuplone lub utracone fortuny. Rozważano nawet, o czym wiedzieli nieliczni, uderzenie Armii Boshand wzdłuż rzeki w samo serce Fiilandu. Gentrell należał do wtajemniczonych w te plany, bo jako Trzeci Szczur sam był zaangażowany w przygotowanie raportów na temat sytuacji w Wolnych Księstwach, które trzeba by było po drodze podporządkować, oraz stanu liczebnego, morale i wyszkolenia Boshandczyków. Sam również raportował Norze, że cztery regimenty piesze, w tym dwa okrojone do dwóch pułków i chorągwi jazdy, to za mało, by opanować tak rozległy teren. Ponkee-Laa od granicy Meekhanu dzieliło ponad czterysta mil lotem ptaka, a przeszło pięćset wzdłuż rzeki – za dużo, by w sumie niezbyt wielka Armia Boshand mogła zapewnić sobie ciągłość dostaw, uzupełniać straty i nie dać się odciąć od metropolii. Zwłaszcza teraz, gdy większość kawalerii przesunięto na granicę z Se-kohlandczykami.

Zaangażowanie Meekhanu w wielką wojnę na południowym zachodzie w chwili, gdy Wschód nadal wrzał, przypominałoby sytuację, gdy ktoś jedną ręką gasi pożar w kuchni, a drugą rzuca żagiew do sypialni.

Ale tajemnicą były informacje, że zamieszki nie zostały stłumione siłą, tylko kult Pana Bitew stracił z nieznanej przyczyny swój impet, że jego przywódca, ranny w tajemniczych okolicznościach, znikł, a większość bojowników nagle rozeszła się do domów, co umożliwiło tej nieudolnej klice rządzącej Ponkee-Laa opanowanie sytuacji w mieście.

— Tak. Masz rację. — Kregan-ber-Arlens oderwał od niego wzrok i ruszył wzdłuż krawędzi płaskorzeźby. — Ktoś sypie. Ktoś zdradza najpilniej strzeżone sekrety i trzeba tego kogoś jak najszybciej znaleźć i wyeliminować. Mam rację? Nie może być tak, że każdy, a zwłaszcza cesarz, zna wszystkie wasze sprawki. W końcu to niedopuszczalne, by Szczurza Nora nie mogła mieć kilku małych tajemnic, paru zatrutych ostrzy ukrytych za pazuchą, jakiejś garoty gotowej do użytku w każdej chwili. Nikt, nawet ja, nie powinien przecież ograniczać waszej władzy. A tym właśnie są te wasze sekrety. Władzą. Czasem władzą absolutną. Prawda?

Spojrzenie cesarza znów uderzyło go niczym kamień wystrzelony z procy.

— Zastanawiasz się, po co raczę cię tym monologiem?

— Wasza...

— Krótko! Tak albo nie?

Trzeci Szczur Imperium potrzebował całego doświadczenia nabranego w ciągu ostatniego ćwierć wieku służby, wspartego całą siłą woli, by nie przełknąć głośno śliny. Gardło miał suche, jakby przebiegł co najmniej dziesięć mil.

— Tak, Wasza Wysokość.

— Bo znów się zapominacie. Wy i Psiarnia. Jak przed najazdem koczowników. Pamiętasz? Skupialiście się na waszej wojence o władzę i wpływy i zapomnieliście, po co stworzono Szczury i Ogary. Nie obchodzi mnie, że generał sol-Drym ma słabość do młodych oficerów, a Wielki Mistrz Loslandzkiego Cechu Garbarzy przegrał trzydzieści tysięcy orgów w kości i podbiera pieniądze z kasy bractwa, póki Nora wykorzystuje te informacje, by kierować poczynaniami tych ludzi dla dobra Imperium. Ale w chwili, gdy szukamy dziewczyny zwanej Kanayoness Daera, tak, znam nawet jej prawdziwe imię, a wy i Ogary wydzieracie sobie informacje o niej jak dzieci bijące się o zabawkę, podkładacie nogi, mylicie tropy, i to pomimo że dostaliście wyraźną informację, jak ważne jest jej schwytanie... — Cesarz nabrał powietrza i powoli je wypuścił. — Nie będę tego tolerował. A teraz jeszcze rozpętujecie mi w Imperium prywatną wojenkę. Drugi Ogar zginął, Psiarnia zabiła za to kilku waszych agentów, wy podłożyliście im kilka świń, usunęliście dwóch bardzo ważnych ludzi w Świątyni Laal i zniszczyliście siatkę szpiegów w Wolnych Księstwach. Oni szykują kontrę, za którą pójdzie wasza odpowiedź, i cała zabawa będzie trwać i trwać. Nie może tak być! To ostatnie ostrzeżenie, Szczurze. Dla ciebie, dla Pierwszego i Drugiego, i dla Suki. Rozumiesz?

Gentrell przypomniał sobie śmierć Velgerisa Hanevelda – Drugiego Ogara Imperium. Trzeci Szczur nadal sądził, że w gruncie rzeczy Haneveld zasłużył na to, co go spotkało: przybył do zamku bez zaproszenia, próbował zaszantażować Norę i odebrać jej ważnych, jedynych świadków wydarzeń, które najpewniej były początkiem obecnego chaosu – czyli pojawienia się

Małej Kany w Imperium. A może w ogóle na świecie. A potem? Do tej pory próbował jakoś poukładać to sobie w głowie.

W zamku, przełamując najlepsze zapory imperialnych magów, pojawił się odziany w biel zabójca, a zaraz za nim poszukiwana od lat Kanayoness. Wszystko skończyło się walką w ciemnych korytarzach, śmiercią wielu dzielnych ludzi i co najgorsze, zgonem Drugiego Ogara. Psiarnia do tej pory nie dała się przekonać, że Nora nie miała z tym nic wspólnego. Walka między Wywiadem Zewnętrznym – zwanym Ogarami, a Wewnętrznym – Szczurami, tląca się od dekad, wybuchła po rzezi w zamku Lotis gwałtownie i krwawo.

Sam czytał raporty o śmierci kilku podległych mu szpiegów, o zniknięciu kilkunastu innych, o dziwnych pożarach, niedających się wyjaśnić niepowodzeniach starannie zaplanowanych akcji, o masie najpewniej fałszywych raportów zalewających Norę; o agentach, których lojalność nagle przestawała być pewna. I sam wydawał rozkazy skutkujące kontrakcjami. Czasem wymierzonymi na ślepo, ale zawsze brutalnymi, a niekiedy nawet, wbrew zwyczajom Nory – spektakularnymi. Przy czym w jego prowincjach, na południowo-zachodnim krańcu Meekhanu, wojna między wywiadami miała raczej spokojny przebieg. Słyszał plotki o starciu między bojowymi drużynami Nory a watahą Psiarni, w którym wzięło udział sześćdziesięciu zabójców i ośmiu magów. Połowa zginęła, a reszta ukryła się nie wiadomo gdzie, najgorsze zaś było to, że nikt nie wiedział, jak właściwie do tej walki doszło.

Niemniej cesarskie wyobrażenie, że wystarczy ostrzec i pogrozić palcem, a konkurujące i zwalczające się od lat wywiady podadzą sobie dłonie, było bardzo naiwne. By nie powiedzieć głupie.

Zauważył, że na twarzy Kregana-ber-Arlensa pojawia się uśmiech. Chłodny i spokojny.

— Ty też, Szczurze? Eusewenia miała przynamniej wystarczająco taktu, by nie zdradzać się miną. Choć w środku zapewne warczała jak prawdziwa suka. Ale powtórzę ci to samo, co powiedziałem jej. Macie pół roku, nie więcej, by wygasić waszą wojenkę. Nie żądam niemożliwego, wiem, że do niektórych agentów nie dotrzecie od razu. Wyślijcie odpowiednie rozkazy, powstrzymajcie gorące głowy, jeśli trzeba przenieście ludzi na drugi kraniec Meekhanu lub pozbądźcie się ich w inny sposób. Jesteście za to osobiście odpowiedzialni. Pierwsza piątka w Norze i Psiarni. Jeśli za pół roku nic się nie zmieni, a zapewniam, że będę o tym wiedział, przekonacie się, jak głębokie lochy mam pod tym zamkiem. Obiecuję.

Cesarz przeniósł wzrok na kamienne płyty.

A teraz zapytam jeszcze raz, Szczurze. Co u Wozaków?

Rozdział 2

Kurhan wznosił się stromo, bódł niebo niczym kamienny grot o ułamanym czubku, porzucony przez zapominalskie bóstwo. To było pierwsze skojarzenie, jakie przychodziło człowiekowi na myśl, gdy odchylał płachtę namiotu i stawał przed tym olbrzymem. I po raz kolejny Ekkenhard poczuł podziw i szacunek, zmieszane ze zdumieniem. Wozacy usypali tę budowlę w mniej niż dwa miesiące i to nie, jak wszystkie stepowe kurhany, z ziemi, lecz z kamieni i skał przetransportowanych spod podnóża Olekadów.

Głazy ważące po kilka tysięcy funtów układano warstwami, wypełniając luki między nimi mniejszymi kamieniami i żwirem. Ten kurhan, zwany już Męką Wybranej, miał stać wieki, tysiąclecia, by upamiętniać dzień, w którym Pani Koni ponownie zwróciła się do Verdanno i objawiła im swoją wolę. Nadchodziły ciężkie czasy, dni krwi i pożogi, znoju i łez, więc Wozacy zostali zwolnieni z przysięgi i mogli już dosiadać koni. Ofiara Key'li, Wybranej, której wizja powstrzymała bratobójczą rzeź i zwróciła wozackim plemionom ich Utracone Dzieci, wymagała takiego właśnie upamiętnienia. Na szczycie kurhanu staną ostatecznie trzy kamienne słupy ustawione w ostrokąt, a pod nimi będzie płonąć wieczny ogień.

Pytanie, dlaczego bogowie, zanim ześlą na kogoś wizję, „obdarowują" go męką ponad siły, jakby nie mogli po prostu ruszyć tyłków ze swoich pozłacanych tronów i po ludzku wszystko powiedzieć, nadal pozostawało bez odpowiedzi.

Ale prawda była taka, że tu i teraz lepiej takich pytań nie zadawać głośno.

Ekkenhard rozmawiał wczoraj z And'ewersem. And'ewersem Złamanym, And'ewersem Siwym. Pamiętał go z wczesnej wiosny, gdy Wozacy szykowali się do wędrówki przez Olekady, jako potężnego mężczyznę o głosie nawykłym do wydawania rozkazów, otaczanego przez swoich ludzi niemal namacalnym szacunkiem. Teraz kowal, niegdysiejszy *En'leyd* obozu New'harr, był wychudzonym, sczerniałym cieniem samego siebie. Włosy mu posiwiały, garbił się, a dłonie bez przerwy zaciskał w pięści. Zaciskał i rozprostowywał, jakby próbował zagniatać ciasto z bólu i straty.

Całe dnie spędzał jakąś milę od kurhanu, który jego pobratymcy wznosili na cześć jego własnej córki, i wpatrywał się w krąg wypalonej ziemi. W tym miejscu spłonął wóz z Key'lą. W tym miejscu spłonęło serce kowala. Niektórzy mówili, że przesadza, że i tak ocalił większość rodziny, zostało mu kilkoro dzieci, synowie dzielni jak młode ogiery i córki piękne niczym trzyletnie klacze. Że powinien się cieszyć i być wdzięcznym bogini, iż swoim Głosem uczyniła jego najmłodsze dziecko.

Ostatni głupiec, który powiedział to And'ewersowi w twarz, wciąż leczył połamane gnaty.

Ekkenhard czuł zawód. Przybył tu, bo Imperium potrzebowało Wozaków, by stanowili ostrze włóczni zwieszające się od północy nad głową se-kohlandzkiego Ojca Wojny. Oni i Sahrendey. Wódz tych ostatnich – Amanewe Czerwony, był przynajmniej konkretną postacią, niemal królem, z którym dało się rozmawiać, zawierać traktaty, miał też synów, którzy mieli odziedziczyć po nim tytuł w sposób jasny i przejrzysty. Jak na konnych barbarzyńców, rzecz jasna. Tymczasem Verdanno nadal opierali swoją władzę na liczącej prawie setkę głów Radzie Obozów, traktując ród królewski jak ozdóbkę. Trudno zawierać trwałe sojusze z czymś takim. Trudno ustalać strategie, a już zupełnie niemożliwe jest zachowanie jakiegokolwiek sekretu.

And'ewers stanowił dla Meekhanu szansę, by to zmienić, *En'leyd* obozu New'harr, bohater bitwy nad Lassą, który powstrzymał całą potęgę Yawenyra, ten, którego córkę wybrała sama Pani Koni. Idealny kandydat, by przy cichym wsparciu Imperium wysunąć się na czoło w nadmiernie rozbudowanej, niepewnej strukturze władzy u Wozaków. Na dodatek był wdowcem, więc mógłby łatwo wżenić się w królewski ród i zostać pierwszym królem z prawdziwego zdarzenia, jakiego Verdanno mieliby od setek lat. A więzy lojalności i przyjaźni, które łączyły go z Genno Laskolnykiem i innymi meekhańskimi dowódcami, oraz poczucie wdzięczności za pomoc, uczyniłyby z niego najcenniejszego sojusznika Imperium na Wschodzie.

Ale kowal załamał się po śmierci najmłodszej córki.

Gdy myślał, że ją stracił, potrafił się skupić na swoich obowiązkach, przeprowadzić karawanę przez dziesiątki mil stepu, odpierając ataki koczowników, potrafił rzucić się do gardła samemu Ojcu Wojny. Gdy odzyskał ją na chwilę, by tuż po wygranej bitwie wrócić do obozu i stanąć przed wciąż dymiącymi zgliszczami wozu, coś w nim pękło. Był jak... – Wozacy używali tego porównania, zerkając z dala na swojego dowódcę – jak łuk zbyt długo napięty, który wreszcie pękł.

Ekkenhard widywał to czasem u agentów, którzy bez chwili wytchnienia pracowali w trudnych miejscach. Załamywali się z najbłahszego powodu. Nora odsyłała ich wtedy do innej roboty, przy papierach albo przy szkoleniu nowych szpiegów. A czasem zamykano ich w jednym z tych zamków, z których się nie wychodzi do końca życia. Ale And'ewersa nie dało się nigdzie odesłać. Był potrzebny tu i teraz.

Kwadrans rozmowy, składającej się w większości z monologu wygłaszanego do pleców siwego starca, przekonał go, że ten człowiek jest dla Imperium stracony. And'ewers odpowiadał półsłówkami albo wcale, nie odezwał się nawet wtedy, gdy Ekkenhard wyjawił, że to on wysłał w misję dwie dziewczyny, które brały udział w ocaleniu jego córki. Na słowo „ocalenie" spod siwej grzywy błysnęły zapadnięte w ciemnych jamach oczy, a kowal splunął w pogorzelisko i spiął się mocniej.

Po tym jakby znikąd pojawiły się dwie pozostałe córki And'ewersa i dały Szczurowi znać, że ma się zbierać. Dziewczyny nosiły skórzane pancerze, lekkie toporki i włócznie, więc nawet nie próbował dyskutować.

Szpieg był w obozie tylko gościem, i to gościem, który naruszył pewne niepisane prawo. Wozacy budowali kurhan na pamiątkę Key'li, ignorując jednocześnie szaleństwo trawiące jej ojca.

Raport, jaki wyśle do Nory, będzie krótki i zwięzły. And'ewersa nie da się wykorzystać w planach Imperium. Nadal jednak nie znaleziono lepszego kandydata na władcę Wozaków, który byłby jednocześnie wiernym i lojalnym sojusznikiem Meekhanu.

***

Wysłuchując raportu o Wozakach, Imperator nie odrywał wzroku od Gentrella. I było to niepokojące spojrzenie. Nie groźne czy rozzłoszczone, lecz taksujące i uważne.

Oraz spokojne.

Kan-Owar pamiętał dobrze, kiedy cesarz miał taki wzrok. Przeszło ćwierć wieku temu, gdy Meekhan chwiał się pod uderzeniami se-kohlandzkich lanc, a większość doradców nalegała, by porzucić północ Imperium, uciec za Dovsy i Góry Krzemienne i przeczekać. Niektórzy twierdzili, że koczownicy są jak śmieci przyniesione przez wiatr, przywiało ich, to i wywieje, sami odejdą. Inni twierdzili, że ucieczka za góry to tylko manewr dla złapania oddechu, wystawienia nowych armii, zawarcia nowych sojuszy. Że jak Meekhan otrząśnie się i okrzepnie, to te nowe armie ruszą z powrotem, odbijać utracone prowincje. A wtedy w spojrzeniu dwudziestokilkuletniego cesarza pojawił się podobny spokój.

Resztki Armii Samr i Armii Omlah wraz z Wessyrczykami bronią się za Małym Murem, powiedział, Olekady są jak nóż wbity w bok barbarzyńskiego królestwa, twierdze w Górach Pożegnania wciąż się trzymają, część miast jeszcze nie padła, a wy mówicie, że mamy porzucić wszystko, co osiągnęliśmy na Północy przez ostatnie trzysta lat, i uciec? Jeśli zostawimy północne prowincje, nigdy już ich nie odzyskamy, stracimy lojalność górali, stracimy serca tamtejszych mieszkańców, a nasze miejsce zajmą kulty, szaleni prorocy, teokracje i jakieś gówniane księstewka. Zostajemy. Zostajemy i bronimy stolicy. Ogłoście wszystkim, że cesarz i dwór nie porzucają Meekhanu.

Wielka Czystka Rudej Jesieni odcisnęła się na kartach historii Imperium jako najbardziej dramatyczny moment wojny z koczownikami. Uczeni nazwali tamtą jesień Rudą, bo Meekhan krwawił jak nigdy przedtem, a pola bitew i potyczek w promieniu dwustu mil od stolicy zrudziały od imperialnej krwi. Genno Laskolnyk, nowy cesarski faworyt, wstrzymał wysyłanie pułków jazdy na północ, budując swoją Konną Armię. Ale żeby dać mu czas, by opóźnić nadciągające pod Miasto a'keery, trzy armie cesarstwa wykrwawiły się w kilku kolejnych starciach, zaścielając równiny środkowego Meekhanu tysiącami ciał. Jednak wbrew temu, co mówili wtedy domorośli stratedzy, wcale nie była to daremna ofiara.

Bo ogłoszenie, że Kregan-ber-Arlens nie ucieknie za góry, było wyzwaniem, którego władca koczowników nie mógł zignorować. Yawenyr Dziecię Koni, Pan Tysiąca Lanc, Ojciec Wojny Se-kohlandczyków wiedział, że jeśli zajmie stolicę Meekhanu, i jeśli zatknie głowę cesarza na włóczni, to wygra wojnę. Uparci górale poddadzą się, miasta i twierdze stawiające opór otworzą bramy, a on sam przejdzie do legendy jako ten, który rzucił na kolana niepokonane od wieków Imperium. Jedną bitwą wygra to, co musiałby wyszarpywać w wielu krwawych kampaniach.

Więc ściągnął całą swoją potęgę pod Góry Krzemienne, przerywając oblężenia twierdz i łupienie niemal bezbronnego kraju.

Historycy wciąż się spierali, czy w Bitwie o Meekhan brało udział siedemdziesiąt, osiemdziesiąt czy sto tysięcy koczowników, lecz w gruncie rzeczy były to spory jałowe i nieistotne. Najważniejsze, że Północ odetchnęła, gdyż większość najeźdźców ruszyła po głowę cesarza.

A Wielka Czystka wykuła ostrze, które miało poderżnąć se-kohlandzkiej nawale gardło.

Kregan-ber-Arlens w kilka dni pozbył się większości doradców optujących za oddaniem stolicy w ręce wroga, przy okazji odsuwając od władzy tych, którzy krępowali mu ręce, po czym przystąpił do naprawy i wzmocnienia wojska. Miał czas, gdyż Ruda Jesień przeszła nadzwyczaj szybko w białą zimę, która wstrzymała działania wojenne na dobre pięć miesięcy. Osiemnastu generałów, pięćdziesięciu sześciu pułkowników i kilkuset dowódców niższych szarż zostało przeniesionych na inne stanowiska lub po prostu zdegradowanych i usuniętych z armii, a wyznaczeni na ich miejsce oficerowie byli zazwyczaj młodzi i mieli opinie niezdyscyplinowanych wichrzycieli. Pod ich dowództwem przezbrojono pułki piechoty, trzykrotnie zwiększając w każdym liczbę strzelców i zmieniając sposób walki. Armia, nawet piesze oddziały, miała się stać bardziej dynamiczna, szybciej reagować i w pełni wykorzystywać swoich łuczników i kuszników. Tradycyjna imperialna taktyka „jesteśmy niczym mur, stoimy w miejscu i pozwalamy im się rozbijać o nasze tarcze, póki nie padną" została zastąpiona postawą „jesteśmy jak stalowa listwa, uginamy się, uderzamy i wracamy na miejsce".

Ci „niezdyscyplinowani wichrzyciele" stwierdzili, że dziesiątka wykona zwrot szybciej niż kompania, a kompania szybciej niż pułk, więc imperialne pułki przestały tworzyć na polu bitwy ciężkie, nieruchawe czworoboki, które koczownicy rozstrzeliwali z łuków lub omijali wedle woli. Nie zrezygnowano całkiem z okopywania się czy wbijania pali przeciw jeździe, ale elementy te stały się częścią taktyki, a nie jej podstawą. Po reformach oddziały, ustawione naprzemiennie kompaniami lub półkompaniami, odgryzały się atakującym salwami strzał i bełtów, a ciężka piechota potrafiła zmieniać szyk nawet w obliczu szarżujących Jeźdźców Burzy. Luźniejsze formacje pozwalały piechocie szybciej i sprawniej manewrować oraz w pełni wykorzystać wspierające ją pułki jazdy.

Nadwątloną dyscyplinę wzmocniono ogniem i żelazem, wracając nawet do niestosowanej od lat kary dziesiątkowania oddziałów, które nie wykonałyby rozkazów lub porzuciły pozycję w trakcie walki, ale podniesiono też żołd i wprowadzono bezwzględnie przestrzeganą zasadę awansu wyróżniających się żołnierzy, bez patrzenia na ich pochodzenie. Po raz pierwszy od pokoleń wyższe stopnie oficerskie stały się powszechnie dostępne dla ludzi wywodzących się spoza szlachty. Kilka miesięcy ćwiczeń, ćwiczeń i jeszcze raz ćwiczeń zrodziło armię, która czuła, że może stawić czoła koczownikom jak równy z równym.

Arcyhierarcha Świątyni Wielkiej Matki zmarł nagle, a plotka, że doszło do tego, bo zbyt nalegał na porzucenie Miasta, sprawiła, że jego następca stał się dosłownie ustami cesarza, powtarzającymi każde słowo, jakie padło z pałacu. Rozlegające się wśród czarodziejów głosy niezadowolenia z tego, że wielu z nich powołano do armii, ucichły w chwili, gdy kilku mistrzów bractw magicznych aresztowano i stracono pod zarzutem zdrady. To samo stało się z tymi mistrzami cechów kupieckich i rzemieślniczych, którzy otwarcie gardłowali przeciwko nowym podatkom nałożonym na potrzeby wojenne.

Przeorano również wywiady. Wewnętrzny i zewnętrzny – to tamta wojna wyniosła na szczyt hierarchii w Norze i Psiarni tych, którzy obecnie byli pierwszą piątką Szczurów i Ogarów. Sam Gentrell też wtedy awansował, głównie za to, że udało mu się utrzymać sieć agentów w północno-wschodnich prowincjach. Najpierw na osobistego sekretarza Pondersa-ond-Welrus,

Piątego Szczura, by pod koniec wojny zająć jego miejsce i rozpocząć wspinaczkę w hierarchii Nory.

I prawie cały czas, w te parszywe dni strachu i niepewności, Kregan-ber-Arlens miał takie właśnie spojrzenie.

Spokojne, pozbawione emocji, beznamiętne. Nawet wtedy, gdy jeździł po mieście w zbroi, z mieczem w dłoni, niczym bohater jakiegoś kiczowatego poematu, i przemawiał do mieszkańców, zagrzewając ich do walki. I kiedy stawał przed Radą Pierwszych, która mimo że przestraszona wizją czystki, nadal pozostawała potężną i wpływową siłą. I gdy przyjmował delegacje koczowniczych plemion zamieszkujących Małe Stepy albo ambasadorów krain Dalekiego Południa czy królestw z zachodu. I wszyscy to widzieli, ten spokój, za którym czaiła się śmierć. I nikt nie ośmielał się wyrazić jakiegokolwiek sprzeciwu.

No, może poza Laskolnykiem i garścią tych „niezdyscyplinowanych wichrzycieli", którym Kregan-ber-Arlens ufał. Ci wykłócali się z nim otwarcie, omawiając taktyki i strategie na nadchodzącą bitwę, a kłótnie te przeszły do pałacowej legendy.

I tylko gdy cesarz odwiedzał obozy wojskowe, dzielił się posiłkiem z żołnierskich kotłów, rozmawiał z rekrutami i z pokrytymi bliznami weteranami, jego spojrzenie traciło spokój. Miękło. A nawet czasem, gdy wizytował szpitale polowe, pełne rannych, których udało się ewakuować z pól bitewnych, mgliło się łzami. Gentrell nadal nie wiedział, ile było w tym wyrachowania, a ile prawdziwego uczucia, ale imperator w obozach śmiał się, żartował, załatwiał lepsze racje żywnościowe, przyjmował skargi na oficerów. Pił, jadł i spał na gołej ziemi. Udało mu się, jako pierwszemu władcy Meekhanu od co najmniej dwustu lat, zdobyć miłość prostych żołnierzy. I gdy kazał: „Maszerować!", to bez słowa skargi maszerowali po trzydzieści, czterdzieści mil dziennie, a gdy powiedział: „Stać!" – stali i dopóki byli żywi, żadna siła nie zdołała ich ruszyć z miejsca. A gdy rozkazywał: „Zdobądźcie dla mnie to miejsce!", szli i zdobywali.

Trudno obalić władcę, którego armia kocha i wielbi jak ojca, a jeszcze trudniej rozgryźć człowieka, który płacze na widok młodego żołnierza konającego od rany zadanej w brzuch i jednocześnie wydaje rozkazy zapełniające najgłębsze lochy stolicy setkami więźniów. A kopane w lasach wokół stolicy doły – dziesiątkami ciał.

Teraz ten człowiek mierzył Gentrella-kan-Owara spokojnym spojrzeniem.

Taksującym i zimnym.

— Dobrze — skwitował raport z ziem Verdanno. — Zaprosiłem cię tutaj wcześniej niż resztę, by zadać ci kilka pytań, na które przy nich mógłbyś nie chcieć odpowiadać szczerze. Zwłaszcza przy Suce, która do tej pory uważa, że Haneveld zginął przez ciebie. Doceń to.

Uśmiech cesarza mógłby kroić szkło.

— Doceniam, Wasza Wysokość.

— Świetnie. — Władca ruszył wzdłuż mapy i ponownie zatrzymał się przy północnym krańcu Wielkich Stepów. — Wyżyna Lytherańska i Wozacy Verdanno. Wysłałeś w Olekady Ekkenharda Plawersa. Tego samego, który towarzyszył ci w rzezi w zamku Lotis, dobrze pamiętam? I to od niego mamy informacje na temat And'ewersa Kalevenha, prawda?

Szczur miał ochotę wzruszyć ramionami. Kregan-ber-Arlens znał szczegóły dostępne dla nielicznych w Norze. W pewnym sensie ułatwi to znalezienie tych, którzy zbyt wiele gadają, jeżeli, rzecz jasna, nie jest to jakiś rodzaj testu, sprawdzianu lojalności. Cesarz równie dobrze mógł mu w tej chwili mówić „rusz ludzi, którzy dla mnie pracują, a będę wiedział, że nie można ci ufać".

Tych ludzi trzeba będzie znaleźć i zostawić w spokoju. Na razie.

— Tak, Wasza Wysokość. Od niego.

— Sądziłeś, że Ogary go tam nie znajdą? Czy chciałeś mieć zaufanego człowieka, który będzie patrzył Wozakom i Laskolnykowi na ręce?

— I to, i to, panie. W Olekadach Ogary nie miały żadnych ludzi...

— Doprawdy? — Brwi cesarza powędrowały w górę.

— Żadnych, o których byśmy wiedzieli. Wyżyna Lytherańska była prawie opustoszała. Se-kohlandczycy spędzali tam zawsze lato, wypasając stada. Po co trzymać siatkę szpiegów w miejscu...

— Wystarczy. Czy twój człowiek nadal obserwuje Verdanno?

— Tak. Przez Olekady ciągle posyłamy im pomoc. Złoto, broń, żywność. No i prowadzimy negocjacje w sprawie zwrotu ich bydła.

— Negocjacje? Myślałem, że to ustalone. Mają je dostać z powrotem. Nie chcę mieć kolejnych wrogów na Wschodzie.

— To nie my robimy problemy. Nie przeprowadzimy pół miliona sztuk bydła przez góry, a Sowynenn Dyrnih żąda czwartej części stad w zamian za prawo przejścia przez swoje ziemie. Zrobił się chciwy.

Sowynenn Dyrnih - jeden ze zbuntowanych Synów Wojny, po klęsce Yawenyra nad Lassą wyrwał z se-kohlandzkiego królestwa kęs sięgający stu pięćdziesięciu mil na wschód od Amerthy. A teraz najwyraźniej zaczynał czuć się tam jak prawdziwy władca.

Cesarz uśmiechnął się lekko. Gdyby Sowynenn ujrzał ten uśmiech, przepuściłby wozackie bydło, sam doglądając i pielęgnując każdą sztukę.

— Nie będę angażował w tę sprawę korpusu dyplomatycznego. Nie oddam mu honoru, wysyłając posłów. Jego żałosne księstewko istnieje tylko dzięki naszej pomocy. Przypomnijcie temu dzikusowi, o czyją granicę opiera się plecami, kto sprzedaje mu bardzo tanio broń, żywność i paszę oraz gdzie będzie chciał znaleźć schronienie, jeśli powinie mu się noga. Oraz o tym, że nasze czaardany zaczynają się nudzić. — Trzcinka stuknęła kilka razy we wschodni brzeg Amerthy. — O właśnie. Niech kilku lokalnych dowódców zorganizuje je i zapędzi do pilnowania wozackiego bydła. Niedobrze mieć tylu najemnych zabijaków bez zajęcia. Dyrnihowi zaproponujcie najpierw piętnastą część stad za zgodę na przejście przez jego ziemie i pozwólcie wytargować jedną sztukę z dwunastu. Verdanno powiedzcie, że muszą oddać co ósmą krowę, i niech wywalczą sobie tyle samo.

Tak wyglądała polityka Imperium w wersji łaskawej i delikatnej. Małym plemionom i narodom pozwalano zachować przynajmniej pozory samostanowienia. Tak naprawdę gdyby Meekhan chciał zatrzymać wozackie stada, ani jedna sztuka bydła nie opuściłaby jego granic.

— Rozumiem, Wasza Wysokość. A co ze... zmianą władzy u Wozaków?

— Na to przyjdzie czas. Wcześniej czy później. Na razie przycisnęliśmy Yawenyra, na zachodzie jest Dyrnih, od północy Wozacy i Sahrendey. Jeśli dojdzie do kolejnej wojny, a wcześniej czy później dojdzie, Verdanno będą musieli znaleźć sobie prawdziwego władcę. A jak nie, to my im go znajdziemy. Laskolnyk zostawił im sporą część wolnych czaardanów do pomocy, nasi żołnierze wciąż się biją na ich granicach, ale niech Wozacy nie liczą, że Imperium będzie zawsze i bezwarunkowo ich wspierać. Czasem nawet sojusznikami trzeba potrząsnąć i...

Drzwi otwarły się powoli, służący stanął w nich wyprężony niemal na baczność i zaanonsował:

— Hrabina Eusewenia Wamlesch.

Kobieta wpłynęła do sali, zamiatając posadzkę skrajem szaty w kolorze bladego różu. Zatrzymała się kilka kroków przed cesarzem i – ignorując jego zniecierpliwione machnięcie ręki – wykonała przepisowy dworski ukłon. Jakby zapadała się w głąb sukien i wznosiła z nich prosto i dumnie.

Komediantka.

Gentrell gotów był postawić swoje zdrowe kolano na to, że wiedziała, iż cesarz przyjął go wcześniej i od co najmniej dwu kwadransów rozmawia z nim w cztery oczy. Ale zachowywała się, jakby jej to nie obeszło.

Szczur uważnie obserwował jej twarz, nieco zbyt okrągłą, by spełniać kryteria pięknej, ze zmarszczkami przykrytymi nieco zbyt dużą ilością pudru i oczyma za mocno podkreślonymi tuszem. Miała, a dotarcie do tej informacji kosztowało Norę sporo złota, czterdzieści trzy lata i robiła wszystko, by wyglądać dokładnie na tyle. Ciemne włosy zaczesywała gładko do tyłu i spinała grzebieniem w kolorze sukni. Maleńki złoty pierścionek z rubinem zdobił środkowy palec jej lewej dłoni. Nic więcej.

Kobieta z jej władzą mogła ująć sobie wieku za pomocą magii albo alchemii, mogła olśniewać splendorem strojów i bogactwem biżuterii, ale Eusewenia była ponad to. Niebieskie oczy odnalazły wreszcie Szczura i kan-Owar otrzymał nawet powitalne skinienie głową. Mogła obwiniać go o śmierć Velgerisa i nienawidzić, ale publiczne okazywanie niechęci? Prędzej Travahen pokryje się śniegiem.

Niebezpieczna suka.

Kregan-ber-Arlens wskazał krzesło, na którym sam wcześniej siedział, i zapytał:

— Spoczniesz? Wina?

— Dziękuję, Wasza Wysokość. Poczęstowano mnie, gdy tylko przybyłam.

— Podróż?

— Znośna. — Eusewenia nie skorzystała z krzesła, tylko ruszyła wzdłuż leżącej na podłodze płaskorzeźby. — Szaleństwo wróci na swoje miejsce, panie?

— Za jakiś czas. Na razie chcę je mieć tutaj. Przyda się. Co u Yawenyra?

— Stary, chory, umierający. Nie dożyje zimy.

— To samo słyszałem w zeszłym roku: Ojciec Wojny umiera, a jego Synowie szykują się do walki o schedę. Tak mówiłaś, a on poprowadził swoją hordę na Wyżynę Lytherańską i prawie zmiażdżył Verdanno. Tych samych Verdanno, których obozy nie wzmacniały już naszej wschodniej granicy.

Suka wytrzymała jego wzrok.

— Zgadza się, Wasza Wysokość. To właśnie się wydarzyło. Ale teraz od miesiąca Yawenyr nie opuścił Złotego Namiotu, a po przegranej bitwie i szeregu buntów wierni mu Synowie są coraz mniej cierpliwi. I nie ma w tym żadnego udawania, on naprawdę wybiera się do Domu Snu. Nie wiemy, skąd zebrał nagle tyle sił ani dlaczego teraz tych sił mu brakło. Wiemy za to, że po Bitwie nad Lassą w ręce Wywiadu Wewnętrznego wpadła pewna osoba, podająca się za Laiwę-son-Baren, hrabiankę, narzeczoną jednego z synów hrabiego Cywrasa-der-Maleg. Ta osoba znikła. Nie wiemy, gdzie jest.

Gentrell bez mrugnięcia zniósł spojrzenia dwójki najpotężniejszych ludzi w Imperium.

— Ta osoba nie towarzyszyła Yawenyrowi nawet przez uderzenie serca, Wasza Wysokość.

— To prawda. — Eusewenia potwierdziła jego słowa teatralnie uprzejmym skinieniem głowy. — Jednak wiemy, że towarzyszyła mu kobieta bliźniaczo do niej podobna. Tak podobna, że jeńcy, których przesłuchiwaliśmy i którym pokazano portret tej Laiwy, przysięgali, że to ta sama osoba, która była osobistą niewolnicą Ojca Wojny. Pojawiła się znikąd i szybko wkradła w łaski Yawenyra, a jej obecność w cudowny sposób odjęła starcowi lat. Wiemy także, że jej bliźniaczka, ta rzekoma hrabianka, miała niezwykłe umiejętności, była zamieszana w kilka mordów i zniknięć w Olekadach oraz w jakiś sposób wpływała na pamięć wszystkich w zamku hrabiego. Niestety, hrabia der-Maleg zginął wraz z żoną i synami w wyniku ataku tajemniczych morderców, a Nora nie dopuszcza nikogo do miejsca rzezi.

— Zamek znajduje się na terenie Imperium — Gentrell przerwał jej obcesowo.

Zdawała się go nie słyszeć.

— Mamy więc dwie osoby — kontynuowała — podobne jak siostry, o nieznanej nam przeszłości, dysponujące umiejętnościami zadziwiającymi naszych magów. W ręku Imperium pozostaje tylko jedna z nich, jednak Wywiad Zewnętrzny nie może jej zbadać.

Wywiad Zewnętrzny. No tak. Prawie zapomniał, że Suka nigdy nie używa określenia Psiarnia.

— Na dodatek — ciągnęła — fałszywa hrabianka towarzyszyła kompanii Górskiej Straży, znanej jako Czerwone Szóstki, w chwili gdy żołnierze zdjęli z haków Key'lę Kalevenh.

Kregan-ber-Arlens uniósł dłoń i mistrzyni imperialnych Ogarów zamilkła. Między tą dwójką przeskoczyła jakby iskra, a Gentrell nagle nabrał pewności, że oboje wiedzą coś, co dla niego ma pozostać tajemnicą. Poczuł dreszcz. Podszyte mroczną ekscytacją podniecenie. Tajemnica. Ogary i Imperator mieli sekret, który ukrywali przed Szczurzą Norą.

Oczywiście cesarz miał do tego prawo, a jego rozkaz wyraźnie mówił o wstrzymaniu wojny z Wywiadem Zewnętrznym. Wykonają go. Ale Szczury są od tego, by węszyć, drążyć i odnajdywać sekrety. Inaczej nie byłyby Szczurami.

Przybrał minę pomiędzy zniecierpliwieniem a oburzeniem.

— Wszystko, co działo się w Olekadach, podlega Norze. To teren Imperium.

— Wyżyna Lytherańska również? — Eusewenia posłała mu uśmiech uroczy jak błysk noża na gardle. — Nie wiedziałam, że ją anektowaliśmy. Oficjalnie nadal twierdzimy, że Verdanno podnieśli bunt i przechodząc Olekady, sprzeciwili się woli cesarza. Nadal nie nawiązaliśmy formalnych kontaktów ani z nimi, ani z Sowynennem Dyrnihem, który - między nami mówiąc - wysyła posła za posłem i...

— I tak pozostanie. — Kregan-ber-Arlens uciął jej słowotok krótko, bezwzględnie. Zamilkła posłusznie, skromnie spuszczając wzrok. Cesarz nie dał się nabrać. — Tak będzie, dopóki nie powiem inaczej — podkreślił dobitniej. — Na razie w większości finansujemy tę awanturę cudzymi pieniędzmi i chcę, by tak pozostało. Przekazujemy Verdanno złoto, broń i żywność, ale to drobiazg w porównaniu z tym, ile sami włożyli w to swoje szaleństwo. Lecz formalne uznanie buntowników groziło wciągnięciem nas w nową wojnę na Wschodzie, bo Yawenyr lub jego następca mógłby uznać, że pragniemy całkowitej zagłady Se-kohlandczyków. Nie chcę tego. Chcę doprowadzić do ustabilizowania się sytuacji na Wielkich Stepach w obecnym kształcie, z sojuszem między Wozakami a Sahrendey na północy, księstwem Sowynenna Dyrniha na ich zachodzie i Se-kohlandczykami w ich południowo-wschodniej części. Trzy siły, wzajemnie się blokujące, zapewnią nam pokój na lata. Ale zanim formalnie uznamy wozackie królestwo i państewko zbuntowanego Dyrniha, sytuacja musi się stać bardziej przejrzysta. Musimy wiedzieć, kto zostanie nowym Ojcem Wojny, czy Ojciec Pokoju odzyska swoje wpływy, czy Dyrnih umocni się wystarczająco, by warto było mu oficjalnie pomagać, a Verdanno i Sahrendey stworzą coś więcej niż luźny sojusz. Więc czekamy i po cichu wspieramy naszych potencjalnych przyjaciół.

Eusewenia skinęła głową.

— Rozumiem. Ale to będzie wymagało mnóstwa złota, panie.

Cesarz machnął ręką.

— W najbliższym czasie Wozacy odzyskają swoje stada, a część bydła trafi do Dyrniha, zwiększając jego bogactwo. Podejrzewam, że tymi zwierzętami, albo złotem uzyskanym z ich sprzedaży, zapłaci nam za broń, żelazo i pomoc naszych najemnych czaardanów. Verdanno też będą mieli więcej zwierząt, niż ich odzyskana ojczyzna da radę wykarmić, zwłaszcza jeśli wiosny i lata nadal będą tak upalne jak ostatnio.

— Trudno będzie wytłumaczyć światu, że uważamy Verdanno za buntowników i jednocześnie oddajemy im bydło.

— Meekhan nie jest złodziejem bydła, nie okrada ludzi, nawet jeśli ci nadużyli jego gościnności i niewdzięcznością odpłacili za chleb, który u nas jedli.

Gentrell i Eusewenia wpatrywali się w twarz Kregana-ber--Arlensa, usiłując wyczytać z niej, w którym momencie ważna narada zamieniła się w towarzyskie spotkanie pełne swobodnych żarcików. Wreszcie cesarz posłał im kwaśny uśmiech.

— Was nie nabiorę, nieprawdaż? Takie zdanie kazałem już wpisać kilku naszym historykom i uczonym do kronik Imperium. Jesteśmy uczciwym i honorowym krajem, boleśnie zranionym zdradą Verdanno, ale nie okradamy byłych sprzymierzeńców. Za jakiś czas, jeśli nie zawiodą pokładanych w nich nadziei i naprawdę staną się realną groźbą dla koczowników, wykażemy zrozumienie dla ich pragnienia odzyskania ojczyzny, wybaczymy im, pogratulujemy odwagi i determinacji. W księgach wszystko okaże się serią nieporozumień oraz źle odczytanych intencji.

Nadal patrzyli na niego bez słowa, czekając na prawdziwe wyjaśnienie. Westchnął.

— Gdybyśmy je skonfiskowali, to te pół miliona sztuk bydła załamie rynek w północno-wschodnich prowincjach. Mój skarbnik twierdzi, że sam zeszłej jesieni zainwestował milion czterysta tysięcy orgów w udziały w kilkunastu tamtejszych kompaniach handlowych, zajmujących się dostarczaniem wołowiny do miast i dla wojska. To miał być pewny interes, bo piąty rok z rzędu mamy gorące wiosny, suche lata i niezbyt obfite w deszcze jesienie. Spodziewaliśmy się, że cena bydła skoczy w tym roku o jedną szóstą z dziesięciu–dziesięciu i pół do dwunastu–dwunastu i pół orga za sztukę. — Cesarz uniósł brwi w znajomym, kpiąco-złośliwym grymasie. — Nie patrzcie tak na mnie. Rządzenie Imperium nie bardzo różni się od rządzenia chłopskim gospodarstwem. Muszę wiedzieć takie rzeczy, zwłaszcza jeśli chodzi o prawie półtora miliona z mojego prywatnego skarbca. Wiecie, zależności między ceną towarów a ich dostępnością, i tym podobne. Jeśli na rynek nagle trafiłoby wozackie bydło, cena w północnych prowincjach spadłaby do siedmiu–siedmiu i pół orga od sztuki. My stracilibyśmy dużo złota, część naszych kupców poszłaby żebrać pod świątyniami, a Verdanno i Dyrnih nie mieliby pieniędzy na wojnę z Se-kohlandczykami. I jedynie chłopi i miejska biedota mogliby sobie pozwolić nieco częściej na kawałek mięsa w garnku. To nie byłoby złe rozwiązanie, ale w spokojnych czasach. A wozackie bydło i tak w końcu do nas trafi, lecz powoli, w małych partiach, nie psując cen w kraju.

W jego spojrzeniu znów zagościł ten mrożący krew w żyłach spokój.

— Mam wam zrobić wykład o różnicach między prawdą ksiąg pisanych na zamówienie a władaniem Imperium? Oficjalnie oddajemy Verdanno bydło, bo nie chcemy mieć z nimi nic wspólnego i nie jesteśmy złodziejami krów. To uczciwe i szlachetne. I taka jest prawda ksiąg, które napiszemy. Jeśli miałby to być dla tych cholernych koczowników powód do ataku, to zapraszam. Bez Yawenyra jako wodza i z połową sił, które mieli jeszcze zeszłego roku?! Zapraszam serdecznie.

Cesarz prychnął, podszedł do płaskorzeźby i zdecydowanym ruchem smagnął kamienną równinę trzcinką, jakby już wymierzał pierwszy cios w spodziewanej wojnie.

— Tak. Liczę się z tym, że nie wszystko pójdzie po naszej myśli. Że Se-kohlandczycy uznają, iż nie ma dla nich innego wyjścia niż wojna. Że nowym Ojcem Wojny zostanie ktoś, kto zechce dorównać Yawenyrowi. Więc wolę mieć tę wojnę teraz, gdy większość naszej jazdy nadal stoi na Wschodzie, czaardany ostrzą szable, a nasi nowi sąsiedzi nie będą mieli innego wyjścia, jak stanąć do walki i bić się na śmierć i życie. Bo ani Sowynenn Dyrnih, ani Amanewe Czerwony, ani Verdanno nie mogą liczyć na łaskę Se-kohlandczyków. I chcę tę wojnę stoczyć na wschód od Amerthy, a nie na naszej ziemi. Wolałbym jednak inną drogę, z kilkoma trzymającymi się nawzajem za gardło królestwami i nami jako gwarantem pokoju. Dlatego, moja droga, chcę znać chwilę śmierci Yawenyra i imię jego następcy, zanim dowiedzą się o tym pomniejsi wodzowie koczowników. Pozwalam Psiarni wydawać dużo pieniędzy na odpowiednich magów, więc lepiej, żebym się nie zawiódł.

Gentrell cieszył się, że cesarz nie patrzył w jego stronę, i mimowolnie przypomniał sobie, że tak samo wyglądały narady w miesiącach po Rudej Jesieni. Kregan-ber-Arlens mówił, czasem długo i rozwlekle, ale zawsze jasno wyrażając własną wolę.

A ci, którzy słuchali nieuważnie - czasem tracili stanowiska i przywileje, a czasem życie.

Suka też miała dobrą pamięć, bo tylko skłoniła się nisko, niżej chyba niż przy powitaniu.

— Rozumiem, Wasza Wysokość.

— A skoro już jesteśmy przy wojnie na Wschodzie...

Szczur prawie się skulił, gdy spoczęło na nim ciężkie spojrzenie cesarza. Jakby na piersi stanął mu wyładowany kamieniami wóz.

— Mój najlepszy dowódca kawalerii, generał Genno Laskolnyk, słyszałeś o nim, prawda? Nie, nie odpowiadaj. Parę lat temu pozwoliłem mu pobawić się w gierki Szczurzej Nory, to on zresztą wpadł na pomysł, żeby posłać Verdanno przez góry. Szaleniec albo geniusz. Możesz mi powiedzieć, gdzie jest teraz?

Rozdział 3

Toryn zarżał, zaczął się boczyć i odmówił współpracy. Położył uszy po sobie, głowę przytulił do szerokiej piersi, zaparł się nogami w ziemię i stanął. Koniec, chcesz to złaź i sama tam idź.

Kha-dar podjechał do nich na jabłkowitej klaczy, przechylił się w siodle i poklepał jej wierzchowca po szyi.

— No już, dobrze, dobrze. Minęło dużo czasu. Nie jest niebezpiecznie.

Ogier wzdrygnął się, nabrał powietrza, zadrżał, ale się uspokoił. Kailean widziała już wiele razy, jak Laskolnyk panuje nad końmi, jak jednym gestem nawiązuje z nimi więź, której splecenie najlepszym jeźdźcom zajmowało czasem pół życia. Generał wyjął z rękawa lnianą chustkę, przetarł czoło i kark.

— Pieprzony upał. Człowiek ma wrażenie, jakby cały czas siedział w saunie. — Wskazał przepoconą szmatką rozległą równinę przed miastem. — Na tym polu zginęło wiele koni. I to paskudną śmiercią. Niektóre zwierzęta to wyczuwają.

— Jak? Duchy? — Berdeth nie przekazywał jej żadnych obrazów. Jeśli chodzi o jej talent, ta okolica nie różniła się od innych. Gdzieś tam przemknął duch jakiegoś małego, przypominającego łasicę stworzenia, niektóre kamienie i kawałki drewna drżały i wydawały się mieć inną barwę.

Nic niezwykłego.

— Nie, Kailean. Krew, gówno, przesycony strachem i bólem pot. Odór rozkładu. To zostaje w powietrzu i ziemi. Trwa. Tu było wyjątkowo paskudnie. Pokazali Pomwejczykom, jak potrafi walczyć meekhańska piechota.

Nie obejrzała się na odległe o pół mili miasto. Pomwe wciąż trzęsło się z przerażenia, w Pomwe wystarczyło mieć nieodpowiedni kolor włosów, na przykład po meekhańsku jasne, jak jej, by jakiś pijany strachem bałwan zaczął wrzeszczeć, że jesteś szpiegiem Krwawego Kahelle i zanim zdążysz pokazać odpowiedni glejt, oszalały tłum ściągnie cię z konia i rozerwie na strzępy. Dlatego ominęli miasto łukiem. Zresztą i tak najpewniej nie natrafiliby w nim na nic ciekawego do oglądania.

Z czaardanu przyjechali tutaj w ósemkę. Genno Laskolnyk, Faylen, Niiar, Kocimiętka, Daghena, Lea, Janne Newaryw i ona. Resztę i oddział „najemników", który z nimi przypłynął, zostawili w karawanseraju pod Białym Konoweryn i kazali im czekać. Oddalenie się o dwieście mil od stolicy księstwa wprost na tereny objęte rebelią wydawało się głupie, ale było w stylu Laskolnyka. Nie siedzieć na tyłku, lecz wskoczyć na koński grzbiet i działać. Od Kciuka, imperialnego Ogara, dostali dwóch miejscowych przewodników, z którymi dogadywali się łamanym meekhem, oraz oficjalne pisma głoszące, że zostali wynajęci do ochrony karawany z Wahesi i wędrują na południe, by dołączyć do swojego pracodawcy. W czasie powstania wzrósł popyt na usługi zbrojnych i to nawet nie ze względu na armię niewolników, lecz w związku z tym, że Białe Konoweryn opróżniło większość garnizonów w południowo-zachodniej części kraju, koncentrując armię przy stolicy, więc na drogach zaroiło się od bandytów, rabusiów i innych amatorów łatwego zarobku. Tacy ludzie raczej nie wejdą w drogę dziesiątce uzbrojonych jeźdźców, a jeśli chodzi o oddział buntowników... no cóż, w końcu ich właśnie szukali.

Podobno podjazdy niewolniczej armii same polowały na bandytów i tłukły ich bez litości. Kailean miała nadzieję, że zdążą się okrzyknąć, zanim w ruch pójdą szable.

Niewolnicy nienawidzili swych byłych panów z zawziętością, która budziła lęk nawet w kimś, kto dorastał przy granicy Wielkich Stepów. Ale, na litość Wielkiej Matki, mieli powody. A im powstanie trwało dłużej, tym mieli ich więcej.

Kailean mimo woli zerknęła na mury miasta. I ponownie wzdrygnęła się, ponownie zacisnęła zęby. Przewodnik, towarzyszący im z polecenia Ogara, wykrzywił do niej czarną twarz i uczynił znak odpędzający zło. Uderzyło ją, jak bardzo takie gesty są podobne do siebie w różnych miejscach świata. Jakby człowiek łapał coś paskudnego i odrzucał na bok.

Ale to zło pluło w twarz światu i nie dawało się tak łatwo odpędzić.

Bo Pomwejczycy w obawie przed tym, że żyjący wśród nich niewolnicy przyłączą się do buntu i otworzą bramy miasta, zareagowali histerycznie.

Mury obwiesili, a fosę wypełnili ciałami pięciu tysięcy przebywających w Pomwe niewolnych. To było głupie, bo miasto żyło głównie z przędzalni, farbiarni i warsztatów tkackich, więc olbrzymia większość tutejszych niewolników to byli *auwini* – popielni, dobrze wykształceni w rzemiośle i cenni przez swoją fachowość. Na mury trafili także *amri* – domowi niewolnicy tacy jak nauczyciele, muzycy, masażyści, lekarze, a przecież wśród nich poparcie dla buntu było nikłe. Ale to nie miało znaczenia. Miasto oszalało ze strachu i wymordowało ich co do jednego.

A później, gdy nadeszły wieści, że Kahel-saw-Kirhu idzie na Pomwe mścić się za tę rzeź, Pomwe ubłagało miejscowych dowódców Słowików i Bawołów o pomoc, wsparło ich oddziały najemnikami i widząc nadciągającą armię niewolników, wysłało na jej spotkanie wojsko.

W czaardanie słyszeli o tej bitwie wiele razy, choć najpełniejszą i najbardziej wiarygodną relację otrzymali od Kciuka.

W jego raporcie armia niewolników nie liczyła trzydziestu tysięcy ludzi, lecz osiem do dziesięciu, a na jej spotkanie nie wyszło dziesięć tysięcy żołnierzy Konoweryn, lecz cztery, po tysiąc Słowików i Bawołów, wsparte kosztującymi mnóstwo złota dwoma tysiącami najemników, głównie konnych z Wahesi i Kambehii. Pomwe było bogate, mogło sobie pozwolić na wydanie tylu pieniędzy, a na dodatek liczyło, że jeśli zniszczy buntowników, to rebelia w okolicach miasta upadnie.

Pomwe, o ciemnych murach obwieszonych tysiącami ciał, nie doceniło niewolniczej armii.

Kahelle. W miejscowych legendach nazywano tak demony, które przychodzą nocami i napełniają ludzkie sny takim przerażeniem, że nawiedzani przez nich nieszczęśnicy budzą się obłąkani. Kahel-saw-Kirhu, jeden z dowódców powstańczej armii, przyjął to przezwisko na samym początku rebelii, wykorzystując oczywiste podobieństwo własnego imienia. A po bitwie, w której Pomwe próbowało pokonać jego oddziały, Krwawy Kahelle naprawdę zaczął nawiedzać sny mieszkańców miasta.

Klacz Laskolnyka parsknęła i niechętnie ruszyła naprzód. Też jej się tu nie podobało. Reszta koni z ociąganiem podążyła za nią. Wysoka na kilka stóp trawa smyrała Kailean po łydkach; gdyby zeskoczyła z konia i przykucnęła, zieleń połknęłaby ją w całości.

— Krwawy Kahelle zrobił tu powtórkę z bitwy o bród na Siyi. — Generał obejrzał się na swój oddział przez ramię i posłał im zmęczony uśmiech. — Nie wierzyłem aż do teraz, ale naprawdę tego dokonał.

Kocimiętka ściągnął z głowy przepoconą chustkę, wyżął, skrzywił się i założył z powrotem.

— Myślisz, kha-dar? Tam była niezła rzeź. Udało mu się to z bandą niewyszkolonych rekrutów?

— Ci rekruci to w sporej części żołnierze. I mieli dość czasu, by podszkolić resztę. Zrobił to. Raport nie kłamał.

Daghena sięgnęła po manierkę, zwilżyła usta.

— Kha-dar, nie wszyscy urodziliśmy się, gdy słońce było jeszcze młode, i pamiętamy jakieś zamierzchłe bitwy. Co zrobił? Kto zrobił? I dlaczego tyłek wciąż lepi mi się do siodła?

Laskolnyk milczał. Kocimiętka rzucił Dag kpiące spojrzenie i wziął na siebie ciężar odpowiedzi.

— W bitwie o bród Siyi Trzydziesty Czwarty pułk zatrzymał i rozbił cztery tysiące uciekających koczowników, a połowa to były Błyskawice. Po Bitwie o Meekhan, gdy słońce było jeszcze młode, a świat nie cierpiał od nadmiaru pyskatych dziewek, rozbita armia Yawenyra uciekała, gdzie się dało. To był największy oddział, jaki nam się wymknął. Siedzieliśmy im na karkach od samego miasta, cztery nasze pułki jazdy i jakieś dwa tysiące nieregularnych, ale nie mogliśmy ich dogonić, wyprzedzali nas o kilka godzin. Zapędziliśmy ich do rzeki i gnaliśmy wzdłuż niej, Siya była szeroka i głęboka, a jedyny bród na niej obsadzał Trzydziesty Czwarty. I to w niepełnym składzie. Ledwo dwa tysiące ludzi. — Skrzywił się i ponownie wyżął chustkę. — Uff. Zmuszasz mnie do gadania w tym upale, dziewczyno. Jak zatrzymamy się na nocleg, odwdzięczysz mi się kolacją i wymasujesz plecy.

Dag wzruszyła ramionami.

— Nie ma sprawy. Mam w jukach trochę owsa i przejadę po tobie koniem, nawet ze dwa razy, jak będziesz chciał. A teraz jak zacząłeś, to skończ, bo zrobię to od razu.

Ktoś, chyba Niiar, prychnął kpiąco, ale większość oddziału przyjęła żarcik milczeniem. Byli zbyt zmęczeni wszechobecnym upałem i duchotą, żeby się zaśmiać. Kailean po raz setny zastanowiła się, jakie licho kazało jej się wybrać z Laskolnykiem w tę szaleńczą podróż, zamiast siedzieć w karawanseraju, gdzie mogłaby przynajmniej wymoczyć się od czasu do czasu w łaźni, popijając schłodzone wino.

Berdeth mignął jej na skraju widzenia i znikł w krzakach, nie poruszając nawet jednego liścia. No tak. Kha-dar zabrał ze sobą większość ludzi obdarzonych talentami.

— Trzydziesty Czwarty miał obsadzić bród i zatrzymać wszystko, co będzie przez niego próbowało przejechać. — Zastępca Laskolnyka skrzywił się, założył chustkę na czoło i kontynuował — ale nie spodziewaliśmy się, że aż tylu Se-kohlandczyków pójdzie w jego stronę. Gnaliśmy za nimi dwa dni, spodziewając się, że po przybyciu do brodu zastaniemy zmasakrowany pułk i smród po koczownikach. A gdy dojechaliśmy na miejsce, mogliśmy tylko odebrać tysiąc jeńców i jakieś pięćset zdobycznych koni. Dowódca Trzydziestego Czwartego... ccc... jak mu było, kha-dar?

— Benser-som-Elgris. Chyba. Albo som-Welgris. Nie pamiętam.

— No. Ten szaleniec przyjął bitwę przed brodem, a nie za nim. Ustawił pułk w trzy czworoboki po trzy kompanie, dwa wysunięte do przodu, a środkowy cofnięty o dwieście, trzysta kroków, artylerii kazał zaś stanąć na skrzydłach. Koczownicy nie mogli go obejść, bo z jednej strony miał gęsty jak cholera las, a z drugiej wzgórze, na którym za palisadą umieścił łuczników. Zresztą wiedzieli o pościgu i rozumieli, że muszą szybko przejść rzekę. Uderzyli... Kha-dar? Pomożesz?

— Uderzyli na jego prawe skrzydło. To pod lasem, żeby znaleźć się poza zasięgiem łuczników ze wzgórza, a gdy przesunął kompanie ze środka na prawo, by wzmocnić tamtą stronę, główny atak poszedł na osłabione centrum. Każdy dowódca jazdy by tak zaatakował. Każdy.

Kailean wymieniła spojrzenia z Dagheną i Leą. Każdy? W głosie Laskolnyka było coś, co wskazywało, że on wywęszyłby pułapkę. Bo przecież musiała być pułapka.

— Ten som-Welgris zastawił pułapkę. Syn parszywej maciory i starego capa. Gdy widziałem później pole bitwy, nie wiedziałem, czy go przeklinać, czy wyściskać. Cały teren przed środkiem formacji, ten między wysuniętymi czworobokami piechoty, usiał pułapkami na konie.

— Dziury?

Meekhańska piechota chętnie kopała w ziemi dziury, w których konie łamały nogi. Meekhańska kawaleria, składająca się w większości z ludzi kochających konie, czasem chętnie zakopałaby w tych dziurach pieprzonych piechurów.

Laskolnyk chrząknął.

— Nie tylko, Kailean. Środek pola porastała wysoka do pasa trawa, jak tutaj. On kazał przygotować setki, tysiące niskich kozłów przeciw jeździe. Nie wyższych niż trzy stopy, żeby ukryć je w trawie. Rzucił je tak — kha-dar pokazał dwie pionowe linie łączone u góry poziomą — robiąc sak na konnicę. Z przodu ułożył je rzadko, potem gęściej i gęściej. Pięćdziesiąt jardów przed liniami piechoty leżały już jeden za drugim. Kazał to zrobić w nocy, a do rana trawa podniosła się, kryjąc pułapkę. Nad pojedynczym kozłem koń mógł przeskoczyć, nawet jeśli jeździec zobaczył go w ostatniej chwili, nad dwoma czy trzema też, więc koczownicy, szarżując, przeszli nad pierwszymi pułapkami, ale potem... gdy atak doszedł do głównej linii obrony... Konie przeskakiwały nad początkowymi rzędami kozłów i lądowały pośrodku pola śmierci, raniły pęciny, łamały nogi, przewracały się i nadziewały na zaostrzone paliki. A do ataku w środek poszła większość jazdy, jakieś trzy tysiące, w tym Błyskawice. Setki koni padło od razu, reszta miotała się, próbując znaleźć drogę, nie widząc w trawie kozłów, przewracając się i ginąc. A artyleria z boków i łucznicy, którzy zeszli ze wzgórza, walili w nich jak praczka w mokre szmaty. Zanim się pozbierali, stojące na skrzydłach kompanie zawinęły się wokół nich i zamknęły kocioł. Dokończ, Kocimiętka.

Ten wzruszył ramionami. O czym tu gadać?

— Gdy dotarliśmy do brodu, okazało się, że mniej niż tysiąc koczowników wymknęło się z pułapki. Głównie tych, którzy atakowali prawe skrzydło. Wyłapaliśmy ich później do ostatniego. A ci, co weszli w środek... Trudno jest oderwać się od wroga, gdy wejdziesz w taki, jak kha-dar powiedział, sak. Se-kohlandczycy jechali do ataku ciasno, całą masą, bo chcieli się przebić jednym szturmem, a potem... ufff, po co ja tyle gadam... trudno zawrócić konia, gdy ci z tyłu nie widząc pułapki, pchają cię naprzód. Widziałem to w niektórych miejscach: trzy, cztery konie leżały jeden za drugim. Wyobraź sobie teren szeroki i głęboki na czterysta kroków, usiany martwymi i umierającymi zwierzętami. Końmi z połamanymi nogami, nadzianymi na zaostrzone pale, z kośćmi zgruchotanymi przez kamienie z katapult i ciałami naszpikowanymi strzałami. Część jeszcze żyła. Piechota chodziła po polu i dobijała je kilofami i siekierami, których zwykle używa przy okopywaniu się. Ten kwik...

— Tak, ten kwik... — Laskolnyk powiedział to cicho, że ledwo go usłyszeli. — Tu zrobili to samo. Zwabili ich w pułapkę. Szpiedzy Ogara mówili prawdę. Kahel-saw-Kirhu zabezpieczył sobie lewe skrzydło rzeką...

Kailean widziała już Tos, największą rzekę księstwa. Jakieś sześćset, siedemset jardów od nich brudna, mętna woda płynęła leniwie, a jej brzegi, choć płaskie, były grząskie i bagniste. Jazda nie mogłaby tamtędy obejść wroga.

— ... a prawe umocnił obozem. Kilkaset wozów spiął łańcuchami, zresztą właśnie dojezdzamy do tego miejsca.

Właściwie trudno byłoby im się zorientować, o czym dowódca mówi, gdyby nie to, że właśnie minęli linię wyznaczoną przez płytki rów, a trawa za nim była jakaś niższa i jakby rzadsza. W tym przeklętym kraju rośliny rosły jak na drożdżach, ale nawet one potrzebują trochę czasu, by całkowicie przykryć teren, na którym zatrzymała się armia.

— Tam i tam, i tu też — kha-dar wskazywał ciemniejsze plamy — to miejsca po ogniskach. Wojsko musi jeść. Trzy rzędy wozów, a za nimi namioty, wytyczone alejki. Wartownicy. Meekhańska piechota; psiakrew, nawet w Domu Snu będą zakładać obozy. Jak dobrze poszukamy, to znajdziemy nawet latryny.

Dziewczyny ściągnęły koniom wodze i zaczęły uważniej wpatrywać się w ziemię przed sobą. Kocimiętka parsknął kpiąco.

— Zakopali je, panienki.

— Jesteś pewien? — Lea nieufnie zerknęła na trawę.

— Regulamin wojskowy przewiduje zakopanie latryn, gdy zwija się obóz. Punkt sto trzydziesty ósmy. Ryzyko zarazy. A nimi dowodzą meekhańscy oficerowie i podoficerowie.

Nie wiedziały, czy żartuje, czy nie.

— Jeśli się ze mnie nabijasz i wjadę w dół gówna, to wyczyszczę nogi Perły twoją koszulą. — Daghena ruszyła za resztą. — Złapał ich w pułapkę, kha-dar? Jak nasi koczowników?

— Tak. Tutaj też w ziemi ukryte było to. — Laskolnyk zeskoczył z konia i ostrożnie wszedł w pas traw poza byłym obozem. — O, to właśnie.

Podniósł z ziemi połamane szczątki. Długą na dwa jardy kłodę przewiercono w kilku miejscach i przebito krzyżującymi się bambusowymi prętami. Końce prętów zaostrzono i utwardzono w ogniu. Całość była w kilku miejscach popękana, a koniec kłody wystrzępiony.

— Tak wygląda połowa kozła, na którego przewróci się koń. — Trudno było coś wyczytać z twarzy generała, ale Kailean nie potrzebowała specjalnych umiejętności, by wiedzieć, co jej kha-dar czuje. — A tak miejscowy wynalazek.

Rozgarnął rękoma wiecheć trawy, odsłaniając wbity pionowo i zaostrzony kij. Miał on szerokość trzech palców, był wysoki i giętki, a jego ostry koniec znajdował się kilka cali powyżej końskiego brzucha. Dziewczyna wyobraziła sobie, jak w pełnym cwale przejeżdża nad czymś takim, ukrytym w trawie, niewidocznym. Ktoś za jej plecami, nie rozpoznała kto, splunął, a Janne westchnął i rzucił ciężkim słowem.

Laskolnyk uśmiechnął się nagle, dziko, ale bez szczególnej złości.

— Dlatego kazałem wam jechać stępa i uważnie patrzeć na ziemię. I widzę, że za kilka chwil zaczniecie współczuć miejscowym, dzieci. Uważajcie z tym. Oni — wskazał miejsce, gdzie stał obóz niewolniczej armii — muszą sobie radzić, jak mogą. Meekhańska przemyślność, sztuczki i podstępy. Ogar twierdzi, że oddziały Kahela-saw-Kirhu przyszły pod miasto wieczorem, założyły obóz, a potem przez całą noc słychać było stamtąd śpiewy, śmiechy i odgłosy libacji. Płonęły ogniska, grała muzyka. I dlatego...

— Nikt nie patrzył na równinę między obozem a rzeką.

— Tak, Lea, właśnie tak. Nikt nie patrzył, jak szykują zasadzkę, wbijają pale, układają kozły. Rankiem większość niewolników wyszła zza wozów i udała się nad rzekę, zupełnie jakby szli orzeźwić się w jej nurcie i napełnić wiadra wodą. A wtedy z miasta wylała się jazda, raz-dwa stanęła w szyku i uderzyła. Dla Konowerczyków musiało to wyglądać, jakby złapali powstańców ze spodniami u kostek, w opuszczonym obozie, z większością piechoty nad rzeką i garścią łuczników i procarzy na środku, którzy zresztą na widok szarżującej jazdy rzucili się do ucieczki. Dowódca Słowików pomyślał, że niewolnicy spanikowali, że odetnie piechotę od wozów, przyciśnie do rzeki i wystrzela z łuków albo potopi, a potem spokojnie zdobędzie obóz. Tymczasem ta hołota nad rzeką zmieniła się w czworobok najeżony pikami, puste pole między nią a obozem okazało się linią pułapek, za którą, w trawie, kryło się dwa tysiące najlepiej uzbrojonej piechoty, jaką Krwawy Kahelle miał. Łucznicy i procarze zatrzymali się za piechurami i zaczęli strzelać, a wozy w obozie obsadziła reszta buntowników. Sak na kawalerię zadziałał. To nie była wierna kopia bitwy o bród na Siyi, ale zdała egzamin. Gdy konni ugrzęźli na pułapkach, stracili impet, czworobok znad rzeki ruszył na nich, skłuwając po równo konie i ludzi. Zapanował chaos, najemnicy, którym obiecywano łatwe zwycięstwo i mnóstwo łupów, stracili ducha, nie reagowali na komendy, mieszali Słowikom szyki. Zaczęła się rzeź.

Niiar pokręcił głową.

— Mówisz, jakbyś to widział, kha-dar.

Laskolnyk uśmiechnął się lekko.

— Nie widziałem, ale czytałem raporty Kciuka. Jego ludzie dotarli do kilku niedobitków z tej bitwy. Niewolnicy mieli mało jazdy, może ze dwieście koni, ale gdy resztki atakujących rzuciły się do ucieczki, ta jazda siadła im na karki i cięła, póki się dało. Prawie wszyscy najemnicy zginęli, ze Słowików tylko stu wróciło do Pomwe, ciężka piechota, która dopiero wyszła z miasta, nawet nie próbowała im przyjść z pomocą. Zwinęła szyk i wycofała się za mury. Kahel-saw-Kirhu zdobył to, po co tu przyszedł. Pancerze, broń, siodła i koninę. Dużo koniny. Jego ludzie muszą jeść.

W Kailean odezwało się wozackie wychowanie i przez chwilę czuła kulę żółci podjeżdżającą do gardła.

Złowiła kątem oka wzrok Dagheny i uspokajająco machnęła jej ręką. W porządku, dam radę. Wzięła głęboki oddech.

— Dobre bojowe konie są cenne... — Kocimiętka wyglądał na nie mniej wstrząśniętego niż ona.

— Racja. Ale tylko wtedy, gdy masz dobrych jeźdźców albo możesz je dobrze sprzedać. Poza tym, w takim młynie jak tutaj, w walce z piechotą kryjącą się za kozłami, to przede wszystkim konie są ranione i giną. Po co mięso ma się marnować? Hę? Znacie tą meekhańską praktyczność, prawda? W tej bitwie Krwawy Kahelle zdobył jakieś trzysta koni, resztę zabił i przez dwa dni, stojąc pod miastem, solił ich mięso w beczkach. To potwierdzona historia, są na to świadkowie. Całe Pomwe patrzyło. Nad rzeką niewolnicy urządzili sobie rzeźnię, woda przepływająca pod miastem zrobiła się czerwona, a góra kości miała wysokość kamienicy. Miejscowi zepchnęli później te resztki do wody.

Przez chwilę panowała cisza, przerywana tylko natarczywym brzęczeniem owadów. Kailean powstrzymała obrazy podsuwane przez rozpędzoną wyobraźnię i słabym głosem zapytała:

— Po co nam to opowiadasz, kha-dar?

— Bo dziesięć dni przed tą bitwą armia niewolników złupiła składy handlowe w północnym Wahesi. Nie było tam nic cennego, trochę bawełny i przypraw, ale niewolnicy przypiekli pięty jednemu ze schwytanych kupców i pod podłogami znaleźli czterysta beczułek soli. Co z tym zrobić? Jak myślicie? Kciuk przekazał mi tę informację, nim wyjechaliśmy, ale nie wiedział, co to może znaczyć. Ja chyba wiem.

Laskolnyk z zadziwiającą lekkością wskoczył na siodło, odwrócił się do nich i nagle do Kailean dotarło, że coś zmieniło się w jego twarzy. Był skupiony, spokojny, opanowany, ale i w jakiś dziwny sposób podekscytowany. Jak chłopiec, który dostrzegł szansę na niezłą zabawę.

— Musiałem zobaczyć to miasto i pole bitwy, Kailean. Bo Kahel-saw-Kirhu przyjechał tu nie tylko z bronią, ale też z beczkami i solą. A to znaczyło, że wiedział, jak bitwa się skończy. Zaplanował ją sobie, stoczył w głowie, zanim pierwszy koń wyjechał z miasta, i wygrał, nim pierwsza szabla wyskoczyła z pochwy. Cholera... miałem się przekonać, czy to powstanie ma szansę powodzenia i czy Imperium może mu realnie pomóc. Ale jeśli niewolnicy mają takich dowódców... Białe Konoweryn... nie, całe Dalekie Południe ma kłopot. Bardzo duży kłopot.

***

Cesarz nic nie mówił. Nie skomentował ani słowem informacji, że Genno Laskolnyk znajduje się na drugim krańcu świata, dobre trzy tysiące mil od Miasta Miast. Nie skrzywił się nawet, gdy Trzeci Szczur podał koszty wyekspediowania go tam wraz z kilkoma setkami starannie wyselekcjonowanych żołnierzy i innym wsparciem. Patrzył tylko w zamyśleniu na kamienną płaskorzeźbę z taką miną, jakby wysłuchiwał najzwyklejszego raportu o, dajmy na to, cenach pszenicy. Dopiero gdy usłyszał, że na miejscu generał wszedł w kontakt z agentem Psiarni, uniósł lekko brwi i spojrzał na Eusewenię. Gentrell nie doczekał się jednak swojej chwili satysfakcji. Nawet jeśli informacja ta była dla niej zaskoczeniem, kobieta nie dała nic po sobie poznać.

— Dalekie Południe to nasz teren, Wasza Wysokość — powiedziała tylko.

Oj. Błąd. Może nawet duży. Kregan-ber-Arlens przeniósł wzrok z powrotem na Szaleństwo Embrela i wyszeptał:

— Wasz teren. Wasz?

Gdy spojrzał na nią ponownie, pierwsza wśród Ogarów Imperium zgięła się w tak głębokim dygnięciu, jakby ręka giganta przygniotła ją do posadzki.

— Zaczynam rozumieć, na czym polega problem — kontynuował cesarz — z wami i ze Szczurami. To wszystko kwestia złej interpretacji pewnych stwierdzeń. Szczury węszą w domu, Ogary polują poza nim. Tak to jakoś szło, prawda? I Szczury uznały, że dom należy do nich, a Psy wbiły sobie do łbów, że to, co poza nim, stało się ich własnością. Zupełnie jakby ktoś pokroił świat na części i dał wam go do zabawy. Jakby — spojrzenie cesarza spoczęło na Gentrellu i nim ten się zorientował, zgięty w ukłonie też podziwiał szczeliny między płytami płaskorzeźby — naprawdę należały do was. A jednocześnie traktujecie wszystko i wszystkich jak zabawki. Nawet ludzi, którzy są bezcenni dla Imperium.

Głos, choć spokojny, nie zwiastował niczego spokojnego. Nagle zwykła narada, która miała być tylko serią raportów, zamieniła się w walkę o życie. Gentrell uświadomił sobie, że gdy wchodził do portalu, tylko dwóch jego ludzi wiedziało, że wybiera się do stolicy. I żaden z nich nie zdawał sobie sprawy, że będzie rozmawiał z cesarzem. A Menaner to był zamek obronny i lochy miał z pewnością głębokie.

— Genno Laskolnyk — głos cesarza zaczął się przesuwać, ale Szczur nie ośmielił się podnieść wzroku, by śledzić jego ruch — wart jest dziesięciu pułków jazdy. Całej cholernej konnej armii. Żołnierze pójdą za nim w ogień, a nasi wrogowie drżą, gdy słyszą jego imię. Pozwoliłem wam znaleźć mu zajęcie, bo zaczął się nudzić w stolicy, ale nie udzieliłem zgody na wysyłanie go na Dalekie Południe. Dlaczego się tam znalazł?

Od odpowiedzi na to pytanie zależał jego los.

— Na południu wybuchło powstanie niewolników, Wasza Wysokość. Meekhańskich niewolników.

— Wiem. Psiarnia o tym szczeka, a nasz korpus dyplomatyczny działa i zalewa mnie raportami. Wiem o wielkim powstaniu w Białym Konoweryn i o mniejszych, w pozostałych księstwach. Wiem, że walczą w nich głównie nasi ludzie. Wiem, że Białe Konoweryn ma nową władczynię, jakąś issarską dzikuskę, która wyszła żywa z Oka Agara, a tamtejszy książę leży złożony chorobą. Nie wiem tylko, dlaczego wysłaliście w ten kocioł mojego najlepszego dowódcę jazdy. Wyprostuj się, Szczurze!

Gentrell wyprostował się posłusznie. Cesarz stał dwa kroki przed nim i patrzył na podwładnego jak na prawdziwego szczura, który jakimś cudem wtargnął do komnaty.

— Mów! Krótko i składnie!

— Wasza Wysokość... Ja... to nie zależało do końca ode mnie. Generał sam podjął taką decyzję. Na południu... i na zachodzie coś się działo... nadal dzieje.

— Na zachodzie też? W Ponkee-Laa?

Skinienie głową kosztowało go więcej wysiłku niż wędrówka przez wyżarzone miasto.

— Tak. Nie wiemy jak, ale intensywność wydarzeń, ich gwałtowny przebieg oraz to, że nie udało im się zapobiec, mimo iż włożyliśmy w to sporo wysiłku...

— Zawiedliście?

— Wasza Wysokość... W mieście ktoś rozsiewał plotki, że wyznawcy Pana Bitew pobili kobiety wracające ze świątyni Wielkiej Matki albo że matriarchiści zbezcześcili *durwon*, lub że zamierzają przeszkodzić obchodom Drogi Wojownika. A wszystkie przeciwdziałania Rady Miasta okazywały się daremne. My też szukaliśmy źródła tych plotek, i nic nie znaleźliśmy. Najmniejszego śladu ani pieniędzy, ani magii, ani ludzi. A potem pojawiła się opowieść o tajemniczym mnichu albo kapłanie Wielkiej Matki, który na oczach tłumu przeklął wyznawców Reagwyra oraz wypalił z ich skóry *durwony* – i Ponkee-Laa wybuchło. Sami nie zorganizowalibyśmy tego lepiej.

Cesarz patrzył. Spokojny jak sama śmierć.

— Powiedz mi coś, czego nie wiem, Szczurze.

Była jeszcze garść plotek, niepotwierdzonych informacji, a Gentrell nie miał w zwyczaju posługiwać się takimi. Ale tym razem, przygwożdżony spojrzeniem Kregana-ber-Arlens, powiedział:

— Ponoć w podziemiach Świątyni Reagwyra doszło do starcia Mocy na niewyobrażalną skalę. Mamy w Ponkee-Laa kilku szpiegów wśród czarowników, wszyscy mówią, że to wyglądało tak, jakby dwóch olbrzymów siłowało się na rękę. Cisza, spokój, ale cały świat drży. Tak czuli. A gdy jeden z nich przegrał... Wrzask wstrząsnął pobliskimi aspektami w promieniu wielu mil. Ale szybko, bardzo szybko ucichł. I zaraz po tym zamieszki zaczęły wygasać.

— Pan Bitew?

To było pytanie, które zadawała sobie większość szpiegów w Norze. Tych mniej inteligentnych.

— To zbyt oczywiste. I zbyt nieprawdopodobne. Dlaczego bóg, który ma tysiące świątyń i miliony wyznawców w Imperium i poza nim, miałby się angażować w coś takiego? Rzucenie wyzwania samej Matce? To głupota. Szaleństwo. Poza tym taka dyskrecja w działaniu nie jest w jego stylu.

— Może nawet bogowie czegoś się uczą?

— Możliwe, panie. Ale sprawdziliśmy dokładnie naszą Świątynię Reagwyra. Ani jej arcyhierarcha, ani pomniejsi kapłani nie mają pojęcia, o co chodziło w wydarzeniach w Ponkee-Laa. Królestwa Wielkiego Rodzeństwa są odległe i trudno dostępne dla śmiertelników, więc tym bardziej gdyby Reagwyr zaangażował się osobiście, jego kapłani musieliby coś wyczuć. Ale to nie jest najważniejsze pytanie, Wasza Wysokość.

— Wiem. — Cesarz skinął głową i spojrzał na wciąż zgiętą w ukłonie kobietę. — Możesz się wyprostować.

Hrabina podniosła się powoli, z wyraźnym trudem.

— Jak brzmiałoby to pytanie według ciebie, Eusewenio Wamlesch, pierwsza wśród moich Ogarów?

On nas testuje, dotarło do Gentrella, a świadomość tego była jak trafienie piorunem. Decyzje zapadły, być może zaczyna się właśnie kolejna czystka, która zmieni układ sił w wywiadach, armii i bogowie wiedzą gdzie jeszcze? Ale dlaczego? Na litość Pani, dlaczego?

Eusewenia spuściła skromnie oczy, dygnęła lekko.

— Pytania byłyby dwa, mój panie. Jeśli w sprawę zaangażował się Pan Bitew, to kto stawił mu czoła? A jeśli, jak sama sądzę, to nie był Reagwyr, to jakie siły okazały się na tyle potężne lub bezczelne, by stoczyć walkę na poświęconej mu ziemi. I gdybym mogła...

— Nie. — Kregan uniósł rękę. — Ponkee-Laa, Fiiland i Wolne Księstwa to Utracone Prowincje. Nadal traktujemy je jak własne ziemie i dlatego Nora ma tam pierwszeństwo. Nawet jeśli nie zawsze spisuje się najlepiej. Mów dalej, Szczurze. O Konoweryn i Laskolnyku.

Gentrell ukłonił się lekko i kontynuował:

— Za powstaniem niewolników na Dalekim Południu też ktoś stoi, tyle wiemy. Ktoś pilnował, by wybuchło w odpowiednim momencie, bo chciał oddać władzę w Konoweryn w ręce księcia Kambehii, którego kreowano na pogromcę niewolników i zbawcę Południa. To miała być zaplanowana masakra, po której tamtejsze księstwa zjednoczą się ponownie, a panowanie nad nimi obejmie nowa dynastia. Ale... ale to był tylko pretekst, kurz, który miał zasłonić prawdziwe plany naszych wrogów. Czuję to... Wiem. Doświadczenie mówi mi, że wcale nie chodziło o tak banalną sprawę jak zmiana władzy, bo dynastię z Białego Konoweryn reprezentował tylko jeden, w dodatku ślepy książę. Nie trzeba było aż takiej zawieruchy, by go obalić i przejąć władzę, wystarczyłby, tak jak w przypadku jego brata, zwykły skrytobójca. Poza tym wydarzenia przebiegały w sposób podobny do tego z Ponkee-Laa: plotki o nowych obciążeniach dla niewolników, plotki o szykowanej przez nich rebelii, rosnące nieustannie napięcie. I bum. Jedna iskra podpala Dalekie Południe. I znów wyznawcy Wielkiej Matki stają przeciw jednemu z Rodzeństwa.

— Laskolnyk, co tam robi Laskolnyk?

— Gdy generał wypływał, Deana d'Kllean jeszcze nie została Płomieniem Agara. My... spodziewaliśmy się, że Laskolnyk będzie w imieniu Meekhanu toczył rozmowy z księciem Laweneresem o łagodniejszym traktowaniu pokonanych niewolników, a przy okazji sprawdzi, kto lub co stoi za tymi wszystkimi wydarzeniami. A kiedy sytuacja się zmieniła, uznaliśmy, że może negocjować to samo z jego następczynią.

Spojrzenie Imperatora nie zmiękło. Gentrell czuł, że mimo grubych murów i kamiennej posadzki w sali jest gorąco jak w piecu.

— Negocjować?

Rozdział 4

Nadal nie mogła się przyzwyczaić do tego, że rytm, w jakim kołysze się siedzisko na grzbiecie słonia, jest tak usypiający. I nawet wycie rozhisteryzowanego tłumu, który rzucał pod nogi Maahira tysiące jedwabnych chust i szali, nie potrafiło jej rozbudzić. Westchnęła tylko i wyciągnęła się wygodniej na szerokiej leżance zamontowanej tu specjalnie dla niej. Varala nalegała, nic, Varala zażądała właśnie takiego udogodnienia dla Pani Płomieni. Raz, by podkreślić, że Deana jest w ciąży, co dodatkowo podgrzewało histerię jej czcicieli, a dwa, że kogoś w takiej właśnie, półleżącej pozycji trudniej trafić.

Groźba zamachu nadal spędzała wszystkim sen z powiek, więc Deana musiała zakładać pod luźną szatę kaftan z dwudziestu warstw surowego jedwabiu. Podobno potrafił powstrzymać strzałę. Z całą pewnością grzał jak cholera.

Chciało jej się spać, pić i sikać. Jednocześnie.

Ciąża, psiakrew.

Bruk przed słoniem zaścielała warstwa bezcennych tkanin, gruba na stopę. Niektórzy powyciągali z domów zwoje barwnych jedwabi, dywany, kobierce, a nawet zasłony okienne i pościel, byleby tylko zwierzę, które niesie na grzbiecie Płomień Agara, postawiło na nich stopę. Taka relikwia byłaby cenniejsza niż złoto.

Maahir szedł powoli, ostrożnie, otoczony przez setkę jeźdźców w żółtych jakach narzucanych na kolczugi, którzy końskimi piersiami i drzewcami włóczni bezceremonialnie torowali sobie drogę w tłumie. Ulica była wąska, ludzie wpychani w boczne alejki krzyczeli i przeklinali, ale natychmiast wypełniali ją znów, gdy tylko książęcy słoń ich minął, i zaczynali zawziętą walkę o zdeptane przez niego szale, chusty i dywany. Gdyby nie eskorta, wielu z nich rzucałoby się wprost pod nogi Maahira i ginęło, wdeptanych w ziemię. Słowiki stali się jej osobistą gwardią, wierną do szaleństwa i gotową na wszystko. No cóż, próbowali zmazać grzech zdrady, za jaką uważali ciche poparcie Obrara z Kambehii. A ona nie zamierzała wcale im tego zabraniać. Lojalni żołnierze są cenni jak woda na pustyni.

— Za chwilę wyjdziemy na plac przed świątynią, Najjaśniejsza Pani.

Samiy mówiąc te słowa, nie odwrócił głowy, ale o to nie mogła mieć pretensji, w końcu kierował ważącym piętnaście tysięcy funtów kolosem, który mógłby przez nieuwagę wdeptać w ziemię rosłego mężczyznę. Bardziej ubodła ją ta „Najjaśniejsza Pani". Dwa słowa, w ustach tego chłopca kąśliwe niczym jadowe kły żmii.

— Możesz przestać się boczyć?

— Ja się nie boczę, pani. Jestem tylko sługą, a słudzy nie mają tego przywileju.

Westchnęła. Samiy, jej towarzysz podróży i towarzysz walki. Książęcy kornak, który razem z nią i Laweneresem uciekał przez pustynię, gdy wymknęli się bandytom, i który zdradził jej sekret Varali – nałożnicy i książęcej matki jednocześnie, sprawiając, że poczuła się jak głupia dziewucha. Po czym zniknął. Czasem prawie żałowała, że udało jej się wreszcie go odnaleźć. Przez miesiąc po wydarzeniach w Oku nie wiedziała, gdzie on jest, zapadł się pod ziemię, zupełnie jakby rozmowa, którą odbyli na plaży, była czymś, co wzniosło między nimi mur. Potem Suchi doniósł jej, że chłopak ukrywa się wśród kornaków szkolących słonie do wojny, więc wyciągnęła go stamtąd za uszy i zmusiła, by znów dosiadł Maahira. Olbrzymi słoń nie chciał słuchać nikogo poza chłopcem, a ponieważ był najbardziej majestatycznym zwierzęciem w książęcych stajniach, Deana musiała na nim jeździć, by podkreślać swój status. Możesz się obrażać i fuczeć na mnie, wywarczała odnalezionemu Samiyemu w twarz, naprawdę wściekła i rozgniewana, ale potrzebuję cię. Ja, i on też. Twój książę. Nie zostawiaj go ponownie.

To były niegodne, raniące słowa, ale najważniejsze, że wiedziała wreszcie, gdzie chłopiec jest. Lubiła go, lecz nie miała czasu na delikatność. Powstanie niewolników z każdym dniem rosło w siłę, i wyglądało na to, że nie obejdzie się bez walki. Maahir pójdzie na zbliżającą się wojnę, ale nie będzie brał bezpośredniego udziału w bitwie, strata książęcego słonia byłaby złą wróżbą. Siedząc zatem na jego karku, Samiy będzie bezpieczny.

W miarę bezpieczny.

No, ale teraz pojawił się inny problem. Od wydarzeń w świątyni Samiy zachowywał się tak, jakby uważał, że w czymś mu zawiniła, z pełną premedytacją przyjął więc postawę uniżonego, pokornego sługi, co z początku nawet ją nieco bawiło, ale teraz zaczynało irytować.

Załatwi to z nim jeszcze dzisiaj. Ale później, najpierw obowiązki.

Właśnie wjeżdżali na wielki plac przed Świątynią Ognia. Sto tysięcy gardeł wydało z siebie ryk, po którym nawet doskonale wyszkolony Maahir zastrzygł z niepokojem uszami. Deana podniosła się z leżanki, patrząc, jak tłum zachłystuje się wrzaskiem.

— *Agares achi! Agares achi! Agares aaachiiii!!!*

Tak. Płomień Agara to ja.

Znów ją uderzyła przeraźliwa groza tego stwierdzenia.

Płomień Agara to ja...

Machała dłonią, a wrzask tłumu pulsował ekstazą w rytm jej ruchów.

***

— Samiy.

— Słucham, Najjaśniejsza Pani.

Wracali do pałacu, a Słowiki pilnowały, by Pani Płomieni miała chwilę odpoczynku. Maahir przyspieszył, czując już zapach stajni, świeżej paszy i wody.

— Jesteś moim *laagha* i *laagvara*. Podróżowaliśmy i walczyliśmy razem. Możesz być na mnie obrażony, możesz nawet jaśniepanić mi w co drugim zdaniu, ale miałam nadzieję, że zasłużyłam sobie na tyle twojego szacunku, że powiesz mi, o co chodzi. Nie mogę cię przepraszać, jeśli nie wiem za co.

Chłopiec skulił się, chowając głowę w ramionach. Jego czerwony turban zakołysał się smętnie w rytm kroków słonia.

— Nie masz... za co przepraszać.

— Aha, rozumiem, więc uciekłeś, schowałeś się i zachowujesz się jak obrażona pannica, bo zrobiłam, co trzeba?

Pokręcił głową ruchem tak pełnym bezsilności, że aż zrobiło jej się go żal.

— To... trudne — wyszeptał.

Zaśmiała się cicho.

— Samiy, kocham cię jak młodszego brata, ale słowo trudne zupełnie nie oddaje m o j e j sytuacji. Do tej pory trudne sprawy załatwiałam tym — klepnęła dłonią rękojeść *talhera* — a teraz jestem na miejscu kogoś, kto dosiadł byka pędzącego na czele spłoszonego stada, choć miał nadzieję, że potrafi... potrafi tym stadem pokierować. A właśnie stanęłam naprzeciw stutysięcznego tłumu, wiedząc, że jestem dla tych ludzi tylko symbolem. Że jeśli popełnię jeden błąd, nie spełnię ich oczekiwań, zwrócą się przeciw mnie i rozerwą na strzępy, tak jak rozdarli ludzi Obrara.

Chłopak milczał przez chwilę. Tak długą, że nabrała przekonania, że już się więcej nie odezwie.

— Możesz uciec — powiedział cicho.

— Tak. Co noc i co dzień o tym myślę. Uciec. Zostawić księstwo, Suchiego, Varalę, Evikiata... Dom Kobiet... nawet ciebie, ty mały, uparty ośle... Wszystkich, z którymi zetknął mnie los, ludzi, których szanuję, a niektórych nawet więcej, niż szanuję.

— I jego, tak? Jego też nie chcesz zostawić.

Uśmiechnęła się pod *ekchaarem*. Domyślna bestia.

— Tak. Jego też. Nie zostawiłam go... was obu na pustyni, więc dlaczego sądzisz, że ucieknę teraz? Nawet jeśli mam na to ochotę.

Skulił się jeszcze bardziej, zmalał, jakby ubyło mu nagle kilka lat.

— To powinienem być ja — rzucił nagle dziko i gniewnie. — Ja powinienem...

No, znów zaczął przypominać Samiyego, którego pamiętała. Przynajmniej po głosie.

— Ja... powinienem wziąć Maahira i... i pojechać do świątyni. Stratować Bawoły, gwardię Obrara i go ocalić.

— Zabiliby cię. Poza tym powiedziałeś mi, że ci nie wolno, pamiętasz?

Odwrócił się gwałtownie w jej stronę, a w oczach miał ogień. Wyczuwając nastrój kornaka, Maahir niespokojnie zafalował uszami.

— Sądzisz, że kłamałem? Że zostawiłem Laweneresa i ciebie ze strachu? Jak inni? Którzy teraz wracają do pałacu i płaszczą się, by zwrócono im stanowiska? Gdybym mógł... gdyby mi było wolno...

Deana uniosła dłoń, przerywając mu, zanim się rozpłacze. Bo gdzieś za ogniem w jego oczach czaiła się rozpacz i bezradność, a czuła, że znienawidziłby ją, gdyby teraz zobaczyła jego łzy.

Wyprostowała się, bo pewnych rzeczy nie powinno się mówić, leżąc beztrosko, pochyliła się ku niemu i wypowiedziała dobitnie:

— Samiy, gdybym choć przez chwilę, choć przez jedno uderzenie serca podejrzewała, że stchórzyłeś, nigdy więcej nie nazwałabym cię *laagvara* ani nie pozwoliła dosiąść książęcego słonia. Przysięgam na wodę, którą dzieliliśmy się na pustyni. Jeśli nie mogłeś stanąć wtedy do walki, to znaczy, że jesteś związany przez siły, którym nie możesz się przeciwstawić. Wiem o tym. Tak bywa.

Dwie smugi wilgoci zabłysły na jego policzkach, ale teraz łzy były na miejscu. Te łzy mógł jej wybaczyć.

— Powinienem... — przełknął ślinę — ... powinienem z tobą pójść.

— A jaką zapłaciłbyś cenę?

Jego spojrzenie stwardniało, nawet zasnute łzami.

— Warto by było. Wiesz, jak się czułem wtedy, na plaży, gdy opowiedziałem ci historię Varali i posłałem do pałacu? Byłem pewien, że zginiesz. Że skazałam cię na śmierć. I nie mogłem nic zrobić, bo musiałem... być w innym miejscu.

Nie zapytała, gdzie i co musiał zrobić. Jeśli nie powiedział o tym do tej pory, nie powie i teraz. Może kiedyś, gdy nadejdą spokojniejsze dni.

— Musiałeś?

— Tak.

— A więc wszystko jest w porządku.

Pokręcił głową.

— Nie. Nie jest.

— Dlaczego?

— Bo nie mogę... nie mogę wejść do Domu Kobiet. Próbowałem, ale te służki z bronią mnie przegoniły.

Do licha. O tym nie pomyślała. Jak się poczuł, gdy zabroniono mu wejścia do komnat, do których, jako osobisty kornak i sługa Laweneresa mógł dotychczas wchodzić bez problemu? Czy sądził, że to dlatego, iż został uznany za tchórza i zdrajcę?

— Więc dlatego się schowałeś wśród innych kornaków?

— Tak.

— Ale wiesz, że Dom Kobiet jest zamknięty dla mężczyzn?

— Tak mówiły te służące.

No, teraz mogła się odegrać za „jaśniepaniowanie".

— Wiesz, mam pomysł — zaczęła niewinnie. — Przebierzemy cię za dziewczynkę i jakoś przemycimy.

Zaczerwienił się ślicznie.

— No nie rumień mi się tu. Masz ładną buzię, piękne rzęsy, mówiłam ci już, że zazdroszczę ci tych rzęs? No, to teraz mówię. A za takie usta... heeeej! Uważaj, bo kogoś stratujemy — zaśmiała się, łapiąc się siedziska.

A Maahir, czując, że jego kornak do reszty stracił koncentrację, popędził już całkiem swobodnie do stajni, trąbiąc przeraźliwie. Inne słonie odpowiedziały mu natychmiast i przez długą chwilę powietrze wypełniały nawoływania witających się szarych olbrzymów.

***

— Negocjować? — powtórzył Kregan-ber-Arlens.

— A co innego mogliśmy zrobić?

Odpowiadanie cesarzowi pytaniem na pytanie stanowiło szczyt głupoty, ale, do cholery, było mu już wszystko jedno. Jego kariera i tak najwyraźniej się skończyła, jeśli cesarz planował kolejną czystkę, to nie zacznie od samej góry, nie zwróci się najpierw przeciw Pierwszemu i Drugiemu Szczurowi.

— Co mogliśmy zrobić, Wasza Wysokość? — powtórzył Gentrell, prostując się jeszcze bardziej. — Mamy ograniczone środki. Połowa armii wciąż pilnuje wschodniej ściany, regimenty na południowym zachodzie musimy trzymać w pogotowiu, gdyby sytuacja w Ponkee-Laa znów się pogorszyła. Zresztą raportowałem o tym, że ich siły mogą nie wystarczyć i potrzebna będzie mobilizacja dodatkowych trzydziestu tysięcy żołnierzy. Na Północy Górska Straż się trzyma, ale Róg, dolina Gewenah, nadal jest wbity w Wynde'kann, a tamtejsi wyznawcy Byka wcale nie zaczęli nas nagle kochać. Przycichli tylko. Nesbordzkie długie łodzie coraz śmielej wpływają w Vannawen i Plorię, na razie głównie handlując, ale tam, gdzie dopłynie jeden statek, dopłynie i cała flota. Nie stać nas więc na wielką wojenną wyprawę przez pustynię, by wyzwolić naszych rodaków z niewoli na Dalekim

Południu. Nie mamy floty, by wysłać tam armię morzem, a gdybyśmy nawet mieli, to nie mamy armii, która mogłaby nią popłynąć. Możemy tylko negocjować. Jeśli rozeszłaby się wieść, że Imperium pozwoliło wymordować tych ludzi i nic nie zrobiło, zarówno Rada Pierwszych, jak i świątynie, cechy kupieckie czy gildie magów wykorzystają to, by osłabić władzę cesarską. Nawet ci, którzy przez ostatnie lata nie kiwnęli palcem, aby wykupić swoich krewnych z niewoli, podniosą lament. Do tego dochodzi element religijny. Agar od Ognia nie ma zbyt wielu wyznawców w Imperium, ale nawet mała wojna religijna jest gorsza od kiepskiego pokoju. A teraz możemy powiedzieć: wysłaliśmy tam Genno Laskolnyka, naszego najcenniejszego generała. Zresztą, mówiłem już, że on sam nie mógł usiedzieć na miejscu. A jeśli udałoby mu się przywieźć choć kilkuset ocalonych...

Szczur nie musiał mówić nic więcej, nie tutaj, nie przed tą dwójką. Kilka setek ocalonych, których można by pokazać na ulicach miast, przeważyłoby kilkaset tysięcy trupów, których nikt nie widział.

— Ale sytuacja się zmieniła, panie. Teraz generał będzie negocjował z nową władczynią Białego Konoweryn, która ponoć nie spieszy się tak bardzo do krwawej rozprawy i jest szansa, że powstanie nie skończy się rzezią. Obiecamy jej nowe traktaty, otworzenie szlaku handlowego przez Morze Białe, złoto. Ujście Amerthy aż prosi się o port, a teraz, gdy jej wschodni brzeg jest w rękach naszych sojuszników, ta rzeka może się stać dla wschodnich prowincji tym samym, czym Elharan jest dla południowych. Mamy dla Deany d'Kllean mnóstwo argumentów, okrągłych i błyszczących, a ona może je wykorzystać, by wygasić powstanie pokojowo. Ogłosić amnestię, znieść niewolnictwo, choćby częściowo, pozwolić tym, którzy będą chcieli, na powrót do ojczyzny. Może to zrobić, wykorzystując pozycję tej, która wyszła z Oka Agara, i pieniądze, które zarobi na handlu z nami. A przy okazji generał może sprawdzić, czy siły, które pchały do rzezi na Dalekim Południu, nadal są aktywne i czy mają coś wspólnego z tymi, które działały w Ponkee-Laa.

Przez ciągnące się niczym wieczność kilka uderzeń serca Kregan-ber-Arlens wpatrywał się w kan-Owara bez słowa. Potem jego twarz zmiękła, pojawił się na niej nawet leciutki uśmieszek.

— Spocznij.

Gentrell zorientował się, że od dłuższej chwili stoi na baczność.

— Widzisz, przyjacielu, tak naprawdę liczą się intencje. Gdybyście wysłali Laskolnyka na południe bez wyraźnego powodu, ot tak, dla pokazania, jaką macie władzę, chyba bym się odrobinę zirytował. A jak Laskolnyk miałby sprawdzić te tajemnicze siły?

— Wasza Wysokość, ja... — Informacja, że pierwszy kawalerzysta Imperium ma talenty nieakceptowane przez Wielki Kodeks, była tajemnicą z grupy tych, dla których zachowania Nora uruchamiała swoich skrytobójców. Instynkt Szczura, nakazujący gromadzenie i ochronę informacji, bo są cenniejsze niż całe złoto świata, zamknął mu usta.

Cesarz westchnął i odwrócił się do niego plecami.

— Genno jest Mówcą Koni — mruknął, a Gentrell o mało nie jęknął, zdruzgotany. Przecież Suka wszystko słyszała! — Wiedziałem o tym, zanim awansowałem pewnego młodego Szczura na sekretarza Pondersa-ond-Welrus. Powiedział mi to pierwszego wieczoru, gdy wtargnął do mojej komnaty i zapytał, czy będę siedział na dupie, czy zrobimy coś, by ocalić Meekhan. Potem pokazał mi, co potrafi zrobić, z koniem, z całym stadem koni, i przedstawił swoją strategię, a ja uwierzyłem, że znalazłem odpowiedniego człowieka i że mamy szansę wygrać tamtą wojnę. Tak więc wiem o tym. Eusewenia też wie, od chwili gdy najemnicy wysłani przez Psiarnię spróbowali schwytać generała.

Hrabina opuściła wzrok i zagryzła wargi.

— Wezwałem ją wtedy na prywatną audiencję, a ona ręczyła głową, że taka sytuacja już się nie powtórzy. Przyjąłem jej porękę i nadal ją mam.

Imperator odwrócił się ku Gentrellowi.

— Genno kontaktował się ze mną przez ostatnie lata — kontynuował — ale jak to robił, to już nasz sekret. Opisał mi swoje poszukiwania ludzi o talentach, za które jeszcze sto lat temu szło się na stos. Przyjął ich do czaardanu i chronił. I jak rozumiem, razem z nimi popłynął na południe.

— Tak, Wasza Wysokość.

— Dlaczego?

Szczur zamrugał.

— Wasza Wysokość?

— Genno mógł nalegać, żądać i się wściekać, ale dlaczego najpierw nie wysłaliście tam któregoś ze zwykłych magów? A nawet kilku z nich. Macie ich dość w Norze. A u wielu innych macie długi... — Cesarz zawiesił znacząco głos.

— Panie, Białe Konoweryn jest pod wpływem Oka Agara. Nie wiemy do końca, czym jest Oko, zakładamy, że jakąś emanacją królestwa Pana Ognia, ale zwykli czarodzieje na niewiele się tam przydają. Nie mogą sięgać po własne aspekty, mają problemy z koncentracją i snem, ich czary są słabe i niepewne jak...

— Jak w pobliżu Uroczysk, prawda? Jak w pobliżu Glewwen-On, tej małej wioski, gdzie straciliśmy czterystu ludzi i kilku magów bitewnych. Czy to nie dziwne, że miejsca błogosławione przez bogów i te przez nich przeklęte tak samo wpływają na umysły żywych?

Dokąd zmierzał cesarz? Gentrell po raz pierwszy od lat czuł się jak ktoś, kogo posadzono przy stole do gry, której zasad nie zna i ma je wykoncypować na podstawie ruchów i rozmów przeciwników. I to przeciwników mówiących w obcym języku.

Pozwolił sobie na szybkie zerknięcie na Eusewenię. Suka miała taką minę, jakby cesarz rozmawiał o pogodzie.

— W Glewwen-On starliśmy się z istotami, o których istnieniu nie mieliśmy pojęcia, prawda, Szczurze? Och, mamy na nie nazwy - demony, ciemne moce, siły chaosu... To tylko słowa. Istoty te krwawiły i umierały, choć były trudne do zabicia. Może popełniliśmy błąd, zakazując w Wielkim Kodeksie badania Uroczysk? Założyliśmy tchórzliwie, że jeśli będziemy je ignorować, to same znikną. Teraz nie wiemy, co się w nich kryje. Szukamy wiedzy na ich temat poza granicami Imperium, w krajach, gdzie obserwuje się Uroczyska, poluje na stwory, które się tam pojawiają, a nawet łapie je i zaprzęga do pracy. Przynajmniej te, które mogą przeżyć poza przeklętą ziemią. Ogary nieźle się spisują, wykradając sekrety gildiom magów z Ponkee-Laa, Ar-Mittar czy szamanom koczowników, ale sekrety z drugiej, a czasem trzeciej ręki są często gówno warte. Dlatego też Nora właśnie zorganizowała grupę do badania tych fenomenów, a zwłaszcza Wenderladzkiego Bagna. Nieoficjalnie, ale z naszym pełnym poparciem.

Gentrell znów miał wrażenie, że w grze, którą musi rozgryźć, zbyt wiele dzieje się naraz. Był, na parszywy zad zasyfionej kobyły, Trzecim Szczurem Nory. Trzecim! Zajmował się najważniejszymi sekretami Imperium, pilnował ich i strzegł, a tu, jakby nigdy nic, dowiaduje się, że Suka zna tajemnicę Laskolnyka, a cesarz ignoruje Wielki Kodeks i organizuje grupę do badania Wenderladzkiego Bagna. I to z pomocą Nory!

Nagle dotarło do niego, że właśnie poznaje sekrety, które uczynią z niego albo najbardziej zaufanego człowieka imperatora, albo najgłębiej zakopanego trupa.

Na cesarski rozkaz łamany był Wielki Kodeks! Wielu ludzi w Radzie Pierwszych, wśród kapłanów, przywódców kompanii handlowych i mistrzów bractw magii oddałoby pół majątku za takie informacje. Ileż można by zyskać samą groźbą rozpowszechnienia ich wśród ludzi! Jakie przywileje i władzę! Wielki Kodeks może i był regularnie naginany na pograniczu, ale w centralnych, rdzennych prowincjach Meekhanu stanowił podstawę, opokę porządku społecznego. W powszechnej opinii oddzielał ludzi od chaosu czającego się za Mrokiem.

Ale dlaczego Bagno?

To Uroczysko, położone sto mil na północny zachód od Starego Meekhanu, było największe na terenie Imperium. Miało prawie czternaście mil obwodu, lecz, na szczęście, leżało w głębokiej dolinie u stóp Gór Krzemiennych, z dala od szlaków handlowych czy cennych ziem. Z tego co Gentrell pamiętał, władające tymi terenami Siostry Wojny, w czasach, gdy Meekhan był niczym więcej jak średniej wielkości miastem-państwem płacącym im regularny haracz, otoczyły Uroczysko wałem ziemnym i trzymały na nim straż. Ale straże znikły, a wał już dawno skarlał do niewielkiego garbu. Wenderladzkie Bagno było spokojnym Uroczyskiem. Nie wypełniało się trującymi oparami ani nie rodziło bestii żywiących się ludzkim mięsem. Było mokrą plamą na obliczu Imperium, niecką pełną mętnej wody i skarlałych drzew. Gdyby nie to, że ludzie wrażliwi na Moc miewali w jego pobliżu koszmary, a czarodzieje problem z aspektami, można by pomyśleć, że to zwykła, podmokła dolina.

— Kto... kto się tym zajmuje? Wasza Wysokość? I dlaczego Bagno?

— Salurin.

Drugi Szczur? Drugi?

— Dlaczego on? Miesiąc temu Bagno eksplodowało. Dosłownie. Woda podeszła pod linię starych wałów Sióstr Wojny, miejscami je przekroczyła. W okolicznych wioskach ludzie budzili się z krzykiem, psy wyły, a kilka kobiet poroniło. Mieszkający tam czarownicy uciekli. W samym środku Imperium nie mamy już spokojnego, uśpionego Uroczyska, tylko Uroczysko dzikie i niespokojne. Inne też się uaktywniły. Raporty z Ponkee-Laa mówią, że na Szkarłatnych Wzgórzach zginęło w ciągu ostatnich dwóch miesięcy więcej ludzi niż przez poprzednie pięć lat. Pojawiły się tam podobno bestie, których wcześniej nie widziano. Ale mało kto się tym przejął, bo w tym samym czasie w mieście matriarchiści i reagwyryści stawiali barykady i podpalali sobie domy.

Imperator podszedł do kamiennej mapy od zachodu i dotknął jej kilka cali na południe od ujścia Elharan.

— Widzisz? Tutaj są Szkarłatne Wzgórza, między Konawerami a Ponkee-Laa. — Wszedł nagle na płaskorzeźbę i kilkoma zamaszystymi krokami zbliżył się do jej centrum. — Tutaj Wenderladzkie Bagno. Nasze własne, wielkie Uroczysko.

Gentrell z otwartymi ustami wpatrywał się w najpotężniejszego człowieka Imperium depczącego jeden z jego najwspanialszych skarbów. Tymczasem Kregan-ber-Arlens przeszedł na ukos przez Wielkie Stepy i zatrzymał się za północno-wschodnim krańcem Wyżyny Lytherańskiej.

— A tu Lennetr Owerth, Upadek Owertha. Uroczysko mało znane, bo nawet se-kohlandzcy Źrebiarze niechętnie zapuszczają się w jego okolice. Ale równie wielkie jak dwa poprzednie. A może nawet większe. W tej chwili znajduje się na pograniczu ziem Sahrendey. Nie wiemy jeszcze, czy zaobserwowano w jego okolicy jakieś dziwne zdarzenia, choć — cesarz skrzywił się, jakby rozbolał go ząb — zdefiniowanie dziwnych wydarzeń w pobliżu Uroczyska może być trudne. Gentrell, zajmiesz się tym. Twój człowiek, ten cały Ekkenhard, jest już przecież na miejscu.

Obaj jednocześnie zerknęli na Sukę, ale Eusewenia skinęła tylko głową, jakby właśnie nie ograniczono jej kompetencji.

— Tutaj z kolei — trzcinka trzymana przez Imperatora ponownie stuknęła w wozacką wyżynę — na pewno działy się dziwne rzeczy. Zgromadzenie plemiennych duchów, do którego nigdy nie doszłoby na naszych ziemiach, choćby dlatego że prędzej wybilibyśmy Sahrendey do nogi, niż pozwolili im ciągnąć za sobą taką armię dusz. Klęska Yawenyra. Rzekome objawienie woli Laal Szarowłosej, o którym znów nasi kapłani nic nie wiedzą. Do tego Key'la Kalevenh, córka And'ewersa Kalevenh, której cudowne ocalenie zmieniło układ sił na Wielkich Stepach. Chcę wiedzieć, gdzie ona jest i co robi. Albo dokładniej, w czyich znalazła się rękach i kto może ją wykorzystać do własnych celów. Bo w to, że umarła, nie wierzę.

Rozdział 5

Dwa Palce poderwał dolne dłonie w górę, ale Kocyk był szybszy. Jak zawsze. Pacnął jego wielkie łapy swoimi dłońmi, tą zwykłą i tą uzbrojoną w morderczą konstrukcję z drutów i pierścieni, zanim olbrzym zdążył cofnąć swoje. Key'li za to udało się uniknąć ataku górnych rąk olbrzyma.

Zaśmiali się, całą trójką, a Dwa Palce, mimo że przegrał czwarty raz z rzędu, śmiał się najgłośniej z nich. Pamiętała, jak przeraził ją ten śmiech, gdy usłyszała go po raz pierwszy: basowe pohukiwanie, metaliczne i skrzeczące, jakby żaba wzywała pomocy z głębi miedzianego sagana.

Jednak w ciągu ostatnich dni bez słońca i nocy, bez gwiazd na niebie, pokochała ten dźwięk, bo kojarzył jej się z bezpieczeństwem i spokojem. Gdy Dwa Palce się śmiał, wszystko było w porządku, świat stawał się mniej obcy i przerażający. Gdy Dwa Palce się śmiał, śmiała się nawet ziemia pod jego stopami.

Kocyk śmiał się po swojemu. Machał dłońmi, jakby klaskał, ale uderzały o siebie tylko czubki jego palców. Zgrzytliwy dźwięk, gdy żywe ciało stykało się z metalowymi naparstkami zakończonymi pazurami, mógłby budzić niepokój, gdyby oczy chłopaka nie błyszczały radośnie. To też kochała. Te chwile, gdy jego twarz traciła swój zwykły, na wpół dziki, na wpół czujny wygląd i śmiała się do niej.

Prawie można było zapomnieć, kim naprawdę jest.

Przez mgnienie oka zastanawiała się, co jej rodzina pomyślałaby, gdyby teraz zobaczyła całą ich trójkę. Key'lę, opartą plecami o kamień, na którym siedzi półnagi chłopiec z szopą ciemnych włosów związanych na czubku głowy w niesforną kitkę, i klęczącego przed nimi olbrzyma, którego każda z czterech rąk była grubsza niż jej noga. Olbrzyma z dziwną twarzą, ze spłaszczonym nosem, szeroko rozstawionymi żółtymi oczyma i mocarnymi szczękami, w których, gdy się śmiał, błyszczały potężne kły. Olbrzyma, który miał ponad osiem stóp wzrostu, co nie rzucało się w oczy, kiedy klęczał i grał z nimi w łapki, uczciwie, cztery dłonie na cztery, ale gdy wstawał, wyglądał przy nich jak gigant z legend stojący między karłami. I nie był wcale chudy i wątły, jak wielu wysokich ludzi, o nie, bary szersze niż jej ojciec i węzły mięśni na nagich ramionach wskazywały na jego niepospolitą siłę.

Czy ojciec i bracia rzuciliby się na niego z toporami i szablami? Zapewne. I to zanim zdołałaby im krzyknąć, by schowali broń. Że to nie bestia ani stwór Mroku, tylko *vaihir.* Ona była człowiekiem, Kocyk, przynajmniej dla niej, też, a Dwa Palce był *vaihirem.* To przecież nic niezwykłego w tym miejscu, pod niebem, które nie zmieniało barwy, na ziemi pełnej czarnych, błyszczących skał.

Tu nie dziwiło jej już nic.

Ocalała dzięki Kocykowi. Sobie tylko znanym sposobem przeniósł Key'lę tutaj, zabierając z płonącego wozu, gdzie duchy katowały ją obrazami rzezi wprost z pola bitwy. Płakała potem, gdy minęło pierwsze oszołomienie, szlochała długo i mocno, wypłakując ból i poczucie niesprawiedliwości. Była już u rodziny! Żołnierze zdjęli ją z haków, a ta dziwna kobieta, która okazała się jednym z rzekomo zamordowanych wozackich dzieci-zakładników, przywiozła ją prosto do obozu. Pamiętała dotyk ojcowskich rąk, niezgrabnych w czułości, gdy trzymały ją i tuliły, jakby była szklaną figurką. To nie tak miało być! Zupełnie nie tak! Odrzuciła duchy, które cisnęły się do niej ze wszystkich stron, ale nie chciała trafić w to dziwne i przerażające miejsce.

Chłopiec o czarnych włosach nie reagował na jej płacz, ale też jej nie popędzał. Pozwolił, by z łzami wypłynęły z niej poczucie krzywdy, żal i strach. A gdy skończyła szlochać, gdy znów obudziła się w niej ciemna, uparta verdańska duma, objął ją i poklepał po plecach, jakby chciał powiedzieć, że wszystko będzie dobrze.

Prawie mu uwierzyła.

Później dbał o nią i opiekował się. Znajdował wodę wśród czarnych skał i schronienie na czas snu, a kiedy miała ataki gorączki - przytulał mocno. To dlatego nazwała go Kocykiem. Ale nie umiał lub nie mógł zdobyć jedzenia, więc odkąd tu przybyli - głodowali, a jej rany napuchły i bolały coraz bardziej.

Dwa Palce przestał się śmiać i wstał. Jakby zawisła nad nimi góra.

— Idziemy, Słaba Jedna. Pora ruszać.

Słaba Jedna. Takie nadali jej imię, bo każda istota powinna mieć imię, które ją określa. I to imię składające się z dwóch słów, bo jednym słowem nazywa się rzeczy, zwierzęta albo inne stworzenia. Key'la? Nawet ona nie wiedziała, co to właściwie znaczy. Za to znaczenie jej nowego imienia wydawało się oczywiste: była słaba, nikt nie zaprzeczy, i była sama, gdy ją znaleźli. Przynajmniej w oczach *vaihirów*. Bo Kocyk nie liczył się jako osoba. Gdyby nie okoliczności, w jakich się spotkali, najpewniej zabiliby go bez wahania, rozpoznając w pajęczej rękawicy, którą nazywali *a'sanwerh*, i szarym mieczu, którym walczył, oznaki przynależności do kogoś, kogo nazywali Królową Dobrych Panów.

A Dobrzy Panowie nie mieli wśród *vaihirów* przyjaciół.

Ale poznali się w czasie walki, krótkiego, szalonego starcia, gdy kilku czwororękich zostało zaatakowanych przez oddział około dwudziestu wojowników w szarościach. Rozpoznała napastników od razu, po twarzach jak wykutych w kamieniu, po szarych włosach, szarych brwiach i szarych spojrzeniach. Tacy sami próbowali zabić ją w górach, wiele miesięcy temu.

Walka była krótka i brutalna. Key'la obserwowała ją ukryta za kamieniem, bo życie na pograniczu nauczyło ją, że gdy w powietrzu śmiga stal, to małe dziewczynki kryją się, gdzie się da, a poza tym była zbyt słaba i obolała, by cokolwiek zrobić. I choć nie wiedziała, komu ma życzyć zwycięstwa, a czwororęcy przerażali ją nie mniej niż Szarzy, od razu wiedziała, że to oni właśnie mają kłopoty. W pierwszym ataku padło ich dwóch, a pozostała czwórka nie zdołała nawet ustawić się do siebie plecami. Każdy walczył sam z co najmniej piątką napastników.

Raz w życiu widziała, jak do Lithrew przyjechała wędrowna grupa kuglarzy, a główną atrakcją ich przedstawienia miało być szczucie niedźwiedzia. Niedźwiedź był stary, nie mógł już tańczyć ani stawać na beczce, więc aktorzy postanowili dać ostatnie przedstawienie z jego udziałem. Wynajęli sforę psów, ogrodzili kawałek terenu za miasteczkiem i ogłosili „wielką atrakcję". Oglądać walkę przyjechało nawet kilku okolicznych szlachciców. Pamiętała, że siedziała na ramionach ojca i patrzyła, jak zmęczony, posiwiały zwierz ostatni raz podrywa się na tylne łapy i opędza od szybkich, rozjuszonych zapachem krwi psów. Było jej tak żal niedźwiedzia, że przez większość przedstawienia miała zamknięte oczy.

A oni właśnie tak wyglądali. Te wielkie stworzenia, których nazwy jeszcze wtedy nie znała. Jak niedźwiedzie otoczone przez sforę posokowców.

Walczyli dzielnie, dwoma, trzema lub czterema ostrzami, ale choć każdy z nich był wyższy o stopę lub dwie od atakujących, przegrywali. Bo Szarzy byli szybcy, zwinni i bezwzględni. I walczyli jak psy. Doskakiwali i szarpali, starali się zajść ofiarę od tyłu, ranili, kiedy tylko się dało. Używali włóczni o ostrzach z szarego metalu, długich mieczy i noży. Cięli i kłuli atakowanych po nogach, próbowali podcinać ścięgna i przede wszystkim przewrócić ich na ziemię.

Jak sfora atakująca niedźwiedzia.

Gdy pierwszy z pozostałej czwórki olbrzymów opadł na kolana, Key'la wskazała Kocykowi walczących i powiedziała:

— Pomóż im.

Do dziś dziękowała Pani Koni, że zrozumiał, o których „ich" chodziło. A może po prostu pamiętał Szarych z gór?

Nieważne.

Zaatakował tych, których miał zaatakować.

Skoczył między walczących, na pomoc powalonemu olbrzymowi, a jego szare ostrze i pazury zabarwiły się czerwienią, zanim dziewczynka zdążyła mrugnąć.

Ledwo mogła nadążyć za nim wzrokiem.

Był bladą śmiercią krążącą po polu bitwy, a tam, gdzie przeszedł, ciała w szarościach padały na ziemię. Dwóch pierwszych zabił jednocześnie, jednego uderzając pazurzastą dłonią w kręgosłup, drugiemu odrąbując obie ręce trzymające włócznię. I tą samą włócznią, złapaną nie wiedzieć jak i kiedy, zabił następnego Szarego, trzeciego, nie, czwartego, bo trzeci przewracał się właśnie, trafiony krótkim mieczem, który chłopiec zostawił w jego trzewiach.

Na drzewcu włóczni wciąż zaciskały się dłonie.

Ostatni z piątki atakujących zginął od ciosu czegoś w rodzaju żelaznej maczugi trzymanej w dwóch prawych rękach *vaihira*. Po tym ciosie powalony na kolana czwororęki olbrzym podniósł się natychmiast, a jego ludzko-zwierzęca twarz miała prawie zabawny wyraz zdumienia.

Tak poznali Dwa Palce.

Później walka przebiegła szybko. Dwa Palce i Kocyk zaatakowali pozostałych Szarych, związanych walką z resztą olbrzymów. Zabili dwóch, potem jeszcze dwóch, zanim reszta zdążyła się zorientować, że losy potyczki się odwróciły. Nagle było czterech *vaihirów* i milcząca, ciemnowłosa śmierć przeciw mniej niż tuzinowi napastników.

Ostatnie starcie kosztowało ich życie jeszcze jednego olbrzyma, bo Szarzy na wydany syczącym głosem rozkaz rzucili się wszyscy na jednego z nich. Nie próbowali uciekać, rozproszyć się, ratować życia. Chcieli tylko zabijać i udało im się to, bo najmniejszy z *vaihirów* zginął, nim jego towarzysze wybili resztę zabójców.

Cała walka odbywała się w ciszy. Z wyjątkiem tego ostatniego okrzyku ani Szarzy, ani czwororęcy nie wydawali z siebie żadnych dźwięków. Żadnych przekleństw, jęków, okrzyków bólu, błagań, bojowych wrzasków. Tylko głuchy szczęk broni i przyspieszone oddechy.

Kocyk idealnie pasował do tego pola bitwy.

Otoczyli go po walce. Trzech wielkoludów z za dużą liczbą rąk utworzyło luźny krąg wokół chudego chłopca, który sięgał każdemu z nich ledwie do brzucha. Jakby trzy niedźwiedzie stanęły nad łasicą.

Wahali się, a coś w sposobie, w jaki trzymali broń i patrzyli w dół, mówiło jej, że chcą go zabić. Byli jednak zaskoczeni, może nawet zdumieni, i to zdumienie spowodowało, że nie zrobili tego od razu.

Bez Kocyka nie miała najmniejszych szans na przeżycie. Wyszła więc zza kamienia i ruszyła chwiejnie w ich stronę, było jej już wszystko jedno – zabiją ich oboje czy ocalą. Byleby tylko nie została tu sama na śmierć.

Jej widok zdziwił ich chyba bardziej niż widok Kocyka. Najbliższy olbrzym zamrugał i obnażył zęby, później dopiero nauczyła się rozpoznawać ten grymas jako wyraz najwyższego zaskoczenia, po czym machnął w jej stronę szeroką szablą.

Kocyk znalazł się między nimi, zanim zdążyła otworzyć usta. Westchnęła, podeszła do chłopca od tyłu i objęła go mocno.

— Dość, Kocyku. Dość. Nie będziemy z nimi walczyć. Widziałam już dość zabijania jak na jeden dzień. Właściwie widziałam już dość zabijania jak na jedno życie.

Zmiękł pod jej dotykiem, rozluźnił się, jego zlepione krwią pazury opadły ku ziemi. Obróciła go łagodnie twarzą do siebie, przytuliła.

— Zamknij oczy — poprosiła, nadal nie wiedząc, czy ją rozumie. — Zamknij jak ja.

Chwila minęła, nim poczuła delikatne dotknięcie na twarzy. Palec, gruby niemal jak jej trzy, wodził chwilę po jej czole, brwiach, musnął nos i policzki. Ten sam palec uniósł jej górną wargę, przejechał po zębach. Poczuła ciepły oddech, ktoś obwąchiwał jej włosy, później ramiona.

Cios nie nadchodził. Przestraszyła się, że gdy otworzy oczy, olbrzymów nie będzie, że porzucą ich na śmierć z głodu.

— Słaba. Słaba patrzy.

Meekh. Język Imperium, w którym się wychowała. Zdumienie przeważyło nad strachem, więc otworzyła oczy, napotykając spojrzenie żółtych ślepi ledwo kilka cali od jej twarzy.

— Słaba rozumie? Rozumie mnie?

— Tak. Rozumiem.

Stwór uśmiechnął się. Bardzo po ludzku i bardzo przerażająco.

— Słaba rozumie — potwierdził.

A potem dotknął swojego czoła.

— Ja Omuli-rech. Dwa Palce po twojemu. Ty?

— Key'la... jestem Key'la.

— Co to znaczy?

Zaskoczył ją. Po raz pierwszy, ale nie ostatni.

— Nic. To imię.

Pokiwał głową, chyba rozbawiony.

— Imię musi coś znaczyć. Nie może być dźwiękiem jak kamień albo patyk. Inaczej bóg cię nie odnajdzie, gdy się uwolni. Pomyśli, że kamień i ty to jedno i weźmie sobie kamień. — Wpatrywał się w nią intensywnie. — Ty jedna. Ty słaba. Ty Słaba Jedna. Po naszemu to będzie Sauri-noi. Słaba Jedna.

Tak dostała nowe imię. *Vaihirowie* w ten sposób załatwiali wszystkie sprawy. Szybko i bez zbędnych ceregieli. Dwa Palce,

Czarny Biały, Kubek Wody, Słaba Jedna. Kocyk nie dostał prawdziwego imienia, z powodów, których do końca nie rozumiała, ale nie został również zabity, za co czuła wdzięczność. Czwororęcy uznali, że jest w jakiś sposób z nią związany, a skoro tak, to byleby trzymał się w pobliżu Key'li, pozwolą mu żyć.

Ich pragmatyzm był bardzo bliski temu, jaki poznała i nauczyła się cenić, żyjąc na pograniczu.

Tak przynajmniej myślała w pierwszych dniach wspólnej wędrówki z *vaihirami*.

Bez problemu nauczyła się ich rozróżniać. Dwa Palce był najniższy z nich, za to najszerszy w barach, i jako jedyny używał broni przypominających żelazne pręty nabijane guzami. Jego włosy miały barwę ciemnego miodu, a oczy podżółtków, jej ulubionych kwiatów. Czarny Biały nosił, zgodnie ze swoim imieniem, tylko te barwy, nawet ostrza jego czterech szabel zostały dobrane parami, prawa górna i lewa dolna kontrastowały bielą ze swoimi czarnymi siostrami. Był też największym mrukiem, ignorował ją całkowicie, a na Kocyka zerkał tak, jakby bardzo swędziały go dłonie. Ostatni z *vaihirów*, Kubek Wody, miał najdziwniejsze oczy, jakie kiedykolwiek widziała, bursztynowe na krawędzi i przechodzące w ciemną zieleń tuż przy źrenicach. W walce zraniono go w oba dolne ramiona, nosił je teraz obandażowane na temblaku i sprawiał wrażenie zaskakująco nieporadnego, gdy musiał sobie radzić tylko z jedną parą rąk. Śmiał się jednak szczerze, obserwując, jak grali w łapki z Dwoma Palcami, pomagał jej rozkładać posłanie, to znaczy ona pomagała jemu, i najwyraźniej nie miał nic przeciw Kocykowi.

To jej wystarczyło.

Nakarmili ich kawałkami czegoś, co wyglądało i smakowało jak suszone i doprawione ziołami mięso, oraz małymi, płaskimi plackami z ciemnej mąki, które co kilka dni piekli na blasze. Skąd mieli mięso i zboże w tej krainie stalowoszarego nieba i czarnych skał, gdzie nic nie rosło, nie było dnia ani nocy, nie padał deszcz ani nie wiał wiatr, Key'la nie wiedziała i szczerze mówiąc, trochę bała się zapytać. Opał znajdowali dość często, w jaskiniach, w pęknięciach skalnych, w dziurach w ziemi. Raz pokazali jej coś, co wyglądało jak piwnica wypełniona połamanymi deskami z dziwnego, białego drewna. Drewno paliło się niebieskawym płomieniem, a wydobywający się z niego dym śmierdział jak zepsute jajka. Jeśli opału nie było, ich dieta składała się tylko z suszonego mięsa.

Nie narzekała. Oczyścili jej rany i posmarowali je jakąś bezbarwną i pachnącą trochę jak rumianek maścią, a kiedy dostała od tego takiej gorączki, że nie dała rady iść, Dwa Palce niósł ją przez trzy dni na własnych plecach. Dni. Tak nazywała cykle wędrówki i snu, którymi kierowali się *vaihirowie*. Poza tym potrafili znajdować wodę czystszą niż Kocyk, więc nie bolał jej już brzuch. No i czuła się bezpiecznie.

Przez wiele, wiele cykli wędrówki i snu, które zwykła nazywać dniami.

Interludium

Wiatr na zewnątrz jaskini wył niczym ranne zwierzę. Ponure, zawodzące dźwięki mogłyby, gdyby trwały dłużej, doprowadzić człowieka słabszego duchem do myśli samobójczych. Czasem zresztą tak właśnie się działo.

Mężczyzna grzejący dłonie przy małym ognisku wiedział, że miejscowi nazywają taki wiatr „zewem wisielca", bo właśnie po takich wichurach w odosobnionych chałupach znajdowano najczęściej trupy z pętlami zadzierzgniętymi na szyjach. Mówiono, że duchy samobójców dołączają do legionu swoich poprzedników i gnają przez świat, wyjąc ponuro i nawołując kolejnych desperatów, by do nich dołączyli. Lepiej było nie spędzać tego czasu samotnie, dlatego ludzie z okolicznych wiosek garnęli się do karczm, odwiedzali rodziny i sąsiadów, zagłuszali ponure wycie muzyką, biesiadnymi wrzaskami albo opowieściami przy ogniu.

Lub też, pchani niezrozumiałą furią, znajdowali sobie inne zajęcie.

Mężczyźnie grzejącemu dłonie przy małym ognisku wiatr nie przeszkadzał. W ogóle. Wiatr to wiatr, masa powietrza zmierzającego z jednego miejsca w inne. Taka... rzeka bez wody. Nic groźnego. Nie wierzył w historie o duchach szamoczących się w uścisku wichru i tęskniących do towarzystwa. Nic... wiara nie miała z tym nic wspólnego. Wiedział, że to nie żadne duchy.

Ale jego wiedza nie miała w tej chwili znaczenia. Czekał. Po prostu czekał na tych, którzy wciąż szukali w sobie odwagi.

Miejscowi... Miejscowi byli trochę podobni do mieszkających dalej na wschodzie Wessyrczyków, szczupli, ciemnowłosi i jasnoocy, mówili jednak po swojemu, językiem trudnym do zrozumienia i szorstkim jak zgrzytający w zębach żwir. Ich mowa nie stanowiła dla niego problemu, wolał jednak, by nie wiedzieli, jak dobrze nią włada. Ludzie zdradzają więcej sekretów, jeśli sądzą, że ich słuchacz nie ma pojęcia, o czym mówią. W wiosce posługiwał się więc kulawym dialektem, wtrącając nesbordzkie i meekhańskie słowa. Wystarczająco jednak dobrze dogadywał się z tubylcami, by zrozumieli, że szuka Jaskini Śpiących. Jednak na samo wspomnienie o niej odwracali się bez słowa i odchodzili.

Nie czcili żadnego konkretnego bóstwa – w wiosce natknął się i na kapliczkę Bliźniąt, i na ołtarzyki poświęcone Setrenowi-Bykowi oraz Dress – ale szanowali kapłanów, wróżbitów i magów, czy też raczej bali się ich. A on wyglądał przecież jak jeden z tej bandy, brodaty, z ciężką, dębową lagą w ręku, w długiej szacie, która kiedyś mogła być habitem. Wędrując przez góry, przekonał się, że ten strój zapewnia większy spokój niż kolczuga i topór za pasem. Ubogiego mnicha-kapłana nie za bardzo jest z czego okraść, a po co narażać się na zemstę nieznanego bóstwa, któremu może on służyć?

I właściwie tylko ten strach chronił go przed nożem podrzynającym gardło albo kijem rozłupującym czaszkę. Przynajmniej do tej pory.

Uśmiechnął się. Jak nisko upadliśmy. Jak bardzo zbliżyliśmy się do zwierząt, za które niektórzy nas mieli... mają. Ale w końcu tu, na północno-zachodnim krańcu kontynentu, gdzie Loharry przeglądają się w Morzu Awyjskim, nie tętniło serce cywilizowanego świata. Tubylcy nie byli nawet budzącymi postrach Nesbordczykami, kupcami-piratami, których długie łodzie zwiastują niezły handel albo śmierć i pożogę. Tu, w zapomnianych nawet przez Anday'yę dolinkach, żyły niedobitki ludów wypartych z żyźniejszych ziem przez jasnowłosych najeźdźców na śmigłych okrętach.

Ploria, Temboria, Indria i inne wyspy Morza Awyjskiego nie mogły już pomieścić wojowniczych żeglarzy, więc od przeszło stu lat kolonizowali oni wybrzeże, odbierając miejscowym ziemie, lasy i pastwiska. Zawsze tak było i zawsze będzie, lepiej uzbrojeni i zorganizowani, bardziej głodni wypierają z żyźniejszych terenów słabszych i mniej bitnych. Nie było i nie będzie w tym nic dziwnego, dopóki zające nie nauczą się polować na wilki.

Na zewnątrz jaskini rozległy się kroki, trzech... nie, czterech ludzi. Zbliżyły się, ucichły i po dłuższej chwili zaczęły oddalać. Mężczyzna prychnął. Zrobił wszystko, żeby ułatwić im zadanie. W wiosce położonej w dolinie rozpytywał o tę jaskinię, odbijając się, zgodnie z oczekiwaniami, od muru milczenia, potem wyszedł w góry w biały dzień, ignorując ponure spojrzenia i dłonie zaciśnięte na trzonkach siekier i wideł. Nie zacierał śladów, zostawił za sobą szlak połamanych gałęzi i wygniecionej trawy, jakby towarzyszyło mu stado krów. A teraz rozpalił ognisko tuż przy wejściu do jaskini, wiedząc, że jego blask widać z odległości wieluset yardów.

I nic.

Miejscowi, ci, którzy mieli dość odwagi, a raczej wściekłości i gniewu, by za nim podążyć, wciąż nie mogli przełamać lęku. Ta jaskinia nadal była dla nich tabu, ziemią przeklętą i zakazaną.

Jeśli nie przyjdą sami, będzie musiał wyjść do nich, dać jednemu w łeb i zataszczyć go tu na własnych barkach.

Wstał, wyciągnął z worka napełnioną foczym olejem lampkę i zapalił ją od dogasającego ogniska. Płomyk tańczył chwiejnie na knocie, zwiewny i delikatny jak oddech śpiącego noworodka. Nie rozjaśniał zbytnio ciemności, ale to nie miało znaczenia, mężczyzna właściwie nie potrzebował światła. Zapalił je dla tych na zewnątrz, by nie mieli wątpliwości, że obcy wchodzi w głąb jaskini, bezczeszcząc ich największą świętość.

Zadeptał resztki ognia i ruszył w głąb góry, mijając stertę głazów, które kiedyś zagradzały drogę.

Fałsz. Podstęp. Kłamstwo. Wszystko, co robił przez ostatnie dni, było jedną z tych rzeczy. Nie musiał wypytywać miejscowych o drogę do jaskini, bo znał ją doskonale. Pamiętał ją w kościach i mięśniach, jakby urodził się i wychował w tej okolicy i jakby przez lata wędrował do Jaskini Śpiących z comiesięczną ofiarą. Otrzymał tę wiedzę w prezencie, ale nic poza nią. Nie wiedział, co zastanie wewnątrz, kim są Śpiący ani czym będą dla niego.

Oum, ty zasrany kawałku drewna, niech cię szlag trafi!

Usłyszał szelest u wejścia do jaskini. No nareszcie, zdecydowali się zareagować.

Korytarz wgryzał się w trzewia chropowatej góry, ale w miarę jak Altsin nim podążał – stopniowo tracił swój naturalny wygląd. Ściany wygładzały się, sufit unosił w górę, na posadzce pojawiły się pierwsze kamienne płyty. Dlaczego nie? W końcu podświadomie czegoś takiego się spodziewał.

Ale i tak dał się zaskoczyć.

Na końcu korytarza nie powitał go podziemny kompleks świątyń ani grobowców. Nie. Nic tak prostego. Zamiast tego płomyk lampki oświetlił niewielką dziurę w skale, otwór o średnicy najwyżej trzydziestu stóp, i około dwudziestu ciał leżących na gołej posadzce.

Mężczyźni, kobiety, podrostki, dzieci. Wszyscy z zamkniętymi oczyma i z wyrazem niezwykłego spokoju na obliczach. Jaskinia Śpiących. Sam nie wymyśliłby lepszej nazwy.

Dopiero po chwili, gdy migotliwy płomyk przestał mamić wzrok, dostrzegało się szczegóły. Brązową skórę, zapadnięte oczy, złożone na piersi dłonie o palcach niczym patyczki obciągnięte pergaminem. Mumie. Dwadzieścia mumii. Ile lat tu „spały"? Ile wieków, może tysiącleci? Jaskinia była sucha, zimna i przez większość czasu zamknięta. Dopiero dwieście lat temu jakiś podziemny wstrząs zniszczył blokującą wejście ścianę z przemyślnie dopasowanych kamieni i odsłonił sekret.

Mężczyzna wiedział o tym, tak jak wiedział, jak tutaj dotrzeć. Ze wspomnień, które zostały mu przekazane w darze.

Albo które były jak klątwa.

Przecież znał odpowiedź na pytanie, ile lat „śpiący" tu tkwili. Właściwie mógł ją podać z dokładnością do kilku miesięcy.

Uniósł wzrok znad posadzki. Ścianę naprzeciw wejścia zdobiła płaskorzeźba przedstawiająca rozłożyste drzewo. A raczej Drzewo. Olbrzymie w porównaniu do kilku ludzkich sylwetek, wyrzeźbionych na dole dla kontrastu, oddane w najdrobniejszych szczegółach, z każdym załamaniem kory i każdym z tysięcy listków wieńczących koronę. Nie miał wątpliwości, że miejscowi nie stworzyli tego arcydzieła, posążek Setrena-Byka znajdujący się w wiosce przypominał krowie łajno na czterech nogach. Gdyby nie dwa rogi sterczące z jednej strony, nie wiadomo byłoby, gdzie jest łeb, a gdzie zad.

Jaskinia Śpiących pod Drzewem. Tak powinno nazywać się to miejsce, ta świadomość wypłynęła z głębi jego pamięci wraz z wiedzą, ile wysiłku włożono kiedyś w to, by wszystkie takie miejsca zniszczyć. Wymazać z oblicza świata.

On sam wydawał rozkazy.

Nie. Potrząsnął głową. Nie ja. Ja jestem Altsin Awendeh. Złodziej, oszust, wędrowiec. Ten, który Objął kawałek duszy boga, zamiast samemu poddać się Objęciu. Ale teraz jego wspomnienia są moimi i nauczyłem się rozróżniać je od własnych jednym sposobem – kiedy jest więcej niż pięć trupów naraz, to z pewnością nie są moje.

Uśmiechnął się samym skrzywieniem warg. To nieprawda. Altsin nie istniał już od jakiegoś czasu. Nie w taki sposób jak wcześniej. Objęcie duszy Bitewnej Pięści to nie to samo co założenie jedwabnych szat i udawanie szlachcica. Dysponował wspomnieniami *awenderi* Pana Bitew. Wszystkimi wspomnieniami. Gdyby część z nich nie nawiedzała go wcześniej, najpewniej oszalałby zaraz po tym, jak Objął jego duszę. Bo to zmieniało człowieka głębiej niż jakiekolwiek własne grzechy. Altsin pozostał tylko po części sobą, a kim była reszta? Nie wiedział. Jeszcze nie.

Podszedł do Drzewa, uważnie omijając leżące mumie. Między korzeniami płaskorzeźby wił się, wyryty drobnymi znakami, napis. Potrafił go odczytać, bo Bitewna Pięść kiedyś studiował ten język.

„Byliśmy marzeniem, snem, majakiem. Gałęzią odciętą od pnia. Popatrz na nas, gościu, i zapłacz".

Wiedział, kim byli. Gdyby napełnić te ciała życiem, miałyby skórę złotą jak niebo o wschodzie słońca, wysokie kości policzkowe, wąskie podbródki i migdałowe oczy. Szare jak mglisty poranek. Teraz jednak śmierć i mumifikacja w zimnym, suchym powietrzu upodobniła ich do...

Prawda, którą przekazał mu Oum, prawda, którą znalazł we wspomnieniach Bitewnej Pięści, prawda, od której próbował uciec, patrzyła teraz na niego wyschniętymi oczyma tych mumii.

Zacisnął zęby. I pięści.

Usłyszał szelest za plecami. W wejściu stał jeden z miejscowych, żylaste chłopisko uzbrojone we włócznię z paskudnie szerokim grotem i w równie paskudny uśmiech.

— Nie powinieneś tutaj przychodzić, obcy — wyszeptał zimnym głosem. — To święte miejsce. Miejsce duchów.

— Widzę. To dla nich?

Altsin wskazał na leżące pod płaskorzeźbą naszyjniki z kolorowych kamyków, bransolety, noże z kościanymi rękojeściami, drobne monety, wyschłe bukieciki kwiatów. Typowe wota składane w każdej wiejskiej kapliczce.

— To dobre duchy. — Mężczyzna skłonił lekko głowę. — Opiekują się nami.

— Masz rację. Byli dobrzy. Nie chcieli niczego więcej poza spokojem. — Były złodziej ruszył na chłopa, ignorując ostrzegawczy ruch bronią. — Ale nie dane im go było zaznać. Nawet po śmierci. Szukano miejsc ich spoczynku i niszczono je jedno po drugim. Żeby zatrzeć po nich najmniejszy ślad. By ogarnęła ich całkowita — podniósł lampkę i zdmuchnął płomyk — ciemność.

Miejscowy, przestraszony, jęknął i dźgnął włócznią przed siebie, na oślep, ale wtedy jakaś potężna siła wyrwała mu broń z rąk, a nim samym cisnęła o ścianę. Poczuł ból na piersi, palący, ostry. I zapach palonego mięsa. Próbował wrzasnąć, by wezwać pomoc, a wtedy czyjaś dłoń zacisnęła mu się na gardle, tłumiąc krzyk.

— Ciii. Nie umrzesz. Obiecuję. Ale będzie bolało. Wierz mi, będzie bolało jak jasna cholera.

Cierpienie rozlało się po ciele mężczyzny niepowstrzymaną falą, jakby ktoś wypełnił mu żyły płynnym ołowiem. Zanim jednak pochłonęła go litościwa ciemność, usłyszał jeszcze:

— Dbajcie o nich. Szanujcie. I zapłaczcie od czasu do czasu nad tym, co zrobiono.

Rozdział 6

W ciszy, która zapadła po ostatnim stwierdzeniu cesarza, Gentrell-kan-Owar, Trzeci Szczur Imperium, miał wrażenie, że wszyscy słyszą, jak w jego głowie powstaje wielka dziura, zasysająca do środka rzeczy, które uważał za pewniki. Key'la Kalevenh żyje? Ta sama Key'la, której plemiona Wozaków budowały wielki kurhan? Córka And'ewersa? Jej śmierć uznawał za potwierdzoną ponad wszelką wątpliwość. Jeśli żyła...

Zapadki w jego umyśle, czyli tym, co niektórzy uważali za jego największą broń, zaczynały zaskakiwać na swoje miejsce.

Ktoś, kto dostanie ją w ręce, będzie miał wpływ na samego And'ewersa. Nie, źle. Key'la jest dla Verdanno Wybraną Laal Szarowłosej. Tej samej Laal, dla której przez setki lat zrezygnowali z dosiadania koni. Jeśli Key'la Kalevenh stanie teraz przed nimi, to ten, kto zrobi z niej swoją marionetkę, będzie mógł skierować Wozaków, dokąd zechce. Nawet w sojuszu z Yawenyrem z powrotem przeciw Meekhanowi.

My albo nikt – postanowił.

To dziecko jest zbyt ważne, by pozwolić mu chodzić swobodnie po świecie. Jeśli nie da jej się kontrolować... Zrobił w myślach listę najskuteczniejszych drużyn zabójców, które mieli na Wschodzie. Osiem, może dziesięć. Trzy są w terenie, dwie odpoczywają i leczą rany, co najmniej jedna szykuje się do akcji przeciw Ogarom. Odwołać. Ci będą gotowi na już.

Wszystko to trwało dwa, może trzy uderzenia serca. Gdy uniósł wzrok, napotkał dwa uważne, taksujące spojrzenia. Jedno z nich okraszone uśmiechem.

— Właśnie to zawsze w nim podziwiałem, hrabino. Zaakceptował fakty i podjął decyzję o schwytaniu lub zabiciu tej dziewczynki w czasie krótszym, niż większość ludzi zapytałaby z głupią miną „Ale że jak?".

Uśmiech cesarza znikł.

— Ona musi przeżyć. Bezwzględnie. Jeśli Pierwszy Szczur się nie myli, być może jest najważniejszą osobą tego stulecia. Zresztą, Luwo powinien już tu być...

Drzwi uchyliły się bezdźwięcznie i lokaj zaanonsował.

— Hrabia Luwo-asw-Nodares, Naczelnik Wywiadu Wewnętrznego.

Oboje, Suka i Pierwszy Szczur, nosili tytuły hrabiowskie, co bardzo ułatwiało im poruszanie się w zhierarchizowanym świecie meekhańskiej arystokracji. Oba tytuły należały do starych, lecz mało znanych rodów, wegetujących gdzieś na obrzeżu Imperium, a nawet jeśli ktoś pamiętałby, że Luwo-asw-Nodares urodził się jako syn drobnego kupca, to setka wyglądających na autentyczne pergaminów zadałaby kłam jego pamięci. Gentrell również mógłby sobie sprawić podobne dokumenty, ale rola Trzeciego nie wymagała aż takich poświęceń. Wolał swój prawdziwy tytuł szlachecki, choć od lat nie afiszował się z monogramami na mankietach.

Pierwszy Szczur wszedł do sali szybkimi, drobnymi kroczkami. Na tę okazję ubrał się na czarno i to w dość obcisły strój, co dodatkowo podkreślało jego szczupłą sylwetkę. Gładko ogolony, z krzaczastymi brwiami sterczącymi niczym kępki trawy pod zaczesanymi na czoło włosami i ze szpiczastym nosem, na którym tkwiły dwa wypukłe kawałki szkła, przez co jego oczy wyglądały jak wielkie, czarne kulki, przypominał prawdziwego szczura.

Poczucie humoru Luwo-asw-Nodaresa miało korzenie w rejonach niedostępnych dla umysłów zwykłych śmiertelników.

— Wasza Wysokość. — Pierwszy ukłon skierowany był nieco w lewo od cesarza. — Hrabino, jak zawsze piękna. — Drugi minął Eusewenię z prawej. — Gentrell, mój chłopcze. — Jemu musiało wystarczyć uprzejme skinienie głowy. — Całe lata cię nie widziałem.

Właściwie to rozmawiali twarzą w twarz dwa miesiące temu, gdy Pierwszy omawiał z nim możliwą kampanię przeciw Ponkee-Laa, ale Gentrell wiedział, że owo roztargnienie to tylko element gierki na użytek Suki.

Odnotował też, że szef Szczurów nie okazał zdziwienia na widok posadzki pokrytej Szaleństwem Embrela. Wiedział o tym, czy też uważał to za nieistotny szczegół? To jednak nie było najważniejsze. Cesarz wspomniał o asw-Nodaresie - i ten w kilka chwil staje w drzwiach. Czy to było zaplanowane? Na dodatek to stwierdzenie - jeśli Pierwszy się nie myli? W czym?

— Zdejmij to z twarzy, Luwo. Wyglądasz głupio.

— Naprawdę, Wasza Wysokość? — Szkła zostały zawinięte w chustkę i znikły gdzieś za pazuchą Szczura. — To ma poprawiać wzrok starym ludziom. Taka prosta sztuczka naukowa zamiast kosztownej kuracji magią, która nie zawsze działa, miewa skutki uboczne i na którą niewielu stać. Zdumiewające jest to, że inne szkła pomagają tym, którzy widzą źle z bliska, a zupełnie inne tym, którzy widzą kiepsko z daleka.

Fascynacja nauką, problemami inżynieryjnymi i mechanicznymi zabawkami była jedną z niewielu słabości Pierwszego Szczura. Jeżeli o słabość można oskarżyć kogoś, kto obserwując pracę dźwigu na budowie, konstruuje bezdźwięczny mechanizm naciągu kuszy, który nawet dziecko obsłuży jedną ręką. Drużyny zabójców Szczurzej Nory nazywały to ulepszenie „luwarkiem".

Eusewenia przyglądała się Pierwszemu z tą szczególną miną, z jaką kobiety patrzą na mężczyzn zanudzających je w trakcie przyjęcia opowieściami o swoich sukcesach na polowaniach. Gentrell nie dał się nabrać. Ona była w tym samym stopniu zdegustowana, w jakim Luwo-asw-Nodares niezręczny. Oboje tak bardzo starali się ukrywać swoje prawdziwe twarze, że gdyby ujrzeli się w lustrze bez maski, chyba wrzasnęliby z przerażenia.

Cesarz jednak raczył się zainteresować. A może po prostu dobrze wiedział, że Pierwszy nie robi niczego bez powodu.

— Interesująca ta twoja zabawka. Praktyczna?

— Cech szlifierzy odniósł już spore sukcesy w produkcji tych szkieł. I mimo że sprzedaje je dość drogo, zainteresowanie jest duże. Nawet średnio zamożny rzemieślnik zapłaci sporo, by móc dobrze widzieć i wciąż pracować... — naczelnik Nory zawiesił głos.

Kregan-ber-Arlens spojrzał na wybrzuszenie za pasem Szczura.

— Nowy podatek?

Nie ma to jak znaleźć rzecz, która stanie się ludziom na tyle niezbędna, że wkrótce nie będą mogli się bez niej obejść.

— Niewielki. Może dziesiąta część ceny, na początek. Na szlifierzy. I może nie od razu, dopiero za kilka lat, gdy cech wprawi się w produkcji tych szkieł, a ludzie będą chcieli kupować ich więcej. Polecam tę informację uwadze Waszej Wysokości.

Cesarz potaknął niedbale, a Gentrell mógł bez trudu wyobrazić sobie wielką księgę w jego głowie, w której pojawiła się odpowiednia notatka z adnotacją „ważne, zajrzeć za pięć lat". Skurczybyk, niczego nie zapominał.

— Wróćmy do rzeczy. — Imperator usiadł swobodnie na krześle, założył nogę na nogę. — Key'la Kalevenh, hrabio. Co o niej wiemy?

— No tak, Key'la. Najmłodsza w rodzinie. Córka And'ewersa Kalevenha, kowala z Lithrew. To takie małe miasteczko około dwudziestu mil od Amerthy, tysiąc pięćset do dwóch tysięcy dusz, zależy, ilu pasterzy i członków wolnych czaardanów zatrzymuje się tam zimować. Na południe od miasteczka znajduje się Uroczysko, nieduże, bez nazwy, przeważnie nieaktywne i...

— Do rzeczy — Eusewenia przerwała mu w pół słowa, niecierpliwie. — Nie musimy wiedzieć, jakie bydło hodują w tamtejszej okolicy?

— Sahryjskie długorogie i nizinne z Olwe. Obie rasy dobrze znoszą ciężkie zimy i mogą długo przetrwać nawet na kiepskiej paszy, choć nie dają tyle mleka co północne bydło brązowe czy tyle mięsa co asuwer. Asuwerskie byki ważą po trzy tysiące funtów. Ale wschodnie bydło lubi wędrówki, więc idealnie nadaje się do wypasu na Stepach. Zresztą, sahryjskie przejęliśmy właśnie od koczowników. — Luwo-asw-Nodares wytrzymał wściekłe spojrzenie Suki z taką miną, jakby sama prosiła go o ten wykład. — A stwierdzenie naczelniczki Psiarni, że nie musi czegoś wiedzieć, budzi mój największy niepokój. Ogar, który stracił zainteresowanie podejmowaniem tropów, powinien przestać chadzać na polowania.

Zapadła cisza, nawet cesarz wstrzymał oddech.

— Każda z rzeczy, o której mówię i będę mówił, ma znaczenie — pierwszy Szczur kontynuował jak gdyby nigdy nic. — Każda powinna zostać zapamiętana i przeanalizowana. Musimy wiedzieć, co zaszło przy Lassie na polu bitwy między Wozakami a Se-kohlandczykami, a to wymaga pełnego obrazu sytuacji.

Znikł gdzieś śmieszny, chudy człowieczek z idiotycznymi szkiełkami na twarzy. Pojawił się naczelnik Wywiadu Wewnętrznego, szef budzącej największy strach i szacunek instytucji Imperium.

— Key'la Kalevenh urodziła się około dziesięciu lat temu, dokładnej daty nie znamy, Wozacy nie wyznają Baelta'Mathran, nasi kapłani Laal Szarowłosej traktują zaś Verdanno jak odszczepieńców, ze względu na tę ich obsesję niedosiadania koni, więc jej urodziny nie zostały odnotowane w księgach żadnej świątyni. O ojcu wiemy niewiele. Dobry kowal, jeden z najlepszych w okolicy, miał świetne kontakty z armią i Laskolnykiem. Ćwierć wieku temu był *En'leydem* jednej z większych karawan w czasie Krwawego Marszu, gdy Wozacy uciekali ze swojej ziemi, masakrowani przez Se-kohlandczyków. *En'leyd*, czyli Oko Węża, oznacza dowódcę w czasie wojennego marszu. W naszej armii byłby to co najmniej stopień starszego pułkownika, choć w tym przypadku raczej pełnego generała. O matce nie wiemy praktycznie nic, choć podejrzewamy, że to z jej strony Key'la odziedziczyła talent.

Gentrell kątem oka dostrzegł, że cesarz kiwa potakująco głową. Te informacje nie były dla niego nowością. Eusewenia tylko patrzyła. Tak beznamiętnie, jakby obserwowała ciasto rosnące w kadzi. Pierwszy Szczur ciągnął dalej:

— Talent magiczny, oczywiście. Nie wiemy, czy byłaby uzdolniona w posługiwaniu się aspektami, czy raczej w jakiejś odmianie plemiennej magii, ale wiele wskazuje, że prędzej czy później jej talent rozbłysnąłby i został zauważony. Nie wychowywała się jednak w jednym z wozackich obozów, gdzie któryś z czarowników mógłby szybko zwrócić na nią uwagę, urodziła się i dorastała w niewielkim miasteczku, które ma tylko jednego maga. A Panse Weilhorn nie rozpoznałby utalentowanego dziecka, nawet gdyby wokół zaczęły latać skrzydlate świnie. To tylko zwykły, wiejski czarodziej. Poza tym — uniesieniu palca Szczura towarzyszyło uniesienie brwi — po pierwsze, takie rzeczy zdarzają się przeważnie w okresie dojrzewania, więc Key'la była za młoda, by się zdradzić czymś spektakularnym. A po drugie, Uroczysko przy mieście wprowadza zamęt wśród aspektów, niewielki, ale na tyle istotny, by ukryć jej obecność.

Luwo-asw-Nodares posłał Suce szeroki uśmiech.

— Ja nie podaję nieistotnych informacji, hrabino. Oczywiście to wszystko tylko spekulacje, wiele jednak wskazuje na to, że na se-kohlandzkich hakach, na polu krwawej bitwy, w towarzystwie plemiennych duchów Sahrendey i setek, a później tysięcy dusz przemocą wydartych z ciał, zawisło dziecko zdolne sięgać po Moc. Jak powiedziałem, jej talent wcześniej się nie ujawnił, lecz to nie ma znaczenia. Wszyscy wiemy, że czasem talent do posługiwania się magią budzi się gwałtownie, w mgnieniu oka, często w trakcie jakichś intensywnych przeżyć. Duchy przyszły do niej, zaciekawione, zagniewane albo szukające nowego ciała. A ona, coraz bliższa śmierci, zaczęła się na nie otwierać. Zapewne widziała coś, co uznała za majaki, początek obłędu, może nawet próbowała z tymi duchami rozmawiać... Nie wiem. Wiem jednak, że cały proces został przerwany przez oddział Górskiej Straży pod dowództwem porucznika Kennetha-Lyw-Darawyta z Szóstej Kompanii Szóstego Pułku z Belenden. Jednej z tych, które na prośbę dowództwa Regimentu Wschodniego wysłano w Olekady w celu wsparcia tamtejszych oddziałów.

Eusewenia zmrużyła oczy.

— To ta sama kompania, która przeprowadziła Verdanno przez góry?

— Oczywiście, że nie. Wozacy Verdanno zbuntowali się i sami znaleźli przejście, a nasza kompania w sile kilkudziesięciu żołnierzy nie miała szans, by ich powstrzymać.

Ostatnie dwa zdania zostały wypowiedziane tak protekcjonalnym tonem, że dałoby się nimi upokorzyć połowę średniej wielkości miasta. Ale Pierwsza wśród imperialnych Ogarów nie dała się sprowokować.

— Czyli to oni. Ci sami, którzy oddali w ręce Szczurów... nazywajmy ją dalej Laiwą-son-Baren, bliźniaczkę tajemniczej niewolnicy, dzięki której Yawenyr odzyskał siły i mógł poprowadzić wojska przeciw Wozakom. A my nie możemy tej kobiety przesłuchać.

Gentrell prawie się uśmiechnął. Suka nigdy nie odpuszczała. Nigdy.

Luwo potwierdził.

— Tak. Tę samą osobę, związaną w jakiś sposób z chłopcem, który zgodnie z zeznaniami strażników posiadł umiejętność przechodzenia między naszym światem a Mrokiem. Podobnie zresztą jak grupki dziwnych zabójców odpowiedzialnych za mordy w Olekadach. To również wiemy z zeznań porucznika Szóstej Kompanii i jego ludzi, a traktujemy te informacje, wraz z danymi pozyskanymi od fałszywej hrabianki i kilku innych osób, jako wyjątkowo wiarygodne. Niestety dowództwo Górskiej Straży odmówiło przekazania nam tych żołnierzy na stałe. A rozkazy jego wysokości w sprawie armii są jasne.

— I takie pozostaną. Ta kompania jest dość sławna, a wy nie będziecie robić niczego, co może osłabić lojalność żołnierzy. Zwłaszcza Wessyrczyków. A tak między nami mówiąc, droga hrabino — cesarz wstał energicznie z krzesła i mimo iż wcale nie należał do wysokich mężczyzn, w komnacie zrobiło się nagle jakby ciasno — czy nie rzucają ci się w oczy pewne prawidłowości? Pochodzący z innego miejsca Wszechrzeczy zabójcy z Olekadów, których coś łączyło z zagadkową hrabianką, której siostra bliźniaczka leczyła samego Yawenyra. Tajemniczy chłopiec, mogący otwierać przejście w Mrok, również związany z tą Laiwą, o którym wiemy tylko, że walczył i zabijał morderców z gór. I który opiekował się Key'lą Kalevenh, choć na litość Wielkiej Pani, nie mamy pojęcia, jakim cudem się z nią związał.

Luwo chrząknął.

— Wasza Wysokość pozwoli? Onelia Umbra. Takie imię podała fałszywa hrabianka jako własne... więc Onelia Umbra powiedziała nam, że ten chłopiec to jej brat. Nie rodzony, tylko przyrodni, mieli tego samego ojca. Oboje należeli do jednego *wezure'h*, to określenie chyba obejmuje ród albo większą wspólnotę, z której pochodzą. On miał być jej strażnikiem i obrońcą. *Kanaloo*, takiej nazwy użyła, i jeśli dobrze rozumiemy zależność między nimi, więzi łączące ją z chłopcem miały być silniejsze niż śmierć. Ale, po pierwsze, porzuciła go kilka lat temu, nim ukończył trening, a raczej tresurę, a po drugie, próbowała go zabić.

— To powinno zerwać każdą więź.

— Najpewniej, panie. Przypuszczamy, choć to tylko spekulacje, że Key'la spotkała go rannego w górach i z jakichś nieznanych powodów zaopiekowała się nim.

Nieznanych? Gentrell ledwo powstrzymał się od wymownego przewrócenia oczyma. Czasem w tej robocie zapominało się, że świat to nie tylko spiski kanalii opętanych rządzą władzy i pieniędzy. Nie tylko fałsz, obłuda, podwójni agenci, noże w plecach i trucizna w każdym kielichu. Żyją na nim też ludzie, którzy zabierają do domu ranne ptaki, nie żeby je zjeść, lecz leczyć im skrzydła.

Cesarz też patrzył na Luwo-asw-Nodaresa, jakby nie wiedział, czy ten sobie z niego kpi. Wreszcie machnął ręką i odwrócił się do Eusewenii.

— Widzi pani, hrabino. Jeśli pójdziemy tym tropem, jak po sznurku trafimy na węzeł, z którego rozchodzą się kolejne ślady. A od nich jeszcze inne. Aż otrzymamy to.

Narysował w powietrzu kilka linii.

— Pajęczynę. Sieć powiązań. Mordercy z gór, fałszywa hrabianka, chłopak potrafiący zabijać ludzi gołymi rękami, tajemnicza niewolnica Yawenyra. I wszyscy oni dysponują umiejętnościami, które zatrważają naszych najpotężniejszych magów. Przechodzą w Mrok, mieszają ludziom w pamięci, przywracają życie półmartwym starcom. A pośrodku tej pajęczyny między Olekadami a Wielkimi Stepami rozgrywa się bitwa, w czasie której pewne dziecko omal nie zostaje *ana'bogiem*. Po to, do cholery, wprowadziliśmy Wielki Kodeks, po to zabroniliśmy używania magii innej niż aspektowana, żeby zminimalizować zagrożenie takiego wydarzenia. Przynajmniej w pobliżu naszych granic. A poza nimi Nieśmiertelni też pilnują, by do tego nie dochodziło, bo nie można żyć w świecie, w którym co chwila pojawia się nowe bóstwo.

Trzeci Szczur Imperium rozumiał już dobrze, dlaczego spotkanie odbywa się w tym zamku. Grube mury zewnętrzne, grube ściany, w których z pewnością nie ukryto tajemnych przejść i kryjówek do podsłuchiwania, strażnicy i służba dobrani spośród najbardziej zaufanych... W całym Meekhanie były może ze dwa tuziny ludzi, którzy znali lub domyślali się tego, że Wielki Kodeks chroni nie tylko przed chaosem związanym z nieaspektowaną magią, demonami i opętaniami, lecz również przed nieustannym pojawianiem się nowych półboskich bytów. On sam dowiedział się o tym przed pięcioma laty, gdy zaczęła się cała ta historia z Glewwen-On. Nadal pamiętał pierwszą myśl, która wykluła mu się wtedy w głowie. „Dla bogów Wielki Kodeks jest równie przydatny jak dla ludzi. Dzięki niemu Nieśmiertelni nie muszą co chwila walczyć z nowymi pretendentami do własnych tronów".

Luwo chrząknął.

— Z całym szacunkiem, Wasza Wysokość. Onelia Umbra twierdzi, że działania morderców z gór nie miały nic wspólnego z Verdanno i bitwą nad Lassą. Chodziło tylko o to, że ścigano ją i innych uciekinierów.

— A ty jej uwierzyłeś?

— Przesłuchiwaliśmy ją przeszło miesiąc. Dzięki jej wskazówkom odnaleziono i schwytano osiem osób z tych, na które polowali mordercy z Olekadów i które zdołały przeżyć. Jak na razie. Wszystkie potwierdziły jej opowieść. To uciekinierzy z miejsca, które najpewniej znajduje się poza Mrokiem. By się tu dostać, użyli potwornej magii, w której wyniku zginęło wielu naszych ludzi. Później próbowali ukryć się w Olekadach. Rozproszyć i zniknąć. Ale to nie wystarczyło. Ktoś nakazał wytropić ich i zabić...

— Znam raporty. — Cesarz przerwał Pierwszemu niecierpliwym gestem, a Gentrell poczuł się jak głodny szczur, któremu sprzed nosa zwinięto właśnie wielki kawał soczystej szynki. Informacje. Tajemnice. Wiedza. Mimowolnie oblizał wargi. Do cholery, po co go tutaj sprowadzono? Na tortury?

— Odbiegliśmy od tematu, Luwo. Key'la Kalevenh najpewniej przeżyła. W pogorzelisku po spalonym wozie nie znaleziono żadnych szczątków ani jej, ani tego chłopca, z którym przebywała. A szukano, choćby na relikwie. Przypominam też, że chłopak zdołał przerzucić przez granicę Mroku pół kompanii piechoty. Moim zdaniem zabrał ją właśnie tam.

— Zgadzam się, panie. Kazałem nawet przeprowadzić odpowiedni eksperyment. Na wozie wyładowanym drewnem i pojemnikami z oliwą położyliśmy dwójkę dzieci i podpaliliśmy go. W popiele zostały kości. Dało się nawet zidentyfikować, które należały do dziewczy...

Luwo-asw-Nodares przerwał pod ciężarem trzech par spojrzeń.

— Och, na litość Pani. To były martwe dzieci jakichś nędzarzy. Mamy dostęp do miejskiej kostnicy, gdzie trafiają zwłoki grzebane później na koszt państwa. Nieważne. Zakładając, że Key'la i jej opiekun trafili w Mrok, podjęliśmy już działania, by ich stamtąd wydostać.

Gentrell chrząknął.

— Nawet jeśli tam trafili, minęło już sporo czasu. Czytałem relację z wędrówki Szóstej Kompanii. Brak schronienia, trudno dostępna woda, no i żadnej żywności.

— Panna Umbra jest pewna, że jej *kanaloo* potrafi sobie poradzić w Mroku. Zapewnia nas, że do tego został stworzony. Być może nie zdołałby znaleźć wody i żywności dla kilkudziesięciu ludzi, ale dla dwójki, owszem. Jej... rodacy znają Mrok lepiej niż my. Zapuszczają się tam częściej. Onelia zapewnia, że nie jest to tak martwy świat, jak można by sądzić z raportu żołnierzy. Szósta trafiła po prostu na teren zniszczony wielkim kataklizmem. Jeśli Key'li nie spotkała żadna zła przygoda, jest szansa, że wciąż żyje.

Eusewenia wykonała taki ruch, jakby chciała podejść do Pierwszego Szczura i mocno nim potrząsnąć. Zatrzymała się jednak w pół kroku i zapytała obojętnym tonem:

— Działania? Jakie działania podjęliście?

Luwo spojrzał na Sukę z takim uśmieszkiem, że Gentrell wiedział, że to, co zaraz powie, bardzo jej się nie spodoba.

— Onelia Umbra została wysłana z drużyną Nory na spotkanie z Szóstą Kompanią, tak, tą samą, o której mówiliśmy, by wraz z nią udać się w Mrok. Twierdzi, że można tego dokonać w miejscu zwanym *savhoren*. Próbowała się tam zresztą dostać po ataku na zamek hrabiego. Tylko ona może aktywować przejście, więc jest niezbędna w tej misji, a ludzie porucznika lyw-Darawyta jako jedyni wiedzą coś o Mroku, wędrowali przez niego, a poza tym towarzysz naszej zguby zna ich i chyba im ufa.

Zawiodła go. Nie wybuchnęła krzykiem, nie bluzgnęła przekleństwami ani nie zaczęła rwać włosów z głowy. Oczywiście tak naprawdę nikt się tego po niej nie spodziewał, nie zostaje się pierwszą osobą w Psiarni, jeśli ma się skłonności do histerii i nadmiernie emocjonalnych zachowań. Ale mogłaby się choć skrzywić.

Zamiast tego skinęła tylko głową i powiedziała:

— Rozumiem.

Uśmieszek Szczura zgasł. Jeśli choć połowa plotek o Suce była prawdziwa, ona mu za to odpłaci. Jak nie dziś, to za pięć lat. Albo dziesięć. Rozkazy cesarskie zostaną wykonane, wojna między wywiadami wygaśnie i będzie się tylko lekko tlić, jak przez ostatnie lata, ale Eusewenia Wamlesch nie zapomni, że szef Nory nie tylko nie dopuścił jej do swoich największych zdobyczy, ale też lekkomyślnie wysłał je poza krawędź świata.

— Nie muszę mówić, że dowództwo Górskiej Straży nie przyjęło entuzjastycznie naszej prośby o przekazanie tych ludzi, choćby tymczasowe. — Luwo podszedł do płaskorzeźby i stanął przy jej północnej krawędzi. — Szóstą Kompanię wysłano wcześniej w miejsce, gdzie Straż zazwyczaj się nie zapuszcza. O, gdzieś tutaj.

Szpieg przykucnął i dotknął palcem jednej z przełęczy na Wielkim Grzbiecie.

— Na szczęście cesarskie rozkazy były jasne. Ostatni raport od naszych ludzi, który otrzymałem dwa dni temu, mówił, że odszukano tych żołnierzy i wkrótce zostanie nawiązany z nimi kontakt. Zapewne już wyruszyli w drogę powrotną.

Cesarz stanął nad Pierwszym Szczurem i zapatrzył się na płaskorzeźbę, jakby naprawdę mógł na jej poharatanej, zakurzonej powierzchni dostrzec maleńkie ludzkie figurki.

— To Wessyrczycy. Jesteś pewien?

Rozdział 7

Wiatr poderwał tuman białych drobinek, zakręcił i cisnął im w twarze. Siekły niczym padający poziomo grad. Po czym nagle wicher ucichł. Kenneth otworzył szerzej zmrużone od kilku godzin powieki i klepnął Malawe w ramię. Żołnierz gwizdnął krótko i ściągnął wodze. Sanie stanęły.

Pozostałe trzy pojazdy prowadzące ich szaloną wyprawę zatrzymały się tuż za nimi, skrzypiąc płozami i wzbijając chmury zmrożonego śniegu. Psy położyły się momentalnie, dysząc tak, że języki prawie im przymarzły do lodu. Nie oszczędzali ich. Przez pół dnia przebyli ponad pięćdziesiąt mil. Pięćdziesiąt mil wciąż na północ, tam, gdzie powinien o tej porze roku szumieć Lodowy Ocean. Pięćdziesiąt mil w poszukiwaniu odpowiedzi na pytanie, dlaczego wiosna wciąż nie przyszła na ziemie na północ od Wielkiego Grzbietu i co to może oznaczać dla ludzi mieszkających na południe od niego.

Rozkazy, potwierdzone pismem dowódcy Szóstego Pułku, były jasne. Mieli przerwać „pilnowanie" Świstawki Dress i udać się z powrotem na wschód, jako oficjalna eskorta panny Onelii Umbry, która uparcie kazała się nazywać Nel, i jej przydupasów ze Szczurzej Nory. Z powrotem w Olekady, z których ledwo co wrócili. Zupełnie jakby byli jakimś pieprzonym wahadełkiem, które lata tam i z powrotem po całym Imperium. Kolejne dwa miesiące wędrówki, na której końcu zapewne okaże się, że cała wyprawa jest spóźniona i bezsensowna, a oni zedrą sobie tylko stopy do krwi i wydepczą kilka nowych szlaków na obliczu gór.

Gdy w zwięzłych słowach wyraził swoje wątpliwości, usłyszał tylko, że rozkazy pochodzą z samej stolicy, więc nie powinien ich kwestionować, a Wywiad Wewnętrzny zadbał o to, by wydatnie skrócić im podróż. Najbliższy magiczny teleport czekał na nich trzydzieści mil od miejsca obozowania, a czarownicy rozgrzewali się już, by rzucić odpowiednie zaklęcia.

Kenneth wiedział, że zazwyczaj magowie teleportowali się sami, przenosząc wieści lub niewielkie pakunki, takie jak ważna poczta albo woreczek klejnotów, gdy potrzebny był szybki transfer gotówki. Im większy ciężar miał być transportowany, tym bardziej skracała się odległość, na jaką dało się otworzyć magiczne przejście. W całym swoim życiu nie słyszał, by przerzucono w ten sposób kilkudziesięciu ludzi na tysiąc mil. Ale Olag-hes-Brend, Szczur trzeciej klasy, który uważał się chyba za dowódcę całej tej idiotycznej ekspedycji, stwierdził, że Kenneth jest tylko porucznikiem z zapomnianego przez bogów i ludzi krańca Imperium, dowodzącym zgrają bandytów udających żołnierzy, więc z pewnością wiele jest rzeczy na niebie i ziemi, o których nie ma pojęcia. No więc mają się natychmiast zbierać, bo dość już stracili czasu – zażądał.

Jeśli ktoś uważa, że wkurzanie wessyrskich górali to dobry pomysł na przygodę życia, to z pewnością ma rację, a drużyna tego czarnobrodego Szczura nie byłaby pierwszą grupą, która rozbiła sobie głowy o Górską Straż. Kenneth uprzejmie, naprawdę uprzejmie przypomniał, że Olag-hes-Brend mógł nawiązać z nimi kontakt wcześniej, zamiast bawić się w głupie podchody jak cierpiący na kłopoty z kuśką klient burdelu. Że gdyby nie przezorność i opanowanie jego bandytów, na tej przełęczy leżałoby w tej chwili pewnie kilkanaście trupów oraz że

Straż ma obowiązek zadbania przede wszystkim o bezpieczeństwo mieszkańców gór, a zaraz za przełęczą koczuje w tej chwili największa armia aherów, jaką widział na oczy. To nie były dobre wieści dla wiosek znajdujących się za Wielkim Grzbietem. Dla Nowego Rewendath i innych prowincji też, bo ci aherowie to plemiona, które jak do tej pory z ludźmi nie wojowały. A on bardzo chce mieć pewność, że to się nie zmieni. I jeśli Szczur tracił połowę dnia na głupie zabawy, to znaczy, że wyprawa na wschód nie jest zbyt pilna, więc oni stracą drugą, by przekonać się, o co w tym chodzi.

Nie minęła godzina, a wszystko się pokręciło tak, że porucznik zaczął bardzo żałować swojego uporu.

Kenneth otrzepał futrzane spodnie i kurtkę z warstewki śniegu i sięgnął po pas z mieczem. Zabrali ze sobą tylko to, co niezbędne. Żywność dla ludzi i psów, broń i pancerze, namioty, sakwy z zapasowymi ubraniami. Ale w czasie jazdy wszystko to podróżowało na saniach. Jeśli, pędząc po lodowym pustkowiu psim zaprzęgiem, nie założysz na przeszywanicę grubej, futrzanej kurtki z kapturem, tylko ważącą trzydzieści funtów kolczugę, żelazo wyssie z ciebie każdą uncję ciepła. Podobnie jak stalowy hełm, nawet jeśli będzie pod nim pikowany czepiec. Anday'ya z radością witała w lodowych objęciach wszystkich tych, którzy są zbyt głupi, by uznać ją za prawdziwą władczynię Północy.

A jednak ktoś rzucił Pani Lodu wyzwanie w samym sercu jej królestwa. W efekcie tego starcia mieszkające na krańcu świata plemiona aherów stanęły przed wyborem – przenieść się za Wielki Grzbiet, na tereny swoich wojowniczych kuzynów, i walczyć u ich boku przeciw ludziom, albo wymrzeć z głodu.

Borehed miał dziwną minę, gdy mu o tym opowiadał.

To ten cholerny szaman był bezpośrednią przyczyną tego, że Szósta Kompania i towarzysząca jej drużyna Szczurów wylądowały tutaj, pięćdziesiąt mil za Wielkim Grzbietem. W chwili gdy Patyk dał znać, kto się zbliża, Kenneth zrozumiał, że wszelkie rozkazy Nory czy dowództwa straciły znaczenie. Porucznik widział, jak ten wielkozęby sukinsyn zabija opętanego przez demona czarownika, a to była rzecz, której mógł dokonać tylko ktoś z umiejętnościami bitewnego maga. Jeśli Borehed chciał „porozmawiać", to powinni słuchać, a gdy chciał im „coś pokazać", to musieli spełnić jego „prośbę".

Albo bić się z, bogowie wiedzą iloma, aherskimi wojownikami, wspieranymi przez najpotężniejszego szamana w tej części gór.

Rozejrzał się wokół, zapinając pas z mieczem. Na pierwszych czterech saniach przyjechało dziewięciu ludzi i sam Borehed. Jakieś dwieście jardów za nim zatrzymały się kolejne dwa tuziny sań z resztą kompanii i drużyną Szczurów. Jedno musiał niechętnie przyznać ich dowódcy, Olag-hes-Brend szybko kojarzył fakty, a że najpewniej imię szamana nie było mu obce, nie oponował, gdy Borehed przedstawił swoją propozycję.

Pojadą z nim sprawdzić, co lub kto tak zirytował Panią Lodu, że użyła całej swojej potęgi, by zgnieść intruza. A jej gniew objawiał się odbierającym dech mrozem i wiatrami wiejącymi nieprzerwanie od dwóch miesięcy. Lodowa pokrywa skuwająca ocean nie stopniała jak co roku, wody nie zakwitły krylem, ryby – a za nimi pingwiny, foki, orki i wieloryby – nie przypłynęły, by żerować. Plemiona aherów uzależnione od tysiącleci od naturalnego cyklu, w jakim przybrzeżne wody tętniły życiem, znalazły się na skraju śmierci głodowej. Zapasy z zeszłej jesieni wyczerpały się już, myśliwi, wyruszający dziesiątki mil w głąb lodowych pól w poszukiwaniu fok i morsów, napotykali tylko równie jak oni wygłodzone białe niedźwiedzie, a nawet jeśli w takim starciu szczęście pozostawało po ich stronie, to zwierzęta okazywały się tak wychudzone, że niewielki był z nich pożytek. Większość plemion zjadła już niemal wszystkie swoje psy, a dziadowie i babki coraz częściej wychodzili nocą z lodowych chat i znikali w zamieci, by młodym zostało więcej jedzenia.

Ofiary dla Pani Lodu jednak nie pomagały. Aherowie nigdy nie byli jej najwierniejszymi czcicielami, woleli swoje duchy opiekuńcze i mądrość szamanów, ale odnosili się do Anday'yi z należytym szacunkiem. Ona jednak zachowywała się teraz tak, jakby chciała ogołocić z życia całe swoje królestwo.

Desperacja pchnęła wreszcie północne plemiona do wędrówki w stronę jedynej przełęczy, którą mogły przedostać się za Wielki Grzbiet. Wymieniono posłańców z mieszkającymi po drugiej stronie kuzynami, którzy – choć czasami handlowali z mieszkańcami północnej strony gór – nie kwapili się zbytnio do pomocy. Resztki ziem, których ludzie jeszcze im nie zabrali, ledwo mogły wyżywić lokalne szczepy aherów. Polowania, uprawa owsa na kamienistych poletkach, hodowla kóz i łupieżcze wyprawy nie mogły dostarczyć wystarczającej ilości żywności, by wykarmić tysiące nowych gąb, z których może nie być żadnego pożytku. Zwłaszcza że przybysze nie znali nawet słowa „wojna". Żyjąc na krańcu świata, gdzie każdy dzień był walką o przetrwanie, nauczyli się, że tylko we współpracy i jedności siła, a przemoc prowadzi do szybkiej śmierci. Wodzowie takich plemion jak Czerwone Pasy kpili – po co im myśliwi, którzy nie potrafią polować na dwunogą zwierzynę?

A wtedy pojawił się on. Borehed. Odbył wędrówkę od jednego wodza do drugiego, a gdy wychodził z ich namiotów, szałasów lub jaskiń, kpiny i śmiechy cichły. Potem otworzył przejście przez drogi duchów wprost do rozrośniętego ponad miarę obozowiska u stóp gór, posłuchał lamentów dochodzących z wnętrza lodowych chat, obejrzał wychudzone dzieci i jeszcze bardziej wychudzone psy i powiedział:

— Pięćdziesiąt mil stąd znajduje się to, co tak rozwścieczyło Panią Lodu. Muszę zobaczyć co to. Potrzebuję setki wojowników z psimi zaprzęgami.

Współplemieńcy odmówili mu, może po raz pierwszy. Nie wojowników i psich zaprzęgów, ale pójścia w stronę miejsca, które ściągnęło na siebie furię Pani Lodu. Wiedzieli o nim, o chmurze, która usiadła na lodzie i której nie potrafiły rozwiać najpotężniejsze wichury. Kilka plemion mijało ją z tak bliska, że sny ich szamanów wypełniły się wizjami, od których część z nich oszalała.

Borehed nie wściekał się i nie groził. Wystarczyło mu to, co zobaczył w oczach jednego z dotkniętych obłędem czarowników. Odprysk bitwy toczonej między Anday'yą a intruzem prawie wyrwał nieszczęśnikowi duszę z ciała.

Potrzebował jednak kogoś na tyle szalonego, żeby z nim poszedł, bo samotna wyprawa byłaby samobójstwem.

I wtedy dowiedział się, że na przełęczy od wielu dni obozuje grupka ludzi. Nie była to żadna armia, zwiadowcy twierdzili, że jest ich tylu, co sześć razy palców u rąk, i jeszcze trzech. Mieszkali w namiotach, kryjąc się w nich w czasie wichur niczym śnieżne lisy w norach wykopanych w śniegu. Mieli dużo ostrego żelaza, a dowodził nimi mężczyzna o włosach i brodzie jak świeżo zaschnięta krew.

Zwiadowcy chyba nie zrozumieli, dlaczego stary szaman zaśmiał się, słysząc te wieści. Krótkim, pozbawionym radości rechotem. A potem, wbrew radom i ostrzeżeniom, poszedł samotnie na przełęcz.

Kenneth spotkał się z nim kilkadziesiąt kroków od obozowiska. Borehed wyglądał, jakby od ich ostatniego spotkania, gdy szaman pływał po jeziorze w skórzanej łódce, a porucznik zastanawiał się, czy podziękować mu za pomoc, czy kazać strzelać, postarzał się o dwadzieścia lat. Oczy zapadły mu się jeszcze bardziej w pobrużdżonej twarzy, szczęki wysunęły do przodu, dolne kły pożółkły, a jeden został wyraźnie wyszczerbiony. Skóra czarownika była naciągnięta i błyszczała niezdrowo, za to na czole pojawił mu się nowy tatuaż, przedstawiający wielkooką bestię pożerającą małą, człekokształtną sylwetkę.

Porucznik wolał nie pytać, jakie wydarzenie z życia Boreheda upamiętnia ten rysunek.

Wymienili pozdrowienia, zawiązali Węzeł Wody, na co Kenneth po cichu liczył, i dopiero wtedy w oczach szamana błysnęło coś, jakby kpina.

— Trzeci raz cię spotykam, Czerwonowłosy, i trzeci raz duchy mówią mi, że nie powinienem cię zabijać. Może pora wymienić je na nowe?

Kenneth uśmiechnął się kwaśno.

— Trzeci raz cię spotykam, Rzeźniku, i trzeci raz mówię swoim ludziom, by nie strzelali. Może powinni zmienić sobie dowódcę?

Szaman pokiwał głową.

— Nadal masz ostry język, poruczniku. Ale ja nie chcę strzępić własnego. Mam propozycję. Wysłuchasz mnie i przyjmiesz ją, albo wysłuchasz mnie i będziemy walczyć. Sądzę jednak, że ją przyjmiesz.

— Dlaczego?

— Bo i tobie, i mnie zależy na tym, żeby to obozowisko — Borehed wskazał za siebie — znikło. Mam rację?

Miał. I to był główny powód, dla którego tutaj trafili. Misja Nory mogła poczekać dzień lub dwa, co najwyżej czarownicy Szczurów sięgną głębiej w swoje aspekty, ale Kenneth nie mógł się tak po prostu odwrócić i odejść, nawet gdyby Borehed nie zagroził mu walką. Był oficerem Górskiej Straży, przysięgał przede wszystkim bronić mieszkańców gór, a jeśliby ta horda przeszła przez przełęcz i naparła na plemiona południowe, wojna byłaby nieunikniona. Oczywiście Imperium by ją wygrało, ba, może nawet w jego kronikach nie pojawiłoby się nic na ten temat, poza suchą wzmianką o „niepokojach” przy północnej granicy. Ale te niepokoje oznaczałyby dla wessyrskich górali spalone chaty, zagrabione stada, krew, pożogę i śmierć.

Westchnął ciężko.

— Czego chcesz? — zapytał.

— Pojedziecie ze mną na północ. Jakieś pięćdziesiąt mil stąd jest miejsce, które chcę sprawdzić. Oni — kolejne skinięcie w stronę obozowiska wyrażało tylko bezradność — zbyt się boją. A ja nie pojadę tam sam.

— Bo zbyt się boisz?

Prowokowanie aherskiego szamana, który ma za plecami bogowie wiedzą ile tysięcy wojowników, nie było mądre, ale porucznik za cholerę nie mógł się powstrzymać. Jak na jeden dzień dość miał ludzi, którzy mówią mu, co ma robić.

Borehed zaskoczył go jednak, bo skinął tylko głową i wymruczał:

— Tak. Za bardzo się boję. Wysłałem w tamto miejsce pół tuzina moich duchów. Żaden nie wrócił.

Porucznik wykrzywił się kwaśno. To tłumaczyłoby wygląd szamana.

— No to teraz mnie też wystraszyłeś. Jeśli się zgodzę, chcę zostawić tu połowę ludzi.

— Nie. Weźmiesz wszystkich. Także tych nowych, śmierdzących szczurzymi bobkami.

— Dlaczego?

— Nie wiem, co tam jest, więc połowa może nie wystarczyć. Poza tym nie chcę, by ktoś popędził na południe i zawiadomił resztę Straży.

— Skąd wiesz, że już tego nie zrobiłem?

— Bo wciąż nie mam wieści o armii maszerującej na przełęcz.

Miał rację. Okolica należała na równi do Górskiej Straży i do aherskich plemion. Kenneth nie odważył się więc wysłać meldunku do Belenden, bo dla bezpieczeństwa musiałaby pojechać z nim połowa kompanii. Czekał więc, aż dowództwo przyśle obiecane zapasy, karawaną osłanianą przez kilka dziesiątek strażników.

Dokonał szybkich obliczeń. Mieli dwa tuziny psów i czworo sani, Szczury przyjechały jeszcze sześcioma saniami, ale lekkimi, takimi na dwóch ludzi.

— Nie mam dość zwierząt i sań.

— Damy wam jedno i drugie.

— Twoi kuzyni głodują, a oni oddadzą nam swoje psy?

W oczach szamana błysnęło coś głęboko, na samym dnie.

— Tak. Tyle przynamniej są mi winni — stwierdził beznamiętnym tonem.

Kenneth udał, że się zastanawia. Właściwie nie miał wyboru, jego kompania nie utrzymałaby przełęczy nawet przez kwadrans, zresztą nie w takim celu zostali tu wysłani. Zanim jednak zgodził się na propozycję Boreheda, postanowił sprawdzić, jak bardzo aherski czarownik jest zdesperowany. Ściągnął rękawicę z lewej dłoni i przyłożył ostrze noża do opuszka kciuka.

— Węzeł Krwi, szamanie. Dam ci dwa dni. Jeśli okaże się, że nasze siły to za mało, by rozwiązać twój problem, wycofamy się, a ty nam nie przeszkodzisz. Ani ty, ani żaden z wodzów, którym możesz rozkazywać.

Węzeł Krwi był niczym prawdziwe braterstwo. Wierzono, że złamanie go ściągało na zdrajcę klątwę i śmierć. Wśród aherów nie zawierano potężniejszych paktów.

Szaman zmrużył oczy, wysunął szczękę. Nie podobał mu się ten pomysł.

— Ja nie rozkazuję naszym wodzom. Ja tylko doradzam.

— Nie rób ze mnie głupca. Węzeł Krwi albo chodź i przekonaj się, czy twoi uzbrojeni w kościane i rogowe włócznie wojownicy dadzą radę wystarczająco szybko nas pokonać. Ja też słyszałem co nieco o mieszkających po tej stronie plemionach. To myśliwi i rybacy, nie zabójcy, jak ci z drugiej strony gór.

— A widziałeś, jak ich dzieci umierają z głodu?

Kenneth wzruszył ramionami.

— Nie wątpię, że będą się dobrze bić. Pytanie tylko, czy wystarczająco dobrze. Zostawię tu połowę ludzi, a reszta wsiądzie na sanie i popędzi na południe. Któryś na pewno zdoła ci umknąć i zawiadomić dowództwo. A wtedy zobaczysz tu armię szybciej, niż szczyny zamarzają w powietrzu. Węzeł Krwi albo walczymy.

Węzeł Krwi. Borehed patrzył na niego przez kilkanaście uderzeń serca, po czym skinął głową i wyjął własny nóż.

— Trzy dni. Dwa dni na załatwienie mojej sprawy i jeden, żebyście mogli odejść, a mnie, żeby nie kusiło, Czerwonowłosy. Trzy dni, trzy krople krwi.

To wydarzyło się rano. Mniej więcej godzinę po przybyciu Szczurów. A teraz, późnym popołudniem, kompania znajdowała się dalej na północ niż jakikolwiek oddział, o którym słyszał. Za sobą mieli kilkadziesiąt mil wędrówki po lodowej równinie, przed sobą... Kenneth spojrzał na to, co zasłaniało horyzont przed nimi, jeszcze raz próbując przekonać swój umysł, że nie pada ofiarą jakichś majaków.

Tuman mgły osiadł na lodzie mniej więcej milę przed nimi. Wysoki na kilkaset stóp, szeroki... na dwie, może dwie i pół mili. Brak w zasięgu wzroku czegokolwiek, co dawałoby perspektywę, utrudniał ocenę wielkości tego fenomenu.

Mgła.

Tak daleko na północy, przy mrozie zamieniającym w locie plwocinę w grudkę lodu, opierająca się wichurze, która niemal zbijała ludzi z nóg. Teraz wiatr ucichł, ale nie dlatego, że Anday'ya się zmęczyła. Po prostu znaleźli się po zawietrznej.

Po zawietrznej chmury, której nawet furia Lodowej Panny nie potrafiła rozproszyć.

Porucznik wciągnął ostrożnie powietrze. Zakłuło w nosie, zadrapało w gardle. Zimno. Tylko zimno. Poruszył rękoma, uniósł dłonie nad głową. Nic. Żadnych niespotykanych zapachów, żadnego swędzenia czy drapania tam, gdzie nie powinno, żadnych dziwnych kolorów dostrzeganych kątem oka. Wielu ludzi odczuwało używanie w pobliżu nich magii jako zaburzenia w funkcjonowaniu podstawowych zmysłów, wzroku, węchu, smaku czy dotyku.

Zerknął na psy, zmachane, ale spokojne, a przecież zwierzęta są wyczulone na Moc bardziej nawet niż ludzie. Ktokolwiek lub cokolwiek kryło się w tej mgle, używało magii innej niż ta, z którą Kenneth i jego żołnierze mieli kiedykolwiek do czynienia.

— Fenlo!

Krępy dziesiętnik przydreptał do niego, wymachując szeroko rękoma. Zasalutował i podjął rozgrzewkę.

— Zmarzłeś?

— Tak, panie poruczniku. A tu za to cisza i spokój. Jakby rozbić obóz, można by się powygrzewać na słoneczku.

— Nie dziś. Zresztą mam nadzieję, że nie będziemy musieli tu nocować.

— Lepiej tu, niż gdyby nas noc miała zastać w połowie drogi. Nocą wydmucha z nas ciepło dwa razy szybciej.

— Zgadza się. Ale ja nie o tym. Przyjrzałeś się Borehedowi?

Fenlo Nur jako jedyny w kompanii posiadał coś, co można było nazwać talentem magicznym. Potrafił zobaczyć lub wyczuć duszę wychodzącą z ciała, a nawet ją w tym ciele zatrzymać. Ponieważ Szczury nie zdradziły, czy mają w drużynie maga, Kenneth musiał polegać na dziesiętniku.

Nur sposępniał.

— Widziałem kiedyś trupa rybaka, który wpadł do jeziora. Gdy go wyciągnęli, cały był oplątany sieciami i wodorostami. On wygląda tak samo. Jak trup zaplątany w sznury. W bliznach i tatuażach uwięził duchy. Mnóstwo duchów. Czuję je, choć nie widzę. Ale mam wrażenie, jakby każdy z nich owijał się wokół niego pętlą i ściskał.

— Dasz radę dostrzec, gdyby je uwolnił?

— Jeśli będzie chciał poczarować? Dam radę. Widziałem już ich szamanów w walce. Wiem, gdzie patrzeć.

— Pilnuj go. Nie pozwól, żeby zrobił coś głupiego.

— Mimo Węzła Krwi?

— Widziałeś obozowisko?

Dziesiętnik zamarł w pół ruchu. Obozowisko. Przeszli tylko jego skrajem, w miejsce, gdzie szaman jakimś cudem zgromadził kilkadziesiąt wychudzonych, ale wciąż jeszcze mających choć trochę sił psów, ale ogrom tego zgromadzenia robił przytłaczające wrażenie. Kilka tysięcy namiotów i śnieżnych chat. Trzydzieści, czterdzieści tysięcy zagłodzonych niemal na śmierć aherów. Może nawet więcej. Kilkadziesiąt tysięcy istot, które nie miały już przed sobą żadnej drogi ocalenia, poza ucieczką za Wielki Grzbiet.

Pamiętał spojrzenia, jakimi zgromadzeni żegnali swoje ostatnie psy. Nie było w nich wściekłej nienawiści przygaszonej tylko demonstracyjnym lekceważeniem i pogardą, jaka płonęła zazwyczaj w oczach ich krewniaków z południowej strony gór. Była desperacja, ból, znużenie.

I głód.

Wszędzie, gdziekolwiek spojrzeli, widzieli ślady tego głodu. Futrzane stroje wisiały na mieszkańcach obozowiska jak na skleconych z patyków strachach na wróble, niedostatek jedzenia wyrzeźbił ich twarze głębiej niż wiele lat życia w skrajnie ciężkich warunkach, ciemna skóra nabrała woskowatego połysku, a oczy zapadły się głęboko. Charakterystyczne dla tej rasy kły, choć mniejsze niż u aherów na południu, miały brzydki, żółtawy odcień. W drodze przez obóz Kenneth naliczył tylko ze dwa tuziny dzieci, i to starszych, a przecież powinny ich być setki. I żadnego starca. Ani jednego.

Nie zapytał o to, bo po co?

Zapamiętał jeszcze aherską kobietę, niemłodą już, która widząc, jak strażnicy dokarmiają przydzielone im psy, bo zwierzęta musiały mieć siłę na podróż tam i z powrotem, wykonała taki ruch, jakby chciała rzucić się między nie i zawalczyć o ochłapy na wpół zmrożonego tłuszczu.

Wtedy postanowił, że Węzeł Krwi, czy nie, będzie się mieć na baczności przed Borehedem. Ktoś, kto wziął sobie na barki taki ciężar, może złamać każdą przysięgę.

— Widziałem, panie poruczniku. Racja.

Borehed podszedł do nich bezszelestnie i najwyraźniej usłyszał ostatnie zdanie.

— Co widziałeś, człowieku o zimnym sercu?

— Widziałem — odparował bezczelnie Fenlo — jak twoi ludzie patrzyli na nasze psy.

— Macie tłuste psy. Cała rodzina wyżywiłaby się jednym przez dziesięć dni.

— Nie ma dość psów w Straży, by nakarmić wszystkich w obozie.

Szaman skinął głową.

— Prawda. Powinni teraz jeść focze mięso, popijając łojem wytopionym z sadła morsów i zagryzając tłustymi rybami. A żują kawałki starej skóry. Więc lepiej jak najszybciej sprawdźmy, co tak rozgniewało Anday'yę.

— A nie jesteśmy już dość blisko, byś zrobił to swoimi czarami?

Nur potrafił czasem zadać celne pytanie. Borehed uśmiechnął się nagle szeroko, złośliwie.

— I mam zwrócić uwagę którejś z walczących tu potęg? Tego chcesz, człowieku? By Pani Lodu uznała nas za zbyt ciekawskie muchy i dała prztyczka zimnym palcem? Albo lepiej, by wyładowała na nas całą swoją złość i grzmotnęła pięścią? Patrz.

Szaman podwinął rękaw i podsunął im pod nosy lewe przedramię. Jedna z jego licznych blizn sprawiała wrażenie, jakby pękła od środka. Świeża rana zasklepiła się już, ale czerwona pręga wyglądała paskudnie.

— Duchy, które tu wysłałem, znikły. Nie zginęły i nie uwolniły się, lecz znikły. Jakbym wrzucił garść puchu w ogień. Łańcuchy, którymi je przykułem do siebie, wyrwano i wierz mi, było to równie bolesne, jak zawarcie z nimi paktu. I myślę, że nikt ich nie zaatakował, zostały unicestwione mimochodem. Przypadkiem. A wierz mi, to były naprawdę potężne duchy. Resztę trzymam więc blisko i używam tylko do tego, by i mnie nie spotkał taki sam los. Czaimy się, kryjemy, zacieramy ślady własnej obecności. Musimy być jak świstaki podchodzące do walczących niedźwiedzi. Musimy się zakraść, zobaczyć wszystko na własne oczy i uciec. Żadnej magii.

Kenneth spojrzał na Boreheda. Szaman był niższy od niego o głowę i chudy jak wilk, któremu od wielu dni nie wiedzie się na polowaniach, ale gdy uniósł wzrok i wlepił w porucznika spojrzenie czarnych źrenic, oficer zrozumiał, że nie ma mowy o żadnych dyskusjach. Na tym terenie aherski czarownik był u siebie w sensie zarówno dosłownym, jak i duchowym. Tutaj on dowodził.

— Dobrze. Nur!

— Tak jest, panie poruczniku.

— Przebiegnij się do reszty i daj znać chłopakom, żeby zjedli coś i wypili, a potem przygotowali broń. — Kenneth zerknął na ścianę mgły. — Liny, haki do wspinaczki, czekany też niech wezmą. Reszcie dziesiętników powiedz, że za kwadrans zrobię krótką odprawę. Jak tylko rozmówię się z dowódcą Szczurów i panną Onelią.

— Rozkaz.

Krępy podoficer potruchtał w kierunku oddalonych o kilkadziesiąt jardów sań, odprowadzany kpiącym spojrzeniem szamana.

— No patrzcie. Dobrze ułożony człowiek. Siad, waruj, nie rusz. Musi być łatwo takimi dowodzić. Nasi wojownicy są przy nich jak stado wilków przy psach.

Kenneth zignorował zaczepkę, wyciągnął z sań kolczugę i płaszcz, założył je i dopiero wtedy spojrzał na Boreheda.

— I dlatego wilki głodują w górach, żrąc kamienie i szyszki, a ty musiałeś żebrać o naszą pomoc.

Szaman wyszczerzył się szeroko.

— He, he. Czyli można cię zirytować, człowieku. Ten tam — wskazał na Nura — jeszcze niedawno kąsał cię po rękach i szczał do wody, którą piłeś, a teraz skacze tak wysoko, jak mu każesz.

Oficer wzruszył ramionami. Borehed albo był bardzo domyślny, albo trafił strzałą wypuszczoną na oślep. Nieważne.

— Dyscyplina. Cierpliwość. Mój urok osobisty. Wybierz, co chcesz. Ale chyba nie po to nas tu ściągnąłeś, by pogawędzić, jak załatwiamy takie rzeczy w Straży, prawda? — Przeniósł wzrok na ścianę mgły za plecami szamana. — To powinien być twój problem.

Odwrócił się, ignorując ironiczne prychnięcie ahera, i ruszył ku reszcie sań, po raz kolejny odpędzając nieprzyjemne myśli, które gnębiły go od kilku godzin. Znajdowali się pięćdziesiąt mil od gór, co najmniej trzydzieści od brzegu. Na pełnym morzu, które o tej porze roku powinno już tańczyć swobodnie, uwolnione od białego pancerza. Jak grubą pokrywę lodu mają pod sobą? Dziesięć stóp? Pięć? Trzy? Czy mniej? Pani Lodu mogła opóźnić odejście zimy z tych terenów, ale czy była wystarczająco potężna, by powstrzymać Bliźnięta Mórz? Ta para Nieśmiertelnych nie miała zbyt wielu wyznawców w górach, lecz opowieści o potędze ich gniewu docierały i do Wessyrczyków. Z pewnością to, że ich dominium nie zostało we właściwym czasie uwolnione spod władzy Anday'yi, musiało ich oburzyć. Czy jego ludzie właśnie pakowali się w konflikt pomiędzy bóstwami?

Jeszcze raz rzucił okiem na leżącą na lodzie chmurę. To nie było naturalne zjawisko. Niech to jasny szlag! Gdyby te szczurze wypierdki nie bawiły się w głupie podchody, Szósta zwinęłaby obóz i znikła z przełęczy, zanim Borehed złożył im swoją propozycję nie do odrzucenia.

Porucznik uśmiechnął się pod nosem. No, przynajmniej wiadomo już, kto jest odpowiedzialny za bagno, w którym tkwią.

Cień tego uśmiechu musiał mieć na twarzy, gdy podchodził do zgrupowanych nieco z boku sań, którymi przyjechała drużyna Szczurów, bo to Olag-hes-Brend odezwał się pierwszy:

— To nie moja wina. Nie wiedziałem, jak wyglądają sprawy po drugiej stronie przełęczy. Ani że ten cholerny szaman zmusi nas do przyjazdu tutaj.

Kenneth zbył go machnięciem ręki.

— Mogłeś przybyć o świcie i przekazać nam rozkazy, ale koniecznie chciałeś wjechać do naszego obozu pełnym pędem i zrobić ze strażników durniów, co? Czekałeś więc, aż wyjdziemy z nor, zaczniemy szykować śniadanie i w ogóle zapanuje ogólne rozprzężenie. Straciłeś przez to co najmniej dwie godziny. I przez to właśnie jesteśmy tutaj. Zresztą — wzruszył ramionami

— nie będę tracił czasu na szukanie winnych. Ale nie powołuj się na Boreheda, bo z tego, co wiem, Nora nie usprawiedliwia swoich ludzi z powodu niewiedzy. Postaraj się o lepszą wymówkę, Szczurze. Wejdziemy w tę mgłę, sprawdzimy, co tam jest, i wrócimy do domu. Taki jest plan na teraz. Oczywiście wszelkie zmiany będą wymagały improwizacji, ale dla nas to nic nowego. Dla was pewnie też.

Szczury słuchały, zbite w ponurą gromadkę. Dwanaście par oczu wpatrywało się w niego kamiennym wzrokiem, a tylko w spojrzeniu Onelii Umbry porucznik dostrzegł coś, co chyba mógł uznać za odrobinę rozbawienia albo zaciekawienia. Zignorował to. Dziewczynę łączyła z Szóstą szalona wędrówka przez Mrok, zakończona wydostaniem się z niego w środku pola bitwy. Z tego, co pamiętał, nie była wtedy zbyt pomocna. Jej udział ograniczał się do bezmyślnego wpatrywania się w przestrzeń i bełkotu, więc miał nadzieję, że przynajmniej teraz potrafi o siebie zadbać. Dla niego bardziej liczyły się Szczury.

Porucznik próbował ocenić, kto jest kim w tej grupce. Najpilniej strzeżone sekrety Nory, to znaczy te, o których wszyscy wiedzieli, głosiły, że bojowe drużyny Szczurów składają się z zabójców szkolonych od dziecka w miejscach tak tajnych, że sam cesarz nie znał ich położenia, z czarowników władających aspektami tak specyficznymi, że właściwie poza zabijaniem nie nadawały się do niczego innego, ale przy okazji tak parszywymi, że nawet armia nie chciała ich używać, oraz ze skazańców odciętych od stryczka, związanych z Norą potężnymi zaklęciami. I z opętanych żądzą zabijania morderców, dotkniętych przez Mrok, właściwie niewiele różniących się od Pomiotników, którzy mogą w tej służbie realizować swoje najmroczniejsze pragnienia.

W sumie o jego ludziach wcale nie mówiono lepiej.

Oba dowództwa, i Straży, i Nory, doceniały potęgę opowieści, powodujących, że przeciwnik pocił się na samą myśl o tym, z kim przyjdzie mu się zmierzyć.

Z tego, co wiedział na pewno, drużyna Szczurów zawsze posiadała maga, choć nie zawsze bojowego, a oprócz niego ta jedenastka powinna mieć też dwóch lub trzech prawdziwych zabójców, to znaczy ludzi wyszkolonych w używaniu trucizn, zakładaniu pułapek, skradaniu się i skrytym mordowaniu. To był rdzeń każdej szczurzej drużyny, mordercy, którzy wysyłali swoje ofiary w objęcia Matki cicho i bez rozgłosu. Reszta zapewniająca im wsparcie to najpewniej znudzeni dawni żołnierze, najemnicy, kłusownicy czy złodzieje, bo Nora starała się, by w jej bojowych drużynach znajdowali się ludzie różnych talentów.

Kenneth uśmiechnął się w myślach. To także mu coś przypominało.

No ale teraz, patrząc na tuzin zakutanych w futrzane stroje postaci, miał zgryz. Każdy z nich – pomijając rzecz jasna Onelię – mógł pełnić dowolną funkcję. Czy ten wysoki, barczysty mężczyzna z twarzą poharataną starymi bliznami to czarodziej, czy zimnokrwisty zabójca? Albo tych dwóch, wyglądających jak bliźniacy knypków, którzy stali bez ruchu kilka kroków za swoim dowódcą. Kim są? Czego można od nich oczekiwać? A ta krótko ostrzyżona blondynka z ustami zaciśniętymi w ponurym grymasie? Kobieta w drużynie Nory. Posługuje się magią czy kuszą?

Szczury jeszcze się nie uzbroiły, co mogłoby ułatwić mu rozpoznanie, kto jest kim. Zupełnie jakby ich dowódca uważał, że cała ta sprawa ich nie dotyczy.

Trzeba było wyprowadzić go z błędu.

— Gdzie wasz mag?

— Nie mamy maga.

Odpowiedź hes-Brenda padła tak szybko, że Kenneth tylko się uśmiechnął.

— Ustalmy jedno, Szczurze trzeciej klasy. Ja mam pięćdziesięciu ludzi, a ty jedenastu i... damę, którą musisz się opiekować. Ja znam teren, ja związałem się Węzłem Krwi z aherskim szamanem i ja mam coś w rodzaju nadziei, że ujdziemy stąd z życiem. Więc ja tu dowodzę. Nie! — rzucił tak ostro, że Olag niemal z trzaskiem zamknął usta. — To nie zabawa w pokazywanie, kto ma większe jaja. Albo będę wiedział, czego można się spodziewać po waszej drużynie, albo w ogóle o was zapomnę. A wtedy nie obozujemy razem, nie trzymamy wspólnych wart i nie walczymy ramię w ramię. Radzicie sobie sami. Także z powrotem za Wielki Grzbiet.

— Sądzisz, że nie damy sobie z tym rady?

— Jeśli nie macie maga, to nie. Borehed nie jest jedynym szamanem w tamtym obozowisku.

Blondynka uniosła rękę, wykonała powolny gest dłonią, a Kenneth poczuł smak żółci na języku i na chwilę ujrzał wszystko zamglone, jakby oglądał świat przez kawałek przydymionego szkła. Zamrugał.

— Ja nim jestem. Moiwa Samreh. Mój aspekt to Parząca Igła. Nowy. Mało zbadany.

— Co potrafisz?

Zawahała się, zerkając na swojego dowódcę. Ten niechętnie skinął głową.

— Umiem wyczuć, czy ktoś nas obserwuje i jakie ma intencje. I jaką broń, to znaczy... do walki z bliska czy na dystans. Potrafię rozpoznać, czy ktoś świadomie kłamie. — Uśmiechnęła się blado. — Nieźle strzelam z kuszy i dobrze radzę sobie z mieczem.

Porucznik przyjrzał jej się uważnie. To ona przy spotkaniu na przełęczy wyczuła, że część kompanii czeka w zasadzce. A jej aspekt, nowy i mało zbadany, rzeczywiście nie na wiele mógł się przydać poza służbą w armii lub wywiadzie. Czasem los obdarzonych Talentem bywa wyjątkowo złośliwy.

— Ktoś nas teraz obserwuje?

Pokręciła głową.

— Nikt, kto zwracałby na nas jakąś szczególną uwagę. Poza tym aspekty w tym miejscu... Ledwo czuję własny.

Kenneth spojrzał na Olaga-hes-Brenda. Szczur miał tak obojętną minę, jakby ktoś zamroził mu twarz. Jeśli był takim kiepskim aktorem, nic dziwnego, że Nora przydzieliła go do drużyny bojowej. W prawdziwej szpiegowskiej robocie na pewno by sobie nie poradził.

— Kto jeszcze? Nie powiesz mi, że wysłano cię z tak ważną misją w towarzystwie maga — nawet nie starał się, by nie zabrzmiało to sarkastycznie — który potrafi wykryć zasadzkę i rozpoznać, czy ktoś kłamie. Czyli umie to, co dobrze wyszkolony zwiadowca i każda teściowa.

Blondynka ukryła twarz w kapturze i warknęła coś głucho. Kenneth uśmiechnął się tylko. Narastała w nim ponura, zaciekła złość i gówno go obchodziło, czy zrani czyjeś uczucia.

Szczur trzeciej klasy patrzył na niego ponuro, wyzywająco, a porucznik zrozumiał, że doszli do ściany. Tym razem szpieg się nie złamie i oficer w przebłysku zrozumienia pojął dlaczego. Nieaspektowana magia. Czarownik, którego Nora powinna wydać świątynnym inkwizytorom albo zamknąć w jakiejś wieży, gdzie spędziłby resztę życia, wyjąc do kamiennych ścian. Ale Szczury traktowały czasem Wielki Kodeks niczym zbiór umownych porad, które można interpretować na różne sposoby. Niemniej prędzej wszyscy doczekają tu wiosny, niż czarnobrody szpieg zdradzi coś takiego oficerowi Straży.

W sumie nie było sensu dalej naciskać.

I wtedy się zaczęło.

Czarodziejka jęknęła, zawarczała głośniej, nagle podeszła do porucznika i złapała go za ramię. Nawet przez kolczugę i pikowaną kurtkę poczuł uścisk. Jakby pochwyciła mu rękę imadłem.

— Paaaaaa... — zacięła się, jakby coś odcięło jej dopływ powietrza. — Paaaatrzy...

Oczy miała wielkie, na wpół obłąkane, ze źrenicami skurczonymi do czarnych kropek, co w połączeniu z twarzą, z której odpłynęła cała krew, nadawało jej wygląd wyjątkowo upiornej lodowej rzeźby. Trzęsła się cała.

Na oczach Kennetha z nosa pociekła jej strużka krwi. A potem z kącików oczu. Jakby coś wyciskało ją od środka.

Pochwycił ją, nim upadła, Olag i ten barczysty, pobliźniony drągal pomogli, razem ułożyli dziewczynę na najbliższych saniach.

— Co to znaczy? Szczurze, co miała na myśli?! Co...

Kennethowi przerwał okrzyk zza pleców. Borehed biegł w ich stronę, jakby ktoś poszczuł na niego tuzin psów Straży.

I w tym momencie rozległ się ogłuszający hałas. Wbijający się w uszy i rezonujący w kościach. Jakby jakiś gigantyczny potwór wielkości góry zazgrzytał zębami, a oni właśnie stali na jego języku.

Ziemia się poruszyła.

Nie. Nie ziemia.

Kenneth wrzasnął.

— Do sań! Wszyscy do sań! Wynosimy się stąd!!!

Lód zaczął pękać.

Rozdział 8

— Zostawmy to — powiedział cesarz z ciężkim westchnieniem. Gentrellowi bardzo nie spodobało się to westchnienie. Pobrzmiewała w nim nuta rozczarowania, a jeśli ktoś taki jak Kregan-ber-Arlens czuje się rozczarowany osobami, którym zaufał, to osoby te bardzo szybko tracą wszystko.

Z własnym życiem włącznie.

Zniknięcie kogoś z Rady Pierwszych, zabójstwo mistrza wielkiego rzemieślniczego cechu czy gildii kupieckiej, nie wspominając już o członkach bractw magów albo ważnych kapłanach, mogło wywołać niezłe zamieszanie. Ludzie o twarzach rozpoznawalnych przez tłumy, twarzach portretowanych przez znanych mistrzów, rzeźbionych w marmurze i odlewanych w brązie, byli bezpieczni przez samą swoją rozpoznawalność. Czasem znienawidzeni, często oddychający powietrzem przesyconym zawiścią, fałszem i obłudą, zawsze jednak połączeni z innymi potężnymi osobami siecią wzajemnych interesów, przysług i kontaktów. Nie dawało się ich usunąć bez wzbudzenia zamieszania i spowodowania kontrakcji. Kan-Owar widział to już nieraz, czasem nawet nienawidzące się koterie jednoczyły siły, gdy poczuły wspólne zagrożenie.

W czasie wojny było łatwiej. Wobec grozy, jaką wzbudzały przynoszone ze wschodu wieści o okrucieństwie koczowniczej hordy, władza cesarza, a tym samym władza jego zaufanych ludzi, była niepodważalna. Nawet najpotężniejsi członkowie Rady Pierwszych, jak książę wer-Ahasyr, wiedzieli, że wystarczy, iż cesarz wskaże ich pałace i krzyknie „zdrajcy", a rozhisteryzowana tłuszcza zrobi swoje. Milczeli więc i popierali każdy cesarski edykt. Teraz jednak wiele się zmieniło i Nora musiała działać o wiele subtelniej niż kiedyś.

To jednak nie dotyczyło nich samych. Oni, ludzie bez twarzy, nie mieli takiej ochrony. Sam Gentrell znany był większości sąsiadów jako niezbyt bogaty, choć nieźle sobie radzący szlachcic z zachodniego Boshandu, nieżonaty i bezdzietny, co czasem owocowało zabawnymi podchodami miejscowych swatek. Nie miał rodzeństwa, matka zmarła przed wojną, ojcem opiekowała się, za sporą opłatą, jedna z odległych kuzynek. Gdyby teraz, w tej chwili do komnaty weszło kilku ludzi i powlekło go do lochów - albo na szubienicę - nikt z sąsiadów ani nielicznych znajomych nie wszcząłby alarmu. Szlachetny Gentrell-kan-Owar wyruszył do stolicy prowincji w interesach, niestety, w jednym z zajazdów zadławił się ością i zmarł. Majątek przejmą wierzyciele i dalsza rodzina.

Oba wywiady były potężne, ale ich korony zdobiły wyjątkowo kruche klejnoty.

Poszukał wzrokiem Pierwszego. Luwo wyciągnął swoje szlifowane szkiełka i przyglądał im się z taką uwagą, jakby trzymał je w ręku pierwszy raz. Czy on też to poczuł? Własną śmiertelność?

— Zostawmy to — powtórzył cesarz. — Mała Key'la jest tylko jedną z kości toczących się po stole. Szczury i ta kompania Górskiej Straży mają ją odszukać i dostarczyć do stolicy. Żywą. Nie uznam porażki w tej sprawie, nie przełknę wyjaśnienia, że nie udało się jej znaleźć albo zachorowała i zmarła wam po drodze. Jeśli twierdzicie, że ona żyje, chcę ją zobaczyć żywą i w dobrym zdrowiu. Skoro podejmujecie sami decyzje o tak ważnych sprawach, weźmiecie też na barki ciężar niepowodzenia. Do ciebie mówię, Luwo. To twoja osobista odpowiedzialność. Rozumiesz?

— Tak, Wasza Wysokość.

Szpieg skinął głową, wyprostował się i prawie zasalutował. Szkiełka gdzieś znikły z jego dłoni, a twarz straciła rozkojarzony, gapowaty wyraz. Gentrell wiedział, że gdy tylko opuszczą tę komnatę, cała potęga Szczurzej Nory zgromadzona na Północy zostanie skierowana na tę przełęcz i tych żołnierzy. Jeśli będzie trzeba, Pierwszy wyśle z nimi w Mrok nie jedną, lecz pięćdziesiąt bojowych drużyn i wszystkich magów, jakich ma. A może nawet kilka pułków wojska.

Osobista odpowiedzialność. Te słowa rozcinały życie szpiega na połowy. Po jednej stronie nagroda i zaszczyty, po drugiej zimny dół wykopany w ziemi. Żadnych półcieni i niuansów.

Kregan-ber-Arlens odwrócił się ku południowemu krańcowi płaskorzeźby.

— Teraz południe. Dalekie Południe. Nora wysłała tam Laskolnyka bez konsultacji ze mną. To źle, ale stało się. Na wszelki wypadek przygotujecie mu drogę odwrotu. Ilu czarowników potrzeba, by przerzucić go przez pustynię? Najszybciej jak się da.

Pytanie zawisło w powietrzu, bo nikt nie wiedział, do kogo było skierowane. Usta cesarza wygięły się w lekkim uśmiechu.

— Umówmy się, że na takie pytania będzie odpowiadał Trzeci. Ma opinię Szczura z liczydłem w głowie. Mów.

Gentrell już kalkulował.

— Między południową granicą Imperium a Magarhami, które oddzielają Białe Konoweryn od pustyni, jest jakieś tysiąc trzysta mil. Niestety, nie ma dokładnych map tamtych ziem. Najlepsi czarodzieje potrafią otworzyć portal dla jednej osoby na odległość około stu mil. Bezpieczny portal, oczywiście. Ale oazy i źródła nie są na pustyni rozsiane w linii prostej, a i odległości między nimi nie są równe. Dwa tuziny magów, jeśli będziemy chcieli przerzucić generała w jeden dzień. Trasa musi się dublować w najniebezpieczniejszych miejscach.

— Rozumiem. — Uśmiech imperatora znikł. — A ilu ludzi trzeba będzie w sumie zaangażować?

— Ochrona dla każdego maga to minimum drużyna bojowa. Gdzieniegdzie dwie lub trzy. Możemy wykorzystać częściowo istniejącą już siatkę, szpiegów rezydujących po oazach, ale i tak... Łącznie to około czterystu ludzi. Trzydzieści drużyn.

— Och. Może w takim razie podasz nam jeszcze przybliżone koszty tego przedsięwzięcia. Ile?

Ton. Wielka Matko, jakimż tonem to pytanie zostało zadane. Gentrell przymknął oczy. Liczył. Dwa tuziny magów posługujących się dość popularnymi, ale i pożądanymi aspektami. Dwa Kwiaty, Pęknięcie w Ścianie, Pusta Beczka, Struna i kilka innych. Każdy weźmie minimum dwieście orgów na miesiąc za to tylko, że każe mu się spędzić jakiś czas na pustyni... to i tak tanio, ale Nora miała swoje sposoby, by zbić cenę. Prawie pięć tysięcy. Trzydzieści drużyn bojowych, każda też ma swój żołd. Po dwieście na drużynę, to już razem z ceną magów jedenaście tysięcy. Wynajęcie miejsc w oazach, kupienie przychylności miejscowych wodzów...

Cesarz chrząknął. Cichuteńko, ale znacząco.

— No więc?

— Czternaście... nie, piętnaście tysięcy orgów, Wasza Wysokość. Plus nieprzewidziane wydatki, jak łapówki dla lokalnych watażków, najemnicy, może wysłanie posiłków.

— Rocznie?

— Nie. Miesięcznie.

Gentrell nie otwierał oczu. Cisza w komnacie miała konsystencję lotnych piasków.

— Ale jeśli wydłużymy podróż do trzech dni, to będziemy mogli zrezygnować z utrzymywania magów w najniebezpieczniejszych miejscach i koszty spadną do ośmiu tysięcy — dodał szybko.

Ciche parsknięcie przebiło się przez ciszę. Trzeci Szczur zamrugał. Cesarz zatrzymał się przy południowym krańcu kamiennej mapy, ale nie wydawał się rozgniewany, lecz... rozbawiony?

— Pozostańmy przy piętnastu tysiącach. Przyszykujcie tę drogę. Jeśli sytuacja zmusi mnie do wezwania Laskolnyka, to gdy zrobię to przy śniadaniu, Genno ma zjeść ze mną kolację. Piętnaście tysięcy... Można wystawić za to chorągiew kopijniczą. Albo dwie pancerne. Przez rok uzbiera się na dwa pułki jazdy. Cudownie. A ja się dziwię, dlaczego złoto ze skarbca wypływa szybciej, niż jesteśmy w stanie je tam dostarczać. Eusewenio?

— Wasza Wysokość.

— Czytałem raporty z Dalekiego Południa. Powstanie wybuchło, setki tysięcy niewolników, głównie pochodzących z Imperium, chwyciło za broń. Wiem. Już o tym rozmawialiśmy. Ale czego nie było w raportach? Od razu uprzedzę, że jeśli powiesz, że znalazło się tam wszystko, co cesarz powinien wiedzieć, twojego zastępcę czeka wiele pracowitych dni i nocy. A ciebie bardzo długi odpoczynek na mój koszt. No więc?

Suka popatrzyła na ber-Arlensa przez trzy, może cztery uderzenia serca. Odważna kobieta.

— Nie wiemy, dlaczego Deana d'Kllean została Płomieniem Agara. Wiemy, jak do tego doszło, raporty nie pozostawiają żadnych wątpliwości: weszła w Oko, zabiła pretendującego do tronu Obrara z Kambehii, po czym została wyniesiona na tron przez rozhisteryzowaną tłuszczę i fanatyków z Rodów Wojny. Ale dlaczego przeżyła? Od setek lat nikt, kto nie miał w sobie wystarczająco dużo krwi *awenderi* Agara, nie wyszedł z Oka żywy.

Imperator przechylił lekko głowę, zmrużył oczy.

— A czym według ciebie jest Oko Agara? — zapytał.

— Hm... kapłani Pana Ognia twierdzą, że to miejsce, gdzie jego dominium styka się z naszym światem. Fragment królestwa boga na ziemi. Może to jednak być po prostu przepotężne Źródło Mocy aspektowanej przez ogień.

— Co nie tłumaczyłoby fenomenu... przeżywalności tych, którzy noszą w sobie krew *awenderi* Agara, mam rację?

— Tak, Wasza Wysokość.

— Wiem, moja droga, że drażni cię myśl o Nieśmiertelnych mieszających się w nasze sprawy, chętnie zamurowałabyś bramy ich królestw i ograniczyła kontakty z nimi tylko do modłów wznoszonych w świątyniach. Wolałbym jednak — w głosie cesarza pojawiło się coś w rodzaju łagodnego napomnienia — żebyś wykazywała się bardziej otwartym umysłem. Bogowie istnieją i choć od stuleci zachowują daleko posuniętą neutralność, nie są wcale tak bierni, jak byśmy chcieli. Rozumiesz?

— Tak, panie. — Eusewenia zmarszczyła brwi. — Ale wiem też, że kapłani często wykorzystują naturalne fenomeny magiczne...

— Wiem. Jednakże przygotowując się na nasze małe spotkanie, przestudiowałem sporo ksiąg. Oko Agara otworzyło się około tysiąca lat temu, w czasach, gdy kult Pana Ognia w południowych królestwach zaczął przygasać. Jego pojawieniu się towarzyszył bunt i obalenie ówczesnej dynastii oraz całkowita zmiana układu sił wśród tamtejszych religii. Przypominam, że wówczas Wielka Matka była główną boginią Południa, Agar jednak siłą odebrał jej przywództwo i zepchnął do roli podrzędnej bogini.

— Miał poparcie w armiach żołnierzy-niewolników, których był patronem. — Suka też czytała historyczne traktaty. — Albo raczej jego kapłani mieli poparcie tych armii.

— Zgadza się, co jednak nie tłumaczy, dlaczego w Oku nie płoną ci, którzy są potomkami jego *awenderi*. Potrafisz to wyjaśnić?

Pokręciła głową.

— Nie.

— Więc przyjmijmy, że to naprawdę objawienie boskiej mocy.

— W takim razie Deana d'Kllean nie powinna przeżyć.

— Sama napisałaś, że jest w ciąży. To potwierdzone informacje.

— Ale ciąża nie powinna jej chronić. W przypadku ciąży jej dziecko ma tylko połowę książęcej krwi. Znamy przynajmniej dziesięć przypadków, gdy wrzucono w Oko kobiety takie jak ona i żadna nie przeżyła.

— Takie jak ona?

— To dziwne, ale tamtejszym książętom dość często zdarzało się myśleć niewłaściwą częścią ciała. — Pierwsza wśród Ogarów powiodła po sali ironicznym spojrzeniem. — A młodym służącym zdarzało się zajść w ciążę. Zazwyczaj odsyłano je z pałacu, wydając nieźle za mąż, a ich dzieci odnotowywano jedynie w spisach Wielkiej Biblioteki. Były jednak sytuacje, gdy taka służka okazywała się krnąbrna, a władca zauroczony do tego stopnia, że wspominał o ożenku. Wtedy poddawano ją próbie Oka. Taka tradycja. I żadna nie przeżyła. Wobec powyższego nasuwa się więc nam pytanie, kim jest Deana d'Kllean i co łączy ją z ostatnim księciem konowerskiej dynastii?

***

Mężczyzna westchnął cicho, cichuteńko, jak dziecko śpiące w ramionach matki, i znieruchomiał. Tylko jego cieńsze niż pergamin, pokryte siecią niebieskich żyłek powieki zadrżały. Czy śnił? Truciciel powiedział, że to niewykluczone. Czy wiedział, że Deana przy nim czuwa? Możliwe. Podobno niekiedy ludzie odzyskiwali świadomość po miesiącach, nawet latach śpiączki i opowiadali o swoich snach i o tym, że czuli obecność bliskich.

Laweneres nie był całkiem oderwany od świata, potrafił przełknąć kilka łyżek gęstego bulionu, potrafił wypić kilka łyków rozcieńczonego wina, czasem otwierał nawet powieki, by potoczyć wokół spojrzeniem oczu bladych jak dwa małe księżyce. Deana nienawidziła tych chwil. Za każdym razem miała nadzieję, że to właśnie teraz, już, że właśnie w tym momencie jej książę wróci do niej, a on tylko obdarzał świat spojrzeniem bardziej ślepym niż kiedykolwiek wcześniej, po czym zamykał powieki i odpływał ku znanemu tylko sobie miejscu.

Suchi stwierdził, że brak wzroku jest jedną z przyczyn przedłużającego się stanu Laweneresa. Że gdyby książę widział, to już po pierwszym otwarciu powiek jego umysł wróciłby do świata żywych.

Od tamtej chwili przeklinała jego ślepotę w każdej modlitwie.

Zanurzyła lnianą szmatkę w misie i delikatnie obmyła leżącemu twarz. Nie drgnął nawet. Skórę miał bladą i cienką, żyły biegły pod nią jak pajęcza sieć. Był rozpalony, przez większość czasu zdawał się wprost płonąć, ale Suchi nie pozwalał schłodzić go zimną kąpielą ani okładami. „Książę jest osłabiony, jeśli zachoruje nawet na zwykły katar, najpewniej umrze – twierdził. – Ta gorączka nie jest śmiertelnie niebezpieczna".

Ufała jego opinii, bo, na łzy Wielkiej Matki, komuś musiała zaufać.

A poza tym prawdą było – a prawdę tę znało oprócz niej i truciciela tylko kilka osób – że to ona podała Laweneresowi *cmaneę*, lek zagęszczający krew i spowalniający bicie serca. Wiedziała, że pretendent do tronu Konoweryn, Obrar, walczy szablą, a przy szabli większość ran to cięcia. Liczyła na to, że arogancki książę Kambehii będzie chciał się popisać, szlachtując przeciwnika powoli, a lekarstwo nie pozwoli Laweneresowi wykrwawić się na śmierć, zanim ona nie rzuci wyzwania uzurpatorowi. Albo nie spłonie, wchodząc w Oko. I to ona, odmierzając na wyczucie tuzin kropel gęstego, ciemnego naparu, posłała swojego mężczyznę w trwający do tej pory sen.

I od dwóch miesięcy przychodziła tu co dzień, by się modlić, prosić o wybaczenie i liczyć na cud.

Jej wina była bezsporna. Trzydzieste Pierwsze Prawo Harudiego mówiło, że człowiek podający gościowi wodę z niesprawdzonego źródła jest winny, jeśli ten zachoruje lub umrze. Czyli dobre intencje nie usprawiedliwiają żadnego z naszych błędów. Po to dostaliśmy rozum, by przewidywać konsekwencje własnych decyzji – głosiła najprostsza z interpretacji tego prawa – serce zaś otrzymaliśmy w darze, by kłaść na nim kamienie naszych błędów.

Na jej sercu spoczywał już cały wóz głazów.

Wstała i podeszła do okna. Nad Białe Konoweryn nadciągał zmierzch. Miasto zdawało się kąpać w blasku zachodzącego słońca. Ognista kula pomalowała szkarłatem dachy, mury, wieże i ulice. Nawet brzydki Dom Ognia – świątynia krępa jak przygięta życiem do ziemi starucha – nabierał w tym świetle rumieńców. Mieszczące się w nim Oko Agara zasłonięto nieskończoną, zdawałoby się, ilością jedwabnych draperii, ale i tak czuło się pulsującą z tego miejsca moc. A raczej Moc. Bicie serca Pana Ognia.

To znaczy, ona czuła. Z każdym dniem mocniej i mocniej. To był jeden z kamieni spoczywających na jej sercu. Gdyby ktoś o tym wiedział, i gdyby ośmielił się zapytać, jakie to uczucie – choć takich, którzy ośmielali się zadawać jej teraz pytania, mogła policzyć na palcach jednej ręki – nie potrafiłaby odpowiedzieć. Jakby w środku, tam, gdzie płonął w niej *sani*, miała teraz ołowianą kulę, ciążącą w stronę Oka. Mocniej, słabiej, mocniej, mocniej, słabiej, słabiej, słabiej... Jakby ta kula wisiała na sprężynie szarpanej przez nieznaną dłoń według nieodgadnionego rytmu.

Deana czuła ją cały czas, nawet wtedy, gdy ćwiczyła, spała, brała kąpiel. Ale to nie wszystko. Z tym by sobie poradziła, towarzyszyły temu jednak inne dolegliwości. Czasem, gdy Oko stawało się nadzwyczaj aktywne, miała wrażenie, że coś się dzieje z jej zmysłami. Czuła dziwne smaki, zapachy, kolory nabierały głębi, albo wręcz przeciwnie, bladły do pastelowych cieni. I wszystko w rytmie narzucanym przez położony pośrodku Domu Ognia krąg wypalonej ziemi.

Tak właśnie odpowiedziałaby na pytanie, co się z nią dzieje, tylko że byłaby to zaledwie kaleka próba ubrania w słowa czegoś, czego, jak podejrzewała, nie doświadczał nikt poza nią.

Prawie zaczynała od tego wariować.

I prawie tęskniła do chwil, gdy Maahir woził ją wokół Świątyni Ognia, a rozhisteryzowany tłum wznosił okrzyki na cześć Płomienia Agara. Jego ryk zagłuszał te dziwne sensacje, tłumił je, mimo że Oko miała niemal na wyciągnięcie ręki. Lecz Evikiat nie zgodzi się, by parady na cześć Pani Płomieni urządzano codziennie, poza tym musiałaby mu wyjawić, dlaczego o to prosi.

Nie była pewna, czy powiedziałaby o tym nawet Laweneresowi. Odwróciła się i spojrzała na nieprzytomnego mężczyznę. Swojego mężczyznę. Jak zareagowałby na wieść o tym, co się z nią dzieje? Miał w sobie mądrość, szlachetność i uczciwość rzadko spotykane wśród ludzi jego pochodzenia. Ale czy to wystarczyłoby, by zaakceptował bez sprzeciwu jej emocje i uczucia?

Była Pieśniarką Pamięci, więc wiedziała, że większość ludzi i zwierząt jest wyczulona na nagłe zmiany potencjału Mocy, aspektowanej lub nie, a trudno o bardziej tętniące Mocą miejsce niż Oko. Wciąż pamiętała moment, gdy przed walką z Obrarem weszła do środka. Jakby w jednej chwili spłonęła, zamieniła się w garść popiołu, a w następnej odtworzono ją z tego pyłu w najdrobniejszym szczególe. Problem polegał jednak na tym, że na teraźniejsze fenomeny nie zwracał uwagi nikt, poza nią. Obserwowała to wiele razy, gdy moc Pana Ognia szalała, a ona miała wrażenie, że lada chwila coś wyrwie się z jej piersi i pomknie w stronę przykrytego kopułą kręgu, gdy kolory blakły, a usta wypełniał smak palonych migdałów, wszyscy wokół zachowywali się zaś jakby nigdy nic. Ludzie nie zwracali uwagi na Dom Ognia, przechodzące po placu wokół świątyni konie nie płoszyły się, stado gołębi, jakby nigdy nic, siadało na kopulastym dachu, a bezpański pies przebiegał przez plac, zajęty swoimi sprawami.

Co więcej – i ta myśl wypełniała jej kości lodem – coraz częściej wydawało jej się, że Agar przemawia nie tyle do niej, ile do rosnącego w jej łonie dziecka.

Nie chciała tego, więc znów pomodliła się bezgłośnie. O Pani, Matko nas wszystkich, przemów do swego syna, niech Agar od Ognia zdejmie swój dotyk z tej duszy, niech odwróci od niej wzrok. Zrobiłam swoje, zagrałam w jego grę, ocaliłam księstwo dla tutejszej dynastii, odebrałam życie Obrarowi, księciu Kambehii, stałam się Płomieniem Agara, który oczyścił Białe Konoweryn z brudu i zgnilizny, więc proszę, zwróć mi zwykłe życie. Bym mogła urodzić i wychować dziecko w spokoju.

Już kończąc, uśmiechnęła się, rozbawiona naiwnością tej modlitwy.

Zwykłe życie. Też coś. Zwykłe życie skończyło się, gdy rada osady kazała jej poślubić ostatniego syna Lengany h'Lenns. Nie. Zwykłe życie skończyło się, gdy jej brat powrócił do rodzinnej *afraagry*. Jego powrót pokrył plac ćwiczeń plamami czerwieni, a on sam... odszedł. Po czym powrócił, ratując jej życie setki mil od rodzinnych stron. Widziała wtedy jego oczy. Studnie wypełnione pustką i rozpaczą. Popełniła wówczas błąd, po dojściu do siebie powinna natychmiast porzucić Białe Konoweryn i wyruszyć na poszukiwanie tej skorupy, którą stał się Yatech, by przynieść jej spokój.

Westchnęła. Na zajęcie się tą sprawą przyjdzie czas. Teraz była brzemienna, a ten stan zwalniał kobietę Issaram z większości obowiązków poza podstawowymi, zapisanymi w Prawach. Zemsta, spłata długów, przyniesienie spokoju ciału pozbawionemu duszy mogą zaczekać. Poza tym teraz mogła wykorzystać do poszukiwań brata całą potęgę Białego Konoweryn, złoto, szpiegów, czarowników. I zrobi to, gdy już upora się z ciążą, polityką, powstaniem niewolników oraz tym, że Laweneres wciąż leży nieprzytomny. Co prawda gdyby tam, na pustyni, od razu wyruszyła na poszukiwanie Yatecha, ominęłyby ją wszystkie te problemy... ale wtedy nie miałaby tego.

Dotknęła brzucha. Jeszcze nie był zbyt duży, prawdę mówiąc, luźna szata kryła jej stan, ona jednak czuła, jak zmienia się jej ciało. Mimo ćwiczeń przytyła kilka funtów, zwłaszcza na tyłku, urosły jej też piersi, na razie niewiele, ale Varala, która stała się zaskakująco częstym gościem w jej komnatach, bezceremonialnie obmacała ją już kilka razy i stwierdziła, że Deana będzie mieć dużo pokarmu, a to dobrze dla dziecka. W takich momentach czuła się jak klacz rozpłodowa i szczerze żałowała, że przy pierwszym spotkaniu z tą kobietą nie użyła szabli.

Ale tylko przez chwilę.

I nigdy na poważnie, bo Varala w gruncie rzeczy nie była ani protekcjonalna, ani wyniosła, lecz w taki na wpół szorstki sposób troskliwa i opiekuńcza. Ciąża zresztą zmieniała nie tylko ciało Deany. Jej myśli skakały z miejsca na miejsce, miała kłopot ze skoncentrowaniem się na zwykłych czynnościach, modlitwie, ćwiczeniach, medytacji. Bez powodu wpadała w złość albo w smutek. Gdyby nie lata poświęcone ćwiczeniom – trenowaniu pamięci, by przechować w niej historię plemienia, oraz szkoleniu ciała, by umieć obronić ten dar Matki przed przeciwnościami losu – chyba by zwariowała.

Błogosławiony stan.

Z pewnością to określenie wymyślił jakiś mężczyzna.

Gdy nieopatrznie zdradziła swoje emocje przed Varalą, ta uśmiechnęła się tylko półgębkiem i stwierdziła, że to dopiero początek czwartego miesiąca, a najciekawsze jeszcze przed Deaną, bo pierwszy trymestr wspomina się zazwyczaj z rozrzewnieniem. Po czym mimochodem zapytała, czy Płomień Agara, Pani Białego Konoweryn, nie oddałaby jej swoich *talherów* na przechowanie. Zanim kogoś nimi zarżnie.

To jednak nie wchodziło w grę.

Suchi uświadomił jej to dość jasno. W Konoweryn brzemienne kobiety otaczało coś pomiędzy uwielbieniem a powszechnym zawstydzeniem. Wszystkie „kobiece" sprawy, miesiączka, ciąża, poród, nie miały prawa wkroczyć w przestrzeń publiczną. W niektórych rejonach Dalekiego Południa, zwłaszcza na prowincji, panowała reguła, że gdy brzuch robił się na tyle duży, że nie można go już było ukryć pod szatą, kobieta znikała z życia, nie wychodziła z domu, nie przyjmowała gości; niekiedy nawet odbierano brzemiennej imię, zwracając się do niej *euwagaria*, co ponoć znaczyło „naczynie Agara". Zresztą, po co daleko szukać, w samym rodzie książęcym kobiet używano jak rozpłodowych samic. Przybywały do pałacu z zasłoniętymi twarzami, by książęta je „pobłogosławili" swym nasieniem, po czym jeśli rodziły córkę, wracały z nią do rodziny, a jeśli miały nieszczęście urodzić chłopca, zabierano im dziecko, a je same odsyłano do domu.

Barbarzyńskie obyczaje barbarzyńskiego kraju.

Ale ona nie mogła iść drogą zwykłej kobiety. Była Płomieniem Agara, więc musiała kroczyć wąską ścieżką między powszechnym zwyczajem a własną, dziwną i w gruncie rzeczy chwiejną pozycją.

Chwiejną niczym taniec na ostrzu sztyletu. Była zobowiązana znaleźć sobie miejsce w bagnie tutejszych zwyczajów i jednocześnie wciąż musiała podkreślać swój status nieposkromionej „górskiej lwicy". A broń – nawet jeśli trzeba będzie poszerzać pasy *talherów*, by mogły opiąć jej rosnący brzuch – okazała się jednym z elementów, które miały ją wyróżniać spośród innych ciężarnych.

Deana uśmiechnęła się bez cienia radości. Wprawdzie nie wypruła jeszcze z nikogo flaków, ale to się łatwo mogło zmienić, jeśli komukolwiek przyjdzie do głowy zasugerować, że zaraz po porodzie powinna oddać dziecko i zniknąć jak inne matki. Bo przecież nawet jeśli zostanie pobłogosławiona dziewczynką, zapewne znajdą się tacy, którzy uznają, że nie może jej zatrzymać. Nie, jeśli chodzi o t a k i e dziecko.

Czy wtedy potrafi się oprzeć tysiącletniej tradycji wspomaganej przez polityczne machinacje? I rację stanu? Jakakolwiek by ona była.

Zaszczypały ją oczy, krew uderzyła do głowy, a uśmiech przeszedł w kwaśny grymas. Znów pozwoliła myślom odpłynąć, podryfowała wraz z nimi – i w jednej chwili jej spokój rozpadł się jak zamek z piasku podmyty morską falą.

Ciąża. Błogosławiony stan.

Cokolwiek przyniesie przyszłość, stawi temu czoła, a teraz nie ma sensu poddawać się strachowi i histerii.

Pochyliła głowę i zmówiła krótką modlitwę przeciw strachowi.

Mój najstarszy wróg jest za mną,
Pani, trzymasz mnie za rękę.
Mój najstarszy wróg jest nade mną,
Pani, zła się nie ulęknę.
Mój najstarszy wróg stanął przede mną,
Pani, serce dzielę z Tobą.
Mój najstarszy wróg jest we mnie,
Pani, śmierć naszym wrogom.

Proste rymy dziecięcej modlitwy, której uczono w *afraagrach* wszystkich chłopców i dziewczynki, gdy wręczano im pierwszą prawdziwą broń, nadal miały swoją siłę.

Usiadła na skraju łoża i ponownie otarła Laweneresowi twarz. Jego powieki zadrżały, a po pokrytej dwudniowym zarostem twarzy przemknął lekki grymas. Jutro znów trzeba będzie go ogolić. Deana robiła to osobiście, bo na myśl, że ktoś inny miałby przykładać ostrze do gardła jej mężczyzny, coś skręcało ją w żołądku. Poza tym, jak wreszcie się obudzi i zapyta o kolekcję zadrapań i zacięć na szyi, lepiej, żeby żaden ze sług nie musiał się tłumaczyć.

Potrzebowała go, swojego księcia, nawet jeśli Varala twierdziła, że Deana radzi sobie świetnie.

Bo Varala z Omeru – oficjalnie pierwsza książęca nałożnica, a tak naprawdę matka panującego Laweneresa, zaplątana równie mocno jak Deana w sieć obyczajów, tradycji i praw – stała się w ostatnich dniach jedną z jej najbardziej zaufanych towarzyszek.

To ona stanęła na czele Domu Kobiet, który po zamordowaniu Owiyi, poprzedniej przełożonej, pozostawał w stanie paniki i rozpadu. Razem z Owiyą zginęły dziewczęta szykowane na książęce oblubienice, część nałożnic, służby, a nawet pałacowych kastratów. Plotka mówiła, że zabójcy wymordowaliby wszystkich, gdyby nie ona, Deana d'Kllean, pustynna lwica, która czując już na sobie błogosławieństwo Agara, przeszła przez pałac w świętym gniewie, odsyłając do Domu Snu każdego z napotkanych zabójców. Deana sama niechętnie wracała do tamtych chwil. Pamiętała tylko, że walczyła w pałacu, zabijała morderców, których później zidentyfikowano jako Trzciny, a potem ruszyła do Oka, z którego wyszła jako Płomień Agara.

Varala wykorzystała tę historię, by dodać do legendy rosnącej wokół jej nieoficjalnej „synowej" jeszcze kilka wersów. W opowieściach nałożnicy Deana pokonała dwudziestu zabójców i ocaliła życie większości służby w pałacu. Jej gniew był święty, a czyny nieskalane, nawet gdy wypruwała wnętrzności i podrzynała gardła. Płomienie świec tańczyły w rytm ciosów jej szabel, a ogień w kominkach i światło lamp rozbłyskiwały samoistnie, by wskazywać wybrance Pana Ognia miejsca, gdzie ukrywali się podli, tchórzliwi mordercy. Cuda i błogosławieństwa stąpały jej śladami.

Deana nie miała sił ani chęci prostować tych opowieści. Tym bardziej że im mocniej próbowała, tym częściej je powtarzano.

W tej chwili Dom Kobiet przypominał coś w rodzaju państwa w państwie, zamkniętego na wszystkie możliwe spusty, strzeżonego przez oddziały kobiet i dziewcząt wyposażonych w dziwaczną mieszaninę uzbrojenia obronnego i zaczepnego. Kilkanaście dni temu Deana obserwowała, jak piętnastoletnia na oko służąca ściera kurze, taszcząc ze sobą coś w rodzaju gizarmy wyciągniętej Wielka Matka wie skąd. Widok był zabawny i niepokojący zarazem, bo budził paskudne pytania: „Kiedy stałam się kimś, za kogo ludzie gotowi są walczyć i umierać? Dlaczego mam brać na barki taką odpowiedzialność?".

Próbowała interweniować, bo potykający się o drzewce broni podlotek nie wyglądał na kogoś, kto potrafi obronić nawet siebie, a co dopiero mówić o innych, ale Varala ucięła dyskusję krótko i zdecydowanie. „Już raz kastraci i pałacowi strażnicy zawiedli – odparła. Dlatego wszystkich stąd odesłałam. Jeśli same nie zadbamy o własne bezpieczeństwo, kto to zrobi? Zwłaszcza teraz, gdy wyjęłaś spod prawa Ród Trzcin. Pamiętasz? To szpiedzy i zabójcy, ale dzięki niech będą Agarowi, nigdy nie przyjmowali w swoje szeregi kobiet, więc trudno im będzie przeniknąć do tych komnat. Straże pozostaną więc na zewnątrz, a w Domu Kobiet każdy mężczyzna będzie intruzem. No, może poza trucicielem i Evikiatem".

— A poza tym — Pierwsza Nałożnica zniżyła wówczas głos — sama sprawdziłam te dziewczyny. One wierzą.

— W co? — Deana zapytała lekko poirytowana kolejnym wykładem.

— W ciebie — padła odpowiedź. — W kobietę, która sama włada swoim losem, walczy lepiej niż każdy z mężczyzn i którą Pan Ognia wybrał na swój głos. Zaufaj im. Ciężko ćwiczą.

Zabrakło jej wtedy słów, cięta riposta nie chciała się pojawić, a zresztą co by to dało? Dom Kobiet rządził się własnymi prawami, nawet jeśli te prawa uległy ostatnio zmianom.

Deana poddała się, ale następnego dnia odwiedziła karawanseraj pod miastem. Oczywiście w porównaniu z jej poprzednią wizytą ta wyglądała jak najazd całej armii. Musiała zabrać ze sobą setkę odzianych w żółte jedwabie wojowników w pełnym uzbrojeniu, a na granicy obozowiska kupców stanęło pod bronią tysiąc Bawołów i drugie tyle Słowików. Jej wizyta wywołała niezłe zamieszanie, panikę wręcz, ale Deana nie za bardzo się tym przejęła. No i załatwiła to, po co przyszła.

Wiara czyni cuda, ale rzadziej niż dobrze wyszkolony szermierz.

Rozdział 9

Cesarz chrząknął, przerywając narastającą ciszę.

— I jakie wyciągnęliście wnioski z wydarzeń na Dalekim Południu?

— Wywiad nie jest od wyciągania wniosków, tylko od dostarczania informacji, Wasza Wysokość.

Gentrell zmienił zdanie. Suka nie była odważna, lecz obłąkana.

Kregan-ber-Arlens odwrócił się do nich plecami, w stronę południowej ściany komnaty. Gdyby wielkość pomieszczenia na to pozwalała, a Szaleństwo Embrela obejmowało większy kawałek świata, jego wzrok musiałby się błąkać w okolicach wykutego w marmurze odwzorowania Białego Konoweryn i innych leżących za Travahen ziem.

— Wniosek jest taki, że Nieśmiertelni też kantują w grze. Bo to jest jakaś gra, moja droga. Na północy, na Wyżynie Lytherańskiej, prawie przebudziła się istota, która mogła zdrowo namieszać w panteonie. *Ana'bóg*. Potężny jak żaden inny przez ostatnie tysiące lat. A w kilku innych miejscach świata prawie równocześnie doszło do ataków na matriarchistów, i to nie jakichś zwykłych ruchawek fanatyków, lecz nieomal wojen religijnych. Nadal nie wiemy, jakie siły starły się w Ponkee-Laa, kto walczył przeciw komu, kto wygrał, a kto przegrał. Ale moim zdaniem możemy wykluczyć Pana Bitew jako inspiratora tamtych wydarzeń.

Suka zamrugała, zmarszczyła brwi.

— Wasza Wysokość, nie sądzę...

— Jeśli wywiad nie jest od wyciągania wniosków, droga hrabino, to nie jest także od sądzenia. O czymkolwiek. Mam rację?

Po raz pierwszy oblicze Eusewenii Wamlesch pokryło się głęboką czerwienią. Gentrell nie posłał jej triumfalnego uśmiechu, ale i nie oderwał wzroku od jej twarzy.

— To nie Reagwyr stał za rozruchami w Ponkee-Laa — ciągnął cesarz. — Nasi Nieśmiertelni są związani z własnymi przydomkami silniej, niż można by sądzić. Pan Bitew to wojownik, żołnierz. Nie przegrałby starcia w samym sercu swojej największej świątyni w drugim co do wielkości mieście kontynentu, chyba że świątynia i samo miasto ległoby w gruzach. Rozumiesz?

— W takim razie wygrał. — Suka nie odpuszczała.

— Możliwe. Jednakże wtedy właśnie zamieszki wygasły. Więc jeśli Reagwyr się wtrącił, zrobił to, by powstrzymać religijnych fanatyków. Własnych czcicieli. Więc to nie on nimi kierował. A jeśli Reagwyr nie brał w tym udziału, to inne siły próbowały wciągnąć jego Świątynię w konflikt z wyznawcami Matki. A tym samym z Imperium. Taka jest logika wydarzeń w Ponkee-Laa. A na Dalekim Południu widać to jeszcze wyraźniej. Ktoś próbował przekształcić powstanie niewolników w wojnę religijną, która zakończyłaby się rzezią na skalę, jakiej nie widzieliśmy od czasów, gdy nasze miasta płonęły w trakcie starć między różnymi kultami. Ale mu się nie udało. Obrar Płomienny nie zasiadł na tronie i nie rozpalił setek tysięcy stosów dla zbuntowanych meekhańskich niewolników. I nie, nie posłalibyśmy tam armii; jak Gentrell słusznie zauważył, nie mamy dość sił. Ale musielibyśmy mocno ograniczyć kontakty handlowe. Wysyłamy na południe stal, porcelanę, szkło, sól, miedź, cynę i nasze sławne wina. Dostajemy w zamian przyprawy, jedwab, perły, złoto. I nakładamy podatki na kupców. Bez handlu bardzo ucierpiałby nasz skarbiec. Jednakże kambehijski książę zginął w Oku z ręki Deany d'Kllean. A tylko interwencja Agara mogła ocalić tę issarską dzikuskę od spłonięcia.

— Bóg złamałby własne prawa? — Eusewenia odzyskała już normalne kolory.

— Jest prawda ksiąg pisanych na zamówienie i inne prawdy. Nieprawdaż? — Cesarz odwrócił się do nich i uśmiechnął kpiąco, choć bez złośliwości w oczach. — Czyż nie oddajemy Verdanno ich bydła, mimo że jako własność buntowników powinniśmy je skonfiskować? Lecz przecież kierujemy się honorem Imperium, nawet jeśli nas obrażono. Czy łamiemy własne prawa, to inna rzecz. A prawa Agara? W Oku nie spłonie tylko ten, kto ma w sobie wystarczająco dużo krwi jego *awenderi*. Tak mówią tamtejsze święte księgi. A ile to jest wystarczająco? Kto wie? Tylko Pan Ognia. Moim zdaniem prawda — uśmieszek władcy znikł — wygląda tak, że Agarowi, podobnie jak Panu Bitew, rzucono wyzwanie. Próbowano go zmusić, by zrobił coś, na co nie miał ochoty, a on odpowiedział i zrobił to, przyznacie, wyjątkowo przewrotnie. Uczynił swoim Płomieniem Issarkę. Wyznawczynię Wielkiej Matki. Gdyby to nie było tak przerażające, byłoby nawet zabawne.

Imperator usiadł na krześle, wyciągnął nogi, westchnął.

— No więc mamy dwóch potężnych bogów, których ktoś próbował wciągnąć w konflikt z Baelta'Mathran. A więc tak naprawdę, ktoś próbował zmusić Meekhan do walki z Reagwyrem i Agarem. I to w chwili, gdy Wschód wygląda jak rozwalona chałupa i nie wiadomo, czy z jej resztek zbudujemy coś trwałego, czy całość zajmie się ogniem. Na szczęście dla nas obaj Nieśmiertelni okazali się... rozsądni. Gentrell, ile właściwie świątyń Pana Ognia jest w Imperium?

Zaskoczyło go to pytanie. Musiał chwilę grzebać w pamięci.

— Około trzystu, panie.

— Aż tyle?

— To w gruncie rzeczy niezbyt wiele, Wasza Wysokość. Mamy ponad dziesięć tysięcy świątyń Matki i drugie tyle przybytków innych bóstw. Nie licząc klasztorów, zgromadzeń zakonnych i innych miejsc kultu. A największa świątynia Pana Ognia przypomina wielkością sporą stajnię. To nie jest zbyt popularny bóg na naszych ziemiach.

— Jego kapłani są lojalni?

— Im mniejsza religia, tym mniej kłopotów, panie. My uznajemy Agara za jednego z Wielkiego Rodzeństwa, jego kapłani oficjalnie uznają zwierzchnictwo Baelta'Mathran.

— Dobrze. Skontaktuj się z ich hierarchą i przekaż w moim imieniu datek w wysokości trzech... nie, dwóch tysięcy orgów. I osiem tysięcy dla Świątyni Reagwyra.

— Jaka będzie intencja datku, Wasza Wysokość?

Kregan-ber-Arlens uśmiechnął się, a Trzeci Szczur zrozumiał, że wcale mu się nie spodoba to, co zaraz usłyszy.

— Dla Reagwyra żadna. Tylko moja sympatia. Ale kapłani Agara niech odprawią modły w intencji pokoju na Dalekim Południu. Niech się modlą o zakończenie rozlewu krwi i o wolność dla tych, którzy jej pożądają. Skoro Pan Ognia zasiadł do stołu, nie ukrywajmy przed nim naszych motywów. Wydaje się rozsądny. A teraz — uśmiech cesarza poszerzył się nieco, gdy jego wzrok spoczął na Suce — chcę wiedzieć, i to dokładnie, w jakie bagno wpadł mój najlepszy generał. Postawię sto tysięcy cesarskich, że Szczury kazały mu siedzieć w pałacu w Białym Konoweryn, i drugie tyle, że ledwo zszedł ze statku, zaczął kombinować, jak by się tu zabawić. A nie uwierzę, że Ogary nie wiedzą, co wymyślił.

***

Obserwowano ich. Wiedzieli o tym od samego Pomwe, bo ledwo opuścili teren bitwy i wjechali w rzadki las, natknęli się na świeżo porzucone obozowisko. Kilka szałasów z wielkich liści, dziura w ziemi, w której palono ogień, i resztki poogryzanych kości. Miejscowi przewodnicy obejrzeli ślady i stwierdzili, że to na pewno nie tubylcy. Myśliwi z Konoweryn czy Kambehii nie budują takich szałasów ani nie rozpalają ognia w ten sposób. To sztuczka przywieziona przez niewolników z północy, z pogranicza Wielkich Stepów. Poza tym, starszy z mężczyzn wykrzywił ciemną twarz w ponurym grymasie, teraz myśliwi nie zapuszczają się w te okolice. Zbyt łatwo sami staliby się zwierzyną.

Zatrzymali się w tamtym miejscu na popas, oporządzili konie, rozpalili ponownie ogień. Lea pod byle pretekstem znikła w najbliższym szałasie, by po kwadransie wyjść z niego z dłońmi pobrudzonymi miejscową, czarną i tłustą, ziemią. Skinęła tylko głową Laskolnykowi i wyszeptała: „dziesięciu ludzi, dwieście jardów stąd", po czym ruchem ręki wskazała kierunek.

Kailean sięgnęła w głąb siebie i wezwała Berdetha.

Pojawił się na skraju polanki, machnął ogonem i już go nie było. Po kilku chwilach przekazał jej obraz: siedmiu mężczyzn i trzy kobiety, wszyscy w bawełnianych przeszywanicach, uzbrojeni głównie w krótkie włócznie, oszczepy i noże. Nic dziwnego, że woleli się wycofać; w porównaniu z ich oddziałem wyglądali jak banda obdartusów.

Naradzali się teraz półgłosem. Berdeth stał zbyt daleko, by przekazać jej słowa, ale nie potrzebowała więcej, by rozpoznać, z kim ma do czynienia. Połowa zbrojnych miała jasne włosy, a na niektórych szyjach wciąż widać było pręgi nieopalonej skóry. Natknęli się na czujkę niewolniczej armii.

Tak jak planowali.

Zerwała kontakt z duchem psa.

— To nasi.

Lea potwierdziła jej słowa niedbałym machnięciem.

— Wiem. Mówią w meekhu. Zauważyli nas, ledwo minęliśmy Pomwe. Obserwowali. Nie wiedzą, czy jesteśmy najemnikami, czy bandytami. Zastanawia ich Kailean i Kocimiętka.

— Dlaczego?

— Macie najjaśniejsze włosy. Rzadkość tutaj. Sądzą więc, że jesteśmy raczej zbrojnymi wynajętymi przez nich — wskazała na przewodników — bo oni wyglądają i ubierają się jak miejscowi.

Laskolnyk oparł się niedbale o pień drzewa, poprawił pas z szablą.

— Dowiedziałaś się, dlaczego tu siedzieli?

— Nie mówili o tym. Ale jeden wspomniał, że są tu już dziesięć dni, więc raczej nie czekali specjalnie na nas. Myślę, że mieli obserwować Pomwe.

— Zaatakują nas?

Berdeth przesłał jej obraz. Dwóch mężczyzn i dwie kobiety opuściło grupkę, znikając między drzewami. Każde poszło w inną stronę.

— Nie teraz, kha-dar. Dopiero gdy ściągną posiłki. — Opisała, co właśnie widział duch psa. Laskolnyk tylko się uśmiechnął.

— Kahel-saw-Kirhu otoczył Pomwe czujkami. Mają pilnować dróg, przejmować posłańców, informować o karawanach. Założę się, że od miesiąca żadna nie dotarła do miasta. — Westchnął, wykrzywił usta. — Cholera. Nie chcę ryzykować walki z ludźmi, których szukam. Damy radę podejść tak, żeby ich nie spłoszyć?

Lea zastanowiła się.

— Nie, kha-dar. To las, gęsty i paskudny. Konno nie podjedziemy, a na piechotę wolałabym na nich nie iść, bo pewnie znają się na walce w lesie lepiej niż my. Musimy to załatwić inaczej.

Więc spróbowali, i to niemal w ostatniej chwili: dziesięć mil dalej, gdy Janne dał znak, że wokół nich zgromadziło się już około trzydziestu zbrojnych, a przed nimi czai się kolejna dwudziestka.

Kailean kichnęła, a Toryn zastrzygł uszami i parsknął. Poklepała go po szyi, odganiając przy okazji kilka natrętnych much. To było dobre miejsce. Minęli właśnie wielką polanę, gdzie konie tonęły w trawach niemal po grzbiety, i stanęli przed gęstymi pnączami zagradzającymi dalszą drogę. Oczyma Berdetha ujrzała, jak idąca za nimi trzydziestka rozdziela się. Część ruszyła wzdłuż lasu otaczającego polanę, ale kilku tropiących pochyliło się i znikając w trawach, podążyło wprost za czaardanem.

Kichnęła jeszcze raz i wytarła nos w rękaw. Na ten znak Niiar przysunął się bliżej, zajmując miejsce po jej lewej stronie, a Janne wyciągnął topór i unosząc się w strzemionach, zamaszystymi ciosami zaczął odrąbywać zagradzające im drogę pnącza. Kailean sięgnęła po szablę, jakby zamierzała do niego dołączyć.

Laskolnyk gwizdnął przeciągle.

Spięli konie, aż zwierzęta przysiadły na zadach, zawrócili niemal w miejscu i runęli w tył. Dziesięć wierzchowców w kilka uderzeń serca przeszło w galop, roztrącając szerokimi piersiami wysokie trawy.

Pędzili.

Janne zwolnił nagle, wypuścił topór z ręki, ciężka broń zawisła na pętli przy nadgarstku, a mężczyzna pochylił się w siodle i poderwał z ziemi drobną postać. Kocimiętka próbował zrobić to samo, chybił i omal nie spadł z konia. Kailean nawet przez szum powietrza w uszach usłyszała, jak klnie. Sama w ostatniej chwili szarpnęła wodze w lewo, bo Toryn, przywykły do takich starć, próbował właśnie stratować kogoś przed sobą.

I już zbliżali się do drugiego końca polany.

Gwizd osadził ich w miejscu. Zawrócili konie, czujnie, z tarczami uniesionymi w górę, z bronią w rękach.

Kocimiętka klął nadal, ruszając barkiem w górę i w dół.

— Cicho, Sarden. — Laskolnyk mierzył wzrokiem obrzeża polany, które właśnie zaroiły się ludźmi. — Udawaj, że jesteś cały.

Szli na nich ławą, już się nie kryjąc, ta trzydziestka, która ich śledziła, i reszta, dwudziestu zbrojnych, na których mieli wpaść. Ci byli dobrze przygotowani do walki z jazdą, mieli stalowe hełmy i kolczugi. W dłoniach dzierżyli długie włócznie i coś, co wyglądało jak domowej roboty gizarmy, oraz osadzone na sztorc kosy, wyposażone dodatkowo w haki. No i byli starsi niż reszta, szpakowaci, pobliźnieni. Szli równym krokiem, nie spiesząc się, nie okazując wahania ani strachu.

Meekhańska piechota. Weterani.

— Jak twoja zdobycz, Janne?

— Wierzga, kha-dar. — Ptasznik uniósł jeńca, odwrócił twarzą do siebie i parsknął cicho. — Ale łapałem już gorsze rzeczy.

— Chyba jak kuśkę wsadziłeś nie tam, gdzie trzeba. — Daghena brzęknęła palcem na cięciwie. — Na co czekają? I czego nic nie mówią, psiakrew?!

— Widzą, że nie uciekamy, a moglibyśmy. Więc chcą pogadać. — Laskolnyk mierzył wzrokiem zbliżających się piechurów. — Zobaczymy, co powiedzą.

Kailean wykorzystała moment, by rzucić okiem na więźnia, i cmoknęła, zdziwiona. Janne złapał dziewczynę. No oko czternasto-, może piętnastoletnią. Drobna, szczupła, czarnowłosa i czarnooka, przypominała Leę, gdyby nie to, że była chuda jak szczapa, a włosy miała ostrzyżone prawie do gołej skóry. Ale rozerwana na piersi koszula odkrywała wszystko. Dziewczyna.

No, albo bardzo dziwny chłopiec. Nigdy nie wiadomo, jak to jest tu, na Dalekim Południu.

— Nie gapcie się na nią — warknęła, poprawiając szablę i wyżej unosząc tarczę. — Chłopy, pokazać kawałek cycka, a dadzą się pozarzynać jak pijane prosiaki.

Nikt nie zdążył jej odpowiedzieć, bo ciężkozbrojni piechurzy zbliżyli się na jakieś dziesięć kroków, a wtedy Laskolnyk uniósł dłoń i warknął:

— Stać!

Zatrzymali się, podpierając drzewcami włóczni, gizarm i kos. Nie wyglądali ani na przestraszonych, ani na zdenerwowanych. Lekkozbrojni stanęli nieco z tyłu, trzymając broń w pogotowiu. Przez chwilę oba oddziały mierzyły się wzrokiem.

— Jesteście daleko od domu, jak rozumiem — odezwał się piechur stojący pośrodku linii. — Daleko i wcale nie jest pewne, czy do tego domu wrócicie, jak rozumiem. Ale, jak rozumiem, chcielibyście wrócić.

Mężczyzna cedził słowa niespiesznie, wręcz flegmatycznie. Siwa broda i pokryta zmarszczkami twarz nadawały mu wygląd siedemdziesięciolatka, lecz najwyraźniej wcale nie był tak stary. Sądząc po dłoniach i muskularnych przedramionach, nie był starszy niż Kocimiętka czy Laskolnyk.

— Ominęliście Pomwe — kontynuował, przeskakując wzrokiem między konnymi. Jeśli zaskoczyła go obecność kobiet w oddziale, nawet nie mrugnął. — To dobrze, jak rozumiem.

Nie lubimy nikogo, kto ma jakieś interesy z tamtym miastem. Jeszcze z nim nie skończyliśmy.

Wbił swoją włócznię w ziemię i zrobił trzy kroki naprzód.

— Tutejszym kupcom trudno teraz wynająć miejscowych strażników, jak rozumiem. Więc pewnie szukają naiwnych w karawanserajach. Ludzi z północy, jak rozumiem. Meekhańczyków. Myślą, że to ich ochroni. Ale się mylą, jak rozumiem. — Wskazał ręką na dziewczynę, którą trzymał Janne. — Macie kogoś, kto należy do nas. Oddajcie ją.

Kailean nie spodziewała się, że usłyszy śmiech. Głośny, szczery, ciepły. A potem Genno Laskolnyk wyjechał przed szereg, zdjął hełm, wyprostował się i wycedził:

— Więc chodź i weź ją sobie, Luko-wer-Klytus.

Na mgnienie oka wszystko ucichło, potem ktoś z grupy lekkozbrojnych ruszył do przodu, lecz jednocześnie siwy piechur wrzasnął:

— Stać!!! Nie ruszać się!!!

Wszyscy zamarli. Na zaropiałe dupsko starej kozy, aleź on miał głos! Jakby ryczał przez mosiężną tubę.

Mężczyzna też ściągnął hełm i ruszył w stronę kha-dara, a z każdym krokiem jego twarz młodniała.

— Generał? Generał Laskolnyk? Ale dlaczego? Co...?

Zabrakło mu słów, więc tylko machnął ręką i rozpostarł ramiona. Laskolnyk zaśmiał się, zeskoczył na ziemię i padli sobie w objęcia.

— No — Kocimiętka wsunął szablę do pochwy i zarzucił tarczę na plecy — chyba najtrudniejszą część mamy za sobą.

— Żebyś nie zapeszył, łajzo. — Łuk Dagheny powędrował do sajdaka, ona sama przeciągnęła się, aż coś chrupnęło jej w stawach. — Janne, Kailean już mówiła, żebyś przestał się gapić na cycki tej małej.

— Mam na imię Koło. — Dziewczyna spojrzała na nią wyraźnie rozzłoszczona. — I nie jestem mała.

— Koło? — brwi Dag powędrowały w górę. — Takie okrągłe, od wozu? Dziewczyno, do krągłości to ci brakuje jakichś pięćdziesięciu funtów. Ty to ledwo szprychą jesteś. Puść ją, Janne, niech dołączy do swoich.

Ptasznik postawił dziewczynę na ziemi i lekko pchnął w stronę pieszych.

— Idź. — Spojrzał na resztę czaardanu. — I co teraz?

— Czekamy. — Kocimiętka przypomniał im, że jest zastępcą Laskolnyka. — Broń pod ręką, konie trzymać krótko. Miłe powitanie czy nie, na razie uważamy na wszystko. A potem się zobaczy.

***

— Tak. To do niego podobne. Właściwie niczego innego się nie spodziewałem.

Trudno było ocenić, czy cesarz mówi to z rezygnacją, czy z podziwem. A jeszcze trudniej przewidzieć, jak te wieści wpłyną na los zgromadzonych w komnacie. Przez ostatnią godzinę zdążył im już przypomnieć, że są zwykłymi śmiertelnikami, zależnymi od jego woli. Że jest panem ich losu. Teraz jednak wszyscy wiedzieli, że jest ktoś, nad kim cesarz nie do końca panuje.

Genno Laskolnyk.

— Jak to ujął, pojechał się rozejrzeć. — Mimo wagi przekazywanych wieści, Eusewenia była zdumiewająco spokojna. — A nasz rezydent w Konoweryn, Kciuk, nie miał władzy ani środków, by mu w tym przeszkodzić. I tyle. Mógł tylko skierować go w miejsce, gdzie istniała szansa, że generał spotka się z właściwymi ludźmi.

— Właściwymi? — Kregan-ber-Arlens poprawił się na krześle. — To znaczy?

— Armia niewolników gromadzi się na Wielkiej Wyżynie Halesyjskiej — kontynuowała hrabina Wamlesch. — A dokładnie na terenie przygranicznym między Konoweryn a Wahesi. Kolejne grupy uciekinierów kierują się w tamtą stronę, co moim zdaniem świadczy o tym, że powstanie było dobrze zaplanowane, a co ważniejsze, nadal rozwija się tak, jak chcieli jego przywódcy. Część oddziałów powstańczych, liczących od kilkunastu do kilkudziesięciu ludzi, działa poza wyżyną: rabują karawany, przecinają szlaki handlowe, wzniecają bunty tam, gdzie same nie wybuchły, atakują odosobnione plantacje, gospodarstwa i kopalnie, wciągają w zasadzki mniejsze grupki wojska. Tak mówią raporty, które wysyłają nam nasi agenci z wszystkich księstw Dalekiego Południa. Wolelibyśmy, żeby generał nie natknął się na tych zbrojnych, tym bardziej że niektóre oddziały składają się z niewolników innych nacji. Więc Kciuk wysłał go w górę Tos, tam, gdzie najłatwiej spotkać naszych. Meekhańczyków.

Cesarz przymknął oczy, zagryzł usta. Milczenie przeciągało się coraz bardziej.

— Cały Genno. Cały on. Zaczynam żałować, że pozwoliłem mu bawić się w gry Szczurów. Jeśli się nudził, należało podsunąć staremu ogierowi tuzin młodych kochanek, a może i pozwolić na jakiś pojedynek od czasu do czasu. Z odpowiednio dobranym przeciwnikiem, rzecz jasna. Wydałem jednak tę nieszczęsną zgodę, więc i odpowiedzialność częściowo spada na mnie. A wiecie, co mogłoby być pochodnią, która podpali Wielkie Stepy? Wieść, że Imperium straciło Genno Laskolnyka. Że Szary Wilk nie poprowadzi już naszych pułków przeciw Błyskawicom Ojca Wojny. Dlatego właśnie będziemy wydawać... Ile to było, Trzeci? Piętnaście tysięcy miesięcznie, by móc go jak najszybciej ściągnąć do domu. Wygląda na to, że stracę każdego orga, którego spodziewałem się zarobić na handlu bydłem.

Suka wyprostowała się nieco, uniosła wyżej głowę. Po jej twarzy przemknęła ledwo skrywana niechęć.

— Wasza Wysokość jest dla siebie zbyt surowy. To w końcu Laskolnyk, nieucywilizowany, uparty i krnąbrny barbarzyńca. Zawsze robił to, co chciał.

— I pewnie dlatego wygrał dla nas ostatnią wielką wojnę. — Luwo uśmiechnął się przepraszająco, w stylu „pozwólcie, że się wtrącę, choć wiem, że nie powinienem". — Genno Laskolnyk zabrał na tę wyprawę swoich najlepszych ludzi, panie. Tych samych, z którymi szalał po Wielkich Stepach. Jeśli pozwalano mu na głębokie rajdy na wschód od Amerthy, w ledwo kilkadziesiąt koni, to...

— Nad Amerthą zawsze stał pułk pancerny.

— A w karawanseraju pod Konoweryn czeka ponad pięciuset naszych żołnierzy, panie — rzuciła Suka. — Dobrze wyszkolonych i uzbrojonych.

Cesarz zaśmiał się nagle, zaskakując całą trójkę.

— No proszę, Szczur i Ogar mówiący jednym głosem. Nie sądziłem, że tego kiedykolwiek doczekam. Dalej, hrabino. Czy to powstanie ma szansę na zwycięstwo?

Zawahała się.

— Ja...

— Żadnych domysłów ani spekulacji, Eusewenio — uciął krótko Kregan-ber-Arlens. — Tylko fakty.

Kobieta zamilkła, a kiedy wreszcie się odezwała, brzmiało to, jakby każde słowo wyciągano z niej poczwórnym konnym zaprzęgiem. Gentrell wymienił szybkie spojrzenie z Pierwszym Szczurem. Ależ to musiało ją boleć. Stać na czele najpotężniejszej organizacji szpiegowskiej w Imperium, dysponującej większą ilością złota niż niejedno małe królestwo i musieć się przyznać do niewiedzy...

— Niestety, nie wiem, panie. Nie da się tego przewidzieć z tymi informacjami, które mamy. Konoweryn wciąż nie otrząsnęło się z wydarzeń w Oku, Deana d'Kllean ma za sobą Ród Słowika i dwie trzecie Rodu Bawołów, ale sama kazała stracić lub uwięzić większość wyższych dowódców Bawołów i wszystkich dowódców Trzcin. Af'gemid, to znaczy dowódca Rodu Trzcin, znikł, a same Trzciny zostały zmasakrowane, w czasie gdy objawił się, jak powiadają na Południu, Płomień Agara. Armia księstwa liczy teraz mniej niż połowę sił sprzed tych wydarzeń. Większość stacjonuje w stolicy. Te jednostki, które nie posłuchały wezwania do koncentracji w Białym Konoweryn, zostały zniszczone albo odcięte na prowincji w pierwszych dniach buntu. Pani Płomienia nakazała szkolić oddziały lekkiej piechoty i około dwieście słoni bojowych, jednak nie wykonała zdecydowanych ruchów przeciw buntownikom. Oddała im właściwie bez walki pół kraju. Większe miasta zamknęły bramy. Plantacje, gospodarstwa i przysiółki rzemieślnicze albo opustoszały, albo są konsekwentnie plądrowane przez niewolników lub zbójeckie bandy, których namnożyło się bez liku.

Kregan-ber-Arlens słuchał raportu z półprzymkniętymi oczyma, od czasu do czasu kiwając lekko głową. Nie drgnął mu choćby mięsień, co chyba najbardziej wyprowadzało kobietę z równowagi, bo po ostatnim zdaniu zamilkła, jakby nie wiedziała, co dalej robić.

— A inne księstwa? — Imperator ponaglił ją łagodnym ruchem dłoni.

Przełknęła ślinę.

— W Kambehii panuje zamieszanie, Wasza Wysokość. Obrar był ostatni z linii mającej dostatecznie czystą krew, by wejść w Oko, a pretendenci do jego tronu zbierają wojska, nie troszcząc się zbytnio o rebelię. Wahesi to małe księstewko, ze słabą armią i jeszcze słabszym władcą. Nawet nie próbuje wyprzeć buntowników ze swojego terenu. Jedynie Geghii Północne zwalcza ich ostro, jego wojska pod dowództwem księcia Hantara Sehrawina niszczą każdy oddział niewolników, schwytani trafiają na stosy. Ale to tylko rozpala opór. Geghii Południowe i Bahdara zawarły coś w rodzaju sojuszu. W tych księstewkach nie było nigdy ani wielkich plantacji, ani kopalń, więc i niewolników jest niewielu. Oba ogłosiły więc, że bunt jest karą zesłaną przez Agara na „grzeszną" północ i nie będą się w nic mieszać. W tym chaosie niczego nie da się przewidzieć. Takie są fakty, Wasza Wysokość — dokończyła, zaciskając wargi w wąską kreskę.

W tej chwili Gentrell starał się nawet nie zerkać w jej stronę. Przyznanie się do niewiedzy musiało być dla niej tym samym, czym publiczne wyznanie kapłanki-dziewicy, że jest w trzecim miesiącu ciąży. Lepiej, by nie pamiętała, kto był obecny przy tym upokorzeniu.

— A armia niewolników?

— Z tego, co wiem, właśnie po te informacje udał się Genno Laskolnyk. Miał zamiar sprawdzić, ile warta jest ta tak zwana armia.

Cesarz pokiwał głową, wstał, odwrócił się do nich plecami.

— I na tym dziś skończymy. Możecie udać się do swoich kwater na mieście. Spotkamy się tutaj jutro, nie, pojutrze wieczorem i spodziewam się, że Eusewenia wzbogaci swoją wiedzę o wydarzeniach na Dalekim Południu, ze szczególnym uwzględnieniem informacji o tym, gdzie jest i co robi Laskolnyk. Trzeci poinformuje mnie, kiedy będę mógł ściągnąć generała do domu, Luwo będzie zaś miał już wieści o tej kompanii Górskiej Straży, o której mówiliśmy, i jej postępach w poszukiwaniu Key'li Kalevenh. To tyle na dzisiaj. Możecie odejść.

Rozdział 10

Potwór zaryczał, szarpnął się i rzucił piersią na lodową ścianę. Pękła. Jak setki lodowych ścian przed nią. Pozostawało tylko pytanie, kto pierwszy padnie w tym starciu – Pani Lodu czy pływająca bestia, która ich pożarła?

Albo której dosiedli, jeśli spojrzeć na ostatnie wydarzenia z innej strony.

Kenneth-lyw-Darawyt potrząsnął głową, odpędzając takie myśli. To na nic, nie ma sensu tracić czasu na rozważanie „co będzie", jeśli człowiek nie ma najmniejszego wpływu na wydarzenia.

Potwór natarł na nich, gdy stali na lodzie, zastanawiając się, co skrywa tuman mgły, którego nawet furia Anday'yi nie mogła rozwiać. Wyłonił się z mlecznego oparu, łamiąc i krusząc grubą na kilkanaście stóp taflę, jakby to była skorupka jajka. Najpierw go usłyszeli, a po chwili poczuli, bo lód pod ich stopami drgnął i zaczął się przesuwać. Przesuwać! Kenneth wrzasnął rozkaz: „Do sań!" i wszyscy, strażnicy i Szczury, rzucili się do ucieczki. Ale było za późno na cokolwiek. Nawet gdyby siedzieli w saniach, a psy mieli wypoczęte i rozgrzane, ucieczka nie wchodziła w grę, bo bestia, która na nich sunęła, pędziła szybciej niż cwałujący koń.

Gdy ujrzeli ją pierwszy raz, ledwo kilkaset kroków za sobą, wyglądała jak pływająca czarna góra: szeroka na jakieś dwieście jardów i wysoka na pięćdziesiąt, przynajmniej z jednej strony, bo drugim bokiem, tym bliżej nich, szorowała niemal po lodzie. Porucznik wskoczył na sanie. Psy nie potrzebowały zachęty do biegu, wyrwały przed siebie tak, że omal nie spadł, i pomknęły na południe. Pozostałe sanie jego dziesiątki już gnały do przodu.

Za wolno.

Lód trzeszczał i pękał, powożący zaprzęgiem Malawe wrzeszczał i klął, usiłując omijać co większe szczeliny. Pędzili.

Za wolno.

Gdy oficer obejrzał się po raz drugi, bestia była już dwieście jardów za nimi. A jej czarny, spękany i obrośnięty jakimiś pnączami grzbiet przyspieszał.

Wtedy zobaczył, co robi reszta. Pozostałe sanie kompanii gnały przed nim, ale nie na wprost, tylko w lewo, po skosie, coraz bliżej potwora. Po prawej sześcioro sań wiozących drużynę Szczurów też zaczęło skręcać. Co, do jasnej cholery?!

Malawe ściągnął wodze w lewo.

— Woda! — wrzasnął. — Woda przed nami!

Kenneth widział już, dlaczego wszyscy zakręcają. Dwieście, może trzysta jardów przed nimi szumiało morze. Szczelina miała co najmniej dwadzieścia kroków, nie do przeskoczenia dla sań i ludzi, i powiększała się coraz bardziej. Zimnoszary grzbiet oceanu uwolnił się wreszcie od lodowego pancerza, ale dla Szóstej Kompanii oznaczało to wyrok śmierci.

Olbrzymia płyta lodowa, odcięta pęknięciem, zaczęła się unosić, naciskana z jednej strony przez pływającą górę – i nagle sanie sunęły jakby po pochyłym stoku. Złamie się zaraz – strach sięgnął i złapał go za gardło – lód złamie się i roztrzaska na setki kawałków, a my powpadamy do wody i potoniemy jak pchły w tym starciu tytanów.

Myśl! Myśl!!!

Porucznik zerknął w tył. Bestia znajdowała się ledwo pięćdziesiąt jardów za nim i też skręcała w lewo. Jakby chciała przeciąć drogę saniom strażników. Pożre nas – stojąc na grzbiecie potwora i wspominając wydarzenia z wczorajszego popołudnia, dobrze zapamiętał tę myśl – lód popęka, wpadniemy do wody, a potwór pożre nas jak wieloryb ławicę śledzi.

Wsunął wówczas gwizdek do ust i zaświstał: „Do mnie! Do mnie! Oddział do mnie!". Podpatrzyli ten sposób wydawania rozkazów u Wozaków, ostre, wwiercające się w uszy dźwięki potrafiły przebić się nawet przez kakofoniczne odgłosy bitwy. Pędząca przed Kennethem kompania zawróciła sanie i pomknęła ku dowódcy. Szczury też odbiły ostrzej w lewo.

Przyłapał się na tym, że szczerzy się szeroko. Strach pozostał, utonięcie w lodowatej wodzie to nie jest dobra śmierć dla górala, ale większa od niego była teraz determinacja i gniew. Dlaczego nie? Jeśli mają zginąć, to dlaczego nie tak?

Potwór zaczął go wyprzedzać, ale jakby lekko zwolnił. Z tej strony jego bok nikł pod taflą lodu, a grzbiet – czarna, popękana płaszczyzna, pokryta czymś, co wyglądało jak na wpół skamieniałe pnie drzew – wznosił się dość stromo, jak zbocze wzgórza. Kenneth rzucił okiem w tył... koniec bestii ginął w mglistym tumanie, który sunął za olbrzymim cielskiem niczym przywiązany.

— W lewo!

Malawe wykonał rozkaz bez chwili wahania i sanie pomknęły ku czarnej pochylni.

Kenneth zagwizdał ponownie: „Naprzód! Za mną! Atak! Atak!".

Zaatakowali pływającą górę. Dlaczego nie, w sumie byli chędożoną Górską Strażą. Jak nie oni, to kto?

Psy skoczyły, szarpnięte sanie nagle przechyliły się i przez kilka długich jak całe życie chwil sunęły na jednej płozie, pod porucznikiem przemknęła szczelina między lodem a czarną bestią – i już szorowali w górę.

Zeskoczył, a raczej sturlał się z sań, czując, jak te zwalniają. Grzbiet potwora był mocno przechylony, na dodatek okryty warstewką zamarzającej już wody, jakby bestia dopiero co wynurzyła się z głębin. Kenneth wbił sztylet w czarną powierzchnię, ostrze weszło płytko, i szukając oparcia stopami, gwizdał: „Do mnie! Do mnie!”.

Jego sanie, które wspięły się już kilkanaście jardów w górę, zatrzymały się nagle, psy zaszorowały łapami po oblodzonej powierzchni i zaczęły się zsuwać.

Wypluł gwizdek i wrzasnął:

— Tnij! Psy odetnij!!!

Zaprzęgowemu nie trzeba było tego powtarzać. Malawe zeskoczył z sań i dwoma szybkimi ciosami odciął rzemienie. *Fruuu*, kilkaset funtów ich zapasów pomknęło w dół, mijając Kennetha o łokieć, i roztrzaskało się o przemykający w dole lód. Nie było jednak sensu rozpamiętywać tego, co właśnie stracili, gdyż kolejne sanie rozpędzały się już i wjeżdżały na grzbiet bestii.

Strażnicy zeskakiwali z nich w pędzie, padali na „ziemię” i wbijali w nią sztylety, noże i czekany. Tam, gdzie psy nie dały rady pociągnąć ładunku, odcinano go i trafiał do oceanu.

Wtedy stracili pierwszych żołnierzy.

Kamres Woityr z Siódmej Dziesiątki poprowadził swoje sanie zbyt ostrożnie, może przeląkł się w ostatniej chwili i lekko ściągnął wodze, ale to wystarczyło. Jego pojazd sunął zbyt wolno, psy przeskoczyły nad szczeliną, ale same sanie już nie. Uderzyły o bok bestii i na chwilę, mniej niż uderzenie serca, zawisły w powietrzu, ciągnięte przez nią wzdłuż kry. A potem psy straciły grunt pod łapami i wszystko – strażnicy: Kamres, Lowerin i Czorwe, zwierzęta i sanie – wpadło między lód a czarną ścianę.

Krzyk, krótki, straszny, zwierzęcy, wybuchł i zgasł, a po trzech żołnierzach i pół tuzinie psów została tylko krwawa smuga na lodzie, z prędkością pędzącego konia oddalająca się od tych, którzy już dostali się na potwora.

Łącznie stracili dziewięciu strażników i dwa tuziny psów. Zginął jeszcze Bland z Pierwszej, wciągnięty do wody przez zaprzęg. Omne Wenk, dowódca Ósmej, skoczył na pomoc jednemu ze swoich żołnierzy, pośliznął się i wpadł w szczelinę. Agerh i Kowe z drugiej zderzyli się z saniami Szczurów, już pod koniec tej szaleńczej eskapady, gdy tafla lodu, po której jechali, zaczęła pękać – oba pojazdy i czterech ludzi zniknęło w wodzie i nikt już z niej nie wypłynął. Gessen i Jodła byli ostatni, mieli aherskie sanie zrobione z kości i skór oraz zaprzęg aherskich psów. Zwierzęta wpadły w panikę, przestały się słuchać i pognały przed siebie. Obaj strażnicy zeskoczyli w chwili, gdy zaprzęg wpadł w szczelinę w lodzie, i porucznik tak ich właśnie zapamiętał – dwóch ludzi stojących na kawałku kry szerokim na kilkanaście jardów, pośrodku oceanu pokrytego skruszonym lodem.

Zniknęli po chwili, pochłonięci przez mgłę, która wytrwale podążała za potworem.

Potem stało się coś dziwnego. Gdy ostatnie sanie znalazły się na górze, bestia zadrżała i powoli, bardzo powoli zaczęła się prostować. Po kilku długich chwilach jej grzbiet przyjął pozycję poziomą, a oni mogli wreszcie stanąć na nogi.

Ocalili połowę sań i większość zwierząt. Szczury, oprócz zaprzęgu, który zderzył się z saniami Agerha, straciły jeszcze dwa inne, w sumie połowę drużyny. Porucznik nie żałował ich. Próbował znaleźć w sobie współczucie, ale gdyby te głupie owrzodzone kozie fiuty nie zaczęły się bawić w podchody, Borehed nie zmusiłby ich do tej samobójczej wyprawy i jego ludzie nie zginęliby tutaj. Niestety, Olag-hes-Brend przeżył, Moiwa Samreh też, co już nie było takie złe, dobrze mieć w takiej chwili pod ręką maga, nawet niezbyt przydatnego w bezpośredniej walce. Onelia Umbra jechała saniami dowódcy Szczurów i stała przy czarnobrodym, rzucając na Kennetha takie spojrzenia, jakby to on był wszystkiemu winien.

Pozostałą przy życiu grupkę szpiegów tworzyła jeszcze para knypków, na których już wcześniej zwrócił uwagę: pleczysty drab uzbrojony w kuszę i dwa długie noże oraz niski, szczupły osobnik, którego płci Kenneth nie mógł dociec.

Nieważne.

Ważne było kilka innych rzeczy. Na przykład, gdzie znikł Borehed? Velergorf zaklinał się, że widział, jak sanie szamana wjeżdżają na grzbiet potwora, ale teraz nie widzieli ani ich, ani ahera. Jeśli było coś bardziej niepokojącego od towarzystwa szamana, to świadomość, że sukinsyn znajduje się gdzieś w pobliżu, ale nie wiadomo, co robi. Bo na takie szczęście, że wpadł w jedną z licznych szczelin, na które natknęli się w czasie krótkiego zwiadu, i coś go zeżarło, Kenneth niestety nie liczył.

Płynęli. Właściwie przebijali się przez pokryte wielkimi krami morze z delikatnością tarana forsującego mur zamku. Właśnie zbliżała się kolejna lodowa tafla.

— Wstrząs!!! — rozdarł się stojący na czatach żołnierz.

Porucznik szerzej rozstawił nogi. Wstrząsy były łagodne, ale potrafiły przewrócić nieprzygotowanego człowieka. Przód bestii unosił się powoli i walił w białą powierzchnię, a ona pękała z głuchym trzaskiem i morze pokrywało się mniejszymi krami i lodową kaszą.

Płynęli.

Od kilku godzin płynęli czymś, co według wszelkiego prawdopodobieństwa, choć przeczyło to logice i zdrowemu rozsądkowi, było statkiem. Okrętem wielkim jak miasto. I statek ten podjął ich na pokład, Kenneth do tej pory nie wiedział, czy specjalnie, czy przypadkiem, przechylając się mocno na prawą burtę, tak że ich szaleńcza szarża mogła się w ogóle odbyć. A potem wyrównał i ruszył przed siebie. Tyle wiedzieli na pewno.

No i jeszcze to, że płynęli na wschód, wzdłuż Wielkiego Grzbietu, rozbijając kolejne tafle kry i góry lodowe. Furia Pani Lodu zdawała się już słabnąć, w każdym razie na pokładzie nie czuli już wściekłej wichury, którą musieli pokonywać wcześniej, a i mróz jakby zelżał. Znikła też towarzysząca okrętowi mgła. Nie potrafił precyzyjnie ocenić prędkości, z jaką podróżowali, a choć wydawało się, że trochę zwolnili, to i tak rzucony za burtę kawałek drewna mknął do tyłu tak szybko, że biegnący człowiek miałby kłopot, aby go dogonić. Dziesięć mil w godzinę, piętnaście? Kenneth nawet nie próbował się zastanawiać, jakim cudem to możliwe.

Drewno. Tego mieli pod dostatkiem. Czarne, twarde jak dąb, pozbawione sęków. Wystarczyło zdrapać cienką warstwę lodu, by trafić na pokład ułożony z czegoś, co wyglądało jak olbrzymie, okorowane i precyzyjnie dopasowane pnie drzew. Stąd ta jego pewność, że są na statku. Musieli być na statku, albo on sam i wszyscy wokół oszaleli.

Zdążyli już zbadać okolicę dziobu. Pokład był gładki, ale w wielu miejscach ziały w nim dziury, jak wyrwane olbrzymimi kłami szramy; na razie oficer zabronił się do nich zbliżać, zaglądać i badać w jakikolwiek inny sposób, bo przyłapał już kilku ludzi obwiązanych linami. Górale. Pokażcie im coś, co wygląda jak jaskinia...

Jego kompania otrząsnęła się dość szybko, szybciej niż Szczury, które wciąż trzymały się na uboczu, i przystąpiła do badania okolicy. Po tym, co przeszli, wędrując przez Mrok, wielka, pływająca po oceanie łajba to w gruncie rzeczy nic przerażającego. Byleby unosiła się na wodzie.

Poza tym Kenneth zadbał, by nie mieli czasu na myślenie.

Szybko wydał serię rozkazów, kazał rozbić obóz w miejscu osłoniętym od podmuchów wiatru, sprawdzić zapasy, rozstawić straże. Wyznaczył nowego dowódcę Ósmej, Korel-dus-Oderah był najstarszy i cieszył się opinią dobrego żołnierza.

A potem poprosił Velergorfa, by odprawił krótkie pożegnanie dla tych, którzy zginęli. Wytatuowany dziesiętnik skinął głową, zebrał wokół siebie kompanię i bez zbędnych ceregieli przemówił:

— Straciliśmy dobrych ludzi. Dziewięć dobrych dusz przepadło na morzu, a to byli górale i pewnie źle im tam będzie. Nie wiem, do kogo mam się zwrócić, do Anday'yi, do Bliźniąt czy Dress, bo niewiele mnie obchodzą ich boskie gierki. — Topór Velergorfa przeciął powietrze, aż zafurczało. — Ale wiem, że tak nie powinno być.

Kompania przyznała mu rację ponurym pomrukiem.

— Powiem tylko, że wiele rzeczy morze wyrzuca na brzeg, wierzę więc, że odda i ich kości. A wtedy wtopią się w skałę na brzegu i z powrotem staną częścią gór. A orły porwą ich dusze i zaniosą wprost do Domu Snu. I nie ma co więcej gadać, ale gdy rozpalicie dziś ogień, wlejcie kilka kropel gorzałki w płomienie, żeby wiedzieli, Czorwe, Kowe, Bland i reszta, że o nich pamiętamy.

Splunął na dłoń i mocniej ujął stylisko topora.

— A teraz do roboty.

Kenneth wyznaczył czterech ludzi ze swojej dziesiątki, by zmierzyli szerokość „statku". Trzy i pół długości pięćdziesięciojardowej liny, zameldowali po kwadransie. A ile miał od dziobu do rufy? Mgła zniknęła już na szczęście, ale tym zajmą się jutro. Zbliżała się noc, a jemu nie uśmiechała się wyprawa po ciemku w nieznane. Na dziobie naliczyli osiemnaście dziur i pęknięć pokładu, kto wie, ile ich jest dalej. Miał już w głowie obraz miejsca, gdzie się znaleźli, szeroki na prawie sto osiemdziesiąt jardów pokład nie był wcale aż tak gładki. Jakieś sto pięćdziesiąt kroków od dziobu sterczał z niego, od burty do burty, rząd drewnianych słupów, wbitych co kilkanaście łokci; dokładnie osiem słupów, no i sześć dziur w miejscach, gdzie najpewniej wyrwano je siłą. Choć nazwa „słup" była myląca, wyglądały raczej na złamane pnie wiekowych drzew, mających przy ziemi siedem do ośmiu stóp średnicy. Jak wysoko się kiedyś wznosiły?

Dwieście kroków za linią słupów leżało coś, co musiało być jednym z nich. Długi na pięćdziesiąt jardów pień oplątany jakimiś linami albo porostami, wbity z furią w kilka drewnianych budowli. W końcu dlaczego na statku tej wielkości nie miałoby być jakichś budynków? Albo i całego miasteczka.

Kenneth wolał nawet nie myśleć, co się kryje pod pokładem.

Velergorf podszedł do niego, zasalutował sprężyście. Zawsze tak było; im sytuacja wydawała się trudniejsza, tym starszy dziesiętnik mocniej trzymał się regulaminów.

— Panie poruczniku, obóz gotowy. — Wskazał na garść namiotów i płacht, które rozstawili w luźny krąg. — Ale chłopcy mówią, że to czarne drewno nie chce się palić, a większość naszego przepadła. Przydałoby się...

— Porąbcie sanie, Varhenn. Ale zostawcie co najmniej czworo. I oszczędzajcie opał.

— Rozkaz.

— Niezła przemowa pożegnalna.

Twarz górala ściągnęła się gniewnie.

— Pierwszy raz taką musiałem ułożyć i, na jaja Byka, mam nadzieję, że ostatni. To nie jest dobra śmierć dla górala. I... panie poruczniku... Ludzie, nie wszyscy, ale niektórzy, mówią, że to wszystko wina Szczurów. Że gdyby te dupki nie bawiły się w podchody, bylibyśmy daleko stąd... I że w nocy może im się coś stać... Szczurom. Albo chociaż ich dowódcy...

Porucznik właściwie spodziewał się czegoś takiego i nawet przez chwilę kusiło go, by dać tym „niektórym" strażnikom wolną rękę. Och, jak kusiło. Ale nie. Do wszystkich pieprzonych demonów Mroku, nie. Jak pierwszy raz zrobisz wyłom w dyscyplinie, pozwalając na samosąd, potem idzie już szybko i zanim się obejrzysz, masz bandę zbójców rządzonych prawem noża, a nie oddział wojska.

No, chodziło jeszcze o to, że w końcu był oficerem Straży, która stanowiła część Imperium, podobnie jak, chcieli czy nie, Szczurza Nora. Co prawda, jeśli oni są żelazną pięścią Meekhanu, to Szczury stanowią brud spod paznokci, ale to nadal był imperialny brud.

— Nie. Żadnych wypadków, wpadnięcia w dziurę albo kąpieli w morzu. To rozkaz. Poza tym Szczury będą mi potrzebne. Niech zapracują na żołd.

***

Ta noc okazała się jedną z najpaskudniejszych, jakie pamiętał. Mieli mało opału, a czarne drewno nie chciało płonąć, nawet obficie polane tłuszczem. Zrezygnowali w końcu z próby podtrzymania ognia przez cały czas, porąbane sanie paliły się zbyt szybko, zostało im więc tylko zjedzenie kilku łyżek gulaszu z suszonego mięsa i skulenie się w namiotach czy pod płachtami osłaniającymi od wiatru. Nie byłoby tak źle, gdyby nie lodowata wilgoć wciskająca się w każdy zakamarek, pod futra, koszule i do butów. Wciąż płynęli. Z tęsknotą wspominali wykopane w śniegu nory, w których spędzili ostatnie dni.

Rankiem Kenneth zawołał do siebie Szczury. Bogowie wiedzą, gdzie spędzili noc, ale patrząc na tę żałosną gromadkę, porucznik odczuł odrobinę ponurej satysfakcji.

— Zmarzliście?

Nie odpowiedzieli, tylko Onelia Umbra rzuciła mu takie spojrzenie, że powinien się po nim zapaść pod ziemię. Zignorował ją.

— Jakieś sugestie, gdzie jesteśmy? — Spojrzał na czarnobrodego dowódcę szczurzej drużyny. — Podejrzenia? Pytam, bo takie sprawy: magia, starożytne demony, klątwy albo statki wielkości wyspy, zawsze leżały w gestii Nory. Nic wam nie świta? Żadnych tajnych rozkazów w stylu „wyślijcie tę kompanię na północ pod byle pretekstem, niech sprawdzi, co się tam czai"?

Strażnicy otaczający półkolem grupkę Szczurów zaszemrali, któryś zaklął paskudnie.

— Spokój! Nie, nie wierzę w to. Nawet najgenialniejszy szpieg świata nie ułożyłby tego w ten sposób. Aherowie, Borehed i reszta. Ale oczekuję od ciebie, Szczurze trzeciej klasy, bezwzględnej współpracy i posłuszeństwa. Żadnych kłamstw, gierek ani tajemnic. Do tej pory chciałem was traktować jak jedną z drużyn Straży, ale zmieniłem zdanie. Ja tu teraz dowodzę, po mnie dziesiętnicy Varhenn Velergorf, Andan-key-Treffer i Bergh Maws, w takiej właśnie kolejności. Później reszta moich podoficerów, a dopiero po nich ty. Na samym końcu. Jak raz podpadniesz, znajdziesz się w hierarchii dowodzenia poniżej psów. Nawet tych aherskich. Rozumiesz?

Olag-hes-Brend skinął głową.

— Rozumiem.

— Dobrze. Przedstaw swoich ludzi i powiedz, co który umie. Poza nią. — Kenneth wskazał na Moiwę Samreh. — Już wiem, że to czarownica z talentem bez żadnego pożytku.

Blondynka wykrzywiła się gniewnie i otworzyła usta, ale czarnobrody złapał ją za rękę, gniewnym szarpnięciem nakazując ciszę. Kenneth nie przejął się jej reakcją. Obserwował czarownicę od kilku chwil, wyglądała na rozluźnioną i spokojną, oczywiście jak na całą tę sytuację. Podobno potrafiła rozpoznać, czy ktoś ich obserwuje i jakie ma intencje, więc raczej teraz nikt nie mierzył do nich z kuszy.

Para knypków, niskich i chudych, o imionach Polus i Ansser, najpewniej fałszywych, okazała się braćmi, zabójcami wyspecjalizowanymi w truciznach. Noże, strzałki, igły, ukryte ostrza. Cały arsenał podstępnej śmierci na wyciągnięcie ręki. Świetnie. Jego ludzie do tej pory nie lubili Szczurów, teraz zaczną ich nienawidzić. A jak któryś ukłuje się drzazgą i zakazi ranę, to obaj szpiedzy wylądują za burtą. Pleczysty drab był żołnierzem, zwykłą ochroną dla reszty, i nosił przezwisko Kloc, a ostatni Szczur, o imieniu Kewreth – młody, szczupły i nijaki – miał dla drużyny prowadzić rozpoznanie przed akcją. Dobry wybór. Kenneth przyłapał się na tym, że gdy odwracał wzrok, miał kłopot z przypomnieniem sobie jego twarzy. A w walce? „Sztylet i garota – wyjaśnił cicho młodzieniec – a na odległość kusza i dmuchawka z zatrutymi strzałkami".

— Podsumujmy, hes-Brend — zwrócił się do dowódcy Szczurów. — Masz jednego żołnierza, dwóch zabójców, szpiega i czarownicę z mało przydatnym talentem. Oraz pannę Onelię Umbrę, w tej chwili równie przydatną, co przetarte buty. — Nawet nie spojrzał na dziewczynę, słysząc wściekłe parsknięcie. — No i jesteś jeszcze ty. Na szpiega za bardzo rzucasz się w oczy, na zabójcę za ciężko się ruszasz. W drużynie dowodzisz, a jak się nie da inaczej, walczysz wręcz, racja?

Czarnobrody nie odpowiedział. Kenneth wzruszył ramionami.

— Nieważne. Mam dla was robotę w sam raz dla szczurów. Przydajcie się na coś.

W kwadrans później Olag-hes-Brend majtał nogami nad jedną z czarnych dziur w pokładzie.

Ta była najmniejsza ze wszystkich, miała ledwo dwie stopy średnicy, więc uznali, że zaczną od niej. Wcześniej opuścili tam obciążoną linę. Znacznik pokazał, że dziura ma niecałe dwadzieścia stóp głębokości, ale światło dnia zdawało się trwożliwie trzymać od niej jak najdalej.

Velergorf udzielał jeszcze szpiegowi ostatnich wskazówek, zresztą ku szczerej radości reszty strażników:

— To idzie tak: jedno szarpnięcie - wszystko dobrze; dwa - coś znalazłem; trzy - wyciągnijcie mnie; lina odgryziona - coś mnie zeżarło, nie wchodźcie tam. Zapamiętasz? Aha, jeśli spotkasz Boreheda, każ mu wracać. Nie pora na zabawę w chowanego.

Szczur próbował protestować, mamrotał coś o misji i odpowiedzialności, wskazywał na swoich ludzi, którzy jak jeden mąż unikali jego wzroku. Kenneth był zmęczony, zmarznięty i zły, więc uciął dyskusję jednym zdaniem:

— Wybieraj! Tu — wskazał czarny otwór — albo tam.

Olag spojrzał w miejsce, gdzie za odległą o sto kroków burtą szumiały fale. Pobladł.

— Zapłacisz mi za to, lyw-Darawyt. Nikt nie traktuje w ten sposób Nory. Nikt! Ja...

— Opuszczać!

Ciemność połknęła Szczura wraz z jego obiekcjami i groźbami. Specjalnie nie dali mu pochodni. Zewnętrzne poszycie statku paliło się opornie, lecz mogło na to mieć wpływ wieloletnie macerowanie w słonej wodzie. Co było w środku, nie wiedzieli, a Kenneth uznał, że ryzyko, iż przypadkowa iskra zamieni wnętrze okrętu w palenisko, jest zbyt wielkie. To tylko dwadzieścia stóp, przez otwór powinno wpadać dość światła, by wzrok Szczura poradził sobie z ciemnością.

Lina zwiotczała, pojedyncze szarpnięcie obwieściło – wszystko w porządku, luzujcie.

Przez następne minuty strażnicy patrzyli, jak lina pracuje. Rozwija się, idzie w lewo, potem w prawo, zatrzymuje. Dwa szarpnięcia obwieściły, że Szczur znalazł coś interesującego, kolejne dwa, że interesujących rzeczy jest więcej. Potem lina zatrzymała się w miejscu i przez dłuższą chwilę tkwiła nieruchomo. Wreszcie czarnobrody poprosił o wyciągnięcie na górę, szarpiąc trzy razy.

— Udamy, że nas już tu nie ma, panie poruczniku? — Andan spojrzał na niego z nadzieją.

— Słyszę was — dobiegło z dołu.

— Wyciągać. — Kenneth westchnął. — Nie czas na zabawę.

Szczur wyłonił się z ciemności, przyciskając do piersi dwie skrzynki. Gdy tylko stanął na nogi, pokazał je zgromadzonym tak triumfalnym gestem, jakby sam je właśnie zrobił.

— Lampy. Patrzcie, lampy.

Kenneth wziął jeden z łupów. Lampę wykonano z tego samego drewna co pokład, ale trzy jej ścianki wyłożono od wewnątrz czymś, co wyglądało jak macica perłowa. Czwartą przesłaniała cienka błona, półprzejrzysta i twarda jak szkło. Ta ścianka otwierała się, dając dostęp do wnętrza, gdzie w zagłębieniu tkwiła muszla, pełniąca funkcję zbiornika, i resztki knota. Lampa. Prawdziwa i co najważniejsze, chyba działająca. Wystarczyło napełnić zbiornik olejem i zapalić.

— Co tam jeszcze jest na dole?

— Jakaś... chyba komnata. Ma trzydzieści na trzydzieści kroków, jest w niej kilka mebli, stoły, jakieś szafki z półkami, wszystko przymocowane do podłóg i ścian. Tylko te lampy dałem radę zabrać.

— Drzwi?

— Dwoje. Oba zamknięte na głucho. I wszystko zrobione z tego czarnego drewna. A ono jakby... połykało światło. Nawet gdy wzrok się przyzwyczai, to trudno rozróżnić szczegóły. Ale poza tym...

— Mów.

— Tam jest sucho. I cieplej niż tutaj, nie ma wiatru i śnieg nie pada na głowę.

Kenneth też już o tym pomyślał. Dwie, trzy noce na pokładzie, a zaczną opadać z sił. Ale dziura w trzewiach potwora, gdzie nie wiadomo, co czai się za drzwiami, a jedyna droga ucieczki znajduje się dwadzieścia stóp nad głową?

— Rozważę to. Jakieś ślady gospodarzy?

Szczur pokręcił głową.

— Nie. Może poza... Drzwi są zabarykadowane od środka, a ta dziura — Olag wskazał na czarną szczelinę — została wyrąbana tuż przy ścianie, tam, gdzie łatwo było się wspiąć pod sufit po półkach. Wyrąbano ją od środka. Ktoś bardzo chciał się stamtąd wydostać i jednocześnie bronił się, by coś nie dostało się do niego.

Rozdział 11

Holi brzęknęło ostatni raz, wypełniając powietrze akordem, który jeszcze przez chwilę nie chciał zniknąć. Key'la nie mogła się nadziwić, jak coś tak prostego pełne jest takiej mocy. Instrument składał się z płaskiego, owalnego pudła, dwóch gryfów i tuzina strun, ale miał magię, potęgę i czar. Choć chyba tylko *vaihir* mógł grać na nim tak, by melodia szarpała serce i rezonowała w duszy.

Jej duszę rwała na strzępy.

Odwróciła się do ściany, żeby ukryć łzy.

Usta Ziemi odłożyła *holi* na ziemię, podeszła i poprawiła jej pled, zaskakująco delikatnie, zupełnie jakby kilka godzin wcześniej sama nie doprowadziła jej do łez, po czym wróciła do gry. Key'la nie rozumiała tego. Ta ponura olbrzymka o jednym oczodole wypełnionym kulą z czarnego, polerowanego kamienia, ta sama, która wcześniej zażądała przed całym plemieniem, by natychmiast zabić Kocyka, w tej chwili była dla niej najczulszą opiekunką. Gdy tylko Key'la położyła się spać, zmusiła ją do wypicia gęstego, pachnącego ziołami bulionu, po czym otuliła dokładnie i usiadłszy przed jej posłaniem, wypełniła przestrzeń jaskini melodiami, które na zmianę budziły w dziewczynce otuchę i zmuszały do płaczu.

Grała dla niej, bo przecież nikogo innego w pobliżu nie było, choć równie dobrze można by sądzić, że gra dla siebie, bo gdy Key'la zerkała spod oka, Usta Ziemi siedziała odwrócona plecami, nieruchoma jak kamienny posąg, i tylko jej dłonie śmigały nad instrumentem, szarpiąc i muskając struny.

Vaihirska kobieta, zbudowana równie potężnie jak cała jej rasa, choć nieco niższa od mężczyzn oraz zdecydowanie od nich szczuplejsza, była równie jak oni groźna. Jeśli wojownicy byli niedźwiedziami, to ona, z ramionami obrośniętymi węzłami mięśni, płaskim brzuchem i udami jak polerowane pnie drzew, górską lwicą. A sposób, w jaki plemię się do niej odnosiło, sugerował, że jest także kimś więcej.

Key'la pamiętała, że Usta Ziemi to pierwsza osoba, którą spotkali po trwającej wiele, wiele cykli wędrówce. Ich mały oddział, Dwa Palce, Czarny Biały, Kubek Wody, ona i Kocyk, przemierzał ten dziwny świat, wydawało się, bez celu – przez labirynty czarnych skał, przez szerokie doliny, gdzie ziemia wyglądała jak wypalone szkło, przez wzgórza przypominające kamienne zębiska gigantycznych bestii – wciąż naprzód. Pod koniec zapuścili się na kilka cykli wędrówki i odpoczynku na wielką, płaską jak patelnia równinę, gdzie nie było niczego: ani kamieni, ani piasku, żadnego pęknięcia w ziemi czy dziury, w której można się schować. Koszmar.

Cienki materiał namiotów przepuszczał do środka dość światła, by dziewczynka nie mogła zasnąć, zawiązywała sobie więc na oczach opaskę, ale to niewiele pomagało. Wędrowała godzinami jak otumaniona, po czym kładła się i zapadała w dziwną półdrzemkę, w czasie której doskonale wiedziała, co się wokół niej dzieje. Zdawało jej się wtedy, że słyszy odległy płacz, jęk i szloch, a ziemia wokół unosi się i opada, jakby oddychała.

Po trzech takich „nocach" znienawidziła czas odpoczynku. Na szczęście jej czwororęcy towarzysze chyba też źle się czuli w tym miejscu, bo miała wrażenie, że okresy wędrówki są coraz dłuższe, a odpoczynku krótsze. Nie narzekała. Gdy wreszcie stamtąd wyszli i znaleźli przytulne pęknięcie w skale, gdzie panowała całkowita ciemność, a ziemia nie jęczała jej do ucha, Key'la zapadła w czarny sen bez marzeń, który trwał chyba wiele godzin, bo gdy w końcu się obudziła, Dwa Palce niósł ją na plecach i zbliżali się właśnie do siedziby plemienia Trzydziestu Dłoni.

Na ich spotkanie wyszła Usta Ziemi. Dwie duże, ciężkie piersi, przesłonięte cienkim materiałem, zdradzały jej płeć, twarz też miała delikatniejszą, mniej ostre rysy niż u mężczyzn, ale poza tym była ubrana podobnie jak oni i uzbrojona niczym do bitwy. Key'la zachwyciła się, widząc jej prawe oko, zielone jak wiosenna trawa, nakrapiane złotymi plamkami, i zdziwiła, dostrzegając w lewym oczodole czarną kulę.

Kobieta przywitała się krótko z trójką *vaihirów*, wymieniła z nimi kilka szybkich zdań w niskiej, gardłowej mowie, na widok Key'li wykonała dziwny gest, obiema parami rąk, jakby odpędzała się od roju owadów. A na widok Kocyka jej cztery dłonie sięgnęły po broń.

Dwa Palce powstrzymał ją, rzucając jedno czy dwa słowa i wskazując na Key'lę.

Powstrzymał ją, by nie wyciągnęła szabel, ale nie miał wpływu na to, co działo się później. Połknęła ich skalna szczelina, długa na chyba pół mili, a gdy z niej wyszli, dziewczynce ukazał się widok, jakiego nie spodziewała się ujrzeć w tej krainie czarnych skał i stalowego nieba.

Wielka dolina o zboczach składających się z wielu tarasów wyrąbanych w ścianach, porośniętych trawą, krzewami i niskimi drzewami, między którymi wiły się niewielkie strumienie, zeskakujące coraz niżej i niżej, by zasilić długie i wąskie jeziorko, które rozlało się na jej dnie.

Brzegi jeziorka spinało kilka mostków, białych jak śnieg. Och, to była pierwsza biel, jaką Key'la widziała od wielu dni. Ponad najwyższymi tarasami zbocza doliny podziurawione były wejściami do jaskiń, dziesiątkami czarnych otworów, z których – zwabione głębokim dźwiękiem gongu – wyłaniały się właśnie czwororękie postacie.

Trudno jej było wtedy ocenić, ilu *vaihirów* zjawiło się na ten pospiesznie zebrany ni to sąd, ni to naradę nad nią i Kocykiem. Dwustu? Więcej? To nie miało znaczenia. Posadzono ich bowiem na jednym z tarasów i Key'la musiała całą siłą woli powstrzymywać się od położenia się na trawie i przytulenia do miękkiej, pulchnej ziemi, gdy wokół gromadziło się plemię. Sami dorośli, żadnych dzieci lub choćby osobników niższych niż siedem stóp; krąg potężnych postaci, na wpół zwierzęcych twarzy, żółtych, zielonych i szarych ślepi. A wszystkie wpatrzone w nią i Kocyka.

Nie przejmowała się tym. Rozglądała się wokół, jeszcze spokojna i prawie szczęśliwa, wędrówka z Dwoma Palcami, Czarnym Białym i Kubkiem Wody nauczyła ją, że *vaihirowie* to spokojne, flegmatyczne istoty, śmiejące się basowo i noszące ją na barana, gdy jest zmęczona. Koszmar starcia, w trakcie którego ich spotkała, walki na śmierć i życie z Szarymi, stał się już tylko mglistym wspomnieniem, jednym z wielu, które nosiła w sobie. Była dzieckiem pogranicza Imperium, pierwszą śmierć zobaczyła, zanim nauczyła się poprawnie mówić, przeszła z rodziną przez Olekady, była porwana, uciekła, znów ją pochwycono, godzinami konała na se-kohlandzkich hakach, pogrążając się w obłędzie, a potem prawie spłonęła żywcem.

Po czymś takim trzeba więcej niż tylko kilkuset dziwacznych stworzeń, by ją przerazić.

Dwa Palce odezwał się nagle głośno, wskazując na Key'lę. Usta Ziemi odpowiedziała dziwnym gestem, ale on odwarknął jej coś, po czym przykucnął krok za plecami dziewczynki.

— Słaba Jedna słuchaj — powiedział. — Jesteś osobą, więc masz prawo słuchać, co mówią inni. Będę mówił twoim językiem, najlepiej jak zdołam. Ale ty nie mów. Nic nie mów. Jesteś osobą, ale nie *vaihirem*. Tylko ci, którzy mają cztery ręce — jego głos był zimny i bezbarwny jak blok lodu — mogą mówić w czasie sądu.

Wtedy po raz pierwszy ogarnął ją niepokój i nagle twarze wokół stały się obce, dzikie i w najlepszym razie obojętne.

Nie miała tu przyjaciół, a los jej i Kocyka nikogo z *vaihirów* nie obchodził.

Najpierw odezwał się Czarny Biały – opowiedział krótko historię ich spotkania. Dwa Palce tłumaczył wszystko, wiedziała więc, że jego towarzysz mówi, jak było, bez upiększania, uczciwie. Ponury wojownik mógł nie lubić Kocyka, ale ta niechęć nie wpłynęła na jego opowieść, z której wynikało, że bez ich dwójki Czarny Biały i jego towarzysze nie wróciliby do domu. Plemię słuchało, w ciszy i spokojnie, i chyba ten spokój ponownie napełnił jej serce otuchą.

Będzie dobrze, powtarzała sobie w myślach. Po raz pierwszy od wielu dni pomyślała o domu, ojcu, siostrach i braciach. Wróci do nich. Znajdzie sposób. Wszystko będzie dobrze.

A potem przemówiła Usta Ziemi.

I były to słowa ciemne i mroczne, pełne krwi, zemsty, obowiązku i honoru. Padały też stwierdzenia, których najwyraźniej nie dało się przetłumaczyć na język Imperium albo Dwa Palce nie wiedział, jak to zrobić, więc Key'la nie rozumiała połowy z tego, co mówiła *vaihirska* kobieta, ale ogólny sens był jasny.

Pozwolą jej żyć. Nie pochodzi z domu Dobrych Panów, a plemię ma wobec niej dług. No i jest osobą, więc choć nie jest *vaihirem*, ma prawo oddychać powietrzem, pić wodę i spożywać jedzenie wraz z plemieniem.

— Dobrze. — Dwa Palce wydawał się zadowolony, ale nie zdejmował dłoni z jej ramion. — Słaba Jedna będzie żyć.

Potem zamilkł na chwilę, mimo iż Usta Ziemi mówiła nadal, a kiedy przetłumaczył wreszcie jej słowa, Key'la chciała zerwać się na nogi i zaprotestować, ale wtedy *vaihir* ścisnął jej dłonie na ramionach, nie pozwalając wstać.

— Nie — powiedział dobitnie. — Nie wolno. Umrzesz tu i teraz.

I mówił dalej, przekładając słowa Ust Ziemi na meekh.

A przemowa Ust Ziemi dotycząca Kocyka była brutalna i twarda. Ktoś taki jak on, twór Dobrych Panów, nie może kalać swoją obecnością ich ziemi. Nie jest osobą, jest narzędziem, nie ma własnej woli, życia, uczuć, przyszłości.

Key'la chciała wykrzyczeć swoją niezgodę, powiedzieć, że to nieprawda, że Kocyk jest osobą, że troszczył się o nią, chronił, walczył dla niej.

Dwa Palce przycisnął ją mocniej do ziemi.

— Nie — jego szept miał siłę tysiąca głazów położonych na piersi. — Zły czas... zły czas na to... Oboje umrzecie.

No to co! - chciała krzyknąć, ale przysunął się bliżej, zatkał jej usta szeroką dłonią, unieruchomił.

— Uważaj na niego. — Obrócił jej głowę w stronę Kocyka, który patrzył na nich uważnie, z tą czujnością podobną do dwóch ostrzy ukrytych w głębi źrenic, która zwiastowała wybuch przemocy. — Niech myśli, że żartujemy. Że to zabawa. Jeśli sięgnie po broń, umrzecie oboje.

Dziewczynka zacisnęła zęby na jego dłoni, mocno, aż zasyczał i ją puścił.

— Nie musi być śmierci. Możecie żyć. Oboje. — Dwa Palce rzucił szybko, patrząc, jak Kocyk podnosi się z przysiadu. — Ale teraz jest zły czas... proszę...

Cicha desperacja w jego głosie powstrzymała ją skuteczniej niż żelazny uścisk. Spojrzała na chłopca i uspokoiła go gestem oraz uśmiechem, które kosztowały ją więcej niż wielodniowa wędrówka przez ten świat.

Wszystko jest dobrze. Usiądź, proszę.

Kocyk zawahał się, ale usiadł, a jego pazurzasta dłoń przestała drżeć.

A plemię radziło. Ciche szepty, skinienia głową, krótkie spojrzenia wyrażające czasem więcej niż tuziny gniewnych słów. *Vaihirowie* trzymali swoje emocje w środku, głęboko, ale to nie znaczyło, że się nimi nie kierowali.

Bo gdy wreszcie podjęto decyzję, była ona zgodna z życzeniem Ust Ziemi. Kocyk miał zostać zabity. Natychmiast też zostali rozdzieleni, jego zamknięto w klatce z czarnego żelaza, a ją w tej jaskini, jednej z wielu, zamieszkanej przez członków Trzydziestu Dłoni. Nie pozwolili jej się nawet pożegnać, a gdy go ostatni raz widziała, siedział pośrodku czarnych prętów, spokojny, jakby nie wiedział, że cokolwiek mu grozi. Spojrzał tylko na nią i uśmiechnął się lekko. Ten spokojny, pełen zaufania uśmiech wbił jej się w serce, ale pamiętając nieokreśloną obietnicę, jaką złożył jej Dwa Palce, sama zmusiła się do uśmiechu.

Jednak gdy zamknięto klatkę, Dwa Palce gdzieś znikł, a Usta Ziemi powiedziała, że zabiją chłopca, kiedy tylko wszyscy odpoczną, więc Key'la nie wiedziała, co o tym myśleć. Była zmęczona, przestraszona i obolała, a jedyna osoba, na której mogła polegać, miała za kilka godzin umrzeć.

W tej chwili bardzo chciała, by znalazł się przy niej ktoś starszy, ojciec, któryś z braci, Ana'we albo nawet trzpiotowata Nee'wa. Żeby ktoś ją objął i powiedział, że wszystko będzie dobrze.

Zasługiwał na więcej. Kocyk zasługiwał na więcej niż zatłuczenie w czasie snu albo podanie trucizny, po której się nie obudzi. Wyobraźnia podsuwała jej takie okrutne obrazy, bo Key'la zdawała sobie sprawę, że czwororęcy nie zaryzykują uwolnienia chłopca z klatki. Był zbyt niebezpieczny, nawet dla nich. Och, gdyby wiedziała, jak to się skończy, nigdy nie kazałaby mu się wtrącić w walkę między *vaihirami* a Szarymi. Lepiej byłoby dla ich dwójki, gdyby zginęli wśród czarnych skał z głodu i gorączki... lepiej byłoby, gdyby...

Teraz jednak siedziała w jaskini, pilnowana przez olbrzymkę, która skazała jej towarzysza na śmierć. Znów stała się bezbronnym więźniem zależnym od cudzych kaprysów. Rozpłakała się cichutko.

— Opowiedzieć ci naszą historię, dziecko?

Usta Ziemi mówiła w meekhu bezbłędnie, zupełnie jakby urodziła się w Imperium. Key'la nie zapytała, skąd olbrzymka zna tak dobrze język z jej stron, zwłaszcza gdy ta, szykując jej posłanie, rzuciła też kilka słów w języku przypominającym *anaho*. To było zdumiewające i lekko przerażające zarazem.

— Nie. — Otarła łzy z policzków.

Verdańskie wychowanie. Nikt nie powinien widzieć twojej słabości.

— Na pewno?

Tkwiły odwrócone do siebie plecami, ona wpatrując się w kamienną ścianę, *vaihirska* kobieta w wejście do jaskini; ale tak było lepiej. Czuła, że gdyby musiała patrzeć na tę dziwną, na wpół zwierzęcą twarz, z jednym okiem zielonym, a drugim czarnym i twardym jak kamień, z którego je utoczono, to chyba co chwila wybuchałaby płaczem.

To było tak niesprawiedliwe... Wszystko było niesprawiedliwe. Wszystko!

— Na pewno. Kazałaś go zabić, choć nie zrobił ci nic złego. Chociaż uratował twoich ludzi.

— Wiesz, kim on jest? To *kanaloo*. Odpowiedź Dobrych Panów na *vaihirów*. Kiedyś my byliśmy tym, czym oni są teraz. Narzędziem, choć utworzyły nas inne dłonie. *Kanaloo* jest związany ze swoim panem jak ja z moją dolną parą rąk. Czy jeśli je odetnę, będą żyć własnym życiem? Służyć komuś innemu? Cokolwiek robi teraz, wróci do swojego właściciela, gdy tylko go spotka. I zabije każdego, kogo właściciel mu wskaże. Ciebie też.

— Nieprawda.

— Prawda. To mój świat, a on jest jego częścią.

— Nieprawda! Opiekował się mną. Walczył dla mnie, sprowadził dla mnie pomoc, gdy umierałam. Zabrał z płonącego wozu i...

Key'la usłyszała, jak Usta Ziemi wstaje, robi kilka kroków i wraca. Tym razem musiała usiąść twarzą do niej, bo jej głos zabrzmiał wyraźniej.

— Mówiłaś już o tym. Opowiedziałaś wszystko Dwu Palcom, a on powtórzył mi każde słowo i nie mam powodów, by sądzić, że kłamiesz. To dziwna historia, niezwykła. Pierwsza. Rozumiesz? Pierwsza taka historia, którą usłyszeliśmy. Ale ten chłopiec to dalej *kanaloo* i choćby ocalił ci życie tysiąc razy, choćby ocalił życie tysiącowi *vaihirów*, odwróci się od ciebie, gdy tylko poczuje zapach swojego pana. *Kanaloo* zabije każdego, kogo właściciel mu wskaże, z wyjątkiem jego samego. To prawda mojego świata, prawda hodowli Dobrych Panów. Równie niewzruszona jak to, że rzucony w górę kamień spadnie na ziemię.

Key'la poczuła lekkie dotknięcie, gdy olbrzymia dłoń pogładziła ją po głowie. Skuliła się jeszcze bardziej, zakryła pledem. Dotyk znikł.

— Jesteśmy inni niż twój lud. Nie mamy z wami nic wspólnego. Ale zawdzięczamy jednej z linii twoich krewnych wszystko, co czyni nas... nami. Obłęd rozumu i klątwę mowy, która ten rozum podtrzymuje o palec powyżej stanu zezwierzęcenia, ohydny dar wyobraźni, budzący nasze własne potwory, i żałosną tarczę nadziei, która każe nam wierzyć, że damy radę je pokonać. Mieliśmy być bronią i obdarzonym mową narzędziem, by łatwo było nami kierować. Nie mieliśmy tylko posiadać sumienia, nie mieliśmy znać współczucia ani gniewu, ani strachu.

Dzikie, ponure rozbawienie wypełniło szept Ust Ziemi.

— Okazaliśmy się porażką. Największą, jakiej twoi krewni doświadczyli w czasie swojego istnienia. I ostatnią, jaką popełnili. Oni, wyzwoleni z kajdan, jak sami twierdzili, niemal nieśmiertelni i na tyle potężni, by rzucić wyzwanie prawom Wszechrzeczy, odkryli z przerażeniem, że razem z rozumem otrzymaliśmy coś, czego nie powinniśmy nigdy mieć. Dusze.

Dziewczynka zakryła uszy.

— Mówiłam, że nie chcę twojej opowieści.

— A ja nie powiedziałam, że będę posłuszna twym życzeniom. Duch zwierzęcia i dusza istoty rozumniej. Jaka jest między nimi różnica? Wiesz? Wiesz, jak mało je dzieli? Byliśmy zwierzętami, nawet wtedy, gdy obdarowano nas zdolnością mowy, a potem nagle, jednego dnia, *puff*, i jesteśmy istotami. Jak wy. Patrzymy na świat i czasem chce nam się płakać tylko dlatego, że pada deszcz, a potem śmiejemy się, bo słońce wymalowało niebo tęczą. Rozumiesz to? — Pokręciła głową w bardzo ludzkim geście. — Ja też nie.

Key'la prawie się ucieszyła, że mogła wytknąć olbrzymce fałsz w tej opowieści.

— Tu nie ma słońca ani tęczy.

— Teraz już nie — tamta odbiła pocisk i dziewczynka usłyszała coś bardzo bliskiego smutku w jej głosie. — Jestem Usta Ziemi, druga matka wśród Trzydziestu Dłoni. Moi synowie i córki walczą z Dobrymi Panami, tak jak ich przodkowie i przodkowie ich przodków, od chwili gdy Niszczycielka wyryła bruzdę na obliczu świata i napełniła go ciszą i bezruchem. Nasza historia ma swój początek, choć nie utkano jeszcze jej końca. Ale najpewniej wkrótce twój towarzysz zaśnie, a ty powinnaś wiedzieć dlaczego.

— Zaśnie? — Aż się podniosła z posłania, stając twarzą w twarz z *vaihirską* kobietą. Tamta klęczała, a i tak Key'la musiała lekko zadzierać głowę, by wykrzyczeć swój gniew. — Nie zaśnie! Zabijecie go! Zabijecie jak psa!

— Zabijemy? Nie można zabić kogoś, kto nie żyje. A on nie jest bardziej żywy niż kamień czy kawałek drewna. Jest mniej żywy niż pies, o którym wspomniałaś. Jest tylko ciałem, które rośnie. Jest jak... jak skorupa ślimaka. Pusty.

— Nieprawda!

— Mój świat, moje prawdy. Jego dusza tkwi w *a'sanwerh*. W łapaczu. On został zabity, nim przecięto pępowinę łączącą go z matką, jego duszę schwytano i uwięziono wewnątrz sieci z drutów i pierścieni, którą nosi na lewej dłoni. Więc nie żyje. Jego ciało rośnie, ale dusza znajduje się obok niego i wciąż jest duszą dziecka, które nie zdołało pochwycić pierwszego oddechu i wydać pierwszego krzyku. Nie zna miłości, lojalności ani współczucia, bo nigdy się z nimi nie zetknęła. Nie zna też strachu, bo żeby się bać, trzeba wiedzieć, co można stracić. Dlatego *kanaloo* jest tak dobry w tym, do czego został stworzony. W walce i zabijaniu.

— Kłamiesz! — Łzy pociekły Key'li po policzkach. Zacisnęła pięści i prawie rzuciła się na olbrzymkę.

— Nie. Kłamstwo to broń, którą próbujemy kogoś zranić... albo pancerz, pod którym się chowamy. Równie dobrze mogłabym wyciągnąć przeciw tobie szable i spróbować rozsiekać cię tu na strzępy. Jaki byłby w tym honor? Ooo! Jak ładnie zaciskasz piąstki i marszczysz twarz. Zdradzić ci sekret? — Usta Ziemi pochyliła się nagle do przodu, aż Key'la poczuła słodko-piżmowy zapach, który ją otaczał. — Nie przestraszysz mnie, bo zostaliśmy stworzeni, żeby zabijać ludzi, wszystkich ludzi, małych i dużych, dzieci też. I robiliśmy to całymi wiekami, a nasze imię przeklinano w każdym miejscu, gdzie posłała nas wola panów. I jeżeli ktokolwiek ma prawo decydować o losie takich stworzeń jak *kanaloo*, to tylko my. Nikt więcej.

— Jeśli on umrze, to ja też.

Usta Ziemi cofnęła się o krok, założyła obie pary rąk na piersi.

— Nie mówię, że tak się nie stanie. Jesteś człowiekiem, a my ich nie lubimy. Dobrzy Panowie mają wielu ludzi w swoich stajniach i częściej spotykamy ich z bronią w ręku, niż byśmy chcieli. Ale nie jesteś jedną z nich, Dwa Palce poznał to po twoim zapachu i tym, że nie możesz spać, gdy nie otacza cię ciemność. Więc kim jesteś, Słaba Jedna? Z jakiego miejsca przychodzisz?

— Z tego, w którym mówią w meekhu.

Uśmiech olbrzymki wyglądał drapieżnie.

— Widziałam już ludzi, którzy mówią w tym języku... i w innych też. Uczyłam się od nich. Nie tylko mówić. Twój świat jest coraz bliżej naszego, bariera robi się coraz cieńsza. Czasem niewłaściwie użyta Moc wyrywa w niej dziurę, czasem jest to naturalny fenomen... i ktoś wpada tutaj. Przez ostatnie... w twoim języku to będzie lata, spotkaliśmy kilkudziesięciu, którzy od was przybyli. Wiemy, że Dobrzy Panowie stworzyli *ewelunrech* tylko po to, by wysyłać ich do was, a każde ich przejście na drugą stronę jeszcze bardziej nadwątla barierę. Ich świat też jest coraz bliżej. Wszystkie pakty zostały złamane, wszystkie obietnice zapomniane. Tylko my wciąż, jak to mówią u was... próbujemy wachlarzem zatrzymać huragan. Walczymy z ewelunrech, byłaś świadkiem takiej walki, gdy spotkałaś Dwa Palce i resztę. Czasem przegrywamy, czasem wygrywamy. Płacimy daninę krwi, ale nigdy nie porzucamy przyjaciół ani się nie poddajemy. A ty?

Zielone oko wwiercało się w nią z prawie bolesną intensywnością. A ty? - pytało. Masz zwyczaj poddawać się? Uciekać, płacząc? Kim jesteś, Key'lo Kalevenh? Czy imię, które ci nadano - Słaba Jedna - jest prawdziwe?

Zrozumienie spłynęło na nią jak wiadro lodowatej wody wylanej za kołnierz - odbierając na chwilę dech i zmuszając do cofnięcia się i oparcia o ścianę, bo inaczej chybaby upadła.

— Ty chcesz go ocalić? Chcesz, żeby Kocyk przeżył? Dlaczego? Przecież przemawiałaś za jego śmiercią.

Vaihirska kobieta nawet nie mrugnęła. Tylko jej wąskie wargi rozchyliły się, ukazując w dzikim grymasie komplet zębów.

— Jestem Usta Ziemi. To nie tylko imię, to też... nie ma określenia w twoim języku... nie funkcja, powołanie... raczej ciężar, ciężar i przekleństwo. To — kula z czarnego kamienia błysnęła w oczodole — mówi mi, co czuje świat. A świat cierpi. Płacze. Skomli. Plemię tego nie rozumie, żyje według praw, które są dobre na czas wojny i oczekiwania, aż bóg się obudzi. A czasu jest coraz mniej i sądzę, że bóg sam się nie obudzi. Wysłaliśmy do niego wielu wojowników, daremnie. Więc czasem trzeba mówić to, co plemię chce usłyszeć, a robić to, co jest dla niego dobre. Rozumiesz?

Key'la nie była głupia.

— Rozumiem - nadzieja sprawiła, że serce tłukło jej się w piersi jak oszalały ptak. - Powiedz mi, co mam zrobić.

Interludium

Ściana lodowca wznosiła się nad nim niczym szklana góra, wysoka na sto stóp i szeroka na kilka mil. Miała też dziwne kolory - Altsin nigdy nie sądził, że zamarznięta woda może mieć barwę zielonego szkła, przerośniętego wstęgami błękitu i lazuru. Piękno tego miejsca zapierało dech w piersiach. Gdyby Pani Lodu kiedykolwiek zapragnęła prawdziwej świątyni, z polerowaną posadzką, rzeźbionymi kolumnami i sklepieniem głoszącym jej chwałę, powinna wysłać robotników właśnie tutaj. Ryjąc w lodzie, stworzyliby dzieło, którego sława niosłaby się na cały świat.

Ale Anday'ya nie dbała o świątynie. Właściwie nie dbała o nic poza tym, by ludzie pamiętali o jej istnieniu. Przez ostatnie tysiąclecia tak upodobniła się do siły natury, z którą ją utożsamiano, że czasami można było wątpić, czy nadal jest żywą, świadomą boginią.

Choć ostatnie wydarzenia na Północy zdawały się to potwierdzać. Coś wzbudziło jej gniew i w miarę, jak mijały kolejne dni, gniew ten narastał, coraz bardziej i bardziej, aż zmienił się w prawdziwą furię.

Typowa histeria obrażonej kobiety.

Teraz jednak wszystko ucichło. To, co wywołało taką reakcję, to, co miał sprawdzić na prośbę Ouma, zniknęło. Och. Czuł to coś, zostawiało na Ścieżkach Mocy ślad niczym żubr brnący przez śnieg, to jednak nie poprawiało jego sytuacji. Spóźnił się o dzień, a jego cel znajdował się już ze sto pięćdziesiąt mil na wschód stąd. Gniew Anday'yi także stał się mniejszy: albo bogini odpuściła, albo, co równie prawdopodobne, płaciła właśnie cenę za wiele dni nadużywania własnej potęgi.

Altsin oparł się plecami o lodowiec, czując przez sukno habitu mroźne szpilki wwiercające mu się w skórę. To było dobre uczucie, takie... ludzkie. Po wydarzeniach w opuszczonej osadzie myśliwych nadal czuł pustkę, a wędrówka po Północy i kolejne odkrycia nie pomagały jej zapełnić. Użył ciała innego człowieka, by przepuścić przez nie Moc. Dzięki temu ktoś, kto chciałby iść jego śladem, straci trop, bo charakterystyczny ślad – „zapach", jaki zostawiał każdy użytkownik Mocy – został przypisany do tego właśnie mężczyzny. Zrobił to bez zgody swojej ofiary, łamiąc jej wolę, znakując go Durwonem jak... jak ci, którzy kiedyś wypalali ludziom własne symbole na skórze, by przywiązać ich do siebie, Obejmować bez pozwolenia i wykorzystywać niczym narzędzia. Zrobił to nie pierwszy raz, poprzednio też otwierał portale, korzystając z ciał jakichś głupców, ale zawsze zostawiał ich żywych. Poobijanych, wyczerpanych, lecz żywych.

Tego mężczyznę wypalił wraz z duszą w imię własnego poczucia sprawiedliwości.

I przez moment, niepokojąco długi i słodki, podobało mu się to.

Moja sprawiedliwość. Moja racja. Moja władza.

To dlatego ostatnie trzy dni wędrował pieszo. Żeby poczuć wiatr przenikający go na wskroś, by szron zamienił jego brodę w lodowy sopel, a stopy zaczęły palić przy każdym kroku. Żuł kawałki suszonego mięsa, a gdy ich zabrakło, próbował jeść wygrzebany spod lodu mech i jakieś porosty. Rozpuszczał w ustach śnieg albo przełykał go po prostu, czując, jak lodową kulą zalega mu w żołądku. To go nie mogło zabić, przynajmniej nie od razu, nosił w końcu kawał duszy boga, a bogowie dbali o swoje naczynia, nawet jeśli jego układ z Bitewną Pięścią nie należał do typowych. Po prostu Altsin potrzebował zimna, obolałych i krwawiących stóp, drętwiejących mięśni, by pamiętać.

Nie jesteś jednym z tych zakłamanych, fałszywych sukinsynów, którym wznosimy świątynie. I nigdy nie będziesz.

Moja sprawiedliwość. Moja racja. Moja władza. Każdy z nich od tego zaczynał.

Ty masz robotę do wykonania. Podjąłeś się jej, więc nie marudź.

Gdy po wydarzeniach w podziemiach Świątyni Reagwyra Aonel zabrała go z powrotem na Amonerię, nie rozmawiali ze sobą za wiele. Czarna Wiedźma, młoda i stara jednocześnie, zniszczona służbą swojemu umierającemu bogowi, przez większość podróży trzymała się na dystans, nie szukała jego towarzystwa ani nie próbowała zagadywać. On sam wtedy... wspomnienia z lochów pod Świątynią wciąż huczały mu w głowie, wypełniając ją chaosem. Złamał Dengothaag – miecz boga, miecz, który zawierał ułamek duszy samego Reagwyra i który karmiony przez wiele lat żywymi ofiarami, sam zaczął nabierać cech półbóstwa. Zmierzył się tam też z wysłanniczką Pani Losu, pośrednio z nią samą, i wygrał. Chyba wygrał. I była jeszcze ta dziewczyna, czarnowłosa, szczupła... nazwał ją córką... Nie, nie on, to Bitewna Pięść nazwał ją córką, ale przecież... to nie było dziecko z jego snów, nie była to dziewczyna, której śmierć wepchnęła *awenderi* Pana Bitew w obłęd.

Chyba.

Wspomnienia. Można im ufać tak samo, jak słowom pisanym palcem na morskim piasku. Jedna fala i napis rozmazuje się, rozmywa i już nie wiesz, czy tam było napisane „duma” czy „dupa”. Nie pamiętał zbyt dokładnie nawet wydarzeń ze świątynnego lochu, a jeśli nie mógł ufać własnym wspomnieniom, ile były warte te inne?

Pewne rzeczy pamiętał jednak doskonale.

Na przykład rozmowę z Oumem.

Stał w jego „świątyni" w pełni świadomy, że bóg Seehijczyków zgromadził wokół tego miejsca niemal wszystkie Czarne Wiedźmy, jakie mógł ściągnąć do doliny Dhawii. Oto różnica między „potrzebuję cię" a „ufam ci". Drewniana twarz wyrzeźbiona na oparciu wielkiego krzesła wpatrywała się w niego posępnie, ale dobrze przynajmniej, że miał na czym zawiesić wzrok. Inaczej rozmowa z Oumem za bardzo przypominałaby gadanie do ścian.

— Wiesz, po co cię wezwałem? — głos dobiegał jakby z powietrza.

— Twoja wiedźma użyła słowa „propozycja".

— A czemu się zgodziłeś?

— Powiedzmy, że udało ci się mnie zaciekawić. Po tylu wysiłkach, by pozbyć się mnie z wyspy, zaproszenie z powrotem... — Pamiętał, że cmoknął wtedy kpiąco. — Tak. Zdecydowanie udało ci się mnie zaciekawić.

— Imię, które przyjąłeś... Altsin... nadal uważasz się za portowego złodzieja? Mimo tego, kim się stałeś?

— Nie wiem, kim się stałem, Oumie.

— Ja też nie. Nikt nie wie. Zabawne, prawda?

Patrzyli na siebie w milczeniu, to znaczy Altsin gapił się na drewnianą płaskorzeźbę, mając nadzieję, że Oum „patrzy" na niego z tej właśnie strony. Nawet nie próbował zrozumieć, jak postrzega świat coś takiego jak on, bóg uwięziony w drzewie. Albo żywe drzewo będące bogiem.

Pan Seehijczyków odezwał się pierwszy:

— Coś się pojawiło. Kilka dni po tym, jak odpłynąłeś do Ponkee-Laa, daleko na północy, na krańcu świata. Czuję coś, czego nie czułem od wielu wieków. Myślę... sądzę... chciałbym... Chciałbym, żebyś udał się tam i to sprawdził.

— Poślij swoje Czarne Wiedźmy. Wędrowały już po świecie.

— To za daleko. Za daleko dla mnie teraz. Tysiąc lat temu, gdy byłem młodszy, dałbym radę je posłać i wspierać, ale teraz? Ja...

Cholernie ciężko rozmawiało się z kimś takim, żadnej mimiki, żadnych choćby mimowolnych gestów, mowy ciała. Tylko głos. Zmęczony i smutny.

Północ. Północ kojarzyła mu się z długimi łodziami dzikich barbarzyńców, śniegiem i lodem. Nic atrakcyjnego.

— Dlaczego miałbym to zrobić? Bo z pewnością nie dla twoich pięknych oczu, Oumie.

— Bo chcesz wiedzieć.

— Chcę wiedzieć?

— To, czego wspomnienia Bitewnej Pięści ci nie pokażą, bo on sam usunął je z pamięci albo ukrył. A ty chcesz wiedzieć, o co w tym wszystkim chodzi. Z bogami, ludźmi, Niechcianymi. Chcesz wiedzieć, dlaczego stałeś się tym, kim jesteś. Nie musisz się zgadzać. Jeśli odmówisz, wypuszczę cię z doliny i pozwolę odpłynąć z wyspy. Ale jeśli się zgodzisz... pokażę ci prawdę.

Złodziej odmówił. Zaśmiał się tylko krótko, obelżywie. Propozycja Ouma była głupia i szalona. Jeśli będzie się chciał dowiedzieć, o co w tym wszystkim chodzi, sam znajdzie sposób. Nie zostanie chłopcem na posyłki drzewnego bożka, rzucił wyzywająco.

— Nie „drzewnego" — odpowiedziały wtedy ściany głosem cichym jak ostatnie tchnienie konającego. — Pokażę ci.

Wielkie krzesło, które zdawało się wrośnięte na stałe w podłogę, zaskrzypiało, przechyliło się i runęło na bok, odsłaniając płytką niszę.

— Patrz.

Poszukiwanie prawdy...

Na „prawdę" Ouma składało się kilka miejsc na Północy, do których Altsin miał zajrzeć w czasie wędrówki. Wszystkie leżały mniej więcej w jednej linii, więc odwiedzenie ich nie powinno go spowolnić. A czasem nawet, jak w Jaskini Śpiących, ich lokalizacja pozwalała na skrócenie drogi, rzucenie czaru z wykorzystaniem cudzego ciała jako kanału dla Mocy.

Jaskinia Śpiących to pierwsze z tych miejsc, po niej odwiedził sześć kamiennych kręgów ustawionych z głazów wielkości przeciętnej chłopskiej chałupy, ukrytych w zapomnianej przez ludzi i bogów dolince. Na południowej stronie każdego z głazów wyryto kilka zdań w języku, którego nie używano od tysiącleci. Historia zdrady i rozpaczy wydrapana w kamieniu. Gdy tylko dotknął jednego z menhirów, poczuł, co znajduje się pod każdym z głazów, i dlatego opuszczając dolinkę, postarał się zatrzeć dokładnie wszelkie ślady, które mogłyby do niej zaprowadzić innych.

Następny był dół wypełniony dziesięcioma tysiącami kości. Ludzi, aherów, *sui*... i innych. Kilkadziesiąt mil dalej z płytkiego grobu w wiecznej zmarzlinie wykopał szkielet, złożony ze szczątków różnych ras. Czaszka od tej, lewa ręka od tamtej, prawa noga od innej. Patrzył na niego długie godziny, chłonąc szaleństwo i rozpacz twórców tej makabrycznej pamiątki. Północ ze swoim od tysiącleci zimnym i suchym klimatem przechowywała sekrety, które już dawno powinny się rozpaść w pył.

Oum nie przekazał mu nic więcej poza zdawkowym - idź, patrz, myśl. Odwiedź te miejsca. Zbadaj. A gdy dotrzesz tam, gdzie cię wysyłam, i jeśli okaże się to tym, czym mam nadzieję, że jest, przekaż... wieść. Od Płonącego Ptaka. I jego dzieci.

Tylko że Altsin się spóźnił. A Oum go nabrał. Oszukał. „Dotrzyj tam, gdzie cię wysyłam", dobre sobie. Sądząc po tym, co wyczuwał, jego cel znajdował się na morzu. I przemieszczał. Czym mogło być „miejsce" przemieszczające się po oceanie, które tak wzburzyło bożka Seehijczyków? Bożka, który sam kiedyś orał fale jako długi na ćwierć mili okręt z czerwonego dębu, zwany Płonącym Ptakiem.

Och, Altsinie Awendeh, ty pieprzony, głupi jak pijane pisklę, żałosny dupku. Co z tego, że objąłeś duszę boga? Co z tego, że nie pozwoliłeś mu się pochłonąć. Nadal nie jesteś niczym więcej niż żałosnym miejskim szczurkiem.

Powinien się poczuć zwolniony z umowy i odejść. W którąkolwiek świata stronę. Ale...

Jaskinia Śpiących, krąg menhirów, kości... Niechciani... ludzie... bogowie... Drzewo... bełkot Ouma, który kiedyś słyszał... Ostateczna odpowiedź na pytania, które miał... nie, ostateczne potwierdzenie podejrzeń, które się w nim zrodziły, oddalało się właśnie na wschód. Ale nie na tyle szybko, by nie miał szans go dogonić.

Oderwał plecy od lodowca.

Pani Lodu przestała chłostać świat swoim gniewem, więc powinna mu wybaczyć kilka drobnych sztuczek.

Rozdział 12

Modlitwę o dobry dzień przerwało pukanie do drzwi.

— Pani?

Wszyscy w pałacu wiedzieli, że do jej osobistych komnat nie należy wchodzić bez zaproszenia. Nadal była wojowniczką Issaram.

— Zaraz. — Pochyliła głowę i spokojnie dokończyła słowa skierowane do Wielkiej Matki.

Po czym poprawiając *chaffdę*, stanęła za stołem. Wiedziała, że nie może to być nikt obcy, ale i tak położyła dłonie na rękojeściach *talherów*. Ufaj ludziom, lecz nie bardziej niż sobie samej.

— Wejść.

Młoda służąca zajrzała ostrożnie i dopiero gdy miała pewność, że twarz Deany chroni *ekchaar*, przekroczyła próg. Deana rozpoznała ją od razu. To ta od gizarmy, Loila. Tym razem uzbroiła się na szczęście w lekką szablę, choć pas, na którym wisiała broń, był zbyt luźny, więc pochwa obijała się dziewczynie gdzieś w okolicach kolana.

— Przyszły, pani. Wszystkie trzy.

Wszystkie trzy... Spodziewała się, że przynajmniej jedna odmówi. Ale handel stał w miejscu, tylko nieliczne karawany powędrowały na północ, więc dla Issaram każdy miedziak się liczył. A ona bynajmniej nie proponowała zapłaty miedziakami.

— Gdzie czekają?
— W Ogrodzie Żółtej Lilii, jak kazałaś, pani.
— Dobrze. Pójdę do nich, a ty zostań przy księciu.
Dziewczyna zamrugała, zakłopotana.
— Czy...
— Nie, Loila, dam sobie radę. A, wieczorem udaj się do pałacowego zbrojmistrza, niech poprawi ci ten pas. Nie zdołasz szybko wyciągnąć szabli, jak będzie się tak nisko majtać.
Dziewczyna zaczerwieniła się i dygnęła.
— Tak, pani.
Spotkanie miało się odbyć w części pałacu znajdującej się poza Domem Kobiet. Deana uznała, że to odpowiednie miejsce. Jeszcze nie dopełniono wszystkich formalności i nie złożono przysiąg, więc ostrożność nie była przesadzona. Póki nie zostaną zawarte odpowiednie umowy, nie wpuści tych kobiet do prywatnych komnat.
Ogród był kwadratem o boku pięćdziesięciu jardów, wysypanym drobnymi, białymi kamykami. Pośrodku usytuowano owalne oczko wodne porośnięte liliami, żółtymi oczywiście, choć o tej porze dnia większość kwiatów nie zdążyła jeszcze otworzyć płatków.
Zaproszone kobiety czekały przy sadzawce. Dwie stały w swobodnych pozach, trzecia przysiadła na brzegu i moczyła dłoń w wodzie. Deana zatrzymała się przy wejściu i obserwowała je, ukryta w cieniu. Dwie stojące to były g'larryski, a obmywająca rękę pochodziła z s'haihyrów. Oba plemiona mieszkały na zachodnich ziemiach Issaram, więc między nimi a d'yahirrami Deany nie było żadnych krwawych waśni.
A to ważne, bo przecież Deana zamierzała im powierzyć bezpieczeństwo swojego domu.
G'larryski ubierały się w luźne szaty, których główną częścią była sięgająca połowy łydek *chaffda*, odsłaniająca ramiona, szyję i spory dekolt. Ich *ekchaary* przypominały zasłony noszone przez wiele miejscowych kobiet, a głowy zdobiły skompliko-

wane, wielokolorowe turbany. W przeciwieństwie do tej dwójki kobieta z s'haihyrów wyglądem i strojem przypominała młodego chłopaka: drobna i szczupła, w spodniach z lnu barwionego na sprany brąz i luźnej, szarej koszuli z długimi rękawami. Jej zasłona na twarz przypominała worek z wstawką z ażurowej tkaniny na wysokości oczu, przewiązany na czole kawałkiem sznurka. To plemię, mieszkające na zachodzie pustyni, na samym skraju rdzennych ziem Issaram, nie słynęło ani z barwnych szat, ani z zamiłowania do zdobień. Ich tereny pozbawione były też kamiennych *afraagr*, więc żyli i mieszkali jak większość pustynnych koczowników, prowadząc stada po niegościnnej ziemi i wędrując od oazy do oazy. Za to lata walk z nomadami uczyniły z s'haihyrów najlepszych łuczników i mistrzów włóczni wśród rodaków Deany. Oraz niezrównanych jeźdźców. Nawet niektórzy wojownicy d'yahirrów podróżowali na zachód, by spędziwszy kilka miesięcy na wędrówkach po pustyni, podpatrzyć sztukę walki włócznią, lancą i oszczepem oraz łuczniczy kunszt tego plemienia.

Teraz też szczupła wojowniczka położyła sobie na kolanach długą na sześć stóp włócznię, a gięty łuk i kołczan pełen strzał oparła o cembrowanie oczka wodnego. Kiedy się poznały, przedstawiła się jako Rash y'Wannu, a męskie imię nie dziwiło, bo pustynne stokrotki wyhaftowane na mankietach i przy kołnierzu jej koszuli oznajmiały wszystkim, że była Zaprzysiężoną Dziewicą. Jako piętnastolatka złożyła śluby, że nigdy nie zazna mężczyzny, tak jak znają go inne kobiety, że będzie dla swojej matki i ojca synem, a dla współplemieńców bratem, kuzynem, przyjacielem. Zmieniła imię, założyła męski strój i oficjalnie przestała być dziewczyną. Wschodnie plemiona kultywowały w ten sposób zwyczaje przejęte od nieistniejących już pustynnych ludów, ale ponieważ Przysięga Dziewicy w żaden sposób nie kolidowała z Prawami Harudiego, nikomu to nie przeszkadzało.

W karawanseraju Deana rozmawiała z wojowniczką przeszło godzinę i wiedziała, że workowata zasłona skrywa twarz pięćdziesięcioletniej weteranki pustynnych wypraw, od przeszło trzydziestu lat wędrującej najtrudniejszymi szlakami Travahen. Na dodatek – co było dla niej znacznie ważniejsze, pas opinający talię łuczniczki miał kolor przybrudzonej bieli.

Mistrzyni włóczni w walce była warta trzech mężczyzn. Albo i pięciu.

Dwie pozostałe kobiety uzbrajały się bardziej klasycznie. Wyższa, która kazała się nazywać Amwer córka Pawalli, władała długą, wschodnią szablą, bardzo podobną do rozpowszechnionych na Dalekim Południu szamszirów. Niższa, ale za to szeroka w ramionach jak zapaśnik, przedstawiła się jako Bahmeria s'Tallar. Uzbrojona była w *yphir* o klindze nieco dłuższej niż broń używana w plemieniu Deany i w przeciwieństwie do zwyczajów d'yahirrów broń nie była noszona na plecach, lecz obciążała jej talię. Deana zaczerpnęła informacji o tych dwóch, obie od dziesięciu lat najmowały się jako ochrona karawan, zawsze jako para, zawsze za stawkę taką samą, jaką płacono mężczyznom. Dziewczyny miały poczucie własnej wartości i potrafiły zadbać o swoje interesy. No i były rozsądne, bo przyjęły jej propozycję, zamiast tracić czas i pieniądze w karawanseraju.

Wyłoniła się z ocienionego wejścia niespiesznie, szurając nogami, by jej nadejście poprzedzał grzechot kamyków. To była taka... niepisana uprzejmość; gdy uzbrojony zbliżasz się do trzech wojowniczek Issaram, pilnuj, by nie pojawić się przed nimi znienacka.

Chyba że ci spieszno przed oblicze Matki.

Bahmeria i Amwer powitały ją lekkimi ukłonami, bez szczególnej uniżoności, ale od razu ustalającymi ich wzajemne relacje. Deana chciała je wynająć do ochrony swojego domu, one były gotowe na taką służbę, więc układ strażnik–pan nakazywał pewną dozę szacunku.

Rash y'Wannu zarzuciła sobie kołczan na ramię, jedną ręką podniosła łuk, drugą włócznię i stanęła bez ruchu w pozie wyrażającej co najwyżej uprzejme zainteresowanie. Wiedziała, po co ją tu zaproszono, ale z kimś noszącym biały pas negocjuje się inaczej niż ze zwykłą szablą do wynajęcia.

Deana uśmiechnęła się pod *ekchaarem*. Już w czasie rozmowy w karawanseraju Rash była trudna w kontakcie, oschła i dzika. Ale zapłata, jaką jej zaproponowano, najwyraźniej nawet dla dumnej wojowniczki okazała się nie do pogardzenia. Deana poprawiła też lekko pas z *talherami*, tak, by wykonane z białej skóry pochwy należycie się zaprezentowały.

— Dziękuję, że przyszłyście. Sprawiłyście mi tym ogromną radość.

Odezwała się w najbardziej sztywnym wariancie k'issari, używanym, gdy negocjowano kontrakty i umowy między różnymi plemionami. Issaram zamieszkiwali tak wiele miejsc i kontaktowali się z tak wieloma ludami, że niektóre lokalne gwary i dialekty stawały się z czasem trudno zrozumiałe dla współplemieńców. Więc tę pierwotną odmianę ich języka pielęgnowali wszyscy Pieśniarze Pamięci oraz ci, którzy wędrowali po świecie. To ułatwiało kontakty. No i jeszcze jedna sprawa. Deana mogła spokojnie założyć, że nikt w pałacu nie znał języka Issaram. Choćby po to warto było je zatrudnić. Żeby porozmawiać na dowolny temat bez obawy podsłuchania.

— Widzę, że opowieści mówiły prawdę — łuczniczka odezwała się pierwsza, poprawnie, choć szorstko, dziwnie ucinając głoski.

— Opowieści?

— Białe pochwy. Mistrzyni szabel. Ludzie opowiadali, że nosiłaś takie, gdy zabiłaś Szafirowy Miecz Trzcin. Powinnaś je zabrać ze sobą, gdy rozmawiałyśmy w karawanseraju.

— Nie mam zwyczaju kłuć ludzi w oczy bielą na pochwach. Niektórzy mogliby to uznać za próbę zastraszenia.

— Kto mówi o strachu, dziewczyno.

To nagłe i protekcjonalne „dziewczyno" ubodło Deanę bardziej, niż się spodziewała. Przez moment, dosłownie dwa uderzenia serca, rozważała, czy może to zignorować. Ale jeśli zrobi to teraz, będzie musiała ignorować setkę takich szpil dziennie. A poza tym... ćwiczenia z widmowymi przeciwnikami już dawno jej się znudziły.

— A kto pierwszy komentuje kolor śmierci? Widzę twój pas, ale czy naprawdę mam mu się pokłonić? Czy to tylko „zimne korale" pełzną po piasku?

Stojące nieco z tyłu wojowniczki zaszemrały, uniosły szybko otwarte dłonie na wysokość twarzy i cofnęły się o dwa kroki. To nie nasza sprawa, niczego nie podważamy, w nic się nie wtrącamy.

„Zimne korale". Deana sama założyła je kiedyś na szyję, odpowiadając na głupie wyzwanie kuzynów i kuzynek. Wśród setek gatunków węży pełzających po pustyniach dwa były szczególnie niebezpieczne. Pierwszy, bransoletnik purpurowy, był jednym z najbardziej jadowitych gadów, jakie znano. Jego ciało pokrywały pasy w najróżniejszych odcieniach czerwieni, od ciemnej barwy zaschniętej krwi po jasną czerwień skalnych maków. Jego ukąszenie powodowało najpierw potworny ból, potem obrzęk, duszności, drgawki i wreszcie śmierć, z krwawym potem zraszającym na koniec twarz. U dorosłego, zdrowego mężczyzny wszystko to trwało kilka godzin. U dziecka czasem dwa kwadranse.

Drugim wężem współodpowiedzialnym za wiele zgonów była zupełnie niejadowita strużanka krwawa. Ta daleka kuzynka bransoletnika na pierwszy rzut oka wydawała się do niego podobna jak jeden *talher* Deany do drugiego. Tylko że bransoletnik miał zawsze parzystą liczbę pasów na ciele, a ona nieparzystą. Jej winą zaś było to, że dzieciarnia Issaram uwielbiała idiotyczne wyzwania, w tym chyba najpopularniejsze: znajdź strużankę, złap, załóż sobie na szyję, niech oplecie ją niczym zimne korale. Trudno policzyć, ile pasów ma wąż uciekający przed tobą po piasku, łatwo się pomylić w liczeniu, gdy trzyma się w ręku wściekle wijącą się gadzinę. Ciężko się umiera, gdy założyłeś sobie na szyję bransoletnika, którego kły zawierają jad zdolny powalić konia. Tak, strużanka była odpowiedzialna za wiele śmierci, bo w czasie głupich zabaw mylono ją z jadowitym krewniakiem.

Ale nie o to chodziło w słowach Deany. Ona udowodniła już swoje prawo do bieli na pochwach, pokonując na schodach Świątyni Ognia Ka'eliru – Szafirowy Miecz Domu Trzcin i jego dwóch pomocników. O tym pojedynku opowiadano już wszędzie na Dalekim Południu. Natomiast wszyscy Issaram wiedzieli, że strużanka udaje kogoś, kim nie jest, by nie paść ofiarą drapieżnych ptaków, pustynnych lisów lub innych węży. Była sprytna, za co ją szanowano, ale jednocześnie zupełnie niegroźna. Czy więc Rash y'Wannu nosiła biały pas jak ten niegroźny wąż swoje, czerwone? Bardzo dobry wojownik, niebędący jednak prawdziwym mistrzem, niepotrafiący przywoływać transu *kha-an's* na zawołanie, mógłby poza *afraagrami* Issaram całe lata udawać kogoś, kim nie jest, żądając wyższych cen za swoje usługi i tanią sztuczką napełniając serca wrogów strachem.

Tym jednym wspomnieniem o „zimnych koralach" Deana podważyła prawo tej kobiety do noszenia białego pasa.

Dlaczego nie? Tęskniła do szczęku broni.

Uśmiechnęła się i położyła dłonie na rękojeściach szabel.

Starsza Issaram skinęła lekko głową, bez pośpiechu odłożyła na ziemię kołczan i łuk.

— Masz rację. Zgrzeszyłam pychą, nazywając cię dziewczyną, jakbyś była moją młodszą, przygłupią krewną. Jeśli połowa z tego, co mówią o twoim pojedynku, jest prawdą, powinnam odciąć sobie swój głupi język. Ale teraz — uniosła włócznię, a ta zamieniła się nad jej głową w furkoczący dysk — słowa już wyleciały, a ja nie będę ich łapać i połykać z powrotem. Sprawdzimy się?

Deana poczuła radosne dudnienie krwi w skroniach. Trans był tuż obok, czekał na wezwanie jak stary przyjaciel. Rękojeści *talherów* zdawały się skomleć o dotyk jej dłoni. Pozostawała jeszcze jedna sprawa.

— Noszę dziecko pod sercem.

— Wiem. Będę uważać na twój brzuch. Z kolei ty, jeślibyś mogła, uważaj na moją twarz. Do tej pory nie zarobiłam na niej żadnej blizny, wolałabym, by tak pozostało.

— Dob...

Rash skoczyła ku Deanie, a jej włócznia zatoczyła krąg i wystrzeliła w przód niczym atakująca żmija.

Szable Pani Płomieni znalazły się w jej dłoniach, zanim tamta zrobiła dwa kroki. Lewy *talher* musnął lekko grot włóczni, leciuteńko, tyle tylko, by odbić go w bok, prawy przygotował się na paradę, bo przecież ten przewidywalny atak musiał zawierać w sobie jakiś podstęp.

Zawierał. Drugi koniec włóczni uderzył od dołu, mierząc w kolano Deany. Krok w tył, i jeszcze jeden, gdy grot śmignął ku jej twarzy – poczuła cień rozbawienia, w końcu umówiły się, że będą uważać na oblicze tylko jednej z nich – i skontrowała.

Trans przyszedł, sama nie wiedziała kiedy. Nagle przestała czuć ciężar szabel w dłoniach, chropowatą nierówność kamienistego podłoża, opór, jaki zwykle stawia ciało zmuszane do ekstremalnego wysiłku. Zamieniła się w wodę, w wiatr. Płynęła i leciała.

I dlatego zauważyła, że jej przeciwniczka też sięgnęła po *khaan's*.

Powinna poczuć coś w rodzaju dumy: jeśli starszy, bardziej doświadczony mistrz wzywa trans bitewny w tym samym momencie co ty, to znaczy, że szanuje i docenia twoje umiejętności, że uznaje cię za równego sobie, mimo przewagi wieku i większej liczby stoczonych walk. Ale na dumę przyjdzie czas później, teraz jest walka, cios za ciosem, unik za unikiem. Szybciej! Jeszcze szybciej! Skrócić dystans! Długa na sześć stóp włócznia to broń pozwalająca trzymać przeciwnika na odległość, dająca przewagę nawet w pojedynku z kimś uzbrojonym w *gresth* – dwuręczny miecz do walki z konnicą, więc krótkie szable Deany muszą być szybsze, a ona musi przeć do przodu, musi atakować, nie może pozwolić tamtej oderwać się i odskoczyć.

Jeszcze szybciej!

Starsza wojowniczka parowała wszystkie ciosy, te z góry, z dołu, po skosie. Jej włócznia, mimo że ciężka, oćwiekowana po sam grot, tańczyła lekko jak trzcinka. Przez kilka chwil obie wyglądały jak otoczone półprzejrzystymi zasłonami – Deana srebrzącą się zimną stalą, Rash matową jak drewno, z którego wykonano drzewce jej broni – i tylko towarzyszący im coraz szybszy, metaliczny brzęk oznajmiał wszystkim wokół, że to nie zabawa ani kuglarska sztuczka, lecz prawdziwa walka.

Deana uśmiechała się pod *ekchaarem*, szeroko, jak nie uśmiechała się od wielu dni, wypełnionych próbami zapanowania nad chaosem w księstwie i opieką nad Laweneresem. A ponieważ trans *khaan's* niesie własne dary, a jednym z nich jest najpełniejsze zrozumienie przeciwnika, była pewna, że starsza wojowniczka też się uśmiecha. Obie tego potrzebowały, jedna, by zapomnieć o kłopotach, druga, by przypomnieć sobie, jak to jest stanąć naprzeciw równorzędnego przeciwnika i udowodnić, także samej sobie, ile jest się wartą.

I obie pojęły w jednej chwili, że to Deana wygra ten pojedynek. Była dwukrotnie młodsza, szybsza i bardziej wytrzymała. No i była w ciąży w czasie, gdy jej ciało osiągnęło szczyt swoich możliwości, a doświadczenie starszej wojowniczki nie mogło tych przewag zrównoważyć. Za moment złamie obronę, a jej *talhery* posmakują krwi.

Wystarczy.

Przerwała atak w tej samej chwili, gdy jej przeciwniczka odskoczyła, trzymając włócznię w pozycji obronnej. Deana też cofnęła się dwa kroki i schowała szable do pochew. Przez uderzenie, może dwa uderzenia serca, nim trans zaczął ją opuszczać, rejestrowała wszystko ze zdwojoną uwagą, kolor kamyków na dziedzińcu, lazur wody w sadzawce, wyrażający więcej niż tysiąc słów podziw namacalnie wręcz promieniujący od Amwer córki Pawalli i Bahmeri s'Tallar.

Będą o tym opowiadać nawet za dwadzieścia lat.

— Wybacz moje słowa, mistrzyni. — Deana skłoniła głowę przed Rash y'Wannu. — Jesteś szkarłatną śmiercią wygrzewającą się na piasku.

Tamta zasalutowała jej krótko bronią, po czym odwróciła włócznię i wbiła ją energicznie w ziemię. Widać było, że ciężko oddycha, ale Deana wiedziała, że nadal się uśmiecha.

— *Talhery* cię kochają — wydyszała. — Minęło sporo czasu, odkąd ktoś zmusił mnie do takiej obrony.

Komplement wymagał grzecznej odpowiedzi.

— Minęło sporo czasu, odkąd nie potrafiłam złamać czyjejś obrony. Czy przyjmiesz moją propozycję? Zostaniesz strażniczką mego domu? I nauczycielką?

— Nauczycielką? — Rash zaśmiała się krótko, ostro. — Chcesz, bym cię czegoś uczyła? Ciebie?

Deana pokręciła głową.

— Nie mnie. Ale zapewniam, że znajdę ci wiele pilnych uczennic. Wam też — zwróciła się do pozostałej dwójki. — Jeśli tylko zawrzemy umowę.

Rozdział 13

Po kilku godzinach jazdy kazali zasłonić im oczy, co Kailean trochę rozbawiło. Janne, Lea i Daghena też uśmiechali się pod nosem, ale Laskolnyk warknął tylko krótko: „Spokój!" i pierwszy pozwolił założyć sobie opaskę. Powstrzymała się od wzruszenia ramionami, kha-dar miał rację, ostentacyjne okazywanie niefrasobliwości w takiej sytuacji mogło kogoś skłonić do zadawania głupich pytań. Lepiej, żeby nikt, nawet potencjalni sojusznicy, nie wiedział, jakimi umiejętnościami dysponuje ich grupka.

Zanim zawiązano jej oczy, podeszła do swojego konia.

— Toryn, tylko bez gryzienia.

Ogier parsknął i potrząsnął łbem.

— Mówię poważnie, nie będę znów płaciła komuś za stracone palce.

Trzymający uzdę jej wierzchowca wojownik gwałtownie przesunął dłoń w dół.

— Lepiej nie szarp za mocno — wyjaśniła uprzejmym tonem. — Potrafi też kopać.

Mężczyzna - sądząc po twarzy, jeden z weteranów w oddziale niewolników, być może nawet były żołnierz - posłał jej krzywy uśmiech i wymamrotał coś o cholernych koniarzach.

— Umie też wyczuć, gdy ktoś go nie lubi — kontynuowała, kiedy podano jej kawałek materiału. — Poza tym to dobry koń, tylko charakter ma wredny.

Zawiązała sobie oczy. Jeden z niewolników sprawdził, czy dobrze, po czym na oślep wskoczyła na siodło. Usiadła wygodniej.

Berdeth pojawił się obok, wyraźnie zaciekawiony. Nawiązała kontakt i pozwoliła, by zalały ją obrazy widziane jego oczami.

Dziwnie było patrzeć na siebie samą. Nieduża dziewczyna o jasnych włosach zaplecionych w krótki warkocz, dosiadająca wielkiego ogiera; wyglądała na jego grzbiecie jak małe dziecko, które wdrapało się na konia swojego ojca. Kolczuga, ciemne spodnie - duch psa nie przekazywał jej kolorów tak, jak zapamiętała - szabla przy boku i sajdak z łukiem przy siodle. Kołczan po drugiej stronie pierzył się strzałami. Właściwie, uznała po chwili, nie wygląda źle. Poprawiła się na koniu, obserwując się oczami psa. Podniosła dłoń do czoła, odgarnęła włosy...

— Uwaga! W drogę!

Toryn ruszył stępa, dostosowując się do kroków przewodnika. Zgodnie z poleceniem nie próbował nikogo gryźć, choć jeśli podróż potrwa dłużej i zacznie się nudzić, w końcu pewnie będzie chciał wypróbować zęby.

A może i kopyta.

Zagłębili się w las. Kailean dorastała w Olekadach i dobrze pamiętała tamtejsze bory jodłowe i sosnowe, szpalery pni z przycupniętymi u ich stóp mchami, paprociami i kępami traw. Tutejsze lasy były inne, drzewa i krzewy rozrastały się dziko, szaleńczo, wolna przestrzeń pojawiała się tylko tam, gdzie popracowali ludzie z żelazem w ręku. Krzaki, pnącza i listowie, wyrastające, zdawałoby się, wprost z ziemi. Jeśli cały ten kraj wyglądał podobnie, nic dziwnego, że armia niewolników nie bała się kawalerii. Tutaj dziesięciu pieszych strzelców mogło zatrzymać chorągiew jazdy. I nic też dziwnego, że Kahel-saw-Kirhu, jeśli to on rzeczywiście dowodził tą armią, wybrał Wyżynę Halesyjską jako miejsce założenia obozu. Dla meekhańskiego piechura to były wymarzone warunki.

Tylko że nie da się wygrać powstania, siedząc tylko między wzgórzami i czekając na cud.

Wędrowali gęsiego, wąską przesieką wydartą dżungli. Zieleń otaczała ich zewsząd, choć przekazywana oczyma ducha psa wyglądała raczej na ścianę szarości, a tunel zdawał się nie mieć początku ani końca. W pewnej chwili Kailean poczuła się nawet, jakby połknął ją wielki wąż. Kilka razy zakręcali, kluczyli i zbaczali, nie przejmowała się tym jednak, Berdeth potrafiłby wskazać jej drogę powrotną nawet w nocy i w deszczu.

Gdzieś po czterech godzinach jazdy zatrzymali się nad strumieniem, właściwie niewielką rzeczką, gdzie pozwolono im zdjąć opaski, zsiąść z koni i rozprostować nogi.

Członkowie czaardanu obserwowali oddział niewolników z ciekawością, ale bez nachalności. Z kilkudziesięciu ludzi zostało tylko piętnastu, reszta zniknęła, rozpłynęła się w lesie. Zapewne wrócili do pilnowania Pomwe. W tej chwili towarzyszyło im trzech weteranów, w tym siwobrody Luka-wer-Klytus, i tuzin lekkozbrojnych. Wszyscy działali sprawnie i szybko, napojono konie, rozdano suchary i po garści suszonych owoców. Postój miał być krótki.

— Nie boisz się, że spadniesz z takiego wielkiego konia?

Kailean aż drgnęła. Do licha, nie spodziewała się, że ktoś da radę tak ją podejść. Obok niej stała Koło, dziewczyna, którą Janne poderwał z ziemi kilka godzin wcześniej.

— Cicha jesteś. A jego mocno ściskam nogami — rzuciła wyświechtany tekst, pochylając się i poprawiając popręg.

— Aha — szczupła twarz zmarszczyła się w zamyśleniu, jakby Koło potrzebowała chwili, by przyswoić sobie tak proste stwierdzenie. Potem posłała jej szeroki uśmiech. — Mocne uda. A konie są smaczne. Jadłym.

Jadłym? Co to znaczy? Kpiła? Nabijała się z niej, odgrywając za to, że to właśnie ją schwytali? Czarne oczy miały absolutnie niewinny wyraz, jednak coś w tej twarzy sprawiało, że Kailean poczuła się nieswojo. Na dodatek meekh dziewczyny był dziwny, nosowy, szeleszczący, wcześniej odzywała się inaczej, bez takiego akcentu.

— Koło? — Siwobrody weteran podszedł do nich szybko, ale w jego ruchach była jakaś ostrożność. — To są przyjaciele.

Dziewczyna uśmiechnęła się, a Berdeth, którego Kailean przywołała przed chwilą, nagle przesłał jej całą gamę emocji - niepokój, strach, gniew. Zupełnie jakby zaraz mieli ruszyć do bitwy. W uśmiechu Koła było coś niepokojącego. Widziała już takie grymasy na twarzach ludzi ogarniętych szałem walki, pijanych krwią i śmiercią.

— Koło! — Luka-wer-Klytus złapał czarnooką za ramię, obrócił ku sobie i powiedział powoli — to przyjaciele. Nie one. Rozumiesz?

— Nosi żelazo. — Szczupła dłoń wyciągnęła się w stronę Kailean, dotknęła kolczugi.

— Ja też. Idź. Idź sprawdzić, czy droga przed nami jest czysta. — Pchnął dziewczynę lekko. — No, idź!

Koło wzdrygnęła się, przetarła oczy, uśmiechnęła jeszcze raz, już normalnie, po czym w kilku susach z kamienia na kamień przeskoczyła rzeczkę i już jej nie widzieli.

Kailean patrzyła, jak dziewczyna się porusza, z każdym krokiem inaczej, jakby zrzucała z siebie jakiś balast, po czym warknęła:

— Co to, do cholery, było?

Mężczyzna nie odrywał wzroku od ściany lasu, a wyraz jego twarzy był dziwnie miękki.

— Nie co, tylko kto — poprawił ją cicho. — Koło, jak rozumiem. Zazwyczaj nie zdarza jej się to w dzień, ale jest zdenerwowana, bo ją schwytaliście, a poza tym od kilku godzin nie widzieliśmy słońca. Wkrótce dojdzie do siebie, jak rozumiem.

No tak. Koło. Nie widziała słońca i była zdenerwowana. Oczywiście. To wyjaśnienie miało tyle sensu, co podcieranie się pokrzywą, ale jedno wydawało się jasne.

— Ta dziewczyna jest szalona.

— Zgadza się. Ale nie znam drugiego takiego zwiadowcy jak ona. Tylko czasem, gdy jest zmęczona albo zdenerwowana...

— Albo długo nie widzi słońca.

— Właśnie. Wtedy lekko odpływa. No i w czasie walki. W czasie walki zawsze.

— Opętana?

Na pograniczu, gdzie plemienna magia była równie często w użyciu jak dopuszczane przez Wielki Kodeks aspektowane czary, powiadano, że szaleńcy to otwarte drzwi dla duchów i demonów. W Imperium takich ludzi egzorcyzmowano, zamykano w wieżach lub w ostateczności zabijano. Ale tutaj? W tym dziwnym kraju, pośrodku rebelii? Kto wie, jakim dziwadłom pozwolono tu żyć.

Sama jesteś dziwadłem, pomyślała. Gdyby nie czaardan i Laskolnyk, pewnie wyłabyś przykuta do ściany w jakimś świątynnym szpitalu. Albo spłonęła na stosie.

Luka pokręcił głową.

— Nie. Znaleźliśmy ją w Uswarr. W kopalni złota, którą wyzwoliliśmy... którą próbowaliśmy wyzwolić — coś dziwnego stało się z jego głosem i oczyma. Jakby lód skuł jedno i drugie. — Za kwadrans ruszamy! — rozdarł się nagle. — Chcesz posłuchać?

Kha-dar wydał wyraźne polecenie, słuchać i zapamiętywać, co wszyscy mówią. Zbierać informacje nie tylko o tym, jak liczna i uzbrojona jest armia niewolników, ale też jacy ludzie ją tworzą. Jednakże nie była pewna, czy taka historia będzie miała jakąkolwiek wartość.

— A po co?

Weteran wzruszył ramionami.

— Żebyś wiedziała, z kim masz do czynienia, jak rozumiem? Żebyś następnym razem, jeśli Koło będzie się dziwnie zachowywać, nie próbowała jej odepchnąć albo uderzyć, jak rozumiem? Nie chciałbym tłumaczyć się generałowi z twojej śmierci.

Akurat. Koło nie dość, że była od niej trochę niższa i chyba lżejsza, to nie wychowywała się na Stepach ani nie walczyła z bandytami i Se-kohlandczykami pod dowództwem najlepszego kawalerzysty Imperium.

— Nie uśmiechaj się tak. Widziałaś ją w walce?

— A ty mnie?

— Jesteś w czaardanie Laskolnyka, wierzę, że dobrze robisz szablą i szyjesz z łuku, jak rozumiem. Ale widziałem raz, jak Koło przegryzła dorosłemu mężczyźnie gardło.

— Zębami?

— Nie, dupą. Jasne, że zębami. — Stary żołnierz przeniósł spojrzenie na las, podrapał się po głowie, skrzywił. — Uswarr było kopalnią złota pod samymi Magarhami. Ciężką kopalnią, twarde skały, żyły złotonośniej rudy wciśnięte między warstwy granitu jak żaba rozgnieciona przez kamień, niektóre grube ledwo na stopę. W takich kopalniach pracuje dużo dzieci. Niewolniczych dzieci, rozumiesz? Matki na plantacjach mówią: lepiej, żebym cię martwo urodziła, niż żebyś do kopalni trafił. Lepiej, żeby cię na polu zatłukli. A Uswarr było najgorszą z nich. Kopalni, rozumiesz? Zjeżdżało się jakieś sto stóp pod ziemię, tam był główny tunel, długi na ćwierć mili, a od niego odchodziły na boki czarne dziury w skale, które połykały dzieciaki i nie wypuszczały ich nigdy z powrotem. Jak tam któryś trafił, dawali mu młotek i dłuto, kilka worków na rudę i kazali kopać. Jedzenie i wodę dostawali, tylko gdy wyczołgali się z urobkiem. Podobno niektóre tunele miały po kilkaset łokci długości i były takie szerokie. — Rozłożył ręce na dwie stopy. — Rozumiesz. Jak glizdy w ziemi, dzieciaki ryły dziury tak, jak prowadziły je złoża rudy, i nigdy nie wychodziły na powierzchnię.

Kailean spróbowała sobie to wyobrazić, tunel tak wąski, że można tylko pełzać na kolanach albo brzuchu, ciemność, setki, może tysiące stóp skał nad głową.

— Oszalałabym.

— Nie wzięliby cię tam. Za duża jesteś. No, chyba że byłabyś *auwini* – popielną, i zrobiliby cię strażniczką. Nosiłabyś skórzany pancerz, krótki miecz, bat.

Przypomniało jej się, co Luka powiedział wcześniej do Koła. To przyjaciele, nie one.

— One?

— One. — Pokiwał głową, a jego oczy zrobiły się nagle dzikie i gniewne. — Suki przeklęte przez bogów. *Auwini* - popielne, niewolnice, ale z wyższej kasty, wiesz, takie, co to mają władzę nad innymi niewolnikami. Niektórym nie trzeba więcej do szczęścia, jak rozumiem. A wiesz, dlaczego właściciel kopalni wysłał do ich pilnowania baby? Bo podobno mężczyźni byli za miękcy. Bo dawali czasem dzieciakom odpocząć, nie za darmo oczywiście, trochę zabawy z dobrym wujkiem, zwłaszcza jak towar był świeży, dopiero przyjęty do roboty... właściwie wszystko jedno, chłopiec czy dziewczynka... rozumiesz? Co? Oburzona? Zawstydzona?

Nie. Urodziła się w rodzinie dzierżawców w Olekadach. Dorastała na Stepach, dobrze wiedziała, że gdyby nie przygarnęła jej wozacka rodzina, sama musiałaby sobie znaleźć „dobrego wujka". Za miskę strawy i kąt do spania. Takie było życie. Ale czuła złość. Berdeth, odpowiadając na jej nastrój, obnażył widmowe zęby. Prawie zawarczała jak pies.

Siwy weteran pokiwał głową.

— Baby nie traciły czasu na takie zabawy, za to wyciskały z dzieciaków wszystko, aż nic zostawało nic. Podobno to one wymyśliły szczurzą beczkę.

Wyobraźnia podsunęła jej najbardziej oczywisty obraz, ale następne słowa Luki przekonały ją, że nawet wyobraźnia kogoś dorastającego na Stepach czasem zawodzi.

— Myślisz o takiej starej torturze, jak rozumiem. — Siwy żołnierz splunął na ziemię i pokręcił głową. — Nie, to nie to, dziewczyno. Niekiedy dzieciak nie wychodził z tunelu, rozumiesz? Długo nie wychodził. Może umarł, może przygniotło go osypisko, a może dopadł go skalny obłęd i wolał umrzeć w ciemności. Przez długi czas strażniczki posyłały w głąb tunelu inne dziecko, ale czasem ten obłąkany walczył i zabijał posłańca, a one musiały się tłumaczyć z dwóch trupów, rozumiesz. Więc kiedyś jedna z nich wpadła na pomysł: strażniczki wpakowały do beczki kilkadziesiąt szczurów i trzymały tam, na wpół oszalałe z głodu. A gdy dzieciak nie pojawiał się zbyt długo, wpuszczały szczury do tunelu. A po dniu albo dwóch, gdy ostatni szczur już uciekł, inny dzieciak wchodził tam, usuwał kości i kopał dalej. Mądre suki, jak rozumiem.

Kailean westchnęła głęboko. Berdeth szarpał się w jej głowie, w tej chwili nie tylko Koło mogłaby przegryźć komuś gardło.

— Nie chcę... nie chcę słyszeć więcej. Nie mów już.

— Za dużo, jak rozumiem? Ta opowieść już się kończy. Kahel posłał nas tam w trzystu ludzi, mieliśmy przeczesać okolicę, uwolnić tych, którzy chcą zdjąć obroże, wyciągnąć dzieciaki z kopalń. Zastaliśmy zniszczone maszyny i narzędzia, młyny, młoty do kruszenia urobku, piece do wytapiania złota, wszystko spalono albo rozbito. Z dymem poszło też koło wodne, napędzające miechy, które tłoczyły powietrze do kopalni. Na dole, w głównym tunelu, dało się jeszcze wytrzymać, ale w tych mniejszych... Suki, zanim uciekły i zniszczyły kopalnię, zatkały ich wyjścia gruzem i kamieniami. Jeden z nas zszedł tam... Myśleliśmy, że nikt nie przeżył, a tu nagle z jakiejś dziury wylazła ona.

— Koło?

— Ona sama. Ważyła, na oko, jakieś sześćdziesiąt funtów, była goła, tylko na łokciach i kolanach miała skórzane ochraniacze, od czołgania się w tunelach przetarte prawie na wylot. Spędziła pod ziemią łącznie trzy lata, sześć miesięcy i osiemnaście dni. Tak mówiła data na jej obroży, bo właściciele kopalni ryli w metalu informacje o dniu przyjęcia niewolnika do pracy. Była jedyną, która miała dość sił, by wydostać się z zamkniętego tunelu. Potem próbowała odetkać inne... ale nikt więcej z nich nie wyszedł.

Kailean spojrzała mu w oczy.

— To ty zszedłeś do kopalni, prawda?

— Ja. Znalazłem tylko górę kości na końcu głównego tunelu i ją. I wyciągnąłem ją jak ostatni dureń, nie myśląc o niczym, rozumiesz? Na szczęście słońce już zaszło, ale i tak prawie oślepła od resztek światła na niebie.

— Dlaczego nazwaliście ją Koło?

— Bo nie pamiętała własnego imienia, a to było pierwsze słowo, które powiedziała, i przez miesiąc nie mówiła nic innego. Karmiliśmy ją, pilnowaliśmy, by nie oślepła od słońca, całe szczęście miałem w oddziale medyka, a gdy wreszcie zaczęła mówić, wydawało się, że nigdy nie przestanie. Gadała przez trzy dni bez przerwy. O kopalni, o onych, skale, tunelach, szczurach... Czasem płakała, czasem krzyczała. A czasem pojawiała się taka, jaką widziałaś przed chwilą.

— I co mam wtedy zrobić? Ja albo ktoś inny z czaardanu?

— Znajdź jej coś do roboty. Poproś, żeby kogoś sprowadziła albo coś sprawdziła. Pójdzie, bo to dobra dziewczyna. Nie prowokuj, nie szukaj zwady. Ten mężczyzna, któremu przegryzła gardło, to był jeden z naszych. Były niewolnik, jak ona. Gdyby inne dziewczyny nie powiedziały, że lubił się pchać z łapami do młódek i próbował ją zgwałcić, Koło nie wyszłaby z tej historii cało. W obozie mamy twarde reguły. Ale jeśli ktoś zrobi krzywdę komuś z oddziału sławnego generała Laskolnyka, którego bogowie wiedzą, co tutaj przygnało...

Zawiesił głos, a Kailean prawie roześmiała mu się w twarz.

— Nic z tego. Kha-dar każe, my jedziemy. To wódz-ojciec, nie musi nam mówić o wszystkim, prawda?

— Prawda — odpowiedział uśmiechem w stylu „trudno, nie wyszło, ale zawsze warto próbować". — Jak to w wojsku.

— Właśnie. Kwadrans chyba już minął?

Luka-wer-Klytus wzruszył ramionami, posłał jej kolejny porozumiewawczy uśmieszek i rozdarł się na całe gardło:

— Ruszamy! Oczy zasłonić! Koniarze na konie, ludzie pieszo!

Ha. To było prawie zabawne. Zawiązując oczy i wskakując na konia, Kailean myślała o dziewczynie, która spędziła całe lata, ryjąc tunele w żyłach złotonośnej rudy, i siwowłosym mężczyźnie, który zszedł do kopalni i znalazł stos dziecięcych kości. Laskolnyk kazał sprawdzać, jacy ludzie tworzą armię niewolników.

Właśnie tacy. Na cycki Laal, właśnie tacy.

***

Gdy tylko wyjechali z najgęstszego lasu, pozwolono im ściągnąć opaski, więc mogli się nieco porozglądać. Obóz niewolniczej armii był wielki. Widzieli go z grzbietu jednego z licznych w tej okolicy wzgórz, choć Kailean mogła tylko z grubsza ocenić jego rozmiar, bo całość składała się z kilkunastu olbrzymich, ogrodzonych wałami kręgów, które rozsiadły się na szczytach najbliższych wzniesień, i bogowie wiedzieli ilu tysięcy namiotów, szałasów i prymitywnych chat poniżej. Jakby każdy krąg był warowną osadą mającą własne podgrodzie.

Nie dało się stwierdzić, czy całość została tak zaplanowana, czy raczej wyrosła niczym dziki krzak, w miarę jak między te wzgórza przybywały kolejne oddziały buntowników. Wzgórza były dość strome, dobre do obrony, ale z pewnością nie mogły pomieścić wszystkich niewolników, a ilu ich właściwie było? Sto tysięcy? Sto pięćdziesiąt? Nie dała rady tego oszacować, bo ich przewodnicy prowadzili czaardan tak, by omijać największe skupiska ludzi. Ponoć dla bezpieczeństwa swoich „gości", bo każdy, kto nie nosił na szyi śladów po niewolniczej obroży, mógł skończyć z nożem w plecach. Kailean nie dała się nabrać. A sądząc po minie Laskolnyka, on także nie, choć trzeba przyznać, że za bardzo nie protestował. Najwyraźniej nawet nazwisko sławnego pogromcy koczowników nie było tu furtką do zdobycia zaufania. No, ale w końcu kha-darowi towarzyszyła ona, Janne, Lea oraz Daghena. Zaczynała podejrzewać, że generał nie zabrał ich tylko ze względu na bezpieczeństwo.

Zresztą, gdy prowadzono ich do największego obozowiska, i tak zdążyła się rozejrzeć. Tutejszy las był rzadszy niż ten, przez który przedzierali się ostatnimi godzinami, a na dodatek nieźle go przekarczowano. W pozornie chaotycznym gąszczu namiotów i szałasów dostrzegła wyznaczone, wyłożone drewnem ścieżki, wykopane studnie, grządki, na których rosły jakieś bulwy i inne warzywa, małe kurniki z gdaczącym ptactwem, a nawet rzędy latryn, i to najwyraźniej karnie używanych, bo

Berdeth nie znalazł nigdzie poza nimi ludzkich szczyn ani gówna. Nie żeby specjalnie ich szukała, ale ten czworonogi drań robił jej czasem takie numery. Zauważyła też, że nawet śmieci wysypywano w przeznaczone do tego dziury. Wszędzie panował meekhański porządek i czystość, jak na obozowisko buntowników ukryte w dżungli, oczywiście.

Przejechali też obok kilku ogrodzonych placów, gdzie młodzi chłopcy i dziewczęta wspólnie ćwiczyli się w używaniu łuków, proc i oszczepów. Wyglądało na to, że niewolnicza armia była bardziej egalitarna niż jej imperialny odpowiednik.

Wreszcie wspięli się pod sam obóz i wjechali do środka przez bramę umocnioną i ukoronowaną wieżami strażniczymi. Szczyt wzgórza ogołocono i wyrównano, tworząc coś w rodzaju wielkiego wojskowego placu garnizonowego. Wszędzie stały namioty, uszyte z różnych materiałów, ale jednakowej wielkości, a alejki między nimi były proste jak drzewce strzały. Na oko namiotów było ze dwieście pięćdziesiąt, co Kocimiętka skwitował krótko:

— Mają tu cały pieprzony pułk — i zaraz zamilkł pod karcącym spojrzeniem Laskolnyka. Kha-dar nie życzył sobie, by jego ludzie cokolwiek komentowali ani o czymkolwiek rozmawiali. Przynajmniej w tej chwili.

Główna droga przez obóz poprowadziła ich do największego namiotu, który wyglądał, jakby był pozszywany z kawałków jedwabnych zasłon. Luka-wer-Klytus zatrzymał się przed jego wejściem i powiedział, znikając w środku:

— Zostańcie tu, zaproszą was.

Laskolnyk, nie czekając na pozwolenie, zeskoczył z konia, reszta czaardanu za nim. Dobrze było rozprostować kości po kilku godzinach jazdy stępa. No i tutaj, na szczycie wzgórza, było naprawdę przyjemnie, lekki wiatr chłodził skórę, a i owadów krążyło jakby mniej.

Kailean poklepała Toryna po szyi.

— Dobrze się spisałeś. Wkrótce odpoczniesz. — Koń szturchnął ją przyjaźnie łbem, więc wyjęła wędziło, sięgnęła do sakwy i wsunęła mu do pyska kawałek marchwi. Co tam, niech ma.

Pamiętając o poleceniu dowódcy, ruszyła najbliższą ścieżką, rozglądając się bezczelnie. W końcu tego można się było spodziewać po jakiejś ciekawskiej młódce, prawda?

Przed namiotami siedzieli, stali lub trenowali mężczyźni, w większości zbyt młodzi, by zaliczać się do weteranów wojny z Se-kohlandczykami - choć i tych nie brakowało - ale zdecydowanie starsi niż młodzież ćwicząca na placach poniżej. Być może byli z pokolenia, które trafiło na Dalekie Południe jako dzieci, podrostki oderwane od rodzin. Teraz czyścili uzbrojenie - widziała trochę włóczni, mieczy, szabel i toporów, przeważały jednak siekiery, jakieś długie, rozszerzające się na końcach tasaki i coś, co wyglądało jak sierpy i kosy osadzone na sztorc na krótkich drzewcach. Improwizowana broń, dobrze znana komuś, kto dorastał na niespokojnym pograniczu, gdzie widły i cepy ratowały czasem życie. Zresztą tutaj też dostrzegła sporo jednych i drugich.

Przed niektórymi namiotami leżały również pęki długich na piętnaście stóp bambusowych pik, zaostrzonych i utwardzonych w ogniu. Ci mężczyźni, którzy nie zajmowali się bronią, gotowali coś w małych kociołkach, cerowali ubrania, reperowali buty albo ćwiczyli walkę - jeden na jednego, dwóch na dwóch, czterech na czterech.

Zerknęła do najbliższego namiotu i, tak jak się spodziewała, zobaczyła dziesięć posłań.

Dziesięcioosobowe drużyny, śpiące w jednym namiocie, walczące ramię w ramię, jedzące z jednego kociołka. Niewolnicy przenieśli tu żywcem sposoby szkolenia i taktykę meekhańskiej armii. Ale nie mieli jej uzbrojenia. Jak zauważyła, większość powstańców nie nosiła hełmów, używała za to czegoś na kształt turbanów, a rolę pancerzy pełniły pikowane kaftany, napierśniki z utwardzonej skóry albo kamizele z wielu warstw materiałów. Tarcze też w większości wyglądały na improwizowane osłony sklecone z deszczułek albo wikliny obciągniętej suknem lub skórą. Na środku każdej był jednak wymalowany szkarłatny pysk jakiejś bestii.

Czyli sprawa wyglądała jasno: mimo wygrania wielu potyczek i jednej czy dwóch bitew, powstańcy wciąż rozpaczliwie potrzebowali broni i pancerzy. Armia imperialna odnosiła sukcesy nie tylko dzięki dyscyplinie i taktyce, lecz również dzięki porządnemu i jednolitemu wyposażeniu. Nawet sto warstw materiału okręconych wokół głowy nie zastąpi dobrego, stalowego hełmu.

Zawróciła w chwili, gdy wejście do namiotu głównego uchyliło się i siwobrody weteran zaprosił ich do środka.

— Wejdźcie. Kahel-saw-Kirhu zaraz spotka się z generałem i jego ludźmi. Wasi przewodnicy mogą zostać.

Wnętrze było chłodniejsze, niż Kailean się spodziewała. Panował tu przyjemny półmrok, a kiedy jej oczy przyzwyczaiły się do niego, zaczęła rozróżniać szczegóły. Po pierwsze, żadnego posłania, czyli dowódca niewolniczej armii traktował ten namiot jako swój sztab, a nie symbol statusu. Po drugie, stół pośrodku namiotu nie miał krzeseł ani ław, więc trzeba będzie stać. Po trzecie, przy stole ktoś postawił wysoką na jakieś siedem i pół stopy figurę z czarnego drewna.

Po jaką cholerę właściwie?

Figura błysnęła olśniewającym uśmiechem, zębami białymi jak śnieg, i przemówiła w bezbłędnym, choć dziwnie akcentowanym meekhu:

— A oto sławny pogromca ludzi-koni i jego oddział, którego prawie połowa to kobiety, ale może być. U nas też kobiety walczą, więc wiem, ile są warte. Kahelle prosił, by was powitać, więc to czynię. Witajcie w obozie Pułku Wilka, pierwszego pułku niewolniczej armii.

To był mężczyzna o skórze czarnej jak smoła, orlim nosie i ostro zarysowanych kościach policzkowych. Włosy miał ostrzyżone krótko, ledwo na palec, przy skroniach już szpakowate. Szeroki uśmiech zmiękczał jego drapieżne rysy, ale i tak ten wzrost! Na szeroki zad Szarowłosej, nawet Janne sięgałby mu ledwo do ramienia.

Kha-dar skłonił się leciutko.

— Genno Laskolnyk, jak zapewne już wiesz. A ty to...?

— Wybaczcie, och wybaczcie. — Czarny mężczyzna rozłożył szeroko ręce. — Jestem Uware Lew, pan Bawolego Rogu plemienia Guawe z Uawari Nahs. W tej chwili jestem gościem Krwawego Kahelle, podobnie jak i wy. To zaszczyt.

— Pan bawolego rogu? — Lea była chyba przekonana, że mężczyzna będzie mówił dalej i ją zagłuszy albo że ona sama dyskretnie szepcze. — Dlaczego mężczyźni zawsze zaczynają od najgłupszych przechwałek?

Kocimiętka parsknął śmiechem, po nim Faylen, Dag i sam Laskolnyk. Po chwili śmiali się wszyscy z czaardanu, tylko Lea stała, milcząc i czerwieniejąc się coraz bardziej. Wtedy rozległ się dźwięk, który musiał mieć moc odstraszania nocnych demonów. Uware Lew zaśmiał się na całe gardło, głowę odrzucił w tył i rechotał, aż zdawało się, że ściany namiotu zaczynają drżeć.

Gdy ucichł i otarł oczy, popatrzyli po sobie, przybysze z dalekiego Imperium i czarnoskóry wielkolud. Uczucie przytłaczającej obcości gdzieś się ulotniło.

— Mała jak nóż do skórowania i równie ostra — Uware zagadał pierwszy. — Jak masz na imię?

Kocimiętka otarł wąsy i zaczął:

— To jest...

— Sama powiem. Jestem Lea Kameney z Harundynów. — Lea wyprostowała się na całe swoje pięć stóp. — Łuczniczka z czaardanu Laskolnyka.

— Witaj, łuczniczko z czaardanu Laskolnyka. Oby twe dni płynęły spokojnie, a stada zawsze były tłuste. W tych czasach rzadko mam okazję do śmiechu, a ty ofiarowałaś mi go, nie żądając nic w zamian. Jestem twoim dłużnikiem.

W tej chwili jedna ze ścian namiotu uniosła się i do środka weszło trzech mężczyzn. Ten z przodu był szeroki w barach, średniego wzrostu, ubrany w lniany kaftan i takież spodnie, jego towarzysz z lewej nosił sukienne portki i skórzaną kamizelkę, a krzywe nogi mówiły więcej o jego kawaleryjskiej przeszłości niż tatuaż na piersi. Na widok tego tatuażu Kocimiętka sapnął, a Daghena parsknęła jak podrażniona kotka.

Rozwidlona błyskawica.

To był jeden z Jeźdźców Burzy Ojca Wojny. Jakim pokręconym kaprysem losu znalazł się tutaj w towarzystwie...

Aż otworzyła usta. Trzeci z wchodzących miał sześć stóp wzrostu, ciemne włosy zaplecione w krótki warkocz, a jego spodnie i koszulę ozdabiały wzory, które rozpoznałaby z zamkniętymi oczyma.

Verdanno. Jeden z Wozaków. W wieku And'ewersa lub starszy. Czyli mógł pamiętać Krwawy Marsz... I stał spokojnie ramię w ramię z Błyskawicą.

Poczuła czyjeś spojrzenie. Laskolnyk ruchem oczu wskazał jej Wozaka. Oczywiście. Jak tylko będzie okazja, kha-dar.

Ten w środku, pleczysty, odezwał się pierwszy:

— Witajcie. Jestem Kahel-saw-Kirhu, porucznik meekhańskiej armii, zasrany piechociarz, jak byście powiedzieli. To jest — wskazał na koczownika — Pore Lun Dharo, kiedyś dowodził a'keerem Błyskawic. Zresztą sądząc po tych radosnych uśmiechach, pewnie już się tego domyśliliście, ale pamiętajcie, że to przeszłość. Teraz Pore dowodzi tym, co nazywamy naszą kawalerią. I robi to doskonale. A to Kor'ben Olhewar, był *felano* Strumienia obozu Kay'we. Miał pod sobą dwieście rydwanów. Zajmuje się naszymi taborami. Ja jestem dowódcą piechoty. Jak widzicie, mamy tu przegląd wszystkich sztuk wojennych ze Wschodu Imperium, z dodatkiem — skinął głową w stronę czarnego mężczyzny — miejscowego barbarzyństwa.

Uware Lew uśmiechnął się tylko. Wcale nie wyglądał na urażonego.

— Obóz Kay'we dotarł za Amerthę niemal w całości. — Laskolnyk podszedł do Wozaka, wyciągając dłoń i odzywając się w *anaho* — ponad pięćset wozów.

— Ale jego rydwany nie. — Jeśli mężczyzna był zaskoczony, słysząc rodzinny język, nie dał nic po sobie poznać.

— Każda wędrówka ma swoją cenę, jak powiadają. — Kha-dar uścisnął mu rękę. — W obozie mówili, że gdyby nie ich *felano*, w ogóle nie dotarliby do Imperium.

Twarz Kor'bena wypiękniała uśmiechem.

— Tak mówili?

— Właśnie tak.

Laskolnyk odwrócił się i zabrzęczał szybko w gardłowej, twardej mowie Se-kohlandczyków. Koczownik odpowiedział cicho, potem parsknął śmiechem i wyciągnął rękę. Kailean znała ten język pobieżnie, jej se-kohlandzki słownik ograniczał się do kilku przekleństw, ale tutaj chyba żadne nie padło, bo obaj mężczyźni tylko uścisnęli sobie dłonie.

— Możemy mówić w meekhu — powiedział na koniec Błyskawica. — Znam go dobrze.

— Ja też. — Wozak podszedł do stołu i oparł się o niego.

— Jak większość ludzi w tym obozie. — Kahel-saw-Kirhu zamknął dłoń Laskolnyka w swojej. — Meekh stał się w ciągu ostatnich dwudziestu kilku lat drugim po suanari językiem w Konoweryn.

— Słyszałem o tym. — Kha-dar skinął głową. — Kciuk mówił, że ma to więcej wad niż zalet. Nigdy nie wiadomo, kto cię słucha i ile rozumie.

— Kciuk?

— Ogar.

Przywódca niewolników skrzywił się, jakby musiał przełknąć kubek skwaśniałego wina.

— Może o tym później. Przedstawisz nam swoich ludzi?

Podeszli do stołu, na którym leżało kilka sporych arkuszy papieru, pokrytych liniami i znakami. Laskolnyk dokonał krótkiej prezentacji, imię, nazwisko, przy Kocimiętce dorzucił jeszcze stopień wojskowy. Kahel-saw-Kirhu przyglądał się każdemu z nich przez uderzenie serca, kiwał głową, ściskał dłoń. Miał zaskakująco delikatny, ale nie miękki uścisk.

— Miło mi was gościć — rzucił na koniec. — Gdy dotarła tu wieść, kogo spotkał nasz patrol, nie mogłem uwierzyć. Słyszałem o szarży pod miastem w czasie Bitwy o Meekhan. I o rozbitej i zdziesiątkowanej koczowniczej hordzie. Słyszałem też o wszelkich możliwych zaszczytach i honorach, które spadły potem na Genno Laskolnyka, generała i twórcę meekhańskiej Konnej Armii. Powiadali, że gdyby ten cholerny barbarzyńca chciał się wżenić w najszacowniejsze imperialne rody, to ich córki na wyścigi odwiedzałyby jego sypialnię, by mógł je wypróbować i wybrać sobie najlepszą.

Kailean wymieniła spojrzenia z Dag. Coś w głosie Kahela kazało im się mieć na baczności.

— Dlatego nie mogłem uwierzyć, powtórzę, że ktoś taki, jeden z kilku najpotężniejszych ludzi Meekhanu, włóczy się pół świata od Imperium, mając za towarzystwo ledwo garść najemników. To głupie. Nierozważne i głupie tak, że brakuje mi słów.

Oho, czyli do tego zmierzał. Wódz niewolniczej armii nie lubił długich podchodów, szedł niczym pułk ciężkiej piechoty do ataku na wprost.

Laskolnyk wzruszył ramionami.

— Jestem koniarzem. Atakuję wroga, siedząc na grzbiecie wielkiego, złośliwego i śmierdzącego bydlęcia, które może mnie zrzucić i stratować. Nie spodziewaj się po mnie rozwagi. Ale poza tym wierzysz, że jestem tym, za kogo się podaję, prawda?

— Widziałem cię, generale, i za przeproszeniem, takiej gęby się nie zapomina. Nasz pułk szedł na północ, pod Lasawerię, a ty przyjechałeś z rozkazami, że te dwie chorągwie konnicy, które mieliśmy jako wsparcie, mają zostać. Pięć dni później pędzili mnie już batogami na wschód.

— Masz żal?

— Nie. Nawet dwa pułki jazdy by nam nie pomogły, nawet pięć. Natknęliśmy się na samego Yawenyra, nikt się go tam nie spodziewał, zresztą, to stare dzieje. Ale pamiętam cię, a i kilku innych ludzi, którzy widzieli na własne oczy Genna Laskolnyka, potwierdziło, że to ty. W tym Luka, a jemu ufam bez zastrzeżeń. No więc nasuwa się pytanie. Co tu robisz, generale?

Kailean wymieniła spojrzenie z Dagheną. Może nareszcie się dowiedzą. Kha-dar był ostatnio bardziej małomówny niż zwykle: jedziemy na południe, trzeba się rozejrzeć, gasić pożary, służyć Imperium, i takie tam pierdoły. Więc pojechały, choć ich służba jak na razie polegała na odparzaniu sobie tyłków i odpędzaniu chmar latających krwiopijców. Więc może teraz...

— Rozglądam się — generał zgasił ich nadzieje tymi dwoma krótkimi słowami. — W Imperium są ludzie, którzy z dużym niepokojem śledzą wydarzenia na Dalekim Południu. Zwłaszcza sposób, w jaki traktuje się tu niewolników. Nie tylko meekhańskich.

Omiótł wzrokiem Błyskawicę, wozackiego dowódcę taborów i czarnego wojownika.

Pore Lun Dharo parsknął i przez chwilę wyglądało na to, że splunie na stół.

— Długo ci ludzie czekali. Długo. Jak krwawiliśmy pod batami nadzorców, jak nasi synowie trafiali do kopalń, a córki do burdeli, jak Trzciny urządzały na nas polowania, to nikt się nie interesował. Nie niepokoił. Dopiero teraz, gdy nie ma komu przypraw zbierać i jedwabników doglądać, nagle się niepokoją. Meekhańscy kupcy martwią się, że karawany nie pojadą na północ, że statki nie opuszczą portów z ładowniami pełnymi pieprzu, szafranu i jedwabiu?

Laskolnyk spojrzał mu w oczy. Twardo.

— Musieliśmy się pozbierać po wizycie pewnych dzikich gości ze Wschodu. Odbudować miasta i wsie, obsiać na nowo pola, zaludnić zdziesiątkowane prowincje. Ale, jak rozumiem, tutaj to już przeszłość.

— Zgadza się — Kahel-saw-Kirhu położył rękę na ramieniu koczownika. — I nie wracamy do tego. Ale wielu ludzi może mieć żal, generale, że Imperium tak długo czekało na wykonanie jakiegokolwiek ruchu. I nie chodzi im o wysłanie armii, nie jesteśmy głupcami. Ale mogło zrobić coś... cokolwiek, na pewno były inne drogi, by wpłynąć na tutejszą politykę wobec niewolników.

Jego uśmiech wyglądał jak wycięty na twarzy tępym ostrzem. Następne słowa kha-dara wstrząsnęły nie tylko Kailean.

— A kto wspierał tutejszego księcia i jego młodszego brata w drodze do tronu? Sądzisz, że zadecydowała tylko czystość krwi Sameresa Trzeciego? Jak to się stało, że po tylu latach pojawił się książę, który zaczął luzować niewolnicze obroże? Czyje noże pilnowały, by jego najwięksi wrogowie i konkurenci zapukali do Domu Snu? Czyje złoto sprawiało, że niechętna szlachta miękła, a cechy rzemieślnicze nie protestowały zbytnio, gdy wprowadzał prawa łagodzące los niewolników? A drugi z braci? Laweneres? Ślepiec na kopcu żmij, a przecież utrzymał się dość długo, by jego kochanka objęła władzę.

Wszyscy w namiocie, nawet członkowie czaardanu, gapili się na Laskolnyka, jakby nagle zaczął latać i gadać w obcych językach. Niewypowiedziane pytanie zawisło w powietrzu. Właściwie jak głęboko generał jest zaangażowany w działania imperialnych tajnych służb? Ile wie? Ile może? W czyim imieniu przemawia?

Mężczyzna uśmiechnął się, jakby wyczuwając, jakim tokiem płyną wszystkie myśli.

— To oczywiście plotki. Imperium z całą stanowczością zaprzeczy oskarżeniom, jakoby próbowało wpłynąć na politykę państw, których wolność i niezawisłość ceni sobie najbardziej na świecie. Handel i dobre stosunki z krajami Południa są dla nas najważniejsze, a przecież tutejsze księstwa nie są winne temu, że koczownicy sprzedawali im tylu meekhańskich niewolników.

Kailean aż zamrugała. To nie był jej kha-dar, prosty, trochę szorstki dowódca z niesamowitym szczęściem i cudowną ręką do koni. Ten mężczyzna przemawiał głosem gładkim i śliskim jak natłuszczony jedwab. Ubrać go w złotogłów, dać do ręki kryształowy kielich, a nie rozpoznałaby go wśród innych arysto kratycznych błaznów.

Przecież on przez co najmniej kilkanaście lat brylował w stolicy – przypomniała sobie – sam o tym mówił. Przyjęcia, wyścigi, pojedynki, intrygi i polityka. Ile by przeżył, gdyby nie potrafił brylować wśród starej i nowej arystokracji niczym jeden z nich? Powiedział, że miał tego dość i uciekł na Wschód, lecz może wcale nie uciekł? Może to była część gry, którą toczył?

Kahel-saw-Kirhu chrząknął, przełamując ciszę, jaka zapadła po ostatnich słowach Laskolnyka.

— Kochanka Laweneresa nie objęła władzy, tylko ją zdobyła. Krwawo, walcząc w Oku Agara na śmierć i życie z Obrarem z Kambehii. A sam Laweneres od dwóch miesięcy nie odzyskał zmysłów.

— Słyszałem. Słyszałem też, że ktoś poderżnął gardło jego bratu, spróbował porwać jego samego oraz wsparł pretensje Obrara do tronu. I tylko nie wiadomo, kto to był. To jedna z tych rzeczy, których chciałbym się dowiedzieć. W tym kraju niewolnicy są wszędzie, nie tylko na polach, ale też w pałacach, domach kupieckich, warsztatach. Mają oczy i uszy. A najważniejsze, mają rozumy. Dziesięć lat działań ludzi, którzy chcieli zmienić Południe bez rozlewu krwi, zostało unicestwione w kilka miesięcy. A wierz mi, są tacy, stojący poza Norą i Psiarnią, którzy nie zapomnieli o setkach tysięcy swoich poddanych cierpiących w łańcuchach.

Gdyby oczy były lampami, och, gdybyż oczy były lampami, to ogień, który zapalił się w źrenicach porucznika, rozświetliłby cały namiot.

— Cesarz?

— Cesarz nie zrobi nic, co naraziłoby na szwank interesy Imperium — w głosie Laskolnyka znów pojawiły się jedwab i koronki umoczone w oliwie. — Wszelkie plotki o tym, jakoby jego wysokość angażował się w działania mające wpływ na wewnętrzną politykę naszych przyjaciół, są oszczerstwami.

— Więc czego teraz chce... czego ty chcesz, generale? Po co tu przyjechałeś?

— Po wiedzę, jak już wspomniałem. — Kha-dar był znów sobą, spokojnym, rzeczowym oficerem. — O części tego, co mnie ciekawi, już się dowiedzieliście, a jeśli chodzi o resztę... o was w szczególności... Dobrze by było, gdybym wiedział, jakie macie plany, oczekiwania i nadzieje. Nie możecie tkwić na tych wzgórzach, karmiąc ludzi zdobyczną koniną, bo Konowerczycy i inni w końcu zmądrzeją i przestaną na was posyłać jazdę. Poza tym pewnie wkrótce sól wam się skończy.

Krwawy Kahelle uśmiechnął się. Leciuteńko, ale to był pierwszy szczery uśmiech, jaki Kailean u niego zobaczyła.

— Pod Pomwe nie poszedłem po koninę, ale wziąłem sól i beczki, bo wiedziałem, że będzie jej dużo. Zawsze jest dużo, gdy jazda popieści się z kozłami i czworobokiem pikinierów.

— Więc po co wydałeś im bitwę?

— Widziałeś, co zrobili? Widziałeś mury miasta?

— Tak. Zemsta?

— Też. Ale oni nie poprzestali na wymordowaniu własnych niewolników. Mieli tysiąc Słowików i dwa tysiące najemników na koniach i zaczęli polować na naszych ludzi. Wysyłali patrole po dwieście, trzysta koni, urządzali łowy na grupy, które do nas uciekały. Wieszali ich na miejscu albo w mieście. W promieniu pięćdziesięciu mil od Pomwe żaden niewolnik nie mógł być pewien swojego losu. Tamtejsza rada miejska płaciła złotem za głowę każdego zabitego.

— Kciuk nic mi o tym nie powiedział.

— Ten z Psiarni? Więcej zrobili dla nas meekhańscy kupcy niż Ogary.

— Jak?

— Co?

— Jak pomagają wam kupcy? I którzy?

Stojący przy stole mężczyźni wymienili spojrzenia. Nie. Takich informacji nie przekażą nikomu. Nawet gdyby stał przed nimi sam cesarz.

— Ci ludzie ryzykują życiem. Niektórzy z nich nawet życiem zapłacili. A jak? Informacjami i pieniędzmi. Złotem i srebrem.

— A wy kupujecie za nie...?

— Jedzenie, żelazo, z którego można wykonać broń. Leki. Gotową broń też. Tutaj pod każdym większym miastem jest karawanseraj, a w nim strażnicy karawanowi, najemnicy, byli żołnierze szukający przygody. Część z nich ma zapasową broń, niepotrzebną na co dzień. Część ma dość rozumu, by wiedzieć, że póki trwa powstanie, póty kupcy nie ruszą na północ. Więc może lepiej sprzedać zbędny ekwipunek, niż patrzeć, jak pokrywa się rdzą? Poza tym... niektórzy miejscowi handlarze sprzedadzą ci wszystko, jeśli dobrze zapłacisz. A my płacimy żywym kruszcem.

— Ile kompanii dasz radę tak uzbroić?

— Niewiele. Polegamy głównie na tym, co zdobędziemy i zrobimy sami.

— I co planujecie? — Laskolnyk nie pozwolił mu dłużej zbaczać z tematu. — Jak długo zamierzasz tutaj siedzieć?

Niespodziewanie odezwał się Uware Lew, i to chyba, co zasugerował lekki grymas na twarzy Kahela-saw-Kirhu, wbrew intencjom reszty powstańczych dowódców.

— Dwa księżyce — wymruczał czarny olbrzym. — Za dwa... w meekhu to będzie miesiące, tak? Za dwa miesiące i dziesięć dni zacznie się pora deszczów. Może dzień wcześniej lub później, ale zacznie się na pewno. Będzie padać, co dzień dłużej, aż w końcu przez miesiąc będzie lało bez przerwy. Trudno się żyje w tych lasach nawet teraz, a w czasie pory deszczowej zupełnie się do tego nie nadają. Nie da się polować, uprawiać ziemi, podróżować. Wszystkie dróżki zmieniają się w błoto, robactwo wyłazi z każdego zakamarka, pojawiają się choroby, gorączka, biegunka, śmierć. Musimy stąd ruszyć najpóźniej za dwa miesiące albo zostawimy tu swoje kości.

Kailean patrzyła. Na grymas na twarzy Krwawego Kahelle, na złe spojrzenie Błyskawicy, gniewny, odruchowy gest Kor'bena

Olhewara. I wszystko to wycelowane było w Uware. Zerknęła na Laskolnyka. Czy on też widział ten konflikt? Linię podziału. Dowódcy buntowników nie zgadzali się ze sobą.

— I dokąd zamierzacie iść? — Laskolnyk założył ręce na piersi, wydął wargi, parsknął. — Połowa Dalekiego Południa stoi w ogniu, a do cholery, wszyscy o was słyszeli. Wszyscy wiedzą, że największe zgrupowanie zbuntowanych niewolników ukrywa się na wzgórzach na pograniczu Konoweryn i Wahesi. Po drodze mijaliśmy słupy milowe z napisami „Do powstańców tędy". Jesteście sławni. Matki straszą dzieci opowieściami o tym, jak pod Pomwe zniszczyliście dziesięciotysięczną armię, a ponoć książę Wahesi moczy się na samą myśl o niezwyciężonych hordach zbuntowanych niewolników u swych granic. I dlatego wszyscy, każdy niewolnik, który zdejmie obrożę, podąża na zachód. Do was. Za dwa miesiące możecie tu mieć dwieście tysięcy ludzi, może więcej, może ćwierć miliona. I co wtedy zrobicie? Gdzie pójdziecie?

Odpowiedziała mu cisza oraz spojrzenia gniewne i twarde jak kamienie ciskane zza węgła. Kailean przenosiła wzrok między dowódcami niewolników, szukając jakiejś wskazówki – mają plany, dalekosiężne i przebiegłe, czy też po prostu dają się nieść fali wydarzeń? To... miasto w dżungli wyglądało na dość sprawnie zarządzane, warowne obozy, place ćwiczeń, warzywniki, kurniki i studnie, mogła się założyć, że gdzieś głębiej w lesie znalazłaby wykarczowane polany, na których trzymano zwierzęta, w końcu niewolnicy mieli własną konnicę i tabory. Ale to wszystko było cholernie tymczasowe – niemeekhańskie. Drewno, trzcina i szmaty. Więc dokąd zamierzali poprowadzić tę swoją armię?

Kahel-saw-Kirhu uśmiechnął się jako pierwszy, ale nie był to uśmiech, który mógłby jej się spodobać.

— To za mało, generale. Nie zadziała na mnie magia nazwiska pogromcy Se-kohlandczyków, wybawcy Verdanno i zaufanego człowieka cesarza. Nasze plany są konkretne, wiemy, co chcemy osiągnąć. Wolność. Wolność dla wszystkich, którzy zechcą zdjąć obroże, dołączyć do nas i wspólnie o nią walczyć. Ale też... — zahaczył wzrokiem o czarnego olbrzyma — ... są dość giętkie, by nie raz i nie dwa zaskoczyć naszych wrogów. Jeśli jednak myślisz, że przyjdziesz tutaj, błyśniesz nazwiskiem, wilczym uśmiechem i kilkoma sugestiami, a my padniemy na kolana, wznosząc dziękczynienia do Matki, bo Meekhan sobie o nas przypomniał, to chyba od jazdy na koniu mózg ci się zlasował.

W miarę jak wódz niewolników mówił, jego ramiona prostowały się, a głos nabierał ostrości. Kailean wiedziała już, że czar nazwiska Laskolnyka rzeczywiście na niego nie działał, otrząsnął się już z zaskoczenia i podjął decyzję.

— Wiemy, że Imperium nie wyśle nam na pomoc armii. Nie tylko dlatego, że to daleko. Meekhan sprzedaje tutaj stal, miedź, cynę, porcelanę, szkło i wiele innych towarów, w zamian za przyprawy, bawełnę, jedwab, złoto i klejnoty. Więc zgodzę się z Pore Lun Dharo, że nasz bunt jest wielu ludziom w Imperium nie na rękę. Nie! — Krwawy Kahelle uniósł obie dłonie w górę, ucinając ripostę Laskolnyka. — Nic nie mów. Jesteśmy z pokolenia, które zaznało zdrady. Gdy wstępowałem do armii, przysięgałem słowami „i towarzysza w boju nie opuszczę". Pamiętasz? Rota brzmi tak samo dla piechoty i jazdy. Sądziłem, że ta przysięga chroni także mnie. A jednak opuszczono nas. Przez te wszystkie lata z niewoli wykupywali się szlachcice, bogaci kupcy i rzemieślnicy, ale o takich jak ja, chłopów i zwykłych żołnierzy bez koneksji, nikt się nie upomniał. O takich jak oni — skinął głową na towarzyszy — też nie. Dopiero gdy zeszliśmy z pól, wypełzliśmy z kopalń, gdy podpaliliśmy plantacje i zniszczyliśmy warsztaty... dopiero teraz Imperium sobie o nas przypomniało. Gdy usłyszałem, że tu jesteś, pomyślałem — potężne dłonie zacisnęły się w pięści — pomyślałem, że może coś się zmieniło. Ale ty przyszedłeś i masz tylko pytania. Jak? Co? Gdzie? Ostatniego takiego, który kręcił się po obozach i je zadawał, kazaliśmy...

— ... zakopać w mrowisku. — Uware Lew zmierzył ich lodowatym spojrzeniem. Podobne spojrzenia mieli pozostali dowódcy niewolniczej armii, gdzieś zniknęli serdeczni gospodarze, a Kailean uświadomiła sobie, że ona i reszta czaardanu są tutaj sami, w środku obozu, tylko w ósemkę. — Przestał krzyczeć, nim słońce pokonało ósmą część drogi na niebie. Słabeusz.

Kahel-saw-Kirhu westchnął, rozluźnił dłonie i kontynuował:

— Jeśli jesteś tu z polecenia cesarza, to musisz mieć z nim jakiś kontakt. Może magią, a może potrafisz po prostu głośno krzyczeć, nie wiem, ale powiedz mu... powiedz, że potrzebujemy czegoś więcej niż słów. I że nie ma tu meekhańskich i innych niewolników. Są tylko niewolnicy. Noszący obroże. I że jeśli Imperium mogło cię tu wysłać z przeszło sześcioma setkami żołnierzy, to może ich też przysłać sześć tysięcy. Albo dziesięć. To będzie siła, która co prawda nie pobije Południa, ale z którą wszyscy będą się tu liczyć. Bo tutaj i teraz liczy się tylko to, ile mieczy masz za sobą. Ile szabel i łuków. Więc... — Westchnął jeszcze raz. — Zbliża się wieczór. Nocą nie poślę was w drogę powrotną. Zostańcie. A jutro opuścicie obóz i wrócicie do Białego Konoweryn. Nie zapytałeś, generale, co możesz dla nas zrobić, choć na pewno chciałeś, mam rację? — Gorzki uśmiech wykrzywił twarz byłego porucznika. — Potrzebuję kogoś, kto przekaże od nas wieści Pani Płomieni. A teraz odpocznijcie. Możecie rozglądać się po obozie Pułku Wilka, ile chcecie, możecie rozmawiać z ludźmi, oglądać ich uzbrojenie, patrzeć, jak ćwiczą. Nie wolno wam jednak wyjechać za wały. Nie macie śladów po obrożach na szyjach. A rankiem poproszę cię na rozmowę, przekażę moje poselstwo i dam ludzi, którzy odprowadzą was pod Pomwe. Dalej poradzicie sobie sami.

Odwrócił się.

— Luka pokaże wam, gdzie będziecie nocować i gdzie możecie oporządzić konie. Idźcie już.

Rozdział 14

Rewelacje Szczura potwierdził Velergorf, który uparł się, że sam je sprawdzi. Kenneth pozwolił na to, wysyłając wraz z nim pół tuzina ludzi z bronią w ręku. Wytatuowany dziesiętnik pojawił się na górze po dwóch kwadransach, przynosząc jeszcze kilka przedmiotów: drewniany kubek i łyżkę, muszlę, która chyba pełniła kiedyś funkcję pucharu, bo wyposażono ją w przemyślną podstawę, garść przewierconych na wylot kamyków, kawałek szmaty z grubo tkanego, szorstkiego materiału.

— Szczur ma rację — powiedział, gdy Kenneth i reszta dziesiętników zebrali się razem. — Ktoś zabarykadował się, podpierając drzwi deskami wyrwanymi ze stołów, a potem wspiął na półkę pod ścianą, by wyrąbać drogę na zewnątrz. Nie wiem, ile czasu im to zajęło, bo pokład ma w tym miejscu łokieć grubości, ale jak człowiek jest przestraszony, to i górę na wylot przekuje.

— Im?

Dziesiętnik pokazał jeszcze raz swoje znaleziska.

— Kubek, mały jak dla mężczyzny, a tu, widzicie, wyrzeźbione jakieś kwiatki i ptaszki, głowę dam, że należał do kobiety. Ta muszla za to jest duża, na oko ma kwartę pojemności, a jej wzory? Harpun, jakaś zębata ryba, potwór z mackami. Pił z niej mężczyzna. Paciorki z kamyków, byle jakie, zupełnie jak zabawka dla dziecka. Widzicie?

Teraz widzieli. Jasno i wyraźnie. Tylko co to im dawało?

— Dokąd prowadzą te zabarykadowane drzwi?

— Jedne tam. — Dziesiętnik wskazał na rufę. — A drugie w przeciwną stronę, panie poruczniku. Oba dodatkowo oklejono żywicą, tak że praktycznie wrosły w odrzwia. Jeśli chcemy sprawdzić, przed czym je zamknięto, to trzeba będzie rąbać — zawahał się. — A chcemy?

Spojrzenia podoficerów stały się czujne, ostrożne. Byli żołnierzami. Żołnierze zazwyczaj nie szukają sami kłopotów, bo wojskowe doświadczenie mówi, że ciekawość to najkrótsza droga do kawałka stali w bebechach.

Kenneth zacisnął wargi.

— Jesteśmy na chędożonym statku, który wywiózł nas już pewnie ze sto mil na wschód. Płyniemy wzdłuż Wielkiego Grzbietu, zresztą w kierunku, w którym mieliśmy się udać, co jest prawie zabawne. Ale za osiem, może dziesięć dni miniemy góry, a nikt nie wie, jakie ziemie i morza znajdują się na północ od Olekadów i wozackiej wyżyny, a ja wolałbym tego nie sprawdzać jako pierwszy. Nie wiemy też, kto steruje tym statkiem, nie wiemy, dlaczego wzbudził on taką furię Pani Lodu. Nic nie wiemy. Ale mamy jedzenia na siedem do dziesięciu dni, potem zostaną nam psy i rzemienie.

Większość strażników skrzywiła się na samą sugestię. Psy były... właściwie członkami oddziału.

— Zaczniemy od tych aherskich. A, właśnie, straciliśmy sanie z większością zapasów dla zwierząt. Od teraz dostają po połowie dziennej porcji. My też. Wody nam nie braknie, póki możemy topić lód i śnieg. Jednak najważniejsze jest to, że nie powinniśmy tu siedzieć i czekać na cud. No, chyba że któryś z was ma pomysł, jak wydostać się stąd, nie tonąc i nie zamarzając. Słucham.

Milczeli przez chwilę, wreszcie Andan uniósł rękę.

— Tratwy?

Myśleli już o tym z Velergorfem, gdy wczoraj rzucali kawałki drewna do wody i patrzyli, jak znikają za statkiem.

— Burta ma co najmniej osiemdziesiąt łokci. Statek płynie szybko jak biegnący człowiek i przedziera się przez morze pełne kry i gór lodowych. Wszystko, co opuścimy na wodę, zostanie strzaskane w kilka chwil.

— Może zwolni.

— A może pofrunie, Andan. A jakby nawet nam się udało, to co? Chcesz dryfować na kilku kłodach pośrodku tego oceanu? A może umiesz żeglować? To byłaby niespodzianka, dziesiętniku.

Krępy podoficer machnął ręką i wskazał na wejście do komnaty, którą zbadali.

— No to co, panie poruczniku, rąbiemy te drzwi?

Key-Treffer był konkretny, jak zawsze.

— Nie. Powiem więcej, wzmocnimy je jeszcze paroma deskami. Jeśli naprawdę jest tam ciepło i sucho, komnatę możemy wykorzystać jako schronienie.

— Tak jest, panie poruczniku.

— Dobrze, Varhenn. Nie zejdziemy tam wszyscy, powiedzmy, połowa odpoczywa na dole, reszta rozgląda się tu i pilnuje góry. Na zmianę. Mnie interesuje pokład, te resztki słupów, tamte zmiażdżone budowle. Chcę dostać się na rufę, bo na wszystkich statkach tam znajduje się ster.

W ich oczach zapaliło się pytanie.

— On skręcał — wyjaśnił Kenneth. — Gdy uciekaliśmy po lodzie, skręcał i zwalniał. Potem skręcił jeszcze raz, na wschód. A to znaczy, że ktoś nim steruje. Nie ciekawi was kto?

Pokiwali głowami, krzywiąc się ponuro. Ciekawiło. I była to taka ciekawość, która dziurawi skórę i upuszcza krwi.

— Ostatnie pytanie. — Kenneth patrzył na podoficerów, przenosząc wzrok po kolei na każdego. — Jak ludzie? Któryś się łamie?

Velergorf pierwszy wzruszył ramionami.

— Radzą sobie. Póki mają robotę, póty za bardzo nie myślą. Niektórzy się boją, ale to nie jest zły strach, taki, co to odbiera rozum i wysysa siły, lecz dobry, który mówi ostrożnie, nie szalej, tylko myśl. Jeszcze żyjesz i jeszcze jest nadzieja, że wyjdziesz stąd cało. Więc nie jest źle. Inni mówią: przeprowadziliśmy największą na świecie karawanę przez góry, byliśmy i walczyliśmy w Mroku, a potem wydostaliśmy się stamtąd wprost na bitwę między stoma tysiącami koczowników i Wozaków. I wciąż żyjemy. Wielki jak całe miasto statek nie jest przy tym aż tak przerażający, poradzimy sobie i z nim.

„Inni mówią". Oczywiście, dziesiętniku, oczywiście.

Bergh błysnął uśmiechem spod brody.

— To górale, panie poruczniku. Jak widziałeś lawinę zasypującą całą wieś, naplułeś górskiemu niedźwiedziowi w oko albo wspiąłeś się na tysiącłokciowe urwisko, to niewiele potrafi cię przerazić. A poza tym to cholerstwo jest tak wielkie, że łatwo zapomnieć, że to statek. Teraz już prawie nie kołysze.

Korel-dus-Oderah, nowy dziesiętnik Ósmej, pokiwał głową.

— To była dobra decyzja, panie poruczniku, nawet jeśli szalona. Zaatakować pływającą górę... To był dobry rozkaz. Gdyby nie on, karmilibyśmy już ryby. I chłopcy o tym wiedzą.

Kenneth już miał przypomnieć, że nie wszyscy mogą to rozpamiętywać, ale ugryzł się w język. Pożegnali już poległych, a przywoływanie ich z powrotem przynosiło pecha.

— Dobrze. Ale jeśli zobaczycie, że któryś pęka, dajcie znać. To rozkaz.

— Tak jest! — Zasalutowali niespodziewanie sprężyście, po wojskowemu.

— Dobra. Parzyste drużyny niech zejdą na dół, wzmocnią drzwi, a potem ogrzeją się i odpoczną. Można rozpalić ogień, ale tylko tyle, by nagrzać wnętrze i ugotować coś ciepłego. Weźcie kilka kawałków drewna stąd. Tylko ostrożnie, nie chcę pożaru. Psy i drużyny nieparzyste pilnują góry. Jak zjemy, wezmę swoją drużynę i razem z Piątą pójdziemy zbadać tamte budynki na środku statku. Poszukamy też drogi na rufę. Trzecia i Siódma zostają tu, mają oko na Szczury i całą resztę też.

— Jaką resztę, panie poruczniku?

— Jeszcze nie wiem, Cerwes. Ale padlinożercy zazwyczaj obżerają się trupami tych, co to nie uważali na całą resztę.

Udało mu się wywołać kilka krzywych uśmiechów. Dobre i to.

— Do roboty!

***

Poświęcili na badanie dziobu i śródokręcia ponad kilka dni. Kenneth wybrał na zwiad dziesiątkę swoją i Fenlo Nura, licząc na jego talent. W tej chwili tylko ponury dziesiętnik i Moiwa Samreh mieli coś, co można nazwać zdolnościami magicznymi, ale szczurzej czarownicy nie ufał na tyle, by zabierać ją ze sobą. Poza tym miał cichą nadzieję, że znajdą jakieś ślady Boreheda, a zdolność Nura do widzenia duchów była w tym bardziej przydatna niż jakaś Parząca Igła.

Te budynki tworzyły małe miasteczko. Dało się dostrzec regularne uliczki, małe place, a nawet coś w rodzaju rynku. Statek miał w tym miejscu szerokość ponad dwustu jardów, a zabudowania ciągnęły się jak okiem sięgnąć. Ilu ludzi mogło tu kiedyś mieszkać? Dwa, trzy tysiące? Trudno to ocenić, większość domostw została zmiażdżona i najwyraźniej zmieciona z pokładu i tylko niskie zarysy ścian świadczyły o ich położeniu. Tam, gdzie zniszczenia były mniejsze, a w kilku miejscach ostały się nawet całe czworoboki ścian, mogli zauważyć, że niektóre budowle wznosiły się na dwa, a nawet trzy piętra.

W plątaninie mniejszych belek i rozpadających się lin pośrodku miasteczka leżał olbrzymi słup, wyrwany najpewniej z pokładu. Resztki grubej tkaniny, przykrywającej go, niczym całun, zdradzały przeznaczenie konstrukcji.

Maszt.

Jeden z wielu, które najpewniej kiedyś dumnie wznosiły się w niebo.

Wszystkie wykonano z tego samego materiału, co kadłub. Z drewna tak czarnego, że trudno było dostrzec na jego powierzchni słoje, i tak twardego, że trudno było je rąbać. Nawet materiał żagla wyglądał jak utkany z grubych, zdrewniałych włókien.

Zapuszczali się ostrożnie między budynki. Kenneth zarządził marsz ubezpieczony, gdzie każdy żołnierz musi być przez cały czas w zasięgu wzroku co najmniej dwóch innych. Nie wiedział, czy i tu pokład nie jest podziurawiony jak na dziobie, a poza tym gdzieś w głowie ciągle miał obraz komnaty z drzwiami zabarykadowanymi od wewnątrz. Na szczęście uliczki były dość szerokie, by nie musieli stosować jakichś specjalnych sztuczek w stylu wiązania się linami.

Tam, gdzie ostały się ściany, mogli podziwiać precyzję łączenia belek, dokładność wykończenia ciesielki. Ocalałe drzwi idealnie pasowały do ościeżnic, w ścianach nie było szczelin ani dziur. Kilka fragmentów dachów, pokrytych, a jakże, drewnianym gontem, zdawało się nawet oferować w miarę przyzwoitą osłonę przed deszczem i śniegiem. Tu też byłoby niezłe miejsce na obóz, uznał, lepsze niż dziura w kadłubie, skąd nie ma ucieczki. Jeśli dziś nie znajdą drogi na rufę, jutro rano przeniosą się tutaj.

Osęk, jeden z ludzi Fenlo Nura, wszedł do najbliższego budynku, jednego z tych, które zachowały większość dachu i wszystkie ściany. Kenneth obserwował przez drzwi wnętrze pomieszczenia. Miało osiem jardów długości, sześć szerokości, jedno wejście i dwoje okien po przeciwnej stronie, a resztki dachu sugerowały, że nie było wyższe niż zwykła chłopska chata. Również tutaj, podobnie jak w komnacie pod pokładem, stół tkwił przymocowany do podłogi, a ze ścian wyrastały półki. A poza tym wnętrze było jeszcze czarniejsze niż reszta statku.

Osęk przejechał dłonią po blacie, wzbijając w powietrze chmurę czarnego pyłu.

— Paliło się tu. — Rozejrzał się dookoła, podszedł do ściany i zadrapał ją nożem. — Wszędzie się paliło, panie poruczniku. I to całkiem mocno.

Uderzył w jedną z półek, a ta odpadła od ściany w kilku kawałkach.

No, to coś nowego. Podpalenie tego drewna wymagałoby naprawdę dużo oleju, albo użycia magii. A i tak, jak widać, nie uzyskano wiele więcej poza osmoleniem wewnętrznych ścian. Osęk powąchał to, co zdrapał, zmarszczył brwi i - jakby mu nagle coś przyszło do głowy - wsunął próbkę do ust.

— Zgłodniałeś?

— Trochę, panie poruczniku. — Strażnik uśmiechnął się, prezentując poczerniałe zęby. — Poza tym węgiel dobrze robi na rozwolnienie.

— Śpisz dzisiaj na zewnątrz. — Nur przerzucił kuszę do drugiej ręki, sięgnął przez próg do wnętrza pokoju i przejechał palcem po ścianie. — Czy to jest to, co myślę?

Wsunął palec do ust, posmakował, splunął czarną plwociną.

— Sól. Pożar ugasiła morska woda.

To w sumie oczywiste, byli na statku, gdzie do gaszenia ognia nikt nie używałby słodkiej wody, ale mina dziesiętnika wskazywała, że nie całkiem to miał na myśli.

— Mogę coś sprawdzić, panie poruczniku?

— Działaj, tylko żebyśmy cię widzieli.

— Tak jest.

Podoficer dołączył do swojego strażnika, podszedł do futryn po wyrwanych oknach, poświęcił chwilę półkom, zajrzał pod stół. Na kilka uderzeń serca znikł za ścianą, która znajdowała się naprzeciw okien.

— Drzwi otwierają się na zewnątrz?

— To widzę, Nur. I co z tego?

— Niech pan wejdzie i zobaczy.

Kenneth rzucił rozkaz i zanim przekroczył próg, kilkunastu strażników rozstawiło się w ochronny krąg wokół budynku. Podłoga zaskrzypiała pod jego stopami zwęglonym drewnem, poczuł kwaśny, lekko stęchły zapach.

— O co chodzi?

Fenlo pokazał mu stos rupieci leżących pod ścianą. Jakieś drewniane listwy, kilka nadpalonych kubków i coś, co wyglądało jak resztki połamanych krzeseł.

— Zauważył pan, poruczniku, że w żadnym z tych domów nie ma niczego, co przypominałoby łóżko?

— Nie. Ale masz rację. I co to ma do rzeczy?

— Na razie nic, ale warto zapamiętać taki szczegół. Tak myślę. Chcę obejrzeć jeszcze kilka miejsc, bo to, co podejrzewam, jest lekko szalone. Muszę mieć pewność.

Kenneth nauczył się już ufać podejrzeniom swoich ludzi.

— Działaj.

Ruszyli dalej wzdłuż ulicy. Ocalało tu kilka budynków, w lepszym lub gorszym stanie. We wszystkich szalał kiedyś pożar, niekiedy tak intensywny, że ściany dawało się przebić solidnym kopniakiem. W dwóch przypadkach zaś zawaliły się one całkowicie, otwierając wnętrza na deszcz i śnieg.

Nur łaził od ruin do ruin, sprawdzał, smakował zwęglone szczątki, mruczał coś do siebie. Wreszcie zatrzymał się i przez chwilę kontemplował okazały stos resztek zgromadzonych pod ścianą. Kenneth nie poganiał go, bo sam zaczął podejrzewać, do czego dziesiętnik zmierza. Wnioski były jednak tak absurdalne, że lepiej by padły z ust kogoś niższego stopniem.

— Był pożar — odezwał się wreszcie dziesiętnik. — Płonęła cała ulica. Ale ogień wybuchał w środku, zawsze w środku domu, jakby wszyscy jednocześnie podpalili swój dobytek. A potem przyszła fala. Uderzyła stamtąd. — Wskazał lewą burtę. — Przewaliła się przez miasto, wpadała do pokoi przez okna, zmiotła wszystko, co było w środku, pod przeciwległą ścianę i ugasiła ogień. Może to ona zniszczyła resztę budynków, połamała maszty... cholera, nie wiem. Ale że ugasiła płomienie, daję głowę. To dlatego tam, gdzie ściany wytrzymały, okna są wyłamane do środka, a wszystko, co woda zmyła, leży w kupie na ziemi.

Żołnierze zaszemrali, a któryś, chyba Somnel z Piątej, parsknął. Kenneth uciszył ich niecierpliwym ruchem ręki. Nur mówił dokładnie to, co pomyślał on sam.

— Fala? — zapytał dla pewności.

— Tak, panie poruczniku. Fala. Żeby ugasić pożar.

— Ale wiesz, że ten statek ma burty wysokie na jakieś czterdzieści jardów? Albo i wyższe.

— Wiem.

— Jak wysoka musiałaby być?

Z drugiej strony aż takie niedowierzanie nie miało sensu, skoro stali na statku wielkości miasta. W końcu po coś nadano mu aż tak monstrualne rozmiary. Kto wie, po jakich morzach pływał wcześniej.

— Nie musiała być wysoka, człowieku. Może nawet w ogóle nie było żadnej fali.

Tuzin kusz wycelowano w stronę, skąd padły te słowa, zanim wypowiedziano pierwsze trzy z nich, ale Kenneth nawet się nie odwrócił. Tylko jeden osobnik na świecie mówił do niego „człowieku".

— Ty się prosisz o śmierć, szamanie.

— Może. Może śmierć byłaby lepsza od tego, co nadchodzi. Gdybym wiedział... gdybym wiedział, co tu napotkamy, nie prosiłbym was o pomoc, tylko poprowadził plemiona za góry. Nawet bez pozwolenia innych szczepów, nawet na wojnę i śmierć. A teraz... Za późno.

Porucznik spojrzał wreszcie na ahera. Borehed siedział kilkanaście kroków od nich na czymś, co musiało być stosem zwęglonych belek i krokwi. Czarny od sadzy i węglowego pyłu, wyglądał trochę jak dziwaczna, kanciasta figura dziobowa. Oczy miał zgaszone i puste.

— Opuścić broń. Jesteś ranny?

— Nieważne. — Szaman pokręcił głową, znikając na chwilę w chmurze czarnego pyłu. — Straciłem psy — dorzucił ni w pięć, ni w dziewięć — i sanie rozbiłem. Wjechałem za wami i nagle wpadłem w jakąś dziurę. Psy połamały kości, musiałem dobić. Całą noc szukałem wyjścia... pod nami jest miasto... tysiące komnat, korytarze, sale, nawet ogrody... martwe. Wszystko martwe.

— Dajcie mu pić.

Najbliższy strażnik podszedł do szamana i podał mu manierkę.

— Czemu sądzisz, że fala nie była wysoka?

Borehed pociągnął kilka solidnych łyków, zamrugał, w oczach zaświeciło mu się coś dzikiego.

— Uuuch. Gorzałka. Jedna z tych rzeczy, które ludzie robią lepiej niż my. — Pociągnął jeszcze raz. — On nas podjął z morza. Ten statek. Pochylił się na jedną burtę, widziałeś przecież, i pozwolił wjechać na pokład. Gdyby pochylił się mocniej, a potem gwałtownie wyprostował, to mógłby nabrać dość wody, by przetoczyła się przez niego fala.

— Żeby ugasić pożar?

— Może. A może żeby ugasić coś innego. Potem o tym porozmawiamy. Idziecie na rufę?

— Owszem. Tam musi być ster. I sternik.

Szaman wyszczerzył się, pożółkłe kły błysnęły w brudnej twarzy jak dwa sztylety.

— Statki Nieśmiertelnej nie mają sterników. Nigdy nie miały. Zasnąłem, tam, na dole... albo straciłem przytomność... Przyszły do mnie sny... dawne sny dawnych szamanów. Oni widzieli okręty jak ten. Wielkie, czerwone, czarne, złote... Pruły morza na zachodzie, gdy aherowie żyli jeszcze tam, gdzie otwiera się widok na zachodni ocean. Kazano im odpłynąć... zmuszono do tego, a teraz... jeden wrócił. Wzbudził gniew Pani Lodu, a potem porwał nas. Po co?

Głowa Boreheda kiwnęła się z boku na bok. Oczy przymknęły. Manierka wypadła z rąk.

Gdy go ściągnęli ze sterty belek, okazało się, że nie tylko psy połamały kości, wpadając w dziurę. Od pasa w dół ciało szamana wyglądało jak przepuszczone przez młockarnię, a dłonie odarł do żywego, wyczołgując się na górę.

Mimo wszystko żył, choć Kenneth nie był pewien, czy to dobra, czy zła wiadomość. Ale...

— Zabieramy go z powrotem. Wyłamcie tamte drzwi, połóżcie go na nich. Wracamy.

Rozdział 15

Po kilku godzinach gorączkowych narad Usta Ziemi zabrała ją na plac mieszczący się na jednym z tarasów. Był tam lekko wklęsły krąg o średnicy około stu stóp, utworzony z kamieni różnych barw. *Vaihirska* kobieta kazała jej stanąć pośrodku i czekać, po czym cofnęła się na skraj i założyła ręce na piersi. Odchodząc, rzuciła jeszcze przez ramię:

— Pamiętasz, co robić?

— Tak.

— Możesz umrzeć.

— Wiem.

Strach był już za Key'lą. To znaczy czaił się gdzieś z tyłu, wyciągając w jej stronę szponiaste łapy, ale nie pozwoliła mu się objąć. Omawiając z Ustami Ziemi plan ocalenia Kocyka, odkryła, że śmierć jest ostatnią rzeczą, która wzbudza w niej trwogę. Przez ostatnie miesiące widziała tyle jej twarzy, że miała wrażenie, iż stały się dobrymi przyjaciółkami. Bała się, jak każdy, ale bardziej niż śmierci obawiała się poczucia bezradności, jakiego zasmakowała, wisząc na hakach koczowników i patrząc, jak wojenny obóz jej rodaków przegrywa bitwę, bała się, że będzie dla kogoś ciężarem, że ktoś przez nią ucierpi i to będzie jej wina, a potem będzie musiała z tą winą żyć. A tak właśnie miały się sprawy z Kocykiem.

Chcieli go zabić, a to ona zdecydowała, że przyłączą się do Dwu Palców i jego towarzyszy, więc śmierć chłopca spadnie na nią, i jednocześnie uczyni z niej najbardziej bezradną osobę w tej osadzie. Zdaną na łaskę i niełaskę każdego czwororękiego *vaihira*.

Bo, o czym dobrze pamiętała, z ich dwójki *vaihirowie* bali się tylko Kocyka. Bali się jej *kanaloo*.

Bo tym właśnie był, mogła postawić na to własne życie.

Wpatrywała się w rdzawy kamień pod swoimi stopami, słuchając, jak czwororęcy gromadzą się wokół kręgu. W tym miejscu Kocyk miał umrzeć i w tym miejscu ona miała rzucić wyzwanie plemieniu Trzydziestu Dłoni. Jest Verdanno, nie okaże strachu obcym, nie da im satysfakcji. Może i musi zadzierać głowę, by spojrzeć im w twarze, ale to nie znaczy, że pozwoli im patrzeć na siebie z góry.

Uśmiechnęła się i uniosła wzrok.

Otaczali ją kręgiem kamiennych twarzy-pysków, jasnych oczu, w głębi których błyszczała świadomość własnej siły. Większość założyła jedną parę rąk na piersi, drugą opierając na rękojeściach broni, ale był to tak naturalny gest, że nie mogła go wziąć za próbę zastraszenia. Zresztą, kogo chcieliby nastraszyć? Dziecko, które sięga każdemu z nich do pasa?

Krąg *vaihirów* pękł i wprowadzono Kocyka, a Key'lą szarpnął gniew. Chłopcu założono żelazną obrożę, do której przymocowano długi na kilkanaście stóp drąg. Czwororęki, który go trzymał, nawet nie próbował udawać, że jest delikatny, spod obręczy spływały strużki krwi, a Kocyk szedł, na zmianę ciągnięty i popychany, jakby był zwierzęciem na targu. Rozglądał się wokół zdumionym, bezradnym wzrokiem małego dziecka.

Bardziej od tego wzroku ścisnął ją w piersi uśmiech, który rozkwitł na jego twarzy, gdy tylko ją zauważył.

Wykonała gest w anaho'la, którego nauczyła go rozpoznawać: „Wszystko dobrze. Wszystko jest w porządku".

Jak widać, kłamać można w każdym języku.

Jakby na potwierdzenie tej prawdy prowadzący chłopca wojownik szarpnął brutalnie drągiem, prawie przewracając więźnia.

Uśmiechnęła się szerzej, prowokacyjnie, i powiedziała głośno:

— *Sauri-noi rwe. Omanaweri tuaru, omanaweri kage malone.*

Key'la ćwiczyła te słowa tylko godzinę lub dwie, pod okiem Ust Ziemi, lecz doskonale znała ich wagę. Były niczym pochodnia ciśnięta za plecy po przejściu przez most. Dopóki nie padły, *vaihirowie* mogli traktować ją jak kogoś pomiędzy niechętnie przyjmowanym gościem a zwierzątkiem, nad którym się zlitowano i pozwolono mu żyć. Ale gdy powiedziała: „Jestem Słaba Jedna. Domagam się głosu, domagam się sprawiedliwości", rzuciła plemieniu wyzwanie.

Dwa Palce ostrzegł ją, że zabierać głos na wiecach mogą tylko ci, którzy mają po cztery ręce. Tak stanowiło prawo Trzydziestu Dłoni. Inaczej mówiąc, nie jesteś *vaihirem*, milcz. Nie wymienił kary za złamanie tego prawa, ale nie musiał. Dziewczynka sama wychowała się w świecie, którego fundament stanowiły niepisane zasady, im prostsze, tym bezwzględniej przestrzegane.

Dlatego ten, który wiódł Kocyka, zarzucił ją teraz gradem słów, wyciągając jednocześnie dolny prawy miecz, a w kręgu podniosły się groźne syknięcia. Wiedziała jednak, jak na to zareagować. Uniosła obie dłonie i zacisnęła je w pięści – gest oznaczający brak zgody na zabranie głosu przez innego *vaihira*. Zaskoczyła ich, gniewny jazgot umilkł na uderzenie serca, dość, by mogła powiedzieć:

— *Omuli-rech rwai tuaru kome. Malone say'yu?*

„Dwa Palce będzie moim głosem. Czy sprawiedliwość zamilknie?".

Podkreśliła pytanie, opuszczając dłonie. Mowa ciała była u czwororękich równie ważna jak anaho'la u Wozaków.

Więcej nie potrafiła powiedzieć w miejscowym języku, zresztą, jak Usta Ziemi wyjaśniła jej w trakcie pospiesznej nauki, to i tak były najprostsze, najprymitywniejsze zwroty, które nie powinny być w ogóle używane w kręgu wiecowym, ale trudno. Jeśli nie zabiją jej po pierwszym zdaniu, powinni wysłuchać drugiego. A jeśli wysłuchają drugiego, to jest szansa, że Dwa Palce zostanie jej tłumaczem.

— A dlaczego on? — zapytała wtedy. — Dlaczego nie ty, skoro dużo lepiej mówisz w meekhu?

— Bo muszę zrobić to, co dla plemienia jest dobre, ale dopiero wtedy, gdy ono samo mnie o to poprosi. — Uśmieszek *vaihirskiej* kobiety był prawie psotny. — A Dwa Palce zna twój język lepiej, niż chce przyznać.

Towarzysz jej wędrówki wyszedł na środek, zjeżony jak młody ogier, którego pierwszy raz zaprzęgnięto do rydwanu. Błysnął jej tylko oczyma i opuściwszy dłonie na rękojeści swoich żelaznych maczug, stanął za dziewczynką. Zwalczyła pokusę, by oprzeć się o niego w poszukiwaniu poczucia bezpieczeństwa.

— Możesz mówić — zadudnił z góry. — Będę tłumaczył.

Zamiast tego Key'la wskazała na *vaihira* trzymającego chłopca na uwięzi.

— Niech on teraz mówi.

To też miała zaplanowane. Niech mówią ci, którzy czują największy gniew na Dobrych Panów, niech wyleją go z siebie od razu, aż emocje opadną.

Posypały się słowa i prawdę mówiąc, żeby je zrozumieć, nie potrzebowała tłumacza. To były słowa kamienie, słowa strzały, miały ranić i zabijać. Ale ich główny sens krył się w geście, jakim rozgniewany wojownik rozłożył na bok swoje cztery ręce. Szarpnięty gwałtownie Kocyk omal się nie przewrócił.

— Kawałek Żelaza twierdzi, że tylko ci, którzy...

Usta Ziemi była mądra i przygotowała jej odpowiedź i na ten zarzut.

— Powiedz mu, że ja też mam cztery ręce.

— Co???

— Po prostu powiedz.

Jej słowa wywołały konsternację, wymianę zdziwionych spojrzeń i krótkich warknięć towarzyszących obnażaniu zębów. Widziała już te miny i nie bała się ich.

Więżący chłopca wojownik uciszył wszystkich krótkim wybuchem paskudnego śmiechu. Wskazał nie na Key'lę, lecz na Dwa Palce, i wypluł z siebie krótkie zdanie.

— Pyta, dlaczego nie zorientowałem się, że jesteś szalona — dobiegło z tyłu. — A teraz pyta, gdzie twoja druga para rąk.

Dziewczynka wskazała na Kocyka.

— Tam.

Patrzyła tylko na chłopca, ale doskonale słyszała, jak jej gest wywołuje w kręgu *vaihirów* falę pełnych zdumienia szeptów. Nie pozwoliła im ochłonąć.

— Tłumacz — zażądała. — Mówicie, że Kocyk nie jest osobą, zgoda. Ale jeśli on nie jest, to ja też nie. Mówicie, że nie ma duszy, serca, lojalności i współczucia. Może. Widziałam ludzi, którzy też ich nie mieli. Widziałam takich, którzy zabijali i szli dalej, jakby nic się nie stało, i takich, którzy z cudzego bólu uczynili sobie rozrywkę.

Podniosła koszulę, pokazując różowe blizny na piersi i plecach.

Krąg umilkł.

— Jeśli Kocyk nie ma duszy, to ja noszę duszę za nas oboje, jeśli ja nie mam dodatkowej pary rąk, to on nią jest. Razem jesteśmy osobą bardziej pełną niż osobno. Kto z was odbierze mi moje dłonie? I za jaką winę?

Kawałek Żelaza, który, jak dopiero teraz zauważyła, nosił na piersi i twarzy kolekcję blizn, przy której jej własne wyglądały jak zadrapania, wyrzucił z siebie jedno słowo.

— *Owendee* — powtórzył Dwa Palce. — Przepraszam, Słaba Jedna, ale nie umiem tego prosto przetłumaczyć. To oszustwo podszyte bezczelnością i ukryte za brakiem honoru.

Pobliźniony wojownik przemawiał dalej, a jej towarzysz tłumaczył.

— Mówi, że twoje słowa kryją się za podstępnym tchórzostwem. Bo jesteś mała i wiesz, że nie da się ich udowodnić w tańcu żelaza, gdyż nikt nie zmierzy się z tobą, by przekonać się, czy to prawda. Bo nie ma honoru w walce z dzieckiem.

No proszę, a Usta Ziemi prawie przechwalała się, że *vaihirowie* zostali stworzeni do zabijania ludzi. Dzieci też.

Zbliżała się najtrudniejsza część. Choć, prawdę powiedziawszy, *vaihirska* kobieta wątpiła, czy w ogóle dotrą do tego momentu.

Key'la wyjęła zza pazuchy kamień wielkości małego jabłka. Taki, który mieścił się idealnie w dziewczęcej dłoni.

— Zapytaj go więc, czy da radę zabrać mi *oloola*.

Oloola – gra, którą pokazała jej Usta Ziemi. Jeden zawodnik przerzuca między swoimi czterema dłońmi kamień, żelazną kulkę, kawałek drewna, cokolwiek, drugi próbuje przechwycić ten przedmiot. Istnieje kilka zasad, ale trzy są najważniejsze: można sięgnąć po łup tylko jedną ręką, nie wolno dotknąć przeciwnika i nie wolno trzymać *oloola* w dłoni dłużej niż uderzenie serca.

Ktoś w kręgu zaśmiał się nagle. Key'la ze zdumieniem zauważyła, że to Czarny Biały, jego śmiech jednak był niczym iskra, płomień przeskakujący między snopkami suchej trawy.

Po chwili śmiali się niemal wszyscy.

— Mój lud ceni odwagę — zdradziła jej Usta Ziemi. — Odwagę i odrobinę bezczelności również. Lubi także wyzwania i rywalizację. Tacy jesteśmy. Wykorzystaj to.

— *Oloola*. — Key'la zaczekała, aż śmiech ucichnie. — Jeśli nie masz odwagi skrzyżować broni, odbierz mi ten kamień. Ale muszę mieć swoją drugą parę rąk. Chyba że chcesz grać z okaleczonym dzieckiem.

Poszatkowane bliznami oblicze *vaihira* skurczyło się nagle, skrzepło w kamienną maskę. To też nauczyła się rozpoznawać. Kawałek Żelaza był wściekły. Tak wściekły, że gdyby nie uspokajająca obecność Dwu Palców za plecami, Key'la zaczęłaby się obawiać o życie.

Podszedł do niej, ciągnąc Kocyka za sobą. Chłopiec wciąż trochę krwawił, żelazna obręcz rozdarła mu skórę na szyi, ale poza tym wyglądał dobrze. Najwyraźniej *vaihirowie* nie znęcali się nad nim za bardzo, mimo iż uważali go za śmiertelnego wroga. Przyszło jej do głowy, że ich okrucieństwo jest zarezerwowane dla kogoś innego niż dla tych, których uważali za zwykłe narzędzia.

Kawałek Żelaza gniewnym szarpnięciem ściągnął więźniowi obrożę i odrzucił ją na bok.

Kilkadziesiąt mieczy i szabel wysunęło się lekko z pochew, co Key'la złowiła kątem oka, więc natychmiast podeszła do Kocyka, objęła go, przytuliła. Uśmiechnął się i poklepał ją po plecach dłonią uzbrojoną w pazury.

— Musimy zagrać, Kocyku. Jak w łapki.

Zrozumiał, bo oczy zaświeciły mu się radośnie. Nadal nie wiedziała, ile on rozumie z tego, co się do niego mówi, a ile zgaduje z tonu jej głosu, ale kiedy cofnął się o krok i wykonał gest uderzania o coś w powietrzu, była pewna, że przynajmniej jedno słowo rozpoznał i skojarzył.

— Tak. Jak w łapki, ale inaczej. Pokażę ci. — Powiodła wokół wzrokiem. — Muszę mu pokazać, na czym polega ta gra, potrzebuję chwili.

Nikt się nie sprzeciwił.

Dwa Palce został jej partnerem w grze, gdy pokazywała chłopcu, na czym polega *oloola*. To był kolejny trudny moment i wszystko zależało od tego, jak szybko Kocyk pojmie zasady zabawy. Usta Ziemi ostrzegała, że plemię nie lubi czekać zbyt długo, że szybko się znudzi albo uzna, że szkoda czasu na takie głupoty, i każe zabić i chłopca, bo to w końcu *kanaloo*, i Key'lę, bo ośmieliła się odezwać na wiecu.

Liczyła tylko na to, że Kocyk jest bystry – łapki opanował już po kilku ruchach.

Dwa Palce przerzucał kamień między swoimi czterema dłońmi z wprawą, która sugerowała, że *oloola* jest jego ulubioną grą. Góra, dół, z lewej do prawej, po przekątnej i powrotem. Ledwo mogła nadążyć wzrokiem.

Spudłowała raz, drugi. Za trzecim razem wybiła kamień z toru lotu, ale go nie schwyciła. W kręgu czwororękich rozległy się kpiące parsknięcia. Zignorowała je. Po każdej nieudanej próbie odwracała się do Kocyka i kręciła głową, robiąc niezadowoloną minę. Dotknęła ręki *vaihira* – źle, nie cofnęła wystarczająco szybko dłoni i trafił ją kamień – niedobrze.

Chłopiec patrzył, a Key'la zaczęła się modlić bezgłośnie, choć nie robiła tego od wielu dni. Pani Koni, Laal Szarowłosa, pomóż. Jeśli naprawdę Kocyk miał być rozumną bronią, to niech teraz wykaże się rozumnością.

Proszę.

Kamień mknący między rękami Dwu Palców znikł.

Wokół wiecowego kręgu rozległo się głośne „Oooch".

Skupiona na modlitwie Key'la nie zauważyła, kiedy Kocyk stanął za nią ani kiedy wysunął swoje ręce nad jej ramionami. Kamień zatańczył między jego dłońmi, a pazury zdawały mu się w ogóle nie przeszkadzać; okrągły kawałek skały przeskakiwał z jednej jego ręki do drugiej z taką prędkością, że wyglądał jak szara smuga.

Dwa Palce sięgnął po zdobycz – za wolno – Kocyk przerzucił ją w dół, do ręki Key'li – dziewczynka poczuła uderzenie o dłoń, mocne, piekące – i od razu posłała *oloola* z powrotem, po przekątnej.

Po chwili kamień przeskakiwał między dłońmi jej i chłopca tak, jakby bawili się w tę grę od urodzenia. Miała wrażenie, że Kocyk poprawia wszystkie jej błędy, w pół ruchu przejmuje za słabo albo niecelnie odrzucony pocisk, a wszystko robi tak szybko, że Key'la nawet nie próbowała śledzić kamienia wzrokiem. Sam rzucał celnie i bardzo mocno, dłonie ją bolały, ale wystarczyło, że trzymała je otwarte, a kamień sam trafiał we właściwe miejsce.

Skupiała się na łapaniu i odrzucaniu *oloola* tak bardzo, że aż prawie zapomniała o oddychaniu, ale ani razu nie popełniła błędu. Uderzenie w dłoń i odrzucenie kamienia – to było teraz najważniejsze.

Dwa Palce ponownie sięgnął po *oloola*, spudłował, trzecia i kolejne próby też zakończyły się fiaskiem. Jego dłonie raz po raz szarpały się do przodu i wracały puste.

Nagle *vaihir* cofnął się o dwa kroki, pokiwał głową i nagle jego ręce wykonały powolny, skomplikowany ruch, kończący się na rękojeściach broni. Nie wiedziała, co to znaczy, ale mina Dwu Palców wyrażała szczere uznanie.

— *Oloola* jest twoje, Słaba Jedna — powiedział i zaraz dodał pełnym głosem — *sauri-noi tab gre oloola.*

Krąg zaszumiał.

Key'la złapała kawałek skały w pulsującą gorącym bólem dłoń i przycisnęła do piersi. Skinięciem głowy wskazała Kawałkowi Żelaza miejsce przed sobą.

— Zagramy?

Nie potrzebowała tłumacza.

Wyzwany nie zmienił wyrazu twarzy, wciąż kamiennej, wciąż wściekłej, za to lekko się wysunął i schował cztery miecze do pochew - nie rozpoznała tego gestu - po czym uniósł dwie górne dłonie. Ten już znała, Kawałek Żelaza domagał się głosu.

Śmiech umilkł, a on zaczął przemowę. I tu też nie potrzebowała tłumacza, bo co chwilę padało groźne i ciężkie *kanaloo*, słowo, które miało moc ostrza ukrytego za plecami.

Kanaloo to, *kanaloo* tamto - pokryty bliznami *vaihir* nawet nie zadał sobie trudu, by wskazywać na Kocyka. Po co? Wszyscy wiedzieli, o kogo chodzi, i wszyscy, ona też, dokładnie wiedzieli, dokąd ta przemowa zmierza.

Czy zapomnieliście, kim on jest? Czy nie pamiętacie, skąd pochodzi? To zabójca ze stajni naszych wrogów, słuchający tylko swoich panów, gdy ci go wezwą, pójdzie do nich, gdy każą mu zabijać, wyciągnie szpony po nas. Nie ufajcie mu ani tej dziewczynie.

Wokół nich zaczął się gwar. Szepty, spojrzenia i krótkie gesty pełzały po okręgu, a Key'la wiedziała, że mimo iż zyskali trochę sympatii, może uznania, to jeszcze wcale a wcale nie wygrali.

Najtrudniejsza rzecz była przed nią.

Przed nimi.

Odwróciła się do Kocyka, dotknęła delikatnie jego uzbrojonej w dziwaczną konstrukcję dłoni. Bransoleta oplatająca nadgarstek, pierścienie, po dwa na palcu i jeden zdobiący kciuk, oraz druty je łączące wydawały jej się nienaturalnie zimne, wręcz lodowate. Nakładki na szczycie palców, zakończone rysimi szponami, również. Za to skóra między nimi była tak gorąca, że niemal parzyła.

Kocyk obserwował ją uważnie, jego jasne oczy błądziły po jej twarzy. Po raz pierwszy przyszło jej do głowy, że jest całkiem ładny jak na chłopca. Ładniejszy niż większość tych, których znała.

Zdecydowanym ruchem położyła sobie jego dłoń na piersi tak, że ostrze przymocowane do środkowego palca spoczęło w zagłębieniu nad mostkiem. Przycisnęła mocniej pazury.

— Zabij — powiedziała głośno.

W kręgu czwororękich wielu musiało znać meekh, bo cisza i bezruch rozlała się wokół, jakby ktoś rzucił zamrażający wszystkich czar.

— Zabij — powtórzyła i zrobiła krok naprzód, ale chłopak zdążył się cofnąć, i tak szli przez kilka jardów, jak sklejeni ze sobą. Ona trzymała go za rękę, on, z twarzą, z której nie dało się wyczytać nic a nic, cofał się i tylko jego oczy robiły się większe i większe.

Wyrwał jej się nagle, bez żadnego problemu zresztą, i odskoczył w bok. Jednym ruchem złapał się za gardło, pazury zamknęły się na szczupłej szyi, a ku dziewczynie wyciągnął drugą rękę, jakby chciał cisnąć w Key'lę kamieniem, którym jeszcze chwilę temu grali.

Odchylił głowę, zamknął oczy, a strużka krwi zabarwiła jego szyję.

— Nie!!!

Nie sądziła, że potrafi tak głośno wrzasnąć, nie sądziła, że może być tak szybka ani tak silna. Dopadła go, złapała za lewą rękę, nie, nie złapała, wczepiła się w nią obiema dłońmi, zaciskając palce na drutach i pierścieniach, i pociągnęła. Przewrócili się na kamienne płyty, nawet nie poczuła rozdartej skóry, ciągnęła tylko z całej siły jego śmiercionośną dłoń w dół.

Przetoczyli się tak, że znalazła się nagle na górze, wciąż próbując odciągnąć mu rękę od gardła i wrzeszcząc:

— Nie! Nie!! Nie!!! Zostaw! Nie wolno! Nie! Mój! Mój! Jesteś mój!!!

Zachłysnęła się krzykiem i nagle oczy wypełniły jej się łzami, a gardło szlochem, i obie te rzeczy wyrywały się na zewnątrz. Dni wypełnione wędrówką przez obce krainy w towarzystwie równie obcych istot, strach, ból, samotność, poczucie straty i niesprawiedliwość, wszystko to wezbrało w niej i w końcu wybuchło, bo Kocyk był ostatnią osobą, która łączyła ją z własnym światem, z rodziną i plemieniem. Należał do niej i nikogo innego!

— Mój! — Oderwała wreszcie szponiastą dłoń od gardła chłopca, przycisnęła mu jedną rękę do brzucha i siedząc na nim okrakiem, pięścią drugiej uderzyła w ziemię. — Mój! Mój *kanaloo*. Niczyj inny! Nie oddam wam go! Słyszycie! Nie oddam! A ty leż! Słyszysz! Leż!!!

Kocyk znieruchomiał, oddychając ciężko. Jego oczy zaczęły odzyskiwać zwykły wyraz czujności.

Key'la puściła jego rękę i stanęła naprzeciw *vaihirów*, których widziała przez łzy jako rozmazaną, niewyraźną plamę.

— Jest mój! — powiedziała cicho, a słowa wyrywały się z jej ust jak ranne zwierzęta z klatki. — Mój *kanaloo*. Nie pozwolę wam go zabić.

Otarła twarz, zacisnęła pięści.

Krąg pękł, a skojarzenie, że oto górska lwica wchodzi między gromadę niedźwiedzi, uderzyło dziewczynkę w dwójnasób. W tej chwili Usta Ziemi otaczał namacalny wręcz nimb szacunku.

— Przemówię w języku Słabej Jednej, by nie było wątpliwości co do intencji plemienia i moich. Ci, którzy go znają, niech tłumaczą reszcie — głos *vaihirskiej* kobiety był dziwny, miękki i łagodny. — *Kanaloo* nie może świadomie zranić ani zabić swojego pana, prędzej sam się zabije. Widzieliście, co tu się stało. Ten *kanaloo* należy do tego dziecka, choć z pewnością nie pochodzi ono od Dobrych Panów. Nie wiem, jak to się stało ani co to znaczy, ale wiem, że nie powinniśmy postępować pochopnie. Ten *kanaloo* jest jej drugą parą rąk, jak sądzę, tą bardziej sprawną. Jeśli ktoś chce odebrać jej te ręce, niech wystąpi tu i teraz.

W kręgu rozległ się szmer gorączkowych szeptów, gdy tłumaczono słowa kobiety, i zapadła cisza. Key'la powiodła wzrokiem dookoła. Nikt. Nikt nie chciał wystąpić, nawet Kawałek Żelaza znikł już gdzieś za plecami pobratymców. I choć spojrzenia niektórych *vaihirów* bynajmniej nie zmiękły, nie miało to znaczenia.

Poczuła się, jakby ktoś zdjął jej z pleców olbrzymi głaz, który nosiła, nawet o tym nie wiedząc. Kocyk będzie żył. Tak jak obiecała jej to Usta Ziemi. Będzie jej. Tylko jej.

Usta Ziemi uśmiechnęła się do niej.

— No proszę, kamień czasem może pofrunąć w niebo.

Key'la spróbowała coś odpowiedzieć, ale tylko zamrugała, gdy nagły cień przesłonił jej pole widzenia. Chciała machnąć ręką, by go odegnać, ale jej ręka zrobiła się nagle ciężka, jakby trzymała w niej dziesięciofuntowy młot ojca, a cień wykorzystał tę słabość, skoczył na nią i zamknął jej oczy.

Nie poczuła nawet uderzenia o ziemię.

***

Usta Ziemi stała na opustoszałym placu. Była sama, plemię rozeszło się do swoich zajęć, bardziej zaintrygowane niż rozgniewane. Cieszyło to *vaihirską* kobietę, gniew pobratymców był straszny, nieokiełznany, dziki. Czasem wciągał jej rodaków z powrotem w otchłań, z której nie potrafili się już wydobyć, a wtedy stawali się tym, z czego ich stworzono. Czwororękimi bestiami nie bardziej rozumnymi od zwierząt.

Spojrzała w górę. Znała opowieści o czasach, gdy nieboskłon ciemniał, by dać odpocząć oczom i umysłom. Tak postanowiono, gdy tworzono ten świat - skoro nie da się na jego niebie rozpalić słońca, niech chociaż cykl dnia i nocy będzie zachowany. Kataklizm, który zamknął świat w jednej chwili, tuż przed pełną jasnością, przywodził wielu jej rodaków do szaleństwa, nie potrafili zasnąć nawet w głębokich jaskiniach, zupełnie jakby przez wiele łokci skały wciąż widzieli stalowe niebo nad głową. Niektórzy wpadali w katatonię, odmawiali jedzenia i picia, wreszcie gaśli. Inni zmieniali się w bestie, atakowali wszystko, co stanęło im na drodze. Tych plemiona *vaihirów* musiały same odesłać do boga.

Takie były opowieści z dni po kataklizmie, a ona nie miała powodów, by uważać je za kłamstwo. Zwłaszcza teraz, gdy Dobrzy Panowie tak bardzo się uaktywnili, a *vaihirowie* coraz częściej spotykali ludzi z innego świata, gdzie dzień znaczył ognisty krąg przebiegający nieboskłon i gdzie ciemność przychodziła, by dać odpocząć oczom i umysłom.

Po raz kolejny poczuła ukłucie strachu.

Przeniosła spojrzenie na kamienną płytę u swoich stóp.

— Jesteś zadowolona? — usłyszała.

Ten szept zapewne zaskoczyłby kogoś, kto, inaczej niż ona, nie spoglądał na świat przez kulę z czarnego kamienia. Ale Usta Ziemi od dłuższej chwili wiedziała, kto się zbliża. Kamień pokazywał jej takie rzeczy.

— Tak. — Nie było sensu zaprzeczać. Rzeczy ułożyły się tak, jak chciała. To dziwne dziecko przeżyło, jego towarzysz także, a teraz oboje mieli u niej dług. — Dobrze się spisałeś.

Objął ją w pasie dolną parą rąk, górną zaczął masować barki.

— Takie słowa z ust Ust pieszczą moją duszę — zażartował.

— Nie jestem w nastroju. Ostrzegam.

Puścił ją i cofnął się. Przez chwilę panowała cisza, a kiedy zerknęła na niego, stał tylko i patrzył, spokojnie, bez lęku. Jego pokryta bliznami twarz miała taki wyraz, jakby kontemplował płynący strumyk.

— Dwa Palce lubi tego małego człowieka — odezwał się spokojnie. — Kubek Wody też.

— Ten mały człowiek to dziewczynka. Ona. I Czarny Biały też ją lubi. Nie zapominaj o nim.

— Nie zapominam. — *Vaihir* dotknął piersi tam, gdzie rozchylona kamizela ukazywała mapę blizn i szram. — Gdzie ona jest?

— Śpi. Odpoczywa. Odpoczynku potrzebuje teraz najbardziej.

Usta Ziemi przyklękła i dotknęła kamiennej płyty. Tej samej, w którą Key'la uderzyła pięścią. Wykuty w sześciokąt kawał granitu, gruby na stopę, szeroki na dwie, kruszył się pod jej palcami niczym zwietrzały piaskowiec. Uderzyła usztywnionymi palcami i dłoń zapadła się jej w płytę aż po nadgarstek.

Pod spodem był czysty pył.

— Trzeba to będzie wymienić.

— Zajmę się tym.

— Dobrze. — Uśmiechnęła się. — I dobrze, że nie zmusiliśmy jej do walki.

Kawałek Żelaza odpowiedział jej uśmiechem, który sprawił, że jego pokryta bliznami twarz stała się piękna.

— Dobrze. Nawet nie wiesz, jak się z tego cieszę.

Interludium

Altsin kucnął, nabrał w dłonie śniegu i wtarł sobie w twarz.

Co mam zrobić? Co mogę teraz zrobić, o Pani?

Ta ostatnia myśl lekko go rozbawiła. No tak, chłopie, nosisz kawał duszy Pana Bitew, boga wojowników, ale gdy spotykasz coś, co cię przerasta, odruchowo wzywasz Baelta'Mathran. Matriarchista z ciebie pełną gębą.

I to nawet gdy wiesz, że te słowa nie mają znaczenia. Wielkiej Matki nie ma. Nie istnieje w tej chwili. Może zaistnieje kiedyś, w przyszłości, może nawet ta przyszłość właśnie się rodzi, tkana rękoma bogów i śmiertelników, ale na razie każde wezwanie Pramatki Bogów, każda modlitwa do niej, trafiają w pustkę.

Już kilka razy próbował zmierzyć się z tą prawdą, ale jak na razie własna reakcja wciąż go zaskakiwała. Dorastał jako wyznawca Wielkiej Matki, może niezbyt religijny, lecz szczerze wierzący w dogmaty, więc teraz powinien przeżyć szok, załamać się, paść na kolana i szlochać w poczuciu opuszczenia i bezradności. Zamiast tego czuł tylko... pustkę? obojętność? Ale w końcu był miejskim szczurem, złodziejem, wchodzącym do świątyń nie w poszukiwaniu duchowej pociechy, lecz nieostrożnych głupców, którym ostrzem małego noża mógł odcinać mieszki. Jego osobista modlitwa, mamrotana zawsze w takich chwilach, brzmiała: „Pani, wybacz mi i odwróć oczy tego człowieka, ale on ma pieniądze, a ja jestem głodny".

I okazywała się skuteczna. Przynajmniej do chwili, gdy próbował okraść Ceetrona-ben-Gorona. Lecz przyłapanie przez przyszłego szefa Ligi Czapki okazało się czymś najlepszym, co Altsina mogło spotkać w życiu. Zwłaszcza wtedy, gdy jako dzieciak mieszkał w kanałach i częściej żywił się upolowanymi szczurami niż chlebem z masłem.

Jeśli to nie Wielka Matka, Opiekunka Zagubionych, Karmicielka Głodnych stała za tym szczęśliwym przypadkiem, to kto? Lub co? Los? Ale ten prawdziwy, bezduszny przypadek, a nie maska, za którą ukrywa się Eyffra? Siła niemająca twarzy, duszy ani serca, za to potężniejsza od każdego z bogów?

Uśmiechnął się kwaśno.

Los, przeznaczenie... Wszystkie te gówniane sprawy rządzone są tymi samymi prawami, które każą monecie padać raz na jedną, a raz na drugą stronę. A bogowie, ludzie i byty zza Mroku podlegają im po równo.

Może więc to do tych praw powinniśmy wznosić modły? Może to im składać ofiary i stawiać świątynie? Świątynie przypadku, które przez chwilę stałyby w miejscu, po czym zawalały się bez powodu i trzeba by je znów odbudowywać. Sensu nie byłoby w tym żadnego, ale przynajmniej cała kupa głupców znalazłaby jakieś zajęcie.

W sumie religie tak właśnie działają. Nadają sens istnienia ludziom, którzy nie wiedzą, co zrobić z własnym życiem.

Drobinki śniegu roztapiały mu się na skórze, drażniąc setką lodowych igiełek, po czym spływały i zamarzały na brodzie.

Rozejrzał się, szukając czegoś, na czym mógłby wyładować złość. Z lewej strony miał zamarzniętą równinę, która gdzieś tam łączyła się z oceanem, z prawej skały, bryły lodu i wznoszącą się ku niebu ścianę Wielkiego Grzbietu. Przed sobą... Opuścił wzrok i uderzył pięścią w ziemię, przelewając w ten cios cały swój gniew i frustrację. Przede wszystkim na siebie.

Oszukuj się dalej, sukinsynu. Odwracaj myśli od tego, co masz przed oczyma. Szedłeś przez życie, wierząc, że upór i duma są najlepszą reakcją na wszystkie problemy, że nikogo i niczego nie potrzebujesz, bo sam poradzisz sobie ze wszystkim, co cię spotka. Potrafiłeś tak długo opierać się duszy boga, aż ta ugięła się i uznała cię za równorzędnego partnera we władaniu – wyciągnął przed siebie dłonie – tym ciałem. I uważasz, że miałeś ciężko? Że dokonywałeś jakichś dramatycznych wyborów?

A oni? Jak zachowałbyś się na ich miejscu?

Patrz! Naprawdę myślisz, że duma jest odpowiedzią na wszystko? Duma, ty durniu, to przywilej aroganckich, samolubnych bęcwałów, których nikt i nic nie obchodzi. Patrz, co zostaje, gdy nie stać cię na dumę!

Patrzył.

Na obóz rozpościerający się jak okiem sięgnąć. Na tysiące śnieżnych chat, skórzanych namiotów i szałasów skleconych z jakichś resztek... I na to, co unosiło się nad obozowiskiem, cienisty nimb desperacji, smutku i braku nadziei.

Te istoty, aherowie... Upadły zbyt wiele razy i nie miały już sił, by walczyć z losem. Nie miały siły nawet na desperację, gniew czy nienawiść. A najgorsze, że furia Pani Lodu nie była nawet skierowana przeciwko nim. Oni są tylko ofiarami. Och, na parszywą gębę Reagwyra, gdyby chociaż ta zimna suka zmiażdżyła ich z pełną premedytacją, z powodu jakiejś prawdziwej lub urojonej winy. Ale tak? Zetrzeć z powierzchni ziemi tysiące istnień mimowolnie? No właśnie: przypadkiem.

Widział też to, co znajdowało się między nim a obozem... A złośliwy głos w głowie pytał: „I gdzie byłaby twoja duma w takiej sytuacji, chłopcze? Ile zdołałbyś jej ocalić?”.

Nie wiedział, kim jest ten głos, czy to portowy złodziejaszek, czy *awenderi* Pana Bitew, który kiedyś sam patrzył w twarz takiej rozpaczy i upadł pod tym ciężarem, pogrążając się w obłędzie. Czy też może to nowy on, Altsin będący połączeniem tych dwóch istot, ciągle jednak jeszcze hołubiący w sobie arogancję przygłupiego gówniarza.

Patrz. Czuj i... Zapłacz, sukinsynu.

Bo jeśli nie zapłaczesz, to lepiej, byś tu i teraz umarł.

Pochylił głowę.

Nie.

Jeszcze nie teraz.

Od obozowiska dzieliło go kilkaset kroków. A cały teren przed nim pokrywały zawiniątka. Niektóre miały ledwo łokieć długości, inne dwa, żadne nie więcej niż trzy. Tysiące zawiniętych w futra pakunków leżących wprost na śniegu. Część została już rozszarpana przez wygłodniałych drapieżców, polarne lisy i niedźwiedzie, dla których zapewne te wychudzone do szczętu ciałka były ostatnią szansą na przetrwanie. Ślady na śniegu świadczyły o tym, że kiedyś próbowano strzec tego miejsca przed zwierzętami. Kiedyś. Gdy jeszcze mieszkańcy obozowiska mieli dość sił.

Altsin patrzył. Ale odrzucał wszystkie uczucia, bronił się przed nimi z całych sił.

Bo nie chodziło nawet o te tysiące martwych dzieci, lecz o sposób, w jaki je tu porzucono. Ile trzeba stracić, jak bardzo być słabym, by nie zdołać wykopać w śniegu najpłytszej nory? Nie zrozumiesz, czym jest prawdziwa bezsilność, póki własne ciało nie odmówi ci posłuszeństwa do tego stopnia, że nie możesz nawet pochować własnego dziecka. Co jeszcze, oprócz małego ciała, zostawiasz tutaj, wracając do obozowiska? Jaki kawał okrwawionej, wyjącej z rozpaczy duszy?

To tutaj rodziła się mroczna, ściskająca serce aura, która wisiała nad głównym obozem.

Złodziej poczuł narastającą wewnątrz lodowatą furię, której przeraziłaby się nawet Anday'ya. Niech was szlag. Niech was wszystkich szlag... Bogowie. Nic się nie zmieniliście.

Nic a nic.

Zgarnął w dłonie garść śniegu i tchnął w nią Moc. Białe kryształki błyskawicznie stopniały i przeciekły mu przez palce.

Pani Lodu, Pani Zimy i Białych Pustkowi. Nie wiem, czy staniemy twarzą w twarz, ale jeśli do tego dojdzie, wepchnę ci każdą uncję tego bólu w gardło i będę patrzył, jak się nim dławisz. Aż zrozumiesz, że ludzie, aherowie i... inne istoty nie są pyłem u twoich stóp, tylko krwią w twoich żyłach, dziwko. I lepiej, byś o tym nie zapominała.

Woda spadła na śnieg i zamarzła w kilka chwil.

Skrzywił się, krusząc warstwę lodu na brodzie i wąsach, wstał i wytarł dłonie w habit. Składanie takich obietnic w samym środku ziemskich posiadłości Pani Lodu było głupie i szalone. Ale głupota i szaleństwo to jego prawa i lewa stopa, prowadziły go przez życie przez ostatnie lata, więc nie widział powodu, by je sobie odcinać.

Te rozmyślania przerwał mu groźny pomruk. Odwrócił się. Zza odległej o najwyżej dwadzieścia jardów lodowej bryły wyłonił się śnieżny niedźwiedź. Białe niegdyś futro miał pożółkłe i zmechacone, zarys żeber przeświecał przez nie niczym pręty dziwacznej klatki, a olbrzymi łeb kołysał się na zbyt chudej szyi. Przedłużając się, zima również dla króla Północy okazała się zabójcza, więc podkradł się pod obozowisko, zwabiony zapachem martwych ciał.

Ukryte w zaropiałych oczodołach ślepia zmierzyły Altsina z góry na dół. Ciało złodzieja miało znacznie więcej mięsa i tłuszczu niż setka wychudłych trupków leżących na lodzie. A takie dwunożne stwory bywały już częścią jadłospisu zwierzęcia.

Altsin wyszczerzył się, sięgając do pasa. To twoja odpowiedź, Pani Lodu? Czy też może zwykły przypadek? Zabrany z obozu myśliwych puginał o ostrzu długim na przeszło stopę służył zapewne kiedyś do porcjowania kawałów wielorybiego tłuszczu. Dobrze jest mieć w ręku solidny kawał stali, gdy w twoją stronę gna kilkaset funtów wygłodniałej śmierci.

Niedźwiedź zaatakował tak jak zawsze, gdy polował, próbując powalić zdobycz uderzeniem łapy, zatopić w niej kły i rozerwać brzuch. Ta ofiara jednak była inna. Cios szponami trafił w pustkę, bo cel ataku znikł, zwierz próbował wyhamować, ale nagle coś uderzyło go w bok, między żebrami, jakby lodowy sopel wgryzł mu się w ciało, eksplodując w mgnieniu oka obezwładniającym, krwawym bólem.

Władca lodowych pustkowi zatrzymał się, pokręcił łbem, próbując zrozumieć, co się stało. Otworzył pysk, by zaryczeć, wyrzucić z siebie gniew, furię i ten ból, który rozlewał się coraz głębiej wewnątrz jego piersi. Zamiast tego krew trysnęła mu z gardła szerokim strumieniem, przednie łapy ugięły się, a potężny łeb uderzył o śnieg. Czerwień wypełniła jego wzrok, płynnie przechodząc w coraz głębszą czerń.

Ból zaczął słabnąć.

Altsin stał i patrzył. Nie było potrzeby sprawdzać, czy bestia jest naprawdę martwa, jak musiałby to zrobić zwykły myśliwy, bo zobaczył chwilę, gdy duch opuścił ciało zwierzęcia. Świetlisty nimb uformował się nad ciałem, tworząc zarys niedźwiedzia, potrząsnął łbem, otworzył paszczę i zaryczał. Bezgłośnie. Po czym ruszył na północ, w stronę oceanu. Jak większość zwierzęcych duchów, będzie błąkał się bez celu przez dni, może miesiące, po czym położy się i zaśnie, stając się jeszcze jedną iskrą we wszechoceanie Mocy.

Taki był odwieczny, naturalny rytm życia i śmierci.

Przynajmniej póki bogowie wszystkiego nie spieprzyli.

Poczuł to od razu. Tuzin duchów otoczył go ze wszystkich stron, a ich intencje były bardziej niż oczywiste. Walka, śmierć, zabijanie. Złodziej podszedł spokojnie do trupa niedźwiedzia, wyrwał tkwiący w jego boku nóż i wytarł o futro. Odwrócił się.

Każdy z duchów ciągnął za sobą pępowinę utkaną z mglistych czarów i wszystkie zbiegały się w ciele niewysokiego ahera stojącego jakieś trzydzieści kroków od Altsina. Szaman. Silny, jeśli potrafił zapanować nad taką liczbą duchów.

Duchy nie zawsze roztapiały się w Mocy. Jeśli znalazły sobie jakiś fizyczny obiekt, z którym się związały albo zostały związane, mogły istnieć jeszcze całymi latami. Czarownicy prymitywnych plemion używali w tym celu specjalnych przedmiotów, amuletów i talizmanów, które stanowiły kotwicę dla zwierzęcego ducha lub ludzkiej duszy. Aherscy szamani poszli o krok dalej, związywali najsilniejsze z nich z bliznami i tatuażami na własnym ciele. Byli cholernymi żywymi klatkami dla duchów.

Chyba że przegrywali pojedynek o dominację i zostawali pożarci.

Coś mi to przypomina, pomyślał złodziej, uśmiechając się pod nosem. Ale za cholerę nie mogę sobie przypomnieć co.

Żarcik pomógł mu opanować emocje, uspokoić się. Ten tuzin duchów wyglądał paskudnie, większość zapewne była kiedyś duchami zwierząt, ale ich obecna forma... Najbliższy wyglądał jak mors z kilkunastoma kłami wyrastającymi z paszczy i czymś na kształt rybich płetw na grzbiecie i brzuchu. Połączenie z ciałem szamana, z jego wyobrażeniami, snami i emocjami wpływało na kształt spętanych i ich możliwości. Sądząc po wyglądzie pozostałych duchów, ten szaman był w wyjątkowo parszywym nastroju.

— Kto ty? I co tu robisz?

Altsin zignorował pytania, zadane w kiepskim nesbordzkim. Powoli, nie spuszczając wzroku z ahera, schował puginał do pochwy. Zakutana w futra postać miała nie więcej niż pięć stóp wzrostu, do tego była chuda jak szczapa, bo focze skóry wisiały na niej jak na kilku zbitych w nibyludzki kształt patykach. Gdy szaman wyciągnął w stronę złodzieja dłoń, wydawało się, że obciągnięte skórą palce same połamią się i posypią na śnieg.

— Nie rozumiesz mojej mowy?

Pytaniu towarzyszył syk i nagle dwa z tuzina duchów jakby zapadły się w sobie i znikły.

— Rozumiem. Skąd znasz ten język?

— Handlarze. Żelazne noże, groty, igły... za skóry, futra, kły morsów. — Szaman skrzywił wytatuowaną twarz w dzikim grymasie. — Ale nie mówię zbyt dobrze.

Kolejny duch pobladł, po czym pomknął w stronę swojego pana i znikł między futrami. Narzucenie posłuszeństwa duchom trzymanym we własnym ciele wymagało potężnej woli i żelaznego zdrowia. Na wpół zagłodzony czarownik nie mógł nad nimi skutecznie zapanować.

— Mówisz dość dobrze, by się dogadać. — Złodziej założył ręce na piersi. — Dla nas wystarczy. Chcę handlować.

— Czym?

— Tym. — Altsin wskazał martwego niedźwiedzia. — Upolowałem. Wymienię na łódź.

— Nie.

— Nie handlujemy?

— Nie upolowałeś. Patrzyłem. Polujesz jak... Ty polujesz... mało słów... on poluje... jeden może zabić drugiego. Po równo. On nie mógł. Patrzyłem.

Właściwie to była prawda. Niedźwiedź nie mógł go zabić, zwłaszcza gdy Altsin był w takim nastroju.

— I co widziałeś?

— Nie jesteś... jak inni.

— Nie. Nie jestem.

— Anday'ya się gniewała. To ty?

— Nie. Nie ja. To, co ją rozgniewało, odpłynęło na wschód. Dlatego chcę kupić łódź.

Wychudłe palce zatańczyły w powietrzu w serii niezrozumiałych gestów.

— Głupi ty.

Złodziej wzruszył ramionami.

— Nie mówiłem, że nie. Lód już pęka, prawda?

Trudno było odczytać coś z tej kanciastej, wytatuowanej twarzy, w której wzrok przyciągały żółte kły wystające z dolnej szczęki. Ale szaman chyba się uśmiechnął.

— Tak. Pani Zimy odpoczywa... Lód pęka, wkrótce powrócą foki, morsy, wieloryby... Będziemy polować... jeść.

— Naprawdę? Upłynie wiele dni, nim powrócą foki. A wieloryby? Nie wiem, czym się żywią, ale z pewnością nie lodową kaszą. Nie łudź się, szamanie. W tym roku nie napełnicie brzuchów.

Altsin zamrugał. Zaraz? Kto to mówi? Ja? Czy on? Która część naszego wspólnego bytu postanowiła nagle zostać cesarzem szczerości?

— Wybacz. Ja... nie to chciałem powiedzieć.

Ale aher tylko pokręcił głową.

— Wiem. Ale... muszę tak mówić... bo jeśli przestanę... trzeba mieć siłę do przeżycia jeszcze dnia... albo dwóch... nadzieja... dobre słowo? Nadzieja... Borehed powędrował tam z ludźmi. Nie naszymi. Twoimi. Powiedział... „Nie pozwól im umrzeć". Mam... tylko słowa...

— A one nie zapełnią brzucha. Ani nie dodadzą sił. A ten niedźwiedź tak. Pohandlujemy?

Tamten pokręcił głową, bardzo po ludzku, być może był to gest podłapany w czasie targowania się z nesbordzkimi kupcami.

— Nie. Wymienimy podarki. My damy ci łódź. Ty nam dasz swój łup. Nie możemy handlować.

— Dlaczego?

— Bo śledź nie handluje z wielorybem.

W głowie błysnęła mu myśl, że jak już dostanie łódź, dobrze byłoby zabić tego szamana. Ten sukinsyn był zbyt domyślny lub też, dzięki swoim talentom, po prostu widział zbyt wiele. Odrzucił zaraz tę myśl, naprawdę zły i prawie zawstydzony.

Nie. Zabijanie nie jest odpowiedzią na wszystko. Przynajmniej nie zawsze.

— Dobrze. Chodźmy wymienić podarki.

Rozdział 16

Przydzielili im dwa namioty, osobny dla kobiet i osobny dla mężczyzn, gest miły, choć nieco niepotrzebny. Pokazali, gdzie zostawić i oporządzić konie, wskazali miejsce, gdzie mogą pobrać żywność, oraz wychodki, stojące po wojskowemu w karnym rządku. Wszystko zostało załatwione szybko i sprawnie. I z tak lodowatą uprzejmością, że Kailean dziwiła się, iż na szczycie wzgórza nie zaczął padać śnieg.

Laskolnyk zebrał ich w większym namiocie, gdy tylko oporządzili konie i przegryźli co nieco. Stanęli w ósemkę, patrząc na Daghenę. Dziewczyna mruczała coś pod nosem, machała szybko dłońmi, jakby tkała materiał z kurzu i światła. Wreszcie uśmiechnęła się, zadowolona.

— Nie usłyszą. No chyba że wejdą do namiotu, a wtedy raczej ich zobaczymy.

— Ha, ha, córko, ha, ha — głos kha-dara ociekał sarkazmem. — No ale dobrze, siedzimy w latrynie, więc trochę humoru nam się przyda.

Kocimiętka uśmiechnął się kwaśno pod płowym wąsem.

— To nie tak miało wyglądać, co, kha-dar?

— Nie tak, poruczniku. Nie spodziewałem się uczty powitalnej ani gromadki dzieci rzucających nam pod nogi kwiaty, ale to? — Wskazał dłonią namiot, zszyty chyba z jakichś zasłon. — Za dużo tu gniewu i złości.

— Raczej rozczarowania i nieufności — Janne potarł szczękę, rozmazując pechowego komara w krwawą pręgę. — I raczej trudno się z nimi nie zgodzić. Wojna skończyła się ponad dwadzieścia lat temu, a Imperium przypomina sobie o niewolnikach dopiero teraz. Gdybym to ja...

— Ale to nie ty, Janne. I nie gdybaj mi tu, do cholery. Przez ostatnie lata prawie trzydzieści tysięcy ludzi wykupiono z niewoli...

— Chłopów? Rzemieślników? Zwykłych żołnierzy?

Siwe oczy Laskolnyka zmrużyły się w złe szczeliny.

— Przerwij mi jeszcze raz, chłopcze, a wyjdziemy na zewnątrz i spuszczę ci taki łomot, jakiego w życiu nie miałeś. Nie jestem tu po to, by nurzać się w szambie starych krzywd. Nie mogliśmy nic więcej zrobić i...

— A to prawda — Niiar wyrwał się przed szereg — co mówiłeś, kha-dar? O tym, że nasi pomogli osadzić na tronie tutejszego księcia.

Laskolnyk prychnął, zaklął i nagle uśmiechnął się szeroko. Och, jak Kailean kochała ten uśmiech. To był jej, ich kha-dar, wódz-ojciec czaardanu.

— Wygląda na to, że nie dacie mi dokończyć żadnego zdania, co, dzieciaki?

Nawet Kocimiętka, rówieśnik generała, nie wyglądał na obrażonego tymi „dzieciakami". Więcej, wyszczerzył się, jakby właśnie wyszedł mu dobry rzut kośćmi. Ich dowódca westchnął ciężko.

— No dobra, po kolei. Janne, przepraszam, czasem czuję, że biorę na barki za dużo, że mnie to przerasta. Wolałbym, żeby było jak na wojnie: widzisz, gdzie wróg się odsłonił, to walisz tam całą siłą. A te tajemnice, sekrety, gierki Szczurów i Ogarów... szkoda słów. Wybaczysz?

Kailean widziała już, jak Laskolnyk robi takie rzeczy, naturalnie, z niewymuszoną szczerością. Czy wybaczy? Zerknęła na Janne. Gdyby stary wskazał jakiś pal i powiedział: „Synu, wsadź go sobie w rzyć", chłopak dyndałby nogami w powietrzu, zanim policzyłaby do dziesięciu.

— Nie... — Ptasznik zająknął się, zaczerwienił. — To ja... głupio gadałem...

— Nie tylko ty, niektórzy nie mogli się powstrzymać od dziwnych skojarzeń na temat bawolich rogów.

Kilka uśmiechów to za mało, żeby wpędzić Leę w zakłopotanie.

— Sam się zaczął przechwalać, kha-dar.

— Oczywiście. Ale wracamy do ważnych spraw. Niiar, ile razy w życiu cię okłamałem?

— Ani razu, kha-dar.

— Powiedziałem tyle, ile wiem od Kciuka. A Psiarnia działała tu na polecenie samego cesarza. To wiem od niego samego.

— Ale się nie udało?

— Ale się nie udało. I wielu ludzi szuka odpowiedzi na pytanie: dlaczego? Teraz jednak my musimy się dowiedzieć, ile jest warta ta armia. — Laskolnyk machnął ręką w stronę wyjścia z namiotu.

— Szkolą się jak pieprzona piechota, generale. — Kocimiętka podrapał się po karku. — Mają weteranów, którzy uczą młodych, i w ogóle.

— Wiem. Widziałem ten obóz. Tylko ten, bo zważcie, że reszty nie możemy obejrzeć. No i zważcie też, że imperialny piechur ćwiczy się co najmniej pięć lat, zanim trafi do pułku bojowego. Chyba że jest wojna, wtedy krócej. Ale nawet w czasie Rudej Jesieni nie posyłaliśmy do bitwy ludzi po miesiącu biegania z tarczą.

— Podobno powstanie było przygotowywane wcześniej. Od lat.

— Podobno, Sarden, podobno.

— No i jak na razie wygrywają większość potyczek.

— Zasadzki, pułapki, podstępy. Doba robota, ale to tylko przygrywka. Szarpanina, a nie wojna. Białe Konoweryn jeszcze nie ruszyło armii, Kambehia też nie, a to najsilniejsze z tutejszych księstw. Natomiast Geghii Północne rozbiło większość sił powstańców i zdławiło bunt na prawie całym swoim terenie.

— Pod Pomwe saw-Kirhu załatwił trzy tysiące jazdy.

— Widzę, że obudziło się w tobie coś w rodzaju meekhańskiej dumy, co, Kocimiętka? W reszcie też? To była dobra robota, dobra bitwa. Mądra. Ale mieli tam dziesięć tysięcy ludzi przeciw trzem, mieli tabor bojowy, a co najważniejsze, Pomweńczycy ich zlekceważyli. Nigdy nie lekceważ pieprzonej meekhańskiej piechoty. Taka wiadomość poszła w świat, więc teraz będzie trudniej. Następny dowódca, z którym się zmierzą, będzie ostrożniejszy, nie da się nabrać na pozorną słabość. No i nie stanęli jeszcze do bitwy przeciw słoniom.

Słonie. Kailean widziała kilka w Białym Konoweryn, nim wyruszyli na zachód. Wielkie jak jej rodzinna chata szare góry na czterech kolumnach, z piekielnymi wężami zwisającymi między parą białych kłów wystających z pyska. Bestie jak z legend o Wojnach Bogów. Jeden wracał chyba z ćwiczeń, bo niósł na grzbiecie pancerną wieżyczkę, w której siedziało trzech łuczników. Z boków zwieszały mu się płachty skórzanego pancerza, a łeb i trąbę kryły błyszczące, stalowe łuski. Toryn, koń, któremu niestraszne były włócznie, strzały i ogień, aż przysiadł na zadzie na widok tego potwora i nie chciał podejść bliżej niż na trzydzieści jardów.

Słonie. Podobno tylko samo Konoweryn mogło ich wystawić do bitwy ponad dwieście. Laskolnyk powiódł wzrokiem po ich zafrasowanych twarzach.

— No. Widzę, że zaczynacie myśleć. A poza słoniami miejscowe księstwa mają też zawodową armię, najemników, machiny i zapewne magów bojowych. Ogary twierdzą – co za niespodzianka – że większość miejscowych czarowników używa magii w aspektach związanych z ogniem. Oczywiście da się wygrać bitwę bez wsparcia Mocy, czemu nie?, ale straty są wtedy pięć razy wyższe, a armia długo liże rany.

— Może niewolnicy mają własnych czarowników, kha-dar? — mruknęła Daghena.

— Może mają, Dag, może mają. A wyczułaś jakichś?

Dziewczyna pokręciła głową, a Laskolnyk skrzywił się, jakby właśnie rozgryzł nadgniły owoc.

— Kciuk mówił, że ten tutejszy odpowiednik Szczurów - Trzciny, miały specjalne oddziały zajmujące się wyłącznie tropieniem i eliminowaniem wśród niewolnych czarowników oraz dzieci, u których ujawniały się talenty magiczne — kontynuował. — Nazywali to „wyrywaniem chwastów". Może i niewolnikom udało się ukryć część utalentowanych. Może i poddano ich jakiemuś szkoleniu. Ale w takim razie ja chcę wiedzieć, ilu ich mają i ile ich czarownicy umieją. A przede wszystkim chcę wiedzieć, co ten cholerny saw-Kirhu zamierza. Jaki ma plan. Bo jakiś musi mieć, nie może siedzieć tu ślepy i głuchy jak dzik w mateczniku, czekając na cud.

Janne chrząknął i uniósł nieśmiało dłoń.

— Nie myślę, żeby był ślepy i głuchy, kha-dar. Dużo wie o tym, co dzieje się w mieście. W Białym Konoweryn, znaczy się.

Wlepili w niego wzrok, cała siódemka. Laskolnyk przekrzywił lekko głowę.

— Coś przegapiłem, Janne?

— Ja... — Ptasznik zaczerwienił się gwałtownie. — Ja nie sądzę, ale on wspomniał, że Imperium wysłało tu sześciuset ludzi, więc może wysłać i sześć tysięcy.

— No i?

— Tylko my przypłynęliśmy ostatnio z prawie sześcioma setkami ludzi. Ale oficjalnie to najemnicy wynajęci do ochrony naszych kupców... Więc pomyślałem wtedy, przepraszam, kha-dar, pewnie głupio pomyślałem, że ten Kahelle wiedział o tym, że ci ludzie to tak naprawdę żołnierze przysłani tu z nami. Że przysłał ich Meekhan, a nie kupiecka gildia. Więc pewnie wiedział i o nas. Dlatego, mimo że powiedział, że się zdziwił na twój widok, kha-dar, wcale tak bardzo zdziwiony nie był... Głupie, co?

Zapadła cisza. Wszyscy zerkali na Janne, jakby nagle przemówił w obcym języku. Kailean też. Cholera, znów im to zrobił. Patrząc na jego masywną sylwetkę, szerokie bary i szczerą twarz, człowiek widział wiejskiego prostaczka. A ten chłopak miał łeb na karku. Nawet jeśli teraz stał i czerwienił się coraz bardziej pod obstrzałem zdumionych spojrzeń.

— Psiakrew. — Kocimiętka przerwał milczenie. — Chyba wiem, komu oddam czerwoną lamówkę, kha-dar. I to wkrótce. Dureń ze mnie, głupszy niż końskie łajno. Wiedział, prawda? Pieprzony Krwawy Kahelle wiedział, że przypłynęliśmy. Chędożona jego mać! Nawet w tutejszym pałacu mieli tego nie wiedzieć, a on wiedział.

— Wiedział. — Kha-dar przełknął już tę rewelację. — Janne dobrze to wykombinował. Wiedział, choć zapewne był zdziwiony, że znalazłem się tutaj, a nie siedzę w stolicy, przymilając się do Pani Płomieni. Kahel-saw-Kirhu ma szerszą wiedzę, niż sądziłem. Skąd?

— Ogary?

— Tylko Kciuk ma pojęcie, kim jestem. I dostał wyraźne rozkazy, żeby trzymać gębę na kłódkę. Nie sądzę, żeby je złamał.

Daghena poprawiła pas z szablą, podrapała się po głowie.

— Inni niewolnicy, kha-dar?

— Najpewniej. W samym Białym Konoweryn jest ich mnóstwo, co prawda z popielnych i domowych, bo te kasty nie biorą tak licznie udziału w powstaniu jak brudni, ale... spora część z nich to Meekhańczycy... We wschodniej części księstwa też zostało sporo tych... lepszych niewolników. Nawet kupcy, którzy dawali naszym ludziom przykrywkę, mają ich na służbie.

— Meekhańscy kupcy? Przecież w Imperium...

— Nie jesteśmy w Imperium, Niiar. Tutaj posiadanie własnych domowych jest wyznacznikiem statusu. Piękna nałożnica, utalentowany muzyk, prywatny lekarz są jak złotogłów i pierścień z diamentem na każdym palcu. Domowi i spora część popielnych jest wykształcona, umie pisać i czytać, ma uszy i oczy. Może część z nich służy teraz dwóm panom? Jak myślicie? Czy dlatego saw-Kirhu był taki tajemniczy? Czy jeśli uderzy na wschód, wzdłuż Tos, a w każdym mieście będzie miał sprzymierzeńców, którzy otworzą mu bramy?

Kocimiętka nie wyglądał na przekonanego.

— Po pierwszym takim zdarzeniu reszta niewolników podzieli los tych z Pomwe.

— Zgadza się. Dlatego muszę wiedzieć, co ten sukinsyn planuje, nim przez jakąś głupotę wyśle połowę tutejszych niewolników na śmierć.

Lea zamachała dłońmi.

— A może nie będziemy gdybać, tylko posłuchamy? W końcu po coś odparzałam sobie tyłek przez ostatnie dni.

— No — Janne odzyskał już właściwe kolory — dużo tu ptaków, kha-dar. Pełno ich wszędzie. Można też wiele zobaczyć.

Laskolnyk uśmiechnął się delikatnie.

— Już myślałem, że będę wam musiał przypominać o takich sprawach. Jesteście zmęczeni, połóżcie się, odpocznijcie.

Kailean przywołała Berdetha.

— Ja też jestem zmęczona, mogę się zdrzemnąć?

— Nie.

— Nie?

— Kor'ben Olhewar, córuchna — przypomniał. — Na pewno dawno nie rozmawiał w *av'anaho*. Słyszałem, że ma kwaterę i warsztat w tym obozie. A tobie przyda się trochę świeżego powietrza, więc przy okazji możesz z nim pogawędzić o starych czasach...

Zasalutowała pięścią do piersi.

— Tak jest, generale!

Skrzywił się tylko i machnął ręką. Idź już, idź.

***

Obóz nadal pulsował ruchem, jednak teraz oszczędnym, sennym. Zbliżała się noc, choć słońce miało jeszcze kawałek drogi do przebycia, nim też położy się spać. Żołnierze niewolniczej armii kończyli ćwiczenia, odkładali na bok broń, myli się. Było coś dziwnego, niemal hipnotycznego w spokoju, jaki ich otaczał. Żadnych zbędnych ruchów, żadnego puszenia się i przechwalania, kto ma większy... miecz. Promieniowało z nich zdecydowanie i poczucie celu. Kailean po raz pierwszy pomyślała, że Laskolnyk mógł się mylić, mógł ich nie docenić, bo to była armia, może i nie wyszkolona tak, jak imperialne pułki, ale z pewnością zdyscyplinowana i zawzięta. Nie wygrywała swoich potyczek i bitew przypadkiem.

Większość żołnierzy zajmowała się teraz szykowaniem kolacji. Wspólnie. Jedni kroili mięso, inni obierali jakieś bulwy, część przynosiła wodę. Czy w tym tkwił sukces meekhańskiej machiny wojskowej? W budowaniu jedności na poziomie podstawowego pododdziału - dziesiątki? Wędrują, śpią, jedzą i walczą jak jedna rodzina. Jak... czaardan. Uderzyło ją to porównanie, bo do tej pory nie myślała tak o piechocie.

Rozpalono ogniska, więc nad namiotami zaczęła się unosić siwa mgiełka dymu.

Kailean kierowała się w stronę, gdzie oprócz dymu w niebo biły także kłęby pary. Wozacki warsztat rymarski łatwo byłoby zlokalizować w każdym zakątku świata.

Wokół zwykłego namiotu rozpalono kilka ognisk, nad którymi w wielkich kotłach gotowała się woda. W trzech nad parą ułożono kawałki drewna, deseczki i żerdzie. Nieopodal Kor'ben Olhewar mocował rząd namokniętych listew do dziwacznej konstrukcji z drewna, wyginał, dociążał kamieniami.

— Co to będzie?

Jeśli się zdziwił, słysząc anaho z ust jasnowłosej, zielonookiej dziewczyny, to ukrył to znakomicie.

— Próbuję, *uff*... — sapnął głucho, walcząc ze szczególnie opornym kawałkiem drewna. — Próbuję wygiąć to tak, żeby po sklejeniu wyszła pawęż. A to cholerstwo twarde jest jak żelazo. Pomóż...

Złapała, listwy wciąż były gorące i wilgotne, ale wspólnie pokonali opór drewna. Kor'ben ustabilizował całość kilkoma klinami.

— No. Dobrze. — Otarł pot z czoła i uśmiechnął się do dziewczyny. — Miejscowi nazywają to drewno żelaźnikiem, bo jest twarde jak stal. I przez to oporne jak cholera. Skąd znasz anaho?

— Dorastałam w rodzinie Verdanno. Mieszkałam z nimi przez kilka lat, zanim przywiało mnie do Laskolnyka.

— U kogo?

— U And'ewersa Kalevenha.

Zmrużył oczy. Jego dłonie zatańczyły w rytm wypowiadanych słów, a Kailean uśmiechnęła się szerko. Dawno nie widziała tak pięknego, uroczystego i lekko napuszonego av'anaho.

— U tego, który *błogosławiony przez Matkę Koni* poprowadził nas *nasze serca* po sprawiedliwość i zemstę. U pogromcy *przeklętego po trzykroć* Yawenyra? Oka Węża, przewodnika *dziesięciu tysięcy* wozów bojowych? Jesteś *przybraną* córką bohatera?

Av'anaho składało się z gestów i słów, dlatego ktoś stojący za plecami mężczyzny odczytałby tylko część jego przemowy. Był to język sag, pieśni o bohaterach i eposów. To właśnie on pchnął verdańską młodzież, a za nią i resztę plemienia, do szaleńczej wyprawy po odzyskanie ojczyzny.

Odpowiedziała w ten sam sposób.

— Czyżby to był test *próba* mojej uczciwości, wojowniku? Sądzisz, że przyszłabym tu z tak szalonym *łatwym do odkrycia* kłamstwem? Tak, Verdanno wychowywali mnie *dzielili ze mną strawę, wodę i serca,* ale nie zostałam ich córką. Zbyt lubię *kocham, uwielbiam* wiatr we włosach i tętent kopyt pod sobą. Byłam dla nich bratanicą *siostrzenicą krwi,* bo poznaliśmy się w walce *boju na śmierć i życie*. Byłam dla ich dzieci przybraną kuzynką. I jeśli chcesz zapytać *zaspokoić palącą duszę ciekawość,* byłam na polu bitwy *chwały, zwycięstwa* u brodu na Lassie. Widziałam szarżę ocalonych *ukochanych, odzyskanych* dzieci, klęskę *pogrom* Jeźdźców Burzy *pomiotów Kulawca* Yawenyra. Ale to długa opowieść, a ja jestem zmęczona *strudzona i słaba*.

Zamrugał i nagle opuścił dłonie w bezbronnym geście. Przez chwilę patrzył na nią, jakby chciał rzucić jej się do gardła i siłą wyrwać z niego opowieść, a jego oczy błyszczały niebezpieczną wilgocią.

— Słyszałem... — wyszeptał wreszcie. — Wszyscy tu słyszeli historię o szarży Ocalonych na pułki Yawenyra. Na sto tysięcy zakutych w żelazo konnych.

Kailean odwróciła wzrok, znajdując nagle mnóstwo ciekawych rzeczy wokół kotłów z wrzątkiem. Nie znali się zbyt dobrze, lepiej, żeby nie poczuł się upokorzony tym, że widziała jego łzy.

— Najwyżej piętnaście, może szesnaście tysięcy — mruknęła. — Większość se-kohlandzkiej armii była już zdrowo przetrzebiona atakami na Martwy Kwiat.

Westchnął głucho.

— Martwy... zrobili Martwy Kwiat? A rydwany? Ile zostało im rydwanów?

No tak, *felano*.

— Czy te deszczułki nie moczą się zbyt długo? — Wskazała na najbliższy kocioł. — Robota to nie jest coś, co będzie czekać wiecznie. Pomogę ci i opowiem, co widziałam, dobrze? A ty mi wytłumaczysz, jak masz zamiar zrobić z tego tarczę.

Przez następne dwa kwadranse pracowali zawzięcie z opornym, twardym drewnem. Pawęż, a raczej coś, co w tutejszych warunkach za pawęż uchodziło, miała się składać z ośmiu deszczułek poziomych i pięciu pionowych, wygiętych i sklejonych razem tak, by tworzyły wypukłą tarczę wysoką na pięć i szeroką na trzy stopy. Kahel-saw-Kirhu, wyjaśniał Kor'ben w przerwach między przeklinaniem opornego drewna i siłowaniem się z nim, chciał mieć w każdym pułku dwie kompanie takich pawężników, bo w czasie bitwy pod Pomwe czworobok pikinierów poniósł duże straty od strzał konnicy. A kowal obiecał, że wykombinuje, jak szybko dostarczyć co najmniej tysiąc wielkich tarcz.

Kailean z powątpiewaniem obejrzała owoce ich pracy.

— Z tego, co tu wygięliśmy, zrobisz może ze trzy pawęże. Jak długo będziesz robił resztę?

Kor'ben uśmiechnął się do niej, ustami i dłońmi. *Głuptas* – przekazały jego ręce, lecz ze znakiem szczerej sympatii.

— Teraz nie chodzi o tarcze, lecz o to. — Stuknął w drewnianą ramę, która przytrzymywała schnące deszczułki. — Wiem już, jakich ma być rozmiarów, więc wkrótce zrobimy takich setkę, a wtedy zobaczysz, będziemy mieli tysiąc pawęży w kilka dni.

Posłała mu gest – *spryciarz*.

— To dość meekhańskie — mruknęła. — Taka robota dla wielu ludzi rozlokowanych w różnych miejscach, żeby uzyskać masę rzeczy dokładnie tych samych kształtów.

— W końcu jakoś podbiliście pół kontynentu. Nie modlitwą i pracowitością, lecz stoma tysiącami jednakowych mieczy, tarczy i włóczni.

Racja.

Mężczyzna usiadł przed namiotem, wyciągnął skądś obły gąsior i dwa kubki. Polał.

— Spróbuj. Dobre.

Pociągnęła łyk, wino smakowało kwiatami i deszczem. Usiadła obok, wyciągnęła nogi. Przyjemnie było wreszcie odpocząć i rozprostować kości.

— Opowiesz? O brodzie przy Lassie...

Opowiedziała, pomijając wędrówkę przez Mrok i to, jak trafiła na pole bitwy; to była zbyt dziwna część tej historii. Ale opowiedziała mu, jak znalazła swoją najmłodszą kuzynkę wiszącą na hakach, jak posłała ją do obozu Verdanno w towarzystwie kobiety, którą ci ostatni powinni z miejsca zabić. Jak Wozacy wyszli w pole, porzucając osłonę taborów, a ich gniew był niczym ogień. I jak Widmowe Wilki – Ocalone Dzieci ujrzały prawdę, a potem rzuciły się na armię Ojca Wojny i zmiażdżyły ją. To była dobra opowieść, nawet snuta tylko w anaho. Nie miała talentu ani odwagi, by przedstawić ją w Wysokiej Mowie, ale Kor'ben Olhewar nawet o to nie prosił.

Siedział obok niej i chłonął każde słowo.

— Laskolnyk zostawił Wozakom część wolnych czaardanów, które zebrał do bitwy, spóźnił się na nią zresztą, a obozy mają wystarczająco dużo złota, by je opłacić. Najemnicy, Sahrendey, Wilki i tabory to dość, by połamać każdą rękę, która znów sięgnie po wozackie ziemie — zakończyła.

Kowal milczał i tylko raz po raz unosił kubek do ust. Wreszcie przechylił go i opróżnił jednym haustem.

— Dobra opowieść, dziewczyno. Bardzo dobra. Niosąca nadzieję. A teraz co? Nie jestem głupcem, wiem, że nie przyszłaś tu, by pogadać w av'anaho. Mam ci się odwdzięczyć, zdradzając nasze sekrety? Plany ludzi, którzy prędzej umrą, niż pozwolą sobie znów założyć obroże. — Dotknął szyi, na której wciąż odbijał się pas jaśniejszej skóry.

Jego spojrzenie było czujne i skupione. Wzruszyła ramionami i bez pytania dolała sobie i jemu wina.

— Próbujesz mnie upić *otumanić*? — zakpił słowami i gestem.

— Oczywiście. Myślę, że po następnych trzech, czterech gąsiorach będziesz tak pijany, że powiesz mi wszystko, co wiesz. No bo ja szpiegiem jestem okrutnie sprytnym i zawsze upijam wielkich mężczyzn, zanim wykradnę ich sekrety — odpowiedziała drwiąco, ale całkiem na poważnie uniosła kubek do toastu. — Za obóz New'harr, który pierwszy zszedł z gór i pierwszy upuścił Se-kohlandczykom krwi.

Przepili.

— Nie będę pytać o wasze plany, obiecuję. Ale zapytam o tego Błyskawicę. Stałeś koło niego w namiocie, a on przeżył. Jakim cudem?

Kor'ben Olhewar wzruszył szerokimi ramionami.

— Jest dowódcą naszej jazdy. A jej większość stanowią byli koczownicy. Z różnych szczepów. Nie tylko Meekhańczycy i Verdanno trafiali do niewoli, dziewczyno. Jak się przyjrzysz, znajdziesz tu wszystkie plemiona Wielkich Stepów, a także z innych części świata, z pustyni, znad morza, z wielkich równin, gdzie czarni ludzie polują na bawoły i słonie. Pore i ja... Nigdy mi nie powiedział, dlaczego został sprzedany w niewolę, a ja nie pytałem. Gdy mnie wylicytowano na targu niewolników, trafiłem do kopalni, gdzie przykuli mnie do kieratu, bym kręcił kołem, które napędzało windę wywożącą urobek. I nauczyłem się szybko, że ruda żelaza jest ciężka jak... jak żelazo. A pewnego dnia przyprowadzili tego kurdupla i przykuli do tego samego koła. To, co mną wtedy szarpnęło...

Zamilkł, jakby smakował znów tamtą chwilę.

— Myślałem wtedy, po wędrówce przez Stepy i statku niewolniczym, że już niczego nie będę czuł. Ale gdybym miał dłuższy łańcuch, udusiłbym go tej samej nocy, mimo że karą za zabicie innego niewolnika było wyłupienie oczu i kastracja. Chodziliśmy w kółko, miesiąc po miesiącu, od rana do nocy, a żaden z nas nawet nie spojrzał, nawet się nie odezwał do drugiego. To przy kieracie nauczyłem się meekhu, on zresztą też, bo waszych ludzi było tam najwięcej, a jak nie potrafisz się dogadać z innymi niewolnikami, to jesteś trup. I był tam taki jeden popielny, jakiś nomada z pustyni. Nadzorcą go zrobili, że niby wtedy nie zaprzyjaźni się z resztą. Suczy syn rzeczywiście uwielbiał katować ludzi, ale tak, żeby ich śmierć wyglądała na zwykłą, od ciężkiej pracy. Chcesz słuchać dalej?

Kailean dopiła wino, znów dolała, sobie i jemu. W głowie lekko jej już szumiało.

— Mów, mów. To dobra opowieść.

— Jeśli tak sądzisz, to jesteś bardziej pijana, niż myślę. — Uśmiechnął się szeroko. — No dobra, mówię. Przy kieracie chodziło nas dwunastu. Sześć drewnianych ramion, po dwóch ludzi na jedno. Ten suczy syn, Tiwoh mu było, wybierał sobie raz na miesiąc jednego z nas i jak trzeba było szybciej kręcić kołem, to większość batów posyłał na jego plecy. Po kilkunastu dniach skóra i mięśnie odchodziły nieszczęśnikowi od kości, muchy składały mu jaja w ciele, ich larwy pożerały go żywcem, puchł i gnił. Ale dla głównego nadzorcy kopalni wszystko było w porządku, bo jeden trup na miesiąc przy kieracie to nieszczególnie dużo.

Kowal odstawił kubek na ziemię, a jego wielkie dłonie zacisnęły się w pięści, potem mimochodem sięgnęły ku szyi. Kailean pokiwała głową. Gdyby Laskolnyk to widział, miałby pewność, że takich ludzi nic i nikt nie zmusi do ponownego założenia obroży.

— Pewnego dnia Tiwoh upatrzył sobie na następną ofiarę właśnie Pore. A ja się ucieszyłem, bardzo ucieszyłem, gdy bat pierwszy raz świsnął i zostawił mu pręgę na plecach. I kolejną, i jeszcze jedną. Dziewięć dni... dziewięć dni patrzyłem, jak ten przeklęty Błyskawica krwawi, pada, podnosi się z kolan i znów pcha kierat. Jak kładzie się nocą, zwinięty w kłębek, opuchnięty i cuchnący. I wszystko bez słowa skargi, bez jęku, bez jednego spojrzenia na nadzorcę. Jakby... cholera... jakby był...

— Verdanno?

— Tak. Dziesiątego dnia zaczął powłóczyć nogami, słaniać się... a Tiwoh, ten parszywy bydlak — dłoń Wozaka zatańczyła w *av'anaho* — *owrzodzony fiut starego capa* uśmiechał się i jeździł palcem po gardle. Bawiło go to. Pewnie brandzlował się potem w namiocie, wąchając krew zaschniętą na bacie.

Zerknął na nią spod oka. Kailean nie zaczerwieniła się, czaardan hartował, uodparniał na takie głupie gadki.

— Widzisz, kierat to takie... — zawahał się — ... jedno ciało. Jak z tuzina ludzi ktoś odpadnie, reszta naprawdę to poczuje, bo dziennie wyciągaliśmy dwieście wózków z urobkiem. Dwieście i ani jednego mniej. I kręciliśmy kołem, póki ostatni nie wyjechał na górę, nawet jeśli kradło nam to pół nocy odpoczynku. Więc nie ma w kieracie wspólnoty innej niż odliczana liczbą wyciągniętych wózków z rudą. Kiedy jeden słabnie, reszta przeklina go, pluje, a jak sięgnie nogą, to i kopie. Pogania. Czasem bardziej niż bat nadzorcy. I tak robili inni. A ja... zacząłem się gniewać. Na niego, tego cholernego Błyskawicę, ale nie, że słabnie, tylko że nie płacze, nie szlocha i nie błaga o litość. Że jest taki cholernie dumny. A potem na resztę, że zachowują się jak stado wściekłych psów. A na końcu na nadzorcę, że nas w te psy zmienił. A gniew Verdanno...

— Wiem, jaki jest. Jak bitewna karawana sunąca przez step. Ciężko ruszyć, ale jeszcze trudniej zatrzymać.

Mężczyzna zaśmiał się krótko i zaraz urwał, jakby zakłopotany.

— Tak. Jak bitewna karawana. Wrzasnąłem na innych, naparłem na mój drąg, pchnąłem. Nadzorca zarechotał, rzucił rozkaz i reszta, jeden po drugim, przestawała pchać. W końcu zostaliśmy tylko we dwóch, Pore i ja. A on podniósł się, zaparł i zaczął pchać ze mną. Człowiek da radę sam obracać kieratem, tak jak da radę sam pociągnąć wóz, ale jak długo? Kręciliśmy we dwóch przez kwadrans... może dłużej, a z każdym obrotem wyciekała ze mnie nienawiść do tego pokurcza. Nienawidziłem wszystkich innych, właściciela kopalni, nadzorcę, resztę niewolników, ale jego coraz mniej. A Tiwoh wściekł się w pewnej chwili i zaczął walić nas batem gdzie popadnie. Bił i bił, aż się zmęczył i odszedł. Nie zatłukł nas wtedy na śmierć, choć pewnie chciał, ale zabicie dwóch niewolników naraz nie uszłoby mu płazem.

Kor'ben zamilkł, wpatrzony w swoje dłonie, być może znów był przy kieracie, schylał kark i pchał z całych sił, by tylko nie upaść. Kailean nie ponaglała go. Wino oblepiało jej język kwietną słodyczą, szumiało w głowie. Słońce nurkowało powoli ku ziemi, a niebo wokół niego rumieniło się, jakby zawstydzone. Prawie mogła zapomnieć, gdzie jest i co robi.

— To nie będzie opowieść o początku wspaniałej przyjaźni, dziewczyno. — Tym razem to Kor'ben dolał im wina. — Nie zostaliśmy braćmi krwi, nocą nie wypłakaliśmy sobie nawzajem krzywd i grzechów. Nadal nie podobają mi się błyskawice wytatuowane na jego piersi. Ale gdy następnego dnia do kopalni przyjechał jeden z domowych i spytał, kto zna się na koniach, bo trzeba ujeździć kilka trzylatków, Pore zgłosił się i mimo poharatanych pleców pokazał, co potrafi. Do dziś nie wiem, jak zdołał to zrobić.

— Kha-dar powiedziałby, że to się nazywa mo... tywacja. Motywacja.

— Tak. Miał motywację. Wiedział, że jak wróci do kieratu, to nie przeżyje kolejnego dnia. A potem przysłali po mnie, bo powiedział im, że jako Verdanno umiem robić dobre siodła, a te nowe konie takich potrzebują. To nie była prawda... znałem lepszych rymarzy, ale ja też miałem motywację. I trochę umiałem. Dzięki niemu przeżyłem.

— A on dzięki tobie.

— Tak. Dwa psy, które nie zagryzły się nawzajem tylko dlatego, że łańcuch był za krótki, ocaliły sobie nawzajem życie. Jakby to nazwał twój kha-dar?

— Pewnie ironią.

— No to wypijmy za to.

Wychylili kubki.

— Twoje pawęże nie będą miały żadnego okucia? — zmieniła temat.

— Wzmocnię górną i boczne krawędzie prętami z tego żelaznego drewna. Muszą wystarczyć. Mamy mało żelaza. Mało stali, mało wszystkiego. Chociaż nie, łańcuchów mamy sporo. Rozkuwamy ogniwa i robimy z nich groty strzał. Albo zawiązujemy łańcuch w supeł, oblewamy go ołowiem i jest kiścień. Ołowiu mamy sporo, bo w tutejszych miastach często robili z niego dachówki. Ale z ołowiu nie zrobisz hełmu, pancerza ani miecza.

— Zdobyliście przecież sporo broni.

— Sporo — zgodził się. — Tak dużo, że teraz mniej więcej jedna kolczuga, hełm i miecz albo szabla przypada na dziesięciu chętnych. Ale wcześniej przypadała na stu. Bogaciśmy. Poza tym część naszej broni trafiła gdzie indziej. Mamy sojuszników i trzeba się z nimi dzielić.

Może sprawiło to wino, a może po prostu intuicja, ale dziewczyna od razu przypomniała sobie linię podziału, którą dostrzegła w namiocie dowódców.

— Uware Lew?

Skinięcie głowy potwierdziło jej podejrzenia.

— Lew i jego Uawari Nahs. Ma ich ponad dwa tysiące. Czarne jak noc, wysokie na siedem stóp demony, których boją się wszyscy, nawet Bawoły i kambehijska Płomienna Gwardia. Byli cennymi niewolnikami, ze względu na wielkość i siłę, ale i obawiano się ich także z tego powodu. Mówili mi, że w Konoweryn na plantacji nie można było ich mieć więcej niż trzech jednocześnie. Walczą krótkimi włóczniami z grotami na dwie stopy, toporami i *womwe*, takimi długimi na pięć stóp bojowymi sierpami. Widziałem konia przeciętego wpół jednym ciosem tej broni. I gromadzą wokół siebie innych z zachodu. Z czarnych plemion.

— Po co?

Pokręcił głową.

— Zadałaś złe pytanie. Mówiłem ci, że wielu niewolników nie pochodzi z północy. Meekhańczycy są najliczniejsi, ale mniej więcej czwarta część to ludzie zza zachodniej granicy. Znad Nwe, z Równiny Bahijskiej i innych krain za tymi wzgórzami. Imreli, Bahone, Wus Kare... kto by tam spamiętał te barbarzyńskie nazwy. Większość z nich trzyma się Uware i jego Uawari Nahs, bo... bo tak. Bo nawet jeśli ich plemiona kiedyś toczyły wojny, to i tak... Widzisz, ja przy kieracie bardziej nienawidziłem Meekhańczyków niż tego cholernego Błyskawicy. Bo pochodziliśmy z jednego zakątka świata. Tak to działa. Poza tym Lew ma przy sobie Królową Niewolników i o ile on rządzi nimi przez strach, o tyle ona trzyma ich serca. Demenaya nie bierze udziału w naradach ani nie pokazuje się za często, ale jeśli przyśle prośbę o sto beczek solonego mięsa, to je dostanie. Bo inaczej może kazać swoim ludziom porzucić nas i odejść.

Przemówiło przez nią wino.

— Może w takim razie każcie im iść i pocałować w dupsko wszystkie demony Mroku?

Kor'ben westchnął.

— Kahel nie chce zrezygnować z Uware i jego wojowników. Poza Uawari Nahs Lew ma jeszcze kilka tysięcy zbrojnych. Dobrze walczą, znają teren, wiedzą, jak przeżyć w tym lesie, jakie rośliny można tu hodować...

— I kiedy należy stąd odejść? — rzuciła, zerkając na jego twarz.

Wykrzywił się dziwnie, a jego dłonie mimowolnie rzuciły przekleństwo w *av'anaho*.

— Tak. To też. Jak mówił na naradzie, za dwa miesiące nadejdzie pora deszczów. To jak... jak zima na Stepach. Wszystko wtedy zamiera, handel, uprawa ziemi, wojny. Przez miesiąc nic, tylko leje. Niziny na wschód od nas zamieniają się w podmokłe łąki, rzeki zwiększają swoją szerokość dwukrotnie. Obserwowałem to rok w rok. Armie stoją w miastach, bo tutejsze drogi ledwo nadają się wtedy do podróży pieszo. Konnica czy wozy rozmamłałyby ich nawierzchnię w zasysającą wszystko breję. Jak nie znajdziesz sobie suchego miejsca, dopadnie cię jedna z tutejszych chorób, tyfus, febra, czerwona biegunka. Umrzesz, wysrywajac albo wyrzygując wnętrzności. Albo to i to.

Większość tego słyszała już na naradzie.

— I co zamierzacie zrobić?

Rzucił jej krótkim „Ha" i pokazał gestem *wścibska koza*.

— Musielibyśmy wypić jeszcze z pięć takich dzbanów, zanim wyciągniesz ze mnie takie sekrety, dziewczyno. Powiem ci za to, czego nie zrobimy. Nie pójdziemy, jak chcą niektórzy, na zachód. Uware chce, żebyśmy poszli w stronę Nwe. To rzeka płynąca w poprzek kontynentu, wiesz? Podobno tak wielka, że gdyby Tos była kucykiem, to Nwe musiałaby się urodzić jako słoń. Płynie przez ponad pół kontynentu, a jej ujście zajmuje Sewendeaha... neri? Chyba tak nazywa się to miasto. Z wielkim portem. Dotrzyjcie do niego, mówi Lew, a stamtąd statkami będziecie mieli trzy razy krótszą drogę do domu niż z Białego Konoweryn. To tylko tysiąc pięćset mil, co to dla was, mówi.

Twarz Wozaka ściągnęła się w gniewnym grymasie. Kailean prawie poczuła jego złość.

— Kłamca i głupiec — mówił dalej. — Nie poprowadzimy tylu tysięcy ludzi na zatracenie w dżunglach i na równinach za tymi wzgórzami. Między dzikie plemiona, z którymi musielibyśmy walczyć o wodę i jedzenie. Dla jego ludzi to najkrótsza droga do domu. Dla nas, do grobu.

Tak. To na te wieści czekał Laskolnyk. Konflikt między niewolnikami miejscowymi a tymi z północy był wyraźny. Czarni niewolni czuli zapach swoich ojczystych krain w zachodnich wiatrach. Na razie trzymali się Meekhańczyków, ale jeśli Kahel-saw-Kirhu zechce poprowadzić swoich ludzi w innym kierunku niż na zachód, to czy ta armia nie rozpadnie się na części? I to imię, Demenaya. Królowa Niewolników? Trzeba zapamiętać i przekazać. Kha-dar powinien wiedzieć, co z tym zrobić.

Przypomniała sobie coś jeszcze.

— A te... słonie?

— Co, słonie?

— Nie boicie się ich?

— Nie odpuścisz, co, mały szpiegu? — Spojrzał na nią groźnie, ale jego dłonie pokazały *żart, żartuję z ciebie*. — Nie boimy się ich bardziej niż konnicy i piechoty. Wielu naszych służyło przy nich, gdy karczowały dżunglę, budowały drogi, ciągnęły ciężary. Znamy je i wiemy, jak z nimi walczyć.

Trudno jej było to sobie wyobrazić, ale skoro tak mówił.

Słońce dotknęło horyzontu i zaczęło powoli się za nim pogrążać. Jakby roztapiało się w purpurowy kleks, który barwił coraz większą część nieba. Kor'ben Olhewar zobaczył jej minę, uśmiechnął się szeroko i zupełnie nie po verdańsku objął ramieniem.

— Tutejsze zachody słońca są... Nawet av'anaho nie wystarczy, żeby je opisać.

Czerwień rozlała się po całym nieboskłonie. I pod nim, na ziemi. Między widocznymi ze szczytu wzgórza koronami drzew, na sąsiednich wzniesieniach...

Wszędzie na zachodzie stada ptaków zrywały się i mknęły w górę.

Kowal wstał i osłaniając dłonią oczy, wpatrywał w zachodni horyzont. Kailean nie potrzebowała wzroku, Berdeth już zdążył się z nią połączyć i czuła zapach. Dym. Ogień. Płonęła wielka połać lasu, szeroki na kilka mil wał płomieni szedł w ich stronę, coraz wyższy i gwałtowniejszy.

Głuchy dźwięk gongu rozdarł powietrze, jakby olbrzym dorwał się do blaszanej pokrywki. Odpowiedziały mu kolejne, z różnych stron obozowiska, a ich natarczywy dźwięk niósł jasny przekaz.

Alarm! Alarm!!! Do broni!

Kailean nie potrzebowała tego, bo przez syk płomieni dobiegły ją już odgłosy, które znała aż za dobrze. Szczęk żelaza, odległy wrzask, brzęk cięciw.

Atakowano obóz.

Z namiotów wyskakiwali żołnierze, już z bronią w rękach, ktoś wykrzykiwał rozkazy, ktoś inny żądał otwarcia bramy.

— Leć. — Kor'ben pchnął ją lekko w plecy. — Leć do swoich. Zresztą nie, czekaj.

Znikł w namiocie i po chwili wrócił, podając jej płachtę czerwonego jedwabiu.

— Podrzyjcie na pasy i obwiążcie sobie szyje. To znak, że jesteście nasi.

Lea galopowała już przez obóz, trzymając w ręku wodze Toryna.

— Wskakuj! Kha-dar wzywa.

Kailean była w siodle w pół mrugnięcia okiem, ale na pożegnanie odwróciła się jeszcze i rzuciła w Mowie Wysokiej.

— Powodzenia w bitwie *tańcu żelaza,* wojowniku. Niech Laal *Pani Koni* chroni cię w cieniu *za tarczą* swych chrap.

Kowal uśmiechnął się i odpowiedział:

— Błogosławieństwo na drogę, *przynosząca piękne wieści* dziewczyno. Niech twoje strzały niosą śmierć *zagładę, trwogę* naszym wrogom.

Rozdział 17

Gentrell zgrzytnął zębami. Kolano łupało go od rana bardziej niż zwykle, znak, że nadchodziła zmiana pogody. Ale to i tak nie poprawiało mu humoru, choć deszcz, albo najlepiej solidna burza, były tym, na co czekali wszyscy w mieście.

Zbliżał się wieczór, słońce rozciągnęło cień zamku w wielką płachtę przykrywającą pół ogrodu, ale dla Trzeciego Szczura Imperium nie istniało coś takiego jak czas wolny od obowiązków. Wezwanie od cesarza złapało go w trakcie popołudniowej kąpieli i miało tylko trzy słowa: „Pilna narada. Natychmiast".

Wyszedł z kwatery w wilgotnym ubraniu i popędził do zamku.

Teraz jednak zaklął, przeszyty nagłym bólem, i przystanął dla złapania oddechu, w pełni świadomy, że właśnie przyciągnął uwagę czujnych oczu śledzących wszystko wokół. Menaner coraz bardziej przypominał oblężoną twierdzę. Podwojono straże przy bramie, między blankami wież migały raz po raz hełmy, nowe okiennice błyszczały stalowymi okuciami, a po „ogrodzie" otaczającym zamek włóczyły się swobodnie zdyszane psy. Niezbyt duże, niezbyt groźne i bardzo hałaśliwe. Gentrell wiedział, że te duże i groźne drapały niecierpliwie drzwiczki klatek, które otworzą się, jeśli ich towarzysze podniosą raban.

Sam podpisywał dokumenty, dzięki którym sfinansowano szkolenie tych zwierząt. Nie tylko miały wyczuwać, osaczać i neutralizować intruzów, ale też, w przeciwieństwie do większości zwykłych psów strażniczych, nauczono je nie bać się magii. Udowodniono już, że zwierzęta reagują na nagły skok Mocy podobnie jak niektórzy ludzie, odbierając dziwne wrażenia zmysłowe, smaki, zapachy, swędzenie skóry, i dla większości z nich stanowiło to sygnał do ucieczki. Te psy nauczono, by znajdowały i wskazywały miejsca, gdzie używano czarów. Po przeszkoleniu zwierzaki potrafiły zlokalizować każdego szpiega używającego magii mamiącej zmysły - przykrytego na przykład czarem niewidzialności - jakiego Nora im podsunęła.

Sekrety ich treningu objęto klauzulą Błękitnego Kamienia, czyli - tłumacząc na zwykły język - należało „zabić każdego, kto o to zapyta".

Jedno ze zwierząt podeszło teraz do Gentrella, powąchało go i merdając krótkim ogonem, wróciło na trawnik, do miski z wodą.

Zdał test, bo zamek nie poczęstował go strzałą.

Rozmasował kolano i ruszył dalej.

Oficjalnie wszystkie te środki bezpieczeństwa podjęto, bo Menaner stał się tymczasową siedzibą cesarza, gdyż grube mury zapewniały Jego Wysokości chłód i odpoczynek. A cesarz potrzebował odpoczynku po trudach, jakie spadły na jego barki w związku z wojną wywołaną przez niewdzięcznych Wozaków, zamieszaniem na Wschodzie i spodziewanym upadkiem Yawenyra. Ruchy wojsk, dyplomatyczne zabiegi, działania szpiegów, zawiązywanie nowych i podtrzymywanie starych sojuszów - wszystko to spędzało sen z powiek pierwszego wśród Meekhańczyków, który mało spał, jadł byle co i dniami i nocami starał się utrzymać pokój.

Gentrell miał wgląd w papiery dotyczące tej akcji Nory. Szczury dbały o to, by wizerunek Kregana-ber-Arlensa pozostał w oczach ludu nieskazitelny. I kontrowały plotki czy oskarżenia rozsiewane przez niektórych członków Rady Pierwszych, niezadowolonych z tego, że dzieje się coś, o czym oni nie mają pojęcia.

Ha. Gdyby wiedzieli... Ostatnie raporty znad Wenderladzkiego Bagna mówiły o tym, że nocami widuje się tam dziwaczne bestie. Na Uroczysku, które od setek lat uchodziło za nieaktywne! Ande Salurin – Drugi Szczur Nory, dostał zgodę od samego cesarza, by ściągnąć w tamtejsze okolice Pięćdziesiąty Drugi Pułk Piechoty i w ramach „ćwiczeń" zacząć odbudowywać pierścień wałów, który zostawiły Siostry Wojny. Kilkanaście mil ziemnych umocnień... pułkowi zajmie to z miesiąc. Chyba że Ande uzna, że to za długo, i ściągnie jeszcze parę oddziałów. Ale to by oznaczało przyznanie się, że Imperium szykuje się do wojny w samym swoim sercu.

Kan-Owar dotarł wreszcie do drzwi pałacu i odprawił rytuał z obmywaniem rąk i twarzy, z piciem rozrzedzonego, chłodnego wina. Wszystko pod okiem pół tuzina sług kręcących się po korytarzu, których luźne tuniki ledwo maskowały pikowane pancerze oraz noże i sztylety w ukrytych pochwach. Reszta uzbrojenia – tarcze, miecze i topory – wisiała na ścianach, pod ręką.

To go zdziwiło. Brązowy Klucznik rzadko stawiał swoich ludzi pod broń w tak rzucający się w oczy sposób.

Drzwi do Sali Paradnej były uchylone, a dobiegający zza nich stukot młotka brzmiał niepokojąco.

— Pan Luwo kończy właśnie swój koncept. — Sługa prowadzący szpiega miał twarz zakrytą maską chłodnej obojętności, choć jego oczy mówiły wszystko, co myślał o „konceptach" Pierwszego Szczura. — Proszę uważać pod nogi.

Gentrell westchnął. Nie było go ledwo trzy dni, a Luwo-asw-Nodares zdążył już doprowadzić do białej gorączki nawet tak zdyscyplinowaną bandę, jak osobista służba cesarza. Pięknie.

Poczuł prawie coś na kształt dumy.

Ale gdy wszedł do środka, duma uleciała z niego wraz z cichym jękiem, gdy walnął obolałym kolanem w stojącą naprzeciw wejścia ławę.

Chaos panujący w Sali Paradnej dawał się porównać jedynie z pobojowiskiem bitewnym. Kawałki drewna, deski, żerdzie ze sterczącymi z nich gwoździami, wiadra z różnokolorowymi farbami i szmaty leżały na posadzce wokół Szaleństwa, a sama płaskorzeźba wyglądała, jakby kilku pijanych malarzy przewróciło się na nią i tarzało, zostawiając kolorowe smugi. Dodatkowo umieszczono na niej dziesiątki, nie, setki drobnych figurek, wśród których szpieg ze zdumieniem rozpoznał gliniane i ołowiane posążki żołnierzy, koni, zwierząt, zabawkowe wozy, domy, mosty...

Najświętszy symbol cesarstwa zamieniono w pokój zabaw.

Kilku służących uzbrojonych w dziwaczne kije, przypominające małe grabki na długich trzonkach, stało wokół z minami sugerującymi, że niczego w życiu bardziej nie pragną, niż znaleźć się bardzo daleko stąd.

Nie dziwił im się.

Cesarz go zabije, ta myśl pierwsza pojawiła się w głowie Gentrella, gdy tylko ból w kolanie przycichł. A potem każe rozwiązać Norę. Jak on śmiał...

— No, jesteś wreszcie — głos Kregana-ber-Arlensa dobiegł gdzieś z góry. — Już myślałem, że trzeba będzie posłać po ciebie lektykę.

Trzeci Szczur uniósł głowę. Pod sufitem, a komnata miała ze dwadzieścia stóp wysokości, biegł podest, szeroki na kilka jardów, z balustradą i miejscem na mały stolik. Z góry spoglądali na niego cesarz, Suka i wyglądający niczym kocur opity po same wąsy śmietaną Luwo-asw-Nodares.

Gentrell zmrużył oczy, krzywiąc się. Prowadząca na podest drabina obiecywała jego kolanu kolejną porcję męki, ale cesarz przyglądał mu się z miną sugerującą, że czeka tylko na jakąś uwagę. W powietrzu wisiała solidna porcja kąśliwości.

Wszedł na górę. Czternaście pchnięć bólu, które przeszyły jego kolano, gdy wspinał się po szczeblach, uperliło mu twarz potem. Na szczęście mógł go zwalić na gorąco, które czekało pod sufitem.

— Uff. Duszno tu, Wasza Wysokość.

— Przyzwyczaisz się. Jak ja. Czekam na raport o ruchach Verdanno i Sahrendey. To pozwoli nam uzupełnić mapę. — Palec imperatora wskazał w dół. — Mów.

Cholera, po to wyciągnięto go z kąpieli? Gentrell zerknął na Szaleństwo Embrela. Z tej wysokości kolorowe smugi i paćki wyglądały inaczej. Mniej chaotycznie. Płaskorzeźbę zamieniono w olbrzymią, strategiczną mapę, na której fioletową farbą odwzorowano, i to bardzo wiernie, granice prowincji, niebieską rzeki i jeziora, a czerwoną - ważniejsze miasta. Figurki żołnierzy i koni rozmieszczono w - tego również był pewien - miejscach najważniejszych garnizonów. Północną część Wielkich Stepów oddzielał od reszty rząd wozów zabawek, zaczynający się u podstawy Olekadów i biegnący wzdłuż Amerthy aż do Wyżyny Lambijskiej, którą zaznaczono w północno-wschodniej części Szaleństwa.

— No?

— Przepraszam, Wasza Wysokość. Chodzi o ziemie zajmowane przez Sahrendey?

— Tak. Miałeś to ustalić.

— Przykro mi, panie, ale nie da się ustalić dokładnych granic na Stepach. Tam podaje się odległości w dniach drogi, a to dość swobodna miara.

— Nie proszę cię o dokładność naszych kartografów, wystarczy mi taka na szerokość konia.

Jeden ze służących wyjął ze stojącego na ziemi pudła ołowianego konika wysokiego na kilka cali i zaprezentował dumnie.

— Dobrze. Zacznijcie układać. Od miejsca, gdzie Lassa wpada do Amerthy, najpierw na wschód. — Na podstawie jego wskazówek na mapie rosła granica ze stojących jeden za drugim ołowianych koników. — Teraz na południowy wschód, nieco bardziej... jeszcze ze trzy konie, i znów na wschód. Do samego końca. Dobrze.

Kan-Owar odwrócił się do cesarza.

— Sahrendey zajmują mniej więcej dwa razy więcej ziem niż Verdanno, ale są mniej liczni. Łączy ich sojusz poprzez tych, których nazywają Ocalonymi Dziećmi. To delikatna sprawa, ale póki wszyscy czują się zagrożeni od południa, póty nie powinna ich poróżnić.

Suka westchnęła i zamachała wachlarzem. Cholera, kobiety mają się dobrze, jemu nie wypadało wachlować się kawałkiem malowanego jedwabiu rozpiętym na drewnianej ramce.

— Jak bardzo delikatna jest ta sprawa?

— Ocalone Dzieci, zwane też Widmowymi Wilkami, jeżdżą konno. I coraz więcej wozackiej młodzieży bierze z nich przykład. Rodzi się tam nowy kult... a raczej nowa interpretacja starego kultu, według której Laal Szarowłosa wybrała Key'lę Kalevenh, by zwolnić Verdanno z przysięgi i wskazać im nową drogę. By wsadzić ich na końskie grzbiety po prostu. To powinno ucieszyć naszych kapłanów Laal, bo jak do tej pory drażniły ich te wozackie dziwactwa...

— Wystarczy. — Cesarz machnął ręką. — Nie obchodzą mnie fanaberie kapłanów. Jakie jest ryzyko konfliktu między Verdanno a Sahrendey na dziś?

— Żadne, Wasza Wysokość. To raczej opór... tradycji. Ale wśród Verdanno wielu dowódców dostrzega konieczność posiadania własnej jazdy. Widmowe Wilki mogą być rdzeniem, zaczątkiem wozackiej kawalerii, a przecież nie uderzą one na swoich przybranych rodziców. Zresztą, większość z nich uważa się właśnie za Sahrendey i walczy na ich południowej granicy, wspierana przez tabory i rydwany Wozaków. Nie. Nie będzie żadnego konfliktu. A i sam Amanewe Czerwony ma problem, bo na jego ziemie coraz bardziej naciskają plemiona wierne Yawenyrowi. Jak mówiłem, tamtejsze granice są płynne i czasem wystarczy kilka dni, by przesunęły się o wiele mil. Poza tym, choć ta wiadomość nie jest wcale pewna, podobno Sahrendey stracili po bitwie u brodu Lassy sporą część swoich plemiennych duchów. Nie powróciły do rzeźbionych słupów, a ich obecność zawsze była częścią siły tamtejszych plemion. Tyle wiemy z raportów naszych ludzi, Wasza Wysokość.

— To by mnie akurat nie zmartwiło. Im mniej wałęsających się po świecie duchów, tym lepiej. Ale osłabienie Sahrendey nie jest nam w tej chwili na rękę.

Przez chwilę cesarz w zamyśleniu bębnił palcami po balustradzie otaczającej podest, a jego wzrok błądził po wschodniej części mapy.

— Dajcie cztery, nie, pięć czerwonych przy granicy Sahrendey z Se-kohlandczykami.

Kilka pomalowanych na czerwono koników ruszyło do ataku na rząd ołowianych braci.

— Luwo.

— Tak, panie.

— Mamy jakieś czaardany u Sowynenna Dyrniha?

— Szykują się do przeprowadzenia wozackiego bydła przez jego ziemie. W tej chwili jest ich tam mniej więcej tysiąc koni.

Granice ziem zbuntowanego Syna Wojny, jakąś czwartą część Stepów widocznych na mapie, oznaczał rząd koników tylko maźniętych na grzbietach czerwoną farbą. Gentrell zaczynał wyłapywać kod. Dyrniha nie uważano za sojusznika równie pewnego, co Wozacy. Dlatego głównej granicy Meekhanu, Amerthy, wciąż strzegły karne szeregi ołowianej konnicy.

— Poślijcie jeszcze z tysiąc. Z sugestią dla naszego drogiego Sowynenna, że dobrze by było wywrzeć pewien nacisk na wschodnie plemiona Yawenyra. To powinno odciążyć Sahrendey.

Pierwszy Szczur skinął głową. Jak tylko narada się skończy, zostaną wydane rozkazy. I ruszą, ścieżkami magicznej łączności, by w kilka godzin przebyć setki mil i rozpocząć małą wojenkę. Nie, nie wojenkę. W języku dyplomacji nazywałoby się to raczej „właściwym zaakcentowaniem naszych oczekiwań".

Imperialna kawaleria rozlokowana na Wschodzie była podzielona na ołowiane pułki po cztery konie, każdy oznaczony własnym numerem. Dziesięć pułków przy samej granicznej rzece, wzmocnionych szarymi konikami bez numerów, zapewne miejscami koncentracji wolnych czaardanów i sił sojuszniczych plemion, i dwadzieścia – policzył szybko – dwadzieścia trzy pułki jakieś sto mil za nią, zgrupowane w dwie nieduże konne armie. I masa pieszych regimentów stojących w drugiej linii za jazdą. Kregan-ber-Arlens mówił prawdę, gdy wspominał, że jest gotowy na kolejną wojnę z koczownikami. Na oko połowa armii stała na meekhańskim brzegu Amerthy.

Każdy szpieg wrogi Imperium oddałby obie nogi, żeby rzucić okiem na tę mapę.

To tłumaczyło środki bezpieczeństwa rozciągnięte wokół pałacu.

Na oczach Szczura jeden ze sług za pomocą długiego kijka odwrócił kilka koni stojących na granicy księstewka Sowynenna Dyrniha łbami na wschód. Dołożono też do nich jednego zwykłego konika, reprezentującego wolne czaardany.

— Dobrze. — Cesarz skinął głową i uśmiechnął się, ale tak, że Gentrellowi nagle zrobiło się bardzo, ale to bardzo zimno. — A teraz, jak już wspominaliśmy wcześniej, omówmy wydarzenia na Północy. Kazałem zaczekać z tym na Trzeciego, żebyśmy nie musieli powtarzać wszystkiego po dwa razy. Luwo?

Pierwszy skulił się, zmalał. Gentrell dopiero teraz zauważył, że zamiast zwykłej czerni asw-Nodares założył spodnie i koszulę w ciemnym granacie, włosy też miał w nieładzie, jakby zapomniał ich wypomadować. Mina, którą kan-Owar widział wcześniej, może i była miną kota, który opił się śmietany, ale za to teraz kot wiedział już, że ta śmietana nie była dla niego.

Północ?

Gentrell przypomniał sobie. Kompania Górskiej Straży, do której wysłano drużynę Szczurów i dziewczynę pochodzącą zza Mroku. Mieli razem powędrować z powrotem w Mrok, szukając Key'li Kalevenh. Tej samej, która ponoć prawie została zrodzonym na polu bitwy *ana'bogiem* i która wyrastała teraz na obiekt kultu u Wozaków.

Cholera.

Jeśli świat był jednym wielkim gobelinem, to czasem dało się dostrzec, jak łączą się w nim nici.

Na północy płaskorzeźby, mniej więcej w jednej trzeciej od jej zachodniej krawędzi, Szczur dostrzegł plamę czerni. Tuż za Wielkim Grzbietem. Wcześniej wziął ją za zwykły brud, ale teraz...

Cesarz poklepał go po ramieniu. Niby przyjaźnie, ale Trzeci nie dał się nabrać. Imperator był wściekły. Tak wściekły, że chyba tylko obecność sług nie pozwalała mu rzygnąć stekiem wyzwisk. W końcu reguły zachowania wpajane od dzieciństwa meekhańskiej arystokracji mówiły, że jedną z najgorszych rzeczy jest stracić twarz przed służbą.

Było aż tak źle?

— Patrzysz we właściwe miejsce, Trzeci. Mniej więcej tam znajduje się przełęcz, zwana przez wessyrskich górali Świstawką Dress. Niezła nazwa, choć rozważam zmienienie jej na Głupota asw-Nodaresa. Albo na Ostatni Błąd Szczura. Co ty na to?

Pani! Wielka i Łaskawa Matko. Przez głowę Gentrellowi przemknęły usłyszane kilka dni temu słowa – osobista odpowiedzialność.

— Ta przełęcz to jedyna droga prowadząca przez masyw Wielkiego Grzbietu na daleką północ, na ziemie aherskich plemion mieszkających w królestwie Pani Lodu. I tam właśnie dowództwo Górskiej Straży wysłało Szóstą Kompanię. I tam wysłaliście, Nora wysłała, drużynę Szczurów, żeby ich zgarnęła i poprowadziła siecią magicznych teleportów z powrotem w Olekady. Ha, i pomyśleć, że ja tu martwię się o sprowadzenie do Meekhanu Laskolnyka, hę? A mój Wywiad Wewnętrzny przerzuca magią całe kompanie wojska z jednej strony Imperium na drugą.

To nie tak, chciał zaprotestować. Nie da się porównać zorganizowania sieci krótkich, kilkunastomilowych przerzutów we własnym kraju z...

Wzrok cesarza zacisnął się mu na gardle żelazną obręczą.

— Dobrze, Gentrell. Bardzo dobrze. Jedno niewypowiedziane słowo jest czasem cenniejsze niż całe złoto świata. Widzisz te ciemne figurki na północy. To armia aherów. Obóz, który liczy, według wstępnych raportów, pięćdziesiąt, może sześćdziesiąt tysięcy głów. Tak donoszą zwiadowcy Górskiej Straży. Wyobraź to sobie, proszę, tę hordę wpadającą w nasze wessyrskie prowincje. Nawet miejscowe plemiona tych dzikusów potrafią nam zaleźć za skórę, ale to? I to w chwili, gdy nie możemy wycofać wojska ze Wschodu, gdy Ponkee-Laa wciąż próbuje się otrząsnąć po tej religijnej ruchawce, a na Dalekim Południu trwa powstanie meekhańskich niewolników. I pomyśleć, że Północ uważałem za pewną i spokojną granicę. — Przez chwilę wyglądało na to, że jednak z cesarskich ust padnie seria przekleństw. — Rozgadałem się, co? No to słuchaj. Na przełęczy nie ma Szóstej Kompanii, jedynych ludzi, którzy żywi wrócili z Mroku. Ani drużyny Szczurów wysłanej po żołnierzy. Ani panny Onelii Umbry, naszego najcenniejszego źródła wiedzy o tych, którzy czają się za Mrokiem.

Osobista odpowiedzialność - te dwa słowa zacisnęły mu się na gardle niczym katowska pętla.

O Pani. Wszyscy jesteśmy martwi. Norę czeka zmiana przywódców, bo cesarz nie uwierzy, że nic o tym nie wiedzieliśmy.

— Wszyscy zniknęli. Zostało po nich opuszczone obozowisko. Ale nie ma śladu walki, więc nie zostali stamtąd wyparci siłą ani uprowadzeni przez aherów. Zresztą, nie uwierzę, by cała kompania dała się tak podejść. Po prostu odeszli. Porzucili posterunek.

— Razem z drużyną Szczurów? Niemożliwe, Wasza Wysokość.

— Och, ja już to gdzieś słyszałem. Niemożliwe. — Spojrzenie cesarza przeniosło się na Pierwszego Szczura, który, nie do uwierzenia, zadygotał i skulił się jak chlaśnięty biczem. — Kompania mogła zostać zepchnięta z przełęczy przez nagły atak dzikusów i przekrada się teraz do nas bezludnymi górami, a drużyna Nory po prostu wpadła na aherów i została zmiażdżona. Albo razem z góralami przebija się z powrotem. Możliwe. Dobre i prawdopodobne wyjaśnienie. Tylko że, po pierwsze, nikt nie ostrzegł mnie o tym, co dzieje się na Północy; taka horda aherów nie wzięła się znikąd, a pilnowanie gór leży w gestii Nory. A po drugie, nikt nie poprosił mnie o zgodę na wysłanie tam tak cennego jeńca jak Umbra. Darowałem wam to wcześniej, pod warunkiem że zapanujecie nad wydarzeniami, prawda? Więc może odpowiecie mi, gdzie, do cholery, podziała się Szósta Kompania oraz Szczury z tą dziewką?

Rozdział 18

W każdej dziesiątce Czerwonych Szóstek byli ludzie, którzy potrafili opatrzyć ranę, wyjąć strzałę czy zatamować krwotok. Ale to Azger Laweghz z Drugiej, najstarszy tropiciel w kompanii, uchodził za specjalistę od połamanych kości. Potrafił je składać lepiej niż pułkowi medycy. Oglądał teraz nogi Boreheda, nie cackając się zbytnio, a szaman, który na własne nieszczęście odzyskał przytomność, leżał nieruchomo, z twarzą bladą jak sztuka świeżego płótna. Mokre od potu włosy przylepiły mu się do czaszki, tatuaże wyglądały jak czarne i czerwone, napęczniałe krwią żyły.

Ale nawet nie jęknął, sukinsyn.

— Ma połamane kości udowe, obie, a golenie potrzaskane na co najmniej trzy kawałki każdy. Lewe kolano... — Tropiciel pokręcił głową. — W Belenden kazaliby mu uciąć tę nogę.

— Tylko spróbuj — jęknął Borehed. — No, tylko spróbuj...

Azger zignorował go, odwrócił się i zaczął strugać z czarnej deszczułki łupki. Ostrze *kavayo* migotało w jego dłoniach.

Kenneth obserwował uważnie twarz szamana. Czy mu się tylko wydawało, czy jeden z tatuaży zaczął zmieniać kształt?

— Nie jesteśmy w Belenden, strażniku — rzucił szybko.

Siwy żołnierz wzruszył ramionami.

— Nie, panie poruczniku. Nie jesteśmy. I dlatego ten rzeźnik zachowa swoje kulasy, choć pewnie już nigdy nie będzie biegał.

Tatuaż na twarzy szamana uspokoił się, a stojący kilka kroków od nich Fenlo Nur opuścił kuszę, jego ludzie też.

Przez chwilę wszyscy, z szamanem włącznie, patrzyli, jak tropiciel nadaje kawałkom drewna pożądany kształt. Wreszcie Azger wbił zakrzywiony nóż w pokład, przymierzył łupki do połamanych nóg i warknął:

— Teraz zaboli bardziej. — Szarpnął prawą nogę, bez ceregieli nastawiając kości, i zaczął owijać ją podartym na pasy pledem.

Choć wydawało się to niemożliwe, tam, gdzie nie ozdabiały jej tatuaże, skóra szamana jeszcze pobladła. Ale Borehed, zamiast wreszcie zemdleć, wskazał wzrokiem na *kavayo* tkwiący w drewnie.

— Ciekawy nóż. Skąd...

— Prezent od przyjaciół ze wschodu. Część moich ludzi przywiozła je na pamiątkę. — Kenneth sięgnął po manierkę. — Chcesz jeszcze gorzałki?

Przed zabiegiem napoili rannego całą manierką, gest, którego szczodrości Borehed zdawał się nie doceniać. Ale co tam, Kenneth uznał, że najwyżej zrezygnuje ze swojej porcji.

— Nie... — Aher zamknął oczy i potrząsnął głową, rozpryskując krople potu na wszystkie strony. — Jeszcze trochę i stracę przytomność... a musimy porozmawiać... ty i ja. Ale... mów... do... mnie...

Tropiciel skończył prawą nogę i zajął się lewą. Znów szarpnięcie, coś jakby zgrzyt, oczy Boreheda na chwilę uciekły w głąb czaszki, ale zaraz powróciły. Gdy żołnierz dotarł z bandażowaniem do lewego kolana, które wyglądało jak skórzany worek wypełniony krwawą miazgą, porucznik odwrócił wzrok.

— Jakim cudem aż tak się połamałeś? — zapytał.

— Wy... aaaaaaaaa!!! Nie, nic nie mów... Niech zaciska... twój człowiek zna się na tym... aaaaach... — Aher westchnął tak, że oficerowi aż ciarki przeszły po grzbiecie. — To nic... nic... taniec kamieni... wyzwanie duchów... to jest ból...

Przez chwilę wyglądało na to, że szaman wreszcie stracił przytomność.

— Wypadłem z sań... ja... który urodziłem się na saniach... wypadłem, wylądowałem na dole, a sanie wylądowały na mnie... Psy... połamały się, musiałem dobić...

— Mówiłeś to już.

— Wiem... ale trzeba powtarzać, bo wtedy lepiej się pamięta. Poza... poza tym... mięso... nie powinno się zmarnować... Za dużo głodnych gąb jest... żeby się zmarnowało.

Borehed zaczynał majaczyć. Kenneth szybko zmienił temat.

— Znajdziesz dziurę, w którą wpadłeś?

— To... ta... głęboka...

No tak.

Azger kończył usztywniać lewą nogę. Jego szerokie, zgrubiałe dłonie poruszały się szybko i sprawnie. Nie starał się ulżyć męce Boreheda, ale też nie próbował jej zwiększyć. A porucznik wziął na siebie obowiązek odwrócenia uwagi szamana od tych zabiegów.

— Co jeszcze znalazłeś w środku? Pod pokładem?

— Mówiłem... miasto. Wiele komnat, korytarze, wielkie sale. W jednej... przez dziurę wpadł dom z góry... wypełzłem po tym... co z niego zostało. Czołgałem się... zapadałem w ciemność, znów czołgałem...

— Wypuściłeś swoje duchy? Użyłeś czarów?

Pokręcił głową przecząco.

— Nie. Nie chciałem... Muszę je trzymać... na chwilę... kiedy naprawdę zrobi się ciężko.

Kenneth zmierzył Boreheda wzrokiem. Aher miał połamane nogi, był blady, jakby ktoś zdarł mu skórę z twarzy i wymalował tatuaże wprost na kościach, pocił się obficie, a jego starte do krwi dłonie drżały.

— Chyba nie chcę wiedzieć, co ty uważasz za „ciężko".

Uśmiech szamana wyglądał, jakby pozbawiony ciała czerep wyszczerzył do porucznika zęby. Ale pytania, które Kenneth zadawał, zdawały się spełniać swoją rolę i odciągać uwagę ahera od tego, co robiono z jego nogami. Porucznik pytał więc dalej:

— Nieśmiertelna. Takiej nazwy użyłeś. Co to znaczy?

— Nieśmiertelna Flota. Tak się nazywali. Dziesiątki... może setki statków... najmniejsze miały ćwierć mili długości, największe... jeden z moich poprzedników — Borehed stuknął się w skroń — pokazał mi we śnie... Nie mogę uwierzyć... Milę. Statek długi na milę... Król, wódz całej floty. Pamiętam... wasi bogowie najpierw z nimi handlowali... potem walczyli... To byli potężni wrogowie... nawet Pan Mórz nie zdołał strącić ich ze swojego grzbietu... Pokonano ich wreszcie sojuszem wielu bogów... wielu sił... my też tam byliśmy... nasi wojownicy szturmowali burty statków, które ugrzęzły na mieliznach... Gdy wreszcie odepchnięto ich od brzegów... rzadko się pojawiali na horyzoncie... Potem odeszli... zniknęli.

— A teraz jeden powrócił?

Szaman uniósł dłoń z wyprostowanym palcem wskazującym, w bardzo ludzkim geście - czekaj chwilę. Azger właśnie kończył owijać mu drugą nogę, po czym szybko przywiązał całość do grubej deski, na której aher leżał.

— Będzie dobrze, panie poruczniku, chyba że wda się jakaś zgnilizna w środku. — Strażnik wstał, wytarł ręce w spodnie. — Wtedy nic nie dam rady zrobić. Mogę odejść?

— Idź. Odpocznij. — Kenneth zerknął na niebo, ciemniało. — Powiedz reszcie, że po zmroku robimy zmianę, nieparzyste dziesiątki idą na dół, parzyste obejmują wartę na górze. Czeka was ciężka noc.

— Tak jest.

— Nur!

Dziesiętnik, który do tej pory warował z kilkoma strzelcami nieco z boku, podszedł, spojrzał z góry na Boreheda, ale o dziwo, powstrzymał się od komentarza.

— Weź ludzi, moich też, rozbijcie namioty bliżej tej dziury, gdzie siedzi reszta. Odgrodźcie nasze psy od aherskich, robią się głodne, nie chcę, żeby się pozagryzały. Potem przygotujcie się do zejścia na dół. Chcę, żeby do wieczora twoja dziesiątka, Druga i Siódma, sprawdziły jeszcze kilka dziur w pokładzie.

Dziesiętnik spojrzał na niego z lekką kpiną.

— Czyli po prostu mam się zabierać, żeby pan mógł porozmawiać w spokoju z tym szamanem.

— Mniej więcej, Nur. Mniej więcej. Do roboty, chyba że chcesz mi jeszcze coś powiedzieć.

Wcześniej umówili się, że jeśli Fenlo dostrzeże jakąkolwiek oznakę aktywności duchów przywiązanych do ciała aherskiego szamana, natychmiast da mu znać.

— Nie, panie poruczniku. Wszystko jest w porządku. — Pleczysty dziesiętnik odwrócił się do swoich ludzi. — Zbierać się! Robota czeka!

Po chwili zostali sami. Porucznik Górskiej Straży i najpotężniejszy szaman aherów w zachodniej części Wielkiego Grzbietu. Borehed odzyskał już trochę kolorów, czarne oczy ukryte głęboko w oczodołach płonęły zaskakująco mocno. Ból i cierpienie, które do tej pory zasnuwały je mgłą, zniknęły, biła za to z nich inteligencja i determinacja, a Kenneth odkrył, że nawet patrząc na kogoś leżącego i przywiązanego do deski, człowiek wcale nie musi czuć jakiejś specjalnej przewagi.

— Wróćmy do tego. — Postukał obcasem w pokład. — Mówisz, że to jeden z tych wielkich okrętów, które pływały po morzach w czasach Wojen Bogów.

— Wierzysz mi?

— Stoję na nim. Największy okręt zbudowany przez ludzi miał trzysta pięćdziesiąt stóp długości. Podobno nie da się zbudować większego, bo drewno się łamie. Tak mnie uczono na przyspieszonym kursie oficerskim, zanim zostałem dowódcą tej bandy.

— Uczyli dowódcę górskiej piechoty o statkach?

— O historii Imperium i jego wspaniałości. To był imperialny dromon, nie pamiętam nazwy, którym dwieście lat temu rodzina cesarza pływała po morzu. Teraz się już takich nie robi. Nieważne. Stoję na czymś, co jest okrętem wielkości góry. Myślę, że ma z pół mili długości. Płynie na wschód, bez żagli ani wioseł, łamiąc krę i roztrzaskując góry lodowe. Więc wierzę, że możesz się nie mylić.

Borehed nie spuszczał wzroku z jego twarzy tak długo, aż Kenneth poczuł się nieswojo. I szczerze mówiąc, był wkurzony. W czarnych oczach pojawiło się bowiem coś, co niebezpiecznie przypominało pogardę.

— Mówisz, że mi wierzysz, człowieku. Ale czy wiesz, co to naprawdę znaczy? Stoisz na czymś, co jest okrętem z czasów Wojen Bogów — wymruczał wreszcie szaman. — Widziałeś, jak ten statek opierał się całej potędze Pani Lodu, a potem wyrwał się jej jakby nigdy nic i zabrał was i mnie na pokład. Teraz płyniesz nim w nieznane. Ja szczę po nogach ze strachu, przeklinam los, że nie urodziłem się i nie umarłem sto lat temu. Duchy, które noszę, skamlą i drżą, przerażone. A ty nic. Jesteś aż takim głupcem?

Kenneth przykucnął, aż jego twarz znalazła się tylko kilka cali wyżej niż twarz Boreheda.

— Nie. Pamiętasz Byrt? Tę wioskę, gdzie ludzie znajdowali artefakty po Wojnach Bogów? Dzieciaka z rękawicami, którymi rozszarpywał dorosłych na strzępy? Te rękawice zamieniły go w coś nieludzkiego. Powiedziałeś wtedy, że gdybym wiedział, co to znaczy, rzuciłbym się na miecz, pamiętasz?

Borehed skinął głową, a jego usta ułożyły się znów w lekceważący grymas.

— Pamiętam. Gdybyś wiedział, co to znaczy... że łamią się bariery, że to, co na zewnątrz, poza Mrokiem, może łatwiej się do nas dostać. Porządek, na którego straży stali wasi Nieśmiertelni, łamie się i kruszy, a świat... Moje sny prześladuje wizja czarnej ziemi na wieczność nakrytej kopułą w kolorze stali. Mrok... A tacy głupcy jak ty...

Porucznik uśmiechnął się tak, że szaman umilkł w pół słowa, a potem strażnik pochylił się lekko, na tyle, by jego szept dotarł do uszu czarownika.

— Nic nie wiesz o Mroku, Borehedzie Rzeźniku. Ja tam byłem. Ja i moi ludzie. Szliśmy po równinie ze skały gładkiej jak szkło i czarnej jak najciemniejsza noc. Spaliśmy pod niebem, które nigdy nie zmieniało barwy. Walczyliśmy z tymi, którzy przybyli spoza Mroku, i zabijaliśmy ich. Piliśmy tamtejszą wodę i oddychaliśmy tamtejszym powietrzem. A ta długowłosa blondynka, która towarzyszy Szczurom, właśnie spoza Mroku pochodzi. I podejrzewam, że takich jak ona może być więcej, bo wszystkie Szczury biegają tam i z powrotem jak dziwki w podpalonym burdelu. A w chwili, gdy zmusiłeś nas, byśmy ci towarzyszyli, wybieraliśmy się tam z powrotem. W Mrok.

Spojrzał w oczy Boreheda, zdumione teraz i wstrząśnięte.

— Jeśli więc śnisz koszmary o tym miejscu, to powinieneś też śnić koszmary o nas. Lepiej więc pamiętaj, jeśli przyjdzie ci do łba nas zdradzić, że jesteśmy żołnierzami z twojego koszmaru, szamanie.

Wstał, spoglądając na leżącego czarownika.

— Przyślę ludzi, żeby przenieśli cię bliżej nas. Dostaniesz namiot, coś do jedzenia i picia. Prześpij się, bo rankiem idziemy na rufę. Znajdziemy tego, kto steruje, i porozmawiamy sobie z nim. Lepiej, żebyś wtedy potrafił się na coś przydać.

***

Wyruszyli jednak dopiero po czterech dniach, a główne przyczyny opóźnienia były dwie. Po pierwsze statek zaczął się dziwnie zachowywać, to zwalniał, to przyspieszał, to stawał na chwilę. Jednego dnia, sądząc po ruchach słońca na niebie, zatoczył nawet olbrzymie koło, zbliżając się do brzegu na kilka mil. Kenneth skierował połowę kompanii do budowy tratw, a jeśli wiozący ich potwór zatrzymałby się w pobliżu lądu, porucznik był gotów podjąć ryzyko opuszczenia pokładu. Drugą przyczynę stanowił Borehed. Szaman dostał takiej gorączki, że nie sposób było się do niego zbliżyć. Dosłownie. Powietrze nad jego noszami falowało, a Fenlo Nur twierdził, że najpewniej wszystkie duchy ahera wiszą tam, czekając na szansę uwolnienia się i rozdarcia jego ciała na strzępy. Taka była cena szamańskiej magii, gdy czarownik umierał nagle, nie odprawiwszy odpowiednich rytuałów. Dziesiętnik Piątej stanowczo odradzał próby zbliżania się do Boreheda. Potem wszystko wróciło do normy, statek podjął podróż na wschód i choć płynął wolniej niż poprzednio, mogli zapomnieć o tratwach, a szaman otworzył oczy i zażądał jedzenia. Gdy więc piątego dnia o świcie ruszyli w drogę, nie było chyba nikogo, kto żałowałby opuszczenia dziobu. Komnata, w której kompania na zmianę spędzała noce, okazała się – w chwili, gdy znalazło się w niej trzydziestu ludzi – zaskakująco ciemna, ciasna i duszna. Użyli obu znalezionych lamp, ale Kenneth miał wrażenie, że tylko pogarszają sprawę; ich światło, drżące i niepewne, było połykane przez czarne ściany, podobnie jak blask niewielkiego ogniska, które rozpalili, by zjeść coś ciepłego i podsuszyć wilgotne rzeczy. Na dodatek, gdy już ułożyli się do snu, dotarło do nich, że statek wcale nie jest cichy. Jęczał, trzeszczał, skrzypiał i bulgotał. Na górze wiatr zagłuszał te odgłosy, ale w trzewiach okrętu rozlegały się wyraźnie, więc noce spędzali niespokojnie i nerwowo. Z ulgą opuścili tymczasowe schronienie i przygotowywali się do wyruszenia na rufę.

Chcieli tam dotrzeć jak najszybciej, bo zachowanie statku potwierdzało tylko ich podejrzenia, że ktoś nim steruje. Oprócz tego, że zwolnił, zaczął też płynąć szlaczkiem, zakręcając z północy na południe i z powrotem. Jakby czegoś szukał.

Kennethowi bardzo się nie podobała ta zmiana.

Na miejscu zostawili cztery sanie, pozostałe porąbali i zabrali jako opał. Skromne zapasy, namioty i resztę sprzętu mieli nieść sami, dla Górskiej Straży normalna sprawa, a nawet Szczury nie protestowały, gdy kazano im załadować wszystko do worków i wrzucić na własne grzbiety. Boreheda, który po dojściu do siebie był dziwnie cichy i wygaszony, miało na zmianę nieść po dwóch ludzi, szaman mógł się przydać, jak już odzyska siły. Kenneth trochę żałował, że zdradził mu sekret Szóstej, w końcu był prawie pewien, że nawet Olag-hes-Brend, Szczur trzeciej klasy, nie wiedział, dlaczego kazano mu ściągnąć ich kompanię z przełęczy, ale nie było sensu płakać nad tym, co się stało. Spojrzenia, jakimi Borehed obdarowywał jego ludzi, warte były wszystkiego.

Szybko i sprawnie dotarli do miejsca, w którym parę dni wcześniej znaleźli czarownika, ale kilkadziesiąt kroków dalej drogę zagrodziło im szczególnie wysokie i nieprzyjazne zwałowisko belek, potrzaskanych dachów i szczątków kilku masztów. Jakby natknęli się na wiatrołom. Kenneth zarządził krótki postój, wysyłając trzy dziesiątki i resztki szczurzej drużyny w poszukiwaniu najlepszej drogi. Nie było sensu błąkać się po omacku, łamiąc nogi i wpadając do dziur. Korzystając z chwili odpoczynku, podszedł do szamana.

— Wyspałeś się przez te kilka dni?

— A co cię to obchodzi?

Borehed wyglądał, jakby jedną nogą znajdował się już na drodze do Domu Snu, ale wczoraj, zwłaszcza gdy Azger opatrywał jego rany, sprawiał wrażenie, jakby biegł po tej drodze ścigany przez zgraję wilków. Czyli był postęp.

— Jak już mówiłem, jeśli będziemy cię potrzebować, lepiej, żebyś był w pełni świadom. Inaczej możesz zrobić krzywdę któremuś z moich ludzi.

— Mało spałem. Skupiałem się na leczeniu.

— I?

— Powstrzymałem większe krwotoki, przyspieszyłem zrastanie kości. Ale to potrwa.

— Jak długo?

— Zdąży nam się skończyć jedzenie. I psy.

No. Wyglądało na to, że aher dochodził do siebie. To dobrze. Porucznik wolał szamana wkurzającego i złośliwego niż wstrząśniętego, zmieszanego i przestraszonego, bo wtedy miał pewność, że ten daje z siebie wszystko.

— Pomyślałeś może o tym, że ten statek jest jak tamte rękawice?

— Co?

Chyba tylko z szybkością myślenia jeszcze nie całkiem było u Boreheda w porządku.

— Że tkwił w lodzie. Zamarznięty przez stulecia. To wyjaśniałoby wszystko, połamane maszty, dziury w kadłubie, brak załogi.

Szaman zmrużył oczy.

— Nie. Nie pomyślałem. Ale gdyby tkwił w lodzie, Anday'ya zmiażdżyłaby go i starła w proch. Ona naprawdę nie lubiła Nieśmiertelnej Floty... I jak niby miałby się uwolnić spod lodu. Teraz? Zanim przyszła wiosna? Myślę, że on ma związek z tym, co wydarzyło się daleko na Wschodzie. Na stepach. Prawie trzy miesiące temu, mniej więcej wtedy, gdy tu, za - jak wy to mówicie - Wielkim Murem, miała skończyć się zima. Przez świat duchów przetoczyła się fala, ryk. I nagle ten ryk zmienił się w skowyt, skomlenie i ucichł. Dziękowałem wtedy duchom przodków za tę ciszę, ale nie skojarzyłem jej z zimą, która nie chce odejść, ani z gniewem Pani Lodu. Głupim i obłąkanym.

— Obłąkanym?

— Wasi bogowie nie powodują zmian pór roku, pływów wód ani wschodów słońca, mimo że ich kapłani czasem tak twierdzą. Mogą jednak, nadwerężając własną potęgę do granic, wpływać na nie lokalnie. Gdyby góry nie odgradzały tych ziem od ciepłych wiatrów z południa, nawet Anday'ya nie dałaby rady utrzymać tu mrozów tak długo. To może ją kosztować więcej, niż sądziła.

Trzy miesiące temu. Bitwa między Wozakami a Ojcem Wojny. Szóstki tam były, ale jedyny ryk, jaki słyszeli, nie wydawał się ani mistyczny, ani duchowy, lecz wyrywał się z gardeł tysięcy śmiertelników. Szamanowi musiało chodzić o coś innego.

— Sądzisz, że on przybył tutaj właśnie wtedy? — zapytał porucznik. — Trzy miesiące temu? I cały czas Pani Lodu próbowała go zniszczyć?

— Tak sądzę.

Kenneth innym wzrokiem spojrzał na statek, zrujnowany pokład, połamane maszty. Na Północy Anday'ya uchodziła za jedną z najpotężniejszych bogiń. Nie miała wielu kapłanów ani własnych miejsc kultu, ale nie potrzebowała ich, bo jak powiadano, przez połowę roku każda dolina zasypana śniegiem jest posadzką jej świątyni, a każdy ubrany w biel szczyt - kolumną wzniesioną ku jej czci. Bogowie potrzebowali ludzkiej pamięci i modłów, a w górach nie dawało się zapomnieć o kimś takim jak Pani Lodu. Była obecna w podaniach, bajkach opowiadanych dzieciom, mrocznych opowieściach snutych przy kominku. Zimą przeklinano ją, latem straszono jej powrotem. Nie miała wielu czcicieli i nie dbała o tych, którzy składali jej hołdy, ale jakie to miało znaczenie, jeśli jej imię odmieniano na niezliczone sposoby w tysiącach miast, miasteczek i wiosek przez dwanaście miesięcy w roku?

I ten czarny okręt toczył z nią bój przez tyle dni? A w końcu wyrwał się jej i umknął?

Porucznik poczuł ponury, podszyty uznaniem szacunek. Twardy sukinsyn. Prawie jak góral.

— Dlaczego ty się nie boisz? — zapytał nagle Borehed. — Dlaczego twoi ludzie się nie boją? Czy to odwaga głupców? Idiotów i nierozsądnych dzieci, które nie wiedzą, co się dzieje?

Kilku strażników odwróciło się, jeden wykonał w stronę szamana obelżywy gest. Kenneth skrzywił się kwaśno.

— Założę się, czarowniku, że w drodze na rufę upuszczą cię teraz kilka razy. Przypadkiem, oczywiście. Sądzisz, że się nie boimy? Że nie wiemy, co to strach, bo jesteśmy za głupi, by wpaść na to, że dzieje się coś parszywego? Walczysz z nami tyle lat, całe życie, i ciągle nie rozumiesz Wessyrczyków. Jeden meekhański generał powiedział kiedyś, że tutejsi ludzie mają kości z kamienia. Jak góry, które stoją, nawet jeśli walą w nie pioruny i wieją na nie wichry. Nie walczymy ze światem, stawiamy mu opór. Świat może przychodzić do nas z różnymi nieszczęściami, pożarem, głodem, lawiną, chorobą, demonami, powala nas, ale my podnosimy się i robimy swoje. Góry nas tego nauczyły. Ci, którzy się tu osiedlili i nie mieli kamiennych kości, odeszli albo wymarli. Zostaliśmy tylko my.

Mówił już nie tylko do szamana. Większość żołnierzy też nadstawiała ucha, kiwała głowami, niektórzy krzywili się, jakby takie przemowy wpędzały ich w zakłopotanie. Ale słuchali.

— Walczyliśmy z opętanymi magią czarownikami, demonami i ludźmi spoza Mroku...

— I z jednym potworem, który prawie zabił nas latającymi kozami — rzucił Patyk. — Niech pan nie zapomina, panie poruczniku.

Część strażników, ta z czasów, gdy kompania liczyła tylko cztery dziesiątki, wymieniła porozumiewawcze spojrzenia. Kilka uśmiechów rozjaśniło ogorzałe gęby.

— Tak. Z nią też. Pamiętam. I jeśli przyjdą Pomiotnicy, bestie z piekieł, albo powrócą Niechciani, z nimi też będziemy walczyć. Nie upadniemy na kolana i nie będziemy wyć ze strachu przed tym, co nadejdzie, tylko poczekamy, obejrzymy sobie to coś i sprawdzimy, gdzie najlepiej wrazić mu kawałek żelaza. — Kenneth nachylił się nad szamanem, przez chwilę mierzyli się wzrokiem. — My nie bijemy się po to, by polec chwalebną śmiercią, ale by nasz wróg zginął jakąkolwiek. Więc nie nazywaj nas dziećmi ani głupcami, bo tak, czujemy strach, ale to taki strach, który każe nam ostrzyć broń i trzymać warty.

— A jeśli to nie wystarczy?

— Wtedy wymyślimy coś innego, szamanie. Znajdziemy sposób. Zawsze znajdujemy. Poradzimy sobie siłą, sprytem, podstępem albo magią. A teraz pójdziemy na rufę, znajdziemy sternika i poprosimy go grzecznie, żeby popłynął tą łajbą do brzegu.

Borehed strzelał oczyma po otaczających ich żołnierzach. Kenneth nie musiał; wiedział, że gapią się na niego i szamana z szerokimi uśmiechami na tych swoich zbójeckich gębach. Aher przeniósł wzrok na niego.

— Zawsze tak gadasz?

Oficer wyprostował się, z zakłopotaniem przeczesał palcami czerwone włosy. Cholera...

— Regulamin Górskiej Straży nakazuje porucznikowi co trzy dni wygłaszać podnoszącą na duchu przemowę do ludzi — rozległ się głos Velergorfa. — Przez to nie zauważamy, jak kiepsko nam płacą za tę parszywą robotę. To znaczy nie zauważalibyśmy, gdyby nasz dowódca był w tym lepszy.

Kilku ludzi uśmiechnęło się jeszcze szerzej, Kenneth też. Jeśli Druga wróciła tak szybko, musiało to oznaczać tylko jedno.

— Znalazłeś drogę?

— Prawie, panie poruczniku, pod jej koniec trzeba będzie popracować toporami. Ale widziałem rufę. Wielka jak zamek

— Dobra. — Oficer włożył gwizdek do ust. Dał sygnał do powrotu dla reszty kompanii i Szczurów. — Zbiórka! Ruszamy za kwadrans.

***

Znaleziona przez dziesiątkę Velergorfa droga wiodła czymś, co przypominało wąską uliczkę otoczoną przez resztki zabudowań, następnie przechodziła na wylot przez wielki plac, na którym stały drewniane donice z resztkami jakichś badyli sterczących niczym pęki wiklinowych mioteł, by wreszcie doprowadzić ich do ostrokołu z czarnych bali, ustawionego w poprzek pokładu. Kenneth zmierzył konstrukcję wzrokiem. Osiemnaście stóp wysokości, pomost dla strzelców poniżej zębatego grzbietu. To pierwsza budowla o tak obronnym charakterze, jaką tu spotkali. Niestety pod nią, od burty do burty piętrzyły się sterty belek, resztki ścian domów, połamane deski grożące ostrymi jak żelazne szpikulce końcami, a nawet kilka masztów owiniętych linami i resztkami żagli.

— Dziura jest tam. — Velergorf wskazał w stronę zwałowiska. — Psy znalazły. Można się przeczołgać, lecz nie wszyscy się zmieszczą, a Boreheda z pewnością nie przeciśniemy. Musimy ją poszerzyć.

Zajęło im to resztę dnia, połowę nocy i całe przedpołudnie, bo czarne drewno było cholernie odporne na rąbanie. Kenneth wolał poświęcić ten czas, chciał mieć prawdziwe przejście, a nie wąską jak przełyk węża dziurę. Wciąż pamiętał o zabarykadowanej komnacie, z której ktoś uciekł, wyrąbując sobie drogę w górę. Przed czym uciekał, nie miało znaczenia, ważniejsze było to, że gdyby część jego ludzi przepełzła na drugą stronę i została zaatakowana, nie mogłaby by ani się szybko wycofać, ani liczyć na wsparcie, a on stracił już zbyt wielu żołnierzy.

W południe następnego dnia przebili się do dziury znalezionej przez psy.

Otwór miał szerokość trzech stóp i znajdował się w miejscu, gdzie wyłamano z ostrokołu trzy bale. Trudno było ocenić, czy powstał na skutek ataku na mur, czy też z przyczyn naturalnych. Kenneth wyszedł przez dziurę i stojąc przed murem, twarzą w stronę dziobu, myślał. Wyłamane bale zniknęły, a ich podstawy nie nosiły śladów uderzeń toporów ani ognia. Za to ogień zostawił blizny na palisadzie w kilkunastu miejscach na całej jej długości. Plamy czerni na czarnym drewnie były ledwo widoczne, ale dziury wygryzione przez żar nie pozostawiały żadnej wątpliwości. Te umocnienia szturmowano i broniono. Zaciekle i z wielkim poświęceniem.

Porucznik rozejrzał się wokół – przed nim, aż do wznoszącego się na rufie kasztelu, rozciągała się szeroka na trzysta jardów wolna przestrzeń. Usunięto z niej wszystko, co zagradzało pole ostrzału, budynki, maszty, takielunek. Mieli przed sobą historię wojny, może bratobójczej, między załogą, a może historię inwazji na ten statek i jego rozpaczliwej obrony. Ale w takim razie, z której strony nadszedł atak? Czy napastnicy zdobyli śródokręcie i umocnili się na nim, czy też resztki załogi broniły się tu przed tymi, którzy zajęli rufę?

— Sprawdzaliście na dole? — zapytał Velergorfa. — Czy zabarykadowano korytarze pod pokładem?

— Wysłałem tam Szczury, panie poruczniku. Mówią, że wszystkie przejścia, które znaleźli, zamknięto. Solidnie. Kazać im sprawdzić resztę?

Kusiło go to.

— Nie. Zaraz idziemy dalej. Jak sądzisz, Varhenn... gdybyś miał bronić takiego wielkiego, drewnianego pokładu... zastawiłbyś na nim kilka pułapek? Zamaskowanych dziur?

Dziesiętnik pokiwał głową.

— Szyk ubezpieczony? Z linami?

— Tylko ci na przedzie. Pójdzie Czwarta z psami i Szczury. Reszta w szyku. Tarcze pod ręką, strzelcy w gotowości. Borehed!

Dwóch żołnierzy przydreptało, niosąc szamana. Pokryta tatuażem, ozdobiona wystającymi kłami twarz wykrzywiała się gniewnie.

— Nie jestem twoim psem, człowieku.

— Ale moi ludzie są twoimi nogami, aherze. I dopóki tak jest, dopóty mam cię na każde zawołanie. Czujesz coś? Moc? Stare albo nowe czary? Pieprzoną magię, która może nam namieszać w planach?

Czarownik przymknął oczy. Kenneth złowił wzrok Fenlo Nura. Nie, dziesiętnik pokręcił głową, szaman nie uwalniał duchów.

— Nie oszukuj. Potrafię poznać, kiedy udajesz. Przyjmijmy, że teraz jest naprawdę źle.

Czarne oczy otworzyły się, płonął w nich ogień.

— Dobrze — szept Boreheda był niski jak pomruk niedźwiedzia. — Jeśli tego chcesz. Na twoją odpowiedzialność.

Nur zachwiał się nagle, oczy prawie wyszły mu z orbit, gdy z wpółotwartymi ustami gapił się na przestrzeń nad głową aherskiego czarownika. Kenneth niespodziewanie poczuł na języku smak zgniłego mięsa, oczy zapiekły go i wypełniły się łzami.

Moiwa Samreh krzyknęła cicho i w tej chwili jakby mroźny podmuch przewiał wszystkich na wylot, a Nur pochylił się w przód i zwymiotował, klnąc między jednym skurczem a drugim.

Kenneth nie odrywał wzroku od szamana. Źrenice Boreheda uciekły w głąb czaszki, tylko białka błyskały raz po raz w głębi oczodołów.

— Za... zabijmy go, panie poruczniku... — Fenlo Nur wyprostował się, z trudem łapiąc oddech. Po brodzie ciekła mu strużka śliny. — To, co z niego wyszło... Setrenie... jeśli on ma więcej takich duchów, to mógłby dokopać wielkiemu bitewnemu magowi.

— Żadnego zabijania bez mojego rozkazu, dziesiętniku. To Rzeźnik Borehed i wiemy, co potrafi. Wytrzyj się, bo zaraz wszyscy będziemy tu rzygać. I od kiedy to jesteś wyznawcą Byka?

— Ja nie... mój ojciec był...

Borehed zdawał się teraz zapadać w sen.

— Wystarczy, dziesiętniku. Poczekamy, co powie. Potem ruszamy na rufę i...

Wycie, które wydobyło się z ust szamana, nie przypominało niczego, co mogłoby wydać z siebie gardło śmiertelnika. Jakby setka konających zwierząt, psów, kotów, wilków, próbowała jednocześnie dać głos, ale coś potężnego, ponad ludzkie wyobrażenie, przydusiło do ziemi ich szyje. Jakby żywcem obdzierano ze skóry tysiąc stworzeń. Borehed wygiął się tak, że prawie zerwał pasy, którymi był przywiązany, załkał głosem małego dziecka i zwiotczał.

Kenneth dopadł szamana, odszukał tętnicę na jego szyi. Puls zatętnił pod jego palcami jak serce małego, przerażonego zwierzątka, ale głowa ahera przechyliła się bezwładnie na bok, odsłaniając położoną za uchem i otoczoną tatuażem bliznę, która wyglądała, jakby ktoś wbił w nią hak i ciągnął.

Porucznik przymknął oczy, walcząc z ochotą rzucenia ciężką wiązanką. Nie teraz. Nie gdy żołnierze patrzą i spodziewają się, że dowódca zapewni ich, że wszystko jest w porządku. Wyda sensowne rozkazy i w ogóle.

— Nur!

— Tak jest.

Najwyraźniej Fenlo się uczył. Bo „tak jest" było wszystkim, co Kenneth chciał teraz usłyszeć.

— Widzisz to coś? — Wskazał nabrzmiałą bliznę. — Aherscy szamani przykuwają tak duchy do swoich ciał. To jest łącze z duchem, którego wysłał?

Nur wykrzywił się, jakby znów miał zamiar wymiotować.

— Tak jest. Grube jak palec. Jakbym widział flak wyciągnięty z bebechów.

— Daruj sobie szczegóły. Dasz radę za nim iść?

Dziesiętnik skinął głową.

— Chce pan pójść spotkać to, co złapało ducha? Tego ducha?!

— Tak. Jesteśmy tu któryś już dzień i pierwszy raz ktoś raczył zwrócić na nas uwagę. Więc podążymy za tym... flakiem. Znajdziemy tego kogoś i porozmawiamy.

Kenneth odwrócił się do reszty kompanii.

— Szykować się! Idziemy na rufę. Najpierw Bergh z psami i Szczury. Bergh, powiążcie się linami, Olag, wy też. Za wami idę ja, potem reszta dziesiątek według numerów. Ruszamy wzdłuż prawej burty, jedną flankę będziemy mieli osłoniętą. Broń pod ręką, tarcze w pogotowiu.

Zerknął na Boreheda. Szaman wyglądał gorzej niż wtedy, gdy go znaleźli. Trudno. I tak muszą go nieść.

— Naprzód!

Rozdział 19

Kobieta, która pojawiła się w drzwiach, była wysoka i szczupła. Deana zazwyczaj oglądała ją w białych, obszytych złotą lamówką szatach, teraz jednak Aweloney Długi Palec założyła jasne błękity, świetliste zielenie i radosną czerwień, haftowane w dziesiątki kwiatów, kolorowych ptaków i zwierząt. Jej suknia przypominała kawałek kwitnącej, tętniącej życiem łąki. Do tego krwistoczerwone usta, oczy powiększone czarną kredką, powieki ciężkie od cieni.

Deana skrzywiła się i wiedząc, że tamta nie dostrzeże tego grymasu, pozwoliła sobie na cierpki ton:

— Kiedy ostatnio zwróciłam ci uwagę, że biel Biblioteki za bardzo rzuca się w oczy, nie sądziłam, że wybierzesz przebranie...

— *Lakhary?*

— Nie znam tego słowa.

Śniada bibliotekarka wzruszyła ramionami.

— A ja nie wiem, jak Issaram nazywają ladacznice — ostatnie słowo wtrąciła w meekhu. — Macie w ogóle takie określenie?

Posługiwały się k'issari. Bibliotekarka sama o to prosiła, traktując te pogawędki jako okazję do szlifowania wymowy, a Deana nie miała nic przeciwko. Dobrze było porozmawiać w ojczystym języku, zwłaszcza gdy okazało się, że trzy issarskie wojowniczki, zatrudnione jako strażniczki i nauczycielki sztuki samoobrony w Domu Kobiet, bardzo poważnie traktują swoje obowiązki, więc spotykała się z nimi o wiele rzadziej, niżby sobie tego życzyła. A poza tym wiele spraw, które omawiała z Aweloney, powinno zostać między nimi.

Gestem zaprosiła kobietę do stołu, na którym zachęcająco rozgościły się tace z owocami, ciastem, drobnymi przekąskami i kilka karafek z winem.

— Nie — odpowiedziała. — Nie w tym sensie, w jakim używa się go w innych krajach. Przed ślubem kobieta może mieć tylu kochanków, ilu zechce, ale większość nie nadużywa tego przywileju. U nas też panuje prawo... brudnych języków. Jeśli będzie ci towarzyszyć opinia, hm... lekkomyślnej, żaden mężczyzna nie wyplecie dla ciebie ślubnego pasa. Ale też pomysł, by zarabiać na życie rozkładaniem nóg, jest głupi.

— Dlaczego?

— Bo w każdej *afraagrze* jest duża swoboda, jeśli chodzi o te sprawy. Nikt nie zapłaci za coś, co może mieć za darmo. Albo prawie za darmo. A na pewno nie za tyle, byś mogła z tego wyżyć. Mówię o d'yahirrach, rzecz jasna, różne plemiona różnie do tego podchodzą, ale w żadnym nie ma kobiet żyjących z dawania przyjemności. To nie miałoby sensu. No i rodzina do tego nie dopuści. Siadaj, częstuj się.

Usiadły. Aweloney nalała sobie wina, umoczyła wargi, a jej ciemna szminka zostawiła ślad na kryształowym kielichu. Takie rozmowy przed przejściem do naprawdę ważnych tematów to był ich rytuał. Długi Palec cały czas uważała się za sługę Wielkiej Biblioteki, gromadziła więc wiedzę z zachłannością oszalałego z chciwości skąpca, a Deana była jedyną osobą z Issaram, która tak otwarcie i chętnie się nią dzieliła.

— Zabijacie takie kobiety?

— Nie. — Deana zaśmiała się cierpko. — Nadal widzisz w nas brutalnych barbarzyńców? Są inne sposoby. Zresztą, u nas... wiesz, właśnie o tym pomyślałam, zazwyczaj jest więcej kobiet niż mężczyzn. Chłopcy wyruszają po swoje przygody zarabiać złoto jako miecze do wynajęcia, prowadzić karawany przez pustynię, walczyć z innymi plemionami. Dziewczęta też mogą to robić, ale po pierwsze, kupcy chętniej wynajmują mężczyzn, a po drugie, większość z nas tego po prostu nie chce. Nie ciągnie nas do wojaczki i udowadniania wszystkim wokół, kto ma większe jaja. Częściej zostajemy w domu, więc nierzadko na jednego mężczyznę w *afraagrze* przypadają dwie kobiety. Nie trzeba wiele, by zdobyć przychylność jednej z nich. Natomiast jeśli dziewczyna zbyt polubi takie zabawy i podarunki od swoich partnerów, rodzina zamyka ją na kilka miesięcy w domu, przy krosnach albo żarnach, żeby ochłonęła. Dlatego nie mamy takiego słowa... jak to powiedziałaś?

— *Lakhara*. To coś więcej niż portowa dziwka, ale mniej niż luksusowa utrzymanka. Wiele ich ostatnio odwiedza pałac.

Deana zabębniła palcami po krysztale, nalała sobie lekkiego wina, rozcieńczonego wodą z miodem.

— Zamknij oczy — poleciła.

Bibliotekarka zacisnęła powieki. Deana odchyliła *ekchaar*, pociągnęła kilka łyków, obserwując uważnie twarz kobiety. To był *olumney* - rytuał zaufania, na który pozwalała tylko trzem osobom. Varali, Suchiemu i Aweloney. Nikomu więcej, nawet Samiyemu, bo dzieci bywają nierozsądne. Dla Issaram było to coś bardzo intymnego i osobistego. Odsłonię twarz, ufając, że wy zasłonicie zwierciadła swojej duszy i nie spróbujecie skraść mojej. Bibliotekarka nadal wydawała się wstrząśnięta i głęboko przejęta tym zaszczytem.

Deana odstawiła kielich i poprawiła zasłonę na twarzy. Potrzebowała tych kilku chwil, by przyswoić nową wiedzę i przekuć ją na właściwe pytania.

— Już. Dlaczego *lakhary* zaczęły odwiedzać pałac?

— Bo Dom Kobiet stał się trudno dostępny dla mężczyzn. Poza tym wyzwoliłaś i odprawiłaś wszystkie niewolnice, a to one tradycyjnie zaspokajały żądze sług i strażników w pałacu.

— To ładna nazwa dla gwałtu. I pierwszy z powodów, dla których je odesłałam. Mężczyźni dużo gadają przed i po. Drugi jest taki, że nie ufam nikomu z obrożą na szyi, nawet atłasową. Więc mówisz, że wcześniej kwitły tu, hm, „romanse"?

— Oczywiście. Wiele. Nie tylko niewolnice pracują w pałacu, prawda? Młoda służąca łatwo może stracić głowę dla szlachcica. Albo udawać, że straciła, za kilka ładnych świecidełek i jedwabną suknię. Teraz jednak Varala zamieniła komnaty kobiet w twierdzę. A mężczyźni... ci najbogatsi mają własne nałożnice w pałacu lub poza nim, najubożsi chodzą do miasta albo portu, ale ci średnio zamożni sprowadzają sobie towarzystwo na popołudnia, wieczory i noce. W tym stroju — Aweloney zamachała pstrokatymi rękawami i wypięła demonstracyjnie biust — znacznie mniej rzucam się w oczy niż w bibliotekarskiej bieli. Pałac znów się zaludnił, choć zapewne dobrze o tym wiesz, Deano d'Kllean.

Wiedziała. Pałac zaludnił się zaskakująco szybko, zważywszy, jak niewiele osób towarzyszyło Laweneresowi w jego wędrówce do Oka, gdzie miał zostać zaszlachtowany w parodii pojedynku. Ale, co Deana odkryła wkrótce po powrocie do swoich komnat, nie da się kierować tak wielkim i bogatym księstwem bez armii sług, urzędników, zarządców, szambelanów i koniuszych. Na szczęście jedną z osób, które dochowały wierności upadającej dynastii, okazał się Evikiat, Wielki Kohir dworu. Deana i Suchi dali mu wolną rękę w tych szalonych dniach zaraz po rzezi na świątynnym placu, a on szybko i sprawnie rozkręcił machinę rządów, pozbywając się przy okazji z pałacu wielu swoich wrogów. Ale nowi urzędnicy, których przyjął na miejsce odprawionych, szybko utworzyli niezliczoną rzeszę biurokratów.

Deana westchnęła ciężko, przyciągając uważne spojrzenie siedzącej naprzeciw bibliotekarki.

— Znowu kłopoty?

Pytanie było tak głupie, że tylko wzruszyła ramionami.

Kłopoty? Jej życie nie składało się z kłopotów, tylko z serii nieustannych potyczek. Czasem zwycięskich, lecz najczęściej takich, których wyniku sama nie znała. Codziennie jako Pani Płomieni podpisywała dziesiątki papierów, dekretów i dokumentów, które podsuwał jej Evikiat. Czasem nawet nie wiedziała, co podpisuje, bo sporządzono je w Mowie Ognia, a tego języka nie opanowała jeszcze zbyt dobrze. Ale skoro po księciu była jedyną osobą, która mogła wejść w Oko, jej podpis miał swoją wagę. Nowe prawa – stan wojenny w całym księstwie, zmniejszenie przywilejów rad miejskich, nowe podatki i daniny... Wielki Kohir tłumaczył Deanie z początku, co jej podsuwa i dlaczego trzeba wydać nowe dekrety, ale ostatnio nie miała ani czasu, ani ochoty wysłuchiwać tych wykładów. Po prostu podpisywała.

Ufała draniowi z jednego powodu – wykazał się niezachwianą lojalnością w stosunku do książęcego rodu, a to znaczyło, że póki Laweneres żyje, Evikiat będzie działał dla dobra Konoweryn. Na dodatek jego lojalność w ten pokrętny, miejscowy sposób obejmowała też ją samą i dziecko, które nosiła.

To musiało wystarczyć.

Miała na koncie pewne sukcesy. Pałac działał coraz sprawniej, książęca armia gromadziła się pod miastem, niewolnicy albo uciekli, albo skuci strachem, nie śmieli nawet głośniej oddychać. Poselstwa z sąsiednich krajów zapewniały o lojalności i pełnym poparciu dla Płomienia Agara. Co prawda za zapewnieniami nie szły ani pieniądze, ani wojska do pomocy, ale przynajmniej większość okolicznych władców zdawało się uznawać jej pozycję.

Issarskie wojowniczki, które zatrudniła, codziennie ćwiczyły z dziewczynami z Domu Kobiet podstawy posługiwania się bronią. Oczywiście chodziło o najbanalniejsze rzeczy: jak trzymać szablę, jak brać zamach do cięcia z nadgarstka, a jak z łokcia, i jak nosić broń w sposób, który nie grozi samookaleczeniem. Rash wprowadziła obowiązkową godzinę ćwiczeń rano i dwie wieczorem. A zajęciom tym towarzyszyły ból i krew, łzy i siniaki. Ale też jakaś dzika zawziętość.

Lecz najważniejsze zmiany starsza wojowniczka wprowadziła w samym Domu Kobiet.

Gdy zapoznała się z rozkładem pokoi, altanek i ogródków w tej części pałacu, zaczęła działać. Niektóre przejścia zamknięto na głucho, przy innych postawiono warty, droga do komnat Laweneresa stała się teraz długa, kręta i łatwo było się na niej zgubić. Na dodatek co dwa, trzy dni zmieniano jej przebieg, odblokowując jedne przejścia, a zamykając dotychczasowe. Deana już dwa razy musiała prosić, by ktoś wskazał jej aktualny sposób dotarcia do księcia. Ale nie protestowała ani się nie skarżyła. W końcu po to wynajęła Rash y'Wannu.

Małe sukcesy, drobne zwycięstwa i olbrzymia góra problemów, których rozwiązywanie rodziło kolejne kłopoty.

Aweloney błądziła natarczywym spojrzeniem po zasłonie na twarzy Deany, najwyraźniej czekając na odpowiedź.

— Kłopoty? — powtórzyła pytanie.

Deana znów wzruszyła ramionami.

— U nas powiadają: „Uważaj, gdy kopiesz kamień na górskiej ścieżce, możesz wywołać lawinę".

Bibliotekarka przymknęła oczy, powtarzając jej słowa szeptem. Kolejne przysłowie Issaram, kolejny miedziak do skarbnicy wiedzy Wielkiej Biblioteki.

I kolejna prawda, która uwierała Deanę od wielu dni.

Potęga, którą dzierżyła w dłoni jako Płomień Agara, Błogosławiona Przez Oko, Pani Żaru, była dziwaczną mieszaniną władzy absolutnej oraz bezustannego ustępowania i podporządkowywania się miejscowym zwyczajom. A te okazały się sto razy bardziej skomplikowane, niż sobie wyobrażała.

Na przykład zdradzieccy kapłani, którzy jawnie poparli Obrara z Kambehii. Owszem, pozbyła się całej hierarchii Świątyni Ognia, w widowiskowy sposób każąc wepchnąć ich w Oko, a tysięczne tłumy wiwatowały, gdy przerażeni mężczyźni obracali się w popiół.

Ale to było tymczasowe i jak się okazało błędne rozwiązanie. Bo – o czym nie wiedziała, wydając wtedy rozkazy – pustka po tych ludziach nie dała się zapełnić byle kim. Kamień Popiołu, Ciemna Iskra, Lodowy Płomień, Miecz Żaru, Dłoń Litości, Ognik w Mroku... Te tytuły kapłanów Agara mógł przyznać i usankcjonować tylko pierwszy wśród nich – Dziecię Ognia. Czyli Laweneres, który nadal leżał nieprzytomny. W rezultacie od dwóch miesięcy w Świątyni nie mianowano nowych hierarchów ani nie odprawiono prawdziwego nabożeństwa, bo po prostu nie było komu tego zrobić. A nie do pomyślenia była sytuacja, gdy najświętsze miejsce Dalekiego Południa znajdzie się pod opieką mnicha z jakiejś lokalnej świątyni.

Tymczasem Świątynie Agara z innych księstw słały do Konoweryn tuziny posłów, z ofertami „pomocy", „wsparcia" i „doradztwa". Tak. Objęcie opieką Oka było tym, o czym marzył każdy świętoszkowaty gnojek na całym Dalekim Południu. I oczywiście coraz głośniej powtarzano opinie, że sukcesy zbuntowanych niewolników biorą się z tego, że Pan Ognia jest niezadowolony. Zupełnie jakby nie pamiętano, że niewolnicza armia odnosiła sukcesy, zanim konowerska hierarchia spłonęła w Oku.

— Zamknij oczy.

Deana nalała sobie jeszcze trochę wina. Trunek był słaby, rozcieńczony tak, że nie sposób było się nim upić. Bardziej oblepiał język kwaskowatą słodyczą niż pozwalał poczuć choćby lekki szum w głowie. To była jedna z tych rzeczy, które uświadamiały jej, że nawet władza Płomienia Agara ma swoje ograniczenia. Varala nie pozwalała jej już pić nic mocniejszego.

Dla dobra dziecka.

Zasłoniła twarz.

— Już.

Jej zaciśnięte w pięści dłonie przyciągnęły zdumione spojrzenie Aweloney. Nie, nie zdumione. Raczej pełne zrozumienia i współczucia. Deana sama nie wiedziała, czy to podnosi ją na duchu, czy irytuje.

— Jak sytuacja w mieście?

— Napięta. Ludzie próbują sprzedawać swoich niewolników, ale... — Bibliotekarka rozłożyła ręce w geście bezradności.

— Nie ma kupców?

— Nie ma.

Oczywiście.

Mimo iż w pałacu wszyscy udawali, że Konoweryn ma się dobrze, całe księstwo chwiało się w posadach. Do cholery, całe Dalekie Południe chwiało się w posadach. Bunt niewolników wstrząsnął nim o wiele bardziej, niż można by sądzić. Plantacje i kopalnie płonęły, a bez dostarczanych z nich jedwabiu, bawełny, przypraw i rud warsztaty przestawały pracować, huty wytapiać metale, kupcy nie mieli zaś czym handlować.

Evikiat co kilka dni przynosił jej wykaz kolejnych spustoszonych przez buntowników regionów z przewidywanymi stratami dla skarbca. Skarbca, który jak się okazało, ma jednak swoje dno, bo nowe podatki pokrywały ledwo trzecią część utraconych dochodów. Nie pomagało i to, że raportom towarzyszyły dziesiątki, a później setki próśb o pomoc, od miast, miasteczek, a nawet pojedynczych plantacji. Deana odpowiadała im zawsze tak samo – zamknąć bramy, obsadzić mury albo uciekać do najbliższego dużego miasta, które ma jedno i drugie. Nie rozdzieli Rodów Wojny na małe oddziały uganiające się za wrogiem, który zawsze będzie liczniejszy i bardziej zdesperowany. I umie walczyć.

Bitwa pod Pomwe była ukoronowaniem serii haniebnie przegranych potyczek, które dostarczały buntownikom broni i pozwalały im się otrzaskać z prawdziwą wojną oraz, co najgorsze, podnosiły ich morale. Na dodatek ruchy niewolniczej armii, jej liczebność, plany i cele wciąż pozostawały niejasne. A ona miotała się, rozdarta sprzecznymi uczuciami. Czy Deana d'Kllean, córka meekhańskiej szlachcianki, tak jak ona wyznająca Wielką Matkę, ma się przyczynić do rzezi zbuntowanych meekhańskich niewolników, jej braci w wierze? Mogła być Płomieniem Agara, ale niech Pan Ognia nie liczy na to, że stanie się jego ognistym mieczem, wypalającym bunt do korzeni. Nawet gdyby miała dość sił, by tego dokonać.

Powstanie. By je zakończyć, potrzebowała armii, bo z ludźmi pokroju Krwawego Kahelle nie da się negocjować bez broni w ręku.

A ta armia... Słowiki i Bawoły stanowiły jej trzon, w tej chwili – po stratach, jakie ponieśli w pierwszych dniach powstania i bratobójczej walce – liczący niecałe czternaście tysięcy ludzi. I to tylko dlatego, że do oddziałów wcielono starsze roczniki Nielotów i Cieląt oraz uzupełniono je weteranami. Deana wciąż ściągała żołnierzy z całego kraju w jedno miejsce, by nie wykrwawiali się w bezsensownych potyczkach, dzięki czemu miała teraz w ręku jakąś siłę. Co prawda brakowało jej doświadczonych dowódców, bo większość ze starej kadry siedziała w lochach lub się ukrywała, lecz młodsi oficerowie, awansowani czasem z dnia na dzień, dawali z siebie wszystko. Mogło to jednak nie wystarczyć, bo choć udało im się utrzymać dyscyplinę i sprawność oddziałów, to jednak nieliczni z nich dowodzili kiedykolwiek grupą liczniejszą niż stu czy dwustu ludzi.

Do tej pory znalazła w tej armii tylko dwóch oficerów, których doświadczeniu zaufała wystarczająco, by wyróżnić ich dowodzeniem większymi oddziałami.

Kosse Oluwer był najstarszym z oficerów Bawołów, którzy przetrwali czystkę, a nie wylądował w lochu chyba tylko dlatego, że w czasie rzezi przy Świątyni i późniejszych walk jego oddział znajdował się poza miastem. Ten czterdziestoletni *turanh* dowodził wtedy ośmioma setkami ciężkiej piechoty w Twierdzy Czterech Księstw, w miejscu, gdzie spotykały się granice Konoweryn, Kambehii, Geghii Północnego i Wahesi. A gdy przyszedł rozkaz, że ma porzucić zamek i wycofać się do stolicy, zrobił to, staczając po drodze tuzin potyczek, nie pozwalając się rozbić ani zatrzymać.

I dotarł do Białego Konoweryn, przyprowadzając ze sobą pięć tysięcy uchodźców i jeszcze cztery setki żołnierzy zebranych na traktach. Niezły wyczyn, zważywszy, że powstańcy już wtedy potrafili zniszczyć oddziały dwukrotnie liczniejsze niż Oluwera.

Ale o tym, że Deana postanowiła mu zaufać, przesądziło to, co zrobił, nim wyruszył z Twierdzy Czterech Księstw. Poświęcił trzy dni, by rozkopać jej fosę, zwalić mur zewnętrzny, zniszczyć cysterny z wodą, a resztę zamku spalić. Bez żadnego rozkazu zrównał z ziemią jedną z najważniejszych twierdz księstwa. Na pytanie, dlaczego to zrobił, wzruszył tylko ramionami i powiedział: „Jeśli chcesz mnie ukarać, zrób to, pani, ale Kambehia od lat marzyła, by mieć ten zamek. Przynajmniej nie będziemy musieli go zdobywać, gdy skończymy z buntownikami. Po prostu tak było trzeba". Deana uznała wtedy, że nie może stracić kogoś, kto robi co trzeba i kiedy trzeba, po czym mianowała Kossego dowódcą piechoty. Czyli *af'gemidem* Bawołów.

Nie ucieszył się z tego ani nie zalał łzami wdzięczności, tylko odwrócił na pięcie i ruszył do obozowiska pod miastem.

Ale od tej pory Bawoły trenowały dzień i noc. A ich obóz zamienił się w otoczony dwoma rzędami wałów fort, z którego żołnierze wychodzili tylko karnymi oddziałami na mordercze ćwiczenia.

Nowym *af'gemidem* Słowików został z kolei Wuar Sampore, jeden z żołnierzy, którzy chronili Deanę, gdy wyszła z Oka. Wysoki, o oliwkowej skórze, lecz jasnych oczach i włosach – dziedzictwie kilku pokoleń niewolników pochodzących z różnych stron świata – poruszał się ze swobodą wojownika nie tylko szkolonego od najmłodszych lat do walki, ale takiego, który się do tej walki urodził. To właśnie on jako pierwszy z oficerów Domu Słowika złożył jej przysięgę wierności i poprowadził nawróconych żołnierzy do szturmu na *ahyrę* swoich braci, gdzie zamknęła się grupka najwyższych dowódców Rodu, ze starym *af'gemidem* na czele.

Żaden ze zdrajców nie wyszedł stamtąd żywy.

A Słowiki miały od teraz nowego wodza.

Deana nie lubiła go, za arogancką pewność siebie i spojrzenia, jakie jej rzucał, gdy myślał, że na niego nie patrzy. Był w nich głód świeżo przebudzonej ambicji. Tacy ludzie potrafili być niebezpieczni, gdy uświadamiali sobie własną siłę i cudzą słabość, ale Suchi i Evikiat twierdzili, że nie ma lepszego kandydata na *af'gemida* Słowików, bo Wuar jest weteranem walk z pustynnymi plemionami, gdzie dowodził nawet dwoma tysiącami konnych naraz. A ona potrzebowała dobrego dowódcy kawalerii, zwłaszcza że – jak donosili jej szpiedzy – właśnie na konnicy buntownikom zbywało.

Przynajmniej obaj płynnie mówili w meekhu, co bardzo ułatwiało komunikację. Suanari Deany wciąż niestety kulało.

Szybkie oddziały konnych Słowików, uzbrojonych w łuki i lance, oraz kamienne szeregi ciężkozbrojnych Bawołów to była połowa i główna siła konowerskiej armii. Deana wiedziała, że jeśli dojdzie do bitwy, będzie mogła na nich polegać.

Ale reszta... Drugą połowę jej wojsk stanowili *nuawachi* – lekka piechota, procarze, oszczepnicy i łucznicy, mający za zadanie chronić przed atakami nieprzyjacielskich strzelców kontyngent ponad stu pięćdziesięciu słoni bojowych. Były tam też oddziały opłacone przez co bogatsze rody szlacheckie i gildie kupców i rzemieślników, składające się z najemnych piechurów i jeźdźców zaciąganych skąd się dało. Suchi nie mówił o tych żołnierzach inaczej jak śmierdząca zbieranina i prawdę powiedziawszy, miał rację. Stopniem wzajemnych niechęci i demonstracyjnie okazywanej pogardy niewiele różnili się od pałacowych koterii. Może i najemnicy mieli niezłe uzbrojenie, ale byli też niezdyscyplinowani, źle wyszkoleni, a co najgorsze, nie ufali sobie nawzajem.

Nuawachi zamknęli się w olbrzymim obozie razem ze słoniami i odmawiali nawet wspólnych ćwiczeń. Słonie, jak uświadomiono ją wtedy brutalnie, są bronią potężną niczym kiścień i dla niewprawnego wojownika równie niebezpieczną. Na dwie bitwy wygrane dzięki nim przypada jedna przegrana, spowodowana tym, że słonie wpadły w panikę i stratowały własne wojska. A tylko kilka ze zwierząt, które szykowano na bitwę, brało wcześniej udział w walce. Więc *nuawachi* przyzwyczajali je do noszenia zbroi i ostrzy zakładanych na ciosy, do atakowania rzędów manekinów imitujących nieprzyjacielską piechotę, do obalania, miażdżenia i tratowania przeciwnika. Ale robili to sami, twierdząc, że na razie jest za wcześnie, by wprowadzać te kolosy między resztę armii.

A najemnicy pili, grali w kości i prowokowali wszystkich wokół do bójek. Brakowało oficerów, którzy ujęliby tę niesforną bandę w karby. Zazwyczaj gdy księstwo mobilizowało się do wojny, Trzciny, Słowiki i Bawoły dostarczały dowódców dla zaciężnych oddziałów. Teraz nie mieli już tego komfortu.

No i brakowało głównodowodzącego. Zwykle to książę stawał na czele wojsk i prowadził je na wroga, ale Laweneres... Deana zabębniła palcami po stole. Znów Laweneres... Truciciel twierdził, że podał mu już wszystkie specyfiki, jakie znał, by książę powrócił do świata żywych. A przynajmniej przytomnych.

A gdy to mówił, miał w oczach nieme oskarżenie...

A ona z taką właśnie armią, podzieloną, skonfliktowaną i pozbawioną dowódcy musiała stawić czoła zbuntowanym niewolnikom. Poczyniła już, za radą Suchiego, pewne przygotowania do wyruszenia na zachód, wciąż modląc się do Baelta'Mathran, by nigdy do tego nie doszło. To była wojna, w której niezależnie czy wygra, czy poniesie klęskę, ubrudzi swoją duszę tak, że nawet miłosierdzie Wielkiej Matki nie wystarczy, by ją doczyścić.

Plotki głosiły, że armia Krwawego Kahelle liczy ponad sto tysięcy ludzi i z dnia na dzień rośnie w siłę.

Co zrobi, jeśli buntownicy zechcą uderzyć na stolicę i zmieść Białe Konoweryn z powierzchni ziemi?

Czarne oczy Aweloney Długi Palec wędrowały po jej *ekchaarze*, ramionach, dłoniach. Bibliotekarka milczała, za co Deana była jej wdzięczna. Nie potrzebowała kolejnej porcji dobrych rad, ponagleń czy żądań.

Na dodatek stracili Ród Trzcin, który jednoznacznie opowiedział się za Obrarem. Teraz musieli jakoś wypełnić tę lukę. Był to zresztą jeden z powodów, dla których powstanie miało tak gwałtowny przebieg i osiągnęło taki sukces: głównym zadaniem Trzcin była do tej pory kontrola nastrojów wśród niewolników, likwidacja potencjalnych prowodyrów, prewencyjne uderzenia w zarzewia buntu. Bez tego Rodu Wojny powstanie szalało niczym pożar w suchym lesie. Na dodatek Trzciny trzymały także swoich agentów w ościennych księstwach, więc po ich odsunięciu Białe Konoweryn stało się ślepe i głuche na to, co działo się poza jego granicami.

To Evikiat podsunął jej pomysł, jak rozwiązać ten problem. Była jeszcze jedna organizacja, która miała kontakty na całym Dalekim Południu. Filie i oddziały połączone w jeden wielki organizm. Działająca od setek lat w dziedzinie wymiany i gromadzenia informacji, oficjalnie niemieszająca się do konfliktów. Jej neutralność była wręcz legendarna, znana i powszechnie szanowana – miejskie plotkarki opowiadały o uczonych w białych szatach, którzy wędrowali po polach bitew w samym środku walki, by sporządzić dokładny opis starcia, i żaden z walczących ich nie niepokoił.

Deana nie wierzyła w takie bajki. Ale rozległe kontakty Wielkiej Biblioteki zainteresowały ją wystarczająco, żeby im się przyjrzeć. Okazało się, że uczeni naprawdę mają swoje przedstawicielstwa w każdym większym mieście Południa. Od małych, zajmujących ledwo jeden czy dwa pokoiki, aż do olbrzymich, liczących tysiące ksiąg i zwojów, znajdujących się w stolicach innych księstw. Do tego Biblioteka nadzorowała wpisy do Ksiąg Krwi, Zwojów Czystości czy Pism Ognia, jak różnie zwano dokumenty opisujące powiązania między poszczególnymi rodami arystokratycznymi i ich wzajemne koligacje. Na ich podstawie ustalano czystość linii krwi pochodzącej od samych *awenderi* Pana Ognia. Skomplikowane drzewa genealogiczne, sięgające wiele pokoleń wstecz – więzy czasem tak splątane, że bez wglądu w wiele rozrzuconych po całym Południu dokumentów nie dało się ustalić, kto jest z kim i w jakim stopniu spowinowacony. A tym samym nie dało się stwierdzić hierarchii wśród miejscowej szlachty.

Krew „naczyń" Agara była zaś najcenniejszym skarbem tutejszych księstw. Bez niej nie można było wejść do Oka i stanąć przed obliczem boga. A bez informacji przechowywanych przez Bibliotekę nie dało się wybrać odpowiednich dziewcząt do zapłodnienia przez miejscowych książąt, a tym samym dynastia mogłaby upaść.

To wszystko sprawiało, że Wielka Biblioteka dysponowała potęgą, skrytą w cieniu, niewidoczną, lecz groźną niczym jedwabna apaszka, która zaciska się nagle na gardle.

Jeśli któryś arystokrata albo kapłan spróbowałby zadrzeć z uczonymi, dokumenty opisujące jego linię krwi mogły „zaginąć", czasem na kilka miesięcy, czasem na wiele lat, co wyrzuciłoby daną rodzinę poza nawias społeczności. Nikt nie chciałby się skoligacić ze szlachcicem, którego miejsce w hierarchii mogło się okazać niewiele wyższe niż pozycja wyzwolonego niewolnika.

Biblioteka miała do tego własną sieć gońców, pocztę gołębią, a nawet, jak głosiły plotki, system magicznej łączności między większymi filiami. Pracowały dla niej tysiące ludzi biegłych w posługiwaniu się pismem, zbieraniu informacji i przekazywaniu ich na duże odległości. Do tego ludzie ci znali języki na tyle rzadkie, że idealnie nadawały się do szyfrowania wiadomości. Jak k'issari.

Dziesięć dni zajęło jej złamanie oporu Wielkiej Biblioteki. Dziesięć dni nalegań, próśb, błagań i prób przekupstwa. Raz po raz wzywała do pałacu Kanhissa z Klew, Ponmeriusza Siwego i Poessę Lombrosse. Trójka najważniejszych bibliotekarzy odmawiała pomocy, okazując jej coś między łaskawą wyrozumiałością dla niesfornego dziecka a irytującym lekceważeniem wynikającym z poczucia władzy. Wielka Biblioteka była na tyle ważna, że nawet Świątynia Ognia u szczytu potęgi nie ośmieliła się narzucać jej swojej woli, a ona, barbarzyńska dziewczyna z plemienia północnych dzikusów, chce zamienić jej sługi w swoich szpiegów? Jest co prawda Płomieniem Agara, podkreślali, weszła i wyszła z Oka, nie będąc potomkiem *awenderi* Pana Ognia, co nie zdarzyło się nigdy w dziejach. Uczeni odnotowali to skrupulatnie w licznych zwojach i księgach, a nawet, w uznaniu wyjątkowości tego zdarzenia, kazali wyryć opis jej czynu na brązowych płytkach przechowywanych w podziemiach głównego budynku, aby zachować wiedzę o tym wydarzeniu na wieki. Ale na tym koniec. Jej władza nie sięga za mury Biblioteki. Jeśli jednak spróbuje użyć przemocy, zniszczeniu lub uszkodzeniu mogą ulec bezcenne Księgi Krwi, co natychmiast obróciłoby przeciw niej całe Południe.

— A co będzie, jeśli niewolnicy wygrają? — zapytała w pewnej chwili gniewnie.

— Biblioteka nigdy nie kupowała niewolnych — odparła Poessa Lombrosse, patrząc na nią z krzywym uśmiechem — a jeśli jakiś został jej podarowany, to po kilku latach uczciwej służby mógł odzyskać wolność. Nie mamy powodu, by obawiać się niewolników. Nie my jesteśmy ich wrogami.

To był ten moment, w którym Deana popatrzyła na bibliotekarzy z najczystszym zdumieniem. Miłośnicy zapisanej wiedzy i ich naiwność. Gdy płonie miasto, ogień nie oszczędza budynków, które twierdzą, że nie są jego wrogami.

A ogień ludzkiego gniewu i nienawiści jest stokroć groźniejszy niż taki, który trawi drewno.

Odwróciła się wtedy plecami do tej nieprzejednanej trójki i nagle w odbiciu w lustrze zobaczyła, że Kanhiss z Klew, Ponmeriusz i Poessa wymieniają szybkie, niepewne spojrzenia. Na mgnienie oka zdjęli maski i Deana zobaczyła ich takimi, jakimi byli naprawdę - trójką starych uczonych, którzy wiedzieli, że ich władza opiera się nie na złocie, armii czy wierze, lecz na tradycji i obyczajach. Tradycjach i obyczajach, które ona, dzikuska z północy, zdążyła już wywrócić do góry nogami. Weszła w Oko Agara i wyszła z niego jako pierwsza kobieta w historii Dalekiego Południa, a było to zaledwie zwieńczenie legendy, która ją otaczała, począwszy od ocalenia księcia z rąk pustynnych bandytów, po niespodziewaną, cudowną ciążę, bo jedna z miejskich plotek głosiła, że stając przed obliczem Pana Ognia, Deana była dziewicą, nietkniętą przez żadnego mężczyznę.

Bibliotekarze bali się jej. Byli jak *mah*, pustynna jaszczurka, która w obliczu wroga nadyma fałdy luźnej skóry, udając wielką i groźną.

Dziesiątego dnia wezwała ich do siebie po raz ostatni. W jednym z ogrodów czekał wysoki na dwóch mężczyzn stos ksiąg i zwojów, zarekwirowanych z całego pałacu. Były tam głównie jakieś romansidła, tania poezja, erotyczne opowiastki dla znudzonych chłopców i sporo starych ksiąg rachunkowych.

— Miałam sen — zaczęła, patrząc, jak spojrzenia bibliotekarzy wędrują między stosem a otaczającymi go służącymi trzymającymi w rękach pochodnie. — Wielki ognisty ptak usiadł na dachu Biblioteki, a jego pióra opadły, przebiły stropy i rozniosły płomienie po wszystkich pomieszczeniach. A gdy wszystko obróciło się w popiół, ptak zanurzył głowę w zgliszczach, wyciągnął z nich małą, zakrwawioną księgę, rozłożył skrzydła i przefrunął na dach Domu Ognia. Po czym złożył swój łup pośrodku Oka. I we śnie usłyszałam głos, który przemówił do mnie słowami: „Oddaj, co najważniejsze". Trzy słowa. Nie więcej. Nie mniej.

Machnęła dłonią i dwóch służących podeszło do stosu i opróżniło na niego dzbany oliwy.

— Nie wiem, jak je zrozumieć. Oko to serce Konoweryn, więc i serce całego księstwa. Całego Południa. Czy ten sen oznacza, że Pan Ognia domaga się, by Biblioteka złożyła w Oku daninę krwi? Czy żeby oddała księciu, co do księcia należy? Czy też chodziło o to, że Księgi Krwi są najważniejszym i jedynym — podkreśliła do słowo, cedząc je powoli — powodem istnienia Biblioteki, a reszta...

Machnęła ponownie dłonią i pochodnie powędrowały na stos. Woluminy błyskawicznie zajęły się ogniem. Deana odczekała kilka chwil, aż płomienie ogarną je wszystkie.

— ... reszta ksiąg, traktaty naukowe i filozoficzne, rozprawy o historii królestw, językach i obyczajach odległych ludów, romanse, sztuki teatralne, opisy wypraw i wędrówek waszych uczonych, to pył i popiół, niewart wspomnienia.

Dwie łzy spłynęły po policzkach Kanhissa z Klew, choć płonęło przed nią coś, co według Suchiego nie było warte tuszu, którym to spisano.

Deana zaklaskała i służący dyskretnie oddalili się na odległość wystarczającą, by nic nie słyszeć.

— Jeśli Płomień Agara ogłosi, że Biblioteka powinna zajmować się tylko badaniem czystości krwi potomków *awenderi*, jak robiła to w pierwszych latach swego istnienia, a resztę zbiorów należy spalić na chwałę Pana Ognia, majątek bibliotekarzy rozdać ubogim, a puste komnaty zamienić w miejski szpital i przytułek dla sierot, to jak wielu ludzi wyjdzie na ulice, by przeciw temu protestować? Teraz, gdy armia niewolników gromadzi się na zachodzie, a nasi sąsiedzi mają chrapkę na Konoweryn?

Patrzyła na ich twarze. Kanhiss płakał, policzki Ponmeriusza poczerwieniały, jakby ktoś chlapnął na nie szkarłatną farbą, a Poessa zacisnęła usta w wąską krechę i nie odrywała wzroku od płomieni.

— Księstwo potrzebuje waszej pomocy. Oddacie mu, co najważniejsze?

Skinęli głowami. Powoli i sztywno, jakby trzy drewniane kukiełki zgięły wystrugane karki. Ale Deana jeszcze nie skończyła.

— Biblioteka potrzebuje waszego doświadczenia i mądrości — powiedziała. — Nie wiem, jak zakończy się powstanie, nie wiem, czy nie wybuchnie wojna z ościennymi księstwami, nie wiem, czy Pan Ognia nie okaże nam swojego niezadowolenia. Dlatego wasza trójka natychmiast zajmie się sporządzaniem spisu najważniejszych dzieł, jakie Wielka Biblioteka ma na stanie, zabezpieczy je i przygotuje do wywiezienia z miasta. W porcie wynajęto dwa magazyny, gdzie zgromadzicie to, co uznacie za bezcenne. Ufam wam i w całości zdaję się na waszą wiedzę. Jeśli los nie będzie nam sprzyjał, wywieziemy je morzem w bezpieczne miejsce. Dostaniecie od razu zbrojną eskortę, żeby nikt wam nie przeszkadzał.

Poessa spojrzała na nią, a blask płomieni tańczący w oczach starej bibliotekarki nadał jej obliczu demoniczny wygląd. Uczona otworzyła usta, ale Deana nie dopuściła jej do głosu.

— Możecie dobrać sobie po trzy osoby do pomocy. Wszystkie zbiory mają być skatalogowane i zabezpieczone tak, by nic im nie zaszkodziło. Zwłaszcza podróż morska. Wasze obowiązki przejmie Aweloney Długi Palec.

Wskazała na płomienie.

— Gdy stos się dopali, strażnicy odprowadzą was do wyjścia. Pracę zaczniecie jeszcze dziś.

Biblioteka stała się jej oczami i uszami. A najzabawniejsze było to, że w pracy uczonych prawie nic się nie zmieniło. Raporty między poszczególnymi placówkami wędrowały jak zwykle, opisy potyczek, ogniska powstania, ruchy wojsk sąsiednich księstw, nastroje na prowincji, sytuacja za murami miast... Bibliotekarze i tak gromadzili i wymieniali się tymi informacjami, tylko teraz, zanim zostały zapisane w księgach, trafiały do Deany. Rzecz jasna taka sieć miała wiele wad, konni posłańcy poruszający się po wielu rejonach księstwa często znikali bez śladu, gołębie pocztowe nie były zbyt pewne, a łączność magiczna istniała tylko między tuzinem największych filii na Dalekim Południu. Ale i tak największym problemem okazała się ilość śmieci, które do niej trafiały.

Z setek, czasem tysięcy raportów, plotek, błahych, a czasem bezsensownych wieści, trzeba było wyłowić te najważniejsze, co często się nie udawało, mimo iż Evikiat zatrudnił trzy tuziny gryzipiórków, którzy zamknięci w podziemiach pałacu, mieli wstępnie filtrować ten chaos. Właśnie przez to zbyt późno dotarła do niej wieść o rzezi, którą Pomweńczycy postanowili zgotować swoim niewolnikom. Gdyby wiedziała wcześniej, wysłałaby tuzin gołębi zakazujących tego szaleństwa. Te tysiące nieszczęśników zaszkodziłoby Konoweryn mniej, gdyby znalazło się za murami i przyłączyło do powstania, niż teraz, gdy stali się męczennikami - symbolem okrucieństwa właścicieli.

— Mam wieści z Pomwe — Aweloney przerwała przedłużającą się ciszę.

Deana zamrugała, zaskoczona. Czy bibliotekarka czytała jej w myślach?

— Mów.

Po nieszczęsnej bitwie pod tym miastem, samowolnej i głupiej, Deana wydała rozkaz, by miejscowy garnizon Bawołów został za murami i przygotował się do obrony. To był jedyny większy oddział ciężkiej piechoty, jakiego nie ściągnęła do stolicy. Z dwóch powodów. Po pierwsze, jeśli niewolnicy spróbują ruszyć na wschód wzdłuż Tos, Pomwe ma ich zatrzymać, póki nie nadejdą posiłki. A po drugie, obawiała się po prostu, że ten tysiąc ciężkozbrojnych zostanie zniszczony, wykrwawiony i pożarty przez armię niewolników, gdy tylko wyjdzie za mury miasta.

Dość już broni dostarczyli buntownikom.

Spojrzenie czarnych oczu uciekło na stół, wędrując między półmiskami i karafkami. Deana poczuła ukłucie niepokoju.

— Co się stało?

— Pomwe jest oblężone. Całkowicie odcięte od strony lądu i rzeki. To skutek ataku, który przypuszczono na obozowisko niewolników trzy dni temu. Krwawy Kahelle odparł napaść, po czym wyprowadził armię z lasu i obległ miasto.

Ekchaar okazał się błogosławieństwem, kryjąc krew, która wystąpiła Deanie na policzki. Niewolnicy wykonali ruch. Zaatakowali. A ta kobieta zamiast wpaść tu z krzykiem, zajmuje ją pogaduszkami o tym, czy Issaram mają dziwki.

— Dlaczego... — głośno nabrała powietrza i wypuściła je powoli. — Dlaczego nie zaczęłaś od tej wieści?

— Przekazałam ją już Evikiatowi i Suchiemu. Truciciel powiedział, żeby najpierw pozwolić ci usiąść i napić się wina. Żeby wstrząs nie zaszkodził dziecku. Zresztą, odkąd weszłam, nie minął nawet kwadrans. Evikiat szykuje Salę Koni do narady. Stoły, mapy, plany... Wezwał też Kossego i Wuara, a oni potrzebują chwili, by tu dotrzeć.

To była prawda. Bawoły i Słowiki obozowały za murami Konoweryn.

Ale mimo wszystko gniew szarpnął nią tak bardzo, że potrzebowała całej siły woli, by nie zerwać się i nie trzasnąć Aweloney w zęby.

— Następnym razem — wycedziła powoli, akcentując każde słowo — przekażesz takie wieści najpierw mnie. Bezzwłocznie. Nieważne, czy będę stała, siedziała, leżała czy rodziła. Evikiat, Varala i Suchi mają moje pełne zaufanie, ale żadne z nich nie będzie decydować, co i jak można mi powiedzieć. Rozumiesz?

Właściwie k'issari świetnie nadawał się do takich przemów, miał dużo niskich, gardłowych głosek i brzmiał wtedy naprawdę groźnie. Gdy Deana skończyła, Aweloney nie siedziała już naprzeciw, tylko tkwiła obok stołu, gnąc się w głębokim ukłonie.

— Wybacz, Pani Płomieni. Ja... nie chciałam... ja...

Gniew, jak szybko przyszedł, tak szybko zniknął, ustępując miejsca rozgoryczeniu i smutkowi.

Zacisnęła zęby. Ciąża, psiakrew.

— Wystarczy. Nie mam czasu na takie... głupoty. Mów po kolei. Co się tam dzieje?

Rozdział 20

Coś jakby rozpalony do białości żelazny pręt połaskotał go w kark. Gentrell uniósł wzrok. Eusewenia Wamlesch. Ubrana w skromny błękit, machająca dystyngowanie wachlarzem, pewna swojego jak śmierć pod szubienicą. Promieniała takim triumfem, że dziwne, iż nie zapaliła się na niej suknia.

Suka.

— Dwa pułki Górskiej Straży, Szósty z Belenden i Ósmy z Lagh, idą teraz na tę przełęcz szybkim marszem. Za dwa dni dotrze do nich Drugi Pieszy. Możemy się tylko modlić, by zdążyli zamknąć aherom drogę na południe. Mają się też rozglądać za Szóstą Kompanią. Jeśli rzeczywiście ci żołnierze przebijają się bezdrożami w naszą stronę, może naprawdę są z nimi Szczury i ich towarzyszka.

Gentrell dopiero teraz dostrzegł, że na kamiennej mapie kilku ołowianych żołnierzy zbliżało się do plamy czerni. Wyglądali żałośnie na tle gór.

— Ale jeśli nie... jeśli z powodu głupoty podszytej niefrasobliwością i poczuciem władzy stracimy tak cennego jeńca... i tych żołnierzy... Luwo ma od wczoraj areszt domowy. Nadal jest dowódcą Nory, ale nie wolno mu opuszczać tego zamku.

Ma tu zresztą kilka swoich osobistych komnat, więc powinien być szczęśliwy. Jego przyszłość zależy od tego, jak rozwiąże się sprawa zniknięcia Szóstej i reszty. Na wszelki wypadek wysłałem też rozkazy do wszystkich północnych jednostek, że natychmiast po nawiązaniu kontaktu należy ich odesłać do stolicy. A jeśli ci żołnierze pojawią się sto mil od Belenden, należy ich traktować jak dezerterów. Rozbroić, aresztować i też wysłać do Meekhanu. Razem ze wszystkimi towarzyszącymi im osobami. Rozumiesz?

— Tak, Wasza Wysokość.

— Pytam, czy rozumiesz, bo od dziś ty zajmujesz się tymi żołnierzami.

Było naprawdę cholernie źle, jeśli cesarz oficjalnie odbierał tę sprawę Pierwszemu i przekazywał ją Gentrellowi.

— Nie będę zawracał głowy Drugiemu, jest wystarczająco zajęty przy Bagnie. Więc od teraz to twoja osobista odpowiedzialność, Trzeci. Nie będę tolerował niepowodzenia. W tej chwili, na mój rozkaz, tworzymy na terenie Meekhanu sieć magicznej łączności, wspartej gońcami, żeby na bieżąco aktualizować to. — Cesarz wskazał na płaskorzeźbę. — Informacja jest dla nas kluczowa, za dużo się dzieje, żebym o nieprzyjacielskiej armii dowiadywał się dopiero wtedy, gdy na horyzoncie zobaczę dymy z płonących wiosek. Nora, Psiarnia, korpus dyplomatyczny, gildie czarowników. Wszyscy radośnie i z entuzjazmem przyłączają się do naszych działań. — Gdyby sarkazm dało się sprzedawać, Kregan-ber-Arlens zapewne zostałby jego pierwszym dostawcą w Imperium. — Na razie system działa. Jak ktoś spyta, po co to wszystko, odpowiadamy, że po to, by trzymać rękę na pulsie i zapobiec wojnie na Wschodzie. Jeśli zapyta, ile to kosztuje, mówimy, że mniej niż utrata jednego miasta. Wyjaśniam ci to, bo dostaniesz odpowiednie prerogatywy do korzystania z tej sieci. Osobista odpowiedzialność musi być wspierana odpowiednimi narzędziami. Rozumiesz?

— Tak, Wasza Wysokość.

— Nora ma kilku, ponoć ośmiu, jeśli dobrze pamiętam, ludzi, którzy – jak Onelia Umbra – pochodzą zza Mroku. — Sukinsyn, pamiętał każde słowo z ich narady sprzed kilku dni. Jakimż byłby szpiegiem, gdyby go dobrze wyszkolić? — Przekażecie ich Psiarni. Wszystkich. Całych i zdrowych. Tym również się zajmiesz. Jak wspomniałem, Luwo zostaje tutaj, więc nie ma sensu obciążać go ponad miarę. I, w pewnym sensie, jego los spoczywa w twoim ręku, prawda? Bo jeśli ci żołnierze i nasza fałszywa hrabianka się nie znajdą, jego głowa potoczy się po ziemi. Zaraz po twojej.

Poza wszystkim złożenie losu Pierwszego w ręce jednego z jego zastępców było cudownie złośliwe. Dziel i rządź.

— Rozumiem, Wasza Wysokość.

— Doskonale. A teraz kolejna sprawa. Genno Laskolnyk ma się znaleźć w tym pałacu najszybciej jak się da. To też twoja odpowiedzialność, Szczurze. Bez względu na to, co robi i gdzie jest, ma rzucić wszystko i wracać. Napisałem już zresztą odpowiednie rozkazy, żeby nie kazał wam się odpieprzyć. Czy ta twoja droga teleportacyjna jest już gotowa?

— Jeszcze nie. Przynajmniej jeśli chodzi o zdublowanie trasy w najbardziej wrażliwych miejscach. Ale podciągniemy ją do końca w ciągu ośm... trzech dni.

Uśmiech cesarza był oszczędny i chłodny.

— Dobrze. Bardzo dobrze. Chcę wiedzieć, kiedy ją skończycie, i kiedy sprowadzicie tu Laskolnyka. Jego ludzie mogą wracać statkiem albo karawaną.

Delikatne chrząknięcie i równie delikatny ruch powietrza wywołany trzepnięciem jedwabnego skrzydła wachlarza przyciągnęły uwagę obu mężczyzn. Eusewenia Wamlesch, Pierwszy Ogar Imperium, stała trzy kroki od cesarza ze skromnie opuszczonymi oczyma. I choć nawet sugestia uśmiechu nie krzywiła jej warg, promieniała. A raczej cała była uśmiechem.

Na ten widok czoło, kark i szyja kan-Owara znów pokryły się potem. Bogowie! Co jeszcze?

— Wasza Wysokość, jak wspomniałam tuż przed przyjściem Gentrella, dziś rano odebrałam raport od naszej siatki w Białym Konoweryn.

— Mówiłaś. Kazałem z tym zaczekać.

— Owszem, ale to może dotyczyć Genno Laskolnyka.

Oba kolana, to zdrowe i to chore, ugięły się pod Trzecim Szczurem. W skroniach zahuczał mu wicher, pole widzenia przesłoniła czerwona mgiełka.

Nie. Tylko nie to. Nie Laskolnyk. Tę górską kompanię i dziewkę cesarz może by i nam darował, ale jeśli Genno Laskolnyk zginął, cała pierwsza piątka Nory trafi jeszcze dziś na szafot.

Balustrada zaskrzypiała, gdy dłonie Kregana-ber-Arlensa, białe teraz jak posągowy marmur, zacisnęły się na drewnie. W ciszy, jaka zapadła, rozbrzmiał jeden rozkaz:

— Wszyscy wyjść. Zostają tylko Szczury i hrabina.

Służący błyskawicznie opuścili komnatę, ostatni zamknął za sobą drzwi.

— Sprawdzi pani, hrabino, którzy to ludzie i umieści ich w bezpiecznym miejscu — głos imperatora był cichy i spokojny. — Usłyszeli dość, by poszła plotka, że Genno Laskolnyk zginął.

— Rozumiem, panie.

— A zginął?

Gentrell wlepił wzrok w Sukę. No, dawaj. Załóż nam pętle na szyje.

— Nie wiemy, panie. Nasz główny agent, Kciuk, przekazał wiadomość kanałem alarmowym jakąś godzinę temu. Przed trzema dniami zaatakowano główny obóz niewolniczej armii. Ten sam, do którego miał się udać generał. Nie wiadomo jeszcze, kto to zrobił, ale atak był potężny, z użyciem magii klasy bitewnej i tysięcy żołnierzy. Wieści dopiero wczoraj dotarły do Konoweryn, co świadczy o wielkim chaosie, jaki zapanował w zachodniej części księstwa. Kciuk zakłada, że to nie był ruch Pani Płomienia, tej dzikuski, która rządzi Białym Konoweryn, bo cała konowerska armia wciąż stoi pod miastem. Z tego, co ustalił, atak rozpoczęto wieczorem, a bitwa trwała całą noc i zakończyła się wyparciem większości niewolniczej armii ze wzgórz. Ponoć straty buntowników są znaczne. Mimo prób nie udało mu się nawiązać kontaktu z ludźmi przydzielonymi generałowi, a mieli oni odpowiednie artefakty, by przekazać wieści. Więc najpewniej nie żyją. Los Genno Laskolnyka pozostaje nieznany.

Każde słowo Suki było jak uderzenie młota zbijającego szubienicę dla elity Szczurów. Czyżby to już? Tu i teraz zakończy się wojenka między wywiadami, a Psiarnia przejmie i wchłonie resztki Nory?

Palce cesarza zabębniły o balustradę. Myślał.

— Gentrell...

— Tak, Wasza Wysokość.

Trzeci Szczur nie pamiętał, żeby kiedykolwiek w życiu te trzy słowa kosztowały go więcej.

— Masz dwa dni na dokończenie drogi przez pustynię. I kolejne dwa, by ją wzmocnić. Jeśli trzeba będzie posłać na południe sto drużyn bojowych, to mają się tam znaleźć w mgnieniu oka, choćby połowie czarowników zagotowały się mózgi.

— Tak jest!

— Hrabino.

Suknia zaszeleściła, gdy Suka gięła się w głębokim ukłonie.

— Panie. Służę i czekam na rozkazy.

— Poślesz na Dalekie Południe swoich najlepszych ludzi. Możesz też wybrać sobie jednego z dyplomatów pierwszego stopnia i wysłać go z odpowiednimi uprawnieniami do tej issarskiej dzikuski. Korpus dyplomatyczny w sprawie Genno Laskolnyka podlega Psiarni, podpiszę ci odpowiedni dokument.

Korpus dyplomatyczny? Dyplomata pierwszego stopnia? Taki, który może wypowiedzieć bez konsultacji ze stolicą czy cesarzem wojnę dowolnemu królestwu na świecie? To jakby oddać Suce połowę cesarstwa i imperatora za męża.

— Macie go znaleźć i sprowadzić do domu. Macie też odszukać tych cholernych górali i tę przeklętą dziewkę. I tę małą wozaczkę też, niech ją szlag trafi.

No tak, służący wyszli. Kregan-ber-Arlens kontynuował:

— A potem macie się dowiedzieć, kto i w jakim celu próbuje podpalić nasze Imperium. Wraz z resztą świata. Ja zajmę się działaniami bardziej przyziemnymi — cesarz wskazał na mapę — a wy zadbacie o to, żebym wiedział, gdy przyjdzie już co do czego, gdzie i w kogo uderzyć. Nieważne: bóg, demon, *awenderi*, emanacja spoza Mroku. Nie będziemy — dłonie władcy zacisnęły się w pięści — pionkami, ołowianymi żołnierzykami padającymi w cudzej gierce. Zrozumiano?

— Tak, Wasza Wysokość.

Chyba po raz pierwszy w życiu cała trójka powiedziała coś jednym głosem.

— Doskonale. Rozejść się.

***

— Nie za ostro?

Cesarz milczał, wpatrując się w sufit. Nachyliła się i połaskotała go włosami po szyi, piersi, brzuchu.

— Myślałem, że tak lubisz.

Uśmiechnęła się i przez chwilę wodziła językiem wzdłuż jego ciała. Niżej, coraz niżej. Złapał ją za włosy, podciągnął w górę, pocałował. Gwałtownie i mocno.

— Ufff — sapnęła. — Lubię. Czasem bardzo. Ale nie o to pytałam. Czy nie za ostro potraktowałeś Szczury? Luwo w areszcie? Drugi tak naprawdę na wygnaniu, a Trzeci dostał tyle roboty, że nie będzie spał przez następne dziesięć dni.

Kregan-ber-Arlens uniósł się lekko, poprawiając poduszki pod plecami.

— Nora zbytnio się rozpuściła ostatnimi laty. To moja wina. Byłem zajęty... czym innym...

— Przecież wiem. — Trąciła go biodrem. — Pamiętam.

Uśmiechnął się oszczędnie.

— Aspekty się sypią. Na całym świecie, nie tylko u nas. Wiesz o tym. Pojawia się coraz więcej źródeł, ale coraz mniej z nich nadaje się do sensownego użytku. Kult Odźwiernych rośnie w siłę i nie wiem, czy to zamierzone działanie, czy też ludzie jakimś instynktem wyczuwają, że Odźwierni są potrzebni. Tylko w ostatnim roku powstało siedem wizerunków, a większość świątyń żąda, żebym wyjął ten kult spod prawa. Ta dziewka, Kanayoness... Zagadka. Ale szukamy jej, bo wiemy, że inni też to robią. Wyznawcy Byka, Reagwyra, Bliźniąt. Oficjalnie nie przyznają się do tego, ale szukają.

— Wiem o tym... sama...

— Ciii... nic nie mów. Ta dziewka pokazała dość, byśmy ścigali ją nawet bez wiedzy, że ścigają ją inni. I *ana'bóg*... A Nora? Szczurom potrzebny jest bat. Wykonali mnóstwo ruchów bez mojej zgody, ale Psiarnia zresztą też. Ta próba porwania Laskolnyka...

— To nie był mój pomysł.

— Ale twoja odpowiedzialność. Trzeci ma liczydło w głowie, całą setkę liczydeł, da sobie radę. Drugi świetnie sprawdza się w polu, a to, co dzieje się na Uroczyskach, bardzo mnie martwi. Pod wieloma względami Luwo to cholerny geniusz, wiesz? Największy, jaki służył w Norze, ale ma umysł dziecka, rozprasza się, łatwo zmienia zainteresowania, kluczy. Ostatnio pokazał mi rysunek machiny latającej swojego pomysłu i poprosił o zgodę na wykorzystanie więźniów do prób. Odmówiłem. Luwo potrzebuje motywacji. I konkretnych problemów do rozwiązania. Pamiętasz, co Gentrell wspomniał o Sahrendey?

— Że walczą na południu z Yawenyrem?

— Nie.

Zmrużyła oczy.

— Że... że stracili swoje plemienne duchy?

— Właśnie. Luwo twierdzi, że najpewniej ta mała, Key'la, je ma. Jej dusza zaczęła się otwierać, duchy popędziły do ciała, a tu nagle ciach. — Dłonie cesarza klasnęły w powietrzu. — Drzwi się zatrzaskują, a duchy nie mogą albo nie chcą się uwolnić. Żywe ciało jest dla nich atrakcyjniejsze niż drewniany słup, do którego przywiązali je szamani. Więc ta mała pociągnęła je za sobą w Mrok. Setki, może tysiące. Nie połączyła się z nimi, raczej trzyma je na łańcuchu, może nawet sama o tym nie wie. Jeszcze. Bo jak się dowie... Wielki Kodeks miał zapobiegać takim wydarzeniom, ale teraz Luwo...

Chrząknęła.

— Luwo to, Luwo tamto... Może jego zaproś do łóżka.

— Marzy ci się trójkąt? Nie, nie mów. Lepiej nie. Luwo pokazał mi niedawno zapiski Nory z ostatnich stu lat. Tylko w południowych prowincjach liczba opętań w tym czasie zwiększyła się pięciokrotnie. Na razie Nora i świątynni egzorcyści radzą sobie z nimi, ale to i tak znaczy, że coraz mniej duchów trafia do Domu Snu. I jak wspomniałem liczba aspektów wzrosła trzykrotnie, lecz każdy nowy jest słabszy od poprzedniego. Sto lat temu mogliśmy przebierać w czarownikach z bojowymi talentami, nie było pułku, który nie miałby trzech bitewnych magów i kilkunastu zwykłych na dokładkę. Teraz jak służy jeden porządny czarodziej z dobrym bojowym aspektem, to mamy szczęście. Jednocześnie rośnie siła szamanów, łatwiej im sięgać po duchy, łatwiej znajdować chętne do pomocy. Myślisz, że dlaczego Se-kohlandczycy tak nas masakrowali? Sto, dwieście lat temu żaden plemienny szaman nie mógł się równać z bitewnym magiem Imperium. Trzeba było pięciu, dziesięciu na jednego. A teraz Źrebiarzy uważamy za równych naszym czarodziejom. Milczysz?

— Tego nie wiedziałam. Czy to znaczy, że klęski w ostatniej wojnie z koczownikami to nie była nasza wina?

— To była wasza wina, bo nie ostrzegliście przed tą wojną. Psiarnia miała węszyć w polu.

Eusewenia Wamlesch zwana Suką, choć nigdy twarzą w twarz, westchnęła.

— Byłam wtedy ledwo młodym szczenięciem.

— Ale z ostrymi zębami. Dobrze pamiętam. Luwo twierdzi, że zmienia się sama natura magii. Ta aspektowana słabnie, rośnie rola szamańskiej, zakazanej przez Kodeks. Twierdzi, że coraz więcej duchów będzie potrafiło unikać Domu Snu, więc wzrośnie liczba swobodnie się szwendających. A to znaczy, że jeszcze zwiększy się liczba opętań oraz wzrośnie zagrożenie na pojawienie się kolejnego *ana'boga*. Nawet nasi Nieśmiertelni się tego obawiają. Powrócimy do czasów barbarzyństwa.

— Niektórzy by powiedzieli, że już w nich żyjemy.

— Nie cytuj mi tu domorosłych filozofów. Kolejny *ana'bóg* to konkretny problem, a oblężenia, rzezie, pola bitew, każde to miejsce może wypluć z siebie taką istotę, więc powinienem zrobić wszystko, by wojen unikać. A także schwytać i zneutralizować Key'lę Kalevenh. Bo jest zbyt niebezpieczna. W tym celu powinienem znaleźć tych cholernych górali z tą przeklętą Onelią Umbrą. Czytałem raporty z jej przesłuchań... Ty pewnie też. I...

Zaciął się. Kobieta westchnęła jeszcze raz. Ciężko.

— Co cię właściwie gryzie?

Kregan-ber-Arlens milczał tak długo, aż hrabina pomyślała, że zasnął.

— Bezsilność. Poczucie, że nie wiem, z kim walczę. Rozstawiłem swoje piony na tarczy, wojska, czarowników, a nadal nie wiem, z kim i o co toczy się gra.

Przytuliła się. Mocno.

— Mimo wszystko cieszę się, że to akurat ciebie teraz mamy. Na tronie. Odwiedzisz nas w Lawenhorwen? Dzieci tęsknią.

— Wiesz, że teraz nic z tego?

— Wiem. Ale musiałam zapytać. Kiedy?

— Jak wszystko wróci do normy — obiecał. — Jak już wszystko będzie w porządku. Albo chociaż jak już uda nam się odnaleźć i wyciągnąć Laskolnyka z tego południowego kotła i założyć mu wędzidło. Bo nie wierzę, żeby ten sukinsyn dał się zabić. Wtedy przyjadę. Na dzień albo dwa.

Część II
Pęknięty mur

Rozdział 21

Kailean spięła konia i dmuchając w gwizdek ile sił, zawróciła niemal w miejscu i runęła galopem do tyłu. Byle dalej od ściany ognia, która za chwilę wyrośnie tam, gdzie znalazłby się jej szarżujący oddział, byle dalej od ognistego kręgu, od piekielnej pożogi, uniemożliwiającej jej ludziom dopadnięcie czarowników i wyprucie z nich flaków. Odwróciła się w siodle i posłała za siebie trzy strzały, wszystkie zaskwierczały i zniknęły w krótkim błysku, z jakim pożarły je wyrastające z ziemi płomienie. Kilku innych jeźdźców powtórzyło jej atak z identycznym skutkiem.

Ale przynajmniej męczyli magów, a po to tutaj, do cholery, byli.

Odskoczyli cwałem, przyklejeni do końskich karków, nie marnując już pocisków. Zatrzymali się dopiero przy linii drzew. Wyrównali szyk, rzucając wokół uradowane spojrzenia. Znów im się udało, nikt nie dostał strzałą, nikt nie zapędził się tak blisko wroga, by wpaść w magiczne płomienie, żaden koń nie złamał nogi, szarżując po nierównym gruncie. Kilka spojrzeń i uśmiechów było chyba przeznaczonych właśnie dla niej, ale Kailean nie miała sił ani ochoty pławić się w blasku uznania. Jeszcze nie dokończyli roboty.

Za plecami otwierał im się widok na rozległą połać wypalonej dżungli, poczerniała ziemia strzelająca tu i ówdzie w górę kikutami zwęglonych pni. Dym, kurz podniesiony końskimi kopytami i śmierdzące opary snuły się tuż nad gruntem. Jakieś pięćset jardów dalej, na szczycie niewielkiego wzniesienia, ukoronowanego teraz niskim wałem i byle jak zbitym częstokołem, rozsiedli się czarownicy. Kilku, nie więcej niż pół tuzina, osłaniani przez kilkudziesięciu zdesperowanych żołnierzy.

Mimo zmęczenia uśmiechnęła się ponuro. Nie wyszedł wam ten atak, bękarty. Prawda? Nic nie poszło tak, jak powinno.

Rozejrzała się, łapiąc kilka wyczekujących spojrzeń. Jej oddział. Trzydziestu kilku jeźdźców, których przydzielił jej Pore Lun Dharo, głównie weteranów wielkiej wojny z koczownikami, mężczyzn, z których każdy mógłby być jej ojcem. Taka była właśnie niewolnicza kawaleria: zbieranina Se-kohlandczyków, wojowników różnych stepowych plemion i meekhańskich żołnierzy.

Weterani. Zawodowi żołnierze i szkoleni od dziecka jeźdźcy. Doświadczeni i otrzaskani z wojną.

Z początku za cholerę nie chcieli jej słuchać.

W pierwszym ataku pięciu z nich upiekło się żywcem w magicznych płomieniach, bo zignorowali jej rozkaz, w drugim i trzecim straciła jeszcze po jednym głupcu. Później nauczyli jej się ufać, czy też raczej uwierzyli w jej umiejętności. Uwierzyli, że ta jasnowłosa gówniara, wyglądająca na wielkim ogierze trochę jak szlacheckie dziecko wybierające się na wycieczkę, naprawdę jest częścią czaardanu Laskolnyka i naprawdę potrafi wyczuć, gdzie uderzy magia.

Berdeth skomlał i powarkiwał gdzieś w głębi jej umysłu. Świat oglądany dzięki połączeniu z duchem psa miał mniej barw, za to intensywniejsze zapachy, oraz nabierał większej głębi. Widziała... nie, to nie było dobre określenie, nie tyle widziała, ile smakowała, czuła w nosie i ustach gromadzącą się Moc. I tuż przed jej wyładowaniem, przed eksplozją żaru, który zdawał się podpalać samą ziemię, dostrzegała ciemne smugi wiszące w powietrzu, widziała, jak splatają się, tańczą i nagle, niczym ściśnięte potężną pięścią, kurczą do cienkich nitek, by w chwilę później eksplodować ogniem.

Ta chwila wystarczyła, by mogli unikać magicznych ataków. I by jej oddział nabrał do niej zaufania. Ale ceną za to było życie kilku ludzi.

— Męczą się, sucze bękarty, tfu... Zmniejszają zasięg...

Mężczyzna, który rzucił te kilka słów, przerwanych solidnym splunięciem, był jej oficjalnym zastępcą. Przedstawił się jako Garniec i to musiało jej wystarczyć. Nie wyglądał na kawalerzystę: niski, dwa razy szerszy w barach niż ona, z długimi rękami i krótkimi nogami, przypominał jakiegoś karła-uciekiniera z trupy teatralnej, ale na koniu trzymał się jak wrośnięty w siodło.

— Zmniejszają — przyznała obojętnie. — Ale to wciąż za dużo. Ile macie strzał?

— Osiem... tuzin... sześć... dziewięć... — posypały się odpowiedzi.

Połowa jeźdźców miała łuki, zdobyte głównie na Słowikach, bardzo zresztą dobre, ale z pociskami zaczynało być krucho. Zbliżyli się już do pozycji czarowników na zasięg strzału, posyłali im więc za każdym razem po kilka upominków, by zmusić magów do większej koncentracji i dłuższego korzystania z Mocy. Zmęczony czarownik to martwy czarownik, a oni bardzo chcieli pozabijać tych kurwich synów.

Gdzieś z boku, zza kłębów dymu i wilgotnych oparów, którymi kaziła powietrze poparzona ziemia, usłyszeli wrzaski i narastający tętent kopyt. Kolejna grupa powstańczej konnicy szła do ataku. Sądząc po przeciągłym, wwiercającym się w uszy okrzyku bojowym, na jej czele stała Daghena. Powinna zająć czarowników na kilka dłuższych chwil.

— Ty. — Kailean wskazała najmłodszego z oddziału, — Tak, ty. Jak masz na imię?

— Awon.

Mężczyzna, który i tak wyglądał na starszego od niej o dobre dziesięć lat, uśmiechnął się, zakłopotany. Zupełnie jakby krępowało go już to, że tylko zwróciła na niego uwagę.

— Dobrze, Awon. Pojedziesz do tego waszego Błyskawicy i przywieziesz co najmniej dziesięć kołczanów. Pełnych kołczanów. Galopem.

— Ale...

— Galopem! Ale już! — warknęła, a Berdeth połączony z jej duszą zawtórował jej głucho. On lepiej rozumiał te samcze sprawy, hierarchie i to, że dla części tych jeźdźców przyjmowanie rozkazów od jakiejś dziewki nadal było czymś nienaturalnym. Miała ochotę skoczyć temu głupcowi do gardła i w krótkim starciu na kły i pazury wyjaśnić raz na zawsze, kto tu rządzi.

Otrząsnęła się.

Za długo, zbyt mocno splątała własną duszę z duchem psa. Walczyli cały wieczór, potem całą noc, szarpiąc się w ciemnościach, atakując i odskakując od ciężkiej piechoty w łuskowych pancerzach i płaskich hełmach, ścinając z jeźdźcami w narzuconych na kolczugi, barwionych na błękit jakach. Gubiąc się w ciemnościach i odnajdując jakimś cudem, wpadając na wroga zupełnie znienacka i będąc przez niego zaskakiwanym. A wszystko w piekle nocnej walki w dżungli, w mroku potęgowanym kłębami dymu prześwietlonymi od czasu do czasu szkarłatną pożogą płomieni podsycanych magią.

Skręciła w lewo i poprowadziła swój oddział nieco w bok. Zdążyli się już nauczyć, że niezbyt dobrze jest atakować dwa razy z tego samego miejsca.

— Podzielcie się strzałami, po sześć na łuk. Teraz szyjemy w nich, jak tylko znajdziemy się w zasięgu.

Garniec wyprężył się i zasalutował sztywno.

— Rozkaz! — Po czym mrugnął do niej kpiąco.

Skrzywiła się tylko, zbyt zmęczona, by coś odpowiedzieć, sięgnęła po manierkę i pociągnęła ostatni łyk. Psiakrew, powinna posłać gońca także po wodę.

Cholerna dżungla, cholerna walka, cholerna, popieprzona sytuacja.

Przecież mieli się nie angażować. Znaleźć niewolników, wywiedzieć, co ci planują, wrócić. Ale gdy nastąpił atak na obóz Krwawego Kahelle, wszystko się pochrzaniło. Nagle okazało się, że ich przewodnicy zniknęli, a czaardan znalazł się na drodze armii sunącej ku centrum obozowiska powstańców. Z początku pogalopowali na północ, szukając tam drogi ucieczki, gdy bez ostrzeżenia pojawiła się przed nimi ściana ognia. Daghena krzyknęła coś i rzuciła w nią jeden ze swoich amuletów, płomienie cofnęły się i przygasły, a oni przebili się na drugą stronę, na rozległą polanę, gdzie dopalały się właśnie resztki namiotów i mizernych chat, a ziemię zaścielały ciała. Wiele ciał.

Nagle wokół zaświstały pociski, rozległy się gardłowe okrzyki i wprost na nich wyłonił się z lasu szereg opancerzonej piechoty. Odskoczyli od niego, cwałując przez sto kroków wzdłuż ściany tarcz i szyjąc z łuków tak szybko, jak tylko potrafili. Strzały grzęzły w drewnie, tylko kilka znalazło szczeliny w formacji pieszych, ale nie zauważyła, by którykolwiek z żołnierzy choćby się zachwiał. Potem wpadli między drzewa, pochylając się w siodłach i usiłując się nie pogubić i nie dać się gałęziom ściągnąć na ziemię.

Kilka chwil później natrafili na oddział powstańczej jazdy pod dowództwem samego Pore Lun Dharo i dostali garść informacji. Wróg nadchodził z zachodu, północy i południa, otaczając główne obozowisko niewolników półpierścieniem ognia i stali. Wschód na razie nie był atakowany, ale nawet głupiec domyśliłby się, że plan nacierających polega właśnie na wypchnięciu powstańców na wschodnie równiny, gdzie pozbawionych osłony lasu kawaleria rozniesie na kopytach, a słonie wdepczą w ziemię. Nie wiedzieli jeszcze, kto atakuje, ale to była regularna armia. Wspomagana przez co najmniej kilkudziesięciu magów. Krwawy Kahelle organizował opór, a garść konnych i lekka piechota miały kupić mu czas, nawet jeśli trzeba się będzie przypiec – były Błyskawica dziko wyszczerzył zęby, przekazując im te wieści.

Laskolnyk uśmiechnął się tylko na te słowa i rozdzielił czaardan. Skoro nie można uciekać, to trzeba się bić, a lepiej nie ryzykować, że cały oddział zginie w jednej potyczce. No i wyglądało na to, że jako jedyni dysponowali umiejętnościami, które mogły choć trochę zrównoważyć obecność czarowników.

Kailean nawet sobie nie wyobrażała, że bitwa może mieć tak chaotyczny przebieg. Gdyby nie Berdeth, już po pierwszym starciu dżungla połknęłaby ją i nie wypuściła. Ale dzięki duchowi psa zawsze wiedziała, gdzie są wrodzy magowie, ich linia wyglądała jak składający się z kilkudziesięciu szkarłatnych pereł sznur otaczający obozowisko niewolników z trzech stron, więc wiedziała też mniej więcej, gdzie się cofać i gdzie atakować.

To była naprawdę długa noc. Ale powoli dobiegała końca. Uderzenie na obozowisko niewolników okazało się największym błędem, jaki dowódca nacierającej na nich armii mógł popełnić, i jego atak, nawet wspierany czarami, ugrzązł na zboczach ufortyfikowanych wzgórz, w wąskich dolinkach między nimi, w starciach z przeciwnikiem, który mimo zaskoczenia nie wpadł w panikę i nie poszedł w rozsypkę. Bo w grę wchodziła tu jeszcze jedna rzecz, której napastnicy nie przewidzieli.

Desperacja i nienawiść do właścicieli w połączeniu z meekhańską dyscypliną i uporem to było coś, czego Dalekie Południe nie nauczyło się jeszcze szanować. Czarownicy zapewniali atakującym przewagę tylko na początku, gdy dało się używać zaklęć bitewnych wielkiej mocy, ale potem, gdy oddziały przemieszały się, gdy dochodziło do walki twarzą w twarz, tarcza przy tarczy, mogli wspierać swoich jedynie lokalnie, z bliska, sami ryzykując życie. Tam, gdzie wypalili już las, tworzyły się rozległe dymiące polany, na których coraz liczniej napływająca na pomoc niewolnicza piechota mogła w pełni wykorzystać przewagę liczebną. I tak po dwóch godzinach natarcie, zamiast wywołać chaos, rozproszyć buntowników i wypchnąć ich z lasu, zwolniło, potem stanęło w miejscu, by wreszcie, tuż przed północą, załamać się całkowicie.

Całonocne starcia, szybkie i krwawe niczym szarpana wojna podjazdowa na stepach, do reszty rozczłonkowały atakującą armię. Oddziały piechoty, kawalerii i łuczników traciły ze sobą kontakt, po czym, broniąc się rozpaczliwie w odosobnionych grupkach, były wycinane w pień albo uciekały w głąb dżungli.

Teraz, rankiem, zostało tylko kilka punktów oporu.

Takich jak ten.

Wiatr rozwiał na chwilę kłęby dymu i ujrzeli, jak po drugiej stronie wypalonej polany pędzi kilkudziesięciu jeźdźców, raz po raz szyjących z łuków w stronę prowizorycznych umocnień wroga. Przed atakującymi pojawiła się nagle ściana płomieni, wysoka na kilka łokci i może dwa razy szersza, ale po chwili zamigotała i zgasła, przykryta gęstym jak śmietana tumanem mgły, który zmaterializował się znikąd i pożarł ją w mgnieniu oka. Dag szalała. Jej jeźdźcy zagwizdali, zahukali kpiąco i odbili w lewo, w stronę lasu.

Kailean zatrzymała oddział uniesioną ręką, oceniła odległość, na którą zbliżyła się do przeciwnika grupa Dagheny. Dwieście pięćdziesiąt jardów? Może nawet mniej. Czarownicy musieli być naprawdę zmęczeni. I zdesperowani.

Desperacja i czary. Cudnie.

Zakręciła dłonią w powietrzu.

— Gotuj się!

Nie musiała się oglądać, by wiedzieć, że jeźdźcy za nią prostują się w siodłach, poważnieją, poprawiają pociski na cięciwach.

— Staaać! Stać i czekać!

Wysłany po strzały jeździec wyłonił się z lasu w towarzystwie Laskolnyka i kilku innych konnych.

— Kha-dar?

— Kończymy, córuchna. — Wódz czaardanu wyglądał na równie zmęczonego jak ona. — Kahel-saw-Kirhu chce zdławić te resztki do południa. Zaraz ich dobijemy.

— My?

Rozejrzała się wymownie po swoim oddziale. Trochę ich było mało jak na główne uderzenie. Jeźdźcy jej i Dagheny mogli dać czarownikom zajęcie, nie pozwolić im się wymknąć ani odpocząć, ale samo starcie z okopaną piechotą mogło kosztować zbyt wiele. I właściwie od kiedy to Genno Laskolnyk przyjmował rozkazy od jakiegoś porucznika?

— Nie my. My im tylko ułatwiamy robotę. Idą oni. — Kha-dar wskazał skraj lasu.

Wyłaniali się szóstkami, jakby wypluwał ich mrok przyczajony pod koronami drzew. Potężni, czarni jak noc, prawie nadzy, jeśli nie liczyć przepasek na biodrach. W dłoniach trzymali broń wyglądającą jak kosy na krótkich drzewcach, zaopatrzone dodatkowo w hakowaty szpikulec w dolnej części ostrza.

Uawari Nahs. Dwa razy tej nocy Kailean widziała, jak walczą, raz z ciężką piechotą, raz z kawalerią. Przechodzili przez szyk wroga niczym żniwiarze przez dojrzałe pole, ich kosy rozłupywały tarcze, pancerze i ciała, na jej oczach jeden z czarnych wojowników szerokim cięciem rozrąbał konia w pół, odcinając zad zwierzęcia tuż za siodłem. Tylko że wtedy nosili skórzane napierśniki i hełmy.

— Będą szli goli? To może zaboleć.

— Cicho, dziewczyno. Patrz. I ucz się.

Pojawiła się grupa tragarzy, którzy na długich drągach nieśli pikowane pancerze i dzbany pełne wody. Wojownicy bez słowa zaczęli zakładać grube spodnie i sięgające poniżej kolan kaftany z długimi rękawami, owijali głowy jardami materiału, zostawiając tylko szczeliny na oczy. Całość polewano obficie wodą. Część podniosła też wielkie, obciągnięte namoczoną tkaniną tarcze.

— Znają się na robocie, co, kha-dar?

— Walczyli już z czarownikami z Dalekiego Południa. Tutaj, ze względu na Oko dominują aspekty związane z ogniem. Ma to swoje mocne i słabe strony. I... czekaj. Sama zapytasz.

Jeden z wojowników podszedł do nich, wyraźnie chlupocząc i zostawiając na spalonej ziemi mokry ślad. Psiakrew, ależ był wielki, Kailean siedziała na koniu, a i tak była ledwo ciut wyższa.

— Z początku pójdziemy powoli, dziewczyno — Uawari Nahs odsłonił twarz i zwrócił się do niej w meekhu, choć jego imperialny był szorstki i chropawy — bo w tym nie da się długo biegać. Na jaką odległość rzucają czary?

Spojrzała na Laskolnyka, unosząc brwi.

— Powiedziałem im, że ty i Dag tu dowodzicie.

— No tak. Widzisz tamte pnie? — Wskazała kilka na wpół zwęglonych kikutów mniej więcej w połowie drogi do szańców. — Od godziny nie rzucili czaru dalej niż do tego miejsca.

— Mogą udawać?

— A ty byś udawał?

Na czarnym obliczu wykwitł perłowy uśmiech. No tak. Wojna to taniec podstępów.

Przypomniała sobie początek starcia. Moc zbierała się wtedy szybko, w jedno, dwa uderzenia serca, a jej pasma w mgnieniu oka krzepły w wąskie nici. Same płomienie były wysokie i szerokie, a ściany ognia próbowały nawet gonić za uciekającą jazdą. Teraz między koncentracją aspektowanych przez ogień czarów a wybuchem płomieni mijało kilka chwil, a sam proces inicjowania ognia trwał trzy razy dłużej. Kilkakrotnie nawet nie doszedł do skutku.

— Nie udają — stwierdziła stanowczo. — Ale...

— Ranna hiena w norze jest groźniejsza niż *sumbre* walczący o samicę.

— No, mniej więcej, cokolwiek to jest. Do tych pni możecie iść powoli, potem jednak radzę biec. Zatańczymy z nimi, zajmiemy uwagę, może zmęczymy jeszcze trochę. Ale reszta będzie w waszych rękach, i nogach też. — Odwróciła się do Laskolnyka. — Strzały by się przydały, kha-dar.

Dowódca bez słowa sięgnął do kołczanu i podał jej garść pocisków. Towarzyszący mu jeźdźcy również się podzielili. Teraz jej oddział miał po tuzin strzał na łuk. Musiało wystarczyć.

Odwróciła się do czarnego wojownika.

— Jak będą chcieli walnąć w was czarami, dam taki znak. — Uniosła w górę rękę z łukiem. — Będziecie mieli uderzenie serca, żeby zrobić to, co w takiej chwili robicie. Są zmęczeni, więc myślę, że dopuszczą was jak najbliżej i w ostatniej chwili użyją wszystkiego, co im jeszcze zostało.

Uawari Nahs skinął głową, tym razem bez uśmiechu.

— Dobrze. Będziemy patrzeć. Uderzymy na środek, potem wy pilnujcie, żeby nikt nie uciekł do lasu.

Wzruszyła ramionami.

— Nie ucz mnie na koniu siedzieć.

Skrzywił się tylko i bez słowa podreptał ku swoim. Wilgotny ślad ciągnął się za nim jak śluz za wielkim ślimakiem.

— Wszyscy cali, kha-dar?

Laskolnyk podkręcił wąsa.

— Lea dostała strzałę, ale kolczuga wytrzymała, ma tylko obite żebra. Janne pozwolił się drasnąć w nogę. Nic groźnego, jeśli nie wda się zakażenie. Ale z Sardenem jest źle.

Dziewczyna poczuła szarpnięcie niepokoju. Kocimiętka?

— Co z nim?

Kha-dar uśmiechnął się samymi oczami.

— Jakieś drzewo ściągnęło go z siodła. Wylądował w kolczastych krzakach. Jak się widzieliśmy, wyglądał, jakby stoczył walkę z tuzinem kotów. Jego duma...

Przerwała mu machnięciem ręki.

— Nie strasz mnie tak, kha-dar.

— Martwisz się o niego?

— Nie o niego. Ale Lea wydrapałaby sobie oczy z żalu. No dobra! — Omiotła wzrokiem swoich ludzi. — Gotować się!

Wojownik stojący na przedzie Uawari Nahs uniósł w górę broń. Machnął. Ruszyli.

Kailean patrzyła, jak maszerują, bez słowa, równo, lewa, prawa, lewa, prawa. Ciężkie, mokre pancerze i tarcze zdawały się nie krępować ich ruchów, po chwili, ku jej zdumieniu, ruszyli truchtem, a prowadzący wyrzucił w górę rękę z kosą i krzyknął:

— Awu!

Stu wojowników odwrzasnęło:

— Uwa!

— Awu!!

— Uwa!!

— Awu! Awu!! Awu!!!

— Uwa! Uwa!! Auageri uwa!!!

Przebyli już pierwsze sto jardów, ciągle truchtem, gdy las po przeciwnej stronie polany wypluł grupę jeźdźców. No dobra, robota czeka.

— Naprzód!

Ruszyli kłusem, w kilka chwil zrównali się z pieszymi. Do szańca, przykrytego zdesperowaną ciszą, zostało im jakieś czterysta jardów.

Oddział Kailean wyprzedził czarną piechotę i odbił w lewo. Zaatakują z trzech stron, oni i konni Dagheny z boków, piechota środkiem. Krótkim gwizdnięciem rozkazała rozluźnić szyk. Wśród obrońców była garść łuczników, kilka razy w czasie ataków strzały świstały jej koło ucha. Przeszli w galop, podrywając z ziemi kłęby popiołu. Trzysta jardów.

Dwieście pięćdziesiąt.

Dwieście.

Runęli cwałem, pędząc wzdłuż umocnień. Cisza. Żadnego śladu czarów, żadnych pocisków wystrzelonych na powitanie. Gestem nakazała jeszcze bardziej się rozproszyć. Wycelowała.

Na jej znak kilkanaście strzał pomknęło w stronę ziemnego wału. Potem odskoczyli natychmiast, zawracając niemal w miejscu, czekając na odpowiedź.

Nic.

Zerknęła na Uawari Nahs. Picsi zbliżali się właśnie do zwęglonych pniaków, które wskazała ich dowódcy. Ciągle biegli truchtem, pokrzykując rytmicznie i coraz mocniej zwierając szyk.

Oddział Kailean posłał w stronę okopu kolejną salwę, i jeszcze jedną, galopując tam i z powrotem i wypatrując reakcji.

Nic. Żadnego ruchu, błysku żelaza, strzały.

Piechota przekroczyła linię dwustu jardów.

Cholera. Cholera! Cholera!!!

— Atakujemy! — krzyknęła, zawracając Toryna w stronę okopu. Nie można pozwolić magom na chwilę koncentracji, na rzucenie ostatniego, napędzanego desperacją i przerażeniem czaru.

Pomknęli ku wałowi, niemal przyklejeni do końskich karków. Strzały na cięciwach, broń w ręku, słodko-gorzki posmak w ustach, mieszanina strachu i ekscytacji. Berdeth w jej wnętrzu powarkiwał głucho.

Sto pięćdziesiąt jardów.

Sto dwadzieścia.

Sto.

No dalej, sucze syny!!! Zróbcie coś!!!

Skręcili, posłali trzy salwy, jedna za drugą, wysoko, by strzały spadały z góry wprost na obrońców. Cisza.

— Naprzód!

Popędzili. Z pięćdziesięciu jardów szaniec wyglądał żałośnie, improwizowany, usypany pospiesznie wał z ziemi, błota i byle jak obrobionych pni. Powstał zapewne w chwili, gdy czarownicy i ich eskorta zorientowali się, że bitwa jest przegrana i nie ma już gdzie uciekać. Ziemna konstrukcja miała ze czterdzieści stóp średnicy, najwyżej sześć wysokości, a otaczał ją głęboki na jakieś trzy stopy rów. Nic, czego dobrze wyposażona piechota nie sforsowałaby w pierwszym ataku.

Kailean poczuła nagle w ustach smak spalonego drewna, włoski na całym jej ciele uniosły się.

Czary! I to jakie!

Zerknęła przez ramię. Tuż przed atakującymi Uawari Nahs powietrze zdawało się falować jak nad rozgrzanymi skałami. Moc wypełniła je pajęczą siecią bordowych wyładowań, po czym nagle zbiegła się w jeden błyszczący punkt.

Kailean ściągnęła Torynowi cugle, osadzając go w miejscu, wrzasnęła na całe gardło i uniosła w górę rękę z łukiem.

Oddział piechoty zatrzymał się natychmiast, zbił ciaśniej, tarcze utworzyły wokół niego ściany i dach. I w tej chwili eksplodował przed nimi czar.

W powietrzu utworzył się ognisty kwiat, szeroko, jak rozkładający skrzydła do lotu orzeł, przez okamgnienie zastygł w bezruchu, jaśniejąc od ciepłej barwy dogasającego żaru do raniącego źrenice blasku południowego słońca.

I spadł na opancerzoną piechotę.

Zasyczało, jakby ktoś chlusnął wodą w kowalskie palenisko, uniosły się kłęby pary i mokrego popiołu. Na chwilę całość zniknęła za szaromglistą zasłoną.

Ryk, który rozdarł powietrze, zdawał się wstrząsać gruntem. Para i dym eksplodowały na wszystkie strony, a kolumna Uawari Nahs wyłoniła się spod nich przyciśnięta do ziemi ognistą pięścią. Gruby na kilka stóp wał płomieni przytulił się do niej, zamykając ze wszystkich stron. Jakby pieszych przykryto półmiskiem żaru.

Nie ruszą się, Kailean zrozumiała to w jednej chwili. Nie pójdą naprzód, póki czar trwa. Jak długo wytrzymają ich mokre zbroje?

Garniec znalazł się przy niej z twarzą wykrzywioną wściekłym grymasem.

— Powietrze! — krzyknął.

— Co?

— Zabiorą im powietrze! Wypalą je!

Tak. Nie chodziło o żar. Ogień pochłania powietrze. Ogień sam jest na wpół żywy, więc zabiera z powietrza to, co niezbędne do życia innym.

Przed Kailean pojawiły się dwie drogi, dwie decyzje. Między jednym a drugim uderzeniem serca wybrała lepszą. Chyba.

Berdeth w jej głowie zawarczał tylko, a Garniec aż ściągnął koniowi cugle, widząc sposób, w jaki obnażyła zęby.

Sięgnęła do kołczanu po kilka ostatnich strzał.

— Za mną!

Runęli cwałem, pięćdziesiąt jardów dzielące ich od okopu przemknęło pod końskimi brzuchami niepostrzeżenie. Obrońcy przypomnieli sobie o nich zbyt późno, bo dopiero gdy oddział Kailean wjechał w rów przed umocnieniami, pomknęły im na spotkanie strzały i kamienie.

Coś świsnęło jej koło głowy, uchyliła się i wyrzucając nogi ze strzemion, stanęła na siodle. Już byli przy wale. W tej pozycji znalazła się do połowy piersi powyżej szczytu okopu. Cięciwa jej łuku brzęknęła i jeden z żołnierzy w płaskim hełmie zwalił się na ziemię z drzewcem wystającym z oczodołu.

Jeźdźcy wokół też już stawali w siodłach, szyli z łuków do wnętrza szańca, któryś wychylił się mocno, oparł o wał i dźgał przed siebie włócznią.

Kailean zarejestrowała to mimochodem, teraz miała do zrobienia coś innego, dzikiego i szalonego.

Odbiła się i wskoczyła na wał. Przyklękła, napinając łuk. Zamierzający się na nią czymś w rodzaju glewii piechur zacharczał nagle i padł, trafiony strzałą posłaną przez jednego z jej konnych. Nieważne. Duch psa nie pozwalał jej teraz się zastanawiać, bać, rozważać daremne i nieistotne „co by było gdyby".

Teraz walczyli.

Dostrzegła ich od razu. Pięciu mężczyzn pod samym szańcem, wszyscy w burych kubrakach i podobnych spodniach, wszyscy otoczeni szaro-czerwonymi pasmami Mocy, którą tkali i karmili potwora pożerającego piechotę Uawari Nahs.

Czas dla niej zwolnił, jakby ktoś wypełnił powietrze płynnym szkłem. Widziała wyraźnie ból i cierpienie na twarzach czarowników. Ich odsłoniętą skórę pokrywały ślady poparzeń, szaty gdzieniegdzie dymiły, włosy jednego z nich zwęgliły się już i przypominały teraz krótką szczecinę. Wszyscy nadużyli Mocy, przez wiele godzin przepuszczając aspektowaną magię przez własne ciała, a teraz, w ostatnim akcie desperackiej obrony, niszczyli je do szczętu.

Byleby zabić jak najwięcej wrogów.

Obłęd. Ale zbyt długo jeździła z czaardanem, zbyt dobrze znała wojnę z tej strony, by tego nie zrozumieć.

I nie docenić.

Strzeliła, raz, drugi i trzeci. Ten ruch – napiąć cięciwę do policzka, cel, strzał, kolejny pocisk, napiąć, cel, strzał, kolejny pocisk... – był wpisany w jej ciało jak oddychanie. Pierwszego maga trafiła idealnie w środek pleców, otaczająca go Moc zamigotała i zgasła. Drugi dostał nieczysto, w brzuch, zawył krótko, a nim upadł, trzecia strzała wbiła się w gardło jego kamrata.

Trzech z pięciu. Dość, by przerwać podtrzymywanie czaru.

Zsunęła się z wału, jednym susem znalazła w siodle, zagwizdała do odwrotu.

Popędzili w stronę lasu, szyjąc ostatnimi strzałami za siebie.

Kailean zerknęła w stronę piechoty. Ognisty całun właśnie przygasał, dwóch zmęczonych magów to za mało, aby go utrzymać, i nagle setka czarnoskórych olbrzymów poderwała się z ziemi, strącając z siebie popiół i resztki żaru, po czym runęła na szaniec.

Jej oddział aż stanął w miejscu, bez rozkazu, bo nie każdy ma choć raz w życiu szansę zobaczyć coś takiego. Uawari Nahs biegli, jakby nasączone wodą pikowane pancerze nic nie ważyły, sadzili długimi susami niczym stado lwów pędzących do rannej ofiary, a z ich piersi wydobywał się przeraźliwy ryk. Dopadli okopu w kilkanaście uderzeń serca, obrońcy ledwo zdążyli posłać im kilka strzał, i po prostu przelali się na drugą stronę. Pierwsi pod wałem znaleźli się tarczownicy, przytulili do niego, unieśli pawęże nad głowy, tworząc szeroki podest znajdujący się ledwo stopę poniżej szczytu szańca. Drugi szereg wojowników z tarczami stanął za nimi, uniósł tarcze, ukląkł, trzeci skulił się, pochylając nisko. W mniej niż trzy, cztery uderzenia serca przed wałem wyrósł rząd schodów utworzonych z ciężkich tarcz, po których reszta piechoty wdarła się do środka.

Szczęk stali, nieludzki wrzask, drgnienie Mocy zdławione w zarodku, dzikie, skomlące wycie urwane w pół tonu. A potem coś, co mogło być ludzką głową, poszybowało zza okopu i turlając się po ziemi, zatrzymało kilkanaście kroków dalej.

I tyle.

Nie było potrzeby ścigania uciekających wrogów, bo z szańca nie uszedł nikt.

***

Narada u Kahela-saw-Kirhu odbyła się około południa. Wroga odparto. Obozowisko lizało rany zadane przez ogień i stal. Przez całe przedpołudnie przychodziły wieści o stratach – zabitych i rannych, zniszczonych zapasach, stratowanych polach, wyrżniętych zwierzętach i studniach zanieczyszczonych wrzuconymi do nich ciałami... Litania, którą Kailean wysłuchiwała w namiocie dowódcy niewolniczej armii, była długa i ponura.

A miny Krwawego Kahelle, Pore Lun Dharo i Kor'bena wskazywały na to, że straty te były czymś więcej niż tylko zwykłymi wojennymi kosztami. Dotknęły tych mężczyzn osobiście, jakby to, że ktoś ośmielił się podnieść rękę na ludzi pozostających pod ich protekcją, był równoznaczny z najstraszliwszą obelgą.

Uware Lew trzymał się nieco na uboczu, z dala od pozostałych dowódców, a jego postawa i mina wyrażały coś między zniecierpliwieniem a satysfakcją.

I odkąd Kailean i Laskolnyk weszli do środka, nie odezwał się ani słowem.

Kha-dar też się nie odzywał. Stanął tylko naprzeciw Kahela i patrzył, jak ten porządkuje rozrzucone na stole papiery i pergaminy.

Tak minęło kilka długich minut, w czasie których ponure wieści nieustannie spływały do namiotu dowodzenia, przynoszone przez zmęczonych, czasem pokrwawionych i nieodmiennie pokrytych warstwą brudnego popiołu gońców. Wreszcie Krwawy Kahelle uniósł głowę, spojrzał wprost na Laskolnyka.

— Dziękuję.

Kailean zdziwiła się. Mocno. Sądziła, że spotkają się z wyrzutami i żądaniem pomocy od Meekhanu, że dowódca buntowników, by wstrząsnąć ich sumieniem, rzuci im w twarz te tysiące zabitych. To znaczy, sumieniem Genno Laskolnyka, jednego z najważniejszych ludzi Imperium. Ale zadziwienie błyskawicznie przygasło, stłumione przez obezwładniającą chęć położenia się, zwinięcia w kłębek i zaśnięcia. Ledwo pół godziny temu wyrzuciła Berdetha z głowy.

Odepchnięcie ducha psa od własnej duszy znów przypominało zerwanie zaschniętego, pokrytego strupem opatrunku. Bolało i przyniosło znużenie, jakiego dawno nie czuła. Każda z ostatnich kilkunastu godzin spędzonych w siodle zwaliła się na nią stufuntowym kamieniem. Ubranie lepiło jej się do ciała i śmierdziało, otarcia i siniaki bolały, a długie cięcie na łydce, które zarobiła nie wiedzieć kiedy, piekło. To niesprawiedliwe, że reszta oddziału mogła odpoczywać, a ją Laskolnyk przywlókł tutaj.

No, ale miała robotę do wykonania, więc nie będzie płakać.

— Twoi ludzie są więcej warci niż szable i łuki, które dzierżą w garści — kontynuował dowódca niewolników.

— Już o tym mówiliśmy. — Laskolnyk wzruszył ramionami. — Są. A podjęliśmy walkę, bo nie było wyboru. Nie traktujcie tego jak oficjalnej pomocy Imperium.

— Prawda, nie było i nie potraktujemy. — Pore Lun Dharo też pochylił się nad stołem, uśmiechnął krzywo. Błyskawice wytatuowane na jego piersi wychynęły zza kamizelki krwawym śladem. — Gdybyście mieli okazję uciec, nawet byście się na nas nie obejrzeli.

— Zapewne tak. — Kolejne wzruszenie ramion okraszone grymasem zniecierpliwienia wskazywało, że generał nie ma zamiaru tracić czasu na głupoty. — Mam własne obowiązki i przysięgi. I nie po to tu przyjechałem.

— Wystarczy. — Krwawy Kahelle krótkim gestem powstrzymał koczownika od kąśliwej odpowiedzi. — I tak dziękuję. Dziękujemy. Stracilibyśmy więcej ludzi, gdyby nie wy.

Kailean dopiero teraz dostrzegła, jak bardzo ten mężczyzna był zmęczony, jak bardzo zmęczeni byli oni wszyscy. Cały wieczór i całą noc dowodzili, wzmacniali obronę, szykowali kontratak. W chaosie, w ciemnościach i dymie, zdołali zapanować nad taką masą ludzi, nie dopuścili do upadku morale, do paniki. Niski Błyskawica jeździł po całym polu walki, rzucając swoje szczupłe siły tam, gdzie przeciwnik uzyskiwał choć chwilową przewagę, Kor'ben Olhewar osobiście ustawił mały tabor z kilkudziesięciu wozów, którym zagrodził drogę głównym siłom wroga i zatrzymał je przez dwie najgorsze nocne godziny. A saw-Kirhu dowodził nimi wszystkimi, zbierał meldunki, wysyłał rozkazy... Kha-dar towarzyszył mu przez część nocy i stwierdził potem, że ktoś, kto tak szybko i sprawnie zapanował nad sytuacją, powinien nosić błękit na płaszczu.

Rzadko słyszało się taką pochwałę z ust Laskolnyka.

Ale teraz machnął tylko ręką ze zniecierpliwieniem. Nie ma o czym mówić. Zajmijmy się ważniejszymi sprawami.

— Wiecie już, kto to był?

Dowódcy niewolniczej armii wymienili spojrzenia, a Krwawy Kahelle zgrzytnął zębami.

— Geghijczycy. Północni Geghijczycy. Pod dowództwem Hantara Sehrawina.

— On sam? Tutaj?

— Osobiście. Z trzema albo czterema tuzinami magów ognia i dwudziestoma tysiącami wojska. Mniej więcej.

Kailean niewiele to mówiło. Zarówno nazwa kraju, jak i imię jakiegoś tam generała czy księcia nie budziły żadnych skojarzeń. Ale Laskolnyk najwyraźniej wiedział od razu, o kim mowa. Zastanawiał się przez chwilę. Wreszcie podszedł do stołu, sięgnął po jedną z map.

— Geghii jest tu. — Palec kha-dara błądził po pergaminie. — Granicę mają z pięćdziesiąt, może sześćdziesiąt mil stąd. Dokładna ta mapa?

— Tak.

— No to prawie sześćdziesiąt. Jak was tak podeszli?

Zakłopotanie przemknęło przez twarze wszystkich zgromadzonych mężczyzn. Nawet Uware Lew opuścił wzrok.

— Przez Wahesi — mruknął wreszcie. — Uznaliśmy, że tamtejszy książę tak się nas boi, że nie musimy się za bardzo pilnować od południa. Sehrawin zostawił słonie, artylerię, tabory, wszystko, co mogło go opóźniać, i pomaszerował przez to zasrane księstewko z piechotą i jazdą. Obszedł nas od południa, potem ruszył na północ i uderzył z zachodu, ze strony, z której nie spodziewaliśmy się ataku. A my mieliśmy wczoraj szczęście. Dużo więcej szczęścia, niż na to zasługujemy.

Laskolnyk spojrzał wyczekująco na czarnoskórego olbrzyma, ale to Kahel-saw-Kirhu udzielił mu odpowiedzi.

— Wiatr ucichł. Zazwyczaj o tej porze roku wiatry wieją z zachodu. Dlatego Geghijczycy podpalili las z tamtej strony. Gdyby wiało jak przez ostatnie dni, płomienie pożarłyby dżunglę stąd aż po równiny dwadzieścia mil na wschodzie. Ale wiatr ucichł i...

— Później złożysz dziękczynienie, Dress. Albo Pani Losu, albo jakimś lokalnym duchom, które nie chciały przypiec sobie tyłków. — Laskolnyk znów pochylił się nad mapą. — Gdzie uciekają niedobitki?

— W stronę Pomwe.

— Dlaczego tam?

Kailean stłumiła uśmieszek. Mężczyźni w namiocie nawet nie zauważyli, jak jej kha-dar przejął przywództwo. Jeszcze nie dowodził, ale gdyby rzucił jakiś rozkaz, zapewne w pierwszym odruchu pobiegliby go wykonać. Na razie tylko słuchali i odpowiadali na pytania. Szybko i dokładnie. Tak jak Krwawy Kahelle teraz.

— Odcięliśmy ich od południa i wschodu. Na zachodzie są wzgórza z lasem tak gęstym, że ptaki nie latają między drzewami, bo nie mają jak rozłożyć skrzydeł, a za nimi wielkie równiny, gdzie czarne plemiona nie witają ludzi z tutejszych księstw kwiatami. Został im jeden kierunek. Północ. A Pomwe jest po drodze.

Pomwe. Ta nazwa wywoływała u wszystkich gniew. Kailean nie potrzebowała Berdetha, żeby go poczuć. Gorzki, kwaśny, domagający się zemsty za pomordowanych.

Laskolnyk też wyczuł nastroje w namiocie.

— Ilu ludzi ma Sehrawin? — zapytał, nie podnosząc głowy znad mapy.

Twarz Kahela-saw-Kirhu przybrała ostrożny wyraz.

— Nie wiemy dokładnie. Wysłałem za nimi zwiadowców. Najwyraźniej ocalił swoją gwardię, Rude Psy, w sile dwóch tysięcy. Drugie tyle pewnie zbierze z tych, którzy uciekają teraz przez dżunglę. Może więcej, może mniej... Zobaczymy.

To „zobaczymy" powiedziało wszystko o planach niewolników.

— Pójdziecie za nimi — Laskolnyk nie pytał.

— Tak — przytaknęli jednogłośnie. Nawet Uware.

— Zemsta?

Pore Lun Dharo uśmiechnął się drapieżnie.

— Jeśli Pomwe wpuści go za mury...

Ale Krwawy Kahelle westchnął i pokręcił głową.

— Nie. Nie tylko zemsta. W Geghii Północnym Hantar Sehrawin jako jedyny skutecznie stłumił bunt. Żelazem, ogniem i krwią. Niewielu naszym udało się w ogóle wyrwać z jego księstewka. Jeśli teraz go dobijemy, jeśli zatkniemy jego głowę na włóczni, powstanie zapłonie tam jak stóg siana. Bez księcia, bez armii...

Przerwał, zaczekał, aż generał spojrzy na niego.

— Uderzenie na Białe Konoweryn, na Miasto Agara, byłoby błędem, całe Południe zjednoczyłoby się w obronie Oka. Nawet Wahesi i Bahdara posłałyby na nas wojska. Ale tutaj jest jeszcze jeden wielki, pełnomorski port. W Geghii Południowym. A w porcie są statki, wiele statków, którymi będziemy mogli popłynąć na północ. Do domu. Geghii Południowe ma mało wojska i niedołężnego władcę, więc jeśli zniszczymy do końca armię Sehrawina, z łatwością opanujemy ujście Persalii i zmusimy oba te księstewka do ustępstw.

Zaskoczyli ją. Więc taki mieli plan? Czy dowódca niewolniczej armii zdawał sobie sprawę, ile statków potrzeba, by przewieźć sto czy dwieście tysięcy ludzi? Ile to będzie trwało i kosztowało? Kapitanowie okrętów nie słyną z miękkich serc, a jeśli poczują się zagrożeni, po prostu uciekną na morze. Trudno ich zmusić do współpracy siłą, a kupić... Gdzie ten bezdenny skarbiec, który zapewni niewolnikom pieniądze na transport?

Jeśli Laskolnyk też o tym pomyślał, nie dał po sobie nic poznać.

— Wyjdziecie z lasów na równiny, gdzie słonie wdepczą was w ziemię — rzucił krótko, stukając palcem w mapę.

— Nie, jeśli tutaj dokończymy sprawę z Sehrawinem. Wtedy nie będzie już wojsk, które mogłyby nas powstrzymać. Bez wsparcia piechoty, konnicy, łuczników i magów resztka jego armii jest gówno warta. Zabijemy i zjemy ich słonie, podobno są dość smaczne, zdobędziemy machiny oblężnicze i dość broni, by uzbroić się jak należy. A zanim tutejsi książęta dogadają się ze sobą, zanim dojdą do porozumienia, który z nich ma poskromić tę dzikuskę zasiadającą na tronie Konoweryn, my będziemy mieli sto tysięcy żołnierzy. Co ty na taki plan, generale?

Laskolnyk zmierzył go wzrokiem. Potem zerknął na stół i podniósł papier pokryty równymi rzędami liter i cyfr.

— Dużo broni zdobyliście dzisiejszej nocy?

— Sporo jest zniszczonej. Zwłaszcza tam, gdzie walczyli Uawari Nahs.

Nie dało się nie zauważyć uśmiechu Uware Lwa. Ale Kahel-saw-Kirhu też się uśmiechał, gdy kontynuował:

— Ale mamy dość pancerzy, hełmów, tarcz, mieczy i włóczni, by uzbroić trzy pełne pułki. I prawie dwa tysiące świetnych wojskowych łuków. I ze trzy setki kawaleryjskich koni oraz kilka razy więcej wojskowych rzędów.

Spoważniał nagle.

— Moja prośba, generale, się nie zmieniła. Potrzebuję kogoś, kto pojedzie z poselstwem do Deany d'Kllean. Kto może przemówić nie tylko w naszym imieniu, ale i w imieniu Imperium.

Nie chcemy z nią walczyć. Większość niewolników z Konoweryn jest już u nas. Niech wyzwoli resztę i pozwoli nam dokończyć sprawę z Hantarem. Pomaszerujemy na Geghii, a potem... do domu. Jeśli Wielka Matka pozwoli.

Kailean zerknęła na twarz Laskolnyka. Nic. Nawet ona nie potrafiła nic z niej wyczytać.

Co myślał? Co planował? Nieważne. Kha-dar to kha-dar. Będzie wiedział, co trzeba zrobić.

Wreszcie generał skinął głową.

— Dobrze. Pojedziemy. Ale zanim przemówię w waszej sprawie, przemówię w imieniu Imperium, bo to da nam szansę, żeby nie powiesili nas na pierwszym drzewie.

Kor'ben Olhewar uśmiechnął się lekko.

— Byłem kiedyś w Białym Konoweryn. Tam nie ma drzew dość wysokich dla takiej osobistości.

Spojrzenie Laskolnyka starło uśmiech z twarzy Wozaka.

— Nie sądzę, bym musiał jechać aż do stolicy. Spotkam się z Panią Płomieni gdzieś w połowie drogi, bo gdy tylko rozejdzie się wieść, że oblegacie Pomwe, wyruszy przeciw wam z całą armią.

***

Obóz Pułku Wilka, w którym czaardan odpoczywał, zdążył się już zwinąć. Znikły namioty, po ogniskach zostały tylko wypalone w trawie czarne kręgi, usunięto stojaki z bronią i warsztat kowalski. Jedynie pod wschodnią stroną wału kilkudziesięciu najciężej rannych żołnierzy czekało na ewakuację.

Kailean uderzyło to, jak o nich pomyślała. Żołnierze. Nie „buntownicy", albo „niewolnicy". Żołnierze.

Oddział, w którym walczyła przez większość nocy, którym dowodziła, nie ustępował zaciętością ani dyscypliną zawodowej kawalerii. Ale było w nich coś jeszcze. Imperialni żołnierze, plemienni wojownicy, nawet Błyskawice Yawenyra zawsze mają świadomość, że ostatnią deską ratunku jest rzucenie broni i poddanie się. Niechby i okupione wieloletnią niewolą, ale zawsze jest szansa, że wróg nie usiecze cię na miejscu. Może poobija ci kości, z pewnością obrabuje i zniewoli, lecz pozwoli żyć.

Żyć... więcej nie trzeba.

W tych żołnierzach tego nie widziała. Chęci życia za wszelką cenę. Nie, nie chęci: wiary, że poddanie się może ocalić życie. Szli do walki ze świadomością, że ta droga jest dla nich zamknięta, i mimo to nie oglądali się za siebie. Bez wahania. Niedobrze jest mieć takich ludzi za wrogów.

Laskolnyk zmierzał ku namiotom czaardanu. Milczał, wpatrzony w punkt między końskimi uszami, poruszał tylko od czasu do czasu szczęką, jakby przeżuwał kawałek rzemienia. Kailean nie przeszkadzała mu. Odkąd opuścili naradę u Krwawego Kahelle, miała świadomość, że ciężar, jaki kha-dar bierze na barki, jest sto razy większy, niż myślała. Ich grupka wrzucona między rozpędzone żarna powstańczej armii, konowerskich wojsk i interesów Meekhanu - oraz, bądźmy szczerzy, interesów wielu innych sił, o których nie mieli pojęcia - mogła zostać zmielona na proch. Albo zaważyć o losach tysięcy. Dowódca zauważył wreszcie, że dziewczyna mu się przygląda, ściągnął cugle, zrównując ich konie.

— Zamyśliłaś się, Kailean.

— Ja? Ja tylko siedzę w siodle, z łuku strzelam i czasem szablą machnę. O czym tu myśleć?

— Aha... Pogratulowałem ci już ataku na czarowników?

— A czego tu gratulować?

— Uderzyłaś, gdy większość dowódców uciekłaby, widząc taki pokaz magii. Zrobiłaś, co należało, kiedy trzeba i dokładnie tak, jak powinno to zostać zrobione.

Wzruszyła ramionami. Sama nie wiedziała, ile w tym było jej własnej odwagi, a ile determinacji Berdetha.

— Miałam szczęście. I głupio byłoby pozwolić im spalić piechotę, skoro już tak umęczyliśmy czarowników. Teraz Uawari Nahs mają u nas dług.

Generał zbadał uważnym spojrzeniem jej twarz. Po to wybrali się na naradę we dwójkę. Wszyscy patrzyli na Laskolnyka, obserwowali Laskolnyka i słuchali, co Laskolnyk mówi. Na towarzyszącą mu małą blondynkę ledwo raczyli rzucić okiem.

Za to ona mogła obserwować ich do woli.

— Ale to niczego nie zmienia, prawda? — zapytał.

— Nie. Na pewno nie. Czarni niewolnicy nie pójdą na wschód. Nie, gdy kilkadziesiąt mil stąd otwiera im się droga do domu.

Po to właśnie tam była. By patrzeć i słuchać. Gdy Kahel-saw-Kirhu wspominał o dobiciu Hantara Sehrawina i ponownym rozniecenia powstania w Geghii Północnym, Uware Lew miał twarz jak wyrzeźbioną z mahoniu. Nawet brew mu nie drgnęła. A gdy padły słowa o porcie... przywódca Uawari Nahs mimowolnie, lekko, leciuteńko, pokręcił głową. Nie pójdą na wschód. Zresztą, co by im to dało? Przecież nie popłyną do Meekhanu, a późniejsza próba powrotu na zachodnią granicę Dalekiego Południa zapewne skończyłaby się rzezią.

— A pod Pomwe?

Ten błysk, który pojawił się w oku czarnego olbrzyma, gdy padła nazwa miasta.

— Pod Pomwe pójdą. Dla zemsty. I pewnie dla łupów. Ale potem... Zostawią ich. Przykro mi, kha-dar.

Uśmiechnął się tylko.

— Dlaczego? Pewnie wszyscy się tego spodziewają. Ale to znaczy, że pod Pomwe nasza Pani Płomieni spotka całą potęgę Krwawego Kahelle. Ponad sto tysięcy niewolników. A naprzeciw stanie ona i niedobitki Geghijczyków, które nie wiadomo, ile są warte i co zrobią.

— I my, kha-dar.

— No. I my. Tylko tym razem, jeśli los nie spłata nam figla, będziemy po drugiej stronie. Jako oficjalne poselstwo Imperium. Pamiętasz?

Wyobraziła to sobie. Czaardan. Dyplomatami. Dag obwieszona plemiennymi amuletami, mała i pyskata Lea, pleczysty Janne, nawet na największym koniu wyglądający, jakby dosiadał kuca, Kocimiętka z twarzą podrapaną i opuchniętą tak, że ledwo widział na oczy. I reszta. Zbieranina. Łachudry. Powsinogi odziane byle jak i uzbrojone w byle co.

— Coś cię śmieszy?

— Och, nic, kha-dar, zupełnie nic.

Uśmiechała się nawet wtedy, gdy po rozkulbaczeniu i oporządzeniu konia kładła się na zbyt krótką drzemkę.

Interludium

W zamian za truchło króla Północy oprócz łodzi ofiarowano mu także pelerynę z tuzina lisich futer i skórę morsa, bo aherom najwyraźniej nie mieściło się w głowie, że można przeżyć na północy w habicie narzuconym na wełniane portki i koszulę. A może taka była teraz cena za wychudzonego niedźwiedzia? Nie pytał. Odzienie upchnął na dnie łodzi, ale przyjęcia kilku kawałków suszonego mięsa, nie większych niż mały palec, które próbowano mu wcisnąć, już odmówił. Nie mógłby ich przełknąć za nic w świecie. Nie po tym, co zobaczył w obozie.

Aherska łódź, zwana *qaimu*, okazała się konstrukcją ze skór rozpiętych na szkielecie z wielorybich kości, długą na dwadzieścia stóp, szeroką na sześć. Nawet gdyby nabrała wody, wszyte w burty worki wypełnione powietrzem zapewniały jej pływalność, a skórzany żagiel i prosty ster pozwalały dość sprawnie poruszać się wśród fal. Łódź miała na wyposażeniu nawet dwa wiosła, choć Altsin zamierzał z nich korzystać tylko w ostateczności.

W czasie przygotowań do drogi szaman poczęstował złodzieja opowieścią o łowach na wieloryby, które jego lud urządza z pokładów takich łodzi, o wbijaniu w ciała zwierząt harpunów, do których przywiązano pływaki z foczych skór, i o wskakiwaniu na grzbiety umierających olbrzymów, by dobić je ciosami włóczni. Skurczybyk obsesyjnie uczepił się myśli o sezonie polowań, który rozpocznie się już, lada chwila.

Altsin nie przerywał mu opowieści, bo po co? Obóz wyglądał tak źle, jak się tego spodziewał, na dodatek, co odkrył z pewnym zdziwieniem, odległa o trzy mile przełęcz, za którą aherowie mogliby szukać schronienia, została zablokowana. Czuł to. Żołnierze rozłożyli się tam obozem i umacniali podejście. Na razie nie więcej jak tysiąc ludzi, ale kolejne oddziały nadciągały już z co najmniej trzech stron. Nawet ten tysiąc wystarczyłby, by powstrzymać hordę szkieletów ledwo powłóczących nogami z głodu, ale widać Imperium bardzo nie życzyło sobie nieproszonych gości w swoich granicach, więc nie zamierzało ryzykować.

Jakim sposobem wyczuł tych żołnierzy? Skąd wiedział, ilu ich jest? Czy to jakiś szczególny instynkt odziedziczony po Bitewnej Pięści obdarzał go taką wiedzą, czy też może – choć wolałby, by nie okazało się to prawdą – wśród żołnierzy byli czciciele Reagwyra, więc po prostu słyszał ich modlitwy i prośby? Z drugiej strony, odcięcie się od mentalnego szumu dochodzącego z przełęczy nie było trudne. Wystarczyło, że skupił się na czymkolwiek, a nacisk w głowie bladł i znikał.

Tak jak robił to teraz, gdy potrzebował pełnej koncentracji i całego doświadczenia, by sterować łodzią. *Qaimu* mimo rozmiarów ważyła nie więcej niż dwieście funtów, więc każda fala kołysała nią niebezpiecznie na boki. Za to była wystarczająco lekka, by Altsin mógł sam przeciągnąć ją na skraj pola kry i spuścić na wodę.

Lód topniał w oczach, morze szumiało już nie dalej jak kilka mil od obozowiska, więc udało mu się rozwinąć żagiel, zanim słońce zaszło. Anday'ya najwyraźniej całkiem odpuściła, albo – co równie prawdopodobne – zbierała siły do kolejnego starcia. Walki z tym czymś, co złodziej tak uparcie ścigał od tylu dni.

Czymże było żeglowanie nocą po lodowatym oceanie pełnym kry w porównaniu z dobrowolnym pakowaniem się między młot boskiego gniewu a kowadło nieznanej potęgi?

Wycieczką. Pieprzoną wycieczką w towarzystwie śpiewających pobożne pieśni mniszek.

Skręcił gwałtownie, by wpłynąć w szczelinę między dwoma płytami lodu. No dobra, oszukiwał ile wlezie. Już go przestało zdumiewać, jak łatwo, instynktownie przychodzi mu korzystanie z magii. To były wiedza oraz umiejętności Bitewnej Pięści, a on po prostu je miał. Czuł Moc wszędzie wokół, tak jak ryba w oceanie musi czuć wodę. Potrafił ją wykorzystać, przekuć na siłę, ciepło, ruch... Z punktu widzenia delikatnych, precyzyjnych aspektowanych czarów jego umiejętności były prymitywne i prostackie niczym walenie dwudziestofuntowym młotem w jubilerskie kowadełko, ale za to jakże potężne. Jak straszliwie, niesamowicie i obłędnie nęcące...

Dlatego żagiel jego łodzi wypełniał wiatr, ster poruszał się łatwo i sprawnie, a płaty lodu same rozsuwały się przed *qaimem*.

No, prawie same.

Uśmiechnął się lekko i bez najmniejszego wysiłku zmiażdżył najbliższą krę.

Korzystał z czarów, i to wcale nie delikatnie i ostrożnie jak dotychczas, bo mógł. Ślady użycia magii są tysiąckrotnie łatwiejsze do wyśledzenia na lądzie, gdzie zarówno aspekty, jak i dzika, chaotyczna magia lepią się do ziemi, kamieni, a nawet żywych stworzeń i mogą być wykryte po wielu dniach. A tutaj? Wreszcie znajdował się na pełnym morzu. Nawet gdyby nasycił tysiące galonów wody najczystszą Mocą, to ta kropla rozmyje się w oceanie i zniknie. Nikt nie wytropi jego śladu, nie puści za nim myśliwych. Z Oumem łączył go dziwaczny sojusz, bo umierający bożek potrzebował Altsina, ale reszta świata...

Z resztą świata będzie musiał się jakoś dogadać. Kiedyś.

Po kilku godzinach poczuł zmęczenie. Tępe, wypełniające głowę mokrą watą. Jakby cały dzień siedział nad księgami i wypełniał kolejne linijki rzędami cyfr. Albo musiał wykuć na pamięć nesbordzką sagę rodzinną i właśnie odkrył, że nie pamięta ani linijki. To umysł kieruje Mocą. A umysł męczy się tak samo jak mięśnie.

Potrzebował odpoczynku.

Wreszcie, po kolejnej godzinie, wypłynął na prawie otwarte morze. Noc była bezksiężycowa, ale niebo rozświetlała zorza polarna, a więcej światła nie było mu potrzebne. Kry pływały tu rzadko, szeroki na milę kanał bez wątpienia był pozostałością po tym czymś, co walczyło z Panią Lodu. „Tym czymś"? Uśmiechnął się pod kapturem. W końcu Oum zdradził mu kiedyś swoje pochodzenie, więc Altsin zaczynał nabierać pewności, co ściga. To dlatego bożek Seehijczyków wydawał się taki podekscytowany. Sukinsyn. Co właściwie nawiedziło nasz świat, hę?

Wizja olbrzymiego okrętu – albo całej floty długich na ćwierć mili gigantów, będących półboskimi bytami zaklętymi w drewnie – nie wzbudzała w Altsinie przerażenia, lecz gniew. Doskonale zdawał sobie sprawę, skąd ten gniew się bierze. To szalała ta część jego duszy, która kiedyś była *awenderi* Pana Bitew. Pamiętał doskonale bitwy z tym przeciwnikiem, zawzięte, bezlitosne, krwawe.

Po co wróciliście, bękarty? Czy znów będziemy musieli z wami walczyć?

Druga część duszy złodzieja uśmiechała się na ten gniew i kpiła – a odmówisz im prawa do powrotu? Ty? Właśnie ty?

To dziwne rozdwojenie jaźni, nieustanna walka z myślami, czasem go bawiło, a czasem męczyło. Tak jak teraz. Póki nie potwierdzi podejrzeń, nie było sensu ani się wściekać, ani niepokoić. Oum wydawał się pewien swych racji, gdy opowiadał Altsinowi historię własnego ludu. Nieśmiertelnej Floty. I gdy wysyłał go w podróż na Północ, gdzie niegościnne, rzadko zaludnione ziemie pozwoliły przetrwać wielu śladom z czasów Wojen Bogów. Inaczej niż tam, gdzie poświęcono całe stulecia, by odnajdywać i niszczyć każdy materialny dowód minionych wydarzeń. Bogowie za pośrednictwem swoich świątyń, kapłanów i proroków usuwali z oblicza ziemi wszystko, co nie zgadzało się z oficjalną wersją legend o tamtych czasach.

Zgrzytnął zębami.

I zaraz uspokoił się, stłumił gniew. Nie wściekaj się na cudze błędy i grzechy sprzed tysiącleci, głupcze. Myśl o tych, które dopiero się wydarzą. To dopiero będzie zabawa.

Żeglował szerokim i z każdą godziną rosnącym kanałem, gdzie kry było mało. Prąd morski, który co roku wpływał za północny kraniec kontynentu, niosąc niewyobrażalną ilość ciepłej wody z południa, wreszcie znalazł przejście i robił swoje. Przy okazji pchał łódź Altsina na wschód z prędkością jakichś trzech–czterech węzłów, więc złodziej mógł na chwilę odpocząć, przestać koncentrować się na korzystaniu z Mocy. Jeśli tak dalej pójdzie, to za kilka, kilkanaście dni Północ zrzuci większość lodowej pokrywy i nawet Anday'ya nie da rady znów skuć jej mrozem. Przynajmniej dopóki dni nie staną się krótsze niż noce, a naturalny bieg rzeczy nie wspomoże Królowej Zimy.

Istniała szansa, że wkrótce rzeczywiście pojawią się ławice drobnych morskich stworzeń, za którymi przypłyną ryby, pingwiny, foki, morsy i wieloryby. Istniała szansa, by...

Nie łudź się; jakaś mroczna i paskudna część jego rozdwojonej jaźni szturchnęła go tą myślą. Nawet jeśli tak się stanie, nawet jeśli tutejsze morza eksplodują życiem, dla nich będzie za późno. Większość umrze. Przeżyją tylko ci, którzy zdecydują się żywić mięsem swoich bliskich. Ale po czymś takim... po czymś takim...

Obóz aherów utkwił mu w pamięci bardziej, niż chciałby przyznać. Gorzkie, palące poczucie bezradności... Miał w ręku potęgę, która kruszyła góry lodowe na proch, a nie mógł nakarmić głodnych niczym więcej niż ciałem wychudzonego niedźwiedzia.

Stłumił gniew i frustrację.

Zapomnij o tych ledwo powłóczących nogami szkieletach, które pomagały ci ruszyć z miejsca podarowaną łódź. Nic nie możesz poradzić. To nie twoja sprawa.

Ale, do cholery, niczego innego nie nienawidził tak, jak bezsilności.

Skulił się na ławeczce, szczelniej owinął habitem, przymknął oczy. Potrzebował odpoczynku choć na godzinę lub dwie. Morze wydawało się w tym miejscu dość spokojne, prawie nie było już na nim kry, a prąd niósł go w pożądanym kierunku.

Odpłynął w niespokojny półsen.

Rozdział 22

Uchyla się w ostatniej chwili, a głowica żelaznej maczugi przefruwa, *frrrrr!*, nad jej głową, muskając włosy związane w luźny kucyk. Przewrót w tył, przez lewy bark, jak dalece pozwala łańcuch, i od razu stanąć na nogi, a *kohha* wiruje jej w rękach, tworząc rozmazaną tarczę. Stalowy pręt już nie gryzie jej dłoni, stwardniałych po wielu dniach ćwiczeń, pęcherze, którymi je ozdobił, zdążyły popękać, zagoić się dzięki cudownym maściom Oka Ziemi, znów popękać i znów się zagoić... wiele razy, aż w końcu skóra stała się tak twarda, że Key'la miała wrażenie, iż wyciąganie gorących węgli z ognia byłoby dla niej teraz zwykłą fraszką.

Przejmuje kolejny cios, nie próbując go powstrzymać, siła uderzenia wbiłaby ją bowiem w ziemię, lekko zmienia tylko kierunek ataku, robiąc jednocześnie unik. *Łup!* Maczuga wali w czarną skałę kilka cali od stóp dziewczynki, aż kawałki szkliwa pryskają na wszystkie strony, gryząc jej nogi. Ma szansę, więc kontruje, waląc z całej siły w odsłonięte żebra napastnika.

— Uff... — Dwa Palce sapie jak miech w kuźni jej ojca i kuli się lekko, a w tej samej chwili Kocyk skacze mu na plecy i lekko muska twarz szponami.

Wygrali.

Trzy pojedynki z pięciu.

Rozlegają się pełne uznania mruknięcia, ktoś klaszcze, po *vaihirsku*, uderzając dolnymi dłońmi o uda, ktoś śmieje się głośno.

Key'la ociera pot z czoła, dyszy, opiera się o *kohhę* i bez ceregieli spluwa śliną gęstą jak murarska zaprawa. Och, Ana'we dałaby jej za coś takiego popalić, dziewczęta się tak nie zachowują, powiedziałaby, to nie wypada, jak będziesz się tak zachowywać, nigdy nie znajdziesz męża.

Męża! Też coś.

Jej najstarsza siostra nigdy nie musiała walczyć z ośmiostopowym, czwororękim gigantem, który okazywał w czasie treningowego pojedynku wielki szacunek przeciwnikowi w ten sposób, że walił swoimi żelaznymi maczugami tak, jakby naprawdę chciał go zabić.

Key'la uśmiechnęła się do Kocyka, odpowiedział oczyma i klaskaniem czubkami palców o siebie, po czym zręcznie zeskoczył z pleców Dwu Palców i ruszył do niej, grzechocząc łańcuchem. Przyzwyczaił się już do niego, ona zresztą też, te piętnaście stóp stali o drobnych oczkach łączyło dwa skórzane pasy, które założono im na biodra dzień po wydarzeniach na placu sądu. Jeśli on jest twoją drugą parą rąk – głosił wyrok Trzydziestu Dłoni – a ty jego duszą, musicie być połączeni jak jedno ciało. Twój *kanaloo* ma być przy tobie dzień i noc, jesteś za niego odpowiedzialna. Zgódź się albo odejdź z plemienia.

Też mi wybór. Oczywiście zgodziła się, ale gdy spięto ich razem, zaprotestowała – nie, nie trzy stopy łańcucha, za krótko.

Dlaczego?

Bo nie.

Dlaczego nie?

Bo, psiakrew, moja druga para rąk nie będzie mi towarzyszyć, jak będę sikać. Ma być pięć razy dłużej. Albo odejdziemy z plemienia.

Usta Ziemi nie dyskutowała, reszta też, najwyraźniej było coś w sposobie, w jaki Key'la to powiedziała, co przekonało ich, że dziewczynka nie odpuści.

Łańcuch już jej nie ciążył. Stał się czymś w rodzaju przedłużenia ciała, prawdę mówiąc, jeden z pojedynków wygrali dzięki niemu, sprytnie oplątując nogi przeciwnika i powalając go na ziemię. Ćwiczyli wiele godzin dziennie, od wielu cykli. To też był jeden z warunków, jakie jej postawiono, jeśli chciała zostać. Jesteś osobą, zabrałaś głos w kręgu sądu, więc masz umieć walczyć, bo inaczej ktoś z plemienia może zginąć w twojej obronie. Nie, nie ma nic złego w takiej śmierci, ale ile winy zdołasz przyjąć na barki? Tak, masz *kanaloo*, ale on nie jest nieśmiertelny ani niepokonany, wierz nam. Zabijaliśmy już takich jak on, starszych i bardziej doświadczonych. Wystarczy jeden celny cios, jak na każdego. Chcesz, żeby zginął, bo ty nie będziesz umiała się obronić?

Rozumiała to, dziecko pogranicza, aż za dobrze. Widziała śmierć ludzi, którzy ginęli, by ją ocalić, wiedziała, jak to jest być bezradną ofiarą, porwaną, wiązaną jak zwierzę, torturowaną. Każde z tych wspomnień zostawało w niej, osadzało się głęboko, gdzieś poniżej serca. Gdy pierwszy raz ujęła w dłonie specjalnie przygotowaną dla niej *kohhę* – okuty stalą kij bojowy długi na pięć stóp, którego liściasty grot na jednym krańcu obiecywał szybkie sztychy i podstępne cięcia, a kuliste zakończenie z drugiej strony połamane kości – ciężar broni zamrowił przyjemnie w jej ręce. Nigdy więcej. Nie będzie więcej ofiarą.

A potem, próbując zamłynkować kijem, uderzyła się w głowę i zrozumiała, że czekają ją długie godziny ćwiczeń, nim zostaną przyjaciółmi.

To Usta Ziemi wybrała dla niej broń. Jesteś za mała, powiedziała jej z tą *vaihirską* bezpośredniością, w której nie było śladu złośliwości, twoje ręce są za słabe do szabli czy miecza, za wątłe do bojowej maczugi. Ale *kohhą* walczy się oburącz, a ty jesteś szybka i zwinna. Ucz się więc, jak być szybką i zwinną panią bojowego kija. Obserwuj swojego *kanaloo*, on nie próbuje przyjmować ciosów na gardę, wie, że siła *vaihira* złamie każdą zastawę, on tańczy, uchyla się, uderza, by zabić. Ucz się.

Uczyła. Najpierw najprostszych rzeczy, młynków, parowania tak, by dać sobie miejsce na unik, szybkich pchnięć i zamaszystych ciosów. W domu często walczyła na kije z innymi dzieciakami, czasem nawet dla zabawy z braćmi, ale dopiero trzymając w dłoni prawdziwą broń, poznała głębię swojej nieporadności. Była beznadziejnie niezgrabna, *kohha* częściej uderzała ją po rękach i nogach, niż trafiała w cel, a jej płaski i ostry grot zostawił na skórze Key'li kilka dodatkowych szram. Widząc to, Usta Ziemi powiesiła dla niej wór wypełniony piaskiem i kazała ćwiczyć podstawowe uderzenia, walić w niego, aż się rozpadnie, a gdy dłonie Key'li pokryły się pękającymi pęcherzami, dała jej maść o zapachu końskiego moczu i kazała je smarować.

I ćwiczyć, cały czas ćwiczyć.

Kocyk okazał się pomocny. Z początku stał tylko i patrzył, jak dziewczynka znęca się nad workiem, ale potem, sama nie wiedziała, jak to się stało, zaczął ją uczyć. Lekkim dotknięciem poprawiał ułożenie stóp, pokazał, jak pewniej trzymać kij, jak uderzać, prowadząc cios oburącz, niczym dwuręcznym mieczem, aż *kohha* zamieniała się w niosącą zagładę świetlistą smugę.

Uczył ją bez słów, gestami, mową ciała, własnym przykładem, doskonale rozumiejąc, po co ćwiczą. Zaczynała podejrzewać, że jego rozumność, choć odmienna niż jej czy *vaihirów*, nie jest wcale gorsza. Tylko jakby ją miał w innym miejscu, na innej płaszczyźnie. Ale im dłużej przebywali razem i wspólnie ćwiczyli, tym lepiej się rozumieli. Przyłapała się na tym, że gdy coś przyciągało uwagę chłopca, ona odruchowo patrzyła w tę samą stronę.

Potem Kocyk stał się jej przeciwnikiem w ćwiczeniach. Och, z początku przypominało to próbę schwytania ryby. *Kanaloo* był szybki jak pstrąg, jej ciosy padały w próżnię, uderzała z narastającą frustracją, usiłując choć zmusić go do złożenia gardy. Kocyk walczył swoim długim nożem o szarej klindze, ale nie używał go do parowania, po prostu robił uniki, schodził z linii ciosu takim ruchem, jakby jego ciało składało się z jakiejś płynnej substancji.

Wyginał się, tańczył, wirował.

A od czasu do czasu zatrzymywał nagle, w pół ruchu, i Key'la czuła dotknięcie szarego ostrza na szyi, pod pachą, pod mostkiem, na wewnętrznej stronie uda, na karku... Mimochodem pokazywał jej te wszystkie miejsca na ciele człowieka, w które należało celować. Celować, by zabić.

Przez kilka cykli ćwiczeń i snu tańczył wokół niej, a ona wiele razy rzucała z wściekłością *kohhą* o ziemię, a raz czy dwa, gdy pęcherze na dłoniach znów jej popękały, a obolałe mięśnie odmówiły posłuszeństwa, po prostu się rozpłakała. Nie wstydziła się płakać przy Kocyku, w końcu to tak, jakby była sama, lecz on zatrzymywał się wtedy, cofał tak daleko, na ile pozwalał mu łańcuch, i patrzył na nią z taką miną, że aż coś ją w środku ściskało. Przestawała więc rozczulać się nad sobą, smarowała rany cuchnącą maścią i podnosząc kij z ziemi, mówiła: „Jeszcze raz".

A później, po dziesięciu, może dwunastu dniach, gdy *kohha* wreszcie przestała być humorzastym zagrożeniem bardziej dla niej niż dla jej przeciwnika, po raz pierwszy sparowała jego cios.

Zrobiła to samym końcem kija i zaraz, zupełnie bezwiednie, skontrowała potężnym uderzeniem z góry. Uniknął go, rzecz jasna, aż tak szybka nie była, przerwał jednak pojedynek, odskoczył na długość łańcucha, uśmiechnął oczyma i zaklaskał po swojemu, a całe jego ciało promieniowało tak czytelną dumą, że Key'la roześmiała się na głos. A on po raz pierwszy, odkąd się spotkali, posłał jej prawdziwy, szeroki uśmiech, który zmienił jego twarz w coś tak cudnego, że poczuła łaskotanie w brzuchu.

Był naprawdę ładnym chłopcem.

Stali tak i uśmiechali się do siebie, a ten dziwny świat przestał się liczyć.

Od tamtej pory walczyli coraz szybciej, coraz dłużej, coraz częściej udawało jej się parować jego ataki.

Nawet jeśli zawsze w końcu przełamywał jej obronę.

I nie, nie trafiła go ani razu, ale to nie miało znaczenia. Nie chodziło przecież o to, by zamieniła się w jakąś legendarną wojowniczkę, kładącą pokotem wszystkich wrogów. Jej zadaniem było bronić się wystarczająco długo, by Kocyk zdążył jej przyjść z pomocą.

Usta Ziemi zaczęła z nią ćwiczyć kilka cykli później i dopiero wtedy Key'la poznała, co to znaczy ciężki trening.

Jednooka olbrzymka nie oszczędzała dziewczynki, walczyła, używając najpierw jednej, później dwóch, a w końcu czterech szabel, a pierwsza lekcja, którą jej przekazała, brzmiała: „Nigdy nie pozwól, by *vaihir* związał twoją broń jakimś młynkiem. On ma jeszcze co najmniej trzy ostrza w pozostałych rękach".

Kilkadziesiąt siniaków po uderzeniach płazem szabli przypominało jej o tym przez następne dni.

Ale broniła się coraz lepiej, najpierw przez kilka, później przez kilkanaście uderzeń serca, wreszcie wystarczająco długo, by Usta Ziemi cofnęła się i kiwając głową z uznaniem, powiedziała:

— Jesteś gotowa. Tak, by razem z nim — wskazała Kocyka — nie dać się zabić zaraz na początku walki. Zrobimy jeszcze próbę na poważnie.

Na poważnie? To co to, do licha, było przed chwilą?

Próbą na poważnie okazała się walka z Dwoma Palcami w kręgu plemiennym. Jeśli Key'la miała nadzieję, że żółtooki *vaihir* potraktuje ją łagodniej, bo się znają, pierwsze uderzenie żelaznym, nabijanym guzami prętem wyprowadziło ją z błędu. Ledwo je sparowała, następny cios huknął o jej żebra, kończąc początkowe starcie. Dziewczynka zatoczyła się i omal nie zemdlała z bólu, choć gdzieś pod czaszką trzepotała jej świadomość, że gdyby Dwa Palce nie złagodził uderzenia, zabiłby ją na miejscu.

Czwororęcy nie uznawali jednak czegoś takiego jak ustawione, pozorowane pojedynki.

Kocyk podszedł, objął ją, przytulił, a jego twarz miała taki wyraz, że Key'la na wszelki wypadek szepnęła mu do ucha:

— To tylko zabawa. Nie zabijamy. Pamiętaj.

Ostatecznie wygrali drugi, trzeci i piąty pojedynek. Ich taktyka była prosta: ona starała się nie dać trafić, a Kocyk brał na siebie ciężar ataku. Jeśli łańcuch krępował mu ruchy, Key'la aktywniej włączała się do walki. Radzili sobie chyba nieźle, bo żaden ze stojących w kręgu wojowników nie zgłosił obiekcji co do uczciwości pojedynku.

Po którego zakończeniu podszedł do nich Dwa Palce, poczochrał obie ciemne głowy i wymruczał:

— Słaba Jedna. Powinniśmy ci zmienić imię.

Zdążyła już odzyskać oddech, splunęła jeszcze raz, nie przejmując się, co by na to powiedziała Ana'we, i posłała płowemu olbrzymowi złośliwe spojrzenie.

— A ty? Zamierzasz zmienić imię czy obciąć sobie pozostałe osiem... naście palców? Poza tym podoba mi się, jak to brzmi po *vaihirsku - Sauri-noi*.

— Mnie też się podoba — uśmiechnął się z góry. — Myślę, że jesteście gotowi.

Zaskoczył ją. Gotowi?

— Na co? — strzeliła pytaniem.

Zawahał się, mrużąc żółte oczy. Nauczyła się już rozpoznawać takie miny. Był zdziwiony i skonsternowany.

— Usta Ziemi nie mówiła? Nie mówiła, dlaczego tak intensywnie uczy cię walki?

Key'la cofnęła się nieco, strzelając oczyma na boki. Krąg rozpadł się na części. Większość zgromadzonych wracała do swoich spraw, zajęć, jakiekolwiek by one były. Usta Ziemi stała z boku w otoczeniu kilkunastu innych *vaihirów* obu płci. Dyskutowali. Nikt nie patrzył w jej stronę.

— Czego Usta Ziemi mi nie powiedziała? Dwa Palce?

Wojownik zmrużył oczy jeszcze bardziej, zacisnął usta w wąską kreskę. To też już znała. Był zły.

— Idziemy na wojnę. Trzydzieści Dłoni i inne plemiona Martwej Ziemi. Idziemy do naszego boga, który został uwięziony i nie potrafi się uwolnić. Usta Ziemi powiedziała, że to ostatnia chwila. A ty idziesz z nami.

Wojna.

Krzyki rannych, rzężenie konających, wycie rozdzierające niebo, wyrwane nie wiedzieć z czyjego gardła, płonąca trawa, płonące ciała, żelazny zapach krwi zmieszany ze smrodem spalenizny. Martwi mężczyźni. Martwe kobiety. Martwe dzieci.

Martwi *vaihirowie*.

Wszyscy martwi.

Złapała się na tym, że cofa się, krok za krokiem, kręcąc głową i mamrocząc:

— Nie. Nie chcę. Nie pójdę. Nie.

Dwa Palce założył ręce na piersi, obie pary.

— Widzę, że ci nie powiedziała — mruknął. — To do niej podobne. Nie bój się. Będziemy z tobą, ja, Kubek Wody i Czarny Biały. No i on, twój *kanaloo*. Będziesz bezpieczna.

Jak echo wróciły do niej słowa jednego z braci - nie martw się, idzie cały wojenny obóz, tysiące wozów i rydwanów, nasza rodzina... Nic ci się nie stanie.

Potrząsnęła głową. Nie o to chodziło. Nie bała się o siebie, nie bardziej niż kiedyś.

— Widziałeś wojnę? — zapytała szeptem.

— Co?

— Pytam, czy widziałeś wojnę.

— Walczyłem już, Słaba Jedna. Zabijałem. Widziałaś.

Tak. Potyczki na pograniczu, krew rudziejąca na czarnej skale. Trupy wciśnięte w skalną szczelinę i przysypane odłamkami. Starcia krótsze niż ich pojedynek.

Gdzie im tam do pola śmierci ciągnącego się aż po horyzont.

— Więc nie. Nie wiesz, co to wojna.

— Walczyłem i zabijałem — powtórzył.

— Ja nie. Ale wiem lepiej od ciebie.

Chyba ubodła jego dumę. Ich spojrzenia zderzyły się, zaiskrzyło.

— Co wiesz lepiej od niego, dziecko?

Usta Ziemi podeszła do nich niemal bezszelestnie. Key'la otrząsnęła się już i czuła gniew. Gniew, że znów ktoś decydował, co z nią będzie, nie pytając jej nawet o zdanie. Jakby była czyimś zwierzątkiem. Albo małym dzieckiem.

— Co to wojna.

Vaihirska kobieta uśmiechnęła się zmęczonym grymasem.

— Nasza wojna jest inna niż twoja. Według twojej miary czasu toczymy ją od tysiąca lat. A od trzystu, odkąd straciliśmy boga, przegrywamy. — W tej chwili jej kamienne oko miało w sobie więcej życia niż to drugie, zielono-złote. — Dlatego musimy coś zrobić, nim świat zawali nam się na głowy. Nim wyginiemy.

— Wyginiecie? — Key'la wskazała na otaczające ich zielone tarasy, szumiące strumienie, wejścia do mieszkalnych jaskiń. — Nie wyglądacie na takich, co giną.

Grymas czwororękiej kobiety pogłębił się, nie miała już ust, tylko szramę ciachniętą nożem.

— Trzydzieści Dłoni to najsilniejsze plemię w tej części świata. W promieniu wielu dni drogi nie ma silniejszego. A przecież jest nas połowa z tego, co było sto lat temu, i ćwierć tego, co było, gdy bóg odszedł spłacić swój dług. Schwytano go w pułapkę i nie możemy już pić dusz z jego ciała, by dać je wszystkim naszym dzieciom, aby obdarować je rozumem. Teraz...

Dwa Palce chrząknął.

— *Vanahera...*

Pierwszy raz dziewczynka słyszała, jak ktoś tak nazywa Usta Ziemi. Nie brzmiało to jak imię czy przezwisko.

— Nie, nie... — Olbrzymka pokręciła głową. — Nie zabiorę jej tam, nie pokazując po co... Przemówiła na placu sądu, ma cztery ręce. Niech wie.

— Wielu się to nie spodoba.

— Wielu nie chciało nic zrobić. Wielu mówiło: „Niech zostanie jak jest, może on sam się uwolni". „Może poddaje próbie naszą wiarę". „Może wszystko będzie jak kiedyś". — Uderzyła dłońmi o rękojeści szabel. — Nie. Nie będzie. I dlatego Pęki Snów, Płaskie Twarze, Złamane Włócznie i inni pójdą z nami. Jeśli Thoweth nie chce lub nie potrafi się uwolnić... Może my damy radę.

— Ja nie jestem z tych, którzy mówią nie — Dwa Palce powiedział to ledwo słyszalnym szeptem. — Nie musisz mnie przekonywać.

Key'la zaśmiała się, przyciągając oba spojrzenia, żółte i zielono-złote.

— Ona nie mówi do ciebie, Dwa Palce. Ani do mnie. Mówi do siebie. To siebie chce przekonać, że robi dobrze, prawda?

Wzrok Ust Ziemi zmiękł.

— Mądra dziewczynka. Tak. Siebie. Dziwi cię to, dziecko?

— Nie, *vanahera*, nie dziwi.

— Wiesz, co to znaczy? *Vanahera*?

— Nie. A muszę wiedzieć?

— Nie da się tego przetłumaczyć jednym słowem. Twój język jest zbyt ubogi, za... logiczny. Najbliżej temu będzie „kopiąca głęboko, gdy inni stoją i kpią".

Dwa Palce żachnął się wyraźnie.

— Nie mam racji, wojowniku? — Usta Ziemi zmrużyła zieloną jaskinię tryskającą ogniem, w jaką nagle zmieniło się jej prawdziwe oko. — Przecież ty też ośmielasz się mówić mi, co mogę, a czego nie mogę zrobić. Wielu się to nie spodoba, mówisz? Od kiedy jesteś głosem wielu?

Vahir cofnął się o pół kroku, unosząc ręce w obronnym geście, mimo iż Usta Ziemi nie wykonała żadnego ruchu w jego stronę.

— *Kona weihi bloss. Sauri-noi trew komnre.*

Tym razem to Key'la prychnęła, rozzłoszczona.

— Może powiesz to w meekhu, co? Nie mów o mnie, jeśli nie rozumiem, o co chodzi.

— Powiedział, że wielu często się myli. A ty możesz poznać prawdę. Chcesz tego, dziecko?

Prawda. Znała się już z nią. To ta gryząca w serce, odzierająca ze złudzeń, złośliwa wiedźma.

Dlaczego nie?

Rozdział 23

W Sali Koni Evikiat i Suchi rozkładali właśnie mapy na stole, płachty szeleściły i śmierdziały stęchlizną. Najwyraźniej księstwo dawno nie toczyło wojny na swoim terenie. Na widok Deany ukłonili się sztywno i wrócili do pracy.

Kosse Oluwer i Wuar Sampore stawili się już na miejscu, obaj w bojowym rynsztunku, jakby wprost z pałacu mieli ruszać na bitwę. Dobrze przynajmniej, że nowy *af'gemid* Bawołów nie przytaszczył do sali narad wielkiej pawęży i dziesięciostopowej włóczni. Ale miał krótki, prosty miecz, sztylet w szerokiej pochwie, lamelkową zbroję do kolan i wysoki szyszak, który na szczęście ściągnął i odłożył. Dowódca Słowików na kawaleryjską kolczugę narzucił żółtą jakę z wyhaftowanym na plecach i piersi symbolem Rodu Słowika, łukiem i szablą. Gdy weszła, Wuar ukłonił się nisko, krzyżując ręce na piersi, ale nie oderwał wzroku od jej *ekchaaru*. Jakby próbował swoimi niebieskimi ślepiami wypalić w nim dziurę.

Za to Oluwer ograniczył się do krótkiego salutu, a jego ogorzała twarz błysnęła oszczędnym uśmiechem. Zawsze zapominała, jaki jest wielki, Bawoły od lat wybierały do swoich *ahyr* chłopców, którzy wyróżniali się wzrostem i siłą. Chyba tylko legendarni czarnoskórzy olbrzymi z Uawari Nahs byli od nich potężniejsi, zresztą, jak słyszała, wielu spośród Bawołów było spokrewnionych z tym plemieniem. Na polu bitwy tworzyli potężną, nieruchawą i mało zwrotną formację. Ale za to jak stanęli w miejscu, to tylko szarża słoni mogła złamać ich szeregi. Choć ponoć i to nie zawsze się udawało.

Odpowiedziała obu krótkim skinieniem głowy i spokojnie podeszła do stołu. Szeroki, marmurowy blat podtrzymywało sześć posążków przedstawiających stające dęba konie. Przemknęło jej przez głowę, że artysta, który wyrzeźbił te zwierzęta, wart był swojej wagi w złocie.

— Gdzie Varala?

— Zaraz przyjdzie, pani. — Suchi przerwał rozkładanie mapy i skłonił głowę w geście teatralnego szacunku.

Zgrzytnęła zębami. Gdy byli sami, truciciel nazywał ją czasem dzikuską albo gdy się szczególnie zawzięcie kłócili, ciężarną tępą małpą. Za to w towarzystwie innych okazywał Deanie przesadny szacunek, akcentując jej pozycję Pani Płomieni i odgrywając całą tę komedię. Ależ ją tym irytował. A co najgorsze, najwyraźniej doskonale się przy tym bawił.

— Co wiemy?

Obaj *af'gemidzi* podeszli do stołu, pobrzękując zbrojami. Bawół pochylił się nad mapą niczym żelazna góra.

— Pani Płomieni, mogę mówić pierwszy?

— Tak.

— Wieści przyszły dziś rano. Kilka dni temu – tutaj informacje są sprzeczne i nie wiemy dokładnie, cztery czy pięć – armia Geghii Północnego pod dowództwem Hantara Sehrawina zaatakowała obóz Krwawego Kahelle. Mieli mnóstwo magów i spróbowali dosłownie wykurzyć niewolników z Wyżyny Halesyjskiej na równiny na wschodzie. Ogniem.

Deana skinęła głową. Zarówno Meekhańczycy, jak i Issaram cenili magię na polu bitwy, ale nigdy nie stawiali jej na pierwszym miejscu. Oparcie całej taktyki na czarach skutkowało tym, że gdy magowie się zmęczyli lub zginęli, zostawałeś z pustymi rękami naprzeciw wściekłego wroga.

Przyjrzała się mapie. Geghii Północne nie graniczyło z tą wyżyną, więc... Takie strategiczne myślenie, planowanie, przewidywanie reakcji wrogiej armii prawie jak pojedynek w ciemnym pokoju z przeciwnikiem, którego broni ani ulubionego stylu walki nie znasz. I dopiero gdy wykona ruch, gdy zaśpiewają klingi, uczysz się go i z każdym atakiem zwiększasz swoje szanse. Co książę Geghii chciał uczynić, gdyby jego plan się powiódł?

Deana postukała palcem we wschodnią część granicy między Konoweryn a Wahesi.

— Czy to znaczy, że reszta geghijskiej armii, zwłaszcza słonie, są gdzieś tutaj? U nas albo w Wahesi?

Kosse Oluwer skinął głową.

— Tak sądzimy, pani. Słonie i część konnicy oraz...

— Ile słoni?

— Pani? — Bawół zmarszczył brwi i przez chwilę widać było, jak dyscyplina walczy w nim ze zdumieniem. Jak to? Jakaś kobieta, niechby i wybranka samego Agara, wtrąca się i przerywa mu w pół zdania? Pytając o sprawy, których i tak nie zrozumie?

Drzwi otworzyły się i weszła Varala. Deana powitała ją skinieniem głowy.

— Zatrzymało cię coś ważnego?

Oluwer sapnął, teraz już wyraźnie poirytowany. W jego wyobrażeniach narady wojenne wyglądały zupełnie inaczej. Przede wszystkim nie uczestniczyły w nich baby. Żadne.

— Ta wiadomość może zaczekać. — Varala rzuciła okiem na stół i mapy. — Ominęło mnie coś?

— Pytałam, ile Geghii wystawiło słoni.

— Przez ostatnie lata utrzymywali setkę bojowych słoni — podjął z sapnięciem Bawół — ale nie sądzę, by ta wiadomość miała dla nas znaczenie, teraz, gdy reszta armii Sehrawina ledwo zipie pod Pomwe.

— Rozumiem. Jednak co te słonie i ta konnica robią w tym momencie?

Suchi obrzucił ją uważnym spojrzeniem. Drań wiedział już, co znaczy ta subtelna zmiana w jej głosie. Ale dowódca Bawołów nie znał jej tak dobrze, więc pozwolił sobie na grymas irytacji i z wyraźnym zniecierpliwieniem zaczął tłumaczyć:

— Zapewne ruszyli naprzód w chwili ataku, gotowi zmiażdżyć uciekających z lasu buntowników, ale spotkało ich rozczarowanie. Po całonocnej bitwie główne siły Geghii zostały rozbite i zdziesiątkowane. A słonie i kawaleria zawróciły i zapadły w dżungli gdzieś tutaj. — Postukał palcem w miejsce, które wcześniej wskazała. — Przy granicy. Nie są w tej chwili ważni.

— Nieważni...

Tym razem i Varala, i Evikiat spojrzeli na nią uważnie. Suchi uśmiechał się tylko złośliwie.

— Nieważni, mówisz — powtórzyła, jeżdżąc palcem po mapie. — W naszej armii każdemu słoniowi towarzyszy od pięćdziesięciu do sześćdziesięciu *nuawachi*. Osłaniają go przed atakami lekkiej piechoty, łuczników, oszczepników i procarzy. Dobrze mówię?

Wielki wojownik pochylił głowę. Chyba właśnie dotarło do niego, że ma kłopoty. Deana kontynuowała:

— Mówisz i myślisz jak żołnierz, Kosse Oluwerze. Jak dowódca, który ma przed sobą jedno główne zadanie i skupia się tylko na nim. Tak myślą niektórzy mężczyźni i nie ma w tym nic złego. Ale przestań na chwilę być *af'gemidem* Bawołów i spróbuj pomyśleć jak władca księstwa. Więc, wracając do liczenia, sto słoni to co najmniej pięć tysięcy lekkiej piechoty. A kawaleria? Jego wysokość Hantar Sehrawin nie zabrałby do ataku na obóz niewolników byle czego. Poszedł w te lasy z elitą, a za sobą zostawił oddziały mniej wartościowe. Do dorzynania uciekającego wroga wyznacza się zazwyczaj zawodowych rzeźników, prawda? Najemników, którzy lubią takie rzeczy bardziej niż walne bitwy i których nie żal, gdy wpadną w pułapkę. Ilu ich tam zostawił? Sądzę, że też niemało, w końcu spodziewał się tysięcy uciekających z lasu niewolników. Myślę zatem, że co najmniej tyle samo co *nuawachi*. A więc na naszej granicy czai się dziesięciotysięczna armia, której połowę stanowią najemnicy. Gdy usłyszą o klęsce swojego pana, jak szybko dojdą do wniosku, że można pohasać sobie po bezbronnym kraju? Bo przecież teraz nie dostaną żołdu. Więc oprócz buntu niewolników będziemy wkrótce mieli na głowie armię bandytów, którzy spustoszą nasze pogranicze, po czym uciekną do Wahesi albo Geghii. A ty mówisz, że oni są nieważni.

Pani Ognia delikatnie musnęła palcem szeroką dłoń Bawoła. Zadrżał i cofnął szybko rękę.

— Nie wiem, jak z twoim meekhem, ale słowo nieważne oznacza w nim coś, czym nie musisz się przejmować. A ja przejmuję się groźbą złupienia naszych wiosek i miasteczek, spalenia plantacji, gwałtów i rabunków. Tym, że nawet jeśli pokonamy buntowników, to wracając, zastaniemy zrujnowany kraj.

— Pani...

— Nie teraz. Jeszcze nie wymyśliłam, co z tą groźbą zrobić. Na razie mów, co z Geghijczykami.

— Ich resztki uciekły w stronę Pomwe, ale miasto zamknęło przed nimi bramy, więc rozbili obóz nieopodal murów i liżą teraz rany.

— Ilu?

— Nasi... informatorzy w Pomwe mają dość dobry widok na obóz Sehrawina i oceniają jego siły na jakieś sześć tysięcy ludzi. Wielu rannych; poza Rudymi Psami żaden oddział nie stanowi jakiejś znaczącej siły. Wszystko to resztki piechoty, łucznicy bez strzał, ze trzy setki konnych. Nie stwierdzono aktywności magów, co nie znaczy, że ich nie ma.

— Mów dalej.

— W dzień po Geghijczykach z lasów wyszła armia niewolników i w kilka godzin otoczyła miasto i obóz Sehrawina wałami.

— Ilu ich jest?

— Obóz widoczny z najwyższej wieży Pomwe wydaje się ponoć olbrzymi. Rozciąga się od wałów, które usypali, aż do linii lasu. Więc... co najmniej sto tysięcy.

Varala westchnęła cicho, Evikiat zacisnął dłonie w pięści. Sto tysięcy. Potwierdziły się najgorsze plotki.

— Z całym szacunkiem, pani. — Wuar Sampore postukał knykciem w blat. — Na wojnie liczebność nie jest wyznacznikiem siły. Nigdy nie była.

— A co nim jest?

— Dyscyplina, wyćwiczenie wojsk, uzbrojenie, morale i sprawność. Te sto tysięcy to zwykła horda, niczym stado szczurów groźna tylko przez swoją liczebność.

— Tak się składa, że większość z tej hordy to Meekhańczycy. — Deana nie uznała za stosowne wspomnieć, że jej matka była Meekhanką. — Geghijczycy zapewne mogliby ci wiele opowiedzieć o ich dyscyplinie, wyćwiczeniu i morale. O uzbrojeniu niewolników też, w końcu sami im go sporo dostarczyli. A o ich sprawności? Kosse?

Af'gemid Bawołów wskazał na mapie Pomwe.

— W kilka godzin usypali wał długości prawie pięciu mil. Jednocześnie przegrodzili rzekę zaporą z pni powiązanych rzemieniami, a na jej drugim brzegu usypali szańce długie na dwie mile. Szczerze mówiąc, odcięli miasto lepiej, niż sam bym to zrobił. A wczoraj zaczęli sypać kolejne umocnienia, coraz bliżej murów. Robią to szybko i nadzwyczaj przemyślnie. Zamiast ryć ziemię pod ostrzałem łuczników i balist, budują szańce dzięki sztuczce, której nie znałem. Ich kobiety wyplatają tysiące koszy z trzciny, które niewolnicy wypełniają ziemią, po czym szybko przenoszą na miejsce i w kilka chwil tworzą z nich wał wysoki na osiem, dziesięć stóp, wystarczająco mocny, by powstrzymać naszych łuczników i artylerię. Pomwe ma trzydzieści katapult i balist, część na stałe umieszczonych w wieżach, ale nie są to ciężkie machiny. Spodziewałbym się, że za trzy, najwyżej cztery dni buntownicy uderzą bezpośrednio na mury. Są... bardzo sprawni.

— Ile czasu miasto może się utrzymać?

— Zbliża się pora deszczów, żniwa skończone, więc spichrze są pełne. A od czasu tej nieszczęsnej bitwy pod miastem mury naprawiono i podwyższono. Pogłębiono też fosę. Pod bronią oprócz tysiąca naszej piechoty stanęły również cechy rzemieślnicze: trzy tysiące mężczyzn z oficerami wybranymi spośród Bawołów. Ze strażników kupieckich utworzono specjalne kompanie w sile sześciuset szabel, ci przynajmniej znają się na walce. Reszta mieszkańców nieustannie ćwiczy gaszenie pożarów, stawianie barykad, strzelanie. Amluwer Kot, *turanh* tamtejszego garnizonu, to dobry oficer. Pod jego dowództwem miasto może się opierać i miesiąc.

— Jeśli to byłoby zwykłe oblężenie — odezwał się Evikiat.

Deana, podobnie jak reszta zgromadzonych, spojrzała na niego, zaskoczona tym, że się odezwał. Dotychczas na naradach ten cichy mężczyzna nigdy nie zabierał głosu w sprawach czysto wojskowych. Wielki Kohir Dworu z zakłopotaniem opuścił wzrok, jakby zawstydzony własnymi słowami. Obaj *af'gemidzi* uśmiechnęli się lekceważąco. Oto jakiś głupi gryzipiórek, który nigdy nie przelał krwi w walce, otwiera usta, marnując ich czas. Jeśli oni ręczą, że miasto utrzyma się miesiąc, to będzie walczyło miesiąc i ani dnia krócej. Ale Deana zbyt dobrze już poznała Evikiata i za bardzo go ceniła, by lekceważyć te słowa. Ten niepozorny urzędnik potrafił opanować chaos w Białym Konoweryn w chwili, gdy wszystko zdawało się walić im na głowy. Wielki Kohir znał się na ludzkich duszach, umiał przejrzeć ich słabości i wykorzystać silne strony, potrafił więc dostrzec rzeczy, które umykały innym. Jego sposób myślenia i patrzenia na świat mógł być pokrętny i dziwny, ale głupcem Deana nie nazwałaby go nigdy.

A ponieważ był jedną z kilku osób, które nie opuściły Laweneresa, gdy książę konał na schodach Świątyni Ognia, zyskał tym samym prawo do odzywania się w jej obecności zawsze i na każdy temat.

— Będę wdzięczna, jeśli rozwiniesz tę myśl. Dlaczego sądzisz, że miasto nie utrzyma się tak długo?

Evikiat zmieszał się jeszcze bardziej, jego dłoń zacisnęła się na rękojeści ceremonialnego sztyletu o falistym ostrzu, jakby szukał w tym geście siły. Wreszcie zaczął:

— Dziesięć lat temu książę Wahesi zwrócił się do nas z prośbą o pozwolenie na przegrodzenie dwóch niewielkich strumieni na naszej południowej granicy i skierowanie ich wody do swojego księstwa. Zaproponował niezłą cenę za ten przywilej. Z początku chcieliśmy się zgodzić, w tym rejonie nie mamy żadnych upraw ani plantacji. Sprzedać wodę, która i tak się marnuje, wpływając do jakiegoś jeziorka, to przecież czysty zysk.

— Kohirze, to narada wojenna, a nie wspominki o dawnych traktatach handlowych. — Wuar Sampore przechylił lekko głowę, a jego uśmieszek był już nie tyle lekceważący, ile pogardliwy. — Nie ma na to czasu. Jeśli Kosse mówi, że miasto utrzyma się miesiąc, to tyle wytrzyma.

Deana przerwała mu gniewnym gestem. W takich chwilach szczerze żałowała, że nosi *ekchaar*. Ludziom bez zasłon na twarzy jedno skrzywienie ust, jedno uniesieni brwi zastępowało czasem tysiąc słów.

— Daj mu dokończyć. Odmówiliście wtedy sprzedaży tej wody?

— Tak. Bo w czasie negocjacji ci z Wahesi zachowywali się, jakby im w ogóle nie zależało. Bez przerwy zmieniali warunki, czasem podnosili, a czasem obniżali cenę, potem wycofywali się z oferty, aż wreszcie padła propozycja, że odkupią od nas po prostu kilka mil kwadratowych przygranicznego pustkowia, przez które płynęły te potoki. Za bardzo przyzwoitą, ale niewygórowaną cenę. Taką, która miała wzbudzić naszą chciwość albo i jednocześnie uśpić podejrzenia...

— Evikiat — napomniała go łagodnie. — Skróć opowieść.

— Tak, pani. W czasie tych negocjacji musieliśmy wczuć się w umysły Wahesijczyków. Zastanawialiśmy się, dlaczego im tak zależy na tej wodzie. W końcu sami mają dość potoków i strumieni po swojej stronie granicy. Ale okazało się, że wcale nie chodzi o wodę. Ich poszukiwacze srebra natrafili na niezwykle bogate złoża na wzgórzach przy granicy, lecz większość żyły kruszcu leży po naszej stronie. Jest tam pięćdziesiąt, może sto razy więcej srebra, niż chcieli nam zapłacić za ziemię.

— A co to ma wspólnego z Pomwe?

Tym razem Deana postarała się, by wyczuł w jej głosie zniecierpliwienie.

— Już zmierzam do sedna, pani. Chodzi o to, że ludzie często udają, że chcą jednej rzeczy, a zależy im na innej. Głębiej ukrytej. Niewolnicy poszli pod Pomwe za uciekającą armią Geghii Północnego, prawda? I jest jeszcze sprawa tych nieszczęśników, których wymordowano w mieście. Zemsta. To oczywiste. I to właśnie widzimy. Zdobycie Pomwe zaopatrzy Krwawego Kahelle w żywność, broń i pozwoli mu założyć stałą bazę. Zostawi tam kobiety, starców i dzieci, będących obciążeniem dla jego armii, i ruszy na wschód. Na nas.

— Ale my dopadniemy go pod miastem w trakcie oblężenia. — Dowódca Słowików pochylił się i walnął pięścią w stół.

— To właśnie chcą, żebyśmy widzieli. Bo czyż Kahelle nie wie, że na niego ruszymy? I czy nie zdaje sobie doskonale sprawy, że ostatnia silna armia Dalekiego Południa to armia Konoweryn? — Wielki Kohir wyjął z rękawa trzcinkę i zaczął wskazywać punkty na mapie. — Geghii Północne straciło swoje wojska, Kambehia jest pogrążona w chaosie i nie widać nikogo, kto mógłby ją zjednoczyć. Geghii Południowe, Wahesi i Bahdara razem nie wystawią połowy tych sił, które mamy my. Nasze Rody Wojny zawsze były silne i liczne, musiały takie być, bo mieliśmy wielu niewolników.

Obaj *af'gemidzi* skinęli głowami i uśmiechnęli się, jakby właśnie usłyszeli piękny komplement. A Deana po raz kolejny złapała się na tym, że nie potrafi zrozumieć tych mężczyzn. Wywodzili się spośród niewolnych; gdy byli małymi dziećmi, odkupiono ich od właścicieli i poddano wieloletniemu, morderczemu treningowi.

Mieli szczęście go przeżyć i wejść do elity wojsk Dalekiego Południa, dzięki czemu mogli polepszyć los swoich rodzin i swój. Ale, na Łzy Wielkiej Matki, byli kiedyś niewolnikami. Do licha, formalnie nadal nimi byli, pozostawali własnością księcia, nawet jeśli nie musieli już nosić obroży i niech bogowie się zlitują nad tym głupcem, który kazałby im je założyć. Lecz mimo to bez wahania pójdą tłumić bunt innych niewolników. Jaki rodzaj szalonej, niezrozumiałej lojalności im zaszczepiono w *ahyrah*?

— To wszystko już wiemy. Do czego zmierzasz, Evikiacie? — zapytała.

— Sądzę, że Krwawy Kahelle może zrobić dwie rzeczy. Albo zdobędzie miasto, zanim nadejdziemy, atakując je dzień i noc, bez wytchnienia, a ma na to dość ludzi. Albo otoczy je wałami, co właśnie zrobił, zostawi tam część wojsk, a z resztą przygotuje na nas pułapkę. Tym właśnie jest to oblężenie: zasadzką. Więc tak czy siak szturm Pomwe nie potrwa miesiąca, jeśli bowiem wygramy nadchodzącą bitwę, Krwawy Kahelle przerwie atak i ucieknie z powrotem na zachód, między porośnięte lasem wzgórza. A jeśli, niech nas Agar Czerwony chroni, przegramy, buntownicy po prostu zostawią miasto i ruszą na wschód, by spustoszyć nasze ziemie i zdobyć stolicę, nim reszta księstw ruszy nam na pomoc. Bo kto wtedy stawi im opór?

Po pytaniu zapadła cisza. Obaj wojownicy wpatrywali się w rozłożoną na stole kolorową płachtę, jakby ta nagle wypluła z siebie rojowisko węży. Deana parsknęła.

— Nadal ich lekceważycie, co? Nadal widzicie przed sobą bandę uzbrojonych w widły i kosy bosonogich obszarpańców, z jakimi Rody Wojny musiały walczyć w czasie poprzednich buntów. Sampore nadal wierzy, że gdy jego jazda zaszarżuje, to niewolnicy najpierw posrają się ze strachu, a później rzucą do panicznej ucieczki.

Tylko Varala skrzywiła się lekko, słysząc ten portowy język w ustach Pani Płomieni.

— A oni zrobią tak. — Deana uniosła dłoń i zacisnęła ją w pięść. — I porozbijacie sobie durne łby o ścianę pawęży, a konie ponadziewają się na piki, którymi niewolnicy uczyli się posługiwać od lat. Pod waszym nosem.

— Pani, to Trzciny...

— Zamilcz, Kosse. Trzciny to, Trzciny tamto. Słyszę to od dwóch miesięcy. Trzciny stały się dla was świetną wymówką. Nie przekonacie mnie, że wasze Rody nie miały wśród niewolników własnych szpiegów, choćby po to, by patrzeć sobie nawzajem na ręce. Wiedzieliście.

Obaj *af'gemidzi* nawet nie próbowali zaprzeczać. Suchi wytłumaczył jej to kiedyś w czasie jednej z licznych lekcji na temat miejscowych zwyczajów. Po stłumieniu każdego buntu Rody Wojny miały prawo sprzedać wszystkich schwytanych niewolników bez płacenia odszkodowania ich właścicielom. I chociaż być może tylko Trzciny znały rzeczywistą skalę zagrożenia, to z pewnością zarówno Słowiki, jak i Bawoły wiedziały, że coś się szykuje. Ale nawet jeśli po *ahyrach* krążyły plotki o szykowanym powstaniu, to ich dowódcy nie tyle je lekceważyli, ile po prostu po cichu liczyli na wybuch rebelii. Przynajmniej co głupsi z nich. Rody Słowika, Bawołu i Trzciny nadal zachowały znakomitą sprawność bojową, ale od co najmniej stu lat coraz aktywniej bawiły się w politykę, a ich oficerowie częściej ubierali się w złotogłów i jedwabie niż w zbroje. W takiej sytuacji nietrudno przecenić własne siły.

Deana uśmiechnęła się kwaśno. Kto by się mógł tego spodziewać w tym kraju przeżartym nieustannymi starciami o wpływy?

— Dobrze, wróćmy do konkretów. Kosse, ilu masz ludzi?

Wysoki Bawół odchrząknął dwukrotnie, nim odpowiedział:

— Sześć tysięcy stu dwudziestu pięciu, pani. Podzielonych na pięćdziesiąt *brytah*, nie wiem, jak to przetłumaczyć, bo *brytah* w meekhu to...

— Kocioł, tak? Albo sagan.

— Tak, pani. Wielki gar. Ale specjalny wielki gar. Prawie święty. *Brytah* to stu dwudziestu ludzi, którzy wspólnie maszerują, walczą, obozują i jedzą z jednego kotła. Każdy oddział ma takie naczynie, a dziesiątka najstarszych, najbardziej doświadczonych żołnierzy sprawuje nad nim pieczę i...

— Nie o to pytałam, ale dziękuję za wykład. Sampore?

— Trzydzieści sześć, eee, po meekhańsku to będzie chorągwi. Razem siedem i pół tysiąca szabel.

Prawie czternaście tysięcy zawodowych żołnierzy. I drugie tyle mniej doświadczonych i gorzej wyszkolonych najemników oraz *nuawachi* ze stu pięćdziesięcioma słoniami, które mogą być większą przeszkodą niż pomocą w nadchodzącej wojnie. Przeciw co najmniej stu tysiącom zbuntowanych niewolników, wśród których niejeden trzymał wcześniej w ręku miecz i tarczę. Zdeterminowanych i wypełnionych nienawiścią.

— Magowie?

Evikiat chrząknął.

— Rody Wojny nie mają własnych czarowników, bo jeśli wśród niewolników odkrywano jakieś dziecko z talentem magicznym, to... — Mężczyzna wykonał wymowny gest na wysokości szyi. — Takie jest prawo i zwyczaj. Ale gdy armia rusza na wojnę, miejscowe gildie magów dają jej wsparcie. Świątynia Agara też. Oczywiście prawie wszyscy czarownicy...

— Igrają z ogniem?

Zakłopotany uśmiech zagościł na twarzy Wielkiego Kohira.

— Lepiej bym tego nie ujął, pani. Mamy dwudziestu sześciu magów wystarczająco biegłych i silnych w aspektach ognia, by przydać się na polu bitwy. Wszyscy, zgodnie z tradycją, będą chronieni przez Bawoły.

Deana wywnioskowała, że konowerska piechota tworzyła na polu bitwy ruchomą twierdzę, z której wnętrza miotano na wroga czary. Ciekawe, czy geghijski książę też oparł swoją taktykę na takiej formacji?

— Rozumiem. Kiedy możemy wyruszyć?

Wyglądający jak żelazna góra *af'gemid* piechoty wyprostował się, pobrzękując metalem.

— Ród Bawoła choćby zaraz, pani.

— Słowiki?

— Od miesiąca jesteśmy gotowi. Osiodłamy konie i w drogę.

— Doskonale.

Nagle dotarło do niej, że padły już wszystkie słowa, jakie mogła tu usłyszeć, i że tych następnych nie będzie można cofnąć. Poczuła, jak drętwieją jej palce, a łomot krwi w skroniach prawie stłumił wszystkie inne dźwięki. W tej chwili dziękowała za *ekchaar* na twarzy, bo Deana była pewna, że ma na niej wypisane wszystkie niegodne wybranki Agara uczucia. Lęk, niepokój, wahanie. To już? Teraz? Zaraz wydam rozkazy i machina wojenna zacznie się rozpędzać, aż osiągnie taką prędkość, że zatrzyma ją dopiero krwawe błocko pól bitewnych. Pani, Matko Nasza, włożyłaś mi w ręce miecz, którego klingę mam unurzać w krwi moich braci w wierze. Ludzi, którzy walczą o wolność, a ta, jak mówi Siódme Prawo, jest największym darem i przekleństwem człowieka.

Co mam zrobić? Daj mi wskazówkę, błagam.

Łoskot krwi znikł, pozostała tylko świdrująca uszy cisza.

Oto cała odpowiedź.

Rozejrzała się, patrząc na ludzi, z którymi zetknął ją los. Na Suchiego, którego język był bardziej jadowity niż wszystkie jego trucizny, na Evikiata, którego lojalnością dałoby się obdarzyć dziesięciu innych ludzi. Na Varalę, z jej historią, z jej sekretem. Pomyślała o chłopcu-kornaku, który kiedyś udawał księcia. O dziewczynach z Domu Kobiet. O mieszkańcach stolicy, błogosławiących ją, gdy przejeżdżała ulicami.

I o mężczyźnie, z oczyma jak księżyc w pełni, którego wysłała w niekończący się sen.

Kamień na jej sercu.

Niech więc się dzieje.

Postukała palcem w mapę.

— Oluwer, poślij ludzi do obozu *nuawachi*, niech szykują słonie do wymarszu, ale jeśli jakieś zwierzę jest niepewne, ma zostać — z każdym słowem jej głos stawał się spokojniejszy. — Wyślesz też doświadczonych żołnierzy do kompanii pieszych najemników. Niekoniecznie oficerów, ale jeśli uważasz, że trzeba, awansujemy z setkę dziesiętników. W czasie marszu ma być dyscyplina i porządek.

Bawół zasalutował, sprężyście strzelając obcasami.

— Rozkaz!

Wuar Sampore wyprostował się, krzyżując ręce na piersi.

— Pani?

— Obejmiesz komendę nad zaciężną konnicą. Podobnie jak Bawoły, poślesz im odpowiednich żołnierzy, których awansujemy na oficerów. To nie muszą być najlepsi, jakich masz, ważne, by wiedzieli, jak zapanować nad taką bandą. Mają mieć ciężkie ręce i umieć wzbudzić posłuch. Najemnikom żołd płacą gildie kupieckie i co ważniejsze rody szlacheckie, ale podlegają oni naszym prawom wojennym, więc jeśli któremuś się to nie spodoba, niech zatańczy na sznurze. Nie spodziewam się skarg.

Af'gemid Słowików uśmiechnął się i za ten grymas Deana jeszcze bardziej go znielubiła. To był uśmiech człowieka, który usłyszał właśnie wspaniałe wieści. Można wieszać. Cóż za piękny dzień.

— I potroicie im żołd. W imieniu księstwa.

Uśmiech znikł.

— Pani?

— Zasięgnęłam informacji. Ci ludzie walczą za pieniądze, a wiele gildii kupieckich i rodów szlacheckich okazało się bardzo oszczędnych w tej kwestii. Jak zaczniecie ich dyscyplinować i wieszać, nie dając nic w zamian, w kilka dni połowa z nich zdezerteruje.

Evikiat chrząknął.

— Pani Płomieni, skarbiec...

— Skarbiec zaczyna przypominać miskę głodnego żebraka. Jest wylizany do czysta, prawda?

— Jeszcze trochę w nim zostało, ale... tak.

— Te złoża srebra przy granicy, o których wspominałeś. Nie przypominam sobie, by istniała tam jakaś kopalnia.

— Bo nie istnieje. Jakieś osiemdziesiąt lat temu kilka gildii kupieckich i banków założyło Kompanię Wydobywczą Południowych Magarhów. Mają oni... mieli sporo kopalń, póki niewolnicy ich nie zdobyli. I Kompania podjęła bardzo skuteczne działania, by nikt nie zaczął szukać srebra przy granicy z Wahesi. Zainwestowali grube pieniądze w górach i gdyby rynek został zalany tańszym kruszcem...

— Książę nie protestował?

— Mieli duże wpływy na dworze. I w Świątyni Ognia, i wśród Rodów Wojny.

Dowódca Bawołów sapnął niczym podrażniony byk.

— Nieprawda!

— Może i nie.

Evikiat uśmiechnął się łagodnie, niemal przepraszająco, ale Deana nie dała się nabrać na tę pozorną nieśmiałość. Tym razem Wielki Kohir poruszał się po swoim terenie, pieniądze, łapówki, machinacje. To był gąszcz, w którym żaden wojskowy nie orientował się lepiej od niego. No i miał teraz okazję wbić szpilę wielkim wojownikom za jawnie okazywane lekceważenie.

— Może nie — powtórzył — ale i Bawoły, i Słowiki zaczęły wysyłać mniej żołnierzy do pilnowania granicy w rejonie tych nowych złóż, za to każdy niezależny poszukiwacz, który próbował tam kopać, znikał. Bandyci rozplenili się w tym rejonie jak w żadnym innym. Powinieneś coś o tym słyszeć, bo Twierdza Czterech Księstw leży w końcu w pobliżu.

Kosse Oluwer pobladł, a Deana mimo woli uśmiechnęła się.

— No proszę, czyli da się ciebie wyprowadzić z równowagi, *af'gemidzie*. Dużo wam płacili?

Bawół odwrócił wzrok i zacisnął usta.

— Byłem wtedy tylko *savhyrem*, pani. Słyszałem... plotki. O ludziach, którzy co miesiąc odwiedzali dowódcę twierdzy i... zostawiali podarki.

Wielki Kohir znów chrząknął. A Deana znów się uśmiechnęła, nieco szerzej.

— Gromadzenie informacji o przepływie pieniądza w księstwie należy do moich obowiązków, pani. Roczne prezenty Kompanii Wydobywczej dla Rodu Bawołu i Rodu Słowika opiewały na sumę czterystu małych min w srebrze. To tradycyjna miara używana w rozliczeniach między bankami i państwami. Mała mina, moja pani, to nieco ponad funt czystego kruszcu.

— I nikogo to nie dziwiło?

— Oficjalnie Kompania dawała pieniądze na walkę z bandytami. Taka forma wspierania naszych żołnierzy jest akceptowaną tradycją.

Deana zaśmiała się głośno.

— Kiedy myślę, że już mnie nic nie zaskoczy... Nie, nic nie mów Oluwerze. Po prostu nic nie mów, dobrze? Zakładam, że Obrar z Kambehii kupił Trzciny i Bawoły za nieco więcej niż czterysta funtów srebra, ale nie mogę być tego pewna. Bo wystarczyło obdarować tylko tych na szczycie, a reszta po prostu wykonywała rozkazy. A Słowiki? No cóż, ich nawet nie trzeba było przekupywać. Wystarczyło zagrać na niechęci do ślepca na tronie.

Obaj *af'gemidzi* pochylili głowy.

— Więc teraz nadszedł czas pokory i zmazywania grzechów, wojownicy Agara — nawet nie starała się ukryć złośliwości w głosie. — Jednak oprócz odnowy i oczyszczenia potrzebujemy także pieniędzy. Ta górnicza kompania nadal istnieje, prawda?

— Oczywiście, pani. Ale ponieśli duże straty: zniszczone kopalnie, niewolnicy, którzy uciekli... Mam od nich całą listę próśb i skarg.

— Doskonale. Ogłoś, że jak tylko uporamy się z buntem, zamierzamy otworzyć kopalnię na południu. Że tamtejsze złoża są dziesięć razy większe niż w Magarhach i znacznie łatwiejsze do wydobycia.

— Rozumiem, pani. Za ile mam sprzedać im tę ziemię?

— Nie sprzedamy jej. — Deana patrzyła, jak Evikiat marszczy brwi. — Nie sprzedamy im ziemi, tylko prawo do wydobycia z niej kruszcu. Przez, powiedzmy, dziesięć lat. Oczywiście mogą sobie później odliczyć tę kwotę od normalnych podatków i danin. I nie im, tylko temu, kto więcej zapłaci. Puść w miasto plotkę o tym, ile Kompania Wydobywcza płaciła, by nie powstały tam kopalnie. Potrój sumę. To powinno rozbudzić apetyty. Innych gildii, banków, może nawet Świątyni Ognia. Każdy, kto ma pieniądze, będzie mógł wziąć udział w licytacji, by potem wykorzystać lub odsprzedać prawo do wydobycia kruszcu. Albo, jeśli taka będzie jego wola, nie ruszyć stamtąd ani uncji srebra. Ta Kompania Wydobywcza zamiast korumpować Rody Wojny, od początku powinna wpłacać srebro do skarbca.

Evikiat uśmiechnął się z uznaniem.

— Pieśni, które pamiętasz, pani, zawierają mnóstwo mądrości.

— To też. — Deana przeciągnęła się. — Poza tym jestem dość sprytna. Oczywiście jak na kobietę, prawda?

Wielki Kohir zarumienił się gwałtownie.

— Przepraszam, pani, ja nie...

Machnęła ręką.

— Wystarczy. Na razie najemnikom zapłacimy trzecią część obiecanego żołdu. Stać nas?

Evikiat z ociąganiem skinął głową.

— Tak myślałam. A ty pomyśl jeszcze o kilku innych rzeczach, które można by czasowo odsprzedać.

Wuar Sampore wciąż miał obiekcje, jakby nie podobała mu się sama idea płacenia najemnikom wyższego żołdu.

— Mamy na głowie powstanie, pani. Ludzie nie myślą o handlu i zyskach.

— Ludzie nie — Evikiat uprzedził ją, patrząc na *af'gemida* Słowików już bez poprzedniej nieśmiałości w oczach, w końcu sprawy pieniądza to jego świat. — Ale wielkie gildie kupieckie, kompanie handlowe, banki, to nie ludzie. W Imperium istnieje kompania handlowa, która ma już trzysta lat. Trzysta. Jak dalekosiężne trzeba mieć plany, by przetrwać tyle czasu? Dlatego jeśli zaproponujesz takim instytucjom handlowym interes z zyskami rozłożonymi na wiele lat, zaakceptują go. Choćby tylko po to, by inni nie mogli zarobić. Chciwość jest silniejsza niż strach. Zawsze była.

Deana odwróciła się do *af'gemidów*. Obaj mierzyli ją wzrokiem uważnym i czujnym. Jakby nagle urosła.

— Armia ma być gotowa do wyruszenia jutro rano. Drogą wzdłuż Tos aż do... — Postukała w mapę. — Jak się nazywa ta rzeka?

Mapę opisano w geijv, a Mowa Ognia wciąż sprawiała jej kłopoty. Evikiat czuwał.

— Oloha, pani.

— Aż do miejsca, gdzie Oloha wpada do Tos. Widzicie to miasto? To Nowy Nurot. Pięćdziesiąt tysięcy dusz i port. Dobrze zapamiętałam, Evikiacie?

— Tak, pani. Doskonale.

— A ten port jest duży, mam rację?

— Tak, pani. Duży. Tos jest spławna niemal na całej długości, a do Nowego Nurotu mogą dopływać nawet statki pełnomorskie. Przecinają jezioro Kses i żeglują pod prąd. Stamtąd towar wędruje kupieckimi karawanami na południe, wzdłuż Olohy i jeszcze dalej. Nowy Nurot to jedno z najważniejszych handlowych miast księstwa.

Wiedziała o tym, bo zarówno Suchi, jak i Evikiat bez przerwy jej przypominali, że bez handlu nie ma pieniędzy, a bez pieniędzy Konoweryn zawali się jak dom zbudowany bez zaprawy. Truciciel miał też rację, mówiąc, że Tos jest dla Białego Konoweryn tym, czym kamienne drogi dla Meekhanu. Rozmawiali i wykłócali się wielokrotnie na temat tego, jak szybko przerzucić tak zróżnicowaną armię, jaką dysponowali, na drugi kraniec księstwa. W końcu Suchi przedstawił jej swój pomysł, ona go zaaprobowała, a teraz tylko trzeba poinformować o wszystkim *af'gemidów*.

— Oluwer, ile mil dziennie mogą wędrować Bawoły?

— Piętnaście, pani. W pełnym rynsztunku.

— Imperialna piechota robi dwadzieścia cztery, a gdy trzeba, to i trzydzieści.

Bawół uśmiechnął się z uznaniem.

— Znasz się na tym, pani.

— Jestem Pieśniarką Pamięci mojego ludu. Gromadzimy wiedzę. Także o sąsiadach.

— Tutaj Meekhańczycy robiliby nie więcej niż dziesięć mil dziennie. Pod naszym słońcem trzeba się zatrzymać przed południem, a ruszyć można dopiero późnym wieczorem. Każdy Bawół niesie zbroję, hełm, tarczę, włócznię i miecz, oprócz tego wyposażenie do rozbicia obozu, łopatę, kilof albo siekierę, płaszcz, część namiotu, drewno na opał, wodę, żywność na pięć dni, pęk rzemieni albo pięćdziesiąt stóp dobrego sznura.

— I sagan?

— Tylko żołnierze specjalnie wybranej dziesiątki. Razem to osiemdziesiąt do stu funtów. Nikt nie przemaszeruje tak obciążony więcej niż piętnaście mil dziennie.

— A gdyby nieśli połowę z tego? Lub mniej.

Kosse Oluwer zmarszczył brwi.

— Nie pójdziemy na wojnę bez broni. Albo bez namiotów i jedzenia.

— Nie będziecie musieli. — Deana odwróciła się do truciciela. — To twój pomysł. Czyń honory.

Mężczyzna zrobił minę, jakby właśnie kazała mu zjeść żywą żabę, ale pochylił się nad mapą i stuknął w jezioro.

— Dwadzieścia dwie kogi czekają na jeziorze Kses i są gotowe popłynąć w górę rzeki. Przygotowujemy je od miesiąca. Połowa ma już pełne ładownie, a w nich owies dla koni, żywność dla ludzi, paszę dla słoni, zapasowe rzędy, tarcze, hełmy, pancerze i broń oraz pół miliona strzał. Właśnie ogołociliśmy z pocisków całe miasto, choć dzięki temu wszyscy grotnicy w Białym Konoweryn błogosławią nas co dnia. — W uśmiechu Suchiego nie było uncji wesołości. — Dziś w nocy załadujemy resztę rzeczy, drewno na opał, leki, namioty, narzędzia, machiny. A nawet święte *brytah*. Piechota ma maszerować, niosąc tylko broń, wodę i... entuzjazm. Na cztery statki wejdzie też tysiąc ludzi. Popłyną przodem i będą odpowiedzialni za przygotowanie i zabezpieczenie obozów na popołudniowy i nocny odpoczynek. Dzięki temu nie będziemy tracić czasu na ich rozbijanie. Mniej czasu na rozbijanie obozu to więcej czasu na marsz.

Kosse Oluwer skinął głową, choć jego twarz pozostała bez wyrazu. Deana nie wiedziała, czy jest zaskoczony, zdumiony czy wściekły. Mimo to nie rzucił się od razu protestować, co dobrze świadczyło o jego elastyczności.

— Czyj to plan?

— Samihora Siwego, dowódcy Rodu Bawołów. Powinieneś o nim słyszeć. — Truciciel zmierzył wojownika wzrokiem, mocno zadzierając przy tym głowę. — Ponad dwieście lat temu, w czasie wielkich wojen między Rodami, użył tego sposobu, by szybko przerzucać armię wzdłuż rzeki. Dzięki temu połączone siły Słowików, Bawołów i Trzcin pokonały Lwy i Żurawie. Ten wasz *af'gemid* był geniuszem. Tylko że on przez rok gromadził flotę, a my nie mamy tyle czasu. No i zwierzęta, słonie, konie... nie załadujemy wszystkiego na statki.

— A potem? Za Nowym Nurotem?

— Rozkazy już poszły, miasto ma przygotować dwa tysiące wozów. Ponieważ stamtąd i tak cały czas wychodzą karawany, zapewniono nas, że nie będzie problemu. Słowiki powiozą paszę dla koni w jukach. Resztę załadujemy na wozy. I maszerujemy po chwałę.

— My?

Suchi zaśmiał się.

— No, masz mnie, Bawole. Ja zostaję w pałacu. Ktoś musi patrzeć Evikiatowi na ręce. To ona z wami jedzie.

Wszyscy, łącznie z Varalą i Evikiatem, spojrzeli na Deanę.

Pani Płomieni spokojnie skrzyżowała ręce na brzuchu, delikatnie głaszcząc rękojeści szabel.

— Niespodzianka.

***

— Nie dasz się przekonać?

Pani Płomieni westchnęła i spojrzała na Varalę. Narada skończyła się kilka minut temu, ale książęca nałożnica została jeszcze w sali pod pretekstem „omówienia spraw Domu Kobiet". Deana musiała przyznać, że zaskoczyło ją to, jak szybko obaj *af'gemidzi* otrząsnęli się ze zdumienia, jak szybko zaakceptowali i plan Suchego, i jej decyzję. Piechota nie będzie taszczyć całego wyposażenia na grzbietach i pomaszeruje dwa razy szybciej - świetnie. Pani Płomieni, Wybranka Agara stanie na czele armii, by stłumić bunt i przywrócić właściwą kolej rzeczy - doskonale. Przy okazji takie rozwiązanie pozwalało uniknąć odpowiedzi na jedno z najbardziej delikatnych pytań, czyli któremu z nich powierzyć dowodzenie całością sił. Zapewne obaj wierzyli święcie, że Deana nie będzie niczym więcej jak symbolem, odpowiednikiem sztandaru łopoczącego nad głowami wojowników i zagrzewającego ich do walki.

Zacisnęła zęby. To się jeszcze zobaczy.

— Nadal możesz zmienić zdanie. — Varala delikatnie dotknęła jej dłoni. — Wystarczy, że poczujesz się gorzej z powodu ciąży.

Ta delikatność była niezwykła u kogoś, kto jeszcze kilka dni temu podszczypywał jej piersi i obmacywał brzuch w obcesowych badaniach.

Deana oparła się całym ciężarem ciała na stole. Przez chwilę walczyła z pokusą, by jednym ruchem zmieść wszystkie mapy na podłogę i walić pięściami w marmurowy blat, aż spod paznokci popłynie krew.

— Nie czuję się źle z powodu ciąży, lecz z powodu tego, co muszę zrobić — wycedziła. — Ile krwi mam przelać. Ci durnie... ci cholerni durnie nie musieli atakować miasta. Gdyby zadowolili się zniszczeniem armii Geghijczyków, mielibyśmy pretekst, by negocjować.

— Dalekie Południe nigdy nie negocjowało ze zbuntowanymi niewolnikami.

— Dalekie Południe nigdy nie miało do czynienia ze stoma tysiącami zbuntowanych niewolników, Varalo. Na Przeklętą Krew Niechcianych, oni zniszczyli całą geghijską armię, z czarownikami, konnicą i wszystkim. Kto mógłby mieć do nas pretensje, jeśli przyjęlibyśmy poselstwo od Krwawego Kahelle?

— A ich żądania?

— Wolność? Prawo do powrotu do domu? Przecież i tak nie damy rady zakuć ich z powrotem w łańcuchy, zmusić do pracy na plantacjach i w kopalniach. Musimy zabić większość, a te resztki, które schwytamy, zostaną sprzedane za granicę albo spłoną na stosach. W akcie czego? Sprawiedliwości? Zemsty? Więc? Co Białe Konoweryn może zyskać? Nic poza morzem trupów. A co stracić? Oprócz armii.

— Myślisz, że ich nie pokonamy? Że przegramy?

— Muszę się z tym liczyć. A nawet jeśli wygramy... jakie to będzie zwycięstwo? — Deana walnęła pięścią w stół. — Niech Agar wsadzi sobie w tyłek swoją płonącą włócznię, jeśli myśli, że będę się z tego cieszyć.

Varala uśmiechnęła się lekko, ze smutkiem.

— Nie przeklinaj Pana Ognia, proszę.

Deana parsknęła, obnażając zęby. Przeklęty *ekchaar*, gdyby nie on, ta kobieta trzęsłaby się już ze strachu, widząc jej twarz.

— Dlaczego? Nie jest moim bogiem, nawet jeśli użył mnie w swojej grze. Której nadal nie rozumiem.

— Twoją boginią jest Baelta'Mathran, wiem. Ale ona sama powiedziała, że ludzie mogą ją czcić, przez jej dzieci. Wielkie Rodzeństwo, jak powiadają w Meekhanie.

Zaskoczyła ją. Podobny tekst można było znaleźć w *kendet'h*. Pozwólcie innym czcić Matkę przez własnych bogów, bo Ona jest wszystkimi, a wszyscy są Nią.

— Czytałaś święte księgi matriarchistów?

— Tak. — Uśmiech Varali stał się nagle przewrotny. — Wiesz, że moja praprababka była matriarchistką? I niewolnicą?

Deanę to zaskoczyło, zwłaszcza po zrozumieniu wszystkich implikacji. Książę Laweneres jest prapraprawnukiem niewolnicy?

— Jak to możliwe?

— Normalnie. Jak u ciebie i Lawenerersa. Wiesz, mężczyzna i kobieta, razem... Chociaż nie, raczej chłopiec i dziewczyna. On miał czternaście lat, ona piętnaście. On był synem pana plantacji, ona domową służącą. I jeśli chcesz wiedzieć, nie było gwałtu. Znali się od dziecka, razem dorastali i stało się. Ot, po prostu, zabawa w stodole wymknęła się spod kontroli. Może nawet dzieciaki myślały, że to miłość? A że ród mojego prapradziadka jest odnotowany w Księgach Dziedziczenia, a prawo mówi, że nie możesz zniewolić nikogo, w czyich żyłach płynie krew Agara, więc gdy wydało się, kto jest ojcem, moją prababkę zabrano matce i umieszczono w specjalnym ośrodku dla takich dzieci. Świątynie się nimi zajmują. Ale była wolna.

— A jej matka?

— Sprzedano ją i nigdy już nie zobaczyła córki. Potem moją prababkę wydano za kupca, ich krew była tak samo „gęsta" lub „rozwodniona", zależy jak na to patrzeć. Ich syn zbił majątek, handlując jedwabiem, i wżenił się w rodzinę „mocniejszą", jeśli chodzi o wartość Krwi Agara. Jego córka, a moja matka, wyszła jeszcze lepiej. Skomplikowana historia zadłużonej szlachty i nuworyszy z pieniędzmi, którzy mieli wykupione odpowiednie weksle... I urodziłam się ja, z krwią na tyle czystą, by trafić do pałacu. A mój syn może wejść do Oka.

Deana zagryzła wargi.

— Po co mi to opowiadasz?

— Bo takich dzieci jak moja prababka - urodzonych z niewolnic uwiedzionych, zniewolonych lub zgwałconych przez właścicieli, którzy szczycą się Krwią Agara - są tysiące. Większość z nich w ogóle nie jest odnotowywana przez Bibliotekę, bo panowie musieliby je wyzwolić, a nie chcą tracić pieniędzy. Ci niewolnicy nawet nie podejrzewają, że też są w jakiejś malutkiej części potomkami *awenderi* Agara. Dlatego może być i tak, że sam Pan Ognia nie jest zadowolony z przelewanej teraz krwi. Więc nie przeklinaj go, proszę, bo ta wojna jego z pewnością też rani.

Varala przygryzła wargi, a smutek, niepewność i lęk odarły jej zazwyczaj perfekcyjną twarz z maski spokoju. Po czym dodała:

— Po prostu chcę, żebyś wiedziała, że nie nienawidzę niewolników. Nigdy nie nienawidziłam. Ale jeśli przyjdą tu z pochodniami i nożami, będę z nimi walczyć.

— No to lepiej weź kilka lekcji. Rash chętnie ci ich udzieli.

Matka Laweneresa zaskoczyła Deanę kpiącym uśmiechem.

— Biorę. Razem z innymi. I wierz mi, twoja przyjaciółka jest bardzo wymagająca.

— Mam nadzieję. Płacimy jej mnóstwo pieniędzy.

Milczały chwilę.

— Nie jedź — Varala rzuciła to bez przekonania, ot tak, dla zasady.

— Muszę. Nie puszczę tych rzeźników samych. Jeden lekceważy naszych przeciwników, a drugi marzy o wypełnieniu całej Tos ich krwią. A potem o powrocie na czele zwycięskiej armii i sięgnięciu po nagrodę.

Spojrzenie starszej kobiety przesunęło się po *ekchaarze.*

— Zauważyłaś? Dasz sobie z nim radę?

— Dam.

Wuar Sampore zapominał, że Słowiki, zwłaszcza zwykli żołnierze, zdmuchują piach sprzed jej stóp. Ale jeśliby to on był tym, który stłumi powstanie...

— Dam — powtórzyła z większą mocą. — Pilnujcie się pod moją nieobecność. Niech Aweloney składa raporty tobie i Suchiemu. Evikiat ma swoje problemy, musi zarządzać księstwem i wyciągnąć pieniądze od kompanii górniczej. Albo z innego miejsca. Wiele od tego zależy. Porozmawiam zresztą z nim przed wyjazdem, bo przyszedł mi dziś do głowy jeszcze jeden pomysł. Miasto jest dobrze przygotowane do obrony, trzeba tylko uzupełnić strzały w zbrojowniach. Pilnujcie Kambehii, nie ufam tej ciszy na południu. Co jeszcze ci mogę powiedzieć...

Matka Laweneresa przyłożyła nagle dłonie do ust.

— Na Ogień! Prawie zapomniałam. — Sięgnęła za dekolt. — List. Miałam ci go dać wcześniej, ale najpierw były wieści z Pomwe, potem ta narada... Przysłano go do mnie z prośbą, bym ci go przekazała.

Deana ostrożnie wzięła złożony papier. Na rogach widać było kilka kolorowych plam.

— Co to?

— Suchi go sprawdzał. Podobno można nasączyć papier trucizną, potem czytający obliże palec albo siądzie do posiłku, nie myjąc rąk... Ponoć są nawet takie trucizny, które zabijają przez skórę. Kazał przynosić sobie każde pismo skierowane do ciebie.

— Rozumiem, że ten list jest czysty.

— Przynajmniej książęcy truciciel tak twierdzi.

Deana uśmiechnęła się lekko.

— Czyj to znak? — Wskazała na lakową pieczęć z jakimś dziwnym ptakiem.

— Imperialnego ambasadora. — Varala uśmiechnęła się lekko.

Deana zastanowiła się. Zaraz po jej wizycie w Oku meekhański ambasador „zaniemógł" i od tej pory Imperium milczało. Aż do dzisiaj.

Lakowa pieczęć pękła, papier zaszeleścił. Eleganckie, drobne pismo przesunęło się przed jej oczyma.

— No proszę. Nareszcie nasi przyjaciele zrobili ruch. Ale nie uwierzysz, jaką mają prośbę.

Rozdział 24

— Widzę, że wszyscy tutaj znają się na kopaniu... Mam rację? Co to za sztuka machać łopatą, hę? Każdy dureń to potrafi. Przynajmniej tak twierdził mój świętej pamięci ojciec, niech Pani miłosiernie przytuli do swej piersi jego duszę.

Luka-wer-Klytus siedział z boku, pod płachtą chroniącą go od słońca, i patrzył, jak Owerers-kan-Sumor przechadza się przed setką umazanych od stóp do głów ludzi, z których większość wpatrywała się teraz intensywnie w ziemię. Wsparci na łopatach i kilofach, zdyszani i brudni, wyglądali niczym obraz nędzy i rozpaczy. Kan-Sumor wymachiwał energicznie rękami, a jego pokryta czarnym zarostem twarz była purpurowa. Plotka głosiła, że jego ojciec był ubogim meekhańskim szlachcicem, a matka pochodziła z jednego z plemion Wielkich Stepów, i to chyba po niej odziedziczył temperament, bo nie przebierając w słowach, kontynuował:

— Chociaż chyba powinienem się cieszyć, że już umarł i nie miał okazji zobaczyć tego czegoś, co Trzecia zasrana Kompania zasranego Pułku Wilka ośmiela się nazywać szańcem! Co to, na smażone jaja Reagwyra, ma być?! Wasi ojcowie, dupcząc wasze matki, musieli myśleć o swoich owcach, bo nie da się inaczej wyjaśnić, czemu mam dowodzić takim stadem baranów!!!

Uniósł lewą rękę, prezentując skórzany, barwiony na żółto karwasz opasujący mu przedramię.

— Widzicie? Kahel-saw-Kirhu uznał chyba, że mnie nie lubi. Najwyraźniej czymś mu podpadłem, bo stwierdził, że po śmierci Hamenego to ja będę kapitanem waszej bandy. Więc wezwał mnie osobiście, by to oznajmić, i przysięgam, że gębę wykrzywiał w naprawdę złośliwym uśmiechu. To było jakieś dwie godziny temu, więc spodziewałem się, że po powrocie zastanę tu coś, co mogłoby zatrzymać, no, może nie prawdziwą armię, ale przynajmniej bandę beznogich i bezrękich kalek. Ale to?!

Owerers wskazał wznoszącą się za plecami oddziału pryzmę ziemi, przypominającą gigantyczny stos krowiego łajna.

Trzecia Kompania nadal wpatrywała się w ziemię.

Luka westchnął. Sam nie brał udziału w pracy, bo w czasie ostatniej bitwy oberwał najpierw korbaczem w głowę, a zaraz potem obuchem topora w bark i teraz nosił na łbie gruby opatrunek, a lewą rękę na temblaku. Za to mógł doskonale wyjaśnić, co tu zaszło. Zaczął się podnosić, by skończyć z tym przedstawieniem. W końcu mieli robotę do wykonania.

— Gdzie Mafhus? — zagrzmiał nowy kapitan.

— Wezwali go do kwatermistrza po przydział pancerzy i hełmów — dobiegło z tyłu. — Wziął połowę kompanii. Zaraz po tym, jak ty... kapitanie poszedłeś do sztabu.

Owerers-kan-Sumor zamrugał, zaskoczony.

— Eeee, to kto tu dowodził, jak mnie nie było?

Cisza. Luka klapnął z powrotem na ziemię. No właśnie, o to chodziło.

Po chwili w ścianie żołnierzy pojawiła się szczelina i oddział rozpadł się na dwie części. A między nimi, siedząc po pas w dziurze w ziemi, ukazała się szczupła, uwalana brudem po czubek głowy postać.

— Koło?

Szeroki uśmiech przeciął maskę wykonaną z zasychającego błota. Spod brudu wyłaniały się fragmenty zaczerwienionej, poparzonej skóry i zwęglonych włosów. Nie wyglądało jednak na to, by dziewczyna przejmowała się ranami.

— Owerirs! — przekręciła imię dowódcy. — Kopiemy. Ziemia jest dobra. — Koło nabrała w ręce garść ziemi i wpakowała sobie do ust. — Sszmaczna.

Kapitan powiódł wzrokiem po reszcie. Żaden z kilkudziesięciu mężczyzn nie próbował odwzajemnić spojrzenia.

— Nie próbowaliście...

— Wiesz, że się nie da. — Bonmer-owe-Posk, jeden z najstarszych żołnierzy kompanii, spojrzał wreszcie wprost na kan-Sumora. — Koło znów odwiedziły te „one". Kazały jej szybko kopać, a ona kazała kopać nam. Sam powiedziałeś, żeby jej wtedy nie przeszkadzać i robić, co każe. Fonmer próbował ją powstrzymać, to złamała mu łopatę na głowie. Musieliśmy go tam położyć.

Wszyscy spojrzeli w stronę Luki, obok którego spoczywał mężczyzna z obandażowaną głową.

— Nie widziałeś jej wtedy, Owerers. Wrzeszczała, klęła i płakała na zmianę, a my machaliśmy łopatami, bo jak któryś przestawał, skakała do niego z pazurami.

Zgodny pomruk skwitował te słowa. Koło uśmiechnęła się jeszcze szerzej, prezentując brudne zęby, i wpakowała sobie w usta kolejną porcję ziemi.

Świeżo mianowany dowódca Trzeciej Kompanii przymknął oczy, a jego szczęki poruszały się przez chwilę na boki, jakby musiał przeżuć kawał bardzo starej koniny.

— Ona nie może tu zostać. — Bonmer wyglądał na szczerze zakłopotanego, ale i zdeterminowanego. — Powinniśmy ją odesłać do obozu kobiet i dzieci.

Część oddziału poparła go zgodnie. Mniejsza część.

Luka-wer-Klytus poderwał się i ruszył w stronę żołnierzy. W pierwszej chwili zakręciło mu się w głowie i musiał przystanąć, dysząc ciężko i walcząc z falą mdłości, ale, do cholery, nikt nie będzie odsyłał Koła na tyły. Była żołnierzem ich oddziału i zasłużyła sobie na szacunek.

Zanim jednak przebył połowę drogi, myśląc, że nie obraziłby się, gdyby któryś z tych sukinsynów podszedł i mu pomógł, Owerers-kan-Sumor był już przy dziewczynie, klęcząc na skraju dziury, którą sobie wykopała. A raczej, sądząc po stanie dłoni i połamanych paznokciach, wydrapała w ziemi. Kapitan uśmiechnął się i delikatnie dotknął jej głowy, gładząc po oparzonej skórze, a Koło wyszczerzyła się jeszcze szerzej. Jej lewe oko błysnęło mleczną bielą.

— Ona — Owerers-kan-Sumor zaczął powoli i cicho — jest żołnierzem drużyny zwiadowczej Pułku Wilka. I ma na koncie więcej przeklętych przez bogów właścicieli i ich żołdaków niż każdy z nas. Łącznie ze mną. Widziałeś ją w Nocy Ognia, Bonmer?

Noc Ognia. Tak w niewolniczej armii nazywali atak Geghijczyków sprzed kilku dni. Pułk Wilka był pierwszym pułkiem, który poderwał się i poszedł do kontrataku, ale zapłacił za to wysoką cenę, tracąc czwartą część stanu. Zginęło wielu doświadczonych żołnierzy, zwłaszcza w początkowych godzinach starcia, gdy dowódcy stawali w pierwszym szeregu, by własnym przykładem zapobiec chaosowi i panice. Teraz więc reorganizowano strukturę dowodzenia i nawet zwykli dziesiętnicy dostawali czerwone, żółte lub, o zgrozo, zielone karwasze, nawiązujące barwami do stopni w meekhańskiej armii.

Luka wiedział, że Koło była na pierwszej linii przez całą noc. Śmigała w ciemnościach jak mroczny i mściwy duch lasu. I walczyła. Najpierw włócznią i szablą, potem, gdy je straciła, nożami, a na koniec bitwy biegała pomiędzy drzewami ze złamanym trzonkiem siekiery w jednej i kamieniem w drugiej ręce, pokryta mieszaniną kurzu, krwi i popiołu, wrzeszcząc i zabijając każdego geghijskiego żołnierza, jakiego spotkała.

A w szczególności upodobała sobie polowanie na czarowników, jakby ciągnęło ją do Mocy szalejącej wokół nich.

I tak ją znaleźli po bitwie, w towarzystwie trzech trupów, pokrytych pęcherzami i śladami ognia, który wymknął się spod kontroli. Magowie, którzy nadużyli aspektowanych czarów, zginęli szybką, choć wcale nie łagodną śmiercią, a Koło zapłaciła za to twarzą poparzoną z lewej strony, okiem zakrytym bielmem, włosami spalonymi do gołej skóry i kolekcją ran, której nie powstydziłby się weteran wielu wojen.

I czymś jeszcze. Od tamtej pory zupełnie znikła dziewczyna, z którą dało się porozmawiać i którą tylko od czasu do czasu nawiedzały „one". Luka miał wrażenie, że teraz „one" czają się wokół niej dzień i noc, a Koło cofnęła się do dnia, w którym wyciągnął ją z kopalni.

Stała się na powrót dzikim zwierzątkiem tańczącym na sznurze szaleństwa i czasem to szaleństwo zwracało się przeciw własnym ludziom, więc Luka nie dziwił się, że niektórzy z nich chcieli się jej pozbyć. Ale najwyraźniej nowy kapitan Trzeciej miał na ten temat inne zdanie.

— Nie odeślemy jej. I nie będziemy więcej do tego wracać. Koło?

— Tttak?

— Musisz się umyć. Nie chcę, żeby w twoje rany wdała się gangrena.

Dziewczyna zmarszczyła brew.

— Rany?

— Masz kilka otarć. Zaraz ktoś zaprowadzi cię do namiotu, a tam dziewczyny pomogą ci się umyć. A my tu dokończymy robotę. Dobrze?

Spojrzała na swoje ręce, na uwalaną błotem tunikę.

— Noooo, trochę się ubrudziłam. Masz ładny... ładne to coś na ręce. — Dotknęła karwasza. — Podoba mi się kolor.

— Więc później znajdziemy ci coś żółtego na ozdobę. A teraz — czarnobrody oficer zerknął przez ramię — teraz Piła i Sowen zaprowadzą cię do namiotu i zawołają ze dwie dziewczyny do pomocy. Musisz się przebrać i umyć.

Podał jej rękę, pomagając wyjść z dziury.

— Zabierzcie ją do zwiadowców. Lamnia wie, co robić. A reszta zbiórka! Dziesiątkami, bo stoicie jak stado osłów.

Chwilę zajęło oddziałowi ustawienie się w jakim takim porządku. Luka-wer-Klytus wyprostował się, westchnął i podjął marsz ku żołnierzom. W głowie mu szumiało, a bark rwał ciężkim bólem, ale wszystko wskazywało na to, że kan-Sumor oprócz awansu dostał też nowe rozkazy. Chciał ich posłuchać. A potem, jak tylko odetchnie, pójdzie sprawdzić, czy z dziewczyną zwaną Koło wszystko w porządku.

— Dobra! — usłyszał głos nowego kapitana. — Jak wiecie, odwiedziłem właśnie Kahela-saw-Kirhu. I nie byłem tam sam, tylko razem z setką innych idiotów, którzy pozwolili sobie wcisnąć takie kolorowe gówienko na rękę. — Owerers-kan-Sumor zamachał karwaszem. — Ale to znaczy tylko tyle, że świetnie nadaję się na waszego dowódcę. Oficer nie może być bystrzejszy od swoich ludzi, bo wtedy pierwszy zacząłby uciekać z pola bitwy, a ostatni szedłby do ataku.

Odwrócił się i wskazał odległe o jakieś pięćset jardów miasto.

— Tam jest Pomwe. Wszyscy je znacie. Ma mury długie na trzy mile, sześć bram, trzydzieści osiem wież. I jakieś trzydzieści tysięcy ludzi w środku. Chcemy je zdobyć, bo nie możemy zostawić za sobą ani tego miasta, ani Geghijczyków. A oni są po drugiej stronie, w obozie otoczonym wałem i fosą. Jak widzicie, nie tylko my potrafimy kopać.

Podniósł leżący kij i zaczął rysować na ziemi.

— Patrzcie. A ci, co mają rozum między uszami, mogą też myśleć. — Nakreślił koślawy okrąg. — To Pomwe. Obok niego płynie rzeka, Tos, pamiętacie?

Koniec kija wyrył płytką bruzdę i mniejsze kółko po drugiej stronie tego wielkiego.

— To rzeka, a to Geghijczycy. Siedzi tam sam szlachetny Hantar Sehrawin, a sądząc po wielkości obozu, ma ze sobą co najmniej pięć tysięcy ludzi. Być może ocalił także kilku czarowników. Nie wiemy. Jednak ten obóz oznacza, że rada Pomwe nie wpuściła go do miasta, dzięki czemu wiemy, że mu nie ufają. Albo dostali rozkazy ze stolicy, by tego nie robić. Dla nas lepiej, łatwiej uporamy się z miastem i Geghijczykami z osobna, niż gdyby walczyli ramię w ramię. Na razie jednak robimy tak.

Na ziemi pojawił się półokrąg, którego końce opierały się o rzekę. Wewnątrz znalazły się oba koła: duże i małe.

— Kopiemy. Mówię wam to, co usłyszałem na naradzie u Kahela: stawiamy szańce, by te sukinsyny w Pomwe i Geghijczycy nie mieli nadziei na pomoc z zewnątrz. By wiedzieli, że uporamy się z nimi, zanim ta pomoc nadejdzie. Na drugim brzegu rzeki też są już nasi ludzie, a jutro skończymy przygotowywać tratwy, powiążemy je i przegrodzimy Tos. Rzeka jest dość płytka, mogą po niej pływać tylko lekkie łodzie, więc taka przegroda wystarczy, by nikt nie wymknął się z miasta wodą. Wszystko jasne?

Kilka potakujących mruknięć i skinięć głowami potwierdziło, że jak na razie wszystko jest jasne.

Luka rozejrzał się po swojej kompanii. Rozumieli. Taki styl dowodzenia, gdy informacje o najważniejszych celach nadchodzącego starcia wychodziły ze sztabu i po kolejnych szczeblach dowodzenia docierały aż do najprostszego żołnierza, był meekhański do szpiku kości. Tak dowodzili najwięksi imperialni generałowie. Dzięki temu każdy z żołnierzy czuł się częścią żywej armii, a nie kawałkiem mięsa przeznaczonym na ubój. Wiedział, o co się bije, więc bił się lepiej, potrafił też, nie czekając na rozkazy, elastycznie reagować na to, co dzieje się na polu bitwy. Do tego dochodziła jedność budowana latami treningów lub, jak w przypadku tych ludzi, poczuciem wspólnego celu. Ten sposób prowadzenia armii zapewniał im jak do tej pory zwycięstwa w większości starć.

Owerers-kan-Sumor wyprostował się i rozejrzał po otaczających go mężczyznach.

— Zauważyliście coś ciekawego na murach?

Ponury szept przeszedł przez żołnierzy. Wszystkie twarze stwardniały, stężały gniewem.

— Ściągnęli z nich trupy — odezwał się ktoś z tyłu.

— Tak, łatwo to zauważyć. A wiecie, co z nimi zrobili?

Szept nabrał innej barwy, zimnej i mrocznej.

— Wiecie. Nakarmili nimi rzecznych padlinożerców. Wystraszyli się nas, przerazili, po czym plunęli nam w twarz, wrzucając do Tos ciała naszych pomordowanych braci. Pokazali nam tym uczynkiem, ile naprawdę jesteśmy dla nich warci. Żadna dusza nie została pożegnana modlitwą, żadne ciało nie zaznało ostatnich ablucji. Mężczyźni, kobiety i dzieci, których jedyną winą było to, że ktoś założył im obroże. — Kapitan dotknął bladej pręgi na swojej szyi. — Zamordowano ich, zbezczeszczono ich ciała, a na koniec pohańbiono dusze. Bo ich panowie wciąż są przekonani, że ci niewolnicy byli od nich gorsi. Byli też gorsi od ich koni, psów, kotów i ich ptaszków w złoconych klatkach.

Szept wśród żołnierzy przeszedł w pomruk. Niski, na pograniczu słuchu. Taki dźwięk wydaje skalne osuwisko tuż przed tym, nim ruszy w dół, zmiatając wszystko z drogi.

Owerers-kan-Sumor z rozmachem wbił kij w środek okręgu symbolizującego miasto.

— Widzę, że czujecie to, co ja — wychrypiał. — Saw-Kirhu prosił wszystkich nowych poruczników i kapitanów, byśmy wam przypomnieli, po co tu jesteśmy. Nie po złoto, łupy, broń i żywność. I nie po zemstę, choć nie będę się z wami kłócił o to ostatnie. Czeka nas wiele pracy — wskazał na żałosną stertę ziemi za sobą — i wiele razy będą was bolały plecy, popękane pęcherze na rękach i stopy otarte do krwi. A potem, gdy pójdziemy na miasto, zaczniecie krwawić i umierać. Ale wtedy pamiętajcie, po co tu jesteśmy. Po to, by ogłosić całemu Dalekiemu Południu, że nadszedł koniec. Koniec traktowania ludzi gorzej niż rzeczy, koniec mordów, gwałtów i hańby dla noszących obroże. Do tej pory uciekaliśmy, ścigani przez wszystkie księstwa jak zwierzęta, ale od dziś nie będziemy tego robić. Takie słowa usłyszałem w sztabie i takie wam przekazuję. Pokonaliśmy Geghijczyków, a jeśli nadejdą Konowerczycy, ich też pokonamy. Jeśli przyjdzie armia Kambehii, Wahesi albo Bahdary, albo wszystkie naraz, tych skurwysynów także zmiażdżymy i raz na zawsze nauczymy szacunku. Bo nie szukamy zemsty, lecz wolności i praw, które odebrano nam i naszym dzieciom.

Luka-wer-Klytus wyprostował się i rozejrzał dookoła. Ludzie kiwali głowami, zaciskali pięści, milczeli. Gdyby mieszkańcy Pomwe usłyszeli to milczenie, otworzyliby bramy i wyszli z miasta, błagając o litość.

— To słowa Kahela-saw-Kirhu, które kazał wam przekazać. Więc teraz, bando baranów, brać się do kopania. Szaniec ma mieć piętnaście stóp wysokości, a fosa przed nim co najmniej dziesięć głębokości. Wierzę, że to dla was żadne wyzwanie, zwłaszcza teraz, gdy Koło nam już nie pomaga. — Owerers uśmiechnął się, ale w tym uśmiechu nie było śladu wesołości. — Co sto łokci stawiamy wieże strażnicze dla łuczników, co dwieście furtkę. Nawet mysz nie może się wydostać z Pomwe. A to dopiero początek roboty. Jak zamkniemy zewnętrzny pierścień, zaczynamy budować szańce bliżej miasta. Za trzy dni mamy być dwieście jardów od murów, na pozycjach do ataku, a tam już będą się nam naprzykrzać katapulty i łucznicy. Oczywiście nie będzie wam to przeszkadzać?

— Tylko jeśli będziesz z nami, kapitanie.

Mężczyzna z żółtym karwaszem na ręce wzruszył ramionami i skrzywił się, przybierając zbolałą minę.

— A gdzie miałbym być? Przecież jak puszczę was samopas, to spróbujecie wchodzić po drabinach głowami w dół. Ktoś musi was pilnować.

Jego spojrzenie przesunęło się wzdłuż szeregu i zatrzymało na grupce, w której stał Luka.

— Ci, którzy nie mogą kopać, niech nie przeszkadzają. A reszta do roboty.

Dziesiętnik westchnął, obrócił się i ruszył szukać Koła. Ostatnio czuł się bardzo nieswojo, gdy tylko na dłużej znikała mu z oczu. W końcu ktoś musiał się nią opiekować.

Uśmiechnął się do ostatniej myśli.

Opiekować się Kołem.

Też coś.

Interludium

Obudziło go wrażenie, że ktoś pochyla się nad nim i szepcze do ucha. Natrętnym, błagalnym, podszytym gniewem i rozpaczą głosem. Otworzył oczy, w pełni rozbudzony, gotów odpowiedzieć na zagrożenie, które znikąd pojawiło się w jego łodzi.

Altsin był sam. Powoli wypuścił powietrze z płuc i schował wielorybniczy nóż do pochwy. Zorza znikła i łódź sunęła w ciemnościach. Słońce nadal nie wzeszło, ale tu na Północy noce były znacznie dłuższe niż w jego rodzinnych stronach. Minęło... sądząc po ruchu gwiazd na niebie, na pewno więcej niż godzina czy dwie. Miał mnóstwo szczęścia, że nie rozbił łodzi na jakiejś krze. Kanał, którym płynął, był już jednak tak szeroki, że Altsin nie dostrzegał w ciemnościach nawet zarysów lodu po bokach. Przyszło mu do głowy, że być może same Bliźnięta Mórz wspierały ten potężny prąd morski, bo gniew Pani Lodu zagrażał stabilności naturalnych cykli przyrody. To właściwie nie miało dla niego większego znaczenia, choć bez wątpienia topniejący niemal w oczach lód znacznie ułatwiał podróż.

Sięgnął zmysłami w przód. Obiekt, który ścigał, był ledwo wyczuwalny. Nie mógł nawet określić, jak daleko się znajduje. Sto mil? Dwieście? Jego ślad, echo, był niewyraźny i rozmyty.

Nie tak jak ten szept, który znów zabrzęczał mu koło ucha.

„... i obiecuję, że do końca życia nie tknę Wohlandzkiej Przepalanki... ani Pieprzówki... ani nalewki na miodzie mojej babki. Słyszysz? Ani łyka... Co mam, do cholery, jeszcze zrobić? Czego potrzebujesz, ty zawzięty, durny kutasie? Krwi? Mam sobie utoczyć krwi? Żeby cię zadowolić? Jakbym, pierdolnięty skurwielu, nie robił tego przez całe życie...".

Złodziej uśmiechnął się od ucha do ucha. To była modlitwa... Ktoś tutaj, pośród lodowego pustkowia, modlił się do Reagwyra. I to szczerze, nie bezmyślnie klepanym pacierzem, ale wkładając w każde słowo tyle emocji, że aż parzyło. Meekh modlącego się był dość miękki i inaczej akcentowany niż w Ponkee-Laa, ale zrozumiały.

„... pamiętasz tamtą potyczkę w Brenhagen? Obiecałem ci dwa barany w ofierze, jak przeżyję. Dostałeś je... Sam poderżnąłem im gardła. Pamiętasz? Pamiętasz, łajzo? A może jesteś zazdrosny, bo on woli Byka...? No to co? Nie bądź taką zasraną pizdą! Twój brat to dobry bóg dla strażnika. A ja... go nie zostawię... słyszysz? Ja... Gessen Pancw, nie zostawię go... słyszysz... to nie jest dobra śmierć dla górala... kutasie...".

Ten człowiek umierał, dotarło do Altsina. Dusza Gessena opuściła już jedną nogą ciało, teraz mężczyzna majaczył, konał i dlatego jego modlitwa tak rezonowała z Mocą. I to jaka modlitwa! O Matko – uśmiech nie schodził z twarzy złodzieja – człowieka, który na zmianę prosi swojego boga o pomoc i wyzywa go od pizd i kutasów, nie można zostawić na śmierć.

Skupił się na tym szepcie i nagle odniósł wrażenie, jakby wśród ciemności pojawiło się jakieś światło, łuna, delikatniejsza niż nieśmiały wschód słońca.

Skręcił w jej stronę. W miarę jak się zbliżał, światło blakło, ale on nie miał problemów z widzeniem w nocy.

Ludzie. Dwóch ludzi, którzy z daleka wyglądali, jakby nabyli cudowną umiejętność unoszenia się na wodzie, i dopiero gdy Altsin znalazł się bliżej, dostrzegł, że tkwią na krze, a raczej na kawałku lodu wielkości połowy jego łodzi, zbyt wątłym, by utrzymać się na powierzchni pod ich ciężarem. Lód zanurzał się już na kilka cali, więc mężczyźni byli przemoknięci i powoli zamarzali. Jeden klęczał, podtrzymując na powierzchni głowę swojego leżącego bez przytomności towarzysza, i to właśnie on szeptał w mrok modlitwy.

No, no. Kto mówi, że cuda się nie zdarzają?

Tylko tego nie spieprz, ostudził własny zapał. Każda gwałtowniejsza fala zepchnie ich z kry, a namoknięte ubrania pociągną na dno. Powoli.

Podpłynął do mężczyzn delikatnie, jakby ich lodowa tratwa była ze szkła. Ten modlący się podniósł głowę, dopiero gdy Altsin rzucił mu pętlę z kawałka rzemienia. Był młody, a ciemna broda podkreślała bladość jego skóry. Na widok aherskiej łodzi z mnichem na pokładzie przerwał mamrotanie modlitw i otworzył usta.

— Lepiej nic nie mów. Nie ma czasu. Twój towarzysz żyje?

Nie musiał o to pytać, widział życie tlące się w nieprzytomnym mężczyźnie, ale to było tak instynktowne, jak drapanie się po ugryzieniu komara. Kłam, udawaj, nie pokazuj, ile potrafisz. Jeszcze nie wymyślił, jaką historią poczęstuje tę dwójkę, ale z pewnością nie powie im: „Jestem kimś na kształt *awenderi* Pana Bitew i usłyszałem wasze modlitwy. Nie chcę cię straszyć, ale za nazwanie mnie pizdą i kutasem masz przerąbane".

— Przełóż mu pętlę pod ramionami. Ostrożnie. Dobrze. Powoli, bez pośpiechu.

Kra dwukrotnie zakołysała się niebezpiecznie, gdy Gessen przywiązywał swojego towarzysza. Altsin zabezpieczył koniec liny i rzucił mu drugi rzemień zakończony pętlą.

— Teraz ty. Przewiąż się. Słuchaj, ta łódź jest bardzo lekka. Nie chcę ryzykować, że się przewróci. Obrócę ją dziobem i spróbuję wciągnąć najpierw tego nieprzytomnego, a później ciebie. Najpewniej w trakcie na moment wpadniecie do wody. Nie panikuj wtedy. Rozumiesz?

— Tak.

Przynajmniej mężczyzna nie zarzucał go głupimi pytaniami.

— Dobrze. Najlepiej byłoby, gdybyś ty znalazł się na jednej burcie, a on na drugiej. Ale jak się nie uda, trudno. Uważaj, zaczynam.

Wiosła nareszcie się przydały, ale złodziej nie był przygotowany na nagłe szarpnięcie, które omal nie przewróciło łodzi. Mężczyźni byli ciężcy, a namoknięte ubrania niemal podwajały ich wagę. Altsin podpełzł na dziób, z niepokojem obserwując, jak ten zanurza się coraz bardziej i bardziej. Burty w tym miejscu wystawały nad wodę ledwo o dwa cale.

— Najpierw twój towarzysz. Jeśli dałbyś radę mi trochę pomóc...

Złapał nieprzytomnego pod pachy, zaparł się... Wydawało się, że każdy cal wyłaniający się nad powierzchnią podwaja wagę mężczyzny. Altsin czuł, jak krew łomocze mu w głowie, a oczy zasnuwa czerwona mgiełka. Ależ sukinsyn był ciężki!

Podniósł się i z gardłowym wrzaskiem wciągnął go do łodzi.

Nie musisz tego robić, wiesz? Przez łomot w uszach przebił się kpiący głos. Możesz wyciągnąć każdego z nich w górę jedną ręką, drugą drapiąc się po jajkach. Po co ten teatr?

Wiedział po co. Żeby nie musieć rozważać zabicia tych ludzi, gdy zaczną zadawać niebezpieczne pytania. Za dużo pracy wkładał w to, żeby ich teraz uratować.

Przesunął nieprzytomnego mężczyznę na rufę, stabilizując łódź, więc z drugim poszło mu łatwiej. Choć tym razem użył odrobiny czarów, bo chyba padłby martwy, próbując kolejny raz wytaszczyć taki ciężar na pokład.

Ten mężczyzna też stracił przytomność, jakby świadomość ratunku odcięła go od czerpanych nie wiadomo skąd resztek sił.

Altsin wstał, wyrównał oddech, krótkim czarem wysuszył swój habit. Wciągnięcie rozbitków do łodzi to była dopiero połowa roboty. Teraz czekała go reszta.

***

Płynął na wschód z maksymalną prędkością, jaką ośmielił się rozwinąć. Jak do tej pory *qaimu* radziła sobie zaskakująco dobrze, ale z pewnością nie skonstruowano jej do wyścigów. Gdy próbował tchnąć więcej wiatru w żagiel, cała konstrukcja zaczynała trzeszczeć, a dziób niebezpiecznie pochylał się do przodu.

Słońce świeciło mu nad głową, grzejąc przyjemnie i mocno, choć widoczny na wschodzie wał chmur zapowiadał wilgoć i paskudniejszą pogodę. A to tam właśnie Altsin zmierzał.

Cel jego podróży znacznie zwolnił. Złodziej czuł go, jakby widział coś kątem oka. Zbliżał się do niego i nie wiedział, czy ma się cieszyć, czy niepokoić.

Obaj uratowani mężczyźni leżeli na dziobie, przykryci skórą morsa. Cenna peleryna z lisich futer grzała ich od dołu. Altsin rozebrał obu do naga, zawinął w jedyne suche rzeczy, jakie miał, po czym delikatnym tchnieniem Mocy rozgrzał ich posłanie.

Ciekawe, jak kiedyś będą opowiadać tę historię.

Ciekawe, czy kiedykolwiek będą ją opowiadać.

Życie znów udowadniało mu, że potęga, jaką posiadł, jest czasami gówno warta.

Nie potrafił uratować tych ludzi magią. Nie miał odpowiednich umiejętności. Mógł walczyć jak nigdy przedtem, przyspieszać swoje ruchy, aż stawały się niewidoczne dla zwykłych śmiertelników, jednym precyzyjnym ciosem w serce powalić śnieżnego niedźwiedzia albo uderzeniem Mocy rozłupywać kry. Ale jeśli chodzi o tych dwóch, mógł tylko postarać się, by było im ciepło. I tyle. Byli silni, czepiali się życia jak małż kamienia, ale przez ostatnie godziny żaden nie odzyskał przytomności.

Altsin nie ośmielił się eksperymentować na nich z czarami. Na myśl, że mógłby próbować sprawdzić magią, jakie odnieśli obrażenia, ogarniał go pusty śmiech. Potrafił przepuścić przez ludzkie ciało Moc, spopielając je do szczętu, ale leczyć? Naprawiać uszkodzone organy? Tchnąć życie w umierające ciało? Nosił duszę Bitewnej Pięści, a ten sukinsyn specjalizował się w czymś zupełnie innym.

Bezsilność ściskała go lodowatymi paluchami za gardło.

Złodziej wysuszył tylko ich ubrania, wzorowane, jak zauważył, na strojach aherów. Futra i skóry, choć znoszone, były niezłej jakości i chyba tylko one pozwoliły im przeżyć tak długo na środku morza. Mężczyźni mieli przy sobie noże, jeden prosty, drugi z dziwnym, rozszerzającym się i zakrzywiającym w przód ostrzem. Nie rozpoznawał tej broni. Ten, który przez cały czas był nieprzytomny, nosił też na policzkach i skroniach zawiłe, niebieskie i czarne tatuaże.

Altsin sprawdził je odruchowo, lecz nie miały w sobie magii, ot, zwykłe klanowe lub rodowe ozdoby, tak popularne na Północy. Mówili w meekhu... nosili miejscowe stroje... Wniosek nasuwał się sam. Pochodzili stąd. Z tego świata. Ale kim, do cholery, byli? Myśliwymi, którzy zapędzili się za daleko na lód w poszukiwaniu zdobyczy? Ale w modlitwie, która go do nich przywiodła, wspomniano o jakiejś potyczce, o ofiarach dla Pana Bitew i o Setrenie-Byku.

Za dużo sugestii żołnierskiego życia było w tych słowach.

Co to mogło znaczyć?

Imperium przesuwało oddziały na Północ, czuł je na przełęczy... Cholera, gubienie się w domysłach było ostatnią rzeczą, na jaką miał w tej chwili ochotę. Jeśli przeżyją, sami mu powiedzą, kim są.

No, chyba że z własnych powodów poczęstują go jakąś wymyśloną bajeczką. Prawie się uśmiechnął na tę myśl.

Tchnął jeszcze odrobinę Mocy, ogrzewając posłanie. Zdążył już wymyślić piękną historyjkę o sobie, kim jest, czego szuka na tych wodach w aherskiej łodzi, dlaczego nie ma nic do jedzenia ani picia. Od dłuższego czasu nie myślał ani o jednym, ani o drugim, a to był błąd. Mógł znieść więcej niż zwykły człowiek, ale więcej nie oznaczało nieskończenie wiele.

Pod wieczór słońce schowało się za chmury i po raz pierwszy od dłuższego czasu poczuł zimno. Znów zbyt długo korzystał z Mocy i dopadło go znużenie, a na dodatek jego ciało zużyło już większość energii. Gdyby dało się magią podtrzymywać życie w śmiertelnym ciele, jednocześnie wykorzystując je jako kanał dla Mocy, niektórzy czarownicy zmieniliby się w półbogów. Prawa rządzące Wszechrzeczą nie robiły wyjątków dla nikogo.

Narzucił na grzbiet kurtkę jednego z uratowanych, naciągnął na głowę podszyty futrem kaptur. Od razu lepiej.

Rozparł się wygodniej na rufie, przymknął oczy.

Tylko kilka minut odpoczynku i będzie jak nowo narodzony.

Rozdział 25

Kasztel na rufie wznosił się nad nimi niczym mury prawdziwego zamku. Wysoki na co najmniej pięćdziesiąt stóp, umocniony zębatymi blankami, sprawiał wrażenie czegoś przeniesionego w całości z lądu. Ale na tym statku nic już nie mogło ich zdziwić.

Ściana z czarnego drewna, podobnie jak inne budowle na statku, także nosiła ślady walki, zaciekłych ataków, które zostawiły na niej głębokie i szerokie wżery po użyciu ognia, widoczne jednak dopiero z bliska; czerń okrętu skutecznie maskowała te blizny. Kenneth poświęcił godzinę na inspekcję całej ściany, raczej szukając wejścia, niż próbując określić przebieg starcia, ale i tak swoje zobaczył. U podnóża ściany kasztelu rozpalono kiedyś gigantyczne ogniska, szerokie i wysokie na dziesiątki stóp. W wielu miejscach ścianę poraniły też siekiery i topory, a przynajmniej porucznik wolał myśleć, że były to siekiery i topory, choć niektóre szramy układały się w podejrzanie równoległe ślady. Jakby na górę próbowały się wdrapać jakieś bestie, wyposażone w trzy- i czteropazurzaste łapy.

Oczywiście, jak to na szczęście Szóstej przystało, nigdzie, ale to nigdzie nie znaleźli żadnego wejścia. Ani jednej bramy, drzwi, nawet furtki wypadowej. Nic, tylko gładka ściana. Do tego żadnych belek czy pni, żadnych łączeń, całość wyglądała, jakby postawiono ją z jednego kawałka drewna. Pierwszy raz widział coś takiego. Albo ten statek wyciosano z naprawdę wielkiego drzewa, albo budujący go cieśle i szkutnicy byli absolutnymi mistrzami w swoim fachu.

Cofnął się trochę, uniósł głowę. Wgryzające się w szare niebo blanki zdawały się z niego kpić.

Bergh przytruchtał do niego, prowadząc na smyczy dwa psy.

— Obwąchaliśmy całą ścianę, panie poruczniku. Nic nie znalazły.

Kenneth skinął głową, tłumiąc przekleństwo. Psy były ostatnim pomysłem, jaki miał, by znaleźć ukryte wejście. Bo przecież, do ciężkiej cholery, rufa musiała mieć jakieś połączenie z resztą statku, oprócz najbardziej oczywistego, jak drabiny czy schody. Zanim rozgorzały na nim walki, oczywiście.

— Jak sądzisz, Bergh, jak dostawali się na górę?

Dziesiętnik przerwał drapanie psa za uszami, wyprostował się, tą samą ręką podrapał się po policzku.

— Normalnie, tędy. — Wskazał ścianę. — Tu mogła być jakaś rampa albo schody. Drewniane, lekkie, łatwe do zawalenia albo spalenia w razie ataku. Jak człowiek przyłoży twarz do ściany i zerknie w górę, to w kilku miejscach widać coś jakby wypukłości sterczące na cal czy dwa. Może tam je mocowali?

Kenneth pokiwał głową. Sam już coś takiego zauważył. Ściana nie była idealnie gładka, a tajemnicze występy pojawiały się zbyt regularnie jak na dzieło przypadku. Mimo to zaangażował do roboty psy, mając nadzieję na ukryte drzwi. Bo schody stanowiły cholernie niepraktyczne rozwiązanie, zważywszy, że całość miała pięćdziesiąt stóp wysokości.

— Możemy spróbować dołem, panie poruczniku. Musieli przecież mieć też przejście pod pokładem.

— Zgłaszasz się na ochotnika, żeby tam powęszyć?

Bergh uśmiechnął się, z zakłopotaniem i wrednie jednocześnie.

— Nie, panie poruczniku. Ale mamy specjalistów od łażenia po ciemnych dziurach. Podobno nawet to lubią.

No tak. Szczury. Mogli jechać z kompanią na jednym wozie, a raczej płynąć na jednym statku, ale i tak żołnierze nie uznają ich za swoich. Zresztą, on też nie. Ale czas, by posłać drużynę Olaga w szambo, jeszcze nie nadszedł. Jeszcze mieli inne opcje.

— Zacny pomysł, dziesiętniku — skwitował kwaśno i znów ocenił wysokość ściany. — Ale najpierw sprawdzimy, jak nam pójdzie z rzucaniem.

***

Kompania miała dwa zwoje grubej, rzemiennej liny, która mogła utrzymać pięciu ludzi naraz, lecz tylko jeden zestaw lekkiej, konopno-jedwabnej linki zakończonej stalową kotwiczką. W górach stanowiło to, obok haków, czekanów i raków, podstawowe wyposażenie każdego oddziału Straży. Pomagało się dostać w miejsca, gdzie nie dało się wspiąć o własnych siłach. Kenneth pilnował, by jego Szóstki posiadały przynajmniej dwa takie zestawy na stanie; jeden co prawda przepadł w morzu, ale trzeba się było cieszyć tym, co zostało. Problemem okazała się wysokość. Linka miała długość niewiele większą niż ściana, więc musieli rzucać niemal pionowo w górę.

Zadanie to przypadło w udziale Piątej, bo to jeden z nich miał przy sobie kotwiczkę. Próbowali. Nie można powiedzieć, że nie. Piąta otoczona wianuszkiem kibicujących, udzielających dobrych rad i pokpiwających żołnierzy z innych dziesiątek dawała z siebie wszystko. Po trzydziestym rzucie, gdy kotwiczka albo odbijała się od drewna, albo frunęła w niebo i spadała bezsilnie w dół, Kenneth gestem przywołał do siebie Velergorfa.

— Masz jakiś pomysł, żebyśmy nie spędzili tu reszty dnia?

Wytatuowany dziesiętnik uśmiechnął się złośliwie.

— Oczywiście, panie poruczniku. Powiedziałem nawet, że pomogę, ale Nur kazał mi spadać.

Oficer zmarszczył brwi.

— Varhenn, nie mamy na to czasu.

— Wiem, panie poruczniku. Ale ludzie są zmęczeni, niewyspani i głodni. Dajmy im chwilę odpoczynku. I rozrywki.

Kotwiczka znów wyfrunęła w górę i nagle zatrzymała się w pół ruchu, bo jeden z żołnierzy przydepnął przez nieuwagę linę. Złośliwe okrzyki i gwizdy zagłuszyły wiązankę przekleństw rzucającego.

Porucznik z dziesiętnikiem podeszli do żołnierzy Nura, zmęczonych, zziajanych i czerwonych z wysiłku i złości. Każdy z nich spróbował już zarzucić kotwiczkę przynajmniej kilka razy, ale ściana najwyraźniej drwiła z ich prób.

— Dajcie mi rzucić. — Velergorf wyciągnął dłoń z prawie przepraszającym uśmiechem przyklejonym do twarzy.

— Jasne. — Krępy Fenlo jeszcze się nie poddawał, zerknął tylko złym wzrokiem na szczyt kasztelu, odmierzył pięć stóp liny zakończone kotwiczką i rozkręcił je w wirujący dysk. — Żebyś potem gadał, że my, chłopaki z Piątej, to niedołę... uuuch... — Cisnął kotwiczkę w górę. — ... niedołęgi.

Cała kompania obserwowała, jak czteroramienna kotwiczka mknie w górę, ciągnąc za sobą linę. I jak zwalnia, zawisa na chwilę w powietrzu i spada.

Fenlo Nur zaklął. Nawet niezbyt szpetnie.

— Dobra. — Podniósł kotwiczkę i wręczył Velergorfowi. — Masz trzy rzuty. Jeśli ci się uda, pierwszy wejdę na górę i osobiście cię tam wciągnę.

— Jeden.

— Co, jeden?

— Jeden rzut.

Kilku strażników z Piątej parsknęło kpiąco. Nur zmrużył oczy.

— Jeśli ci się uda za pierwszym razem, wciągniemy tam ciebie i twoją dziesiątkę, racja, Piąta? — Odpowiedział mu chórek przytłumionych potaknięć. — Ale jeśli ci się nie uda, wy rzucacie aż do skutku i wciągacie nas.

Twarze strażników z dziesiątki Nura rozjaśniły się w złośliwych uśmiechach. Velergorf spojrzał na ich dowódcę, potem na Kennetha.

— Możemy, panie poruczniku? Taki mały zakład.

— Znam tę minę. To nie zakład, tylko egzekucja.

— Nie ja kłapię paszczą. — Spojrzenie wytatuowanego podoficera wyrażało najczystszą niewinność. — Poza tym zawsze jest szansa, że taki starzec jak ja o jeden raz za dużo oberwał w głowę i pakuje swoją dziesiątkę w kłopoty.

Cała kompania wwiercała się w nich spojrzeniami, a kilku żołnierzy aż przebierało nogami z niecierpliwości. Kennethowi przemknęła przez głowę kwaśna myśl – co też teraz pomyślałby sobie o nich Borehed? Stoją na pokładzie największego dziwu od czasu Wojen Bogów, a w głowie im tylko szczenięce wygłupy. W gruncie rzeczy jednak miał w nosie opinię szamana.

— Dobra. Zakład stoi. Jak ci się uda, Piąta wciąga na górę Drugą, jak nie, Druga – Piątą. Jeden rzut, żadnych prób, poprawek ani jęków, że lina się poplątała.

Dziesiętnicy zasalutowali.

— Rozkaz.

— Ile czasu potrzebujesz na przygotowanie się?

— Kilka minut.

— Masz kwadrans, żeby potem nie było gadania, że ci czasu brakło.

Trzeba też było dać ludziom chwilę na poobstawianie zakładów.

— Jak tylko zaczepimy liny, wchodzimy. — Kenneth wskazał ręką na szczyt kasztelu. — Zjedzcie coś, napijcie się. Bergh, przygotuj psy do wciągnięcia na górę. Wszystkie. Aherskie też. Andan, skombinuj uprząż dla szamana. Cerwes, jak już postawiłeś swoją część żołdu, zajmij się wartami. Nie chcę żadnych niespodzianek.

Cerwes Fenl poprawił skórzany hełm.

— A pan, poruczniku, jak obstawia?

Kenneth posłał dziesiętnikowi oszczędny uśmiech.

— Znam Velergorfa od lat. Widziałem, jak wygrywał i przegrywał zakłady, ale dziś się powstrzymam. Może dlatego, że wiem, że wygra, więc to żadna zabawa, a może dlatego, że wiem, że przegra, więc szkoda mi pieniędzy. Zgadnij.

Ruszył do sań, na których leżał Borehed. Szaman wciąż był nieprzytomny, pierś unosiła mu się w szybkim, szarpanym oddechu, pot lepił włosy do czaszki. Tatuaże wydawały się bledsze i jakby lekko rozmyte.

Kenneth nie musiał wzywać Nura, by się przekonać, że duch wyciągnięty lub wyrwany z ciała ahera nie wrócił. Teraz porucznika czekała inna rozmowa, którą zresztą odkładał już zbyt długo.

Odszukał wzrokiem grupkę Szczurów. Onelia Umbra wciąż stała między nimi, jakby sama była na żołdzie Nory. Podobnie jak dowódca Szczurów, nie unikała jego spojrzenia.

Kenneth skinął na nich dłonią, powstrzymując kolejnym gestem resztę szpiegów. Chciał rozmawiać tylko z tą dwójką.

Podeszli z ociąganiem.

— Po co mi zawracasz głowę?

Olag-hes-Brend postanowił od razu przejąć inicjatywę w dyskusji. Porucznik zmierzył go spojrzeniem z góry na dół, i z powrotem. Czarnobrody Szczur wyglądał na wyraźniej chudszego i bledszego niż w chwili, gdy się spotkali, zdawało się, całe miesiące temu. Miał też o wiele bardziej zacięty, ponury wyraz oczu. To już nie był ten pewny siebie, arogancki posłaniec, przekonany, że kompania Górskiej Straży będzie skakać na jego rozkaz tak długo i wysoko, jak jej każe. Bo ponury cień Nory za plecami dawał mu taką pewność.

Zawiódł, nie wykonał rozkazów, a ludzie, których miał zabrać z przełęczy, oraz najcenniejszy jeniec Imperium znaleźli się teraz bogowie wiedzą gdzie. A wszystko przez to, że chciał zadrwić z Górskiej Straży i opóźnił przekazanie rozkazów. Wszelkie wymówki, którymi mógł się usprawiedliwiać, nie mogły uchronić go od kary, nawet jeśli jakimś cudem uda im się wrócić bezpiecznie do domu.

Mimo wszystko była w nim jakaś zadziorność. Jego kariera legła w gruzach, ale i tak zamierzał warczeć i odszczekiwać się światu.

Kenneth skinął głową i uśmiechnął się z uznaniem.

— Byłby z ciebie dobry strażnik, Szczurze. Jeśli Nora nie będzie chciała ci już płacić żołdu, zajrzyj do Belenden. Służą u nas byli zbóje, to i dla ciebie znajdzie się miejsce.

Przeniósł wzrok na kobietę. Widać było po niej zmęczenie, ale nadal, mimo podkrążonych oczu i warg spierzchniętych od zimna i soli, była piękna. Nadal przyciągała uwagę.

— Wiecie, co myślę? Myślę, że wszyscy się tutaj boimy. Może moi żołnierze dość szybko przyzwyczaili się do tego miejsca. Może dlatego, że jest takie wielkie i prawie nie czuć, że płyniemy po morzu. Ale i tak są spięci. Czują niepokój, nawet jeśli tego nie okazują. Borehed... — porucznik zerknął na nieprzytomnego szamana — Borehed srał pod siebie przez cały czas. Twoi ludzie i ty również jesteście przerażeni, nie... nie zaprzeczaj, hes-Brend. Zapewne nie masz pojęcia, co to jest, skąd się wzięło i co właściwie znaczy pojawienie się tego statku, ale masz dość rozumu, by wiedzieć, że jest to coś, co przerasta cię tak, jak te góry przerastają zwykłego człowieka. Możemy tu wszyscy zginąć i nikt w Imperium nigdy nie dowie się, co się z nami stało. A nawet jeśli się stąd wydostaniemy, dowództwo Nory zamknie nas w ciemnym miejscu, z którego nie wyjdziemy do końca świata.

Przerwał, wpatrując się w twarz kobiety. Nawet nie mrugnęła.

— Długa ta moja przemowa, ale chodzi o to, że jedyną osobą zachowującą niezwykły spokój jesteś ty, moja droga „hrabianko". — Drgnęła na to określenie i, o dziwo, zarumieniła się lekko. — Kazałem cię dyskretnie obserwować, Onelio Umbro. Przez wszystkie ostatnie dni. Ty też się boisz, ale... nie rozglądasz się na boki, nie podziwiasz nowych widoków, po prostu nie jesteś zaskoczona. Twój strach ma imię, czyli wiesz lub domyślasz się, gdzie jesteśmy. — Na chwilę umilkł, nie spuszczając wzroku z kobiety. — Borehed twierdzi, że to statek Nieśmiertelnej Floty. Podobno kiedyś, za czasów Wojen Bogów, ta Flota pływała po naszych morzach. Słyszałaś kiedyś tę nazwę? Wiesz, co ona znaczy?

— Tylko w bajkach. Legendach powtarzanych nocą. O statkach wielkich jak miasta, które popłyną, dokąd się zechce. O wolności... — Gestem objęła poharatany pokład, a jej twarz przybrała wyraz bolesnego rozczarowania. — Jeśli jednak tak ma wyglądać ta wolność... lepiej nie znać prawdy.

Na te słowa dowódca Szczurów aż się zatchnął. Kenneth założyłby się o cały swój żołd, że wcześniej Olag-hes-Brend wypytywał blondynkę, czy wie cokolwiek o tym statku, ale nie otrzymał odpowiedzi. Aż do teraz.

— Wiesz, co znajdziemy na rufie?

Zaprzeczyła ruchem głowy.

— Nie wiem. Ale w legendach powtarzanych nocą było miejsce nie tylko dla bogów, ale też dla innych potęg. — Wskazała rufę statku. — Jeśli się tam dostaniecie, to spotkacie pewnie jedną z nich.

Jej spojrzenie było dzikie i Kenneth zrozumiał, że ona balansuje nad przepaścią. Już raz to widział. Gdy szli przez Mrok, uciekła w głąb własnej głowy, tańcząc na krawędzi szaleństwa. Teraz też zbliżała się do tego stanu.

Postanowił nie naciskać. Fałszywa hrabianka zapewne i tak nie wiedziała więcej.

— Pilnuj jej, Szczurze. Za kwadrans wchodzimy na górę.

Velergorf stał kilkanaście kroków od kasztelu w otoczeniu strażników. Chyba tylko ci, którzy musieli pełnić wartę, trzymali się z daleka.

Wytatuowany dziesiętnik zdążył opróżnić swoją sakwę i właśnie rozkładał na deskach pokładu jej zawartość.

— Cały problem polega na tym — mówił, nie przerywając przeglądania kupki szpargałów, wśród których było między innymi krzesiwo, dwa noże, kłębek wędkarskiej linki i zapasowe onuce — że kotwiczka jest za lekka, by pociągnąć wysoko w górę tak długi kawał liny. Obserwowałem to z tyłu, tylko dwa razy udało wam się chłopcy osiągnąć szczyt. Zazwyczaj brakowało kilku stóp.

Znalazł wreszcie przybrudzony woreczek i wysypał z niego garść szarych walców wielkości palca.

— Gdy łowisz suma, potrzebujesz dobrego obciążenia. Inaczej przynęta nie siądzie na dnie.

Sprawnie zamocował do kotwiczki trzy ołowiane obciążniki. Zamachał na próbę i dołożył jeszcze jeden.

— Oczywiście, jeśli dołożysz ciężaru, to ryzykujesz, że kotwiczka poleci za daleko i koniec liny będzie ci zwisał piętnaście stóp nad głową. Więc musisz się jakoś zabezpieczyć. — Velergorf rozplątał koniec wędkarskiej linki i przywiązał ją do liny głównej. — W ten sposób ściągniesz linę w dół, nawet jak rzucisz zbyt mocno.

Kenneth starał się nie uśmiechać zbyt szeroko, chociaż większość żołnierzy stojących wokół Varhenna szczerzyła się już otwarcie. Skurczybyk wiedział, że ludziom potrzeba od czasu do czasu trochę rozrywki, i potrafił im jej dostarczyć.

— Ja nie noszę przy sobie zestawu do łowienia ryb... — Somnel z Piątej najwyraźniej nie mógł się pogodzić z nadchodzącą porażką.

— To trzeba było użyć noża jako obciążnika i spruć sobie gacie, by mieć dodatkową linkę. — Velergorf uśmiechnął się łagodnie. — Rozum we łbie masz, żeby myśleć, a nie dlatego, by ci ptaki nie uwiły gniazda między uszami. Gotowi?

Nur skinął ponuro głową.

— Masz jeden rzut.

— Oczywiście.

Starszy dziesiętnik podszedł do ściany, zmierzył ją wzrokiem, cofnął się kilka kroków. Kotwiczka w jego ręku zaśpiewała, wirując w szaleńczym tempie, i pomknęła w górę.

Po chwili Piąta jęknęła z rozczarowaniem, a kilka garści monet zmieniło właścicieli.

— Dobra, chłopcy! Szykować się do wejścia! — Nur nie zamierzał tracić czasu na obrażanie się, podszedł do zwisającej linki, szarpnął na próbę. — Idę pierwszy i wciągnę grubsze liny.

— A my? — niewinnością w głosie Velergorfa dałoby się obdzielić tuzin słodkich dzieci ze świątynnego chóru.

— Wy na końcu, Varhenn. — Kenneth nie zamierzał pozwolić mu na zbyt długie napawanie się triumfem. — Najpierw Piąta, potem Andan, Korel z Ósmą i Cerwes. Nur dowodzi. Nie rozłazicie się, tylko zabezpieczacie górę. Potem wciągamy psy i Boreheda, następnie wchodzi reszta. Druga będzie mieć zaszczyt osłaniać nas z dołu, nim ją wciągniemy.

— A oni, panie poruczniku? — Andan wskazał na grupkę Szczurów.

— Po psach i szamanie, a przed resztą kompanii. Nie zostawię ich na koniec, bo jeszcze coś wylezie spod pokładu i ich zeżre.

Udał, że nie słyszy szeptów sugerujących, że to wcale nie byłoby najgorszym rozwiązaniem.

— Ruszać się!

***

Wszystko szło dobrze do chwili, gdy na dole zostały ostatnie dwie dziesiątki. Druga i Siódma. Reszta kompanii weszła już na górę po rzemiennych linach, a tych, którzy sami nie zdołali się wspiąć – jak psy, szaman i Onelia Umbra – wciągnięto.

Szczyt kasztelu okazał się płaski, tylko w odległości kilkudziesięciu kroków od jego krawędzi, na samej rufie, wznosiła się niewysoka rotunda nieznanego przeznaczenia. Kenneth zostawił jej sprawdzenie na moment, gdy będzie miał wszystkich ludzi przy sobie, bo psy na widok tego dziwnego budynku powarkiwały i skomlały z ogonami schowanymi pod siebie.

Zły znak.

Z góry rozciągał się wspaniały widok na palisadę, zrujnowane śródokręcie i odległy dziób, unoszący się i opadający w powolnym rytmie.

Wciąż płynęli na wschód.

Kenneth zerknął na dół, by ponaglić ludzi Versena-hon-Lawonsa, gdy jego uwagę przyciągnął ruch. I znów. I kolejny raz. Pokład za plecami tych na dole zaczął wypluwać dziesiątki... Jego wzrok rejestrował kształty, ale rozum odmawiał przypisania im konkretnej nazwy – dziesiątki stworów. Niektóre miały wielkość pasterskich psów, inne ludzi, jeszcze inne górskich niedźwiedzi. Szaroskóre, żylaste, wręcz wychudłe. Ich ciała poruszały się dziwacznie, jakby stawy w kończynach wyginały im się w niewłaściwą stronę, a pyski-twarze błyskały wielkimi oczyma i zębiskami, których nie powstydziłby się wilk.

Porucznik nabrał powietrza i wrzasnął:

— Alarm!!!

Ci na dole też już zauważyli, co się święci. W mgnieniu oka zbili się w kupę, błysnęła broń, tarcze zwróciły się w stronę wroga. Wydawało się, że kilkunastu ludzi przeciw kilkudziesięciu bestiom nie ma szans, ale na górze kasztelu była przecież reszta kompanii. Pierwszy ze stworów – przypominający górskiego lwa o dziwacznie krótkim pysku – skoczył w stronę żołnierzy i zginął, trafiony w locie bełtem.

— Ruszać się! — Nur jedną ręką założył dźwignię i napiął kuszę, drugą ponaglał zaś swoich ludzi. — Piąta na stanowiska!

Blanki zaroiły się od strzelców, lecz ponieważ mieli ledwo dwa tuziny kusz Kenneth mógł tylko patrzeć, jak fala szarych bestii opada Drugą i Siódmą i jak kłębi się wokół ściany tarcz, cięta i kłuta. A zanim potwory przełamały obronę strażników, spadła na nie salwa bełtów, więc stado zakotłowało się, po czym rzuciło w tył, zostawiając kilka podrygujących i sikających posoką ciał na pokładzie. Lecz chwilę potem – porucznik był pewien, że nigdy nie zapomni tego widoku – stado zawinęło się w miejscu niczym ławica ryb albo chmura wędrownych szpaków i uderzyło znów, aż linia żołnierzy zachwiała się i prawie pękła.

Przez moment wydawało się, że masa atakujących pogrzebie pod sobą żołnierzy, lecz wtedy Velergorf wypadł przed szereg obrońców, jego ciężki topór zatoczył półokrąg, powalając co najmniej trzy bestie i kończąc ruch w czaszce czwartej. Dziesiętnik cofnął się natychmiast z bronią pokrytą szarokrwistą mazią, a reszta górali wrzasnęła dziko i runęła do kontrataku. I znów stwory odskoczyły, zostawiając kilka ciał swych pobratymców, a kilkunastu strażników cofnęło się pod ścianę i zwarło w najeżony stalą półokrąg.

— Panie poruczniku, schodzimy do nich?

Korel-dus-Oderah strzelił właśnie w najbliższego stwora i walcząc z cięciwą kuszy, patrzył na dowódcę w napięciu. Na dole strażnicy ponownie starli się z potworami, cięli, kłuli i walili obuchami w jakiejś dziwacznej parodii bitwy. Bo przecież walczyli ze zwierzętami, z przeciwnikiem uzbrojonym w kły i pazury, a zwierzęta nie atakują ludzi w taki zawzięty i skoordynowany sposób.

Lecz nim Kenneth podjął decyzję, trzy najpotężniejsze bestie, każda wielkości niedźwiedzia, oderwały się od głównej grupy i zataczając koło, zaczęły się rozpędzać. Zrozumienie, do czego zmierzają, przyszło do porucznika w chwili, gdy zawróciły i przyspieszając, ruszyły na żołnierzy.

— Zabić je!

Wydał rozkaz za późno, zresztą wyglądało na to, że garść bełtów z kusz to za mało, by powalić te największe potwory. Trzy ważące po kilkaset funtów żywe pociski po prostu wpadły na ścianę tarcz i rozbiły ją swoją masą.

A zaraz za nimi ruszyła reszta. W okamgnieniu pod kasztelem powstało coraz bardziej krwawe kłębowisko ciał.

Nur był pierwszy. Po prostu rzucił kuszę, złapał linę i zsunął się w dół. Już z wyciągniętym z pochwy kordem spadł na grzbiet jakiegoś potwora i jednym ruchem odciął łeb od reszty ciała.

Reszta poszła za nim, zjeżdżali na dół i z poranionymi od lin dłońmi z marszu wpadali w wir rzezi. Kenneth sam nie wiedział, jak się tam znalazł, nagle zakłębiły się wokół niego szare ciała, kły, zęby, płynęła posoka. Odepchnął najbliższego stwora tarczą, poprawił mieczem, jakieś pazury zaczepiły o jego kolczugę i spróbowały ściągnąć go na kolana, ale wtedy poczuł świst za plecami i potężny topór odrąbał łapę atakującego.

Kenneth przyjął cios szponiastej łapy na tarczę, impet omal go nie przewrócił, i skontrował uderzeniem z góry. Pokryty szarą skórą łeb poddał się, opryskując rudą brodę porucznika galaretowatą mazią.

I nagle atak się skończył. Te bestie, które jeszcze stały na nogach, zawróciły i zaczęły uciekać. Szczeliny i pęknięcia w pokładzie połknęły je jedną po drugiej.

Velergorf odkleił się od pleców dowódcy i potężnym, oburęcznym uderzeniem topora odrąbał łeb jednemu z niedźwiedziowatych stworów, który skłuty mieczami i włóczniami, jeszcze się ruszał.

Splunął na ścierwo, otarł zakrwawioną twarz.

— Zabrały czterech naszych, panie poruczniku. Alentha, Pazura, Otha i Aesa. Zawlokły ich na dół, a oni jeszcze żyli.

Rozdział 26

Usta Ziemi poprowadziła ich wąskim korytarzem w głąb góry. Głęboko w trzewia ziemi. Szli gęsiego, najpierw *vaihirska* kobieta, potem Key'la, na końcu Kocyk. Korytarz był tak wąski, że ich przewodniczka przeciskała się niekiedy bokiem, ale dla dziewczynki i chłopaka miejsca było dość.

Zeszli tak głęboko, że w pewnym momencie Key'la zorientowała się, że otaczające ich skały nie są już tą czarną, obsydianową masą, którą były wyżej; stały się zwykłe, szare, brązowe, poprzecinane różnymi żyłami, spękane, swojskie.

Dotknęła ściany, brudząc palce, powąchała. Kamień. Zwyczajny kamień.

— Tak głęboko zmiana nie sięgnęła. — Przewodniczka najwyraźniej miała z tyłu głowy dodatkowe oko. — Kiedyś wszędzie były takie skały, na górze też. Kamienie różnych barw, różnej twardości, rudy metali... Wiesz, jak zrobiliśmy nasze tarasy? Te, na których rosną trawa i drzewa? Kopaliśmy głęboko, bardzo głęboko, aż do takich skał jak te, potem wydobywaliśmy je na powierzchnię, kruszyliśmy, mieszaliśmy z nawozem i dopiero taką niby-ziemią wypełnialiśmy jamy na zboczach doliny. Stąd też mamy płyty chodnikowe w różnych kolorach.

— To musiała być ciężka praca.

Trzymana przez Usta Ziemi lampa zamigotała, gdy kobieta wzruszyła ramionami.

— Mieliśmy boga, mieliśmy moc. Było nas więcej. Dobrzy Panowie nie przeszkadzali. Nawet czasem pomogli. Wtedy wszyscy się bali tego, co może nadejść ze środka, z miejsca, gdzie Niszczycielka rozbiła jedno z *Asfhro Doeynn*. Księgę Świata. I wypuściła z niej chore, kalekie, niepełne lub przepełne stworzenia.

— Przepełne?

— Takie, które są czymś więcej, niż być powinny: psy o skórze jak łuska, ptaki z ludzkimi twarzami na wężowych szyjach, węże z nogami, kolcostwory, piórostwory i inne. Pomieszane ciała i duchy. Oszalałe ze strachu, czujące, że coś jest z nimi nie tak, że nie są tym, czym być powinny. Ich wspomnienia nie zgadzały się z resztą. Dzika Moc została uwolniona w takiej ilości, że zamieniła się w chaotyczną pięść, orzącą świat pazurami niemożliwego. Kontratakowano. Ci, którzy mieli własną Moc, rzucili ją przeciw tej drugiej. Nasz bóg i inni. Płonęły nawet powietrze i woda. Znikły miasta, wioski, drogi. Wszystko. Na ziemi pozostała wielka, okrągła plama czerni. Nikt nie wie, jaka jest wielka. Może zajmuje setki mil? Inne Księgi rezonowały... wiesz, co to znaczy?

— Nie.

— Jak wetkniesz w dziurę w ziemi dwa jednakowe miecze i uderzysz w klingę jednego, drugi też zacznie drżeć. Zaśpiewa wspólną pieśń. Magia też rezonuje, Moc jest wrażliwa na wspólne melodie. Nieważne. Ważne jest, że największe zniszczenia, największa plama na obliczu świata tkwi tutaj. A *vaihirowie*... my i nasz bóg złożyliśmy przysięgę, że będziemy strzec jej granicy.

Ukłucie ciekawości było jak dźgnięcie szpilą.

— A poza nią? Co jest?

Kolejne wzruszenie ramionami rozkołysało cienie na ścianach. Usta Ziemi zatrzymała się, odwróciła do nich. Jej twarz, malowana chwiejnym światłem lampy, wydawała się mniej ludzka, bardziej zwierzęca i dzika niż wcześniej.

— Tam dalej żyli... żyją inni, tacy jak my... Rozbitkowie, którzy nie mieli wyboru ani nawet kawałka własnego świata. Głównie ludzie, jakby dla żartu. Żyli tu razem z nami, czasem walczyliśmy, częściej piliśmy wino. Nie było dla nich miejsca poza Mrokiem, więc kazano im wegetować tutaj. Część wymarła, *Amulen'drech, ka'sui, Plohh.* Ten świat... Jest w nim coś takiego, że niektórych z siebie strząsa. Tam dalej znajdowały się też inne Księgi Świata. I odpowiedziały na zniszczenie ich siostry, niektóre popękały, inne wynurzyły się na powierzchnię, siejąc pamięcią niestworzonych światów. Zatrzymano je, ledwo-ledwo, choć nadal wypaczają wszystko wokół. Teraz nie wiemy, co znajduje się dalej, Nie wiemy, ilu naszych sąsiadów przeżyło, nie zapuszczamy się tam. To wiele, wiele cykli wędrówki, a nas jest za mało, by walczyć o resztę świata. Całą energię koncentrujemy na wojnie tutaj, walkach z tym, co wychodzi z *Vawenn'obleris*, hm, to akurat mogę dokładnie przetłumaczyć, Dolina Żalu, tak to będzie brzmiało w twoim języku. Byłam tam raz, jako młoda wojowniczka. — Usta Ziemi dotknęła czarnej kuli w oczodole. — Wymieniłam się wtedy ze światem, oko za oko. Dolina jest tak wielka, że po horyzont nie widać jej granic. Pośrodku stoi słup, wysoki na setki kroków, podobno na tym słupie wasi bogowie uwięzili Niszczycielkę. Na wieczność. Siedzi w komnacie z kryształu i patrzy na to, co zrobiła. Cały czas. Nie śpiąc, nie jedząc, nie mogąc nawet na chwilę zamknąć oczu. Widziałam ten słup, z daleka. A za słupem, na granicy *Vawenn'obleris* stoi nasz bóg, schwytany w pułapkę.

— Widziałaś go?

— Gdy kamień wybił mi oko, gdy czerwony wrzask, błysk, płacz, jęk... wszystko naraz wbiło mi się w głowę, zza mgły, tym właśnie nowym okiem, okiem z kamienia, ujrzałam go. Stał po drugiej stronie doliny w bojowej pozie, z bronią w trzech rękach, czwartą miał zaciśniętą w pięść. Wołał mnie. Inni też go widzieli i słyszeli... ciężko ranni albo umierający...

Olbrzymka wzdrygnęła się, zamrugała zdrowym okiem.

— Od wielu lat wysyłaliśmy tam wyprawy. Nasza zaszła najdalej ze wszystkich. Odparły nas wtedy, stworzenia z doliny zmieniły się przez te stulecia. Stały bardziej... zwarte, nie, ten twój język, nieprzydatny do niczego... stały się bardziej prawdziwe, kalekie dusze dopasowały się do kalekich ciał i nagle nie ma już mowy o kalectwie, bo skoro wszystko pasuje... rozumiesz?

— Chyba.

— Atakowały nas zawzięcie, falami, z ziemi i nieba. Nie mogliśmy się przebić. Od tamtego czasu staramy się tylko utrzymać granicę, krąg wokół doliny, walcząc z potworami wychodzącymi ze środka i wysłannikami Dobrych Panów, którzy wbijają nam noże w plecy.

— Ale teraz zdołacie się przebić?

— Nie. Teraz spróbujemy obejść dolinę. I albo nam się uda, albo wymrzemy. Nie od razu, powoli, ale wyginiemy. Bez pomocy Thowetha nie możemy dłużej istnieć.

Key'la zmarszczyła brwi. Ten Thoweth to tylko bóg. Pamiętała, jak traktowano bogów na pograniczu, gdzie strzała bandyty czy koczownika mogła nadlecieć nie wiadomo skąd i w każdym momencie. Ludzie szybko się uczyli, że do ochrony przed nią od najżarliwszej modlitwy lepszy jest solidny pancerz. I własny łuk w garści, żeby odpowiedzieć napastnikowi. Gdy i to nie pomogło, mówili: „Taki los" i żyli dalej.

W wozach mieli oczywiście mały ołtarzyk dla Laal, dziewczynka sama składała na nim bukieciki z własnoręcznie zerwanych kwiatków, czasem zapaliła kadzidełko, czasem się pomodliła, dziecięcą modlitwą, nieskładną i szczerą, ale poza tym... Verdanno pamiętali, że Pani Koni zachowała milczenie w czasie Krwawego Marszu.

Bóg to bóg. Trzeba okazywać mu szacunek, bo może złamać ci życie, ale najlepiej niech się trzyma z daleka.

Usta Ziemi patrzyła na nią z góry. Dziwnym wzrokiem. Smutnym i drapieżnym jednocześnie.

— Pokażę ci.

Odwróciła się i poprowadziła ich dalej w głąb skały. Szli tak jeszcze przez kilkaset kroków, w ciszy zakłócanej tylko pobrzękiwaniem łańcucha spinającego Key'lę i chłopca, aż wreszcie tunel wypluł ich do wnętrza ogromnej jaskini. Ta dziura w ziemi była tak wielka, że Key'la miała wrażenie, jakby wyszli gdzieś na powierzchnię w sam środek bezksiężycowej, pochmurnej nocy. Nie widziała ani przeciwległej ściany, ani zarysu sklepienia. Usta Ziemi nie dała jej czasu na zadziwienie, uniosła wyżej lampę i zrobiła kilka kroków w przód.

Światło rozbłysło złotem, wydobywając z cieni na posadzce jakieś krzaki obrośnięte uschłymi liśćmi, kupki gałązek, kamienie... Olbrzymka stanęła, omiotła okolicę lampą, oczy miała zamknięte.

— Patrz — szepnęła. — Spróbuj zrozumieć.

Key'la patrzyła. Krzaki, gałązki, kamienie... krzaki, gałązki... leżący na granicy światła kamień spojrzał na nią oczodołami wypełnionymi ciemnością, uśmiechnął się drobnymi zębami. Kpił. Krzaki... kupki kości, drobnych, białych, cienkich jak jej palce. Klatki żeber z kawałkami skóry tu i tam, kupki kości, czaszki...

Wszystko drobne, małe, nie większe niż ona. Gdyby umarła tu i teraz, padła trupem i zamieniła się w szkielet, pasowałaby idealnie do tego cmentarzyska.

Tylko jej zęby miałyby mniej ostre kły, a przy żebrach byłoby mniej kości.

Tylko z dwóch rąk.

— Kto...

— Nasze dzieci. Bez rozumnej duszy. Małe zwierzątka, które nigdy nie stałyby się dorosłymi *vaihirami*. W chwili buntu nasi stwórcy byli jeszcze na tyle potężni, by rzucić na nas klątwę, odbierającą większości naszych nowo narodzonych dzieci dusze. Bo tylko myślący mają dusze, więc ci, którzy ich nie mają, nigdy nie wespną się do poziomu rozumnych. Takie są prawa Wszechrzeczy. A my, no cóż, byliśmy... jesteśmy istotami stworzonymi, a nie wyrosłymi do inteligencji, więc naszym panom było łatwo zepchnąć nas do poziomu zwierząt. Ale wtedy mieliśmy już własnego boga, on przykładał palec do serca nowo narodzonego, oddawał mu kawałek, iskierkę własnego ducha i zastępował brak prawdziwej duszy, odrobiną własnej. Ale teraz Thowetha nie ma już z nami i klątwa odzyskała moc. Zabija nas: nasze myśli, nasze serca.

Key'la nie rozumiała. A właściwie nie chciała sięgnąć po zrozumienie, mimo że widniało tuż przed nią.

Prawda. Ta stara jędza wyszczerzyła się do niej, unosząc zakrwawione pazury, i szepcząc: „A widziałaś wśród nich jakieś dzieci?".

Kocyk stał za jej plecami bez ruchu, jakby i jego dosięgła groza kamiennej posadzki usianej drobnymi kośćmi. Usta Ziemi wciąż miała zamknięte oczy. Mówiła, nie, raczej strzelała krótkimi zdaniami, jakby pluła krwią:

— Zachodzisz w ciążę, czujesz, jak rośnie w tobie życie. Rodzisz krzycząc. Czasem zazdroszczę wam, że wasze dzieci mają tylko dwie ręce. Tulisz i modlisz się, żeby to było to jedno na cztery czy pięć... Bo klątwa nie zadziałała w pełni i jedno na czworo, czasem jedno na pięcioro dzieci rodzi się z własną duszą. A reszta... Pierwsze dni, płacze, je, śpi, brudzi się, szukasz w twarzy, w spojrzeniu... oznak rozumności. Czasem to trwa, na twoją miarę czasu będzie pół roku, czasem rok, nigdy nie dłużej niż dwa. I potem wiesz... najczęściej wiesz, że urodziłaś zwierzątko.

Key'la drgnęła.

— Nie mów tak — poprosiła cicho.

— Jesteśmy inni niż wy — w głosie Ust Ziemi ból mieszał się z dumą. — Nie dorastaliśmy do inteligencji, choć byliśmy blisko. Obdarowano nas nią. Jesteśmy inni. Rodzisz dziecko z nadzieją, że będzie miało duszę, a gdy wiesz już, że jej nie ma, nie mówi, nie śmieje się, jest mądre, tak, ale nie inteligentne. *Kamderisuwe,* obowiązek matki... podajesz zioła... zasypia, bierzesz na ręce i schodzisz pod ziemię. Jest lekkie i ciepłe, śpi coraz głębszym snem, oddycha spokojnie...

Olbrzymka w końcu otworzyła powieki i odwróciła się do nich. Jej oczy, czarne i zielone, wyglądały tak samo, ukryte w cieniach malowanych przez lampę.

— Zazwyczaj przestają oddychać, nim tutaj dotrzesz. Znajdujesz kawałek wolnej przestrzeni, układasz. Odchodzisz.

— Nie możecie...

— Nie! Nie... dorosły *vaihir* to machina do walki. Umiemy tylko to, bo tak nas stworzono. Bez duszy znamy jedynie gniew, wściekłość, rywalizację, zabijanie. Nie da się nas oswoić, ułożyć. Wytresować... Próbowaliśmy.

Ileż bezradności można wlać w jedno słowo.

Próbowaliśmy.

— Wielu zginęło, bo posłuchało szeptu serca. A nasza rozumność... pamiętasz Kawałek Żelaza?

Czy pamięta? Key'la nie widziała go od dłuższego czasu, ale oczywiście, że pamiętała.

— Jesteśmy cisi. Spokojni. Nie wrzeszczymy w trakcie walki, nie rozpalamy swojego gniewu. Nie musimy. Ale czasem on wybucha. I tracimy kontrolę, wróg jest wszędzie, nieważne, ile ma rąk, nóg, głów... Zatracamy się. Kawałek Żelaza i Czarny Biały są braćmi; ich matka okamieniła swoje serce tak, że w końcu pękło, wiesz? Urodziła ośmioro dzieci i umarła, wracając stąd na górę szósty raz. Nieważne... Oni są braćmi i kiedyś w trakcie walki Kawałek Żelaza zatracił się. Ogarnął go bojowy szał, czerwony i gęsty jak zasychająca krew. Czarny Biały walczył z nim przez wiele godzin. Poharatał go, pochlastał niemal na kawałki, a gdy jego brat osunął się w końcu na ziemię, bestia go puściła. Powrócił do krainy rozumnych. Nie wszystkim się udaje. Czasem musimy zabić tych, którzy wybierają drogę zwierzęcia. Patrz.

Usta Ziemi postawiła lampę na posadzce, opadła na kolana i opierając się dolnymi dłońmi o dno jaskini, górne wyciągnęła tak, jakby chciała schwycić powietrze. Kocyk stracił nagle spokój, wyskoczył przed Key'lę, a jego nóż i pazury błysnęły w świetle lampy.

Vaihirska kobieta uśmiechnęła się dziko.

— No proszę, nawet jak próbuję zapomnieć, że on pochodzi z hodowli Dobrych Panów, nic z tego. Twój *kanaloo* zapewne został nauczony rozpoznawać tę postawę. To *pohe*, gniew, obłęd i amok w jednym. Taką pozycję przyjmuje *vaihir* w chwili, gdy się zatraca. Gdy odrzuca rozum i zmienia się w zwierzę. Jeśli kiedykolwiek zobaczysz w takim stanie kogoś z nas, uciekaj. Rzuć wszystko i uciekaj. Jesteś mała, schowaj się do dziury, gdzie nie będzie mógł za tobą pójść, i czekaj, aż odejdzie. Cierpliwość nie jest cechą *pohe*.

Wyprostowała się, podnosząc lampę. Kości i czaszki znów zajaśniały w kręgu światła. Jedno z ramion olbrzymki wskazało wejście do jaskini.

— W moim plemieniu od wielu lat żadna kobieta nie schodziła taką drogą. W innych jeszcze to robią, ale coraz rzadziej. Nie dajemy już rady. I mam wrażenie, że z tego powodu częściej przychodzi po nas *pohe*. Nasza rozpacz jest cicha, nie krzyczy i nie płacze w głos. Tylko tu — dotknęła piersi — siedzi bestia, coraz głodniejsza i bardziej zniecierpliwiona. Każdy ma swój sposób, by ją uśpić. Medytacje, modlitwy, muzyka. Ja gram na *holi*. To moja kołysanka dla bestii.

Key'la kiwnęła głową, mrugnęła szybko i odwróciła wzrok. To wstyd płakać przy obcych. Usta Ziemi była jednak mądra. Opuściła lampę, zmniejszając promień światła do kilku stóp.

— Wyruszymy na wojnę przeciw stworom z Doliny Żalu. Na wojnę właśnie, bo jedyną naszą nadzieją jest to, że uda nam się uwolnić, obudzić naszego boga, i zamknąć na zawsze ten tunel, tę jaskinię. Bo nie mamy wyjścia. Wymieramy. Rozumiesz?

Dziewczynka westchnęła. Pociągnęła nosem.

— Tak.

— Dobrze. Chodźmy.

Wracali w milczeniu, jakby groza jaskini zacisnęła im się na gardłach i nie chciała puścić. Gdzieś w połowie drogi Usta Ziemi zatrzymała się, uniosła lampę i nie patrząc w tył, powiedziała:

— Dziękuję.

— Za co?

— Że nie zapytałaś, ile razy tędy schodziłam.

Key'la milczała. Nawet jeden raz to za dużo. O wiele za dużo.

Po kilku uderzeniach serca bez słowa ruszyły dalej.

Rozdział 27

Widząc zmierzającego w jego stronę mężczyznę, Evikiat ze Smesh, Wielki Kohir Dworu, pogładził krótką, czarną brodę i uśmiechnął się uprzejmie. To był uśmiech, który mógłby wzbudzić zaufanie zarówno u dorosłego, jak i u dziecka, szczery i ciepły. Komuś, kto obdarza cię takim uśmiechem, wierzy się na słowo, pożycza się bez wahania sakiewkę pełną złota albo zdradza rodzinne sekrety.

Gospodarz odpowiedział własnym uśmiechem. Po czym uścisnął oburącz wyciągniętą w swoją stronę dłoń i potrząsnął nią energicznie.

— Zaszczyt to dla mnie. Zaszczyt ogromny. Sam Wielki Kohir, pierwszy wśród sług księcia, w moim domu... Ale i wstyd to dla mnie, wstyd przeogromny, że przyjmuję takiego gościa w iście godny pożałowania sposób! Gdybym wiedział wcześniej, gdybym mógł się przygotować, oj, kazałbym przyszykować ucztę i sprowadził niewolnice szkolone w sztuce umilania czasu mężom! Ja nieszczęsny, radość i wstyd czuć jednocześnie, co za udręka dla serca i duszy...

Mężczyzna nie tyle mówił, ile strzelał słowami, jakby setka łuczników szyła we wroga najszybciej, jak się da. Evikiat słuchał jego tyrady, gładził brodę i milczał, przypatrując się mówiącemu.

Bamor Wanmur – mistrz Kompanii Wydobywczej Południowych Magarhów – był raczej niski, raczej szczupły i raczej w średnim wieku. To znaczy, w zależności od tego, co założył i jak utrefił fryzurę, mógł wyglądać zarówno na trzydzieści pięć, jak i na pięćdziesiąt lat. Golił się gładko, ciemne włosy miał w tej chwili zaczesane do góry, a jego strój – białe płócienne spodnie i luźna żółta koszula z haftowanego jedwabiu – sprawiał, że ktoś spoza miasta mógłby go wziąć za jednego z setki urzędników Kompanii.

— Zaszczyt, zaszczyt — gospodarz wciąż to powtarzał i wciąż potrząsał dłoń Evikiata, jakby spodziewał się, że lada chwila z rękawa Wielkiego Kohira wypadną brzęczące monety. — Trzeba było uprzedzić, uprzedzić mnie, nas uprzedzić, naszą skromną Kompanię... Przygotowalibyśmy się jak należy! A gdzie, jeśli wolno spytać, reszta orszaku?

— Bamorze, mój drogi. — Evikiat uwolnił rękę, ledwo się powstrzymując od wytarcia jej o szatę. — Nie ma orszaku. Przybyłem z ledwie kilkoma sługami. To przyjacielska wizyta, a nie oficjalna inwazja z pałacu. Przychodzę prosić o pomoc, gdyż księstwo potrzebuje jej bardziej niż kiedykolwiek wcześniej. I sądzę, że znalazłem się we właściwym miejscu.

Rozejrzał się demonstracyjnie wokół.

Komnata, w której się spotkali, mogłaby znaleźć się w książęcym pałacu, choć wtedy reszta pałacowych pokoi zamknęłaby drzwi i okna ze wstydu. Posadzkę w tym wielkim jak stajnia dla słoni pomieszczeniu wyłożono płytami lapis lazuli, w której błękit przetykały smugi mglistej bieli. Wypolerowano je tak, że miało się wrażenie stąpania po zamarzniętym górskim jeziorze. Różowy marmur na ścianach lśnił, odbijając światło wpadające przez tuzin sięgających od podłogi do sufitu okien, a sam sufit, pokryty mozaiką z masy perłowej i złoconych płaskorzeźb, znajdował się dobre piętnaście stóp powyżej.

Bogactwo. Ale widoczne tylko dla tych, którzy umieli je dostrzec. Prostak ze wsi zauważy tylko ładnie wypolerowaną niebieską podłogę, różowe ściany oraz błyszczący w promieniach słońca sufit i będzie rozczarowany brakiem wysadzanych klejnotami lichtarzy, przetykanych złotą nicią gobelinów, kryształowych kandelabrów oraz oddziału strażników w polerowanych na błysk zbrojach. A przecież tego właśnie się spodziewał w siedzibie Kompani Wydobywczej Południowych Magarhów.

Lecz ktoś taki jak Evikiat potrafił wycenić zarówno marmur na ścianach, wydobywany na Dalekim Południu, wartość masy perłowej, którą miał nad głową, oraz cenę szyb, które wprawiono w okna, szerokich na dwadzieścia, a wysokich na sześćdziesiąt cali. Takie szyby sprowadzano z Imperium, bo tylko tamtejsi mistrzowie potrafili produkować szklane płyty tych rozmiarów. Z tego, co Evikiat wiedział, jak na razie żadne próby wykradzenia im tego sekretu nie przyniosły skutku.

Już za to dałoby się wystawić, uzbroić i utrzymać przez co najmniej rok dziesięć bawolich Kotłów. A i tak wszystko to było żałosnymi miedziakami wobec wartości posadzki, po której stąpał.

Bryły lapis lazuli tej wielkości wydobywano tylko w jednym miejscu na świecie. Daleko na zachodzie, za ziemiami czarnych plemion. Sprowadzenie ich tu, pocięcie na płytki i położenie, ot tak, na posadzce musiało kosztować tyle, że taniej byłoby użyć w tym celu złotych samorodków.

Bankierzy, mistrzowie cechów kupieckich, handlarze niewolników – ludzie, którzy znają wartość pieniądza – przychodząc tu załatwić interesy, patrzyli na te ściany, wielkie okna oraz sufit i byli pod wrażeniem. A potem zerkali pod stopy i odkrywali, czym są prawdziwe bogactwo i władza.

Bamor spoważniał.

— Oczywiście, oczywiście. Wiem, wszystko wiem. Proszę za mną, Kohirze, proszę. Przejdźmy tam, gdzie można usiąść, napić się wina, porozmawiać w spokoju. Tędy, tędy.

Poprowadził go do komnaty, a raczej pokoju, bardziej już przystającego do siedziby Kompanii Handlowej. Pomieszczenie było wielkości chłopskiej chaty, pozbawione okien, z jednym tylko wejściem i wystrojem, sugerującym, że wszystko tu zostało podporządkowane pracy. Tylko oświetlenie stanowiło kolejny przykład zbytku, dwa kryształy pod sufitem dawały magiczne światło, choć mógł być ku temu praktyczny powód, gdyż używanie lamp olejowych lub świec w pokoju wypełnionym cennymi dokumentami byłoby co najmniej nierozważne.

Stojące pośrodku pomieszczenia biurko z ciemnego drewna miało blat wielkości drzwi stodoły oraz, co Evikiat odkrył, obchodząc je naokoło, setkę szuflad i szufladek. Za meblem umieszczono regały z księgami, broszurami i leżącymi w schludnych kupkach dokumentami. Wszystko zostało oznaczone literami i cyframi kodu, który był zrozumiały tylko dla wtajemniczonych. Wielki Kohir przesunął palcami po grzbietach oprawionych w skórę woluminów i odwrócił się do gospodarza.

Mistrz Kompanii obserwował jego spacer z uśmiechem na wąskich wargach. Tym razem był to uśmiech twardy i ostry jak klinga skrytobójcy.

— To dobre miejsce, nieprawdaż? Ciche i spokojne. Oraz, za co ręczę, całkowicie zabezpieczone przed podsłuchem. Także magicznym — z jego głosu znikł gdzieś jowialny ton i nawyk powtarzania co drugiego słowa.

— Wiem. Ludzie opowiadają sobie o tym pokoju. I o negocjacjach, do których tu dochodzi. Ponoć lepiej jest od razu iść do rzeźnika i kazać zedrzeć sobie skórę.

— Przesadzają. Jak zwykle. Mogę zadać pytanie?

— Owszem.

— Jak postępy naszej armii? Plotki mówią, że wojska wkrótce zejdą na ląd w Nowym Nurocie i pomaszerują na wroga. Dzielnie i z pieśnią na ustach.

— To prawda. Nie wiem, czy z pieśnią na ustach, ale idą naprzód. Wkrótce napotkają armię niewolników.

Bamor pokiwał głową, ale Evikiat nie mógł się oprzeć wrażeniu, że doskonale zna te wszystkie wieści.

— To dobrze. Szykuje się wielkie zwycięstwo. Dzień chwały dla Płomienia Agara.

Gdyby sarkazm był kwasem, te słowa powinny wypalić dziurę w podłodze.

— Po co te złośliwości?

— Złośliwości, Kohirze? Zapewniam cię, że źle mnie zrozumiałeś. Jak każdy lojalny Konowerczyk, co dnia modlę się o zwycięstwo naszych wojsk i koniec tego przeklętego powstania. Chętnie zobaczyłbym dziesięć tysięcy stosów rozpalonych wokół miasta, na chwałę Agara i ku przestrodze kolejnych pokoleń niewolników.

Evikiat odsunął ciężki fotel od biurka i usiadł.

— Chętnie? Nawet jeśli oznaczałoby to puszczenie z dymem sporego bogactwa? W drewnie i żywym... inwentarzu?

— Wartość jednego i drugiego jest sprawą umowną, Kohirze, regulowaną przez odwieczne prawa pożądania u jednych i chęci zbytu u innych.

— Coś o tym słyszałem.

— Nie wątpię. Czy jednak mogę poznać cel twojej wizyty, bo jakkolwiek napełnia ona me serce radością, to myśl, że odciągam cię od obowiązków, mrozi mi jednocześnie krew w żyłach.

Evikiat spojrzał w oczy Bamora Wanmura, dwie kulki utoczone z kości słoniowej, na których maźnięto tęczówki i źrenice. Radość w sercu lub lód w żyłach? Ten człowiek potrafił przeżywać radość i smutek tak samo, jak marmurowe posągi zdobiące pałac.

— Słyszałem, że twoja Kompania nie jest zainteresowana wzięciem udziału w licytacji praw do eksploatacji żył srebra pod granicą z Wahesi.

Mistrz Kompanii Wydobywczej Południowych Magarhów rozłożył ręce w geście pełnym bezradności i uśmiechnął się ze smutkiem.

— Mamy własne kopalnie. W Magarhach i innych miejscach. Nie stać nas na inwestowanie gdzie indziej, zwłaszcza w obecnej sytuacji.

— Obecnej, czyli jakiej? Czyżbyś wątpił w zwycięstwo naszych wojsk, na czele których stoi Płomień Agara?

— Wątpił? Ja? Nigdy. Wszak sam z własnej szkatuły przekazałem dobrowolną darowiznę na prowadzenie wojny, w wysokości dziesięciu małych min w srebrze. Nawet przez chwilę nie wątpię, że nasza armia zwycięży.

— Ale?

— Nie ma żadnych ale. Armia niewolników jest liczna, lecz słabo uzbrojona, a Konoweryn od lat nie wystawiło takiej potęgi jak dziś. Bawoły, Słowiki, najemne kompanie, które łagodna, lecz stanowcza dłoń Pani Oka poprowadziła drogą dyscypliny i waleczności. Sto pięćdziesiąt słoni bojowych. Zetrzemy buntowników w proch!

— Ale... — powtórzył cierpliwie Evikiat.

Ten zarozumiały, arogancki typek kpił sobie z niego. Kompania Wydobywcza Południowych Magarhów zignorowała licytację praw do wydobywania srebra pod Wahesi. A gdy oni ogłosili, że nie są zainteresowani, inni gracze – zrzeszenia górnicze, banki, cechy kupieckie i rzemieślnicze, a nawet Wielka Gildia Morska, na którą Kohir po cichu liczył – również nie wykazywały przesadnego entuzjazmu do wykładania pieniędzy. Wieść, że najbardziej doświadczona kompania górnicza w księstwie nie jest zainteresowana tymi złożami, nakazywała ostrożność, i to mimo plotek o bogactwie tamtejszych żył srebra.

Więc licytacja się nie odbyła.

To dlatego Evikiat zdecydował się na tę wizytę, bez orszaku i armii urzędników. Tylko rozmowa w cztery oczy.

— ... ale nawet jeśli wykupilibyśmy prawa do wydobycia, to któż by dla nas pracował? Tak się nieszczęśliwie złożyło, że zbuntowani niewolnicy dokonali wielu bandyckich rajdów na naszą własność, pustosząc kopalnie i huty. Nie mamy narzędzi do pracy, mówię o narzędziach obdarzonych mową, a po stłumieniu powstania ceny niewolników, nawet niewykwalifikowanych, poszybują pod niebo.

— Do czego zmierzasz?

Mistrz Kompanii przybrał nagle skruszoną minę.

— Wybacz mi, Wielki Kohirze, ale skłamałem, mówiąc ci, że marzę o dziesięciu tysiącach stosów płonących wokół miasta. To była tylko malownicza przenośnia. Tak naprawdę marzę jedynie o pokoju, o końcu walk z buntownikami, o żołnierzach wracających do *ahyr* i o naszych kopalniach, hutach, warsztatach i plantacjach pracujących bez przerwy, dla chwały i bogactwa Białego Konoweryn. Jednak żeby zaczęły one działać, będziemy potrzebować rąk do pracy. Wszyscy wiemy, że to nie jest zwykłe powstanie, po którym schwytanych buntowników będzie można sprzedać lub popędzić z powrotem na pola. Oni zabijali swoich właścicieli, zabijali naszych żołnierzy, zabijali każdego, kto nie nosił obroży. Przelali morze krwi. A tradycyjną i od wieków stosowaną karą dla niewolników, którzy mają tyle krwi na rękach, jest stos. Czasem, w ramach wyjątkowej łaski, poprzedzony ścięciem.

— To prawda.

Wielkiemu Kohirowi przyszło do głowy, że Deana d'Kllean może nie być świadoma tej tradycji. Że zwyczaj ten był tak oczywisty dla wszystkich, iż nikt nie powiadomił o nim Pani Oka. I że może okazać się bardzo wstrząśnięta, gdy po wygranej bitwie Bawoły i Słowiki zaczną ścinać drzewa i układać stosy. W ramach zemsty za zabitych braci-żołnierzy.

— To prawda — powtórzył. — Ale powiedz mi w końcu, do czego zmierzasz.

— Do łaski. Aktu miłosierdzia i wybaczenia dla buntowników, Kohirze. Zamiast ich zabijać, pozwól im odkupić winy pracą, pozwalając nam ich odkupić… wybacz — Wanmur zdobył się na przepraszający uśmiech — cóż za kiepski kalambur mi wyszedł. Ale o to chodzi: byśmy mogli odkupić ich za przyzwoitą cenę. Płacimy z góry, teraz, już. Czystym kruszcem. Powiedzmy sto małych min srebra za każde dwa tysiące schwytanych. Zakładając więc, że nasza armia weźmie… powiedzmy, dwadzieścia tysięcy jeńców, płacimy tysiąc min srebra z góry.

Evikiat policzył szybko w pamięci i skrzywił się z dezaprobatą.

— Mniej niż uncja srebra za niewolnika?

Mistrz Kompanii Wydobywczej rozłożył ręce w takim geście, jakby ktoś oskarżał go o oszukiwanie na wadze.

— Ale weźmiemy każdego, mężczyznę, kobietę i dziecko. Bez względu na wiek i płeć. A jeśli nie uda się naszej armii schwytać aż tylu buntowników, to cóż... przepadło. Najważniejsze jest to, że ponad tysiąc funtów czystego srebra jutro, co ja mówię, jeszcze dziś może trafić do skarbca.

— Skąd taka hojność i skłonność do ryzyka?

Uśmieszek wykrzywił wąskie wargi kupca.

— To nie hojność, Kohirze, tylko rozsądek. Po tym powstaniu nie tylko Białe Konoweryn, ale i inne księstwa zostaną bez rąk do pracy. A nie zanosi się na kolejną falę tanich niewolników z Imperium. Ten, kto będzie miał narzędzia obdarzone mową, będzie mógł uruchomić swoje kopalnie, huty i warsztaty przed innymi. Zalać rynek tańszym kruszcem, stalą lub narzędziami. Wypchnąć z niego konkurencję. A mówię ci to, bo po powstaniu nasza Kompania będzie potrzebowała mądrych ludzi z dużym doświadczeniem i umiejętnością zarządzania oraz...

Evikiat pozwolił, by na twarz wypełzł mu rumieniec. To była nieodłączna część negocjacji z ludźmi, dla których złoto było bogiem. Przekupstwo. Akceptował ją i do perfekcji nauczył się udawać oburzenie, choć takie propozycje nie budziły w nim gniewu. Czy można winić świnię, że chodzi i sra?

— Nie kończ — rzucił szybko. — Lepiej nie kończ. A jak, wybacz ciekawość, zamierzacie znów przygiąć ich karki do ziemi. Złamać? To niebezpieczna gra. Przypomnę ci, że zwyczaj zabijania buntowników po szczególnie krwawych powstaniach nie wziął się znikąd. Niewolnicy pamiętający smak wolności będą snuć opowieści, podburzać innych, mogą stać się zarzewiem nowych buntów...

Oczy Bamora Wanmura zmatowiały, stały się na moment jeszcze bardziej martwe i puste, mimo iż na jego ustach gościł łagodny uśmiech.

— Przemyślałem to już, Wielki Kohirze. Dokładnie. Naszym błędem było zostawienie narzędziom zbyt wielkiej swobody. Czy niewolnik chodzący w kieracie do napędu wind w kopalni albo pracujący przy miechach pieca musi widzieć swoje miejsce pracy? A w kopalniach? Czy mali górnicy nie nauczą się rozpoznawać wartości rudy smakiem? W tunelach i tak panuje mrok. A czy narzędzie potrzebuje języka, by słuchać poleceń? Czy bez języka da się snuć buntownicze opowieści? I po co kastruje się woły, jeśli nie po to, by spokorniały?

Evikiat ze Smesh, Wielki Kohir Dworu, zadrżał. Musiał zamknąć oczy, by stojący przed nim mężczyzna nie wyczytał z nich bezbrzeżnej grozy. To było coś nowego. Próbowano go przekupywać, straszyć, szantażować, ale nigdy jeszcze w całym swoim życiu nie spotkał się z taką bezdusznością. I mimo że nie była ona skierowana przeciw niemu, budziła strach. Niewolnicy byli narzędziami obdarzonymi mową, ale coś takiego... Pomyśleć, że do tej pory był przekonany, iż to pałacowe intrygi odzierają ludzi ze współczucia, uczciwości i człowieczeństwa.

Agarze, Panie Ognia, daj mi siłę. Potrzebujemy tych pieniędzy, by obronić Twe ziemie i Twój lud.

Otworzył oczy i napotkał spojrzenie Wanmura. Jakby mierzył się wzrokiem z krokodylem tkwiącym w rzece.

— Zgoda — powiedział powoli. — Ale weźmiecie też udział w licytacji złóż przy południowej granicy. Nie musicie jej wygrywać, ale macie wsadzić kij w gniazdo os. Niech inni myślą, że wasze milczenie było podstępem, zmyłką. Tylko wtedy zgodzę się w imieniu Pałacu na naszą umowę. Dwadzieścia tysięcy jeńców w zamian za tysiąc małych min srebra.

Mistrz Kompanii uśmiechnął się łagodnie.

— Dobrze. Tak zrobimy, Kohirze. Tak właśnie zrobimy. Dla chwały i potęgi Białego Konoweryn.

Rozdział 28

Nadchodził świt i obóz zrywał się na nogi, wraz z jazgotem trąbek, okrzykami oficerów, z rżeniem koni i trąbieniem słoni. Deana jednak zawsze była już na nogach przynajmniej pół godziny przed całym tym rabanem.

Potrzebowała tej porannej ciszy i samotności, w której modlitwy, nawet szeptane, rozbrzmiewają najgłośniej.

Więc zanim przy jej namiocie zameldowali się pierwsi gońcy, zdążyła już wstać, pomodlić się, ubrać, uczesać i zjeść śniadanie. Z pewnym zaciekawieniem codziennie obmacywała także brzuch – chyba zdążył się już lekko zaokrąglić. Nie było wątpliwości, że minie miesiąc albo dwa i trzeba będzie poszerzać pasy do *talherów*.

Gońcy pojawiali się zaraz po pobudce, meldując o wszystkim, co ją interesowało. Czy straże złapały jakichś dezerterów? Czy nocne podjazdy trafiły na zwiadowców Krwawego Kahelle? Czy przyszły wieści ze stolicy?

Meldunki były codziennie takie same.

Niewielu najemników rozmyśliło się i próbowało zdezerterować, ich kompanie szły na tę wojnę dość chętnie, w końcu w większości byli to ludzie żyjący z walki, a Białe Konoweryn płaciło teraz nadzwyczaj szczodrze.

Jak dotąd wysyłane na zwiad pojazdy nie trafiały też na żadne zorganizowane siły buntowników. Ale schwytano kilkudziesięciu zbiegłych niewolników, którzy zmierzali do Krwawego Kahelle. A to znaczyło, że ci, którzy umknęli Słowikom, zanieśli już wieść o marszu jej armii na zachód.

To było oczywiste. I niemożliwe do uniknięcia, więc nie przejmowała się ani chwili.

Czasem czytała listy z pałacu, które przychodziły średnio co drugi lub trzeci dzień. Co prawda posłańcy między Białym Konoweryn a jej armią musieli się poruszać w grupach liczących po kilkunastu zbrojnych, bo pojedynczy jeźdźcy rozpływali się w powietrzu, ale przynajmniej Deana miała bieżące informacje o tym, co dzieje się w stolicy.

Poprawiła *ekchaar* i weszła do głównej sali namiotu.

— Pani Oka, Płomieniu Agara. — Służąca skłoniła się nisko i wskazała na stół, gdzie leżało kilka dokumentów, pióro i kałamarz. — Przyszły listy z miasta.

Nie mogła oduczyć przydzielonych jej przez Varalę kobiet, żeby przestały ją tak traktować. Jakby spodziewały się, że Deana zaraz stanie w ogniu i spopieli je samym spojrzeniem. Co prawda była w ciąży i czasem miała ochotę to zrobić, ale bez przesady.

— Dobrze, Mirriah, możesz mnie zostawić. I powiedz straży, żeby przez kwadrans nikt mi nie przeszkadzał.

Sięgnęła po pisma, sprawdzając odruchowo stan pieczęci. Wyglądały na nienaruszone. Westchnęła ciężko, gdy uświadomiła sobie, co robi; najwyraźniej paranoja panująca w tym księstwie zaczęła się udzielać także jej.

Pierwszy list, na bladoliliowym papierze, pokryty był schludnym, drobnym pismem przełożonej Domu Kobiet i nie zawierał żadnych rewelacji. Stan Laweneresa nie uległ zmianie, książę nadal trwał w tym swoim półśnie. Dziewczęta kobiecego skrzydła – Deana zorientowała się już, że Varala nazywa „dziewczętami” wszystkie służące, kucharki i pokojówki w pałacu, nawet te, które były od niej o wiele starsze – nadal nie opuszczały ćwiczeń z bronią.

Tylko końcówka była ciekawsza – wynajęte przez Deanę issarskie strażniczki, zdawały się mieć niezłą zabawę w straszeniu niewinnych posłańców albo innych mężczyzn, którzy pechowo zabłądzili w niewłaściwych komnatach. Zwłaszcza te dwie walczące szablami. „Czy wiesz, Pani – donosiła Varala – że one najpewniej sypiają ze sobą? W jednym łożu? Dom Kobiet huczy od plotek. Co z tym zrobić? Jak Twój lud załatwia tego typu sprawy?".

Deana westchnęła, sięgnęła po pióro i dopisała pod ostatnim zdaniem: „Nie wtrąca się. Chyba że komuś znudziła się głowa na karku. A jak któraś z dziewcząt chce się przyłączyć, niech najpierw zapyta. U mnie wszystko w porządku, dużo śpię i zdrowo jem, jak to na wojnie. Pilnuj Laweneresa".

Drugie pismo pochodziło od Suchiego. Znów nic ciekawego. Truciciel przesyłał garść porad na temat tego, co Deana ma jeść i czego unikać. A także szczegółowy opis skutków biegunki. I receptę na lek na nią. Drań.

Odłożyła papier na bok, nawet nie warto się trudzić z odpisywaniem.

Ostatni list miał pieczęć Wielkiego Kohira. O tak, na nowiny od niego czekała od kilku dni.

Otworzyła kartkę. Evikiat pisał w meekhu, stawiając staranne, duże litery, jak człowiek posługujący się obcym językiem. I miał bardzo interesujące wieści.

„Do Deany d'Kllean, Pani Oka, Płomienia Agara.

Licytacja praw do wydobycia srebra na południu księstwa poszła doskonale, Moja Pani. Wygrała utworzona dokładnie dzień wcześniej Kompania Górnicza Czterech Księstw, składająca się z kilkunastu gildii kupieckich i rzemieślniczych, która postanowiła rzucić wyzwanie Kompanii Wydobywczej Południowych Magarhów. Walka była bezwzględna, bo Bamor Wanmur licytował zawzięcie, choć muszę przyznać, że mogła w tym być zasługa i rozsianych przez nas plotek o zasobności tamtejszych złóż.

Ostatecznie Wanmur przegrał, nie mogąc przebić sumy sześciu tysięcy małych min srebra.

Tak, Pani, to nie pomyłka, sześć tysięcy min. Niestety, to tylko częściowo rozwiązuje nasz kłopot, bo zaledwie jedna dziesiąta tej sumy trafiła do skarbca w żywej gotówce lub kruszcu, większość zapłacono w wekslach zastawnych. Sporo cennych budynków, magazynów i warsztatów będzie należeć do pałacu, jeśli weksle nie zostaną wykupione. Jak jednak z pewnością rozumiesz, Pani: wekslami i innymi papierami zastawnymi nie wygrywa się wojny w sytuacji takiej jak nasza. Dlatego też zdecydowałem się przystać na propozycję mistrza Kompanii Wydobywczej Południowych Magarhów i piszę teraz, tłumacząc się, dlaczego pozwoliłem sobie na taki krok.

Tradycją jest, że po tak wielkiej i krwawej rebelii zabija się większość schwytanych żywcem buntowników. Czasem nawet wszystkich i podejrzewam, że nasi *af'gemidzi* mają na to wielką ochotę. Zwłaszcza Wuar Sampore. Nie sądzę, Pani Oka, aby takie rozwiązanie radowało twoje serce. Dlatego też zawarłem z Wanmurem umowę, za którą biorę pełną odpowiedzialność teraz i w przyszłości, Moja Pani, bo dobro Białego Konoweryn zawsze stawiałem ponad własne życie.

Umowa brzmi następująco:

Co najmniej dwadzieścia tysięcy niewolników schwytanych przez naszą armię po stłumieniu powstania trafi do kopalń i hut Bamora Wanmura. Będą mieli zapewniony wikt i opiekę, choć oczywiście zostaną podjęte dodatkowe środki zapobiegające buntowi w przyszłości. Jeśli niewolników będzie więcej, Kompania Południowych Magarhów ma prawo pierwokupu. Jeśli będzie ich mniej, pogodzi się ze stratą.

Potrzebujemy pieniędzy, więc licząc na Twoją wyrozumiałość, przyjąłem już to srebro, którego część w formie zaliczki i zachęty wysłałem w wiadome Ci miejsce. Z reszty kazałem wybijać monety.

Dziś przyszła odpowiedź. Pozytywna. Wyruszyli i są gotowi zrobić wszystko, czego żądamy. Wybacz, że piszę tak ogólnikowo, ale oboje wiemy, o kogo chodzi, a list ten może wpaść w niepowołane ręce.

Niech Agar od Ognia ma Cię w opiece, Pani, niech Jego Światło rozjaśnia Ci drogę w tych mrocznych czasach.

Twój sługa, Wielki Kohir Dworu, Evikiat ze Smesh".

Na marginesie listu dopisano pospiesznie:

„Wybacz, Pani, przypomniałem sobie jeszcze jedno. Przywódca wiadomych Ci ludzi wyśle sygnał o swoim przybyciu. Oto jaki...".

Deana przeczytała i uśmiechnęła się szeroko. Ptaki? No, no, ktoś tu ma fantazję...

Zastanawiała się chwilę i włożyła list Evikiata w płomień świecy. To pismo nie miało prawa trafić w żadne ręce. Poczekała, aż papier rozbłyśnie jasno, i wrzuciła resztki do srebrnej misy.

Dopalił się szybko.

Musi wydać rozkazy obu *af'gemidom* w sprawie chwytania i traktowania jeńców. I dobrze ocenić czas przybycia pod Pomwe. Z dokładnością do pół dnia.

Od tego mogą zależeć losy całej wojny.

***

Wieczór wypełniony był wojskową krzątaniną, lecz wraz z zapadnięciem nocy przycichły hałasy towarzyszące zakładaniu obozu. Odległy o kilkaset kroków las pohukiwał jeszcze dzikimi wrzaskami małp, niezadowolonych, że ktoś wtargnął na ich teren, ale i on stopniowo cichł. Tylko od czasu do czasu z pobliskiego obozowiska słoni dobiegało trąbienie, któremu odpowiadało rżenie koni i rytmiczne pokrzykiwania wartowników.

Te zwykłe, normalne odgłosy odpoczywającej armii napełniały serce Deany smutkiem. Każda taka noc oznaczała kolejne piętnaście, czasem dwadzieścia mil wędrówki, która zbliżała ją do nieuchronnej bitwy.

Przestała się już modlić do Wielkiej Matki o cud. Wieści, że Krwawy Kahelle wycofał swoją armię i uciekł na zachód, na równiny czarnych plemion, nie nadeszły i na pewno nie nadejdą. Raporty z Pomwe były jasne, armia niewolników nadal oblegała miasto, mimo iż jej dowódca musiał wiedzieć, że wojska Konoweryn maszerują z odsieczą.

Co więcej, prowizoryczne fortyfikacje wzniesione przez buntowników sugerowały, że nastawiają się oni nie na długie oblężenie, lecz na szybki szturm. Dokładnie tak, jak przewidywał to Evikiat. A Pomwe nie było twierdzą, lecz miastem handlowym, otoczonym murem na tyle tylko wysokim i fosą na tyle tylko głęboką, by powstrzymać łupieżcze bandy. Evikiat miał rację, sugerując, że liczna armia, nawet jeśli uzbrojona bardziej w desperację i nienawiść niż w stal, może je zdobyć szybciej, niż zakładali to *af'gemidzi* Rodów Wojny.

Wkrótce więc dojdzie do bitwy, po której Deana będzie miała na ręku krew tysięcy niewolników. Atak na Pomwe zniszczył wszystkie możliwości negocjacji z buntownikami. Lecz jeśli Pani Oka ich nie powstrzyma, krwawa fala napędzana nienawiścią i chęcią zemsty przetoczy się przez całe księstwo. Albo przez całe Dalekie Południe.

Dla Deany d'Kllean, Płomienia Agara, Pani Oka, nie było dobrej drogi.

Ostatnio rano i wieczór odmawiała tylko *adr'suffi* – modlitwę posłuszeństwa, modlitwę poddania, jak mantrę powtarzając słowa „Pani, wola Twoja jest wodą, ja płynę". Issaram odmawiali ją jedynie wtedy, gdy los stawiał ich w sytuacji, gdy nie dało się wybrać ścieżki prowadzącej do spokoju sumienia. Bo skoro droga wiedzie nas do bólu i grzechu, trzeba zaufać Matce, trzeba wierzyć, że Jej plany są większe, głębsze i mądrzejsze, niż jesteśmy to w stanie pojąć.

„Jestem liściem niesionym przez rzekę, Pani, wola Twoja jest wodą, ja płynę".

Czasem jednak i to nie pomagało.

Odchyliła wejście do namiotu i powiodła wzrokiem wokół. Pochodnie dawały dość światła, by mogła podziwiać perfekcję równych alejek namiotów i ustawionej na stojakach broni. Ponad sześć tysięcy Bawołów, gotowych w każdej chwili do walki, otaczało ją ze wszystkich stron. Obozowisko Słowików znajdowało się tuż obok, tam, gdzie trzymano tabuny koni, a kilkaset kroków od niego prawie sto pięćdziesiąt słoni bojowych odpoczywało pod opieką oddziałów lekkozbrojnych *nuawachi*.

Konni i piesi najemnicy rozbili swoje namioty kawałek dalej, a ich obóz był chyba najbardziej cichy i spokojny ze wszystkich. Oficerowie Słowików i Bawołów poważnie potraktowali jej przyzwolenie na wieszanie niezdyscyplinowanych żołdaków, co w połączeniu z potrojeniem żołdu i obietnicą sowitej premii po wygraniu bitwy w kilka dni zamieniło tę bandę w całkiem sprawne oddziały. Na dodatek jej armia, maszerując na zachód, zbierała z każdego miasta i miasteczka posiłki. Resztki Bawołów i Słowików, które do tej pory nie pomaszerowały pod stolicę i zaciężne kompanie gotowe służyć za hojny żołd. Sam Nowy Nurot dostarczył najemny oddział w sile przeszło trzystu tarczowników, dwie setki łuczników i setkę konnych. W tej chwili Deana stała już na czele trzydziestu pięciu tysięcy żołnierzy.

Tak. Miała w ręku siłę, z którą mogła realnie myśleć o zdławieniu buntu.

Tylko jej serce wcale się do tego nie rwało.

Westchnęła, przyciągając szybkie spojrzenia Słowików pełniących wartę przy jej namiocie. Spojrzała na najbliższego.

— Jeśli sądzisz, że wzdycham z tęsknoty za księciem albo innych babskich głupot, to wybij to sobie z głowy, Niwel. — Poznała już twarze i imiona większości z pięćdziesięciu swoich osobistych strażników. — Mam wojnę do wygrania.

— Z pomocą Agara pokonamy ich, pani.

— Tak. Wiem. Pytanie tylko, co będzie, jeśli Agar stwierdzi, że mamy sobie radzić sami.

— Jeśli Pan Ognia zechce poddać nas próbie, nie zawiedziemy go. — Wartownik wyprężył się i zasalutował włócznią. — Byleby tylko te ciężkonogie ciołki spisały się jak należy.

— Spiszą się, zapewniam cię. Ale czekaj, jak ich nazwałeś? Ciężkonogie ciołki? Muszę zapamiętać.

Żołnierz nie speszył się ani na moment, przeciwnie, uśmiechnął szeroko. Bawoły i Słowiki nie lubiły się zbytnio, lecz, na szczęście, darzyły pewnym szacunkiem. A ona musiała pilnować, żeby ta równowaga między niechęcią a uznaniem nie została zachwiana. Na miejsce, gdzie rozbijano jej namiot, wybrała zatem obóz ciężkiej piechoty. Po pierwsze, by okazać zaufanie Rodowi Bawołu, a po drugie, by nie musieć bez przerwy patrzeć na wchodzącego jej w oczy Wuara Samporego, którego nachalna uprzejmość była coraz bardziej krępująca. Jednak jej osobistą gwardię stanowił oddział Słowików. W ten sposób nie uraziła żadnego z *af'gemidów*, no i nie miała wrażenia, że jest więźniem albo zakładnikiem któregoś z nich.

Chyba zaczynała być coraz lepsza w takich gierkach. I zaczynała też coraz lepiej rozumieć mentalność kształtowaną przez Rody Wojny.

Gdy małego chłopca wykupywano od właściciela i przekazywano do *ahyry*, przydzielano go do niewielkiego oddziału, z którym spędzał najbliższe lata. Wspólne ćwiczenia, modlitwy, posiłki, modlitwy, spanie w jednej sali, modlitwy oraz stanowiąca jeden z filarów szkolenia nieustanna rywalizacja z innymi grupkami chłopców sprawiały, że gdy już odpadli najsłabsi, taka drużyna zżywała się niczym rodzeni bracia. Do tego dochodził zahaczający o fanatyzm kult Pana Ognia, wielogodzinne medytacje w czasie wpatrywania się w płomienie, modlitwy, posty, recytowanie mantr. Wykuwanie – jak powtarzano – kling z serc.

Potem przydzielano ich do większych oddziałów, u Bawołów był to *brytah*, u Słowików *perdia*, czyli liczący około dwustu koni oddział jeźdźców, i powtarzano schemat. Ćwiczenia, modlitwy, wspólne posiłki i nieustanne konkurowanie z pozostałymi „kotłami" i chorągwiami... Aż wreszcie składano przysięgę wierności Rodowi Wojny i przenoszono rywalizację na wszystkich poza nim.

Tych mężczyzn naprawdę wykuwano niczym stalowe ostrza, by stanowili broń. I byli bronią o przerażającej skuteczności. Dla nich tylko Agar był bogiem prawdziwych wojowników, tylko własny Ród się liczył, tylko bracia-żołnierze, z którymi spędziło się kilkanaście lat, byli godni zaufania. Reszta, nawet rodzice i rodzeństwo, które czasem sprowadzano do *ahyr*, była niczym.

I, dzięki niech będą Pramatce, jak na razie ich wierność obejmowała także jej osobę.

Chrząknęła, żeby przyciągnąć uwagę wartownika.

— Czekam na Kossego Oluwera, Uviego, Umneresa i twojego dowódcę. Jak się zjawią, nie wpuszczaj ich od razu, tylko najpierw mnie zawiadom.

— Wykonam, pani!

Przed godziną przyszły kolejne wieści, tym razem nie ze stolicy, lecz z Pomwe i dlatego zwołała wieczorną naradę, chociaż, do licha, najchętniej walnęłaby się do łóżka i zasnęła.

Wróciła do namiotu, który wielkością dorównywał budynkom w jej rodzinnej *afraagrze*. Był nawet, tak jak one, okrągły. Podzielono go na kilkanaście pomieszczeń, wśród których znajdowały się wielki pokój narad, jadalnia, sypialnia Płomienia Agara i sypialnie jej służących, a nawet osobna kuchnia i garderoba. To Varala była odpowiedzialna za zapewnienie jej odpowiednich do pozycji warunków podróży, ale dopiero na pierwszym postoju Deana zorientowała się, co była nałożnica rozumie przez pojęcie „odpowiednie". Jakkolwiek jednak patrzeć, namiot ten świetnie sprawdzał się jako miejsce spotkań wszystkich dowódców konowerskiej armii, do których – oprócz *af'gemidów* piechoty i jazdy – zaliczono także Brimgorna Uviego, dowodzącego słoniami bojowymi, oraz Umneresa z Luwi, ponoć najpotężniejszego, a przynajmniej cieszącego się największym autorytetem, maga ognia w Konoweryn.

Pierwszy był milczkiem, co chyba wynikało z tego, że wolał towarzystwo swoich szarych olbrzymów niż ludzi, ale od trzydziestu lat brał udział w wojnach i potyczkach na grzbiecie słonia i jego doświadczenie uważano za bezcenne. Drugi też wiele nie mówił, choć raczej z powodu wyniosłości i dumy niż nieśmiałości. Lecz, jak Deana zdążyła się już przekonać, jeśli któryś z nich otwierał usta, zawsze odzywał się z sensem, a ich rady warte były przemyślenia.

Pomieszczenie, gdzie zazwyczaj trwały narady, miało prawie osiem jardów średnicy. Zazwyczaj ustawiano w nim lekki stół, zawalony mapami i meldunkami, jednak dzisiejsze wieści nadeszły tak niespodziewanie i były tak ważne, że Deana zwołała pośpieszne zebranie bez żadnych przygotowań, w celu omówienia dalszych działań. A raczej w celu oznajmienia wszystkim swojej decyzji, która mogła zaważyć na politycznej i wojskowej przyszłości tej części księstwa.

— Pani, przyszedł Brimgorn Uvie oraz mistrz Umneres.

— Niech wejdą.

Pół tuzina oliwnych lamp dawało dość światła, by mogła od razu zauważyć, że Brimgorn, bladoskóry i niski, musiał dostać jej pilne wezwanie w trakcie wieczornego golenia głowy, bo wciąż miał resztki mydła za uszami. Za to czaszka błyszczała mu imponująco, poza niedogolonym plackiem na czubku.

— Wasza dostojność. — Skłonił się nisko.

Nigdy nie nazywał jej Płomieniem Agara ani żadnym z innych napuszonych tytułów, za co była mu wdzięczna. On sam piastował stanowisko Pierwszego Kornaka Wielkiego i Niezwyciężonego Białego Konoweryn i wyraźnie dał jej do zrozumienia, że jeśli kiedyś spróbuje zwrócić się do niego w ten sposób, nigdy więcej nie pojawi się na żadnej naradzie.

— Witaj, Brimgorn. Wybacz, że przerywam ci zasłużony odpoczynek.

Machnął ręką, że nie warto przepraszać, skoro wzywała, to znaczyło, że ma ku temu ważny powód.

— Mistrzu Umneresie, znasz już, jak sądzę, wieści z Pomwe.

Czarodziej skinął głową. W końcu to jeden z jego asystentów zajmował się rozszyfrowywaniem wieści, które przychodziły z oblężonego miasta. Deana nie protestowała, bo nie miała ochoty na wdawanie się w wojenkę o taki drobiazg z naczelnym magiem swojej armii. Poza tym ten wysoki, dystyngowany mężczyzna z nienagannie utrzymaną siwą brodą, roztaczający na dodatek wokół aurę pewności siebie tak wyraźną, że można ją było kroić, drażnił ją coraz bardziej, wolała więc unikać sytuacji, które mogłyby zamienić to rozdrażnienie w otwartą niechęć. Potrzebowała Umneresa z Luwi, jego doświadczenia oraz mocy, którą posiadał.

— Mamy mało czasu i musimy jeszcze dziś podjąć ważną decyzję — oznajmiła. — A ja pragnę zasięgnąć waszej rady.

Niestety, Pomwe nie było aż tak ważne, by tamtejsza filia Biblioteki miała magiczną łączność z Białym Konoweryn. Nie było tam też żadnego czarodzieja uzdolnionego w aspektach pozwalających nawiązywać łączność na duże odległości. Stulecia dominacji czarów wywodzących się z aspektów Ścieżki Ognia upośledziły konowerskich magów.

Z tego, co Deana wiedziała, Pomwe wysyłało raporty do Nowego Nurota gołębiami pocztowymi. Na szczęście armia Krwawego Kahelle nie miała dostatecznej liczby łuczników, sokolników czy czarodziejów, więc nie potrafiła przechwytywać tych ptaków. Nowy Nurot przekazywał wieści do jej wojsk normalnie, konnymi posłańcami, a odszyfrowywano je na miejscu. Rozkazy do Pomwe odsyłano bezpośrednio z obozu. Mieli jeszcze ponad pięćdziesiąt gołębi, które mogły dotrzeć do oblężonego miasta.

Czarodziej chrząknął.

— Na kogo czekamy, pani?

Prawie się żachnęła na jego ton. Wprawdzie nie było w nim nic poza nienaganną uprzejmością, ale... Takim tonem starannie tresowany w uprzejmości arystokrata zwraca się swojego sługi. I nieważne, czy chwali go, czy każe zachłostać na śmierć. Ze wszystkich sposobów, by okazać ludziom swoją wyższość, ten był chyba najbardziej irytujący. No bo jak można strzelić w twarz kogoś, kto tylko zadaje grzeczne pytanie?

— Na naszych *af'gemidów* — odpowiedziała.

— Kosse Oluwer i Wuar Sampore, pani — zameldował wartownik.

— No proszę, cóż za wyczucie czasu. Wprowadź ich.

Obaj dowódcy byli w pikowanych przeszywanicach zakładanych pod pancerze, ale poza sztyletami nie mieli żadnej innej broni. Najwyraźniej oderwała ich od szykowania się do snu.

— Pani.

— Pani.

Dwa identyczne ukłony, dwa identyczne powitania. Spojrzenie dowódcy Słowików omiotło jej postać nieco dłużej, niż wypadało, ale nic poza tym. Wiedzieli, że jeśli wezwała ich na pilną naradę, musiała mieć ku temu ważne powody.

— Przyszły najnowsze wieści z Pomwe — zaczęła. — Najnowsze, to znaczy z dzisiejszego przedpołudnia. W związku z tym mam do was kilka pytań. I potrzebuję rady.

Czterej mężczyźni stali i patrzyli w milczeniu. Deana trochę żałowała, że nie kazała przynieść krzeseł, bo teraz obaj wojownicy i mag wyraźnie nad nią górowali. Ale czuła też potrzebę ruchu, nosiło ją, nie wysiedziałaby nawet minuty. No i miała ochotę na coś kwaśnego. Najlepiej z miodem.

Ciąża. Cudnie.

— Zacznę po kolei — powiedziała, ruszając wzdłuż ścian namiotu. — Amluwer Kot przysłał raport, w którym ocenia siły Krwawego Kahelle na jakieś sto dwadzieścia do stu trzydziestu tysięcy ludzi. Napisał, że ręczy za te liczby głową, bo liczył wiadra. Co to znaczy i dlaczego możemy ufać jego ocenie? Kosse?

Dowódca Bawołów uśmiechnął się lekko. Ale bez złośliwości.

— Ludzie muszą pić, moja pani. Można łatwo oszukać wroga co do liczebności własnej armii, ukrywając wojsko w lesie albo rozpalając nocą dodatkowe ognie. Ale pod Pomwe tylko Tos jest źródłem wody, a z murów widać jej brzegi powyżej i poniżej miasta. Gdy zaś widzisz jedyny wodopój w okolicy, łatwo możesz policzyć, jak bardzo jest eksploatowany. Wiadro na pięciu ludzi rano i wieczorem. Albo beczka na pięćdziesięciu na cały dzień.

Deana przez chwilę nie wiedziała, co powiedzieć, uderzona prostotą tego sposobu.

— Czy Kot napisał coś o zwierzętach? — dopytał Bawół.

— Tak. „Tysiąc koni dwa razy dziennie idzie do wodopoju".

— Czyli wodę czerpią tylko dla ludzi. Amluwer miał dość czasu, by policzyć, ilu ich przychodzi po wodę. Zresztą, nawet nie musiał liczyć, jest doświadczonym żołnierzem, na pierwszy rzut oka odróżni stu ludzi od pięciuset albo tysiąca.

Wędrując wzdłuż ścian, Pani Oka zmuszała mężczyzn do nieustannego obracania się wokół osi, bo stanięcie plecami do Płomienia Agara byłoby niewybaczalnym nietaktem. Przyłapała się na tym, że ją to bawi.

— A więc sto trzydzieści tysięcy?

Kosse przytaknął, obracając się na pięcie.

— Co najmniej, pani.

Była to przytłaczająca liczba, ale ten sam oficer raportował, że trzecia część z nich to kobiety niebiorące udziału w walce, dzieci i starcy. Miasto odparło już kilka ataków, więc mieli też jako-tako sprawdzone wieści o wartości bojowej buntowników. „Zażarci i odważni, ale w znacznej części słabo wyszkoleni i kiepsko uzbrojeni".

Podzieliła się tą wiedzą z resztą.

— To oczywiste, najjaśniejsza pani. — Wuar Sampore skłonił się, a jego jasne oczy rozbłysły. — Gdyby nie byli dzicy i zawzięci, nie odnieśliby tylu zwycięstw. Ale nie zdobyli dość broni i pancerzy, by uzbroić całą swoją armię, jeśli można tak powiedzieć o bandzie składającej się w znacznej części z kobiet i starców.

Deana parsknęła krótko.

— Stoisz przed dziewczyną uzbrojoną w szable, która pokonała w pojedynku Szafirowy Miecz Trzcin, i gadasz takie rzeczy. Ja widziałam przygotowania niewolników do powstania, widziałam ślady po sznurkach od procy na dłoniach i mężczyzn, i kobiet. I zapewniam cię, że kamień wystrzelony z takiej procy może rozwalić ci głowę, nawet jeśli strzelać będzie jakaś baba. Mam nadzieję, że taka śmierć nie będzie dla ciebie niehonorowa?

Słowik zaczerwienił się gwałtownie.

— Płomień Agara powinien wiedzieć, że żadna śmierć w służbie Pana Ognia nie może być niehonorowa.

— Cieszę się, że tak myślisz. — Zrobiła kolejne kółko. — Amluwer Kot napisał tylko, że w obozie są kobiety niebiorące udziału w walce. Nie znaczy to, że nie wezmą w niej udziału, jeśli będą musiały. Ale i bez tego Krwawy Kahelle może wystawić przeciwko nam co najmniej siedemdziesiąt tysięcy ludzi. To jednak nie jest najważniejsza z wieści, które dostaliśmy — zrobiła dramatyczną pauzę. — Jego Książęca Wysokość Hantar Sehrawin wysłał posłańców do Pomwe. Z prośbą, byśmy wpuścili jego wojska do miasta.

Zareagowali tak, jak się spodziewała. Obaj oficerowie zacisnęli pięści i zęby, Brimgorn Uvie wzruszył ramionami, jednocześnie kręcąc przecząco głową, a Umneres wykrzywił usta w pogardliwym uśmieszku. No oczywiście. Ci cholerni Geghijczycy ośmielili się wejść z armią do naszego kraju, a gdy przegrali swoją bitwę, żebrzą teraz o ratunek. Niech czekają; gdy już skończymy z buntownikami, zajmiemy się nimi, jak należy.

— Rozumiem wasze milczenie. — Stanęła pośrodku komnaty. — I zapewniam, że sama nie wiem, czy śmiać się, czy złościć. Ich książątko zapewne liczyło, że gdy uda mu się pokonać Kahela-saw-Kirhu i gdy zjawi się pod Białym Konoweryn z niedobitkami zbuntowanych niewolników prowadzonych w kajdanach, to zdobędzie to, czego nie udało się zdobyć Obrarowi z Kambehii.

Na moment pogarda rozlała się po całej twarzy Umneresa z Luwi, zabłysła w jego oczach.

— Linia rodowa z Geghii Północnego od stu lat nie ma dość czystej krwi, by wejść do Oka — powiedział.

— Ale on nie wchodziłby do Oka. Jego celem było zapewne odpowiednie małżeństwo i założenie nowej dynastii.

— Małżeństwo? Z kim... Oooch — Mag skrzywił się, jakby Deana kazała mu zjeść cytrynę. — Nikt by się na to nie zgodził, pani.

— Naprawdę, mistrzu Umneresie? Jesteś pewien? Książę na białym koniu przybywa pod miasto, trzymając w ręku włócznię z zatkniętą na niej głową Krwawego Kahelle. A sojusz z Geghijczykami pozwala Białemu Konoweryn otoczyć Kambehię z północy oraz z południa i wchłonąć ją w ciągu kilku miesięcy. Kto stawiłby tam czoła połączonym armiom naszych dwóch księstw? Wierz mi, przekonywano by mnie do tego małżeństwa na wszystkie możliwe sposoby. Zwłaszcza że przecież Laweneres nie jest moim mężem.

Wprawiła ich w lekkie zakłopotanie, jak zwykle, gdy podkreśliła swój status dziewiczej wybranki Agara w czwartym miesiącu ciąży. Nadal ją to bawiło.

— Kosse, jak dobrym oficerem jest Amluwer Kot?

— Kot? Najlepszym, jaki służy na zachodzie. Walczył pod moim dowództwem z Geghijczykami pod Twierdzą Czterech Księstw, ucierał nosa Wahesi, gdy próbowało przenosić słupy graniczne, trzymał w ryzach bandy na pograniczu. Zaprowadził porządek wokół Pomwe żelazną ręką.

— Jest bojaźliwy albo głupi?

— Przecież już odpowiedziałem na to pytanie, pani. — Bawół zmarszczył śmiesznie nos, jakby coś mu zaśmierdziało. — Nie. Nie jest.

— Rozumiem. Pytam, bo Amluwer Kot przychyla się do prośby Sehrawina, twierdząc, że z siłami, które ma, może nie zdołać utrzymać miasta. Że Pomwe może upaść w ciągu najbliższych kilku dni.

Dowódca Słowików najwyraźniej chciał coś powiedzieć, i to coś takiego, po czym obaj z Bawołem wzięliby się za łby, a Deana musiałaby chyba osobiście rozbroić obu *af'gemidów* i znaleźć zastępców na ich miejsce, ale nagle wtrącił się Umneres. Czarodziej wybuchnął krótkim, gardłowym śmiechem, który zabrzmiał trochę tak, jakby zarechotała donośnie wielka ropucha.

— Pierwszy raz w życiu słyszę, by wysoki oficer Bawołów zachował się rozsądnie — powiedział, urywając śmiech w pół dźwięku. — Zazwyczaj myślicie i działacie z taką finezją, na jaką wskazuje nazwa waszego Rodu Wojny. Nie, nie. Nie obrażam cię, Kosse. Tylko stwierdzam fakt.

— Miasto powinno utrzymać się co najmniej przez miesiąc.

— Tak. Ale gdy przygotowywaliście obronę, nie wiedzieliście jeszcze, przed kim tak naprawdę będziecie stawać. Ja widziałem imperialną armię w walce.

— Ty?

Magowi udało się przyciągnąć uwagę wszystkich, nawet Pani Oka.

— Walczyłem w wojnie z koczownikami jako najemny czarodziej. Przed ostatecznym starciem Meekhan rozesłał wici na cały cywilizowany świat, oferując bardzo dobre pieniądze. Oczywiście w moim przypadku nie chodziło o złoto, ale o okazję do przyjrzenia się sztuce magii Imperium. Jest... interesująca. W każdym razie popłynąłem na północ, zaciągnąłem się na pół roku i widziałem, jak walczy meekhańska piechota.

— I cóż takiego tam ujrzałeś? — Kosse uniósł głowę i rozdął nozdrza zupełnie jak podrażniony byk

— Więcej, niżbym chciał... Ale ja nie o tym. To wojsko jest elastyczne i szybko się uczy. Potrafi improwizować i oszukiwać. A gdy przychodzi do walki twarzą w twarz, bije się zawzięcie i bez litości dla wroga. I nie, nie jest w tej zabawie lepsze niż twoje Bawoły. Zapewne moglibyście stawać jak równy z równym, może nawet pokonalibyście ich raz czy dwa. Ale oni się uczą. Cały czas. To podstawa ich strategii. W meekhańskiej armii widziałem, jak zwykły żołnierz przychodził ze swoim porucznikiem do dowódcy pułku, bo miał pomysł, jak przechylić szalę w nadchodzącej bitwie na właściwą stronę. I jeśli był to dobry pomysł, to po takiej bitwie żołnierz ten sam zostawał oficerem. Więc przy trzecim czy czwartym starciu znaleźliby wasz słaby punkt i uderzyli w niego tak, jak jeszcze nikt nie uderzył. A jaki słaby punkt znaleźli w Pomwe, pani?

Deana drgnęła, zaskoczona. Czarodziej był dobry, skupił uwagę na sobie, nie pozwolił, by rozgorzała tu niepotrzebna kłótnia, a teraz z wdziękiem oddawał jej głos.

Ale i tak go nie lubiła.

— Mur między bramą Czarną i Niebieską — zaczęła, ruszając znów w swój spacer. — Ma pół mili długości i jest prościutki jak cięciwa łuku. I dość niski, mimo iż pracowano nad nim od dłuższego czasu. Kot twierdzi, że od trzech dni niewolnicy szykują się do ataku na ten odcinek. Podciągnęli szańce trzysta łokci od fosy i atakują bez przerwy, zasypując ją ziemią, faszyną i własnymi ciałami. Atakują zresztą na całej długości murów, mają na to dość ludzi, więc Amluwer musi rozpraszać siły. Za trzy lub cztery dni będą gotowi do ostatecznego ataku.

— Bez machin? — Dowódca Słowików machnął lekceważąco dłonią.

— Ostatnia wiadomość zawierała i takie słowa, jak „tarany", „drabiny" i „być może wieże oblężnicze", Sampore — Deanę uprzedził Umneres — drabinę zbije ci byle chłop z siekierą, prosty taran i niewysoką wieżę wykona żołnierz po krótkim przeszkoleniu albo wiejski cieśla. A cieśli i innych rzemieślników niewolnikom nie brakuje. Kiedy mówiliście o miesięcznej obronie, spodziewaliście się dzikiej hordy bezmyślnie rozbijającej sobie głowy o kamienne mury. Może kilku drabin albo paru lin z hakami. Przestańcie, na Ognisty Oddech Naszego Pana, ich lekceważyć. Założę się, że dobrze znają nawet nasze ruchy...

Wuar Sampore wydął lekceważąco wargi.

— Skąd ta pewność, czarowniku?

— Bo *turanh* Amluwer Kot, oficer doświadczony i bynajmniej nie głupi, jak twierdzi obecny tu Kosse Oluwer, napisał, że spodziewa się głównego ataku za trzy, najwyżej cztery dni. My, maszerując w dotychczasowym tempie, będziemy pod miastem za pięć, może sześć dni. Niewolnicy muszą więc wiedzieć, kiedy przybędziemy, dlatego się spieszą. Jeśli zdobędą miasto, to nasza armia będzie musiała się wycofać.

Tak. Już o tym rozmawiali, jako o najgorszym możliwym rozwoju wydarzeń, choć wtedy w grę wchodziło tylko zdobycie Pomwe podstępem lub zdradą. Siły Konoweryn nie mogłyby oblegać miasta, mając za plecami hordę niewolników, i nie mogłyby ruszyć w pogoń za resztą, bo nie wiadomo, jak liczne oddziały zostawiłby w Pomwe Krwawy Kahelle. Podzielenie zaś na części z trudem zgromadzonej konowerskiej armii byłoby samobójstwem. Na dodatek jej wojska nastawione były na szybką kampanię – dla przykładu, jak uświadomił jej dwa dni temu Brimgorn Uvie, ich słonie pochłaniały dwadzieścia wozów paszy dziennie, a nie dało jej się uzupełnić rzadką trawą porastającą okoliczne równiny. Za osiem do dziesięciu dni wozy opustoszeją, i nie ma nic głupszego niż posyłanie do bitwy rozdrażnionych głodem zwierząt.

Ich dotychczasowe plany, omawiane w trakcie długich wojennych narad, zakładały dwa możliwe rozwiązania. Pierwsze było zniszczenie buntowników w decydującej bitwie, drugie – choć wszyscy uważali je za mało prawdopodobne – zmuszenie ich do odstąpienia i wycofania się między wzgórza porośnięte lasem. Wtedy pełne magazyny Pomwe miały zapewnić armii Pani Oka żywność na następne trzy miesiące, nawet jeśli mieszczanie musieliby zacisnąć pasa, a jednocześnie stutysięczna horda Krwawego Kahelle utknęłaby w lesie w czasie pory deszczowej, dziesiątkowana głodem i chorobami, a za każdym razem, gdy próbowałaby wyjść na centralne równiny księstwa, konowerskie wojska byłyby gotowe zagrodzić jej drogę.

Najwyraźniej buntownicy też zdawali sobie z tego sprawę i dlatego tak zawzięcie szturmowali Pomwe. Nieoczekiwanie to miasto głupców i morderców stało się najważniejszym punktem na mapie Białego Konoweryn.

— Armia Konoweryn nigdy nie cofa się przed wrogiem! — zamruczał groźnie dowódca Słowików w odpowiedzi na ostatnie stwierdzenie maga.

— Oczywiście *af'gemidzie*, a Rody Wojny nigdy nie zdradzają panującej dynastii — odparował Umneres tym swoim na wpół uprzejmym, na wpół lekceważącym tonem. — Ale pamiętaj, że to Wielka Biblioteka spisuje historię naszego kraju, a nie chciałbym znaleźć się w ich księgach jako głupiec, który przyczynił się do klęski w tak ważnej wojnie.

Deana nagle zrozumiała, co właśnie robi Umneres. Mag nie okazywał jej lekceważenia, przejmując prowadzenie rozmowy, ani nie kpił i nie drażnił się z *af'gemidami*. A właściwie robił to, ale w określonym celu. Znając treść raportu, czarownik prowadził rozmowę w ten sposób, by spotkanie poszło po jej myśli. Dlaczego ten zadzierający nosa arystokratyczny bęcwał nagle wspierał ją w ten sposób? Co pragnął ugrać?

Po chwili uznała, że nie ma najmniejszej ochoty na zgadywanie jego motywów. Najpewniej czegoś chciał, jak większość otaczających ją ludzi, ale w takim razie niech sam wyłuszczy, o co mu chodzi.

— Dlatego właśnie wezwałam was tutaj — odezwała się, przyciągając uwagę wszystkich. — Czy mam się zgodzić na wzmocnienie obrony siłami Hantara Sehrawina? On dobrze wie, że jeśli miasto padnie, powstańcy zmiażdżą jego obóz raz-dwa. Twierdzi, że zdoła przerzucić większość swoich oddziałów do Pomwe, byle tylko spuszczono z murów jego żołnierzom liny. No i ma co najmniej pięć tysięcy ludzi. To podwoi liczbę obrońców i potroi ich wartość bojową, bo milicja miejska to jednak nie jest zawodowa armia.

Kosse znów rozdął nozdrza, ale Wuar go uprzedził.

— I dlatego, moja pani, jeśli Sehrawin zechce nas zdradzić i zająć miasto siłą, to trudno będzie go powstrzymać.

— Nie zaryzykuje. Co by mu to dało? Wie, że nadchodzimy. Pamiętajcie też, że to nie my prosimy go o pomoc, tylko on błaga nas o ocalenie. To Białe Konoweryn wyświadcza łaskę głupiemu geghijskiemu książątku, pozwalając mu schronić się za murami swojego miasta.

Widząc miny obu *af'gemidów*, Deana wiedziała już, że trafiła w odpowiedni ton. Bardziej niż obawa o utratę Pomwe na rzecz Geghii drażniła ich perspektywa utraty twarzy. Nowo mianowani dowódcy Rodów Wojny nie chcieli zapisać się w historii jako ci, którzy musieli prosić armię, jakkolwiek by na to patrzeć, najeźdźców o pomoc w stłumieniu buntu niewolników.

Łaskę okazaną pokonanym mogli jednak przełknąć. Co prawda nawet gdyby oponowali z całych sił, Pani Oka i tak postawiłaby na swoim, ale lepiej było, jeśli ich narady kończyły się konsensusem.

— Co zatem myślicie? Jeśli odradzacie zgodę, przychylę się do waszego zdania.

Ryzykowała, ale niewiele. Na ich twarzach widziała już, jaką podjęli decyzję. *Ekchaar* bywał bardzo pomocny, bo nie musiała z całych sił tłumić triumfalnego uśmiechu.

Kosse pierwszy zabrał głos:

— Kot to dobry oficer i ufam jego zdaniu. Jeśli twierdzi, że pomoc Geghijczyków się przyda, niech ich wpuści.

— Popieram, moja pani. — Wuar Sampore skłonił się nisko. — Dzięki temu miasto się obroni, a buntownicy nie dostaną kolejnej partii zdobycznych pancerzy i mieczy. Choć sugerowałbym, by książę Sehrawin zostawił część swoich ludzi w obozie, by niewolnicy nadal myśleli, że w nim siedzi.

— Rozumiem. Brimgorn?

— Pani. — Kornak błysnął niedogoloną łysiną. — Doradzam przychylić się do prośby naszych gości.

— Widzę, że trzymają się ciebie żarty. — Zerknęła na czarodzieja. — Mistrzu Umneresie?

— Nawet gdybym chciał zrobić z siebie głupca, opowiadając się przeciw temu, co podpowiada mi rozum, to i tak zostałbym przegłosowany. Niech ich wpuszczą. Lecz my tak czy inaczej musimy przyspieszyć. Wyruszać wcześniej i maszerować dłużej, by skrócić naszą podróż przynajmniej o dzień. Inaczej nawet geghijska pomoc może nie wystarczyć.

Wszyscy spojrzeli na dowódcę ciężkiej piechoty, która była najwolniejszą częścią ich armii.

Kosse Oluwer skłonił się lekko.

— Moje Bawoły dadzą radę.

Deana zawahała się. W ten sposób o dzień wcześniej unurzam swoją duszę we krwi niewolników, pomyślała. Nawet odmawianie tysiąca *adr'suffi* dziennie może nie wystarczyć, bym później nie upadła pod takim ciężarem. A poza tym plan, jaki ułożyła z Wielkim Kohirem zakładał, że jej armia będzie poruszać się w ściśle określonym tempie. Musi im wybić z głowy ten pomysł.

Gdyby ci potężni mężczyźni mogli teraz zobaczyć jej uśmiech, na pewno by się przerazili.

— Nie. Nie będziemy się ścigać. Z pomocą Geghijczyków Pomwe na pewno się utrzyma, a ja nie chcę stanąć do bitwy ze zmęczonymi żołnierzami. Nic nie mów Kosse, wiem, że jesteś dumny ze swoich ludzi i wiem, że daliby radę, ale pod miastem muszą być w pełni sił.

Obaj żołnierze wyprężyli się sztywno, Brimgorn i czarodziej tylko skinęli głowami. Najważniejsza sprawa dzisiejszego dnia została załatwiona, lecz Deana jeszcze nie skończyła.

— I jeszcze jedno. Sampore, jak daleko wysyłasz podjazdy?

— Pół dnia drogi, pani. Jakieś dziesięć, czasem dwanaście mil.

— Zdarzają się problemy?

— Nic poważnego. Kilka razy wpadliśmy na grupki bandytów, dwukrotnie moje ptaszki otoczyły i wycięły bandy zbiegłych niewolników. Nadal sporo ich zmierza do Krwawego Kahelle.

— Jeńcy?

Spojrzał na nią wyzywająco.

— Żadnych.

— Rozumiem. Razem z raportem od Kota przyszły wieści z Konoweryn. Meekhańska ambasada wciąż błaga, byśmy się rozglądali za Genno Laskolnykiem i jego ludźmi. Nakaż Słowikom ostrożność. Nie chciałabym wysyłać na północ wieści o śmierci tak ważnej osoby.

— Generał Laskolnyk mógł paść ofiarą własnej brawury i jakichś bandytów — mruknął jasnooki Słowik, pozwalając sobie na paskudny uśmieszek.

— Oczywiście. I z pewnością Imperium przyjmie taką wiadomość z pełną wyrozumiałością. Od dziś jednak jeśli Słowiki wpadną na jakąś bandę, najpierw niech sprawdzą, z kim mają do czynienia. I niech zasięgną języka. Oddział, w którym są trzy kobiety i pięciu mężczyzn, na dodatek o nietutejszym wyglądzie, na pewno rzuca się w oczy. A jeśli generałowi przypadkiem spadnie włos z głowy, odpowiesz za to osobiście.

— Wykonam, pani! — Sampore wyprężył się, nie próbując więcej dyskutować. Postąpił mądrze, bo jej irytacja zaczynała gwałtownie rosnąć.

— To dobrze — powiedziała cicho. — To bardzo dobrze. Nie podoba mi się, że Imperium miesza się w nasze sprawy, więc z przyjemnością ugoszczę generała, po czym szybciutko odeślę do stolicy. A za kilka dni, jeśli taka będzie wola Pani i Agara, staniemy do bitwy z Krwawym Kahelle.

Trzej mężczyźni skłonili się nisko.

— Możecie odejść. A ty, mistrzu Umneresie, zostań jeszcze chwilę. Podyktuję ci wieści dla Pomwe. Zaszyfrujesz je i skoro świt wyślesz tuzin gołębi. Muszę mieć pewność, że rozkazy dotarły.

— Oczywiście, moja pani.

Milczała, gdy *af'gemidzi* i dowódca słoni opuszczali namiot, po czym odwróciła się do maga.

— Dziękuję.

Uniósł brwi.

— Nie rozumiem, pani.

— Jeśli tak twierdzisz, muszę ci wierzyć. — Uśmiechnęła się pod *ekchaarem*. — Ale i tak dziękuję. Masz papier i rysik, czy zapamiętasz wiadomość dla Amluwera Kota?

Mag sięgnął do pasa i wyciągnął zestaw do pisania.

— Słucham, pani.

Podyktowała kilka zdań, podając nawet orientacyjny czas nadejścia odsieczy. Takie wieści powinny wzmocnić w obrońcach ducha walki.

— Zaszyfruj i przygotuj do wysłania. A potem prześpij się choć kilka godzin.

— Ty też, pani. Potrzebujemy twojej mądrości i siły.

Zaskoczył ją i zdumiał. Mądrości? Siły?

— Widzę, że naprawdę musisz się przespać, czarowniku. Ja też zaraz idę do łóżka.

Tylko zanim zmruży oczy, musi dziesięć razy odmówić *adr'suffi*, bo nadal czuje się jak liść niesiony nurtem rzeki i rozpaczliwie potrzebuje nadziei, że woda płynie zgodnie z zamysłem Wielkiej Matki.

Rozdział 29

— W górę! Wyżej! Raaaazem!!!

Stojący obok Luki-wer-Klytusa mężczyzna charknął brzydko, zadławił się nagle krwią tryskającą z ust i runął na ziemię. Drabina przechyliła się niebezpiecznie, więc Luka spróbował ją wesprzeć obolałym ramieniem. Ból przetoczył się przez jego ciało, jakby właśnie znalazł się pod strumieniem wrzącego oleju, którym obficie częstowano ich z murów.

Pociemniało mu w oczach, a drabina runęła na ziemię. Krzyknął, próbując unieść wyżej zdobyczny kałkan. W powietrzu zafurkotało. Dwie strzały przeleciały tak blisko, że prawie poczuł muśnięcie ich lotek. Cholera! Przykląkł i nagle wzdłuż muru rozległy się krzyki.

— Cofamy się! Jest rozkaz! Do tyłu! Cofać się!

Najbliższym z wrzeszczących okazał się jeden z nowych dziesiętników, o imieniu niemożliwym do wymówienia, więc wszyscy nazywali go Pon.

— „Żółw"! Formuj „żółwia"!

Na oczach Luki trzydziestu ludzi wyposażonych w ciężkie pawęże zwarło szyk, tworząc z tarcz ściany i dach formacji obronnej.

— Jak to?! — wrzasnął w ich stronę. Jeszcze trochę, a byliby na murze!

— Rozkaz! Do tyłu! Wszyscy!

Wer-Klytus uniósł wreszcie tarczę nad głowę i wpółpełznąc, znalazł się za żołnierzami. Jego kałkan był zbyt mały, by przydać się w tej formacji, zresztą, szczerze mówiąc, nigdy jej nie lubił. Była za wolna i za łatwa do trafienia. W chwili gdy o tym pomyślał, w drewniany dach nad głowami żołnierzy grzmotnęła belka nabijana żelazem. Paweże ugięły się, ale wytrzymały. Na razie. Kilku żołnierzy w centrum „żółwia" klęło szpetnie.

Zaraz rzucą kamień młyński i zostanie z nas mokra plama, przemknęło mu przez myśl.

— Cofać się! W szyku! W szyyyku! Równo! — wrzeszczał już razem z Ponem, kuląc się za ostatnim szeregiem pawężników.

Strzały bębniły o tarcze regularnie, jakby strzelający wypuszczali je do rytmu. Na szczęście wszyscy łucznicy próbowali szczęścia z „żółwiem" i żaden nie wziął na cel samotnego żołnierza poza formacją.

Przynajmniej na razie.

— Równo! Trzymać tarcze! Lewa! Prawa! Lewa! Prawa!

Oddział złożony z trzydziestu ludzi odstępował powoli od murów miasta, ścigany strzałami i kamieniami. Jeszcze kilka grup wycofywało się w takim szyku, reszta atakujących po prostu uciekała z tarczami uniesionymi w górę, byle dalej, byle szybciej, byle schować się za szańce zapewniające jakie takie bezpieczeństwo.

Te dzieciaki biją się dzielnie, ale dzielnie nie wystarczy, pomyślał dziś po raz kolejny. Większość z oddziału, który zrobi „żółwia", by wycofać się do swoich, dotrze w bezpieczne miejsce. Z trzydziestki, która rzuci się do ucieczki bezładnie niczym zające, połowa padnie, bo obrońcy naprawdę dobrze szyją z łuków, a jeszcze się taki nie urodził, który by dał radę prześcignąć strzałę. Bajka o zającu i żółwiu, którą Luka pamiętał z dzieciństwa, miała co prawda inną treść, ale chodziło w niej o to samo – czasem powoli znaczy lepiej niż szybko.

Pon uniósł lekko swoją tarczę, spojrzał przez dwa uderzenia serca w stronę murów.

— Uwaga! Przygotować się! Teraz!

Jedna z balist na najbliższej wieży miała ich na wprost swojej szczeliny strzelniczej. Wiedzieli o tym, bo od rana uprzykrzała im życie. I teraz o ścianę tarcz huknęło coś na podobieństwo kowalskiego młota. Ołowiany pocisk wielkości pięści wbił się w drewno, przewracając powstańca, a raczej wpychając go w głąb szyku. Mężczyzna krzyknął i opuścił pawęż. Wciągnęli go do środka, inny natychmiast zatkał dziurę własną tarczą.

— Równo! Lewa! Prawa! Lewa! Prawa!

Luka poczuł się tak bardzo bezbronny. Jego okrągły kałkan, dobry dla kawalerzysty, rozpadłby się po takim trafieniu na strzępy. Prawie zaczął żałować, że dołączył do ataku na Pomwe, ale Koło też walczyła, wrzeszcząc, klnąc i posyłając z procy w stronę blanków kamień za kamieniem, więc po prostu nie mógł siedzieć w obozie. Ściągnął opatrunki, wyfasował hełm i najlżejszą tarczę, jaką znalazł, i poszedł jej pilnować. Oczywiście zgubili się w zamęcie bitwy, ale na pewno nic jej się nie stało. Wierzył, że wyczułby, gdyby było inaczej.

„Żółw" cofał się małymi kroczkami, a on z nim, jeszcze dwadzieścia, jeszcze dziesięć jardów i będą bezpieczni.

Minęli krawędź najbliższego szańca i dopiero wtedy Pon wydał rozkaz:

— Luzuj szyk!

Formacja rozpadła się, zamieniając się w grupkę wykończonych mężczyzn.

— Który oberwał?

— Ja. — Wysoki tarczownik klęczał, siłując się z zapięciem tarczy. — Zasrana balista. Jak wreszcie dorwę tych sukinsynów, to załaduję ją kamieniem, przywiążę im do tego kamienia jajka i osobiście...

Zamrugał, przewrócił oczyma i upadł.

Rzucili się ku niemu, ostrożnie położyli na plecach i po prostu przecięli rzemienie, którymi tarcza była przymocowana do ręki żołnierza. Ołowiany pocisk rozłupał ją niemal na pół, dokładnie na wysokości przedramienia mężczyzny. Jego ręka wyglądała teraz, jakby miała dodatkowy staw i wyginała się w dziwną stronę.

Luka pokiwał głową, zbyt obolały i zmęczony, by czuć złość. Bark rwał go tępym bólem. Powinien nosić rękę na temblaku jeszcze przez kilka dni, ale nie mógł iść do ataku jak ostatni kaleka. Nawet jeśli Kahel-saw-Kirhu nie dał mu z powrotem jego żołnierzy, Koło go potrzebowała.

Zresztą, Pon był całkiem niezłym dziesiętnikiem.

— Zanieście go na tyły. A to — dowódca wskazał potrzaskany pawęż — do wozackiego warsztatu. I pogratulujcie Olhewarowi roboty. Gdyby tarcza była gorsza, urwałoby mu rękę.

Kor'ben Olhewar, były *felano* obozu Kay'we, miał ogromne i bezcenne doświadczenie w rzemieślniczej robocie. Nie brał bezpośredniego udziału w walce, bo Kahel-saw-Kirhu osobiście mu tego zabronił. W zamian za to z dwoma setkami ludzi dzień i noc robił tarcze, naprawiał pancerze, hełmy i broń. Przez to wart był teraz swojej wagi w złocie. To on zaproponował, by zamiast kopać umocnienia pod ostrzałem z murów, napełnić tysiące koszy ziemią i błyskawicznie zbudować z nich szańce pod nosem zaskoczonych obrońców. Taki właśnie, szeroki na sto i wysoki na pięć jardów wał odgradzał ich obecnie od łuczników i pocisków z katapult. Stąd wybiegali do ataku i tu się cofali. Dzisiaj już trzeci raz.

Trzysta kroków dzieliło ich od murów, trzysta kroków ziemi niczyjej pokrytej strzałami, pociskami katapult i trupami. Trzysta kroków, które niezależnie od tego, czy atakowali, czy się cofali, rozciągły się w całe mile.

Luka ze stęknięciem usiadł na ziemi tuż przy wale, ściągnął hełm i obmacał głowę. Opuchlizna nie schodziła, psiakrew.

Kręciło mu się we łbie i znów poczuł mdłości, spotęgowane zapachem zgnilizny. Nie nadążali ściągać trupów z przedpola, więc leżały tam i zaczynały się rozkładać. Smród ściskał mu trzewia żelazną obręczą. Na dodatek, czego nikomu nie powiedział, miał problemy z pamięcią. Nie pamiętał na przykład, gdzie spał zeszłej nocy ani co jadł na śniadanie. Czy w ogóle coś jadł. Może to i lepiej. Inaczej wyrzygałby zaraz wszystko, co ma w żołądku. Jeśli wyglądał tak, jak się czuł, to nic dziwnego, że Owerers nie zamierzał mu na razie powierzać dowodzenia.

Za szańcem zgromadziło się już z trzystu ludzi. Podoficer patrzył, jak opatrują rannych, wyrywają z tarcz strzały, żartują i klną, zbierając się znów w dziesiątki i kompanie. Był z nich cholernie dumny.

Koło pojawiła się przy nim znienacka, klapnęła obok.

— Hej, Luka.

Wyglądała lepiej. Jej poparzona skóra nabrała zdrowszych barw, włosy na głowie były jakby ciut dłuższe, a rany zdążyły się zasklepić. Mówiła też z większym sensem. Tylko pokryte bielmem oko wyglądało makabrycznie. Westchnął.

— Potrzebujesz opaski, żeby nie straszyć ludzi.

Uśmiechnęła się. Lubił jej uśmiech, bo przez chwilę wyglądała na normalną, szczęśliwą dziewczynę.

— Ale ja właśnie chcę straszyć ludzi. Tamtych. — Machnęła ręką w stronę miasta. — Lubię, jak się boją.

— Ja też. — Zerknął na procę, którą trzymała w ręku. — Trafiłaś któregoś?

— Trzech. Jednego to *bam!* — Plasnęła się dłonią w czoło. — W sam środek. Nawet hełm mu nie pomógł. Umarł. Lubię, jak umierają.

— Przecież po to tu jesteśmy, jak rozumiem. Żeby umierali. — Wer-Klytus poczuł nagle silny zawrót głowy, wszystko rozmyło mu się w oczach. Gdy odzyskał ostrość widzenia, Koło pochylała się nad nim z troską na twarzy.

— Jesteś chory, Luka. Ja też byłam chora, gdy wyciągnąłeś mnie z dziury, pamiętasz? Opiekowałeś się mną. Teraz ja zaopiekuję się tobą. I innymi też. Wszystkimi, którzy płaczą.

Nie miał siły się kłócić. Oczywiście po każdym ataku przybywało im rannych, ale tej dziewczyny nie wpuszczono by do lazaretu, nawet gdyby była ostatnią parą rąk zdolnych do pomocy. Nieważne. Koło i tak za chwilę zapomni o tej deklaracji.

Wokół wszczął się nagły ruch, żołnierze wstawali z ziemi, prostowali się i salutowali. Kahel-saw-Kirhu pojawił się między nimi nagle, bez pompy, jak zwykły piechur, ale i tak ściągał całą uwagę. Luka pamiętał skądś, że Krwawy Kahelle jest teraz generałem; długo się opierał, ale w końcu, gdy zaczęli oblegać Pomwe, zmusili go, by założył błękitny karwasz. Wojowanie według meekhańskiej myśli wojskowej wymagało jasnej hierarchii dowodzenia. Jakiś porucznik nie mógł wydawać rozkazów kapitanom i pułkownikom.

Cholera, Luka spróbował się podnieść i zasalutować, ale ciało nie bardzo chciało go słuchać. Może wreszcie któryś z tych durniów zauważy starego żołnierza i pomoże mu dotrzeć do najbliższego felczera? Albo chociaż w jakiś cień. Zdecydowanie za wcześnie wziął udział w walce.

— Ja... idę już, Luka. — Koło musnęła jego rozpaloną głowę lodowatymi palcami. — Odpocznij. Wtedy poczujesz się lepiej.

Zniknęła, tak jak się pojawiła, bezszelestnie. Wer-Klytus wiedział, że dziewczyna nie lubi ich wodza, bo ten przy każdym spotkaniu próbował odesłać ją na tyły. Wojskowa natura Kahela-saw-Kirhu cierpiała na widok obszarpanej małolaty plączącej się na pierwszej linii. A może po prostu chciał ją chronić?

Za szańcem pojawiła się kolejna grupa żołnierzy, prowadzona przez Owerersa-kan-Sumora. To byli ci, którzy nie potrafili się wycofać w szyku i trzeba ich było po każdym ataku zbierać do kupy. Luka musiał niechętnie przyznać, że saw-Kirhu miał nosa, wybierając dowódców. Kapitan Trzeciej nie krył się na tyłach, śmiało prowadził ataki i nie zostawiał ludzi na śmierć, a potem szybko i sprawnie organizował ich na powrót w prawdziwą kompanię. Przez minione trzy dni zdołał już wzbudzić spory szacunek.

— Duże straty?

Kan-Sumor zasalutował sprężyście.

— Jeszcze liczymy, generale. Chłopcy odważnie atakują, ale gdy przychodzi się cofnąć, tracą głowy.

— Bo, jak powiadał mój kapitan w czasie każdej musztry, żeby zrobić „żółwia" pod ostrzałem, trzeba mieć jaja jak byk, ale mózg myszki. Dobra robota. Jesteśmy już na pozycjach do jutrzejszego szturmu. Postawiliśmy szańce przed Bramą Czarną i Bramą Niebieską. Ledwo sto kroków od nich. Jutro wchodzimy do miasta.

Pomiędzy bramami Czarną i Niebieską Pomwe miało najdłuższy, prosty jak z łuku strzelił, odcinek murów. Prawie pół mili. I tylko sześć wież na tej długości. Obrona opierała się tu do tej pory na szerokiej fosie, ale po czterech dniach ataków fosę zdołano już zasypać tak skutecznie, że gdyby powstańcy mieli wieże oblężnicze, mogliby nimi podjechać pod same mury.

A mury miały tam miejscami tylko osiemnaście stóp wysokości. To dlatego ich pułk atakował dzisiaj już trzy razy. Podobnie jak inne oddziały powstańczej armii. By rozproszyć siły Pomwe wzdłuż całej linii obrony, by zmęczyć je nieustanną walką i nie dać chwili odpoczynku. Żeby specjalnie wyznaczone kompanie saperskie mogły zasypać fosę i postawić szańce, zza których jutro ruszy decydujący szturm. Kor'ben Olhewar zbudował na tę okazję dwa tarany, olbrzymie pnie zamocowane na ruchomych ramach pokrytych namoczonymi skórami, które miały wyłamać wrota albo zburzyć fortyfikacje i otworzyć powstańcom drogę do serca miasta.

Oczywiście obrońcy musieli widzieć te przygotowania. Zapewne wypełnili bramy ziemią i gruzem i szykowali swoje najlepsze oddziały do odparcia ataku. Bawoły. Do tej pory niewolnicza armia nie starła się z nimi na długość miecza. Murów broniły miejska milicja i oddziały najemne, więc elitarna piechota Białego Konoweryn będzie wypoczęta.

I zdesperowana.

Podobne myśli musiały przebiec przez głowę kapitana Trzeciej Kompanii.

— Kto tam pójdzie do ataku, generale?

— Prosiliśmy o ten zaszczyt — odezwała się melodyjnym głosem Demenaya.

Do licha, Luka potrząsnął głową. Nie zauważył tej kobiety, dopóki nie otworzyła ust. Jakim cudem mógł przegapić jej przybycie? Te ponad siedem stóp wzrostu, piękny tyłek i fantastyczne piersi? Musiał naprawdę być chory.

Ubrana w powłóczyste jedwabie koloru bladej zieleni, pobrzękując złotymi bransoletami na nadgarstkach i kostkach, Demenaya wyglądała olśniewająco. Jak ożywiony posąg jakiejś plemiennej bogini. Przyciągała uwagę w ten hipnotyczny, podszyty erotyczną fascynacją sposób, który kazał wielu mężczyznom ubiegać się o rolę jej osobistych strażników, o których plotkowano, że służą jej i w dzień, i w nocy.

Teraz też pojawiła się pośród żołnierzy Pułku Wilka otoczona przez tuzin czarnoskórych wojowników. Nie olbrzymów z Uawari Nahs, więc była wyższa od każdego z nich o przeszło stopę. Luka uśmiechnął się pod nosem, cholera lubiła się wyróżniać. Spotkał ją już kilka razy, zawsze w otoczeniu zbrojnej eskorty i garści sług. Jej status był niejasny. Nie używała już tytułu Królowej Niewolników, bo wśród powstańców nie było niewolników, lecz nadal niektórzy z nich traktowali ją z nabożnym szacunkiem, głównie jako najwyższą kapłankę Służki. Za to większość Meekhańczyków odnosiło się do niej z mieszaniną pobłażliwej kpiny i lekceważenia. Służka nie była ich boginią, ich pani to Baelta'Mathran – pramatka, najpotężniejsza bogini Wszechrzeczy, a nie pokorna boginka wymyślona przez właścicieli.

Mimo wszystko Demenaya miała posłuch, zwłaszcza wśród niewolników wywodzących się z miejscowych ludów i czarnych plemion. Nawet Uware Lew i elita jego wojowników liczyli się z jej opinią. Co, jak widać, pozwalało jej zabierać głos w ich imieniu.

— Uawari Nahs uderzą na miasto, gdy tylko jutro wstanie słońce — dodała, uśmiechając się promiennie.

— A ja się zgodziłem. — Kahel-saw-Kirhu spokojnie skinął kobiecie. Jako jeden z nielicznych zdawał się odporny na urok czarnoskórej piękności. — Uware Lew nalegał i nie widzę powodu, by mu odmawiać.

Zwłaszcza że do tej pory ludzie Lwa nie pchali się do szturmów, przemknęło Luce przez głowę. Inne oddziały z Czarnych Równin walczyły dzielnie, ale olbrzymi Uawari Nahs siedzieli w obozie. W sumie Luka nie widział powodu, by odmawiać im zaszczytu zmierzenia się z Bawołami.

— My też będziemy jutro atakować — kontynuował generał. — Wszędzie, gdzie się da. Uderzymy również na obóz Geghijczyków, żeby nie wpadło im do głowy przyjść miastu z pomocą. Jutro Pomwe musi być nasze.

Geghijczycy. Wer-Klytus prawie o nich zapomniał, bo przez ostatnie dni ich żołnierze siedzieli na tyłkach i udawali, że wcale ich tu nie ma. Podwyższyli tylko swój szaniec, budując wewnątrz niego drugi, jeszcze potężniejszy, lecz poza tym nic.

Czekali.

No cóż. Bezczynność jest czasem najprostszą formą założenia sobie pętli na szyję.

Dopiero teraz dotarły do niego ostatnie słowa dowódcy.

Muszą zdobyć miasto jutro. Muszą.

Wódz powstańczej armii wskoczył na kosz wypełniony ziemią. Uniósł ręce.

— Konowerczycy nadchodzą. Prawie nas zaskoczyli, wygląda bowiem na to, że ich armia porusza się szybciej niż nasi gońcy. Spodziewałem się ich najwcześniej za sześć dni, a wczoraj podjazd Pore Lun Dharo starł się z konnicą Słowików ledwo czterdzieści mil stąd. To znaczy, że główne siły są najwyżej pięćdziesiąt mil od nas. Jeśli utrzymają tempo marszu, będą tu za trzy dni, może cztery. Jakieś trzydzieści tysięcy ludzi.

Zapadła cisza. Powstańcy stali spokojnie, nikt nie sprawiał wrażenia wstrząśniętego czy przestraszonego. Luka obserwował ich nieco z boku. Kilka głupich uśmieszków, dłonie zaciśnięte na rękojeściach broni, ponury wzrok.

Przecież czekaliśmy na nich, mówiły spojrzenia. Wiedzieliśmy, że przyjdą. To, że przyszli nieco wcześniej, niczego nie zmienia. Po prostu załatwimy ich szybciej, niż planowaliśmy.

Tak. Do licha. Niech przyjdą. Jutro Pomwe zapłaci za swoją zbrodnię, a za trzy dni Pani Płomieni zapłacze nad losem swojego przeklętego księstwa.

Ale teraz musiał odpocząć. Dziesiętnik wstał i pokuśtykał na tyły w poszukiwaniu skrawka cienia.

Interludium

Szarpnięcie za ramię nie było zbyt delikatne, ot, takie w stylu, że jak zaraz nie otworzysz oczu, to dam ci w pysk. Altsin zerwał się na nogi, sięgnął po nóż. Łódź zakołysała się niebezpiecznie.

— Spokojnie. — Stojący przed nim mężczyzna uniósł uspokajająco dłoń w górę. — Chciałem tylko sprawdzić, czy żyjesz. Człowieku, wyglądałeś jak trup.

Altsin zamrugał, przeganiając z głowy resztki snu. To był ten... Gessen. Musiał pamiętać, by zapytać go zaraz o imię, by nie zdradzić, że słyszał jego modlitwę. Mężczyzna ubrał się już i wpatrywał w złodzieja uważnym i bardzo inteligentnym spojrzeniem.

Złodziej potrząsnął głową, usiłując przepędzić szum z uszu i stłumić narastające mdłości. Dziwne, że je czuł, skoro nie jadł od trzech... czterech dni. Było mu zimno, cały zdrętwiał, a w ustach miał posmak zgnilizny. Czary, zasrane czary, tak wiele obiecujące i tak wiele zabierające w zamian.

Rozejrzał się zaskoczony, przyjmując do wiadomości, że najwyraźniej nie siedział już na rufie, tylko spał w najlepsze na posłaniu ze skór.

— Kto... — odchrząknął gęstą flegmę — ... kto sterował?

— Jak się ocknąłem, nikt, ale łódź płynęła na wschód. Ubrałem się, zwlokłem cię z rufy i położyłem przy Jodle. Ale musisz mi wybaczyć, że ściągnąłem ci tylko moją kurtkę, a nie rozebrałem do naga, Jodła jest wybredny w pewnych sprawach.

Chwilę zajęło mu załapanie żartu. Ale nie znalazł sił na żadną kąśliwą odpowiedź.

— Jest już wieczór?

Niebo nad nimi zasłaniały chmury, ale jeszcze nie było całkiem ciemno. Uratowany mężczyzna uśmiechnął się szeroko.

— Raczej zbliża się ranek. Przespałeś całą noc, czarowniku. Calusieńką. I wiesz co? Chrapiesz przez sen jak tuzin dzików obżerających się glizdami.

Wszystko docierało do niego powoli, jakby mozolnie odczytywał słowa zapisane w dopiero co poznanym języku. Całą noc? Przespał całą tę długą, północną noc? To ile minęło już godzin?

— Ranek? Noc? Gdzie... jak...

— Płyniemy na wschód czarowniku, bo tam nas pcha prąd wody. Nawet gdybym chciał, nie dałbym rady zmienić kursu. Obudziłem się koło północy, ty leżałeś przy sterze, łódź płynęła. Położyłem cię przy Jodle i czekałem.

— Czarowniku?

Mężczyzna machnął ręką.

— Nie udawaj. Jestem z Górskiej Straży i widziałem już magów, którzy nadwerężyli sił, używając Mocy. Wyglądasz dokładnie tak samo jak oni. Potrzebujesz teraz dużo snu i jedzenia.

Altsin usiadł, oparł się o maszt. Więc to tak wygląda? Korzystanie z Mocy jest niczym zażywanie narkotyku. Słodkie i podstępne. Dopóki nie wsiadł do łodzi, robił to rzadko, z umiarem i ostrożnie. Za to na morzu pofolgował sobie w poczuciu bezpieczeństwa... Wszystko bez wysiłku, z napełniającą głowę poczuciem wszechmocy łatwością.

Powinieneś mnie ostrzec, sukinsynu.

Tym razem ta druga, złośliwa i upierdliwa część jego osoby milczała.

No oczywiście, jak coś idzie źle, to nie ma winnych.

Ale przynajmniej podejrzenia tego mężczyzny idealnie pasowały do historii, którą Altsin sobie wymyślił.

— Tak. Przesadziłem — pokiwał głową. — Kim jesteś?

— A ty?

— To moja łódź. I to ja ściągnąłem cię z kry.

— Masz rację. — Mężczyzna usiadł przy sterze. — Jestem Gessen Pancw z Górskiej Straży. Szósta Kompania Szóstego Pułku z Belenden. A mój towarzysz to Rubne Klowr, ale wszyscy mówią na niego Jodła.

Górska Straż... Raz czy dwa Altsin słyszał tę nazwę. Kojarzyła mu się z opowieściami nesbordzkich piratów, którzy zazwyczaj dorzucali do tej nazwy stertę przekleństw, podszytych wyraźnym uznaniem.

— Żołnierze Imperium?

— Niektórzy czasem tak na nas mówią. — Gessen pokiwał głową. — A ty? Jak się nazywasz i kim jesteś?

No to zaczynamy snuć własną bajeczkę, pomyślał i prawie się uśmiechnął. W sumie ta gra – oszukaj, okłam, nabierz kogoś – zawsze mu się podobała. Powinien zostać aktorem w jakieś wędrownej trupie, a może nawet w jednym z teatrów, które dostarczały rozrywki w dużych miastach. Każde wyjście na scenę byłoby dla niego rolą życia.

Bez trudu wszedł zatem także w rolę czarownika zmęczonego nadużywaniem Mocy. Krótkie zdania, urywany oddech, trzęsące się ręce...

— Pochodzę z Ar-Mittar, słyszałeś o nim? To wielkie miasto na zachodnim wybrzeżu... Jest tam gildia Gamlesh... Mówi ci to coś? A mnie nazywają Żołądź...

Dobre kłamstwo składa się co najmniej z połowy prawdy. Idealne: z prawdy doprawionej tylko odrobiną zmyślenia i sugestywnej konfabulacji. Ar-Mittar było wielkim miastem, prawie tak dużym jak Ponkee-Laa, i naprawdę istniała w nim gildia Gamlesh. Altsin słyszał o niej wielokrotnie, bo jej czarownicy specjalizowali się w czarach używanych na morzu. Prawda, prawda i odrobinę zmyślenia. Kłamstwo niemal idealne.

Żołnierz skinął głową.

— To daleko od naszych gór. Skąd się tu wziąłeś?

Altsin pokręcił głową, wchodząc w swoją rolę. W końcu, jak powszechnie wiadomo, czarownicy byli arogancką i wredną bandą.

— Nie, przyjacielu, to nie ty przepytujesz mnie, tylko ja ciebie. A raczej, jeśli chcemy to ująć delikatniej, będę niezmiernie wdzięczny, gdy zaspokoisz moją ciekawość. Jak ci się to nie podoba, to wypieprzaj z tej łodzi.

Gessen uśmiechnął się szeroko. Ale bez złośliwości.

— Słaby jak dziecko, a warczy i szczeka. Po tym zawsze poznałbym czarownika, choćby się przebrał za drzewo i co roku rodził jabłka. Chcesz opowieści? No to słuchaj.

Altsin słuchał uważnie, nie spuszczając wzroku z twarzy żołnierza. Niby tamten nie miał żadnego powodu, by go okłamywać, ale... Całkowita szczerość jest u ludzi równie często spotykana co trzecia ręka.

Ale opowieść rozbitka była prosta i w gruncie rzeczy cholernie przekonująca. Ich oddział dostał rozkaz, by strzec najdalej wysuniętej na północ przełęczy. Odkryli obozowisko aherów, którzy najwyraźniej szykowali się do złożenia wizyty Imperium – to wyjaśniało, dlaczego na przełęczy stały setki ludzi – po czym zostali postawieni przez najpotężniejszego aherskiego szamana w sytuacji bez wyjścia. Imię, które padło – Borehed, było tym samym, które Altsin usłyszał w obozowisku. I złodziej mógł nawet zrozumieć, dlaczego dowódca Górskiej Straży zdecydował się na szaleńczą misję, zamiast ryzykować walkę; z pięćdziesięcioma ludźmi nie za bardzo miał pozycję do negocjacji. Natomiast później historia Gessena stawała się chaotyczna i dziwna. To znaczy, byłaby taka, gdyby nie potwierdzała podejrzeń Altsina co do natury potęgi, która tak wkurzyła Panią Lodu.

Jak wróci, będzie musiał bardzo poważnie pogadać z Oumem.

Ale na razie, żeby nie wypaść z roli, musiał udawać zaskoczenie i sceptycyzm.

— Pływająca góra? Jesteś pewien?

Żołnierz pokiwał głową.

— Tak. Czarna jak noc, wielka jak miasto. Długa na pół mili, albo i więcej. Wyłoniła się z mgły, krusząc lód i pędząc na nas. Nasze psy nie były dość szybkie, by uciec, więc zaatakowaliśmy.

— Co zrobiliście?

— Zaatakowaliśmy tę górę. Jej grzbiet był pochyły — Gessen pokazał dłonią jak bardzo — więc... no wiesz... można było na niego wjechać. No to spróbowaliśmy, tak jak i reszta. Nam się nie udało.

Tylko tyle, kilka słów na najbardziej niezwykłą opowieść, jaką Altsin słyszał od dłuższego czasu. Pal licho bogów i ich stare grzechy i tajemnice. Ci żołnierze ruszyli do szturmu na płynącą między krami ruchomą górę.

Szaleńcy. Cudowni szaleńcy.

— I co potem?

— Nasze psy i sanie wpadły do wody, a my znaleźliśmy się na krze. Dryfowaliśmy. Dni i noce. Lód topił się cholernie szybko, szczeliny między krami rosły w oczach, raz udało nam się przeskoczyć na większy kawałek, ale woda porwała go i wyniosła na otwarte morze. Więc czekaliśmy...

— Na śmierć?

— Na cokolwiek.

Gessen spojrzał na złodzieja z grymasem, który mógł znaczyć wszystko. Gniew, dumę, rozbawienie.

— Utonięcie to kiepska śmierć dla górala. Więc trzymaliśmy się tej kry, nawet gdy niewiele z niej zostało i woda zaczęła moczyć nam tyłki. Ale, jak widać, warto było czekać.

Żołnierz przerwał, spojrzał na Altsina uważnie, a jego grymas zmienił się w uprzejmy uśmiech.

— Wybacz ciekawość, ale co czarownik z dalekiego miasta robi tutaj, na Północy?

Uprzejmość uprzejmością, lecz teraz, gdy strażnik odpoczął i nabrał sił, musiał zadawać sobie cholernie dużo pytań.

Złodziej posłał mu zmęczone i poirytowane spojrzenie. Jak zapewne zrobiłby to jakiś arogancki mag.

— Nie wystarczy ci, że wyciągnąłem was z wody?

— Powinno wystarczyć. Ale mój ojciec mówił dokładnie to samo do każdego złowionego łososia. Więc zrozum ciekawość...

Uśmiech Gessena nadal był uprzejmy, lecz z jego oczu wyzierała ostrożność.

Altsin westchnął.

— Próbuję się dowiedzieć, jak wielkie kłopoty czekają nasze statki w nadchodzących latach. Ile pirackich łodzi pożegluje na południe i jak wielką flotę powinno wystawić miasto, by je powstrzymać. A najważniejsze: co się tu do cholery stało i czy z tego powodu Nesbordczycy zaczną w tym roku sprawiać większe kłopoty niż zwykle.

— Nie rozumiem.

— Czego? — Przyszła pora na kolejny fragment jego bajeczki, choć tym razem składający się w całości z prawdy. — Gildia Gamlesh zajmuje się sprawami morza, bo Ar-Mittar z morza żyje. I od lat obserwujemy nesbordzki marsz na południe. Wypływają z wysp i fiordów na Morzu Awyjskim, czasem handlując, a czasem rabując co się da, a niekiedy nawet zakładając nowe osady i podbijając nowe ziemie. Gdy lato jest długie, a Pani Lodu nie szaleje zbytnio, Nesbordczycy polują na lisy, foki, morsy i wieloryby, po czym płyną na Południe z futrami, skórami i beczkami tranu. Po drodze handlując z kim się da. Ale jak zima jest długa, a polowania kiepskie... Jedyne, co wiozą ich łodzie, to stal i sznury do pętania jeńców.

Altsin splunął w dłoń i wytarł ślinę o maszt. Na zdumione spojrzenie żołnierza odpowiedział kwaśnym uśmiechem.

— Nie pluj do morza, bo obrazisz Bliźnięta — wyjaśnił.

Bogowie, ta rola - czarownik z portowego miasta, mający marynarskie nawyki i marynarskie spojrzenie na świat - wciągała go z każdym zdaniem i gestem. Uśmiechnął się w duchu. Naprawdę minąłeś się z powołaniem, sukinsynu.

— To, co się tu działo — złodziej zatoczył ręką wokół — przyciągnęło uwagę nie tylko naszej gildii. Kupcy handlujący z północnymi księstwami donosili od dłuższego czasu, że na morzu nie widać nesbordzkich łodzi z futrami i wielorybim tłuszczem. Czyli nadchodziły kłopoty. Wysłano nas trzech, żebyśmy sprawdzili, co się dzieje na Północy, i szybko odkryliśmy, że nie chodzi o zwykłą przedłużającą się zimę. Pani Lodu walczyła z kimś... czymś zaciekle. Moi towarzysze... — Altsin przewrócił oczyma i wykonał lekceważący gest ręką — ...uznali, że trzeba jak najszybciej dostarczyć te wieści do Ar-Mittar. A ja postanowiłem sprawdzić, co się właściwie dzieje.

— Ciekawość to paskudna cecha.

— Może. Nie zastanawiałem się nad tym. Poza tym, żołnierzu, sam powinieneś wiedzieć, jak czasem wyglądają sprawy. Trzech ludzi idzie na zwiad, dwóch wraca z niczym, a trzeci przyprowadza jeńca i garść pism zdobytych na wrogu. Kogo czeka awans?

— To zależy od tego, jak gówniana jest armia, w której służy.

— Racja. Ale w gildii magów... czasem jak w armii, musisz się wykazać. Gdy nie masz koneksji...

Ostrożnie, upomniał się z lekkim rozbawieniem. Nie rozwijaj tu postaci zbuntowanego samotnika, którego nikt nie docenia. Dobre kłamstwo jest jak najprostsze.

Jednak Gessen wyglądał na całkiem przekonanego jego bajeczką.

— Jak zawędrowałeś na Północ?

— Najpierw przez Morze Awyjskie, nasłuchując, jak Nesbordczycy kują nową broń i szykują się do wypraw na południe. Potem szlakiem łowców skór przeszedłem Loharry, po czym skręciłem na wschód, wzdłuż granicy gór i lodu. Za ciężkie pieniądze wynająłem psi zaprzęg i dwóch myśliwych... Wtedy po raz pierwszy zobaczyłem tych... — Dwoma palcami pokazał kły wystające z dolnej szczęki. — Aherowie. Na Południu słyszy się o nich tylko legendy.

— A na Północy wbijamy sobie nawzajem żelazo w bebechy. Chociaż więcej problemów jest ze zwykłymi bandytami. Ile czasu jechałeś?

To było podstępne pytanie. Jaka właściwie odległość dzieliła zachodni kraniec gór od obozowiska, w którym dostał łódź?

— Dość, by odmrozić sobie jajka — udzielił wymijającej odpowiedzi. — I to kilka razy. Jak wy tu wytrzymujecie?

— Nosimy ciepłe gacie.

— Ja też takie miałem, dopóki nie trafiliśmy na tamto obozowisko. To samo, które widzieliście i wy.

Strażnik uniósł brwi.

— Zaatakowali was?

Coś w jego głosie kazało Altsinowi uważać. Pamiętał obóz i otaczającą go aurę rozpaczy i śmierci. Nie było w niej jednak nienawiści i przemocy. Historyjka o bandzie dzikusów napadających na podróżnych wymagała korekty.

— Tak... a właściwie nie. Przyjęli nas dobrze... widziałeś ten obóz, prawda? Nasze psy... było rano, jeden z moich przewodników dawał im jeść, gdy kilku aherów rzuciło się na kawałki ryb, którymi je karmił. Nie wiem, co się właściwie stało, po prostu nagle ten idiota stał z nożem w ręce, a dwóch martwych dzikusów leżało u jego stóp. Potem reszta rzuciła się w naszą stronę. I na nasze psy. Powalili przewodnika na śnieg i w kilka chwil rozszarpali zwierzęta, zębami i pazurami... a ja... No co mam ci powiedzieć? — Altsin machnął ręką, jakby odpędzał od siebie natrętnego owada. — Że walczyłem do końca i bohatersko poległem? Chyba nie uwierzysz. Wyskoczyłem z namiotu, tak jak mnie widzisz, i pobiegłem przed siebie. Rzuciłem czar, wiatr powalił wszystko na mojej drodze i pognałem tam, gdzie widziałem łodzie. Na lądzie złapaliby mnie dość szybko, tylko na wodzie miałem szansę.

Złodziej postukał w wykonane z kości ożebrowanie statku.

— To jest całkiem przemyślna konstrukcja. I dość szybka, jeśli wspomoże się ją magicznym wiatrem. Ale zostałem tylko z tym, co mam na grzbiecie, zapasowe ubrania, żywność, kocioł do gotowania... wszystko przepadło. Potem płynąłem na wschód...

— Po co na wschód? — przerwał mu Gessen.

Altsin wzruszył ramionami, na to też przygotował sobie już odpowiedź.

— Najpierw spróbowałem na zachód, oczywiście. Ale pod wiatr i przeciw prądowi, w łodzi bez kila i z tym prymitywnym sterem, robiłem może węzeł na godzinę, i to używając magii niemal bez przerwy. Omal mi łeb nie pękł. Nie jestem bogiem, do cholery. Więc zawróciłem na wschód i płynąłem z prądem, aż usłyszałem twoje mamrotanie. Masz szczęście, że nad wodą głos niesie się daleko.

Gessen posłał mu dziwne spojrzenie, jakby ten temat go drażnił.

— Modliłem się. Nie pierwszy raz, ale nigdy jeszcze tak... — nie dokończył. — A gdy zauważyłem twoją łódź, w pierwszej chwili wydawało mi się, że przybył po mnie sam Reagwyr.

No proszę... Złodziej omal nie wyszczerzył się od ucha do ucha. Zamiast tego zapytał:

— Jesteś wyznawcą Pana Bitew?

— Wyznawcą? — Żołnierz zmarszczył brwi. — Nie. Raczej nie. Nie jestem zbyt religijny, nie wytatuowałem sobie Durwona ani nic w tym stylu. W górach lepiej liczyć na dobry topór, solidną linę i suche ubranie na zmianę. I towarzyszy z oddziału. Nie, nie czczę Pana Bitew, ja... wziąłem go sobie po prostu na patrona.

— Patrona?

— Patrona. Klękasz przed Matką, ale innym bogom możesz się przecież pokłonić. Tak działa świat.

— Ja wolę kłaniać się Bliźniętom Mórz — kolejne kłamstewko przeszło mu przez gardło bez najmniejszego wysiłku. — Ale słyszałem, że górale najczęściej wybierają Setrena jako boga wojowników.

Gessen skinął głową i uśmiechnął się z uznaniem, jakby Altsin właśnie rzucił jakąś bardzo mądrą uwagę.

— No właśnie. Prawie wszyscy w Straży wolą Byka. Więc gdy dochodzi do bitki, to cała kupa ludzi modli się do niego w tej samej chwili. A jak tylu naraz zawraca Rogatemu łeb, to nie ma szans, żeby wysłuchał wszystkich. Lepiej więc prosić o wsparcie Pana Bitew.

Cóż, trudno było odmówić temu rozumowaniu logiki.

— Sprytne.

— Też tak myślę. — Żołnierz mrugnął kpiąco i Altsin musiał przyznać, że podoba mu się takie zdroworozsądkowe, pozbawione fanatyzmu podejście do religii. — Ale jeśli ty służysz Bliźniętom, to może im powinienem złożyć ofiarę w podzięce za ratunek?

Niepokój ukłuł złodzieja ostro, jakby ktoś nagle dźgnął go szydłem. Nie. Nie ma mowy. Żaden z wyznawców Reagwyra nie będzie składał podziękowań tym ciapowatym, rozmamłanym...

Jego uśmiech musiał wyglądać niepokojąco, bo Gessen pochylił się do przodu i z wyraźną troską zapytał:

— Wszystko w porządku?

— Tak. W jak najlepszym...

Więc tak wyglądała zazdrość boga. Jakby małe dziecko musiało oddać innemu ukochaną zabawkę. Nawet po tylu tysiącleciach, po obłędzie i straceniu prawa do nazywania się bogiem ludzi, bo bogowie powinni być bytami z choć odrobiną prawości, a nie bydlakami kąpiącymi pół świata we krwi, Bitewna Pięść wciąż odczuwał zwykłą, parszywą zawiść na myśl o tym, że „jego” czciciel mógłby okazywać wdzięczność innemu Nieśmiertelnemu.

Nie, nie Bitewna Pięść. Te emocje były tak intensywne i żywe, jakby dotyczyły Altsina osobiście. Objęcie duszy boga niosło o wiele więcej niż tylko dary i potęgę.

No, skurwielu, prawie zaklął przez zaciśnięte zęby, w tym przypadku twoje uczucia się nie liczą. Pokażę ci, czym jest szczodrość i wspaniałomyślność.

— Lampka wypełniona wielorybim tranem z dodatkiem wonnych żywic powinna sprawić im radość — powiedział, choć miał wrażenie, że słowa są wielkimi, rozpalonymi do białości kulami żelaza, które musi z siebie wypluć. — A właściwie dwie, jedna dla Ganra, a druga dla jego siostry. Ganr woli sandarak, a Aelurdi zadowoli się szczyptą sproszkowanego bursztynu. Zamiast tego możesz jej zresztą ofiarować jakiś drobiazg z bursztynu, pierścionek, kolczyk, bransoletę. Wystarczy, że powiesisz go w kapliczce Bliźniąt albo ciśniesz w morze. Choć zapewniam cię, że kapłani woleliby to pierwsze rozwiązanie.

Przez chwilę czuł się niczym największy skąpiec świata zmuszony do oddania pełnej złota sakiewki. A potem przyszła taka ulga, jakby ktoś zdjął mu z pleców tysiącfuntowy głaz. Żeby ukryć to, co się z nim dzieje, złodziej pochylił się i lekko dotknął głowy nieprzytomnego mężczyzny. Jeszcze wieczorem gorączka zdawała się wypalać go od środka i pocił się obficie, ale teraz czoło żołnierza było ledwo ciepłe i suche.

— Twój towarzysz ma się lepiej.

— Jodła zawsze był twardy. Powinieneś widzieć, co wyprawiał, gdy trafiliśmy do... Nie, nieważne, to za długa opowieść. Jak nie umarł do tej pory, będzie żył. Choć pewnie obudzi się głodny.

Altsin zerknął przez ramię w stronę, gdzie słońce właśnie zaczęło malować niebo czerwienią.

— Sądzisz, że reszta twojego oddziału płynie na tym czymś... na tej czarnej wyspie?

— Sądzę, że to był statek. — Gessen wykazał się przenikliwością, o którą złodziej nigdy by nie podejrzewał zwykłego żołnierza. — Duży statek.

— Skąd ten pomysł?

— Bo góry są z kamienia, a kamień nie pływa, czarowniku. A gdy dryfowaliśmy na krze, przez kilka pierwszych godzin unosiły się wokół nas różne rzeczy. Wyłowiłem z wody coś takiego. — Żołnierz sięgnął do kieszeni kaftana i rzucił Altsinowi czarny drobiazg wielkości połowy dłoni. — To drewno z tego statku.

Złodziej złapał drewienko i poczuł się, jakby w ręce wpadła mu zaklęta w czerń błyskawica. Mrowienie przeszyło go od stóp do głów, przez chwilę nie mógł złapać oddechu.

Jego domysły na temat tego, czym jest moc, która walczyła z Panią Lodu, aż do tej pory były tylko zgadywaniem. Och, Oum rzucał liczne aluzje i aż się trząsł, ledwo tłumiąc emocje, ale nawet gdy Altsin opuszczał Amonerię, drzewny bożek nie zdradził, jakich wieści właściwie oczekuje. Ale teraz złodziej trzymał w ręku prawdziwy dowód.

To był ten sam rodzaj drewna, z którego zbudowane było „ciało" bożka Seehijczyków. Ten sam drobny, niemal niewidoczny układ słojów, taka sama niezwykła twardość. Tylko kolor był inny - zamiast zaschniętej krwi matowa czerń.

— Uśmiechasz się, jakbyś wyrzucił garść szóstek w kości, czarowniku.

W głosie Gessena nie było nic poza najczystszym zainteresowaniem, ale Altsin nie dał się nabrać. Ten żołnierz walczył i służył od zbyt wielu lat, by ufać każdemu, kogo spotka, nawet jeśli ten ktoś właśnie ocalił mu życie. Może i kupił historyjkę o wyprawie magów z Południa, ale nadal odruchowo szukał w niej dziur. Pod tym względem byli bardzo podobni do siebie.

Altsin uśmiechnął się jeszcze szerzej. Tak jak zrobiłby to mag, który dostrzegł życiową szansę.

— W niektórych miejscach na zachodnim wybrzeżu nadal powtarza się garść legend o statkach wielkich jak miasta, które kiedyś odpłynęły na promieniach słońca w dal — zaczął. — Albo bajki o chłopcu, który zakochał się w dziewczynie z takiego okrętu, a gdy ta znikła, skamieniał z rozpaczy i tkwi na nadmorskiej skale obrośnięty pąklami, czekając na jej powrót. Są też opowieści o tym, że kiedyś te okręty powrócą z ładowniami wypełnionymi złotem skradzionym słońcu i nastaną czasy powszechnej szczęśliwości i dobrobytu.

Tak naprawdę to tylko opowieść o chłopcu zamienionym w kamień i czekającym na swoją miłość była prawdziwą nadmorską legendą, choć nie odnosiła się bezpośrednio do Nieśmiertelnej Floty. I prawie każde miasto i wioska na wybrzeżu miała swojego „zakochanego", czyli jakiś przypominający ludzką sylwetkę kamień tkwiący w wodzie. Ale złodziej się nie bał, że żołnierz zarzuci mu kłamstwo. Kto mógłby znać wszystkie legendy i baśnie długiego na tysiąc mil wybrzeża?

— Nasza gildia interesuje się takimi historiami — dodał. — Bo jeśli to jeden z tych statków... jeśli jest prawdziwy... człowieku...

— Co? Zostaniesz arcymistrzem?

— Srać na gildię. Ja muszę go zobaczyć. Jego albo cokolwiek, czym to jest.

Wymienili szczere uśmiechy, po czym Altsin stęknął i podniósł się na nogi.

— Puść mnie do steru. Zobaczymy, czy dam radę coś jeszcze wycisnąć z tej łódki.

Rozdział 30

Maahir uniósł łeb, rozłożył uszy i wydał z siebie przeciągłe, wyzywające trąbienie. Samiy poklepał go czule po głowie i powiedział:

— Nadal jest zły, bo nie może maszerować z innymi słoniami.

Deana poprawiła się na leżance, przeciągnęła, aż coś trzasnęło jej w ramionach.

— To on nie wie, jaki zaszczyt go spotyka, że może nosić na grzbiecie Płomień Agara?

Chłopak odwrócił się i puścił jej oczko.

— Słonie szczają na zaszczyty. Prawdę powiedziawszy, są tak wielkie, że szczają na wszystko. Ale lepiej, że nie maszeruje z resztą, bo jest tam kilka młodych samców, które chętnie rzuciłyby mu wyzwanie, i mielibyśmy nieustanne kłopoty. Samice lepiej kontrolują stado.

— Mi to mówisz?

Kornak uśmiechnął się na moment, ale zaraz spoważniał.

— Wiele z nich nie wróci do domu.

— Idziemy na wojnę, Samiy. Nie chciałam jej, ale nie mam wyboru. I dobrze wiem, jak wiele słoni może zostać zabitych albo rannych. Tak jak wiem, że jeszcze więcej ludzi spotka ten sam los. Jak sobie radzi Brimgorn? — Dziwnie było prosić dziesięciolatka, by oceniał mężczyznę, który mógłby być jego dziadkiem, ale Deana ufała opiniom chłopca.

Samiy wzruszył ramionami. Za takie gesty go kochała, kornak był jedyną osobą w całym obozie, która ośmielała się zachowywać w ten sposób w jej towarzystwie. Jakby miała przy sobie odmłodzoną wersję truciciela z jego złośliwościami i bezczelnością.

— Jest mądry. Zna się na słoniach jak niewielu innych. I wie, jak wykorzystać je w trakcie bitwy, a *nuawachi* mu ufają.

— To dobrze. — Deana uniosła się z półleżącej pozycji i rozejrzała wokół.

Maahir wędrował pośrodku kolumny Bawołów. Oddziały ciężkiej piechoty, liczące po stu dwudziestu ludzi, maszerowały karnie przed nim, za nim i wokół niego. Wczoraj postanowiono, że armia porzuci na jeden dzień drogę, która choć utwardzona, była kręta i tak wąska, że wojska Konoweryn musiałyby rozciągnąć się na niej w długiego na dziesięć mil węża. Idealna sytuacja na zasadzkę. Zamiast tego weszli na szeroką równinę, wysuszoną i twardą, po której wozy mogły poruszać się niewiele wolniej niż po drodze, a trzydzieści pięć tysięcy ludzi mogło przyjąć szyk znacznie lepszy do obrony i ataku. Bawoły pośrodku, Słowiki na obu skrzydłach i w dalekiej awangardzie, słonie i oddziały najemników z tyłu. Krępa, zwarta formacja, która umożliwiała szybkie rozbijanie i zwijanie obozów i dzięki której mogliby szybko stanąć do bitwy.

A bitwa zbliżała się nieuchronnie. Pod wieczór powinni dotrzeć do miejsca, gdzie Tos meandrowała wściekle, tworząc dwa wielkie zakręty, nazywane powszechnie „tyłkiem". Tam napoją zwierzęta i ludzi, odpoczną i jeśli uda im się utrzymać tempo wędrówki, za trzy dni znajdą się pod Pomwe.

Deana pozdrowiła machnięciem ręki kilku towarzyszących jej Słowików. Konie żołnierzy nadal boczyły się i parskały, niezadowolone z towarzystwa słonia, ale jeźdźcy panowali nad nimi bez problemów. Reszta jej przybocznych jechała kilkadziesiąt kroków za Maahirem, od czasu do czasu przekrzykując się i wymieniając obelgi z pieszymi. Nasłuchiwała tych „dyskusji" uważnie, ciężkie słowa i złośliwe gesty latały tam i z powrotem, przerywane regularnymi salwami śmiechu. Morale armii stało wysoko, a tradycyjna rywalizacja między Rodami Wojny ustępowała poczuciu pewnego braterstwa. I Bawoły, i Słowiki wywodzili się z żołnierzy-niewolników, a ich wróg był teraz gdzie indziej.

To bardzo dobrze.

Od dwóch dni w czasie każdej narady próbowano ustalić jakąś strategię na nadchodzącą bitwę, kłopot jednak polegał na tym, że poza ogólną liczebnością buntowników nie wiedzieli zbyt wiele. Ile i jaką piechotę miał Krwawy Kahelle? Ilu strzelców i konnych? Czy podciągnął pod miasto tabor, jak zrobił to w czasie poprzedniej bitwy, czy też nie?

Ostatnie raporty z Pomwe mówiły, że oddziały Uawari Nahs, które brały udział w masakrowaniu geghijskiej armii na razie nie pojawiły się pod miastem. Gdzie są teraz? Co robią? Ilu ich jest? Czy porzuciły meekhańskich sprzymierzeńców i powędrowały na ojczyste równiny, czy też przeciwnie, zbierają siły na nadchodzącą bitwę? Deana dobrze pamiętała Demenayę – Królową Niewolników, i jeśli mężczyźni z jej ludu naprawdę byli tak samo wielcy jak ona, należało liczyć się z ich siłą.

Kłótnie i dyskusje trwały cały czas. Deana podziwiała zawziętość, z jaką obaj *af'gemidzi* i część wyższych oficerów biorących udział w naradach przerzucali się wojskową terminologią, swobodę, z jaką kreślili na mapach śmiałe manewry i zaskakujące kontrataki. Szybko zauważyła, że w czasie tych papierowych starć armia buntowników zawsze zachowywała się tak, jak życzyli sobie tego konowerscy dowódcy, oddziały niewolników ulegały unicestwieniu albo uciekały w panice wtedy, gdy było to jej oficerom na rękę, i nigdy nie próbowały kontratakować ani zastawiać pułapek.

Wojna na mapie zawsze jest pełna łatwych zwycięstw.

Nie wtrącała się w te kłótnie. Czuła, że wszyscy ci mężczyźni potrzebują ich, że w jakiś sposób pomaga im to rozładować napięcie. W czasie prawdziwej bitwy nie będzie czasu na próżne rozważania, zostaną tylko ból i krew.

Od czoła rozciągniętej na milę armii galopował jeździec, wymachując czerwoną szmatą. Posłaniec z ważnymi wieściami.

— Pani!

Konny spiął wierzchowca kilka kroków od Maahira tak gwałtownie, aż zwierzę zarżało niezadowolone i prawie przysiadło na zadzie. Po czym zawrócił w miejscu i zrównał się ze słoniem.

— Pani. Znaleźliśmy ich.

— Kogo? — Wizja armii niewolników, która wyszła z lasu, by wydać im bitwę, zmroziła jej krew w żyłach.

— Meekhańczyków. Generała Laskolnyka i resztę. To znaczy — posłaniec wydawał się zakłopotany — oni...

— Czekali na was?

— Tak, pani. Czekali. I proszą o zgodę na audiencję.

Zastanowiła się. Do rozbicia wieczornego obozowiska mieli jeszcze co najmniej dwie godziny. List z meekhańskiej ambasady, który miała wręczyć sławnemu dowódcy, jechał gdzieś na wozach wraz z namiotem i resztą jej rzeczy. Nie zatrzyma marszu całej armii, by go znaleźć.

— Przekaż, że spotkam się z nim wieczorem, jak już rozbijemy obóz. Z nim i z jego ludźmi. Zapraszam ich na kolację. Nie muszą zakładać uroczystych strojów.

***

— Gotowa? Wszyscy czekają.

Daghena wsadziła głowę do namiotu i zmierzyła ją krytycznym spojrzeniem. Kailean spojrzała na nią wrogo. Ta cholera już zdążyła się wyszykować?

— Jedno słowo, Dag — wycedziła przez zęby. — Jedno słowo, a przysięgam, że cię walnę i pójdziesz na tę całą ucztę z podbitym okiem. I nie rób mi tu przeciągu, bo wszyscy zaraz zaczną się gapić.

Kailean próbowała właśnie założyć najczystszą koszulę, jaką miała, gdy w wejściu do namiotu ukazała się też twarz Lei. Dziewczyna zdążyła już się umyć, wpleść we włosy garść kolorowych paciorków i maznąć oczy kredką. Kredką! Bogowie, w tych swoich jukach ona naprawdę wozi wszystko.

— Albo cycki ci zmalały, albo robisz się coraz młodsza — stwierdziła Lea poważnie. — Powinnaś chyba więcej jeść.

— Zamknij się, bo nie ręczę za siebie. — Kailean wygrała wreszcie walkę z opornymi guzikami, sięgnęła po gorset i zaczęła kolejną bitwę, z tasiemką, która za cholerę nie chciała dać się przepleść przez haftki. — Reszta już gotowa?

— Oczywiście. Wiesz, jak to jest z chłopami, założą czyste onuce, wyczeszą resztki ostatniego obiadu z wąsów i już są gotowi. — Daghena zaprezentowała olśniewający uśmiech. — A jeśli mowa o czesaniu, pożyczyć ci zgrzebło?

Kailean zawiązała zgrabną kokardkę pod biustem, konstatując z pewnym niepokojem, że Lea chyba ma rację - przez ostatni miesiąc zdecydowanie zrobiła się jakby młodsza.

— Nie, nie trzeba. Jestem gotowa.

— Pójdziesz z tym warkoczem?

— Tak. I zamknijcie się obie. Wychodzimy.

Czaardan stał już w komplecie na zewnątrz. Wszyscy założyli najmniej znoszone ubrania, Kocimiętka chyba naprawdę przyciął i przyczesał wąsy. Poza tym wyglądali trochę dziwnie bez pancerzy i hełmów. Laskolnyk skinął jej tylko głową i wskazał na kilku żołnierzy w żółtych jakach.

— Nasza eskorta. I zostaw szablę, córuchna, mamy iść bez broni.

Odpięła pas i wrzuciła go do namiotu. Bez broni. Psiakrew.

Ruszyli całą ósemką, prowadzeni przez zbrojnych. Obóz był rozległy, a im wyznaczono miejsce na nocleg na jego samym skraju. Najwyraźniej imię Genno Laskolnyka miało tu mniejsze znaczenie niż w Imperium.

Lea trąciła ją w bok.

— Teraz się przekonamy.

— O czym?

— Czy naprawdę rządzi nimi issarska dzikuska. Matka mi o nich opowiadała. Zasłaniają twarze, żeby nie było widać, jak wielkie mają zęby, i żywią się ciałami zabitych wrogów.

— Lea — Laskolnyk mruknął pod nosem, nawet nie odwracając głowy.

— Tak, kha-dar?

— Nie odzywasz się bez potrzeby, a jeśli zostaniesz o coś zapytana, odpowiadasz prosto i grzecznie. Wiem, jakie przesądy mają plemiona Małych Stepów, i nie życzę sobie, żebyś coś palnęła.

— To nie przesądy. Matka mówiła mi...

— To rozkaz.

— Tak jest, kha-dar.

Mijali kolejne rzędy namiotów, wielkie kotły zwieszające się nad ogniskami, pawęże i długą broń na stojakach. Większość czekających na posiłek żołnierzy wciąż miała na sobie łuskowe pancerze, nagolenniki i wysokie hełmy. W migotliwym świetle ogni i pochodni konowerska ciężka piechota sprawiała wrażenie ożywionych granitowych posągów, które tylko czekają, by ruszyć i zmiażdżyć wroga.

— Wyglądają na twardych sukinsynów, prawda, kha-dar?

— I tacy są, Sarden. Czytałem raporty Kciuka.

— Będzie trudno, co? Znaczy... naszym pod miastem.

— Zobaczymy. A teraz cisza. Zbliżamy się.

Zbliżali. Kailean zerknęła zza pleców Jannego i musiała przyznać, że najwyraźniej władczyni Konoweryn wiedziała, co dobre. Jej namiot miał wielkość sporego zajazdu i zapewne podobną liczbę „pokoi" wewnątrz. Otaczał go pierścień pochodni i kordon żołnierzy podobnych do tych, którzy im towarzyszyli.

A jeden z nich bez żadnych ceregieli odchylił klapę namiotu i powiedział do nich bezbłędnym meekhem:

— Deana d'Kllean, Pani Oka, Płomień Agara czeka. Wejdźcie.

W środku płonęły lampy oliwne, przykryte szklanymi kloszami i rozsiewające korzenne zapachy. Młoda służąca ukłoniła się w milczeniu i poprowadziła ich do głównego pomieszczenia, gdzie czekał stół zastawiony srebrem i otoczony tuzinem krzeseł.

Gdy weszli, wysoka kobieta ubrana w luźną suknię w odcieniu bladego różu wstała i skinęła im głową na powitanie. Nie, Kailean poprawiła się zaraz, nie im, tylko Laskolnykowi, choć trudno było stwierdzić, gdzie ona patrzy, bo twarz kryła za matową zasłoną, zza której ledwo błyskały oczy. W postawie tej kobiety - w dwóch krótkich szablach, których pasy opinały jej talię, w sposobie, w jaki stała - było coś dzikiego i groźnego. Plotki o tym, że potrafi władać bronią i nie stroni od sięgania po żelazo, musiały zawierać ziarno prawdy.

— Czuję się zaszczycona, mogąc gościć sławnego generała Genno Laskolnyka, pogromcę wschodnich barbarzyńców — powiedziała gospodyni.

Kailean drgnęła zaskoczona. Nie tym, że władczyni Konoweryn posługuje się mową Imperium, lecz tym, że mówi nią tak doskonale. Przecież nawet Kailean, gdyby znalazła się w centralnych prowincjach, od razu zostałaby rozpoznana po akcencie jako dzikuska ze Wschodu. Ta kobieta mówiła bezbłędnie. Jak urodzona w sercu Meekhanu szlachcianka.

Kha-dar ukłonił się uprzejmie i dokonał krótkiej prezentacji czaardanu. Zakryta tkaniną twarz Pani Oka obracała się ku każdemu z jego członków i obdarowywała go lekkim skinieniem.

— Miło mi — rzuciła na koniec. — Siadajcie, proszę.

Zajęli miejsca i przez chwilę patrzyli tylko na puste talerze i kielichy. Na Wschodzie gości zapraszało się do stołu, który już uginał się od jadła. Deana d'Kllean musiała dobrze odczytać ich miny, bo odezwała się z wyraźnym zakłopotaniem w głosie:

— Jesteście zdrożeni i spragnieni. Tutaj posiłki zaczyna się od podania gościom wody i wina... — Zaklaskała w dłonie i wokół stołu zakręciły się służące z karafkami i dzbankami.

Trzy kielichy stojące przed Kailean zostały napełnione z wdziękiem, który świadczył o znakomitym wyszkoleniu służby. Woda, wino jasne jak miód i ciemne niczym krew. Do wyboru, do koloru.

— Wybaczcie, że nie dotrzymam wam towarzystwa przy posiłku — powiedziała gospodyni. — Zwyczaje mojego ludu zabraniają mi odkrywania twarzy.

Na te słowa Laskolnyk wstał i przykładając rękę do serca, skłonił się nisko.

— Zwyczaje Issaram nie są mi obce, pani. Dlatego nie musisz nas przepraszać. Pozwolę sobie jednak wznieść pierwszy toast. Za Panią Oka, tę, która została wybrana przez Agara od Ognia, władczynię klejnotu Dalekiego Południa, Białego Konoweryn.

Uniósł kielich wypełniony złotym trunkiem. Kailean wstała tak jak reszta i upiła łyk z kryształowego kielicha. Delikatny, lekko kwaskowaty posmak kwiatów i owoców podrażnił jej język. To wino było lekkie jak chmurka. Trzeba będzie z nim uważać.

— Dziękuję. — Deana d'Kllean nieznacznym machnięciem ręki podziękowała za toast. — Muszę przyznać, że słusznie mnie przed tobą ostrzegano, generale.

— Ostrzegano?

— Owszem. Mówiono, że pod maską twardego żołnierza kryje się zręczny dworzanin i polityk.

Władczyni Konoweryn zaklaskała ponownie i na stół zaczęto wnosić parujące półmiski. Koronne miejsce zajęło jagnię pieczone w całości, lecz wokół niego już wkrótce rozsiadły się naczynia z drobiem, wieprzowiną, rybami i pasztetami. Oraz kaszą, ryżem, soczewicą podawaną na przynajmniej pięć sposobów i jakimś tuzinem sosów. Kailean westchnęła i zrozumiała, że zabranie Berdetha ze sobą było błędem; teraz miała wrażenie, że każda kolejna potrawa rozsadzi jej nos iście boskim aromatem, i ledwo nadążała z przełykaniem śliny.

Zacisnęła zęby i wypchnęła psa na zewnątrz. Trudno, dziś nie będzie miał zabawy.

— Muszę przyznać, że pochlebiasz mi, pani. — Kha-dar zerknął wymownie na służącą, która najwyraźniej miała zamiar napełnić jego talerz, i sam wrzucił na niego porcję kaszy i pieczonego gołębia, po czym polał wszystko obficie sosem. — Kręciłem się trochę przy cesarzu, więc i nabrałem nieco ogłady, daleko mi jednak do prawdziwego dworaka. Moim ludziom też. Czy pozwolisz, by sami korzystali z tych wspaniałości? Nie przywykli, by ktoś im usługiwał.

Gospodyni skinęła głową, wykonała krótki gest, a służące szybciutko opuściły salę. I natychmiast zabrzęczała zastawa, gdy wszyscy rzucili się na jedzenie. Kailean nałożyła sobie kawał wieprzowej pieczeni, jagnięce podudzie i tłustego kapłona. Łowiąc spojrzenie Lei, wzruszyła tylko ramionami. No co, sama mówiłaś, że chudnę.

— Interesujący sposób przedstawienia prośby, byśmy zostali sami — głos Deany pobrzmiewał lekkim rozbawieniem. — Nadal jednak zostanę przy swoim zdaniu. Nosisz maskę, za którą ukrywasz umysł bystry jak górski strumień i ostry niczym *yphir*. Nic dziwnego, że Imperium wyraża taką troskę o twój los.

Kha-dar przełknął, przepłukał usta winem, a jego twarz przybrała wyraz uprzejmego zainteresowania.

— Wyraża? To dziwne.

— Dziwne? — Deana d'Kllean idealnie skopiowała ton Laskolnyka. — Och nie, to całkowicie zrozumiałe. Gdybym była meekhańską cesarzową i gdyby mój najlepszy dowódca konnicy wędrował tysiące mil od domu, w samym środku wojennej zawieruchy, wierz mi, też wyrażałabym troskę głośno i wyraźnie. Oraz kazała mu natychmiast wracać.

— To może być trudne, zważywszy, że znajdujemy się właśnie w samym środku wojennej zawieruchy. Poza tym zapewne słyszałaś, pani, że nie jestem pokornym wałachem. Nie daję się prowadzić w uprzęży.

— Słyszałam. Ale sądzę, że dla każdego konia znajdzie się lonża wystarczająco długa, by go kontrolować. Na razie jednak jedzcie, pijcie. I opowiadajcie. Co u Krwawego Kahelle?

Kailean omal się nie zakrztusiła. Skąd wiedziała? Kha-dar jednak zareagował tak, jakby czekał na to pytanie.

— Ma się dobrze, pani. I jest wściekły na ojczyznę. Za to, że nie robiła nic, by poprawić los niewolników w twoim pięknym kraju. Doprowadzanych do śmierci pracą, batem, głodem i chorobami. — Laskolnyk wstał i dołożył sobie kolejnego gołębia. — Wypluwających płuca w kopalniach, umierających od ukąszeń owadów w czasie karczowania lasów i osuszania bagien, latami zginających grzbiety na plantacjach i wrzucanych do rzeki z kamieniem u stóp, gdy byli już za starzy, żeby pracować. Zmuszanych do walk na śmierć i życie dla rozrywki gawiedzi, gwałconych, mordowanych i torturowanych. Zapewniam cię, Pani Ognia, władczyni Białego Konoweryn, że Kahel-saw-Kirhu był wściekły na Meekhan, że nie zrobił nic, by poprawić ich los. I rzucił mi te wszystkie oskarżenia w twarz, a ja nie wiedziałem, gdzie podziać oczy.

Tak. — Palce issarskiej wojowniczki zatańczyły na poręczy krzesła. — Wina Imperium wydaje się bezsporna. Zastanawiam się, jak czuliście się na Północy, wiedząc, że każdy łokieć jedwabiu, każde ziarnko pieprzu i każda uncja szafranu, które od nas sprowadzacie, skąpane są we łzach i krwi waszych pobratymców? Jak czujecie się teraz, w czasie powstania, gdy imperialna ambasada milczy całymi miesiącami, a gdy wreszcie się odzywa, chodzi jej tylko o ocalenie życia jednego generała? Nawet nie jego ludzi... Jakby porzucanie własnych obywateli, żołnierzy, którzy przelewali krew za Imperium, stało się ostatnio sednem meekhańskiej polityki.

Wymienili szybkie spojrzenia, Faylen, Niiar, Kocimiętka, Daghena, Lea, Janne Newaryw i Kailean. Czy to prawda? Kha-dar miał ich tu zostawić?

Ale Laskolnyk powiódł po nich wzrokiem z taką miną, jakby usłyszał kiepski dowcip i nie wiedział, czy ma się skrzywić, czy przez uprzejmość uśmiechnąć. Uspokoiła się od razu. Kha-dar nigdy nie porzuciłby czaardanu.

Nie ma mowy.

Ich dowódca spojrzał na siedzącą u szczytu stołu kobietę i z uznaniem skinął głową.

— Świetna przemowa, Pani Oka. Wręcz doskonała. Myślałem, że spotkam tu zahukaną dziewczynę z barbarzyńskiego plemienia, którą do władzy wyniósł kaprys ognistego bożka i która nie zmieni sama sukni, jeśli ktoś z pociągających za sznurki doradców jej tego nie każe. Szczerze mówiąc, spodziewałem się zastać przy tym stole jeszcze kilka osób. Może Varalę, byłą nałożnicę księcia, rządzącą teraz w pałacu, może jego truciciela albo Wielkiego Kohira, który jakimś cudem wiedział, kiedy ukazać światu niewzruszoną lojalność, tuż przed tym, jak wyprułaś flaki Obrara z Kambehii. I gubię się w domysłach, czy rozmowa ze mną jest tak nieistotna, czy wręcz przeciwnie, aż tak ważna.

— Przede wszystkim, chodzi o twoje bezpieczeństwo, generale.

Wydawało się, że Laskolnyk tym razem zdziwił się naprawdę.

— Bezpieczeństwo?

— Zapewniam, że tak. Gdybyś nazwał Agara ognistym bożkiem przy jednym z żołnierzy Rodów Wojny, mógłbyś stracić głowę, zanim zdążyłabym go powstrzymać. A wracając do tematu, generale, jeśli odwiedziliście obóz niewolników, to może braliście też udział w walce z Geghijczykami?

Kailean oderwała udko kapłona i zatopiła w nim zęby, obserwując ten pojedynek na słowa. To było nieuczciwe starcie, bo rozmówczyni Laskolnyka kryła twarz za zasłoną, a jej mowa ciała była oszczędna i skromna jak u mniszki. Głos też niczego nie zdradzał. Trudno się toczy dyskusję, gdy nie wiadomo, czy twoje argumenty docierają do rozmówcy, albo czy twoje obelgi go ranią. Jednak kha-dar zdawał się znów całkiem zadowolony i spokojny.

— Skąd ten pomysł? — zapytał, unosząc kielich do ust.

— Twoi ludzie noszą ślady niedawnej walki, on — szczupły palec wskazał na Kocimiętkę — jest cały podrapany, ten potężnie zbudowany młody człowiek ma usztywnioną nogę, a ta mała dziewczyna z plenienia Harundynów krzywi się, gdy sięga po coś lewą ręką. Zakładam, że ma obite żebra. Gdybyście potrzebowali pomocy, mamy w obozie niezłych lekarzy.

Na chwilę wokół stołu zapadła taka cisza, że słychać było skwierczenie knotów w lampach.

— Jak widzicie, noszenie *ekchaaru* ma swoje zalety. Nikt nie wie, że akurat na niego patrzę.

Kolejny kęs mięsa urósł Kailean w gardle. Sięgnęła szybko po wino.

Lea zerknęła na ich gospodynię wyzywająco.

— Skąd wiesz, że jestem z Harundynów?

— Poznaję plemienne paciorki. Choć nie wszystkie. Ale tylko twoi pobratymcy używają tych barw i noszą je w taki sposób. Pochodzę z d'yahirrów, których ziemie graniczą z Małymi Stepami. Moje plemię wysoko ceni waszych wojowników, to świetni łucznicy i doskonali jeźdźcy. Zaszczytem jest skrzyżować z nimi broń.

Chyba po raz pierwszy w życiu Kailean widziała, jak Lei zabrakło słów.

— Dziękuję — wydusiła wreszcie.

— Nie ma za co. A więc, generale, gdybyście ścięli się z jakimiś bandytami, zapewne poinformowałbyś mnie o tym natychmiast? Choćby po to, by wzbudzić u mnie współczucie lub zakłopotanie. Mam rację?

Laskolnyk odłożył kryształ na stół, rozparł się wygodniej na krześle i uśmiechnął wyzywająco.

— A jeśli zdarzyłoby nam się pokąsać odrobinę Geghijczyków?

Deana d'Kllean wzruszyła ramionami.

— To obca armia na terenie Białego Konoweryn, a intencje jej dowódcy wcale nie były czyste. Więc w takim przypadku pogratulowałabym wam i odwagi, i sprawności w boju. Bo jak widzę, wciąż masz tylu ludzi, z iloma wyruszyłeś ze stolicy. Jaki błąd zrobił Sehrawin? Oczywiście oprócz niedoceniania wroga.

Laskolnyk posłał jej jeden z tych uśmiechów, którym zawdzięczał nadany mu przez koczowników przydomek Szarego Wilka. W tym momencie jego uśmiech znaczył „nic ci nie powiem i nie traktuj mnie jak głupca, bo zacznę gryźć".

— Sama mi radziłaś, bym uważał na słowa. Mam więc przyznać się oficjalnie, że jako przedstawiciel Meekhanu walczyłem u boku zbuntowanych niewolników? Ja, Genno Laskolnyk? Prawa ręka cesarza? Oj, czuję, że po czymś takim Kregan kazałby drzeć pasy nawet ze mnie... Zresztą, sądzę, że masz już relację z tamtej bitwy. Co mówią twoi stratedzy, pani? Jakie wnioski wyciągnęli z opowieści niedobitków?

Gospodyni pochyliła się do przodu i złożyła dłonie w piramidkę. Kailean postawiłaby każdą sumę, że kobieta się uśmiecha.

— Hantar Sehrawin zlekceważył wroga. Wydał mu bitwę między wzgórzami porośniętymi lasem oraz oparł cały atak na magach. I gdy doszło do bezpośredniej walki, a czarownicy przestali być skuteczni, okazało się, że zbyt rozciągnął siły i nie da rady ani wycofać rozproszonych oddziałów, ani ich przegrupować. Można powiedzieć, że jak w przypadku większości tego typu klęsk, przyczyną jego zguby była pycha. No, ale w swoim księstwie prawie całkowicie zdławił powstanie, więc zapewne sądził, że tu też pójdzie mu gładko.

Laskolnyk przestał się uśmiechać.

— A pycha nie jest twoją wadą, prawda, pani?

Siedząca u szczytu stołu kobieta roześmiała się dźwięcznie. A potem – Kailean aż otworzyła usta ze zdumienia – niespodziewanie wstała, podeszła do stołu i osobiście napełniła kielich ich dowódcy.

— Pycha? Zapewne odrobinę jest. Wierzę na przykład, że potrafię na tyle dobrze posługiwać się *talherami*, iż bez kłopotów pokonałabym każdego z twoich ludzi. Nawet w walce dwóch lub trzech na jednego, choć przecież nie widziałam, jak sobie radzicie z bronią. To pycha, prawda?

Ruszyła wokół stołu, nalewając wina reszcie czaardanu.

— Jesteście moimi gośćmi, jedzcie, pijcie. I nie przejmujcie się też moimi przechwałkami. Ciąża sprawia, że czasem zachowuję się dziwnie.

Ciąża? Chyba kha-dar kiedyś o tym wspomniał. Na razie jednak po Pani Oka nic nie było widać. Gdy Deana d'Kllean pochyliła się, by napełnić kielich stojący przed Kailean, dziewczyna odniosła wrażenie, że przypatruje się jej nieco dłużej niż reszcie. Po chwili Issarka wróciła na swoje miejsce.

— Ale wierzę też — kontynuowała — że Krwawy Kahelle jest dobrym dowódcą i stworzył już z tej hordy zbuntowanych niewolników prawdziwą armię. Z oficerami stojącymi na czele zwartych kompanii i wszystkim, czego armia potrzebuje: warsztatami, szpitalami i rzemieślnikami produkującymi broń i pancerze. Nigdy jeszcze w historii Dalekiego Południa żadne powstanie niewolników tak nie wyglądało. Mylę się? Nie, nie odpowiadaj. Dwadzieścia tysięcy geghijskich trupów gnijących w lesie jest tego najlepszym dowodem.

Laskolnyk sięgnął po kielich, ale nie uniósł go do ust.

— Do czego zmierzasz, pani? Bo mogę cię tylko zapewnić, że nawet jeśli pokonasz Kahela-saw-Kirhu, to sto albo dwieście tysięcy meekhańskich trupów nie wpłynie dobrze na twoje relacje z Imperium.

— Jak na razie Imperium milczy, generale. I bardziej patrzy na Wschód niż Południe. Dlatego też tak im zależy na twoim powrocie. Chyba za wcześnie porzuciłeś Wielkie Stepy, a teraz nagle robi się tam gorąco. Natomiast prawda wygląda tak, że poza umiejętnością walki szablami nie mam wielu zalet i robak pychy nie zżera mnie od wewnątrz. Dlatego też nie lekceważę niewolników i nie dam się wciągnąć w walkę na ich warunkach. — Nagle pochyliła się do przodu i rzuciła szybko — i przysięgam na Łzy Wielkiej Matki, że gdyby nie oblegli Pomwe, nie ruszyłabym na nich swojej armii. Nie dali mi wyboru! Ale jeśli wracasz z obozu Kahelle, to zapewne przynosisz mi od niego wieści. No więc jak? Prosił cię, byś przemówił w jego imieniu? Co dla mnie masz?

Laskolnyk westchnął, zakręcił winem w krysztale i uniósł je do ust, ale w pół ruchu zrezygnował. Jego spojrzenie spoczęło na zasłoniętej twarzy Deany d'Kllean.

— Oczywiście, pani. Kahela-saw-Kirhu nie chce wojny. Pragnie tylko wolności dla siebie i dla każdego niewolnika, który zechce zdjąć obrożę.

— A uważasz, że są tacy, którzy tego nie chcą?

Kailean dużo by dała, by ujrzeć teraz oblicze ich gospodyni. Bo ton, jakim zadano to pytanie, był... przerażająco obojętny. Kha-dar jednak kontynuował spokojnie:

— Ludzie bywają dziwni, pani. Wszak do tej pory większość buntowników stanowią, jak ich tu nazywacie, „brudni". Spora liczba „popielnych" i „domowych" nie próbuje uciekać ani dołączać się do buntu. Kahel-saw-Kirhu nie pragnie uwalniać tych, którzy wolności nie potrzebują. Ale reszta... Krwawy Kahelle prosi tylko, byś wyzwoliła oraz zgodziła się na powrót do domu tych niewolników, którzy tego zapragną. Oraz byś pozwoliła mu dokończyć sprawę z Hantarem Sehrawinem. Pragnie zemsty za atak na swój obóz i ogień, który pochłonął setki istnień. Gdy skończy z Geghijczykami, będzie chciał negocjować osobiście z tobą.

Władczyni Białego Konoweryn niespodziewanie odchyliła się do tyłu i wybuchła śmiechem. W sali zapanowała konsternacja. Nie takiej reakcji się spodziewali po swoim poselstwie.

A gdy skończyła się śmiać, jej kolejne słowa były niczym zatrute groty strzał wbijające się w serce.

— Generale... och, generale. Pewnie odkąd opuściliście obóz niewolników, poruszaliście się tylko bocznymi drogami i nie dochodziły do was żadne wieści, prawda? I pomyśleć, że liczyłam na to, że przyniesiesz choć cień szansy na pokój, że Kahel-saw-Kirhu wysłał cię chociaż z ofertą rozejmu albo przynajmniej prośbą, byśmy zasiedli do rozmów. Ale on od wielu dni oblega Pomwe. I tak, wiem, ma po temu dobry powód, ale zapewniam cię, że interesuje go tylko miasto, z jego zapasami żywności i broni. Nawet nie uderzył na obóz Geghijczyków. Zrobił z ciebie głupca, drogi generale, wysyłając z poselstwem, które nie ma sensu. Może też liczył, że gdy przedstawisz mi jego — Deana wykonała lekceważący gest — „ofertę", to przestanę się spieszyć i będzie miał czas w spokoju zdobyć Pomwe? A może na to, że gdy on złupi miasto, a ty przybędziesz tu z tą głupiutką propozycją, to w złości każę cię zabić? W końcu jestem barbarzyńską dzikuską. Hę? Sam nie miał odwagi tego zrobić, ale gdyby to Białe Konoweryn ubrudziło sobie ręce krwią Genno Laskolnyka, Imperium nigdy by nam tego nie wybaczyło.

Pani Oka wstała gwałtownie i oparła dłonie na blacie stołu.

— Sądzisz, generale, że nie wejrzałam w duszę Krwawego Kahelle? On wie, że gdy pokona moją armię, nic i nikt na Południu mu się nie oprze. Geghijczycy są rozbici, Kambehia w chaosie, a trzy pozostałe księstewka padną przed nim na kolana, ledwo tupnie nogą.

Oderwała się od stołu i ruszyła wokół mebla, wyrzucając z siebie słowa tak szybko, że czasem ledwo dało się ją zrozumieć.

— Jego ambicje rosły z każdym zwycięstwem. I jeśli zapoznał się z historią Dalekiego Południa, to wie, że już raz zdarzyło się, że zbuntowani niewolnicy zmietli stary porządek i ustanowili nowy. Mówię o Rodach Wojny. O żołnierzach-niewolnikach, którzy tysiąc lat temu wspólnie z kapłanami Agara osadzili na tronie marionetkowego władcę i rozpoczęli całą tę histerię z czystością krwi i wchodzeniem w Oko. A przecież wcześniej czczono tu Baelta'Mathran. Więc może by tak powrócić do korzeni? Zniszczyć stare i odbudować jeszcze starsze. Podbić całe Południe, przenieść jego stolicę z dala od Oka, a Agara, zgodnie z meekhańską tradycją, wepchnąć z powrotem pomiędzy boskie Rodzeństwo. A potem koronować się na cesarza nowego imperium. Albo chociaż króla, by nie drażnić ambicjami starego kraju. Czy Meekhan sprzeciwiłby się temu? Czy też wsparłby nowego władcę, pieniędzmi, magią i doradcami? Może nawet wojskiem. Jak myślisz, generale?

Skończyła, a Kailean przypomniała sobie ostatnią naradę w sztabie powstańców, ich plany zabicia Hantara Sehrawina, ponownego rozniecenia powstania w Geghii Północnym oraz zajęcia Geghii Południowego. Czy słowa te kryły w sobie głębsze znaczenie? Kahel-saw-Kirhu wiedział, że jeśli ruszy na Białe Konoweryn, gdzie znajduje się Oko Agara, to będzie musiał walczyć z całym Dalekim Południem. Jeśli jednak wciągnąłby konowerskie wojska w bitwę daleko od stolicy i na dodatek je zmiażdżył, mógłby potem podbić wszystkie księstwa jedno po drugim. A dalej? Czy młoda władczyni dobrze zgadywała, jakie ambicje rodzą się w sercu wodza powstańczej armii?

Jednak w następnej chwili dziewczyna skrzywiła się lekceważąco, stwierdzając, że wcale jej to nie przeszkadza. Te zakuwające ludzi w łańcuchy sukinsyny od lat ciężko pracowały, by zebrać takie właśnie plony.

Deana d'Kllean, Pani Oka, chyba wiedziała, jakimi ścieżkami podążają jej myśli.

— Dalekie Południe ma na swoim sumieniu wiele grzechów. Pychę, bezwzględne okrucieństwo, chciwość i obłąkane przekonanie o własnej wyjątkowości. Ale nie zasługuje na utopienie we krwi i zamianę w meekhański protektorat, do czego najwyraźniej i ty, generale Laskolnyk, próbujesz przyłożyć ręki! — prawie wykrzyczała na koniec.

Ostatnie zdanie było podszyte taką ilością złośliwej pogardy, że słowa zdawały się wisieć jeszcze chwilę w powietrzu, sycząc i rozsiewając paskudny odór. Zrobiło się naprawdę nieprzyjemnie.

Laskolnyk poderwał się na nogi, a jego twarz wykrzywił nieładny grymas.

— Tutaj grają inne siły, dziewczynko, niż tylko ambicje jednego żołnierza i nienawiść tysięcy niewolników. Nie widzisz tego? Twoje wejście do Oka, to, co się dzieje w różnych miejscach na świecie, religijne zamieszki, bogowie wpychający paluchy, gdzie się da, i kopiący w drzwi do naszego świata. Może zresztą nie tylko oni. Nie bądź głupia, tu nie chodzi o jakieś tam powstanie i zmianę porządku władzy między śmiertelnikami. Ktoś gra tobą, mną, Imperium, Dalekim Południem, Ojcem Wojny na Stepach, a nawet, cholera jasna, mam wrażenie, że ktoś pogrywa fałszywymi kośćmi z samymi bogami. Twoje zwycięstwo lub klęska mogą zaważyć na losach świata, ale na Litość Wielkiej Matki i Grzywę Laal, nie daj się prowadzić niczym dziecko z zawiązanymi oczyma!

Wszyscy zastygli w bezruchu. Poprzednia cisza wydawała się wrzaskiem przy tej, która zapanowała teraz.

I nagle złamał ją śmiech. Dźwięczny i szczery. I bynajmniej nie złośliwy. Deana d'Kllean śmiała się niezbyt głośno, ale tak, że Kailean mimowolnie poczuła do niej czystą sympatię.

Ta kobieta, nie, właściwie dziewczyna, musiała tańczyć na krawędzi przepaści i radzić sobie z rzeczami, o których zapewne jeszcze kilka miesięcy temu jej się nie śniło. A teraz na dodatek najwyraźniej zrobiła coś, czego nikomu z czaardanu nigdy nie udało się dokonać – pociągnęła Genno Laskolnyka za język.

— Moja ciotka miała rację. Daj mężczyźnie wypić kilka kielichów, a potem go zdenerwuj i obraź jednocześnie. Wywrzeszczy ci w twarz więcej, niż powiedziałby w łóżku.

Pani Oka demonstracyjnie powachlowała się dłońmi, niczym dama przeżywająca nadmierną ekscytację.

— Dziękuję, generale. Za szczerość i potwierdzenie, że wszyscy, nawet potężny Meekhan ze swoją armią szpiegów, czują się równie zagubieni jak ja. Jeszcze wina?

Przez chwilę patrzyli w milczeniu, jak napełnia ich kielichy.

Wybaczcie taką bezpośredniość powiedziała, siadając na swoim miejscu. — Wśród Issaram to gospodarz dba, by naczynia gości zawsze były pełne. Chciałam po prostu przez chwilę poczuć się... zwyczajnie. Ale możesz mi wierzyć, generale Laskolnyk, że nie tylko podejrzewam, ale i wiem, że gra toczy się na różnych płaszczyznach. Kilka miesięcy temu mój martwy brat, którego nigdy nie miałam, wybaczcie, to skomplikowana historia, ocalił życie mnie i księciu Laweneresowi. A gdy weszłam w Oko... poczułam smutek, ból i niepokój Pana Ognia. Najpotężniejszy z tutejszych bogów lękał się czegoś. Nadal się lęka, z dnia na dzień coraz bardziej. Wiem to, bo Oko przemawia do mnie w dziwaczny sposób. Hm... czy taka ilość tajemnic będzie odpowiednią zapłatą za sekrety, które ci wykradłam? Twój cesarz powinien być zadowolony, gdy mu je przekażesz.

Kailean zerknęła na uśmiech Laskolnyka. Widać było, że wściekłość miesza się w nim z ponurym rozbawieniem.

— Podeszłaś mnie, pani. Zrobiłem dokładnie to samo, co Hantar Sehrawin, zlekceważyłem przeciwnika. Ale cesarz będzie musiał poczekać na mój raport.

— Nie jesteśmy przeciwnikami, generale — poprawiła go stanowczo. — I nie ośmieliłabym się kazać twojemu panu czekać. Nigdy.

Zaklaskała szybko i młoda służąca pojawiła się przy wejściu, trzymając srebrną tacę z listem.

— Pismo od Kregana-ber-Arlensa, cesarza Imperium Meekhańskiego. Skierowane osobiście do ciebie, generale.

Dziewczyna podała list Laskolnykowi i bezszelestnie znikła. Kha-dar przez chwilę podejrzliwie obracał papier w ręku.

— Nie ma pieczęci — zauważył.

— List nie został zapieczętowany, choć zapewniono mnie, że rozpoznasz jego autentyczność. Upoważniono mnie też do zapoznania się z jego treścią, więc go przeczytałam. W skrócie, cesarz rozkazuje ci natychmiast wrócić do Białego Konoweryn, skąd zostaniesz przetransportowany do ojczyzny. Twoi ludzie popłyną na północ statkiem.

Laskolnyk bez dalszych ceregieli rozłożył list i zaczął czytać. Z każdą chwilą jego twarz wzbierała szkarłatem. Skończył, sięgnął po kielich i opróżnił go trzema łykami.

Kocimiętka pierwszy ośmielił się odezwać.

— Czy to prawda, kha-dar? Wracamy do domu?

— Tak. Odwołują nas, i to natychmiast. Wyruszamy jutro o świcie.

— Albo za kilka dni, jak już wyjaśnimy sprawy z armią niewolników — odezwała się Deana d'Kllean, a jej głos ociekał wprost uprzejmością. — Wtedy odeślę cię do stolicy, generale, wraz z należytą eskortą, lub też, jeśli los będzie dla nas niełaskawy, będziesz uciekał w jej kierunku razem z niedobitkami tej armii.

Kailean patrzyła, jak ich kha-dar wstaje i jak jednocześnie Kocimiętka i Janne spinają się, by nie pozwolić mu na żadne głupstwo. Ale, o dziwo, Laskolnyk nie wydawał się wściekły, tylko lekko rozbawiony.

— Cesarz rozkazuje mi natychmiast wrócić do kraju, pani. A jego „natychmiast" znaczy: „z miejsca, w którym stoisz, siedzisz lub srasz".

Ich gospodyni nie wydawała się urażona tym koszarowym językiem.

— Ściśle mówiąc, cesarz nakazuje ci powrócić, najszybciej jak to możliwe. A ja nie dam ci teraz Słowików do ochrony, bo potrzebuję każdego z nich tutaj. Jeśli więc wyruszycie jutro rano sami, czeka was długa droga przez kraj ogarnięty chaosem, bez przewodników i znajomości terenu. Będziecie błądzić, szukając dróg, a może nawet walczyć o życie z jakimiś rozbójnikami. Jeśli jednak zaczekacie, to po bitwie poślę z tobą setkę zbrojnych, każę przygotować konie na zmianę, a gdy dotrzecie do Nowego Nurotu, będziecie mogli wsiąść na statek i w jeden dzień dopłyniecie do stolicy. Tak właśnie będzie najszybciej, jak to możliwe. Wolałabym, byś wybrał mądrze. Nie zatrzymam cię siłą, ale mam nadzieję, że uda mi się przekonać cię rozsądkiem.

Generał zmrużył oczy, przygryzł wargę.

— Po co to robisz, pani?

Deana d'Kllean wykonała zawiły gest oboma dłońmi, a w jej głosie znów dało się wyczuć rozbawienie.

— Przyznam, że początkowo chciałam cię odesłać zaraz po naszym spotkaniu. Ale gdy to przemyślałam, zmieniłam zdanie. Może chcę cię mieć na oku, choć przez chwilę. Jesteś Genno Laskolnykiem, ponoć najlepszym dowódcą jazdy na świecie, wolałabym wiedzieć, gdzie jesteś i co porabiasz. I niewykluczone też, że dzięki temu uda mi się zagrać na nosie twojemu cesarzowi i pokazać mu, że wysyłanie tutaj szpiegów, którzy bez mojej wiedzy kontaktują się z buntownikami, to raczej nie najlepszy pomysł. A może pragnę, byś został — zaszeptała teatralnie — bo mam wrażenie, że sam sobie tego życzysz. Bo chcesz zobaczyć, co się stanie. Oczywiście nie liczę na takie szczęście, byś nagle zapragnął walczyć po naszej stronie, ale to nieważne. Będę zaszczycona, gdy zechcesz zostać moim gościem.

Rozdział 31

Uczta trwała jeszcze ponad godzinę, choć atmosfera zrobiła się gęsta jak sosy, którymi polewano mięsa. Deana siedziała przy stole, coraz bardziej głodna i coraz bardziej poirytowana. Mówiła niewiele, a to, że *ekchaar* nie pozwalał stwierdzić, komu się przygląda, sprawiało, że wszyscy gapili się w talerze i unikali spoglądania w jej stronę.

Ta... banda, z którą włóczył się Genno Laskolnyk... Nie mogła ich rozgryźć. Potężny meekhański generał podróżował w towarzystwie trzech kobiet i czterech mężczyzn. I to bynajmniej nie uzbrojonych po zęby wielkoludów, bo poza jednym barczystym osiłkiem reszta była całkiem zwyczajna. Szpakowaty, wąsaty weteran – przedstawiony jako zastępca Laskolnyka; krzywonogi kawalerzysta w koszuli źle dobranej do spodni; młody mężczyzna z włosami przewiązanymi rzemienną plecionką. I kobiety...

Wysoka, czarnowłosa piękność o urodzie, która – gdyby tylko odpowiednio ją ubrać i umalować – nawet na Dalekim Południu rzucałaby się w oczy. Ta mała koczowniczka z Harundynów, która jako jedyna od czasu do czasu zerkała na nią gniewnie. I drobna blondynka, tak szczupła, że chyba nie musiałaby bandażować piersi, gdyby chciała przebrać się za chłopca. Ale to właśnie ją reszta wskazała jako najlepszego szermierza w drużynie... Bez wątpienia mieli mnóstwo sekretów, i to niepokojących.

Umneres stwierdził, że bije od nich smród czarów, dziwnej magii, której nie potrafił rozpoznać. I dlatego teraz spędzał wieczór w sąsiednim namiocie, wraz z kilkoma innymi magami. No cóż, każdy miał swoje obowiązki.

Co takiego było w tej gromadce, że generał powierzył jej własne życie? Czy byli wyszkolonymi agentami imperialnego wywiadu? Deana zaczynała żałować, że nie kazała dyskretnie przeszukać ich rzeczy.

Do licha, musi jeszcze porozmawiać z tymi dziewuchami. Najlepiej sam na sam.

Zastanawiała się, jaką decyzję podejmie Laskolnyk. List od cesarza zawierał twarde rozkazy, ale ona naprawdę chciała go mieć na oku. Był niczym strzała w locie i wolałaby wiedzieć, gdzie w końcu uderzy.

Dlatego starannie obmyśliła swoje argumenty, by wydawały się logiczne i bezdyskusyjne. Prawie jak nóż przyłożony do gardła.

Z drugiej strony, chyba nikt w tym oddziale nie miał ochoty stanąć po tej stronie barykady i patrzeć, jak poznani kilka dni wcześniej buntownicy walczą na śmierć i życie z jej armią. Nie miała wątpliwości, po czyjej gdzie będą ich serca, gdy już zacznie się starcie.

Musiała bardzo uważać na całą tę ósemkę.

Tempo opróżniania talerzy i kielichów wyraźnie spadło, a nie zanosiło się na to, że zaraz przy stole rozgorzeją przyjacielskie dyskusje, wstała więc i zastukała w kryształowy kieliszek.

— Wyruszamy jutro przed świtem. Jeśli jesteście zdrożeni, strażnicy odprowadzą was do namiotów. Podjąłeś decyzję, generale?

— Podejmę ją jutro. Jeśli zobaczysz mnie jadącego przy twoim słoniu, będziesz wiedziała, co to znaczy.

Skinęła mu głową. No cóż, jeśli odmawiał odpowiedzi, bo jego duma potrzebowała takiego małego zwycięstwa, mogła poczekać.

— Czy mogę mieć jeszcze jedną prośbę, generale?

— Słucham, pani.

— Chciałabym porozmawiać z twoimi towarzyszkami.

Nad stołem wymieniono zaskoczone spojrzenia.

— Czy mogę spytać dlaczego?

— Moją wadą oprócz pewnej pychy jest także ciekawość. Rzadko widuję kobiety-wojowniczki.

Generał zrobił zdziwioną minę.

— Słyszałem, że wśród twojego ludu to powszechna rzecz.

— Tak. I nie. Uczymy się władania bronią, ale w większości nie uważamy się za wojowniczki, tylko za kobiety Issaram. To subtelna różnica, która umyka obcym. Niewiele z moich krewniaczek wybiera los żołnierza albo najemnika. Ja sama zostałam do niego niejako przymuszona przez okoliczności. Jestem ciekawa, co skłoniło obecne tu dziewczyny do zajęcia się wojaczką. Poza tym przydzielone mi służące traktują mnie z taką czcią, że naprawdę nie mam do kogo ust otworzyć.

Szpakowaty zastępca kha-dara uśmiechnął się pod wąsem.

— Babskie pogaduchy, pani?

— Owszem, ale pogaduchy kobiet wojowniczek. O zdobieniach sztychu szabli, najładniejszych grotach włóczni i o tym, jaki wzór do wyhaftowania na kolczudze jest najmodniejszy w tym roku. Nic, co by mogło zainteresować prawdziwego żołnierza.

Mężczyzna zaczerwienił się lekko, a Laskolnyk zaśmiał tylko i machnął ręką.

— Przydzielisz im potem strażników, pani, żeby się nie zgubiły w obozie?

— Oczywiście, generale.

Dowódca czaardanu wstał, rzucił kilka słów w stronę małej koczowniczki, które ta przyjęła z dość ponurą miną, po czym ukłonił się Deanie nisko.

— Dziękuję za wieczerzę, Pani Oka. Wyruszając na Dalekie Południe, ani przez chwilę nie sądziłem, że spotka mnie taki zaszczyt.

— Ani ja, generale. Twoja sława sięga daleko. Życzę ci spokojnej nocy i mam nadzieję, że podejmiesz mądrą decyzję.

— Oskarżano mnie w życiu o różne rzeczy, ale o mądrość nigdy. Do jutra więc, Pani Oka.

Ukłonił się nisko, pozostali mężczyźni też, mniej lub bardziej sztywno, i wyszli.

Deana poczekała chwilę, świadoma, że trzy pary oczu – dwie czarnych i jedna zielonych – próbują wypalić jej dziurę w *ekchaarze*, po czym wstała, zajęła miejsce przy stole naprzeciw kobiet.

— Odwróćcie się proszę i zamknijcie oczy. Jeśli zobaczycie moją twarz, będę musiała was zabić. Nie żartuję.

Odwróciły się bez słowa, siadając okrakiem na krzesłach. Deana zawahała się, po czym z żalem sięgnęła po kryształ wypełniony wodą z miodem. Miała straszną ochotę na wino, ale wyrzuty sumienia chyba nie dałyby jej spać całą noc. Po chwili namysłu odwróciła się jeszcze do kobiet plecami, bo ostrożności nigdy za wiele, i odchyliła *ekchaar*. Woda była ciepława i miała mdląco-słodkawy posmak. Deana dopiła ją z pewnym przymusem, poprawiła zasłonę na twarzy i usiadła normalnie.

— Skończyłam, możecie się odwrócić. Musicie mi wybaczyć, zjadłam kolację przed wami i teraz strasznie chciało mi się pić. A pewnie zaraz zechce sikać.

— Który to miesiąc? — zapytała najwyższa z kobiet, Daghena Oanyter, jeśli Deana dobrze zapamiętała jej imię i nazwisko.

— Czwarty.

— Masz ochotę na kwaśne rzeczy? U nas w plemieniu powiadają, że jak się chce octu, to będzie chłopiec, a jak miodu, dziewczynka.

— I rzeczywiście się sprawdza?

— Ani trochę. — Daghena uśmiechnęła się szeroko, pięknie. — Ale to dobry początek rozmowy z każdą ciężarną, nawet taką, która grozi, że cię zabije.

Siedząca obok niej Lea wyszeptała kilka słów. Dość znajomych. Deana pogroziła jej palcem.

— Znam nieco mowę Harundynów, dziewczyno. Na twoje szczęście nie obrażam się z byle powodu.

Trzecia z kobiet, jasnowłosa Kailean, oparła łokcie na stole, a głowę na dłoniach.

— Znasz dużo języków... pani — mruknęła niewinnym tonem.

Deana uśmiechnęła się, widząc takie swobodne zachowanie. Tego właśnie jej brakowało. Rozmowy z ludźmi, którzy nie patrzą na nią jak na wcielenie boga. Te kobiety były świadome swojej siły, a jeśli zachowywały się ostrożnie, to nie była to ostrożność podszyta strachem.

— W tej chwili cztery. Pracuję nad suanari i Mową Ognia. Jestem, hm, byłam Pieśniarką Pamięci d'yahirrów. Myślę, że najbliżej mi do takiej bibliotekarki, która zamiast ksiąg używa tego. — Postukała się po skroni. — Zresztą, chyba dlatego tak dobrze dogaduję się z Aweloney. Ale to inna historia. Opowiadajcie, proszę, skąd jesteście i co tu robicie?

Wymieniły zdumione spojrzenia i prawie jednocześnie wzruszyły ramionami. Ich historie były proste: sierota niechcąca być ciężarem dla przybranej rodziny, wnuczka plemiennej czarownicy odbywająca jakiegoś rodzaju duchową pielgrzymkę, córka koczowniczki z Małych Stepów, która postanowiła sama tkać swój los. Wszystkie te opowieści spinał węzeł czaardanu, ni to bractwa, ni wojennego rodu, któremu przewodził Genno Laskolnyk. Ot, po prostu.

Deana zerknęła na blondynkę.

— Dlaczego wszyscy uważają, że jesteś najlepszym szermierzem w grupie?

Dziewczyna zamrugała, jakby zaskoczona, i potrząsnęła głową.

— Ja? Nie, nie... mylisz się, pani.

— Nie sądzę. Gdy wspomniałam, że jestem mistrzynią *talherów* — Deana klepnęła rękojeść szabli — i że mogłabym pokonać w walce jednocześnie nawet dwóch albo trzech z was, większość zerknęła w twoją stronę. Jesteś taka dobra?

Kailean zarumieniła się lekko, ale po chwili spojrzała na nią hardo.

— Radzę sobie.

— No domyślam się, Genno Laskolnyk nie jeździłby przecież z byle kim. Z łuku dobrze szyjesz?

— Nie najgorzej. Z mężczyzn Landeh jest lepszy, ale nie ma go z nami. A z dziewczyn Lea ostatnio dużo ćwiczyła i prawie mi dorównuje.

— Prawie?!

— No co? Prawdę mówię. Na sto kroków trafisz w stodołę. I to nawet w ten węższy bok. Tak co trzecią strzałą.

Obserwując, jak ta dwójka zaczyna się kłócić, Deana złowiła spojrzenie Dagheny, błądzące po jej zasłoniętej twarzy.

— To musi być trudne — odezwała się wojowniczka z czaardanu, a głos miała dziwny, nietypowo matowy i płytki. — Nie móc pokazać twarzy, oczu, ust. Nawet ukochanemu. Nosić cały czas maskę. Patrzeć, jak ludzie zerkają na ciebie z ukosa, jak wykonują znaki odpędzające zło. Żyć niczym bestia w klatce.

Deana poczuła to nagle, jakby szarpnięcie, jakby *sani* w jej wnętrzu szykował się do obdarowania jej bojowym transem. Wstała gwałtownie, pochyliła się nad stołem i złapała dziewczynę za rękę. Tamta szarpnęła się, próbując uwolnić nadgarstek, a pozostałe dwie zerwały się z krzeseł, wyraźnie zaskoczone.

— Co masz w dłoni? Amulet? Plemienny talizman? — Lewą ręką wyszarpnęła *talher* z pochwy i oparła go o szyję Dagheny. — Lepiej to puść. Natychmiast.

Mały woreczek upadł na stół.

— Co to?

— Pamiątka.

Deana nie sięgnęła do zawiniątka, tylko lekko szturchnęła je klingą.

— Cenna? Czy jeśli każę ją spalić, będziesz ci żal? Wnuczka plemiennej szamanki, tak? Czy ty wiesz — wydyszała, czując, jak rośnie w niej gniew — czy wiesz, że parę kroków stąd pół tuzina magów pilnuje, żeby nikt nie próbował rzucać czarów w tym namiocie? To, że jeszcze tu nie wpadli, zawdzięczamy chyba tylko temu, że naprawdę nie używałaś magii. Przynajmniej nie takiej, w której tkasz czary. Co to jest?

Daghena spojrzała na nią, mrużąc oczy, pozostałe dwie dziewczyny przysunęły się bliżej towarzyszki. Ich twarze wyglądały jak kamienne maski, a pięści były zaciśnięte. Deana mogła się przyjrzeć lojalności wojennego bractwa do woli.

— Nie próbujcie niczego głupiego, dziewczyny. Jeden krzyk, jeden szczęk żelaza, a pół setki zbrojnych wpadnie tu z bronią w ręku. A ciebie — Płomień Agara spojrzała na Daghenę, mając nadzieję, że tamta dostrzeże choć błysk jej oczu — zapytam ostatni raz. Co to jest? Mów albo oddam to moim magom.

— Babka — powiedziała szybko Kailean. — To jest jej babka. Duch. Nie jest groźna, tylko tam siedzi i czasem coś doradzi. Albo rozejrzy się po świecie jej oczyma i odezwie jej ustami. Tak jak przed chwilą.

Deana poczuła, jak spływa z niej całe napięcie i złość. Duch przodka. Zwykła plemienna magia. D'yahirrowie i inne plemiona nie używali takiej, bo Prawa Harudiego mówiły jasno, że miejsce ludzkich dusz jest w Domu Snu. Wiedzący Issaram korzystali tylko z aspektowanych Źródeł i Strumieni, które dawały się okiełznać ludzkim umysłem, nie grożąc jednocześnie opętaniem. Ale też Issaram nie prowadzili żadnej religijnej wojny z ludami, które zaklinały dusze przodków w przedmiotach. Chcecie uniemożliwiać im stanięcie przed Matką, wasza sprawa. To nie był grzech, tylko zwykła głupota.

— Pomyśleć, że zaprosiłam do stołu trzy kobiety, a przyszły cztery — mruknęła, chowając szablę. — Nie próbuj więcej szamańskich sztuczek w tym obozie. Na Południu rozpala się stosy z błahszych powodów.

Usiadła i wskazała na woreczek.

— Zabierz ją proszę i powiedz, że przepraszam. Przestraszyła mnie. Ostatnio zrobiłam się nerwowa.

Woreczek znikł jak zdmuchnięty, a jego właścicielka przez chwilę wpatrywała się w Deanę uważnie.

— Nie wyglądasz na kogoś, kogo łatwo przestraszyć.

— To dlatego, że noszę *ekchaar*. I dlatego, że Issaram nawet tutaj otacza nimb... bezlitosnych zabójców, a ja robię wszystko, by go nie rozwiać.

Deana przez chwilę rozważała, czy jednak nie sięgnąć po wino. Wreszcie westchnęła ciężko i oparła się pokusie. Zerknęła na swoich gości.

— Imperium aż tak bardzo interesuje się tutejszym powstaniem? Bo to jedyny powód, dla którego wysłałoby tu Genno Laskolnyka. By sprawdził, ile ludzie Krwawego Kahelle są warci.

— Imperium go nie wysłało — palnęła szybko Lea. — Sam polazł.

— Skąd wiesz?

— Mówił parę razy. Mieliśmy siedzieć pod Białym Konoweryn i zbierać wieści, ale jego nosiło. No to zabrał nas i wyruszyliśmy w te wasze lasy.

To była ważna informacja. Może nawet najważniejsza, jaką dzisiejszego wieczora Deana usłyszała przy tym stole. „Sam polazł". To mogłoby znaczyć, że Meekhan nie planował aż tak bardzo wtrącać się w sprawy Dalekiego Południa. Że wolał czekać na rozwój wydarzeń, a podróż Laskolnyka była samowolna. Tłumaczyłoby to także nerwowy ton, jakim napisany był cesarski list.

— A byłyście w obozie, gdy zaatakowali Geghijczycy? — spróbowała jeszcze raz wyciągnąć od nich jakieś szczegóły.

Dziewczyny jednak dobrze pamiętały, jak odpowiadał ich dowódca.

— Nie pamiętam.

— Ja też nie.

— A ja chyba przespałam ten atak. Jeśli w ogóle jakiś był.

Deana uśmiechnęła się lekko. Najwyraźniej w oddziale Laskolnyka głupota nie była pożądaną cechą. Mimo to z jakimś podszytym głupią nadzieją uporem drążyła dalej:

— Rozumiem. No to powiedzcie mi jeszcze, tylko szczerze... bo wasz generał za bardzo jest politykiem i dyplomatą, żeby warto było zadawać mu takie pytanie. Czy istnieje szansa, jakakolwiek, słabsza nawet niż tchnienie myszy, że Kahel-saw-Kirhu przerwie oblężenie i spróbuje rozmów? Ale takich prawdziwych. Widziałyście jego ludzi, rozmawiałyście z nim samym. Zostało nam tylko zimne żelazo?

Nie powiedziały nic, ale prawdę wyczytała w ich oczach.

Ogień, krew i stal. Tylko to czekało na nią pod Pomwe.

— Dziękuję. Za szczerość w milczeniu — powiedziała cicho. — Gdy wyjdziecie z namiotu, strażnicy odprowadzą was na miejsce. Mam nadzieję... że jutro pojedziecie ze mną. Dobrej nocy.

Ukłoniły się bez słowa i wyszły, a ona została przy stole, patrząc na puste naczynia, i z całych sił starała się nie płakać. Wreszcie poddała się, sięgnęła po kielich z winem i opróżniła go trzema łykami, czując, jak po policzkach spływają jej łzy.

Rozdział 32

Wyruszyli na wojnę w stronę *Vawenn'obleris* – Doliny Żalu, i jeśli Key'la sądziła, że wie, czym naprawdę jest wrogie pustkowie tego dziwnego świata, to kolejne umowne „dni" i „noce" wędrówki w stronę jego najmroczniejszej części wyprowadziły ją z błędu.

Cały „dzień" wędrowali przez tereny, które wyglądały, jakby sama ziemia była dotknięta jakąś chorobą. Czarne, obsydianowe skały traciły swoją gładkość, a ich powierzchnię pokrywały pęknięcia, liszaje i dziwaczne zacieki, jakby kamień topił się pod wpływem wielkiego gorąca. Dotknięty, kruszył się i rozpadał w matowy pył.

Wędrowali w tym pyle godzinami, zasłaniając usta kawałkami materiału, lecz niewiele to pomagało. Kaszel towarzyszył całemu plemieniu bez przerwy. Woda, na którą natrafiali w szczelinach skalnych i płytkich jaskiniach, nie nadawała się do picia, wszechobecny pył zamieniał ją w cuchnące zgnilizną błoto. Key'la nie miała wątpliwości, że gdyby uciekając z płonącego wozu, trafiła z Kocykiem w te okolice, nie przeżyliby kilku dni.

Usta Ziemi opowiadała jej, że Dolina Żalu się rozrasta, anektuje coraz większy teren, a wraz z nią nadchodzą koszmary, chaos i śmierć. I że pogranicze prawdziwej Doliny wygląda właśnie tak: jakby nawet skały miały zostać przemienione w coś innego, plugawego i wstrętnego. Zresztą prawdziwe plugastwa były dopiero przed nimi, jak stwierdziła jednooka kobieta, i już po trzech cyklach wędrówki odnaleźli pierwsze ślady potwierdzające jej słowa.

W niewielkiej dolince o zboczach pokrytych okruchami skał leżało stworzenie, które nie powinno istnieć. Bestia była martwa – na szczęście, bo Key'la zupełnie nie miała ochoty na oglądanie jej żywej – i składała się z worka wielkości końskiego korpusu oraz trzech błoniastych skrzydeł: większe wyrastało z prawej strony, dwa mniejsze z lewej. Sam korpus nie miał głowy ani niczego, co by ją przypominało, nie miał też widocznych oczu, choć kilka półkulistych czarnych wypustek, rozmieszczonych nieregularnie na ciele, mogło pełnić ich funkcję. Nie dało się też dostrzec żadnej paszczy. Za to po spodniej stronie wystawały mu dwie krótkie, muskularne łapy, jedna porośnięta sierścią, a druga łuskami. Obie miały wielkie szpony i przyssawki w środkowej części.

Vaihirowie zgromadzili się wokół truchła, odcięli mu skrzydła oraz stopy i ruszyli dalej.

Dwa Palce podszedł do dziewczynki i złapał ją pod pachy.

— No, wskakuj, widzę, że jesteś zmęczona.

Key'la zaśmiała się, ale nie protestowała, gdy wziął ją na barana. Kocyk uśmiechnął się samymi oczyma i ruszył truchtem, bez trudu dotrzymując kroku olbrzymowi. Łańcuch spinający *kanaloo* z Key'lą pobrzękiwał cicho.

— To *fuger* — wyjaśnił *vaihir*, wskazując na szczątki martwej bestii. — Tak nazywamy latające stwory z Doliny, które są na tyle dziwaczne, że nie da się ich porównać do niczego innego i... No, weź trzymaj *kohhę* jak należy, bo mi oko wybijesz.

— Przepraszam. — Poprawiła chwyt na broni.

— Tak lepiej. *Fugery* mają różne ciała: chude, pękate, długie albo krótkie, z pyskami i ogonami lub bez. Widziałem raz takiego, który składał się z pary skrzydeł zrośniętych z dwoma łapami i ogonem. Z niczego więcej.

— Niepełny stwór — powiedziała mądrze.

— Widzę, że gadałaś z Ustami Ziemi. Ona od lat bada te stworzenia, bo rozpleniają się na wszystkie strony i są coraz groźniejsze. Tak. — Dwa Palce pokiwał głową. — Tamten był niepełny i nie pożył długo. Nie mógł jeść. W Dolinie Żalu takie bestie pojawiają się dość często, jakby pijany bożek bawił się w stwarzanie swoich koszmarków. Wygodnie ci?

— Tak. Ten też nie był pełny. Nie miał paszczy.

— I dlatego padł. Najpewniej z głodu. Ale gdyby był żywy, i tak by nas zaatakował. Widziałem to już. Atakują, zabijają, a potem stoją nad ciałem i trącają je jednym końcem, jakby próbowały pożreć. Albo rozdzierają na strzępy pazurami w niemej furii.

— Po co zabraliście skrzydła i łapy?

— A co będziesz jeść przed snem?

Key'la poczuła gorzki smak w ustach, aż ją skręciło.

— Zaraz będziesz miał moje śniadanie na głowie.

Dwa Palce zaśmiał się basowo, ciepło, i wyjaśnił:

— Błona w skrzydłach jest twarda, można z niej uszyć ubranie, a jeśli odcięli mu łapy, to znaczy, że przy szponach znaleźli worki z jadem. Użyjemy ich do zatruwania strzał.

To było takie po *vaihirsku* praktyczne. Używanie trucizny na grotach strzał czy broni. Dlaczego nie? Jeśli już zajmujemy się zabijaniem, róbmy to najskuteczniej, jak się da.

Zerknęła na maszerującego kilkanaście kroków dalej *vaihira* o imieniu Ciemna Pięść. Posługiwał się łukiem, choć nazwanie tej broni łukiem było podobne do mówienia o wozackim koniu pociągowym „kucyk". Oręż był nieco wyższy niż jego właściciel, a strzały, których cały kołczan kołysał się na plecach czwororękiego wojownika – dłuższe niż jej bojowy kij. Key'la widziała już w osadzie, jak Ciemna Pięść i inni łucznicy ćwiczą: ich dwie lewe dłonie obejmowały majdan, jedna nad, druga pod strzałą, a prawe splatały się w skomplikowanym chwycie na cięciwie. I brzęk! Strzała mknęła do celu, oddalonego o sto, dwieście lub trzysta kroków. Key'la potrafiła ocenić siłę pocisków po torze ich lotu i głębokości, na jaką wbijały się w ćwiczebną tarczę.

Chyba tylko balisty i skorpiony napinane kołowrotem byłyby w stanie dorównać *vaihirskim* łucznikom. Choć musiałby ustąpić im w szybkostrzelności.

— Daleko jeszcze? — zapytała jak co dnia, odkąd wyruszyli.

Dwa Palce zaśmiał się półgłosem, a potem powiedział nadzwyczaj poważnym tonem:

— Masz teraz głowę wyżej niż ja, więc się rozglądaj. Nie przegapisz prawdziwej Doliny.

I tak maszerowali. Mila za milą.

***

W czasie drogi zaczęły do nich dołączać inne plemiona czwororękich. Długie Słupy, Osiem Noży, Pęki Snów, Płaskie Twarze, Złamane Włócznie... Wszyscy uzbrojeni i śmiertelnie poważni.

Między masywnymi wojownikami szły kobiety, nieco mniejsze i szczuplejsze, ale otoczone taką aurą ponurej determinacji, że Key'la nie wątpiła, kto jest główną siłą napędzającą tę armię i jej kręgosłupem. Miały motywację, energię i dość rozumu, by zmusić opornych do działania. A gdy zauważyła pewną liczbę wyrostków i dzieci, a nawet niemowląt noszonych w zawiniątkach na plecach matek, zrozumiała, że *vaihirowie* naprawdę idą w decydujący o ich losie bój. Albo wygrają i uwolnią swego boga, albo wyginą.

Usta Ziemi stanowczo i bezwzględnie zabroniła jej się zbliżać do innych plemion, a już w szczególności do należących do nich dzieci. Sojusznikom przekazano wieści o Key'li oraz wyjaśniono jej niezwykły status, lecz, jak stwierdziła *vaihirska* kobieta, dla większości z nich *kanaloo* to śmiertelny wróg. Jego pani również, nawet jeśli jest tylko dzieckiem. Key'la szybko zorientowała się, że Dwa Palce, Kubek Wody oraz Czarny Biały wcale nie przypadkiem bez przerwy kręcą się w jej pobliżu i pilnują, by nie znalazła się nawet na skraju kolumny Trzydziestu Dłoni.

Vaihirscy łucznicy strzelali naprawdę dobrze.

Żałowała, że w „jej” plemieniu nie ma dzieci, bo była bardzo ciekawa, jakie są i czy można z nimi pograć w łapki albo *oloola*.

W miarę jak grupy czwororękich łączyły się w dużą armię, widać było, że nie są licznym ludem. Gdy przemierzali wielką, pokrytą obsydianowym szkliwem równinę, Trzydzieści Dłoni szło w tylnej straży i Key'la mogła mniej więcej policzyć ich wszystkich. Gdzieś w połowie zaczęła się mylić, ale wyszła jej liczba około dziesięciu tysięcy *vaihirów*. Tyle liczyło szesnaście plemion wędrujących na wojnę do Doliny Żalu.

Przestała się dziwić, że Usta Ziemi, patrząc na swoich pobratymców, kręci głową i mruczy coś pod nosem. Raz, gdy jednooka złowiła jej wzrok, uśmiechnęła się do dziewczynki czymś, co wyglądało jak grymas bólu, i mruknęła w meekhu:

— Boję się, że za długo zwlekaliśmy, Słaba Jedna. Boję się, że jesteśmy za słabi.

— Więc zawróćcie.

Vaihirska kobieta pokręciła głową.

— Jesteśmy pyłem niesionym przez wiatr. Jak spróbujemy zawrócić, ciśnie nami o ziemię i przepadniemy. A mówiąc wprost, nigdy już nie zbierzemy takiej siły, tylu wojowników, więc to naprawdę nasza ostatnia szansa. Skoro zbyt długo zbieraliśmy się na odwagę, musimy teraz zapłacić cenę za własną głupotę i tchórzostwo.

— To nie tchórzostwo walczyć z potworami.

— Ale to tchórzostwo patrzeć, jak Thoweth tkwi w pułapce, patrzeć, jak rodzą się nam bezduszne dzieci, i odwlekać dzień próby. Trzysta lat, dziecko, trzysta lat kręciliśmy się wokół tej doliny, nie chcąc odejść i podejmując żałosne próby dotarcia do naszego boga. Albowiem na wyprawy do Doliny każde plemię wysyłało tylko garść wojowników, tchórzliwie zatrzymując większość w osadach. Zamiast utoczyć dla Thowetha kielich krwi, upuszczaliśmy jej zaledwie po kilka kropel, a i tak stanęliśmy na krawędzi zagłady. Trzysta lat temu wędrowałoby z nami osiemdziesiąt, może sto tysięcy *vaihirów*. Szłoby tędy nie szesnaście, lecz pięćdziesiąt plemion, zaś nasze okrzyki bojowe i pieśni wstrząsałyby niebem.

— Aż tyle waszych plemion wymarło?

— Niektóre tak. Inne nawet dziś wolą się chować w skalnych kryjówkach. Złamane Kości, Białe Kamienie i Smutne Wody wycofały się w ostatniej chwili. Zwodziły nas do samego końca, a w dniu próby wysłały posłańców, którzy powiedzieli tylko, że ich wojownicy nie pójdą. Nawet teraz, w czasie ostatecznej walki, nie potrafimy się zjednoczyć.

Key'la nie wiedziała, co powiedzieć, nie wiedziała nawet, czy Usta Ziemi chce usłyszeć od niej cokolwiek, czy też mówi bardziej do siebie.

— Kiedy dojdziemy do prawdziwej Doliny? — zapytała zamiast tego.

— Spieszno ci, dziecko? Trzy cykle snu temu *Vawenn'obleris* była przed nami, teraz mamy ją tam. — *Vaihirska* kobieta wskazała na lewo. — Mówiłam ci już, że nie spróbujemy jej szturmować, chcemy zbliżyć się do miejsca, gdzie jest uwięziony nasz bóg, i spróbować go przebudzić. Thoweth tkwi na samym skraju Doliny, pół dnia drogi od jej granicy, uwięziony łańcuchami z dymu i ciemnego światła w pułapce, którą zastawili Dobrzy Panowie. Za kilka cykli obejdziemy Dolinę i zbliżymy się do tego miejsca.

— A jak go obudzicie?

Usta Ziemi uśmiechnęła się zdawkowo.

— Bogowie potrzebują krwi i dusz, by nabrać mocy i sięgnąć po potęgę. Ofiarujemy mu więc jedno i drugie. Może to da mu dość sił, by się uwolnić.

Przez chwilę Key'la zmagała się z ciężarem tego stwierdzenia. Krew i dusze. Mroczna wizja ofiar składanych ponuremu bóstwu przemknęła jej przez głowę, więc żeby ją odegnać, zapytała:

— A jak go uwięziono?

— Nie wiemy. To wydarzyło się jakieś trzysta lat temu, więc znam tylko opowieść o tym, że pewnego dnia pojawił się jakiś człowiek...

— Człowiek?

— Człowiek. Mężczyzna. Ale więcej niż mężczyzna, bo z łatwością pokonał dziesięciu naszych najlepszych wojowników, którzy stanęli z nim do walki, gdy zażądał spotkania z Thowethem. Nasz bóg mieszkał wtedy na szczycie wielkiej góry, daleko stąd. Odwiedzał nas, obdarowując dzieci błogosławieństwem duszy, czasem w postaci *vaihira*, a czasem jako sen, płacz słyszany nocą albo drzazga wbita w palec. Tak powiadają. Ten człowiek spotkał się z nim w jego sanktuarium, pokonawszy wprzód dziesięciu strażników, po czym obaj odeszli. Na odchodnym Thoweth ukazał się we śnie szamanom i widzącym wszystkich plemion i powiedział: „Idę spłacić stary dług, strzeżcie moich dzieci do dnia, w którym powrócę". I to chyba był błąd, bo od tej pory tak strzeżemy i strzeżemy, a *vaihirów* jest coraz mniej, aż...

Usta Ziemi przerwała w pół zdania i po dłuższej chwili stało się jasne, że nie chce kontynuować tego tematu.

— Nie zawiedź mnie, dziecko — powiedziała wreszcie poważnym tonem. — Bądź dzielna i mądra i nie daj się zabić.

Rozdział 33

Ande Salurin stał na wieży strażniczej i rozglądał się po okolicy. Przed sobą miał rozległą dolinę wypełnioną mgłą, lub też raczej przypominającymi mgłę oparami cuchnącymi niczym otwarty grób. Pięćdziesiąty Drugi odwalił kawał świetnej roboty, otaczając Wenderladzkie Bagno wysokim na dwanaście stóp wałem i odcinając to Uroczysko od reszty kraju. Głęboka fosa na przedpolu szańca jeżyła się setkami zaostrzonych pali, a co sto jardów wyrastały znad niego wieże dla strzelców, dokładnie takie same jak ta, na jakiej od kilku minut tkwił Drugi Szczur Nory.

Wał miał ponad osiemnaście mil długości i obejmował nie tylko teren Uroczyska, ale i spory kawałek ziemi poza nim. Gdy Bagno się uaktywniło, wyglądało to, jakby jakiś mściwy bóg wycisnął z ziemi cuchnące soki - szara maź, śmierdząca odorem rozkładających się ciał, popłynęła mdlącą falą aż do linii dawnych umocnień, postawionych setki lat temu przez Siostry Wojny. Gdyby nie te stare okopy, Uroczysko rozlałoby się dwukrotnie dalej niż teraz.

W kilku miejscach wykorzystali resztki tych wałów do wzniesienia nowej linii obrony, ale po przyjrzeniu się mapom Salurin zadecydował o postawieniu nowych umocnień kilkaset stóp dalej, tam, gdzie teren wznosił się nieco wyżej.

Przynajmniej nie musieli tu wdychać tych wszystkich cuchnących oparów.

Drugi Szczur nie wiedział, czy podobne zjawisko kiedykolwiek wcześniej miało miejsce na Wenderladzkim Bagnie, wysłał nawet raport do Nory z prośbą, by w archiwach poszukano informacji na ten temat, ale teraz miał inne zmartwienia na głowie.

Najmniejszym z nich było, jak utrzymać to, co się tu działo, w tajemnicy. Żołnierze nie byli głupcami, od dawna nie traktowali budowania tych umocnień jak zwykłych ćwiczeń. Wielu dręczyły koszmary, a wojskowi felczerzy meldowali, że ci, którym przypadł obowiązek obserwowania Uroczyska i mieli pecha nawdychać się tej dziwnej mgły, coraz częściej skarżyli się na mdłości, zawroty głowy i trudności z oddychaniem. Z trzech pułkowych magów na miejscu został tylko jeden, bo jego kamraci wymusili zgodę na noclegi pięć mil od obozowiska, skarżąc się na bezsenność i niemożliwość sięgnięcia po własne aspekty.

Nawet jeśli Uroczysko wkrótce uspokoi się samo, plotki pójdą w świat.

Ande oderwał wzrok od doliny i zwrócił się do dwóch wartowników:

— Coś nowego?

— Nic, panie. Mgli się tylko i śmierdzi, gdy wiatr zawieje w naszą stronę. Poza tym spokój.

Większość żołnierzy Pięćdziesiątego Drugiego pochodziła z centralnych prowincji i podobnie jak ta dwójka, wyglądała jak najbardziej typowi Meekhańczycy: jasnowłosi, jasnoocy, niezbyt wysocy, za to szerocy w barach i muskularni. On ze swoimi ponad sześcioma stopami i sześcioma calami wzrostu, z włosami czarnymi jak sadza i oliwkową cerą, wyglądał przy nich niczym przybysz z drugiego końca świata. Przyszło mu do głowy, że gdyby chciał się kiedyś ukryć, to na pewno nie między tymi żołnierzami.

— Powiedziałem coś śmiesznego, panie? — Wartownik spojrzał na niego uważnie.

— Nie. Myślałem o czymś innym. Gdzie najbliżej podeszła dziś mgła?

Na przedpolu w regularnych odstępach wbito oznaczone kolorami tyczki, które miały pomagać w ocenie odległości, bo opary myliły wzrok. W tej chwili na samym ich skraju znajdował się zielony kijek. Czyli dwieście jardów.

— Do żółtych, panie.

Sto jardów od wału. Nic niezwykłego, mgła pulsowała przez cały czas, powoli, jak oddychająca bestia, i niczym uśpiona bestia budziła mimowolny lęk. Drugi Szczur wiedział, że ma dość żołnierzy, by pilnować ziemnych fortyfikacji, lecz o wiele za mało, by ich bronić. Pięćdziesiąty Drugi liczył standardowe dwa i pół tysiąca ludzi. Kompanie i półkompanie zostały rozmieszczone w regularnych odstępach wzdłuż wału, a wartownicy na wieżach mieli w razie zagrożenia poderwać je do obrony, waląc w gongi, lecz gdyby naprawdę ktoś lub coś zaatakowało, mieliby kłopoty.

Ktoś lub coś.

To był jego kolejny problem. Salurin miał wrażenie, że za rozkazami nakazującymi zabezpieczenie tej okolicy stało coś więcej niż tylko zwykła ostrożność, że cesarz i Pierwszy Szczur wiedzieli więcej na temat spodziewanego niebezpieczeństwa, niż raczyli mu przekazać. Czy stracił ich zaufanie? Albo był poddawany jakiemuś testowi? Echa wydarzeń dochodzące ze stolicy zdawały się potwierdzać jego podejrzenia.

Kilkanaście dni temu Drugi Szczur wysłał do stolicy prośbę, by Trzydziesty Regiment Piechoty - pełne trzy pułki wojska - ruszył pod Bagno. Ale jak na razie nie doczekał się odpowiedzi. W normalnym czasie mógłby łatwo zrozumieć to opóźnienie, biurokraci w armii przerzucali się papierami, by odpowiedzialność za opuszczenie koszar przez kilka tysięcy żołnierzy spadła na kogoś innego. Bo w grę wchodziły spore pieniądze, koszty przesunięcia takiej małej armii nawet o kilkadziesiąt mil były niemałe jeśliby policzyć tylko wyżywienie i zakwaterowanie wojska, ale trzeba było także uwzględnić straty związane z blokowaniem dróg i skargami właścicieli ziemskich na zdeptane pola czy opróżnione studnie. Oraz żądania odszkodowań, które na pewno się posypią. W czasie pokoju handel i rolnictwo są ważniejsze niż armia.

Lecz wieści, które dotarły z Meekhanu, sprawiły, że przestał wierzyć w tak łatwe wyjaśnienie tej zwłoki. To nie było zwykłe chronienie własnych dup ze strony wojskowych, tylko jawna, zahaczająca o sabotaż niesubordynacja. Bo podobno Nora wypadła z łask, Pierwszy Szczur miał areszt domowy, Trzeci zamienił się w marionetkę i popychadło, a Psiarnia coraz wyżej podnosiła głowę i głośniej poszczekiwała.

Czy to była zaplanowana akcja? Czy wysłano go w to miejsce z misją, której tak naprawdę mógł się podjąć byle oficer, żeby odsunąć go poza nurt głównych wydarzeń? Czy Nora przegrywała właśnie starcie z Suką i jej ludźmi? I czy lada moment dotrą tu rozkazy, które pozbawią go wszystkiego, władzy, przywilejów, wolności? Może nawet życia. W końcu w Wywiadzie Wewnętrznym to on nadzorował większość działań wymierzonych przeciw Ogarom, a Eusewenia Wamlesch uważana była za żywe wcielenie mściwości.

Takie myśli powodowały, że Ande nie mógł spać, jeść ani odpoczywać. I nie pomagało ani wino, ani kobiety.

Czasem miał ochotę rzucić wszystko, kazać otworzyć teleport do stolicy i stanąwszy przed cesarzem, oddać się do jego dyspozycji. Niech już będzie wiadomo – wóz albo przewóz, sznur albo cesarska łaska.

Tylko że... to Uroczysko. To cholerne Uroczysko. Gdyby naprawdę miał nadzorować jedynie zwykłe ćwiczenia pułku piechoty, to już dawno klęczałby przed tronem. Jednak Wenderladzkie Bagno naprawdę się uaktywniło i naprawdę działy się wokół niego rzeczy niespotykane od setek lat. Ta szara mgła zdawała się kryć więcej tajemnic, niż ktokolwiek mógłby przypuszczać. Czy w takiej sytuacji porzucenie posterunku i udanie się do stolicy nie zostałoby potraktowane jak dezercja? Prawie mógł sobie wyobrazić uśmieszek Suki, gdyby pojawił się w Mieście, i prawie czuł, jak zimne kajdany zatrzaskują mu się na nadgarstkach.

Poczucie bezradności sprawiało, że miał ochotę wrzeszczeć i kląć. Dzisiaj weźmie do łóżka dwie dziwki. Albo trzy. I dużo wina. Może dzięki temu wreszcie zaśnie.

Dźwięk, który wbił się w jego uszy, był ostry i metaliczny, a Szczur dopiero po chwili go rozpoznał. Gong. Wojskowy gong z sąsiedniej wieży. Zerknął w tamtą stronę - jeden wartownik walił w brązową płytę, drugi napinał właśnie kuszę. Towarzyszący dowódcy żołnierze rzucili się do broni, kołowroty ich kusz też zaklekotały zapadkami.

— Gong. Uderz w gong, panie!

Zignorował prośbę, patrząc na Uroczysko. Mgła ożyła, zakłębiła się i wypluła z siebie potwora.

Bestia miała co najmniej trzydzieści stóp długości, z trzy wysokości i segmentowaty pancerz wsparty na czymś w rodzaju chitynowych odnóży. Wij, pomyślał Salurin, Wielka Matko, to jest robal wielki jak trzy konie. Obiad podszedł mu do gardła, gdy stwór uniósł przednie segmenty, z których pierwszy rozpękł się w kilku miejscach, rozkładając w najeżone kolcami płatki.

— Gong! Do cholery, gong! — Jeden z żołnierzy porzucił napinanie kuszy, złapał drewnianą pałkę i zaczął uderzać w płytę z brązu. — Alaaarm! Alaaaarm!

Sąsiednia wieża również rozdźwięczała się metalicznie, po niej kolejna i kolejna. Po chwili przynajmniej tuzin wartowników waliło w gongi, a z tyłu, zza wałów, odpowiedziały im trąbki i bębny. Pięćdziesiąty Drugi podrywał się do walki.

Ande Salurin patrzył, jak olbrzymi stwór pełznie przed siebie, z przednią częścią ciała wciąż uniesioną dobre dziesięć stóp nad ziemią, jak zakręca, wije się wężowym ruchem, jak zastyga nagle w bezruchu i węszy. Tak, musiał węszyć, bo „płatki" na jego przodzie rozwinęły się i zwinęły kilka razy, smakując powietrze. Drugi Szczur czuł wielką kulę żółci podchodzącą do gardła, a czoło pokrył mu zimny pot. Robak... wielki, obrzydliwy, lepki robak.

Nienawidził robaków jak niczego na świecie.

W tej samej chwili bestia została trafiona w środek grzbietu – dokładnie w łączenie pancernych segmentów – włócznią, która wyleciała z mgły. Robal zapiszczał, zakręcił i rzucił do tyłu, w głąb Uroczyska. Lecz wtedy na samym skraju oparów pojawił się kolejny potwór.

Wysoka na osiem albo dziewięć stóp czwororęka, dwunożna bestia zagrodziła drogę pierwszej maszkarze, rąbiąc z rozmachem w błyszczący grzbiet olbrzymimi szablami. Robakowaty stwór zawinął się, okręcił wokół przeciwnika, podcinając mu nogi i obalając na ziemię. Ryk, wrzask i pisk wwiercający się w uszy niczym odgłos noża skrobiącego po szubie, kawałki pancerza odpadające od segmentowego cielska, żółta i czerwona posoka mieszające się ze sobą – wszystko to docierało do Salurina z opóźnieniem, jak przez spowodowane winem otępienie.

Wzdrygnął się, gdy jeden z żołnierzy trącił go w ramię.

— Strzelać! — Drugi Szczur imperialnego Wywiadu Wewnętrznego otrząsnął się z szoku i rozwrzeszczał na całe gardło — strzelać wszystkim, co mamy!

Walczące potwory zdążyły już wytoczyć się z mgły na przedpole obwarowań, gdy spadły na nie bełty z ciężkich kusz. Jednocześnie szczyt wału zadudnił pod ciężkimi buciorami nadciągających na pomoc żołnierzy. A Ande Salurin stał na wieży, machał rękoma i krzyczał:

— Zabić je! Zabić!!!

Jednocześnie jakaś część jego umysłu na chłodno analizowała całe zajście: „Cesarz — mówiła. — Musisz tu wezwać cesarza. Ber-Arlens musi to zobaczyć na własne oczy, bo nie uwierzy żadnym raportom”.

Rozdział 34

— Luka. Hej, Luka. Obudź się. No już. Obudź się.

Ocknął się z głębokiego snu bez marzeń, czując się trochę tak, jakby wypływał ku światłu z głębi przepastnej, bezdennej studni. Koło siedziała przy nim w kucki i szturchała go palcem. Po czym spróbowała mu ten palec włożyć w oko.

Machnął ręką, odpędzając się od niej jak od natrętnego owada.

— Czego chcesz?

— Musisz pójść do Kahela, Luka. Do namiotu. Będą radzić.

— O czym? Aach...

Napłynęły wspomnienia. Wczorajszy szturm poszedł źle. Bardzo źle, i to pomimo udziału Uawari Nahs. Czarnoskórzy wojownicy wzięli udział w – jak się wszystkim wydawało – ostatnim ataku na Pomwe i razem z resztą powstańczej armii zostali odparci. Bo na murach miasta pojawili się Geghijczycy, w tym Rude Psy Hantara Sehrawina. Kilka tysięcy zawodowych żołnierzy.

Tyle Luka widział, stojąc na tyłach i przeklinając własną bezsilność. Po ostatnim wypadzie ledwo mógł unieść ramię, a w głowie kręciło mu się, jakby hulała tam trąba powietrzna, więc nawet nie próbował pchać się do szturmu. Trzeba wiedzieć, kiedy dać sobie spokój, bo więcej będzie z człowieka szkody niż pożytku. Patrzył więc tylko, jak powstańcy idą do ataku, i jak są spychani z drabin, oblewani wrzącym olejem, miażdżeni kamieniami i belkami.

Obrońcy też czuli, że to decydujący szturm i że jeśli mury padną, to miasto czeka czas zapłaty za tysiące pomordowanych niewolników, więc walczyli z milczącą, posępną desperacją. A na miejsce każdego żołnierza, który spadł z blanków, pojawiał się następny i następny.

Luka pamiętał chwilę, gdy zrozumiał, że im się nie uda. To było dokładnie wtedy, gdy zapłonął drugi taran. Pierwszy dopalał się pod bramą, a drugi spłonął, nawet nie tryknąwszy muru wzmocnionym łbem. Pomweńczycy użyli jakiegoś rodzaju pompy, która wystrzeliła strumień gorącego oleju na odległość dobrych stu stóp, po czym podpalili machinę salwą płonących strzał.

Nie patrzył więcej na miasto, zajął się pomaganiem ciężko rannym w dotarciu do lazaretu. A były ich setki. Odbiegali, odchodzili i odpełzali spod murów pokrwawieni i poparzeni, czasem w milczeniu, czasem zataczając się i wyjąc. Pamiętał młodego mężczyznę, któremu cios maczugą albo obuchem topora zmiażdżył szczękę, a pokrwawiona masa mięsa i kości zwisała aż do połowy piersi. Pamiętał żołnierza swojego pułku, Aerina, z jedną stroną twarzy spaloną do gołej kości, i młodą łuczniczkę z kompanii zwiadowców, z obiema nogami pogruchotanymi głazem ciśniętym przez obrońców. Czołgała się w ciszy, nie krzycząc ani nie płacząc, a oczy miała tak obojętne i spokojne, jakby całe to piekło wokół niej działo się gdzieś daleko.

Widział takie oczy zbyt wiele razy jak na jedno pieprzone życie, podbiegł więc do niej, podniósł z ziemi i trzymając na rękach jak małe dziecko, odbiegł na tyły. Prawie nie czuł wtedy bólu w ramieniu ani zawrotów głowy.

Atak przerwano po dwóch godzinach i choć Pomwe zwyciężyło, jego mury nie rozbrzmiały okrzykami triumfu. Jakby wszyscy bez wyjątku byli przerażeni ilością przelanej krwi.

Luka przez kolejne godziny pomagał rannym trafić w bezpieczne miejsce. Mieli na tyłach kilka lazaretów, a ten, do którego ich prowadził, zdawał się być pod szczególną opieką Koła. Wszędzie było jej pełno, poiła i karmiła rannych, pomagała im układać się na posłaniach, a nawet prowadziła w krzaki za potrzebą. Kobiety sprawujące tu pieczę nie zwracały na nią szczególnej uwagi, same miały pełne ręce roboty w innych namiotach i najwyraźniej każdą pomoc przyjmowały z wdzięcznością.

Luka pamiętał niewyraźnie, jak w pewnym momencie opuściły go siły, więc położył się po prostu na płaszczu rozesłanym na ziemi i zasnął.

A teraz został obudzony przez próbującą mu wepchnąć palec do oka Koło.

— Już, już. Nie śpię. — Usiadł, podrapał się po głowie, zerknął na chmury zasłaniające niebo. — Jest już wieczór?

— Tak. Kahelle zwołał naradę dowódców. Idź tam. Dowiedz się, co zamierza.

Ton, jakim została wypowiedziana ta prośba – albo raczej rozkaz – sprawił, że od razu oprzytomniał. Koło zazwyczaj nie była tak szorstka i apodyktyczna. Zmierzyli się wzrokiem. Dziewczyna zerkała na niego jak ptak, kręcąc głową i patrząc raz zdrowym, raz poparzonym okiem, a jej język wysuwał się i chował między zęby jak nerwowe zwierzątko.

Cholera, znów dopadły ją One.

Ale czy mógł się dziwić? Po wszystkim, co widziała ostatnimi czasy?

— Koło, dziecko, oni nie dopuszczą mnie nawet na sto jardów do narady, jak rozumiem. Tego by jeszcze brakowało, żeby każdy dziesiętnik bez przydziału pchał się do generalskiego stołu.

Wzruszyła ramionami.

— Idź. Zasłoń ramię płaszczem, to nie zobaczą, że nie nosisz koloru na ręce. A to — musnęła palcami jego opatrunek — ma teraz wielu. Zobacz, co planują. Zobacz, czego chcą. Wróć i mi powiedz.

Potrząsnęła głową, jakby próbowała z niej coś wyrzucić.

— Za dużo głosów, za dużo płaczu. Wszędzie... Ja... muszę wiedzieć.

Potem spojrzała na niego swoim normalnym wzrokiem.

— Proszę, Luka. Idź tam. Chociaż spróbuj.

Więc westchnął, podniósł się i poszedł.

***

Narada odbywała się przed namiotem, bo wewnątrz nie było miejsca dla tylu ludzi. Przybyli na nią nie tylko dowódcy głównych oddziałów, ale nawet niektórzy świeżo mianowani kapitanowie i porucznicy. Luka skorzystał z rady Koła, ukrył lewą rękę pod płaszczem i dołączył do kilku maszerujących na naradę oficerów.

Straż przepuściła ich bez słowa. Po drodze dziesiętnik prawie zderzył się z kan-Sumorem, ale Owerers go zignorował, zajęty szukaniem lepszego miejsca.

Luka poczuł lekki niesmak. To miała być narada bitewna? Setka ludzi debatująca nad kolejnym ruchem ich armii, podczas gdy trzeba było podejmować decyzje i działać?

Wokół wyniesionego przed namiot stołu stali Kahel-saw-Kirhu, Kor'ben Olhewar, ten dziki krzywonogi koczownik, Pore coś tam, i wyglądający niczym para mahoniowych rzeźb Uware Lew oraz Demenaya. Cała piątka milczała, najwyraźniej czekając na ostatnich spóźnialskich. Luka wykorzystał chwilę i przysunął się bliżej stołu.

— Wszyscy są? — saw-Kirhu odchrząknął i kontynuował, marszcząc czoło: — A Kasse Powróz już przyszedł? Nie widzę go.

— Powróz nie żyje. — Chudy mężczyzna w za dużym pikowanym kaftanie uniósł rękę. — Nie dali rady go uratować.

Zmarszczki na obliczu dowódcy powstańczej armii pogłębiły się.

— Ale... Do cholery, mówili, że to tylko strzała w nodze!

— W udzie. Jak próbowali ją usunąć, siknęło z niego na milę. Zanim policzyłem do stu, nie żył.

— A ty to kto?

— Jego zastępca, lah-Drum, Rambe-lah-Drum. — Chudzielec podwinął rękaw, prezentując żółty karwasz. — Wygląda na to, że teraz to ja jestem najwyższy stopniem u Rosomaków.

— Dowodziłeś wcześniej?

— Byłem młodszym porucznikiem w domu.

„W domu". Tak większość starszych żołnierzy mówiła o Meekhanie.

— Nadasz się. Jak tu skończymy, zmień karwasz na zielony, pułkowniku.

Mężczyzna skrzywił się i splunął.

— Powrozowi zieleń nie przyniosła szczęścia.

— Więc nie daj się postrzelić w nogę, zresztą gdzie indziej też nie. — Krwawy Kahelle posłał mu dziki uśmiech. — Dość gadania o głupotach. Zaczynamy.

Oparł się o blat dłońmi zaciśniętymi w pięści, aż stół zatrzeszczał.

— Nie będę strzępił języka, odparli nas. Nie spodziewałem się, że Pomwe wpuści Geghijczyków za mury, a powinienem to chociaż rozważyć. Winę biorę na siebie. Jeśli ktoś chce teraz przemówić za zmianą dowódcy, niech się nie wstrzymuje. Nie mam nic na swoje usprawiedliwienie.

Zapadła cisza. Setka mężczyzn stała jak wmurowana, część wymieniała między sobą zaskoczone spojrzenia, część gapiła się w ziemię.

Kahel-saw-Kirhu powiódł po nich zmęczonym wzrokiem.

— Nikt? Nie prosiłem się o błękit, więc nie będę za nim tęsknił.

Jeden z oficerów – Luka znał jego twarz, ale nie mógł sobie przypomnieć imienia – postąpił krok do przodu, wsparł się rękami pod boki i wycedził:

— Aleś wymyślił, generale. Co niby mamy zrobić? Sąd jakiś odbyć nad tobą? To jest wojna. Walka. Nigdy nie wiesz, co czeka za rogiem. Nie zdobyliśmy Pomwe, trudno. Teraz czeka nas bitwa z armią tej... tej Pani Płomieni. Jak ją zniszczymy, miasto samo otworzy bramy.

— Albo i nie.

— Albo i nie, generale. Wtedy zapukamy w nie jeszcze raz. Mocniej. A teraz trzeba radzić, co z konowerską armią.

Dowódca powstańców odczekał jeszcze chwilę, rozglądając się wokół, wreszcie skinął ponuro głową.

— Dobrze. Radzimy. Pore ma najświeższe wieści.

Chudy koczownik wskoczył na stół. Tak po prostu.

— Teraz będziecie mnie widzieć, a ja nie będę musiał się powtarzać — warknął. — Konowerska armia znajduje się trzydzieści mil stąd. Mniej więcej. Z jakiegoś powodu zwolnili, pewnie spodziewając się zasadzki. Wiedzą o tych geghijskich psach za murami, więc uznali, że nie muszą się spieszyć.

— Skąd ta pewność? — zapytał ktoś z tyłu.

— Kilka godzin temu moi chłopcy starli się z podjazdem Słowików i schwytali języka. Cała ich armia wie, że pozwolono Geghijczykom schronić się za murami pod warunkiem, że będą bronić miasta. Niestety, my dowiedzieliśmy się o tym odrobinę za późno.

— Coś jeszcze powiedział?

— Niewiele. — Błyskawica uśmiechnął się z zimnym okrucieństwem. — Mówił tak szybko, że zatchnął się powietrzem i umarł. Ale wiemy, że ta ich dzikuska udająca królową chce dotrzeć do miasta najpóźniej za dwa dni. I jest pewna zwycięstwa. Codziennie jeździ po obozie na grzbiecie słonia i wszystkim to rozgłasza.

Cichy pomruk, jak szelest kamyków osypujących się ze zbocza tuż przed trzęsieniem ziemi. Pore Lun Dharo skinął głową, a jego oczy błysnęły dziko.

— Słyszę, że ucieszyły was te wieści. Mam ich jeszcze kilka. Złych, ale i dobrych. Konowerczycy idą w bitewnym szyku, zwartym i dobrze strzeżonym przez podjazdy, więc marna szansa, że wpadną w pułapkę. I jest ich więcej niż trzydzieści tysięcy. Samej jazdy mają z dziesięć. Piechoty co najmniej piętnaście tysięcy, z czego połowa to Bawoły. Nie liczę słoni i *nuawachi*. I co, boicie się już?

Kpina pobrzmiewająca w głosie koczownika odniosła zamierzony skutek, bo stojący w pierwszym szeregu mężczyzna z kapitańskim karwaszem na ręce parsknął tylko i powiedział:

— Piechotą nas nie strasz, koniarzu. Jazdą też nie, bo jesteś najlepszym dowodem na to, że trochę potrafimy się bić z cholernymi kobyłojebcami. A poza tym ja lubię koninę. Lepiej więc mów, jakie są te złe wieści.

Kilka uśmiechów pojawiło się na zmęczonych twarzach, najszerszy na obliczu Lun Dharo.

— Znamy jedno miejsce, gdzie możemy ich zatrzymać, przynajmniej teoretycznie. Jazda nie da rady zachodzić nas tam ze skrzydła i wróg będzie musiał atakować na wprost. Jeśli spłoszymy ich słonie, te zawrócą i stratują własną armię. To mniej więcej w połowie drogi między nami a nimi, piętnaście mil stąd. Niecałe. Las, który mamy za sobą, podchodzi tam na niespełna milę do rzeki. Potem znów od niej odskakuje i zaczynają się otwarte pola, ale w tym miejscu jest taki lejek, zwężenie. Możemy je zatkać jak korkiem, a oni będą musieli nas stamtąd wypchnąć.

— Nie obejdą nas bokiem?

— Posłałem zwiadowców do tego lasu i straciliśmy kilka koni, które ugrzęzły po szyje w mokradłach. Potem popytałem ludzi z okolicznych plantacji o to miejsce. Kiedyś próbowano je osuszyć, żeby dostać się do tamtejszego drewna, ale ten las rośnie w wielkiej niecce, którą Tos co roku zalewa w czasie pory deszczowej, a potem woda tam stoi i stoi. Nie przejdzie tamtędy ani piechota, ani konnica, ani słonie. Konowerczycy muszą iść tym wąskim skrawkiem suchego lądu między drzewami a rzeką, ich jazda będzie więc musiała szarżować wprost na wasze piki, a słonie... no cóż, podobno są smaczniejsze niż konina.

Luka poczuł, jak udziela mu się podniecenie zgromadzonych mężczyzn. Nieudany atak na Pomwe już się nie liczył wobec perspektywy nadchodzącej, decydującej bitwy. Gdy ją wygrają, będzie po wszystkim. Nie oprze się im nikt i nic na Południu.

— Dobra, Pore, złaź. Teraz ja. — Kahel-saw-Kirhu wskoczył na stół, rozejrzał się. — Słyszeliście? Mieliśmy w planach zdobyć Pomwe i dopiero wtedy rozprawić się z Panią Oka, ale plany możemy zmienić. Najpierw konowerska armia, potem miasto. A skoro ja nadal dowodzę, to rozkazy będą takie: pułki Lisa, Wilka, Wyżła i Rosomaka wyruszą w ciągu godziny, razem z jazdą Pore. Zabierzecie też trzecią część lekkozbrojnych i pieszych zwiadowców. Idziecie jako awangarda. Podjazdy Słowików zapuszczają się dość daleko przed główną armię, zepchniecie je w tył.

— Będą wiedzieć, że nadchodzimy — odezwał się Rambe-lah-Drum, nowy pułkownik Rosomaków.

— I tak się tego dowiedzą. Ale nie chcę, żeby od razu się zorientowali, ilu nas jest. Obserwowałem, jak działa ta ich Pani Oka. Jest ostrożna. Bynajmniej nie głupia. Za kilka godzin nadejdzie zmrok, a ona nie zaryzykuje nocnej bitwy z nieznanymi siłami, więc poczeka do rana, żeby nas policzyć. A do rana będziemy już na pozycjach, okopiemy się i zmusimy ją do walki na naszych warunkach. Pułki Orła, Jastrzębia, Jenota, Szakala, Rysia i Lwa ruszą za trzy godziny, tak żeby noc ukryła nasz marsz. Razem z nimi pójdzie reszta lekkiej piechoty i tabor. — Zwrócił się do Oluwera — ile możesz wydzielić wozów?

— Bojowych? Trzysta. I jeszcze dwieście wzmocnionych na tyle, żeby stanąć w drugiej linii. Koni mamy mało.

— Bierzemy, ile jest. Pułki Dzika, Żubra, Łosia i Tura pójdą w tylnej straży. Pore przydzieli im setkę konnych gońców. Nie chcę żadnych niespodzianek.

Luka liczył ze zmarszczonymi brwiami. Cztery pułki przodem, sześć w środku i cztery z tyłu. Czternaście z szesnastu, które z takim trudem wystawili, i to te najmniej okrwawione, z tego co się orientował. Do tego cała jazda, cały tabor i prawie wszyscy lekkozbrojni.

— To kto zostaje pod miastem?

Zadał to pytanie jednocześnie z kilkoma innymi żołnierzami. Kahel-saw-Kirhu pokiwał głową.

— Łasice i Krogulce. Ranni. Kobiety i dzieci. Oraz prawie wszystkie oddziały z czarnych równin. Nie pójdą z nami.

Setka par oczu wlepiła się we wciąż stojących nieruchomo Uware Lwa i Demenayę. Luka widział, jak brzydkie, parszywe słowo „zdrada" próbuje się wyrwać z kilku ust.

— Zanim ktoś powie coś głupiego — dowódca powstańców posłał zebranym chłodny uśmiech — odezwę się ja. Wszyscy wiedzieliśmy, że niewolnicy z czarnych równin nie pójdą z nami na wschód. Walczyli dzielnie, odważnie jak cholera, a teraz mają bliżej do domu niż my. A w ostatnim ataku na mury Uawari Nahs stracili piątą część wojowników. Zabitych i rannych. Ktoś chce, żeby zapłacili większą daninę krwi? Ktoś nazwie ich tchórzami?

Odpowiedziała mu cisza.

— Tak sądziłem. Zostaną pod miastem, żeby go dopilnować, zanim nie wrócimy. Żeby nam wojsko z Pomwe nie wbiło noża w plecy. To więcej, niż moglibyśmy prosić. Zrozumiano?

Owszem, to Luka mógł zrozumieć. Inni też. Razem z pułkiem Łasicy i Krogulca pod miastem zostanie kilkanaście tysięcy powstańców zdolnych do walki. Dość, by utrzymać oblężenie.

Kościsty oficer, pułkownik, sądząc po zielonym karwaszu, uniósł rękę.

— Powiedziałeś: prawie czy się przesłyszałem?

Uware Lew posłał mu olśniewający uśmiech.

— Wezmę pięciuset wojowników i pójdziemy z wami. Szkoda byłoby przegapić taką zabawę.

Kilku ze zgromadzonych gwizdnęło cicho, kilku z największych krzykaczy spuściło wzrok. To zamykało temat.

— Dobra. — Kahel-saw-Kirhu zeskoczył ze stołu. — Ustawić się po rozkazy. Najpierw oficerowie straży przedniej. Potem reszta. Do roboty!

***

Luka nie czekał na szczegóły, zresztą czym innym było stanąć w takim tłumie, a czym innym zostać przy stole z zaledwie kilkoma oficerami. Wymknął się nie niepokojony przez wartowników i wrócił do lazaretu.

Ciekawiło go, ile Koło zrozumie z całej tej opowieści.

Zrozumiała jedno. Chyba najważniejsze.

— Znowu będą krwawić. I płakać. Wszyscy będą płakać, Luka. Wszyscy.

Pojedyncza łza spłynęła jej po lewym policzku.

Interludium

Zbliżali się do tego dziwnego statku. Czuł go. Czarny okręt znajdował się mniej niż dziesięć mil przed nimi i gdyby nie mgła, która znów snuła się nad falami, pewnie już by go widzieli. Podobno taki sam tuman mgły otaczał statek, gdy podchodziła do niego Górska Straż, jednak Altsin wolał myśleć, że te białe kłęby są naturalnym zjawiskiem, a nie zapowiedzią kolejnego starcia z Panią Lodu, bo w tej skórzanej łupince nie mieliby szans przeżyć. Po prostu, pocieszał się, masa ciepłej wody wpływająca na ocean Północy rodzi mgłę w kontakcie z zimnym powietrzem.

Na razie jednak nie czuł żadnych zaburzeń w okolicznej Mocy. Najmniejszych. Co, uwzględniając fakt, że najpewniej zbliżali się do jednej z najpotężniejszych istot, jakie kiedykolwiek pływały po morzach świata, było jednak niepokojące.

Ale złodziej nie zdradzał swoich podejrzeń obu żołnierzom. Jodła ocknął się zaraz po wschodzie słońca, tak jak przewidywał jego towarzysz – spragniony i głodny. Na szczęście okazał się osobnikiem cichym i małomównym. Ubrał się, ze spokojem przyjął krótkie streszczenie bajeczki Altsina i w kilku słowach podziękował za ratunek.

To dobrze, bo głód i wyczerpanie wpędzały Altsina w paskudny nastrój. Wodę mogli uzyskać, topiąc kawałki lodu, ale z jedzeniem było gorzej; złodziej już kilka razy przyłapywał się na tym, że zastanawia się, jak smakuje rzemienna lina.

Robił się naprawdę poirytowany.

Obaj żołnierze przydali się w zupełnie nieoczekiwany sposób. Gdy Altsin czuł, że znów kręci mu się w głowie, a koncentrowanie się na wzmacnianiu wiatru zaraz pozbawi go przytomności, Gessen kazał mu siadać i odpoczywać, a sam z Jodłą sięgał po wiosła. I wiosłowali, czerpiąc siły, bogowie raczyli wiedzieć skąd. Dzięki temu na kilka godzin przed zmierzchem wpłynęli we mgłę, a po kolejnej godzinie po raz pierwszy ujrzeli wyłaniający się z mlecznej szarości zarys olbrzymiego kadłuba.

O Pani... Złodziej siedział na łodzi i patrzył na zbliżający się powoli ogrom. Jest dwa razy większy, niż się spodziewałem.

Do tej pory sądził, że gdy Gessen mówił o statku długim na pół mili, to przesadzał. Ale rufa, której zarys ukazał się we mgle, miała naprawdę sto pięćdziesiąt albo dwieście jardów szerokości! Gdyby Oum pojawił się tutaj w swojej pierwotnej postaci, wyglądałby jak karzełek.

Ty zdrzewiały sukinsynu, powinieneś mnie ostrzec. Co ja niby mam teraz zrobić?

Wcześniej zakładał, że okręt będzie wielkości Ouma i da się w taki czy inny sposób wdrapać na jego pokład. Ale to coś? Czarna, gładka i na dodatek pokryta warstewką zamarzniętej wody burta wyglądała na przeszkodę nie do pokonania. Nawet wspomnienia Bitewnej Pięści nie podpowiadały mu, jak do cholery ma wejść na górę?

Na ich oczach statek wykonał łagodny skręt, pokazując burtę, której początek znikał gdzieś we mgle, i zaczął się oddalać. Robi trzy węzły, pomyślał Altsin, nie więcej niż cztery. Dlaczego? Zmęczył się? Czeka na coś?

Obaj żołnierze sięgnęli po wiosła, a Gessen spojrzał na złodzieja z dzikim uśmiechem na ustach.

— Skup się, Żołądź. My będziemy wiosłować, ale ty musisz pilnować, żeby nas nie zmiażdżył przy skręcie. Podpłyniemy bliżej i zobaczymy, co się da zrobić.

Co się da zrobić? Te burty były wyższe niż mury zamku, do cholery. Gessen opowiadał, że statek płynął przechylony, a tu niespodzianka: teraz trzeba by mieć zasrane skrzydła, żeby dostać się na pokład.

Bez trudu zrównali się z czarnym kolosem, a nawet zaczęli go powoli wyprzedzać. Płynęli ledwo kilkadziesiąt jardów od burty, więc Altsin skupił całą uwagę na obserwowaniu statku. Jeśli skręci w ich stronę, będzie musiał użyć Mocy, by nie zatopiła ich fala wywołana przez taki manewr.

Nagle Jodła na chwilę przerwał wiosłowanie i włożył do ust metalowy gwizdek. Przenikliwy, raniący uszy świst rozdarł powietrze.

I tak płynęli, wiosłując i gwiżdżąc, dopóki burta kasztelu wznosząca się nad pokładem ogromnego statku nie obrodziła zdumionymi twarzami.

Rozdział 35

Wciągnęli ich na górę jednego po drugim, na samym końcu podnosząc nawet z morza aherską łódź, która na rzemiennych linach zawisła za burtą. Altsin znalazł się na pokładzie ostatni i rozglądał wokół, korzystając z chwili, gdy nikt na niego nie patrzył, bo większość strażników zajęta była poklepywaniem po plecach i poszturchiwaniem ocalonych przyjaciół.

Na rufie znajdowało się kilkudziesięciu ludzi. Większość stanowili mężczyźni, ale dostrzegł też dwie kobiety; jedną – ostrzyżoną jak mężczyzna – otaczały delikatne smugi Mocy. Nie rozpoznawał aspektu, ale nie wydawał mu się groźny. Druga, blondynka z długimi włosami, siedziała nieco z boku, obejmując dłońmi kolana i kołysząc się katatonicznie.

Przez chwilę zastanawiał się, dlaczego to właśnie ta kobieta mocniej przyciągała jego uwagę. Czarownica, nawet jeśli kiepska, stanowiła potencjalne zagrożenie, ale ta druga? W całej jej postaci, w sposobie, w jaki siedziała, nie było nic poza obłędnym przerażeniem.

I co ją właściwie tak wystraszyło?

Rozglądał się dalej. Stado około trzydziestu psów kłębiło się nerwowo wokół jasnowłosego strażnika. Zwierzęta były podenerwowane, kuliły między nogami ogony, skomliły. Żołnierz uspokajał je krótkimi komendami, wyciszał. Psia głowa była wyszyta na płaszczach noszonych przez niektórych strażników, co trochę tłumaczyło obecność zwierząt w oddziale. A te dwie czerwone szóstki obok niej zapewne były numerem kompanii, choć kompania powinna liczyć zdecydowanie więcej ludzi.

Coś po lewej stronie przyciągnęło jego uwagę. Jakby drgnienie Mocy w miejscu, gdzie dwóch żołnierzy stało nad kimś leżącym na noszach. Trzymali wartę z bronią w ręku.

Mieli chronić leżącego? Przed kim?

Altsin skupił się odrobinę... To był... cholera, ciało nieprzytomnego otaczała zbroja utkana z kłębiących się duchów. Jakby włożył na siebie kawałek koszmaru. Na dodatek coś na kształt długiej, grubej struny łączyło te dusze z odległym o sto kroków budynkiem, wyglądającym jak przysadzista rotunda.

Co tu się działo?

Każdy szczegół, który dostrzegał, rodził kolejne pytania.

Uwagę Altsina zwrócił nagły ruch. Gessen stał trzy kroki przed uzbrojonym po zęby mężczyzną z krótką, rudą brodą i meldował się, salutując pięścią do piersi. No tak, najpierw regulamin.

— Panie poruczniku, strażnicy Gessen i Jodła gotowi do służby.

Dowódca oddał honory i stanął w swobodniejszej pozycji, przekrzywiając lekko głowę. Złodziej przyjrzał mu się uważnie: młody, średniego wzrostu, z włosami o barwie jasnego brązu. Albo ciemnej miedzi. W tym mglistym świetle trudno to było jednoznacznie ocenić. Co nie wróżyło najlepiej, bo Altsin pamiętał nauki udzielane przez Ceetrona, który ciągle powtarzał: nigdy nie ufaj rudym, to zdradliwa banda.

Jego pierwsze pytanie było zaskakujące:

— Gdzie zgubiłeś sanie, żołnierzu?

— Utonęły.

— Psy?

— Też.

— Broń i zapasy?

— Poszły pod wodę, panie poruczniku.

— Gdybym płacił wam żołd, to potrąciłbym z niego za stracone rzeczy, Gessen.

— Rozumiem, panie poruczniku.

— Na twoje szczęście płaci cesarz. Umówmy się więc, że jak wy mu nic nie powiecie, to ja też nie. Zgoda?

— Tak jest, panie poruczniku!

— Spocznij. Ty Jodła też.

Nagle rudy oficer uśmiechnął się. Szczerze, szeroko i radośnie.

— Velergorf!

Z grupy żołnierzy wyłonił się wysoki, potężnie zbudowany mężczyzna o twarzy pokrytej taką liczbą tatuaży, że wyglądała jak poobijana. Ciężki topór zatknął sobie za pas, a krótka kolczuga pobrzękiwała cicho przy każdym kroku.

— Jestem, panie poruczniku.

— Nakarm ich. Gdy będą jeść, opowiedz co i jak. Potem niech znajdą sobie broń. Gdy zejdziemy na dół, zostaną tu na straży.

— Rozkaz, panie poruczniku.

Dopiero w tej chwili do Altsina dotarło, że wszyscy na pokładzie są uzbrojeni. I cisi, spokojni, skoncentrowani jak przed bitwą. Niby byli żołnierzami, więc nie powinno go dziwić, że nosili hełmy, łuskowe zbroje, kolczugi, przeszywanice, szable, miecze i topory... Ale sposób, w jaki się poruszali, jak wymieniali spojrzenia albo co rusz sprawdzali broń i poprawiali pancerze... Na dodatek kilka tarcz nosiło ślady niedawnej walki, szramy i wgniecenia były świeże, świeciły jasnym drewnem. I co najmniej czterech strażników zostało rannych, krew na opatrunkach nie zdążyła jeszcze skrzepnąć.

Cholera... znów patrzył na świat, jakby urodził się w obozie wojskowym, a zamiast pieluchy używał starej kolczugi.

Bez wątpienia cały oddział bił się niedawno. I znów szykował się do walki. Zejdziemy na dół, powiedział oficer. Czyli gdzie? Znajdowali się na rufowym kasztelu, który bez wątpienia był najwyższym punktem okrętu... Zamierzali zejść na niższy pokład? Po co?

— Zazwyczaj jak ludzie widzą nas pierwszy raz, mówią, że wyglądamy jak banda zbójów.

Drgnął, zaskoczony. Nie zauważył, kiedy rudy porucznik do niego podszedł. A powinien, bo Meekhańczyk miał na sobie tyle żelaza, że wystarczyłoby na balast dla niewielkiego okrętu. Kolczuga, hełm, tarcza, pas z mieczem, sztylet... Zapowiedź przemocy wykuta w zimnym metalu wsparta była przez ten szczególny wyraz skupienia, który złodziej widział w oczach wszystkich żołnierzy.

— Na drugi i trzeci rzut oka wcale nie wyglądacie lepiej. — Altsin demonstracyjnie zmierzył oficera wzrokiem. — Szykujecie się na wojnę?

— Być może. Ale nie o tym chciałem zagadać. Przepraszam, że nie podszedłem od razu, i dziękuję za ocalenie moich ludzi.

— Nie ma za co. Jestem...

— Słyszałem. — Rudzielec uniósł dłoń. — Zanim cię wciągnęliśmy na górę, Gessen zdążył powiedzieć kilka słów o waszym spotkaniu. I o tobie. Więc jesteś czarownikiem z miasta na zachodnim wybrzeżu.

— Tak, to ja. A ty jesteś dowódcą bandy zbirów. — Altsin wskazał na kręcących się wokół żołnierzy.

— Zgadza się. — Oficer wyciągnął rękę. — Kenneth-lyw-Darawyt. Porucznik Szóstej Kompanii Szóstego Pułku Górskiej Straży z Belenden.

Uścisnęli sobie dłonie.

— Żołądź.

— Wiem. Gessen powiedział, że kazałeś się tak nazywać.

— Taki zwyczaj. W moich stronach jak parasz się magią, to nie zdradzasz swojego imienia.

— Dziwne. Ale nie dziwniejsze niż wiele rzeczy, o których słyszałem. Jakich aspektów używasz?

Altsin mógł rzucić dowolną nazwę. Miękki Piasek, Czarny Pył albo Pierdnięcie Muła. Aspektów były setki, niektórzy mówili nawet o tysiącach, i czasem nosiły one różne nazwy w różnych częściach świata. Więc nikt, może poza uczonymi spędzającymi całe życie w księgach, nie zdołałby zweryfikować, czy złodziej kłamie.

Zamiast tego wzruszył ramionami. Był zbyt zmęczony, by znów konfabulować coś na poczekaniu, a potem pamiętać, co nazmyślał.

— Tych i owych. Moja gildia nie zdradza swoich sekretów byle komu. — Złodziej cofnął się o krok i założył ręce na piersi.

Do cholery, czemu znów to robię? Póki tylko nosił duszę Bitewnej Pięści, nawiedzały go cudze emocje i wspomnienia, a czasami odkrywał, że patrzy na świat w inny sposób niż zwykły rzezimieszek, lecz potrafił to odróżnić od własnego, portowo-złodziejskiego ja. Ale teraz? Gdy objął duszę boga? No dobra, tylko jej fragment, ale za to jaki wredny. Już tego nie umiał. Robił lub mówił pewne rzeczy tak, jakby były częścią jego osoby od zawsze.

Co właściwie chciał osiągnąć, prowokując tego oficera?

Odpowiedź przyszła sama. Mógł... nie, musiał się przekonać, z kim ma do czynienia. Jak porucznik reaguje na zaczepki, jakie ma słabości, czy potrafi nad sobą zapanować...

Po co mu była ta wiedza?

Bo jakaś głęboko schowana część jego nowej, dzielonej z Bitewną Pięścią duszy odruchowo traktowała każdego, kto nosi broń, jak potencjalnego sojusznika lub wroga. A jednych i drugich trzeba dobrze poznać.

Delikatne skrzywienie warg było wszystkim, co zdołał uzyskać.

— Nie będę się z tobą kłócił, czarowniku. Nie mam na to czasu ani ochoty. Ocaliłeś moich ludzi, więc mam u ciebie dług, ale nie próbuj sprawdzać, jak wielki. Zacznijmy od rzeczy najważniejszych. Głodny?

Cholera, czy był głodny? Zjadłby pieczonego wołu, zagryzając workiem prażonego grochu z boczkiem.

— Odrobinę.

***

Dostał suszone mięso, suchary i, cóż za niespodzianka, garść suszonych owoców. Cholera, to były najlepsze rzeczy, jakie jadł w życiu. Gdy jeden z żołnierzy szturchnął go jeszcze w ramię manierką do połowy pełną wódki, Altsin gotów był umrzeć ze szczęścia.

— Pij. Ale z umiarem. Po takim poście gorzałka szybko uderza do głowy. — Strażnik wykrzywił wytatuowaną twarz w przyjaznym uśmiechu. — Varhenn Velergorf. Dziesiętnik. Mogę klapnąć obok?

Złodziej machnął ręką, zajęty próbą złapania tchu. Ależ to cholerstwo było mocne. I dobre. Kiedy znikło wrażenie, że ktoś zgasił mu pochodnię w gardle, pojawiał się delikatny posmak dymu i owoców. I ochota na kolejną porcję. Czemu nie?

— Ostrożnie mówię. Jak nie jadłeś od kilku dni, padniesz mi tu zaraz i będziesz chrapał. — Dziesiętnik odebrał mu manierkę w połowie łyku, potrząsnął i z wyraźnym uznaniem skinął głową. — No, no. Potrafisz nieźle golnąć. Gratulacje. Ale nawet mnie ta gorzała posyła do łóżka na całą noc, a ty, wybacz, nie wyglądasz na tęgą głowę.

Wokół nich wszczął się bardziej zorganizowany ruch, żołnierze przestali snuć się nerwowo, zebrali w grupy po czterech, pięciu ludzi. Ci, którzy mieli małe tarcze, zakładali je na ramiona, ciężkie zarzucano na plecy, część kuszników napinało i ładowało broń. Altsin nie słyszał przekazywanych półgłosem rozkazów, ale jedno było jasne. Zaraz coś zacznie się dziać.

— Idziecie na dół? — rzucił lekko, licząc, że podoficer coś chlapnie.

— Za kilka minut. — Góral podrapał się po siwej czuprynie, demonstrując pokryte zawiłymi rysunkami grzbiety dłoni. — Mamy kilka spraw do załatwienia.

Dwóch strażników przeszło między resztą, rozdając pochodnie i liny. Altsin potrzebował chwili, by dodać dwa do dwóch.

— Pochodnie... cholera jasna, schodzicie pod pokład? Do środka statku?

— Zgadza się.

— Po co?

Dziesiętnik skinął głową i zacmokał z demonstracyjną kpiną.

— Mamy sprawy do załatwienia. Wiesz, takie zwykłe, żołnierskie interesy.

Złodziej spojrzał na szeroki uśmiech strażnika, który zaczynał się i kończył na ustach. Oczy mężczyzny były ciemne i chłodne jak wody górskiego jeziora.

— Boisz się?

Uśmiech znikł, chłód w spojrzeniu pozostał.

— Tak. Jak człowiek nie mówi prawdy w takiej chwili, to może umrzeć jako kłamca. Boję się.

Altsin zrozumiał, że dziesiętnik mówi szczerze. Lecz i tak, mimo wszystko, pójdzie na dół, pod pokład z resztą żołnierzy. Zbliżał się do rozwiązania jednej z zagadek, którą tu zastał.

— Co jest na dole? — zapytał.

— Wstań. Pokażę ci.

Z kasztelu rozciągał się widok na cały okręt. Altsin ogarnął wzrokiem najpierw wolną przestrzeń między rufą a śródokręciem, potem zabudowania, które zajmowały środek statku, kikuty masztów, dziób - niemal niknący we mgle. Bogowie, ależ to cholerstwo było wielkie. A ile pokładów było pod spodem? Mogło tu żyć i mieszkać dwadzieścia albo trzydzieści tysięcy ludzi... Albo pięćdziesiąt... pięćdziesiąt tysięcy wyznawców pływających na ciele swojego boga, karmiących go dzień w dzień adoracją i modlitwami. Ten statek był wspólnotą religijną i żywą świątynią jednocześnie. Nic dziwnego, że w dawnych czasach tak trudno było pokonać Nieśmiertelną Flotę.

— Na dole, czarowniku — głos Velergorfa wyrwał go z rozmyślań. — Na dole.

Złodziej wychylił się i zerknął na pokład poniżej.

Najpierw nie wiedział, na co patrzy. Potem zrozumiał. I nagle wewnątrz, w głowie, nie było już Altsina, złodzieja, uciekiniera, głupca... Nagle za oczami wybuchł mu wulkan najczystszej furii, gorącej niczym wnętrze słońca.

Nie masz prawa tu być! To nie twój świat! Kto ci pozwolił! Jak śmiesz, ty skurwysynu! Jak śmiesz!

Zakręciło mu się w głowie i przez chwilę miał wrażenie, że zaraz krew tryśnie mu nosem i uszami.

Dość. Zacisnął dłonie na drewnianym częstokole, aż poczuł, jak strzelają mu kości palców. Dość! Zamknij się!

Znalazł w sobie tę lodowatą wściekłość, która towarzyszyła mu, odkąd pamiętał, sięgnął po nią i pchnął naprzeciw gniewowi, który wzbudził w nim widok leżących niżej ciał. Dość!!! Spokój! Spokój.

Co jest tam na dole?

Odpowiedź przyszła tak, jak czasem wraca świadomość, gdy człowiek budzi się z głębokiego snu, powoli, ale z nieubłaganą siłą sunącego lodowca. Wiem, co to za truchła. I wiem, że nie powinno ich tam być.

Oderwał dłonie od drewna, konstatując z pewnym rozbawieniem, że udało mu się zostawić na nim wyraźne zgłębienie. Nagle połamane maszty i ślady walki widoczne w dole stały się zrozumiałe i jasne. Znam ten okręt, pomyślał, Oum nie podał mi jego imienia, lecz jeden z *awenderi* Pana Bitew negocjował kiedyś na jego pokładzie warunki rozejmu z Nieśmiertelną Flotą. Z Wędrowcami, jak ich wtedy nazywano – poprawił się.

Po początkowych zwycięstwach myślano, że Wędrowcy odpłynęli poza krawędź świata i czasu, ale gdy okazało się, że część została, uznano, że lepiej się z nimi dogadać, niż walczyć. Negocjacje odbyły się na jego... jej pokładzie. Nocna Perła. Tak się nazywa ten statek. Pan Mórz... zanim jego *awenderi* odmówili zjednoczenia i po bratobójczej walce odrodzili się jako Bliźnięta, zaprosił Naczynia kilku swoich braci i sióstr na te rozmowy. Nocna Perła była największym okrętem, jaki został, nieformalnie dowodziła resztą Floty... Rozmowy były twarde, ale honorowe i szczere...

Altsin postanowił, że będzie sceptycznie podchodził do tych wspomnień.

Nie, żeby nie wierzył w obraz wydarzeń sprzed wieków, ale honor i szczerość były ostatnimi rzeczami, z jakimi przystępowano wtedy do wszelkich negocjacji. Pamiętał posiłek z ryb i owoców morza oraz wino o posmaku smoły i wodorostów. W czasach, zanim oddalili się od siebie na tyle, że utworzyli osobne byty, *awenderi* Pana Bitew wymieniali się między sobą wspomnieniami, bo tak było łatwiej i szybciej. Złodziej poczuł szczere rozbawienie tym, że Bitewna Pięść lepiej zapamiętał smak morskiego wina niż sam przebieg rozmów.

Ale te zakończyły się sukcesem, bo więcej nie walczono z Nieśmiertelną, pozwolono jej pływać po oceanach, korzystać z darów mórz, czasem wynajmowano do pomocy w transporcie oddziałów.

Nocna Perła...

Porzucili cię na śmierć, prawda?

Okaleczyli i zostawili. Jak chorą sztukę bydła.

— Chciałbym im się przyjrzeć z bliska — mruknął.

— W sumie to żaden problem. — Podoficer machnął ręką i zwój liny poleciał na dół. — Umiesz po tym schodzić?

Altsin zawiesił wzrok na wytatuowanej twarzy, czując nagły chłód w żyłach.

— No proszę, najpierw poczęstunek, potem mocna wódka, nie tyle, bym się upił, ale tyle, bym zapomniał o zdrowym rozsądku, po czym pokazujesz mi coś, co ma mnie zaciekawić. I nawet lina do zejścia czeka pod ręką.

Tym razem uśmiech dziesiętnika wyglądał na szczery.

— A widzisz. Teraz wiadomo, dlaczego to ty, a nie ja, jesteś czarownikiem. Taka sprytna z ciebie bestia, że aż strach.

Bestia? Ha, Ha... żebyś wiedział, żołnierzu.

— Nie musisz schodzić, jeśli nie chcesz. A wódka była tylko poczęstunkiem. — Rudy porucznik podszedł do nich, pobrzękując kolczugą. — A my potrzebujemy maga, bo jedyny, jakiego mam, do niczego się nie nadaje.

Stojąca kilkanaście kroków od nich blondynka musiała mieć doskonały słuch, bo syknęła i pokazała oficerowi obraźliwy gest.

— Skąd wiesz, że ja się do czegoś przydam?

— Przewędrowałeś kawał Północy, przepłynąłeś wiele mil w skradzionej aherskiej łodzi, ocaliłeś moich ludzi. I nie wmówisz mi, że twoja gildia wysłała w tak niebezpieczną podróż kogoś, kto nie potrafi użyć magii do obrony. Nieważne, aspektowanej czy nie.

No, tu go miał. Jeśli złodziej nie chciał zaplątać się zbyt mocno we własną bajeczkę, mógł tylko przytaknąć.

— Potrafię o siebie zadbać.

— To dobrze. — Oficer skinął dłonią i tuzin strzelców zajęło miejsce na blankach kasztelu. — Nadal chcesz zejść? Będziemy cię osłaniać.

Altsin pokręcił głową. Minął już szok, którego doznał na widok tych stworzeń; z głowy wyparowały mu i gniew, i lodowata furia, którą go ugasił. I nagle pomysł zjechania na dolny pokład wcale nie wydawał mu się już taki dobry. Przynajmniej nie tak na łapu-capu.

— Czekaj, czekaj. Jak się chwilę zastanowić, to mam jeszcze kilka pytań, poruczniku. Opowiedz mi o nich. — Wskazał na trupy bestii.

Opowieść oficera była krótka i właściwie Altsin sam mógł odtworzyć jej część na podstawie śladów walki. Zaatakowano ich, gdy większość oddziału była już na górze, bestii było czterdzieści, może pięćdziesiąt. Nie walczyły jak zwykłe zwierzęta, w ich atakach dało się dostrzec jakąś dziką przemyślność i niezwierzęcy spryt, ale i tak zostały odparte. Zdołały jednak porwać czterech żołnierzy. Zabrały ich pod pokład. Szósta Kompania właśnie wybierała się po swoich.

Cholera, ten oficer nie zrobiłby kariery jako wędrowny bard. Ani nawet jako pomocnik barda. Taki, co to łazi za mistrzem i podaje lutnię. Rzucał zdania krótkie, koślawe, po żołniersku proste. Nic dziwnego, że wybrał karierę w armii.

Ale złodziej wysłuchał jego opowieści do końca, nie przerywając ani razu.

— Zdajesz sobie sprawę z tego, że zejście pod pokład to szaleństwo? — skwitował, gdy już usłyszał całość.

Wyobraźnia podpowiadała mu, że pod pokładem będzie prawdziwy labirynt. Ciemno, ciasno, na wpół inteligentne bestie znające każdy zakamarek... To nie wyobraźnia, uświadomił sobie nagle. To wspomnienia. Było jasne, że Bitewna Pięść spotkał już kiedyś te potwory i z nimi walczył.

Porucznik wzruszył ramionami.

— Istnieje taka możliwość.

— Czy regulamin imperialnej armii nie zakazuje oficerom wysyłania ludzi na samobójcze misje?

Stojący obok wytatuowany dziesiętnik plasnął się z rozmachem w czoło.

— Wiedziałem, że chyba kiedyś coś takiego czytałem. To chyba rozdział siódmy, podpunkt czterdziesty drugi. Zaraz po instrukcji, jak srać i się podcierać.

Kilku najbliższych żołnierzy parsknęło krótkim rechotem, ale żaden nie oderwał wzroku od pokładu poniżej. Ich kusze zataczały leniwe półkola, omiatając teren.

Oficer pokiwał głową, a na ustach zagościł mu cień uśmiechu.

— Owszem, Varhenn, ale poniżej napisali „nie dotyczy Górskiej Straży", więc się nie wymigasz. Schodzimy pod pokład, bo czas nas nagli. A ty, czarowniku, rób, co chcesz. Nie mam czasu cię przekonywać, a błagać nie będę. Uwaga! Pierwsza i Trzecia ruchy! Zabezpieczyć teren i czekać na resztę.

W dół poleciały kolejne liny i w dosłownie kilka uderzeń serca dziesięciu żołnierzy znalazło się na pokrytych posoką czarnych deskach. Błyskawicznie załadowali kusze i rozstawili się w półokrąg.

— Gotowe!

Altsin musiał przyznać, że chociaż wyglądali na bandytów, którzy uzbroili się, szabrując pola bitewne, działali cholernie sprawnie.

Do dowódcy podbiegł Jodła, już w kolczudze i z mieczem w garści.

— Proszę o pozwolenie na dołączenie do oddziału. Gessen też chce iść.

— Wolałbym, żebyście odpoczęli.

— Z całym szacunkiem, panie poruczniku. Ja bym wolał siedzieć w Belenden pod ciepłą pierzyną. Takie jest życie, nie wszystkim dogodzi.

— Jodła...

— Przepraszam, panie poruczniku, ale mówię, jak jest. Tu ze Szczurami zostanie Patyk i paru innych chłopaków, więc my nie musimy. No i Alenth i Otha są mi winni pieniądze, nie pozwolę durniom dać się zeżreć tam na dole, zanim nie dostanę swoich dwóch orgów.

— Po dwóch od każdego?

Tak jest!

Oficer podrapał się po brodzie, przysłaniając dłonią uśmiech.

— A, to zmienia postać rzeczy. Za cztery orgi poszedłbym po nich sam. Dobra, dołączycie do Siódmej. Schodzi ostatnia, razem z psami. Powiedz Gessenowi, żeby się pospieszył, nie będziemy czekać.

— Rozkaz! — Strażnik zasalutował i pobiegł na tyły.

To był ten moment, który sprawił, że Altsin zmienił zdanie.

Na chwilę, dosłownie na mgnienie oka, na twarzy oficera patrzącego na truchtającego Jodłę nie było nic, poza najczystszą, najpełniejszą dumą. Zasraną, głupią jak ledwo wyklute pisklę, kretyńską dumą. A jej odbicie zagościło na twarzach pobliskich żołnierzy, wypiękniając je w najwspanialszy możliwy sposób. Rozumiał to, tak dobrze to rozumiał... Wspomnienia *awenderi* Reagwyra z tysiąca pól bitewnych grały z tą dumą jednym tonem.

Cholera. Ależ to było cudownie idiotyczne.

Mimo to musiał jeszcze zapytać.

— Wiesz, że najpewniej idziecie po trupy?

— Velergorf zaklina się, że potwory zabrały ich na dół żywych. Wierzę mu. Nie wiem, dlaczego tak zrobiły, ale jeśli jest szansa, że moi ludzie żyją, pójdziemy po nich.

— Bo są winni cztery orgi?

— No. — Uśmieszek porucznika był niemal figlarny. — To też. A jeśli nie, trupy też są ważne. No i nie sądzę, by tych stworów było zbyt wiele. Zaatakowały nas, dopiero gdy większość kompanii znalazła się na górze. Czaiły się, czekały na odpowiednią chwilę i uderzyły wtedy, gdy uznały, że mają szansę. Nie wcześniej. To znaczy, że nie może ich być zbyt dużo. Na dodatek trzecią część położyliśmy trupem, a resztę zdrowo poharataliśmy. Pójdziemy więc za śladami posoki i zabijemy te, co zostały. Trzeba tylko znaleźć ich norę.

Altsin wskazał na nosze pilnowane przez dwóch żołnierzy.

— Może jak obudzisz swojego szamana, to powie ci, gdzie szukać.

— Nie ma na to szans. Jest nieprzytomny, bo coś schwytało jednego z jego duchów i więzi. Gdyby nie sprawa z tymi potworami, rąbałbym już ściany tej budowli — wskazał na drewnianą rotundę za plecami — żeby sprawdzić, kto to zrobił i kto, do cholery, steruje tym statkiem. Ale teraz muszę odzyskać swoich ludzi. Żywych lub martwych. A twoje przybycie, Żołądź, opóźniło nas o pół godziny.

Ostatnia uwaga trochę złodzieja ubodła.

— Wybacz, gdybym wiedział, bardziej bym się spieszył.

— Nieważne. Gessen i Jodła żyją, a już ich pożegnaliśmy. Teraz jednak my musimy nadrobić stracony czas. Zostajesz?

Altsin pokręcił głową.

— Zejdę na dół — powiedział.

— Namyśliłeś się? — Porucznik uniósł brwi.

— Nie mówię, że pójdę z wami pod pokład. Ale przyjrzę się tym truchłom poniżej. Kiedyś czytałem o podobnych bestiach złapanych na Uroczysku... To... — zawahał się, nie wiedząc, w którą stronę pociągnąć kłamstwo — ... to szansa na sprawdzenie, czy chodzi o te same stwory. W gildii będą o to pytać. A poza tym, teraz są tam już twoi ludzie, a to zmienia trochę postać rzeczy.

No i Oum pytałby, dlaczego złodziej nie sprawdził wszystkiego. Nie po to tłukł się przez pół świata, by zostawiać za sobą nierozwiązane zagadki. Bo przecież wcale nie chodziło o to dziwaczne, podejrzanie rozbrajające uczucie, gdy patrzył, jak strażnicy szykują się do walki.

Szlag by to trafił. Najwyraźniej taka głupota bywa zaraźliwa.

Nie czekając, aż porucznik zacznie mu dziękować, bo tego już by chyba nie przełknął, złapał linę i prawie parząc sobie dłonie, zjechał na pokład w dole.

Rozdział 36

Atmosfera była ciężka i lepka, ale Gentrell od razu wiedział, że wszelkie decyzje zostały już podjęte. To znaczy cesarz je podjął, a potem wezwał ich tu tylko po to, by je oznajmić. Szpieg mógłby udawać przed sobą, że dostrzega to tylko w chmurnych oczach Kregana-ber-Arlensa, ale prawda była taka, że widział to w całej jego postaci. Imperator miał na sobie podróżny strój, uzupełniony stalowym napierśnikiem i rękawicami. No i miecz przy boku.

Ande Salurin żartobliwie nazywał takie spotkania nie naradami, lecz oznajmiankami, bo w końcu nie radzono na nich z cesarzem, tylko oznajmiał on zebranym swoje decyzje.

Gentrell uznał, że ten lubiący wino i dziwki sukinsyn miałby się z pyszna, gdyby wiedział, że tym razem Kregan-ber-Arlens podjął decyzję właśnie po raporcie Drugiego Szczura.

Stali wokół stołu we czwórkę, cesarz, Luwo, Suka oraz Gentrell, i wpatrywali się w płachty papieru pokryte węglowymi rysunkami. Gigant ze zwierzęcą twarzą unosił w dłoniach trzy sztuki dziwacznej broni, kilka podobnych do niego stworzeń, tylko mniejszych, walczyło z jakimiś koszmarnymi istotami pełnymi kłów i pazurów, dwie czwororękie bestie ścierały się ze sobą.

Luwo-asw-Nodares chrząknął i zaczął szybciutko:

— To wszystko rysunki Nealli, dziewczynki ocalonej z Glewwen-On. Była jedynym tropem łączącym nas z osobą używającą imienia Kanayoness Daera.

Trzeci nadstawił ucha.

— A to — szef Nory rozdał im kartki — wybrany fragment raportu oddziału Górskiej Straży znanego jako Czerwone Szóstki.

Gentrell nie musiał tego czytać, bo znał ten raport prawie na pamięć. Martwy stwór, na którego strażnicy natknęli się w czasie wędrówki przez Mrok, był dokładnie taki sam jak te na rysunkach.

— Obróćcie kartki — polecił cesarz. — Macie tam część raportu Drugiego Szczura znad Wenderladzkiego Bagna.

Gentrell przebiegł wzrokiem równe rzędy liter: „Osiem stóp wzrostu, cztery ręce, duże kły...". Opis pasował do rysunków lepiej nawet niż to, co wycisnęli z Górskiej Straży.

— Takie właśnie stworzenie, i jeszcze jedno, jakby wielki robak, pojawiło się wczoraj na bagnie. Powtórzę, żebyście dobrze mnie zrozumieli: to nie zwykła bestia z Uroczyska, tylko najwyraźniej inteligentna, nosząca ubranie i walcząca bronią istota. Ktoś z was słyszał kiedykolwiek o czymś takim?

To było pytanie retoryczne.

— Ja też nie. A jakieś legendy z okresu Wojen Bogów?

Luwo chrząknął.

— Jedna, dość krótka opowiastka o Owerthcie, czwororękiej bestii Niechcianych, z którą zmierzył się, i którą oczywiście pokonał, Pan Burz.

Popatrzyli po sobie. Opowiastki i legendy z czasów Wojen Bogów robiły się ostatnio nadzwyczaj aktualne.

— Udaję się nad Bagno. Czarownicy z teleportem czekają już pod miastem. Przerzucą mnie przez góry do twierdzy Uwir, wezmę stamtąd cały zasrany pułk i zbierając co się da po drodze, ruszę na pomoc Drugiemu. Za trzy dni będziemy na miejscu.

Trzeci, widząc, w jaki sposób cesarz kładzie co chwila dłoń na rękojeści miecza, westchnął pod nosem.

Och, do cholery, wcale nie chodziło o to, że Salurin potrzebuje jakiejś pomocy. Wystarczyłby jeden cesarski rozkaz, a dwadzieścia tysięcy żołnierzy pomaszerowałoby w stronę bagna, i to najszybszym możliwym tempem. Kregan-ber-Arlens miał już dość przesuwania ołowianych żołnierzyków po kamiennej mapie. Chciał działać. I chyba najlepiej będzie, jeśli rzeczywiście pozwolą mu na tę eskapadę. Osiem, może dziesięć dni i zjawi się z powrotem w zamku.

Co złego może mu się stać w sercu Imperium?

***

— Pani.

— Pani.

Dwa bliźniacze powitania, dwa bliźniacze ukłony. Dowodzący korpusem słoni Brimgorn Uvie oraz naczelny mag armii Umneres z Luwi przybyli na naradę dokładnie o czasie. To dobrze. Teraz spóźnialstwo byłoby niewybaczalne.

Zapadł już zmrok i wnętrze namiotu oświetlał tuzin lamp oraz lichtarz stojący pośrodku stołu. Poza namiotem wojska rozstawiały się niczym do bitwy, mając przed sobą nie wiadomo dokładnie jakie siły wroga. Wyglądało na to, że tej nocy niewielu ludzi zazna snu. Grały trąbki, grzmiały bębny, nad parskanie wierzchowców jazdy wybijały się porykiwania słoni.

Muzyka zapowiadająca rzeź.

Kosse Oluwer i Wuar Sampore czekali już przy stole. Obaj w pełnym rynsztunku, którego zapewne nie zdejmą przez wiele najbliższych godzin. Obaj spięci i gotowi, niczym dwie spragnione krwi szable czekające pod ręką.

Jej szable. Jej broń.

Genno Laskolnyk nie został zaproszony nawet jako gość albo obserwator w imieniu Imperium. Co najmniej jedna z jego kobiet była czarownicą, a nigdy nie wiadomo, co ktoś taki jak ona potrafi. I ile potrafią inni. Gdyby Deana chciała, by Krwawy

Kahelle poznał jej plany, sama wysłałaby mu raport z tej narady. W tej chwili „goście" z Meekhanu odpoczywali w głównym obozie pod ścisłą strażą. Dla własnego bezpieczeństwa i dla jej spokoju.

Deana spojrzała uważnie na obu *af'gemidów*. Ponieważ do tej pory nie wybrała żadnego z nich na głównodowodzącego, dla wszystkich było jasne, że to ona, Płomień Agara, Pani Oka, stoi na czele armii. Przynajmniej formalnie, jako przedstawicielka księcia. Zresztą, to było dobre dla morale wojsk. A nawet gdyby Laweneres nie leżał nieprzytomny w pałacu, tylko osobiście stał przy tym stole, jakaż byłaby różnica? On też nigdy nie dowodził w bitwie i też musiałby się zdawać na porady swoich *af'gemidów*. W jej obecności przynajmniej nie ośmielali się robić sprośnych uwag.

Czarownik podszedł do stołu.

— Ilu? — zapytał od razu.

Dowódca Słowików pokręcił głową i chyba po raz pierwszy Deana zobaczyła na jego twarzy niepewność.

— Miałem w straży przedniej pięć *perdii*, w meekhu to będzie chorągwi. Prawie tysiąc konnych, a oni bez trudu zepchnęli nas w tył. Co najmniej dwadzieścia tysięcy, z czego połowa to pawężnicy, ciężka piechota. Druga połowa to hołota uzbrojona w oszczepy i proce. I ze cztery setki jeźdźców. — Jego spojrzenie stwardniało, nabrało tego okrutnego wyrazu, którego nienawidziła. — Gdybym miał tam wszystkich moich chłopców... i resztę jazdy, wystrzelalibyśmy ich co do jednego.

— Gówno byście wystrzelali — Kosse Oluwer dał wyraz swojemu podenerwowaniu, rzucając takim słowem przy Deanie. — To przednia straż, najwyżej trzecia część tego, co na nas maszeruje. Wpadłbyś na pozostałych, wzięliby cię w kleszcze między tarcze a piki i połowa twoich ptaszków nie wróciłaby do domu.

— O czym ty...

— Cisza. Natychmiast.

Deana nawet nie podniosła głosu. Szczerze mówiąc, wyszeptała te dwa słowa, ale cisza zapadła. Jak nożem uciął.

— Mistrzu Umneresie, kiedy dostaniemy wieści z Pomwe?

Czarodziej zasępił się, na jego szlachetnym profilu zagrały cienie.

— Jeśli buntownicy zaatakowali miasto dziś rano, to szczegóły dotrą do nas najwcześniej jutro, pani. Gołębie poleciały do Nowego Nurotu, a gońcy stamtąd mają sporo drogi.

— Rozumiem. Kosse, naprawdę uważasz, że to trzecia część ich armii?

— Co najmniej, Pani Oka.

Hm. Musiał być naprawdę podekscytowany. Najpierw przekleństwo, a teraz zaczął ją oficjalnie tytułować. Każdy na swój sposób radzi sobie z napięciem przed nadchodzącą bitwą.

— A reszta?

— Główne siły zapewne maszerują kilka mil za przednią strażą. Nie wiem, jakie oddziały idą w tylnej, ale sądzę, że Krwawy Kahelle zostawił pod Pomwe tylko tyle wojska, by utrzymać oblężenie, a z resztą ruszył na nas. Rano będzie miał tu z sześćdziesiąt, może siedemdziesiąt tysięcy ludzi. W tym cholernym wąskim przejściu.

Trochę przesadzał. Las, który od wielu dni majaczył gdzieś na horyzoncie, podchodził tu nagle pod rzekę szerokim i głębokim jęzorem mrocznej zieleni, ale między nim a Tos była prawie mila odstępu, nawet jeśli zawężona z jednej strony grząskim brzegiem, a z drugiej forpocztą puszczy w postaci niskich drzewek i krzewów. Miejsca na stoczenie bitwy było więc dość, niemniej Krwawy Kahelle wytrącił im z rąk sporą przewagę. W czasie poprzednich narad bardzo liczyli na jeździecki kunszt Słowików; z tego co Deana słyszała, dorównywał on, a nawet przewyższał umiejętności koczowników z Północy. Teraz jednak kawaleria będzie musiała czekać, zważywszy, że do rana wróg na pewno się okopie, a ona nie pośle swoich żołnierzy do samobójczej szarży.

Pierwszy raz pomyślała w ten sposób. J e j żołnierze, j e j armia. Chyba żadna z modlitw, które zawierał *kendet'h*, nie mogła teraz zmniejszyć ciężaru, jaki ta prosta myśl kładła na sercu. Bo wróg był wyznawcą Wielkiej Matki.

Nie prosiła się o tę wojnę.

— Słonie? — zwróciła się do Brimgorna.

Przez chwilę wahał się wyraźnie.

— Odradzam, pani.

— Dlaczego?

— Nie używa się słoni do ataku na wojsko, która miało czas się przeciw nim przygotować. Wystarczy przed linią obrony rozsypać kolce albo kawałki desek przebite gwoździami. Poza tym tu jest za wąsko, pani. Jeśli słonie wpadną w panikę, nie uciekną ani do lasu, ani do rzeki, tylko wybiorą najłatwiejszą dla nich drogę. W tył. A tam będziemy stali my. Gdybyśmy tylko przyspieszyli, jak radzono...

Jako jedyny powiedział to, co zapewne większość z nich myślała i o co miała do niej pretensje. Gdyby przyspieszyli, minęliby już to zwężenie i wyszli na równiny wokół Pomwe.

Westchnęła, a potem parsknęła cicho. W sumie nawet trochę ją to bawiło.

— Dobrze to sobie wykombinował ten Krwawy Kahelle. Odebrał nam większość przewag. Jak wygląda teren dalej?

Pochylili się nad mapą, odręcznie i na szybko narysowaną przez jakiegoś całkiem uzdolnionego żołnierza. Odwzorowywała ona kilka mil kwadratowych terenu, z brzegiem rzeki i tym przeklętym lasem, który ich blokował.

— Przesmyk... — dowódca Słowików podrapał się po policzku — ma milę szerokości, pani, i jakieś ćwierć mili głębokości. Później las ucieka na południe, robi się szerzej i szerzej. Milę dalej niezarośnięty teren sięga już prawie dwie i pół mili od rzeki. Jeszcze mila i lasu prawie nie widać.

— Czyli jeśli odepchniemy ich jakieś pół mili w tył, będziesz mógł wcisnąć się tam jazdą i zajść ich z prawej? A może nawet okrążyć?

— Tak, moja pani.

No proszę. Została jego panią. Wizja kluczowego udziału w zwycięstwie musiała trącać w jego duszy jakąś szczególnie wrażliwą strunę.

— Jeśli zepchniemy ich z umocnionych pozycji, Brimgorn będzie mógł też uderzyć swoimi słoniami?

— Jeśli jazda sprawdzi teren, to tak.

— Jeśli i jeśli. Dużo tych jeśli, moi drodzy wojownicy. Nie wiedziałam, że bitwa to takie — zawahała się teatralnie — wróżenie z kości. A może bardziej z wnętrzności. I to naszych żołnierzy.

Tylko Umneres z Luwi pozwolił sobie na uśmiech.

— Kiedy przyjęłam do pałacu Rasha y'Wannu jako domową strażniczkę, stoczyłam z nią ćwiczebny pojedynek, który miał ustalić, która z nas jest lepsza. — Deana pokiwała palcem *af'gemidowi* Słowików. — Nie przerywaj mi, Sampore, jestem w ciąży, a kobiety w ciąży bywają impulsywne. Wygrałam, jeśli was to interesuje. Ona walczyła włócznią, ja szablami. Różne style. I to samo widzę teraz na tej mapie. Różne style prowadzenia wojny. Krwawy Kahelle zapewne doskonale zna i liczebność, i skład naszej armii, więc zrobi wszystko, by odebrać nam przewagę konnicy i słoni. Okopie się, umocni i będzie chciał wciągnąć nas w bitwę na wyczerpanie, zmusić do atakowania jego pozycji, być może przez wiele godzin. Znam sposoby walki Meekhańczyków, a ten jest ich ulubiony. W żadnym innym nie są tak dobrzy jak w uporczywej obronie. Prawda, mistrzu Umneresie?

— Bez wątpienia, pani. Uderzać na przygotowaną do obrony meekhańską piechotę to jak próbować wbić nóż w belę mokrego płótna. Najlepsze ostrze ugrzęźnie.

— Właśnie. I myślę, że taki jest plan wroga. Okopią się głęboko trzema, czterema liniami i pozwolą nam zaatakować. Oluwer, nie rób takiej miny, znów traktujesz ich jak zwykłych buntowników. Twoje prawie siedem tysięcy Bawołów, nawet wsparte całą najemną piechotą, jaką mamy, nie przebije się przez sześćdziesiąt tysięcy przygotowanych do obrony Meekhańczyków. Ugrzęźniecie.

Przez chwilę zastanawiała się, czy podzielić się z nimi wieściami od Evikiata. O ptakach w locie. Uznała jednak, że nie. Jeśli wieści się rozejdą, mogą dotrzeć i do wroga. Krwawy Kahelle i tak zbyt dużo wiedział o jej armii.

— Więc co zrobimy, pani?

Af'gemid Bawołów pochylił byczą głowę i zadał to pytanie niskim, rozdrażnionym głosem. Wyglądał jak prawdziwy Bawół, któremu narzuca się posłuszeństwo siłą.

— Mistrzu Umneresie, co meekhańska piechota robi, by zmusić przeciwnika do ataku?

— Hm... zazwyczaj używa machin bojowych i zasypuje go gradem pocisków. Wtedy wróg nie ma wyjścia, może tylko uderzyć lub uciec. Czasem korzysta z czarów, byleby zmusić go do działania.

— Albo?

— Albo uderza i wycofuje się, prowokując do kontrataku.

Deana pokiwała głową. Sama doskonale o tym wiedziała, przestudiowała bowiem historię meekhańskich bitew i podbojów, ale lepiej było, żeby tą wiedzą podzielił się z *af'gemidami* inny mężczyzna. Zwłaszcza taki, który widział taktykę imperialnej piechoty na własne oczy.

— Machin nie mają. W każdym razie nie użyli żadnych w czasie ataków na Pomwe. Magów też nie, w końcu, jeśli dobrze pamiętam, niewolnicy byli bardzo rygorystycznie kontrolowani pod kątem zdolności magicznych, a każdego, u którego wykryto Talent, zabijano. Więc co im pozostanie? Zaatakować i odskoczyć, licząc na to, że pójdziemy za nimi. A my będziemy stać.

Dowódca kawalerii chrząknął i przestąpił z nogi na nogę.

— Jak długo?

— Tyle, ile będzie trzeba, Wuarze Sampore. Ale nie martw się. Przyjdzie czas, by wypuścić twoje Słowiki z klatki.

— A jeśli nie zaatakują?

— Wtedy my podejdziemy z balistami i magami na dwieście jardów od ich okopów, po czym zwalimy im niebo na głowy i podpalimy ziemię pod nogami. Oni o tym wiedzą. Więc muszą zaatakować. I zrobią to. Bo Meekhańczycy bronią się, atakując, i atakują, broniąc. A teraz przygotujcie mi tu, na mapie, najlepszą taktykę na nadchodzącą bitwę.

***

Luwo-asw-Nodares, Pierwszy Szczur Nory, przemknął się do swoich komnat po cichutku, na palcach, byle nie natknąć się na nikogo ze służby i nie musieć przebywać Na Zewnątrz dłużej, niż to było absolutnie konieczne. Nawet głupie pytanie w stylu: „W czym mogę ci pomóc, panie?", zmusiłoby go do zatrzymania się, uśmiechnięcia i udzielenia uprzejmej odpowiedzi. A świat wokół zaciskałby się niczym szubieniczny węzeł.

Cesarz opuścił zamek przed kilkoma godzinami i zapewne szalał już po drugiej stronie gór, podrywając na nogi całe pułki. A Pierwszego Szczura Nory czekała własna praca, do której musiał się odpowiednio przygotować.

Dotarł na miejsce, zamknął drzwi, oparł się o nie i przez chwilę stał tylko bez ruchu, pozwalając zwolnić walącemu sercu. Spokój. Porządek. Ład.

Otworzył oczy, pozwalając, by te trzy filary jego drugiego życia spłynęły na niego i ukołysały. W tej komnacie, jednej z czterech, które były Jego i Tylko Jego, sam zaplanował szczegół wystroju. Wszystko tu było proste, żadnych łuków, zawijasów i miękkich wzorów, tak ostatnio popularnych w całym Imperium. Moda nie miała dostępu do jego prywatnych pomieszczeń. Deski na podłodze, kamienne płytki na ścianach, kasetony na suficie – każdy z tych elementów miał dokładnie osiem cali szerokości i szesnaście długości i łączył się z sąsiednimi pod doskonale prostym kątem. Luwo sam tego pilnował, każąc nawet zmniejszyć szerokość i wysokość komnaty, by nie było potrzeby przycinania żadnej płytki. By powstał wzór doskonały.

Sycił się przez chwilę tą perfekcją, po czym odkleił od drzwi i ruszył do kolejnej komnaty. Do biblioteki. Tu ściany były białe, podobnie jak podłoga, a jedyne oświetlenie zapewniał rząd wielkich świetlików na białym suficie, choć szkło w nich zostało zmatowione tak, by wpuszczało do środka tylko rozproszone, łagodne światło.

Bibliotekę zapełniało szesnaście pomalowanych na czarno regałów, z których każdy miał osiem półek wypełnionych książkami. Książki kopiści też oczywiście sporządzili dokładnie według jego wskazań: oprawiono je w białą skórę w taki sposób, by szerokość i wysokość każdego grzbietu była identyczna. Co do ułamka cala.

Na każdej półce znajdowały się sześćdziesiąt cztery woluminy, ułożone tak, że między ich okładki trudno byłoby wcisnąć nawet pojedynczą kartę.

Pierwszy Szczur przez chwilę pozwalał, by ten porządek obmywał jego duszę, uspokajał serce. Znał na pamięć rozkład tej biblioteki, mógł w środku nocy, z zawiązanymi oczyma, wejść tu i nie potrącając żadnej z półek, znaleźć każdy z pięciu tomów *Gór krwi i łez – czyli historii podboju Manelawów i Dovsów* autorstwa hrabiego gle-Omniona, albo *Koło Wenherissa i Monzelski Dąb – wstęp do problemów z aspektami* Mawiusa Karła.

Och, gdybyż stary czarownik wiedział, co naprawdę znaczą „kłopoty z aspektami". Szczęściarz.

W kącie biblioteki stał olbrzymi fotel, obszyty również białą skórą. Luwo podszedł do niego i z cichym westchnieniem zapadł się w bezpieczną miękkość. Powoli uspokajał umysł i ciało, usztywniał je, ściskał. Sięgnął do skrytki wbudowanej w lewy bok fotela i wyjął porcelanową buteleczkę. Niestety, medyk-alchemik, który sporządzał dla niego lekarstwo, nie potrafił nadać mu koloru śnieżnej bieli, więc naczynie, z którego Pierwszy Szczur korzystał, musiało być nieprzejrzyste. Płyn w środku miał złowrogą, czerwoną barwę, więc gdyby go widział, nigdy nie zdołałby przełknąć.

Wypił. Smak wanilii i orzecha byłby całkiem przyjemny, gdyby nie to, że przez większość życia kojarzył mu się z więzieniem, w jakim tkwił jego umysł. I znów, czując, jak lek zaczyna działać, miał ochotę się rozpłakać. Zwinąć w kłębek i szlochać.

W takim stanie odnalazł go przed laty Eargon-lot-Menhe, Czwarty Szczur Nory w czasach Wielkiej Wojny z Se-kohlandczykami. A właściwie w takim stanie zaprezentowano mu Luwo. Chudego wyrostka w nieokreślonym wieku, który płakał i kwilił, gdy tylko zdjęto mu opaskę z oczu. Ale który potrafił też wyrecytować słowo w słowo treść rozmowy, usłyszanej kiedy miał pięć lat, pomnożyć w pamięci ośmiocyfrowe liczby i ułożyć trzysta różnych przedmiotów we właściwej kolejności, nawet jeśli zdarzyło mu się tylko raz rzucić na nie okiem.

Zadanie. To była jedyna rzecz, jaka w tamtych czasach powstrzymywała jego umysł od rozpadnięcia się na kawałki. Musiał dostać Zadanie i je wykonać. Inaczej otaczająca go rzeczywistość brała górę, kolory, zapachy, dźwięki i kształty atakowały go ze wszystkich stron, przytłaczały, próbowały wepchnąć do małego, ciasnego pokoiku jego głowy i zamknąć go w nim na stałe. To lot-Menhe kazał najzdolniejszym alchemikom i medykom Imperium sporządzić dla niego lek, miksturę, która sprawiała, że świat robił się szary, bezwonny i wyciszony, ale jednocześnie nie tłumiła najważniejszej cechy umysłu Luwo-asw-Nodaresa: umiejętności rozwiązywania Zadań. Ale nie mógł pić jej cały czas, bo skutki uboczne, takie jak bezsenność i biegunki, mogłyby go zabić. Brał więc lek, tylko gdy czekała go wytężona praca albo gdy musiał wyjść do ludzi.

Wśród najbliższych mu osób tylko Drugi i cesarz znali jego sekret. Psiarnię udało się przekonać, że Luwo zażywa łagodne narkotyki na pobudzenie umysłu, dzięki czemu Eusewenia traktowała go z pewnym lekceważeniem. Natomiast cesarzowi mógł zaufać tak długo, jak długo był mu przydatny, przynajmniej tak wynikało ze wszystkich chłodnych analiz Pierwszego. Nawet obecne odsunięcie na bok miało służyć tylko pełnemu wykorzystaniu jego umysłu. To było Zadanie. Salurin zaś był zbyt podejrzliwy wobec całego świata, by zdradzić komuś jego sekret, wolał trzymać go w zanadrzu „na wszelki wypadek".

Przeciągnął się w fotelu i otworzył oczy. Czerń półek stała się ciemną szarością, biel książek i ścian szarością jasną. Światło wpadające przez matowe szyby świetlików było neutralne i obojętne - ani ciepłe, ani zimne. Luwo wstał energicznie, pociągnął nosem, żadnych zapachów, mlasnął, smak wanilii i orzechów znikł. W tej chwili mógłby wypić kubek miodu i kubek soku z kwaszonej kapusty i miałby kłopot z powiedzeniem, który jest który. No, może poza tym, że miód byłby gęstszy.

Jego umysł podskakiwał z niecierpliwości.

Jeszcze chwila, najpierw musiał załatwić kilka spraw.

Sięgnął do skrytki pod fotelem i wyjął większą butelkę z lekiem. Napełnił i starannie zamknął porcelanową flaszeczkę, po czym odłożył oba naczynia na miejsce. To była porcja odpowiednia do jego wagi i wieku, od wielu lat sam obliczał już właściwe dawki. W swoich komnatach miał kilka skrytek z miksturą, zawsze też nosił jej dwie buteleczki ze sobą. Każda zapewniała mu około pięciu-sześciu godzin spokoju, każda była na wagę złota.

Przeciągnął się i wszedł do trzeciej komnaty swojego królestwa, tej, w której najczęściej pracował, czytając raporty i analizując wieści zbierane przez Norę. To było jego miejsce, jego życie. Eargon-lot-Menhe stał się jego zbawcą i mentorem, mistrzem i bogiem, gdy ofiarował mu pracę w Wywiadzie Wewnętrznym. Dzięki temu jego umysł regularnie dostawał Zadania, a Zadania były dla niego wszystkim.

Żeby wejść do tej komnaty, musiał zawsze zażywać leki, bo akurat to pomieszczenie było królestwem totalnego chaosu. Od progu witał go wielki stół zawalony dokumentami i ściany, do których przypięto setki papierów, rysunków, odręcznych notatek, portretów ludzi, bogów lub po prostu czarnych plam, oznaczających nieznane. Między tymi wszystkimi kartami biegły linie utworzone z różnokolorowych sznurków albo nakreślone pospiesznymi pociągnięciami rozdygotanej dłoni. Jego umysł żądał czasem błyskawicznego działania.

Luwo stanął przed tą ze ścian, której środek zajmowała plama czerwieni maźnięta byle jak na kawałku papieru. *Ana'bóg*. Istota zrodzona z tysięcy dusz połączonych w jednym ciele, dla których lepiszczem i rdzeniem była dusza właściciela. Szczury wciąż miały za mało wiedzy na ten temat, by wysnuwać jakieś konkretne wnioski. Wydawało się, że wiedza twórców Wielkiego Kodeksu, który określał większość reguł rządzących religią i magią w Imperium, była głębsza i szersza, ale w czasie pierwszych stu lat wojen z religijnymi fanatykami rządzącymi kontynentem, gdy Meekhan wykuwał swoją potęgę, wiele oryginalnych dokumentów przepadło lub zostało zniszczonych. Ich kopie zawierały zaś najczęściej sprzeczne informacje.

W każdym razie to było jedno z jego Zadań. Rozgryźć, jaki schemat stał za wydarzeniami na Wyżynie Lytherańskiej oraz w Ponkee-Laa i co wiąże je z powstaniem niewolników na Dalekim Południu. Tu i tam istniały podobieństwa, których nie mógł zignorować. Wszędzie królowała przemoc oparta na motywie religijnym. Na Wschodzie wyznający Laal Wozacy starli się z czczącymi Gallega Se-kohlandczykami, w nadmorskiej metropolii matriarchiści stanęli naprzeciw reagwyrystom, i to tym z najbardziej fanatycznego odłamu, a na południu ktoś próbował wciągnąć Pana Ognia w wojnę z Wielką Matką.

Choć wyznawcy Baelta'Mathran dwukrotnie pojawiali się w tym zestawieniu, Luwo odrzucił już myśl, że to jakiś specjalny atak skierowany przeciwko nim, czyli tak naprawdę przeciw Imperium. Na razie jednak nie podzielił się tym wnioskiem z cesarzem, bo ten zapewne zażądałby twardych dowodów, a tych Pierwszy Szczur nie miał. Wiedział jednak, że matriarchiści po prostu byli liczni i występowali na całym świecie, więc jeśli ktoś szukał konfliktu religijnego, trafiał na nich częściej niż na innych. Nie, tu musiało chodzić o coś innego. Brakowało mu wiedzy, brakowało informacji.

Na stole miał kilka nowych raportów ze Wschodu, w tym od szpiegów umieszczonych w samym Złotym Namiocie, ale postanowił, że przejrzy je za chwilę. Patrząc na plamę czerwieni na ścianie i otaczające ją kartki, miał wrażenie, że cały czas coś mu umyka. Jakiś ważny szczegół, który połączy wszystko w logiczną całość. Religia i wojna, krew, śmierć i cierpienie niezbędne, by umierające ciało otworzyło się na otaczające je dusze i zapoczątkowało proces powstawania *ana'boga*... Ale po co? Dla panteonu, ba, nawet dla jakichś lokalnych, plemiennych bożków taka istota stanowiłaby jeśli nawet nie zagrożenie, to spory kłopot.

Z tego, co wiedział, a miał dostęp do naprawdę zakazanej wiedzy, w większości przypadków *ana'bóg* był bytem tylko na wpół świadomym, zazwyczaj niezdolnym do logicznego działania. Wędrował, a raczej szalał po świecie jak niszczycielska siła i często rozpadał się samoistnie, gdy tworzący go konglomerat duchów nie potrafił osiągnąć jedności. Po co więc ktoś miałby dążyć do jego powstania? Na Wschodzie prawie się udało, gdyby nie ściągnięto tej małej z haków, byłoby źle.

A w Ponkee-Laa? Luwo spojrzał na kartkę, na której kilkanaście dni temu sam nakreślił drżącą ręką słowo „Rdzeń". Na Wyżynie Lytherańskiej rdzeniem dla młodego *ana'boga* stała się Key'la Kalevenh, verdańska dziewczynka, a w portowym mieście? Tu wydarzenia miały jakiś inny, ale jednocześnie podobny przebieg. W czasie walk w mieście pojawił się punkt kulminacyjny, gdy obie strony już miały rzucić się sobie do gardeł i wysłać tysiące dusz do... gdzie właściwie?

Kim był rdzeń, który miał je pochłonąć? Czy to śmierć lub przerwanie cierpienia tej osoby uniemożliwiły powstanie półbóstwa i zakończyły religijne starcia? Czy dlatego wygasły one tak nagle? Wobec tego kto będzie takim rdzeniem na Dalekim Południu? I przede wszystkim, po co ktokolwiek chce powołać do życia *ana'boga*?

Luwo już jakiś czas temu przestał zadawać sobie pytanie „kto"? Na to pytanie było po prostu za wcześnie, zbyt wielu potencjalnych graczy siedziało przy stole, krzyżowało się tu zbyt wiele interesów. To było Zadanie, które trzeba rozwiązywać po kolei; dopiero gdy znajdzie odpowiedź na pytanie „po co", będzie mógł zacząć pytać „kto". A wtedy...

Znajdzie sposób, by ten ktoś zapłacił.

Odwrócił się od ściany i usiadł przy stole. Wieści ze Wschodu... Ekkenhard Plawers, Wolny Szczur, który miał mieć oko na Wozaków, raportował krótkimi, oszczędnymi zdaniami o sytuacji na Wyżynie Lytherańskiej. Sojusz Sahrendey i Verdanno wydawał się jak na razie niewzruszony, zawarto nawet pierwsze małżeństwa między Odzyskanymi Dziećmi a Wozakami przybyłymi z Imperium, jeszcze bardziej zacieśniając węzły między tymi ludami. Ich połączone siły, kombinowana armia oparta na taborach, piechocie i jeździe, zepchnęły już hordy Ojca Wojny daleko na południowy wschód poza Amerthę.

Kult Key'li Wybranej był coraz silniejszy, a droga, którą wskazywał, czyli powrót wozackich wojowników na końskie grzbiety, była coraz chętniej wybierana przez młode pokolenie. Grupa czarowników ze wszystkich wozackich obozowisk wybrała się zaś na wschodni kraniec ziem Verdanno, by sprawdzić plotki o dziwnych wydarzeniach w pobliżu Uroczyska, zwanego Upadkiem Owertha. Na razie nie było o nich wieści.

Luwo sięgnął po ołowiany rysik i pod raportem Ekkenharta napisał:

„Po pierwsze – kontrolować postępy Wozaków i Sahrendey, nie dopuszczając do powstania koalicji między nimi a innymi plemionami W. Stepów. Zapobiec powstaniu kolejnego koczowniczego imperium na tych terenach. Przewidywany czas działań: piętnaście do dwudziestu pięciu lat. Ważne.

Po drugie – wesprzeć wozackich kapłanów Laal, kult Wybranej nie może się przekształcić w osobną religię, nie, póki dziewczyna być może żyje. Zasugerować uznanie jej za *awenderi* Pani Stepów. Przewidywany czas działań: pięć do dziesięciu lat. Ważne.

Po trzecie – dyskretnie zaproponować pomoc przy badaniu Uroczyska. Wsparcie magów i uczonych. Sprawdzić korelację czasową z aktywnością na Wenderladzkim Bagnie i Szkarłatnych Wzgórzach oraz innych Uroczyskach. Przewidywany czas działań: rok do trzech lat. B. ważne".

Te notatki nie były mu potrzebne, ale musiał się liczyć z tym, że cesarz spełni swoją groźbę i każe go zabić. Perspektywa śmierci w ogóle go nie przerażała, lecz chciał mieć pewność, że jego ewentualny następca, czytając te papiery, będzie wiedział, co Luwo-asw-Nodares uważał za istotne i jakie działania należało kontynuować dla dobra Imperium.

Odłożył raport na specjalną półkę z pismami, które sam określał jako ważne lub bardzo ważne. Pora na resztę.

Rombrehrten Umwerlicht, kupiec pochodzący z jednego ze sprzymierzonych plemion Wschodu, od miesiąca rezydował w wielkim mieście namiotów, będącym wędrowną stolicą se-kohlandzkiego państwa. A dokładniej rezydował w samym Złotym Namiocie. To była bardzo skomplikowana i bardzo niebezpieczna operacja, w której Meekhan domagał się głowy Umwerlichta, oskarżając go o zdradę i spisek w celu wywołania buntu przeciw Imperium. Ten sam Meekhan odrzucał jednocześnie wszelkie oskarżenia o wspieranie agresji Verdanno i rebelii Sahrendey.

Gdyby Luwo miał poczucie humoru, mógłby uznać całą sytuację za zabawną. W każdym razie ich szpieg tkwił w najbliższym otoczeniu samego Ojca Wojny, bliżej nawet niż jakikolwiek agent Ogarów, i od czasu do czasu przesyłał raporty. Głównie o tym, ile razy dziennie trzeba Yawenyrowi zmieniać pieluchy. Ten stary sukinsyn naprawdę umierał.

Czasem całymi dniami nucił dziecięce kołysanki, to znów wzywał przyjaciół i kamratów nieżyjących już od lat. Niekiedy dopytywał się o tę piękną niewolnicę, która była mu pociechą przez ostatnie pół roku. Nie pamiętał co prawda jej imienia, lecz najwyraźniej dokładnie wiedział, komu zawdzięczał swoją drugą młodość, dzięki której mógł dowodzić w czasie bitwy z Wozakami.

Luwo dotarł do ostatnich akapitów raportu i zamarł. Na chwilę nawet przestał oddychać. Szpieg pisał:

„Y. wspominał dziś swoje poprzednie wojenne triumfy i przeklinał imię Kyha Danu Kredo. Mówił, że gdyby ten nie zaatakował Verdanno pod Olekadami i nie dał im się pokonać, to on, Ojciec Wojny, nie musiałby wyruszyć mu na pomoc. I stoczyłby główną bitwę sto mil dalej na wschód, łapiąc Wozaków w pułapkę między Amerthą a miejscem, które nazwał Lennetr Owerth lub Lewerth Owerth. Y. ma kłopoty z wymową, więc nie zrozumiałem dokładnie. Taki był pierwotny plan, ale musiał ulec zmianie, bo Y. nie mógł pozwolić na zniszczenie sił Danu Kredo. Obowiązki Ojca Wojny wobec Synów, jak mówił. Potem Y. zapadł w sen i nie obudził się, nawet jak go przebierano i myto. Moim zdaniem nie dożyje końca roku".

Uroczysko... Luwo podszedł do ściany, przed którą wcześniej stał, i szybko dopisał na trzech kartach:

„Verdanno – Se-kohlandczycy, bitwa planowana przy Uroczysku, nieplanowane starcie wcześniej. Porażka?

Ponkee-Laa, Szkarłatne Wzgórza w pobliżu miasta, religijna rzeź przy Uroczysku, interwencja jakiegoś bóstwa, zamieszki wygasają. Porażka.

Dalekie Południe, Uroczysko? Oko Agara? Nie. Gdzie jeszcze jest tam duże Uroczysko? Sprawdzić!!!".

Wrócił do stołu i na raporcie ze Złotego Namiotu dodał:

„Sprawdzić, kto doradzał Y. stoczenie bitwy przy Uroczysku. Któryś z Synów Wojny? Tajemnicza niewolnica? B. ważne. Wydatki nieograniczone. Czas – natychmiast!

Białe Konoweryn – legendy i mity o przeklętej, zakazanej ziemi, białe miejsca na mapie. Okolice miasta Pomwe. Sprawdzić potencjalne Uroczyska. Czas – natychmiast.

Wyciągnąć stamtąd Laskolnyka. Bez względu na koszty!".

Tej kartki nie odłożył na bok, tylko schował do rękawa. Będzie musiał jeszcze dziś wydać odpowiednie polecenia.

Zerknął na ścianę z plamą czerwieni pośrodku. Wreszcie znalazł wspólny element. Uroczyska i *ana'bóg*. Coś je łączyło. Tylko co?

Nagle dotarło do niego jeszcze coś. Cesarz. Drugi rozpaczliwym raportem wezwał Kregana do jakichś fenomenów przy Wenderladzkim Bagnie. Ściągnięto tam już przynajmniej cztery pułki piechoty, którym na pomoc maszerowały inne oddziały.

Wycofać. Muszą się wycofać spod Uroczyska, i to natychmiast.

Natychmiast.

Rzucił się do drzwi.

Rozdział 37

— Velergorf. Co o nim sądzisz?

Dziesiętnik podrapał się po policzku i skrzywił.

— Nie wiem, panie poruczniku. Jest dziwny.

— Dziwny? No popatrz, Nur też tak mówi. Dziwny. Twierdzi, że jak próbuje patrzeć na czarownika, to boli go głowa. Ale to może znaczyć tylko tyle, że Żołądź ma jakiś talizman lub używa zaklęć ochronnych. Nic więcej.

— Może.

Kenneth kazał Velergorfowi poczęstować czarownika wódką i przyjrzeć mu się lepiej, bo od chwili spotkania nie mógł pozbyć się niepokoju, który czuł w jego towarzystwie. Nie lubił magów, jak większość żołnierzy Straży traktował ich niczym zło konieczne, ale tu nie chodziło tylko o to. Instynkt mówił mu, że coś z Żołędziem jest nie tak, a instynktowi Kenneth zwykł ufać bezgranicznie. Jednak z drugiej strony, pomoc tego czarownika bardzo by im się teraz przydała.

Skrzywił się gniewnie, ostatnio stanowczo za wiele kombinował.

— Szykować się — rzucił krótko w stronę kolejnej grupki żołnierzy. — Zaraz schodzicie. A ty, Varhenn, mów, co ci w nim nie pasuje. Po kolei.

Podoficer wyciągnął przed siebie rozcapierzoną dłoń.

— No to po kolei, panie poruczniku. Po pierwsze — zgiął jeden palec — jest młody. Bardzo młody jak na maga. Mimo brody nie dałbym mu więcej jak dwadzieścia pięć lat. Szczeniak po prostu.

Kenneth musiał przyznać, że jemu też Żołądź wydawał się za młody, ale w końcu nie przedstawił się jako mistrz czy wielki mag, tylko zwykły czarodziej. A z nimi bywało różnie.

— Dziękuję dziesiętniku. W takim razie twój dowódca jest od niego niewiele starszy. A nie przyszło ci do głowy, że żaden szanowany, siwobrody mistrz z tej jego gildii nie chciał odmrażać sobie tyłka na Północy? Więc wysłali jakiegoś przygłupiego czeladnika.

— Jak na przygłupiego czeladnika jest zbyt sprytny, panie poruczniku. Nikt mu nie powiedział, że tam leży aherski szaman, a on od razu wiedział. Poza tym, podobno wędrował po Północy w towarzystwie miejscowych przewodników.

— No, to mądre i logiczne.

— Właśnie. — Dziesiętnik zgiął drugi palec. — Logiczne. Wiele dni wędrówki saniami po Północy, a on wciąż ma na sobie wełniany habit i skórzane buty. Pierwszą rzeczą, którą ja bym mu kazał zrobić, to wyrzucić takie ubranie i założyć porządne, futrzane portki, bluzę i futrzane buty. Te jego fatałaszki są dobre za górami, sto mil na południe stąd.

— Dobrze mówisz. Ale co, jeśli odpowie ci, że ogrzewa się magią, bo jakiś południowy przesąd zabrania mu noszenia foczych futer?

Velergorf skrzywił się, co nadało jego twarzy lekko demoniczny wygląd.

— Pan go broni, panie poruczniku?

— Nie, ale mogę sobie wyobrazić, co powie na twoje wątpliwości. Mnie on też śmierdzi, jego historyjka jest taka gładka i śliczna, i w ogóle... — Kenneth westchnął ciężko. — Ale pamiętaj, że ocalił Gessena i Jodłę, a nie musiał. Mógł ich zostawić.

— Wiem, tu mam zagwozdkę. Po co to zrobił? Może nie jest do końca takim suczym synem, jak wielu innych magów, ale — dziesiętnik zgiął trzeci palec — widział pan, jak on się rusza? Gdyby mi ktoś powiedział, że to zabójca z Nory, nie kłóciłbym się z tym. Człowiek, co spędza czas, studiując księgi i zaklęcia, nabiera innych ruchów niż taki, który ćwiczy walkę mieczem i sztyletem.

— Varhenn. — Porucznik pokręcił głową. — Szukasz na siłę dziury w całym. Powiedz po prostu, że jak na niego patrzysz, czujesz, że coś ci nie pasuje.

— No. Nie pasuje. Jakby mi ktoś w plecy z kuszy mierzył. Na dodatek — Velergorf zgiął czwarty palec — patrzyłem na jego twarz, gdy pierwszy raz zerknął na te potwory, cośmy je ubili. Nie chciałbym mu wtedy stanąć na drodze. Uspokoił się wtedy szybciutko, założył maskę, ale przez chwilę wyglądał jak szaleniec. On wie więcej, niż nam mówi.

Kenneth uśmiechnął się szeroko.

— No popatrz. Co za świat, każdy ma jakieś sekrety. To wszystko?

Dziesiętnik opuścił dłoń.

— Tak. A czy to jeszcze mało, panie poruczniku?

Porucznik westchnął.

— Za dużo, żeby zaufać, za mało, żeby zabić, Varhenn.

Velergorf skinął głową w stronę dolnego pokładu.

— No to co z nim zrobimy?

— Nic. Spróbuję go trochę wkurzyć, może coś chlapnie, ale nie będę naciskał. A jeśli uda mi się namówić go do zejścia z nami pod pokład i wyciągniemy stamtąd naszych, to wycałuję go w tę brodatą gębę i wystąpię dla niego o tytuł szlachecki. Pogoń ludzi.

Velergorf zasalutował.

— Rozkaz. Uwaga! Schodzimy! — ryknął na cały głos, po czym wychylił w dół i krzyknął — a ty, czarowniku, przestań dumać! Robota czeka!

Porucznik westchnął. Najwyraźniej dowódca Drugiej uznał, że to on może zacząć wkurzać maga.

***

Pokład lepił się od posoki, która na czarnych deskach była prawie niewidoczna. Jej ślady wskazywały na to, że martwe bestie ściągnięto w jedno miejsce i ułożono na kupę już po walce. Altsin podszedł do sterty ciał.

Było ich na oko ze dwa tuziny. Z bliska sprawiały jeszcze bardziej obrzydliwe, obce wrażenie niż z góry. Niektóre wyglądały jak wyżły, inne jak wilki lub duże owczarki, jeszcze inne przypominały krzyżówkę wielkich kotów i psów. Trzy wyróżniały się masą - musiały ważyć po kilkaset funtów - oraz pazurami i kłami. Istne niedźwiedzie, gdyby jakiś bóg niedźwiedzi miał ból głowy i kaca w czasie aktu tworzenia.

To on. Oni... Altsin próbował zrozumieć zagmatwane wspomnienia Bitewnej Pięści. Trudno było mu jednak przebić się przez gniew, który je przesłaniał.

Pod koniec Wojen Bogów wygnano cię z tego świata, prawda? Nawet wyznawcy obrócili się przeciw tobie, a reszta Rodzeństwa, nie chcąc ryzykować walki lub kierując się litością, wypchnęła cię poza Mrok... Co tam robiłeś? Kogo spotkałeś? Dlaczego te bestie budzą w tobie, nie... w nas... Nie w nas, tylko cholera, we mnie, taką furię?

O Pani! Ależ to było frustrujące! Złodziej miał ochotę podejść do najbliższej ściany i walić w nią łbem. Objął duszę boga, a miał wrażenie, że tak cholernie niewiele się zmieniło. Miał pewne umiejętności, ale, jak się boleśnie okazało, ograniczone możliwościami ludzkiego ciała. Dostał garść wspomnień, lecz wspomnienia mają tyle samo wspólnego z prawdą, co pamiętniki portowej kurewki spisywane dla potomności.

Patrząc na martwe bestie, czuł gniew, wiedział, że są obce, że nie powinno ich tutaj być, że powinno się je zetrzeć z powierzchni świata... Uroczyska... Wspomniał oficerowi coś o potworach z Uroczysk, ale nie chodziło o nie. W porównaniu z tymi bestiami stwory z Uroczysk wydawały mu się wręcz swojskie. Ale poza nieokreśloną odrazą nie wiedział dlaczego. Czy gdy

Bitewna Pięść je spotkał, nadal był pogrążony w szaleństwie? Czy dlatego jego wspomnienia pełne są emocji, a nie informacji?

— Uwaga! Schodzimy! — Nad głową Altsina pojawiła się wytatuowana gęba dziesiętnika. — A ty, czarowniku, przestań dumać! Robota czeka!

Kolejni żołnierze zsuwali się na dolny pokład i zajmowali pozycje, sięgając po broń. Altsin zgrzytnął zębami i podszedł do sterty trupów. Velergorf miał rację, nie po tu zszedł, żeby rozmyślać.

Z bliska poczuł zapach tych zwierząt. Nieprzyjemny, ciężki, zostawiający metaliczny posmak w nosie i na podniebieniu. I znów wspomnienia odziedziczone po Bitewnej Pięści szarpnęły jego gniewem. Powstrzymał je, wyciszył. Spokój - oto, co było mu potrzebne w tej chwili.

Odciągnął najbliższe truchło nieco na bok. Stwór był wielkości sporego psa, ważył pewnie nieco ponad sto funtów, miał skórę szarą niczym skóra martwego rekina, cienką i zupełnie bezwłosą. Węzły mięśni odznaczały się pod nią wyraźnie, jakby, mimo śmierci, zwierzę szykowało się do skoku.

Krótki pysk, podobny do pysków psów hodowanych do walki, wypełniały potężne zębiska, górne kły były wyraźnie dłuższe od dolnych i wystawały spod czarnych warg. Nos... nosa nie było... za to w połowie drogi między szczęką a oczyma znajdował się otwór wypełniony kolejnymi zębami, drobnymi i ostrymi jak igły. Altsin ostrożnie podniósł pękaty łeb i obmacał. Potwór miał jakby dwie szczęki, dwa zestawy zębów, mniejszy i większy, jego czaszka musiała być cholernie skomplikowana, górne zęby poruszały się niezależnie od dolnych... Jak oddychał?

Niemal na szczycie głowy, za krótkimi uszami, znajdowały się dwa otwory, otoczone mięsistą skórą. Tędy? Jak delfiny i morświny?

Na pokładzie wokół niego znów załomotały wojskowe buciory, gdy ostatnia grupa żołnierzy zjechała na dół. Rudy porucznik rzucił kilka rozkazów i podszedł do złodzieja.

— Wszystkie tak wyglądają. Dwie szczęki, nos za uszami. — Oficer ukląkł przy ciele stwora i podniósł jedną z jego łap. — Patrz, staw wygina się w jedną i drugą stronę, a jego miednica... — Trącił tylną część bestii. — Widzisz? Jakby była z chrząstki. To coś mogło zapewne przechodzić przez otwór nie większy niż jego głowa.

— Już je sobie obejrzałeś?

Strażnik wstał, wytarł ręce w spodnie.

— Tak. Musiałem sprawdzić, co porwało moich ludzi. Wszystkie te stworzenia są zbudowane w podobny sposób. Słyszałem, że niektóre bestie z Uroczysk też są obce, jakby nie z naszego świata.

— Wszystko, co pochodzi z Uroczysk, z definicji jest nie z tego świata, poruczniku. — Złodziej był dumny z tego zdania; brzmiało dokładnie jak to, co powiedziałby nadęty mag. Nie miało wiele sensu, ale wypowiedziane odpowiednio autorytarnym tonem, sprawiało wrażenie prawdy objawionej.

Na lyw-Darawycie zdawało się jednak nie robić wrażenia.

— No właśnie. Zmierzając zatem do sedna, Żołądź, czy we wnętrzu tego statku możemy trafić na Uroczysko?

Dobre pytanie. Po wojskowemu krótkie i konkretne.

— Nie, nie sądzę. Nigdy nie słyszałem o Uroczysku, które nie byłoby przywiązane na stałe do jednego miejsca. To trochę tak, jakbyś chciał mieć ruchomy wulkan.

— Więc? Co to jest?

Pytanie zawisło na chwilę w powietrzu. Altsin wstał i trącił nogą martwą bestię.

— O to pytasz? Pierwszy raz w życiu coś takiego widzę. Nigdy też o czymś takim nie słyszałem. Ale nie jestem głupcem, który myśli, że zeżarł wszystkie rozumy, bo liznął wiedzy z kilku ksiąg i uczył się korzystania z Mocy. Nie wiem, co znajduje się pod pokładem, ale raczej nie Uroczysko. Zresztą, czy twoi ludzie nic nie wyczuli? Nie mieli koszmarów w czasie snu? A ten szaman? Powinien wiedzieć, że jest w pobliżu Uroczyska.

— Dużo wiesz o szamanach. Uczyłeś się o nich w gildii? Jesteś człowiekiem pełnym niespodzianek, Żołądź.

— Ja? A ty? Skąd wiedziałeś, że coś uwięziło jednego z jego duchów? Ta twoja czarownica jest gówno warta, nie wyczułaby tego, więc kto potrafi to zrobić? Za to ta druga dziewczyna wydaje się zbyt przerażona jak na zwykły atak jakichś zwierząt. Może ona wie o nich coś konkretnego? Skąd jest? Dlaczego twoi ludzie nie lubią tego czarnobrodego zbira, który się przy niej kręci? Jodła wspomniał coś o Szczurach... Czemu wędrujecie w towarzystwie imperialnych szpiegów i zabójców? Hę?

Porucznik patrzył na niego spokojnie, z twarzą tak pozbawioną wyrazu, jakby siedział na najnudniejszym przyjęciu świata i wysłuchiwał panegiryków na cześć nielubianego gospodarza. Dobry był.

— Nie lubię ludzi, którzy zadają tyle pytań, czarowniku.

Oho, tu najwyraźniej kończył się dług, jaki miał u Straży za uratowanie dwóch jej żołnierzy. Ale przecież o ustalenie tej właśnie granicy mu chodziło.

— No coś takiego. Popatrz, to zupełnie jak ja. Ale wydaje mi się, że jak na razie to ty masz więcej sekretów. Powtórzę jeszcze raz: nie wiem, co to za stwory ani skąd się wzięły. Nie wiem, czemu was zaatakowały ani czemu porwały twoich ludzi.

Zaskoczył go uśmiech oficera. Dziki i wyzywający.

— A chcesz się dowiedzieć?

***

Znaleźli aż sześć zejść na dół, w ciemną jak grób czeluść pod pokładem. Trzy były zamaskowane, i to dość sprytnie, ale ślady posoki uciekających bestii zdradziły ich położenie. Trzy zostały otwarte, jakby potwory nie zdążyły ich zamknąć. Wybrali to wskazane przez psy, którym dano do powąchania rzeczy zaginionych. Wyglądało na to, że złapanych żołnierzy zaciągnięto właśnie do tej dziury.

Pod nią znajdowała się spora sala, długa i szeroka na przeszło czterdzieści stóp, z pojedynczymi drzwiami na każdej ze ścian.

Bestie wydostawały się na górę po czymś w rodzaju stromych, kręconych schodów, zbudowanych pośrodku pomieszczenia. Z całą pewnością nie były one dziełem kłów i pazurów.

Na dół zeszła najpierw połowa żołnierzy i dwa psy, które zaraz zaczęły obwąchiwać każde z drzwi, a w tym czasie Altsin obejrzał sobie dokładnie klapę. Otwierała się na zewnątrz, a żeby ją zamknąć, wystarczyło szarpnąć za linę przywiązaną od spodu. Takiej sztuczki można by nauczyć średnio mądrego psa. Ale żaden pies nie przywiązałby liny do klapy. Nawet bardzo sprytny pies.

— Czysto! — rozdarł się z dołu jeden ze strażników. — Lose złapał trop, panie poruczniku.

Oficer, który obserwował badania Altsina, pochylił się nad dziurą i odkrzyknął:

— Pokazał tylko jedne drzwi?

— Tak jest!

— Dobra, Bergh, zabezpieczcie pozostałe i zaraz idziemy dalej.

No, Górska Straż podchodziła do sprawy bardzo metodycznie. Żadnych szturmów na oślep w głąb statku, żadnego bezsensownego bohaterstwa. Dzięki niech będą Matce, cała ta ekspedycja nie wyglądała na wyprawę szaleńców dowodzonych przez szlachetnego idiotę.

Porucznik musiał zauważyć jego minę.

— Co znaczy ten uśmieszek, Żołądź? Nie, lepiej nie mów. Znalazłeś tu coś ciekawego?

— To. — Altsin potrząsnął liną przywiązaną do klapy. — Widzisz? Wygląda jak jeden z marynarskich węzłów używanych na wybrzeżu, ale człowiek nie potrzebuje tej liny, by zamknąć klapę. Więc ktoś przywiązał ją specjalnie dla tych zwierząt.

— Dawno?

— A co ja jestem, jasnowidz? — Złodziej starał się nie brzmieć zbyt sarkastycznie, jednak chyba mu to nie wyszło. — Lina jest pogryziona i poszarpana, czyli korzystano z niej wielokrotnie. A czy została założona pół roku temu, czy dziesięć lat, to już, panie poruczniku, tego ci nie powiem.

— Rozumiem. — Oficer nachylił się nad dziurą. — Bergh! Na dole mogą być ludzie. Wrogo nastawieni.

— Rozumiem. Drzwi zabezpieczone.

— Dobra, schodzimy. Druga i Trzecia zostaje tu i pilnuje.

Wytatuowany dziesiętnik i jeszcze jeden podoficer, krępy i zarośnięty prawie po brwi, zaprotestowali jednym głosem.

— To rozkaz. Zabezpieczcie pozostałe dziury, zaklinujcie klapy, żeby nic stamtąd nie wylazło i nie odcięło nam drogi. Zostawię wam dwa psy, może teraz, jak już znają zapach tych potworów, wskażą jeszcze jakieś inne wyjścia. Wiecie, co robić.

— Ale...

— Andan, nie tym razem. Miejcie też oko na górę, na Szczury i Boreheda. To rozkaz!

Nie czekając na odpowiedź, znikł w dziurze. Altsin westchnął i poszedł w jego ślady.

Schodzili w głąb statku w dwudziestu kilku ludzi. Jeśli porucznik miał rację i bestii zostało tylko ze trzydzieści, może czterdzieści, to taka liczba zaprawionych w walce i przygotowanych do starcia żołnierzy powinna sobie poradzić.

Oni i ten dysponujący magią dupek, który objął duszę najwredniejszego *awenderi* w historii świata - szturchnęła go złośliwa myśl - nie zapominaj o tym.

Złodziej zszedł po kręconych schodach, lekko muskając dłonią balustradę. Mimo oczywistego upływu lat, wyślizgana przez dotyk tysięcy dłoni, rzeźbiona w motyw fal i ryb, konstrukcja wciąż wznosiła się w górę w lekkiej, delikatnej spirali. W czasach świetności, gdy okręt pruł fale pod pełnymi żaglami, to miejsce musiało być piękne. Mimo wszechobecnej czerni.

Nie było czerni - uderzyły go wspomnienia Bitewnej Pięści. W dawnych czasach ściany sal i korytarzy były kolorowe, barwne. Nie malowano ich, bo rdzeń okrętu, to czarne drewno, jest żywy, więc farby sprawiały mu ból, ale zdobiono jasnymi tkaninami i kładziono na nich boazerie z martwego drewna, sosny, buka, klonu, dębu i wielu innych. A teraz? Tkaniny znikły, może rozpadły się ze starości, może spłonęły, a drewniane okładziny zdarto i być może wykorzystano jako opał, a może zbito z nich tratwy, gdy resztki załogi uciekały ze statku.

Albo rozszabrowano, gdy okręt został skazany na wygnanie.

Potrząsnął głową, odpędzając zarówno wspomnienia, jak i głupie domysły. Musiał, do cholery, skupić się na tym, co tu i teraz.

Sala była duża, a jej czarne ściany zdawały się połykać światło. Mimo to jego wzrok szybko wyłapał szczegóły. W środku nie dostrzegł żadnych mebli, trzy z czterech drzwi podparto kołkami i klinami, blokując je na stałe, a ostatnie były pilnowane przez dwóch żołnierzy z kuszami w rękach.

— Za tymi drzwiami jest korytarz, panie poruczniku. Widzę tylko jakieś czterdzieści łokci, potem zakręca — jeden z pilnujących meldował spokojnie, nie odwracając wzroku od ciemnej głębi. — Nic się nie rusza. Psy spokojne.

Warujący przy nogach strażnika zwierz zastrzygł tylko uszami i zamerdał ogonem. Najwyraźniej obaj byli dobrze wyszkoleni. Oficer skinął głową, poprawił pas.

— Dobra. Wchodzimy. Czterech tarczowników i dwa psy z przodu. Nur, weźmiesz kilku ludzi z kuszami i będziecie ich wspierać. Bergh, zostawisz dwa zwierzaki na końcu. Zwracajcie uwagę na ściany, podłogę i sufit, nie chcę niespodzianki w postaci zamaskowanej zapadni albo tajnych przejść.

— Tak jest!

Żołnierze zasalutowali krótko, wszyscy, z wyjątkiem tych pilnujących drzwi. Porucznik omiótł wzrokiem stojących wokół mężczyzn. Zacisnął wargi.

— Mamy czterdzieści pochodni. Jeśli nie znajdziemy naszych, zanim wypali się połowa z nich, wracamy. Zrozumiano?

— Tak jest.

Altsina trochę zdumiało, że nikt nie protestował.

— Dobra! Czwarta i Piąta przodem! Nie rozdzielać się! Uważać na to, co pokazują psy! A ty, czarowniku — lyw-Darawyt zwrócił się bezpośrednio do niego — idziesz ze mną. I gdybyś od czasu do czasu użył magii, będę wdzięczny. Za cokolwiek.

— Dobrze.

Złodziej zajął miejsce w szyku zaraz za grupką kuszników i zagłębili się w ciemność. Co czwarty żołnierz trzymał pochodnię, ale i tak światło ledwo rozjaśniało mrok. Na dodatek korytarz miał szerokość ośmiu stóp, więc czterech strażników z tarczami zasłaniało go całkowicie i nie bardzo mógł zobaczyć, co jest z przodu.

— Czy to rozsądne?

— Co?

— Strzelcy. Tu jest tak ciasno, że będą walić w plecy własnych ludzi.

Oficer włożył gwizdek do ust. Trzy ostre świsty rozdarły powietrze i prawie jednocześnie idący z przodu żołnierze przyklękli, kuląc się za tarczami, a sześciu kuszników za nimi podrzuciło łoża broni do oczu, szukając celu.

— Czysto!

Rudy porucznik skinął głową.

— Dobrze, ruszamy dalej! Umiemy się bić w ciasnych miejscach. — Posłał Altsinowi oszczędny uśmieszek. — Zdarzało nam się i szturmować jaskinie zbójeckich band, i zdobywać zajazd zajęty przez pijanych najemników. Jakoś sobie poradzimy.

Dotarli do zakrętu, za którym znajdowały się masywne drzwi. Otworzyły się bez oporu pod lekkim naciskiem.

Wyglądało to zachęcająco jak uśmiech rekina.

— Naprzód — zakomenderował oficer. — Trzymać szyk.

Rozdział 38

Kahel-saw-Kirhu wyszedł na przedpole i objął wzrokiem teren, na którym miała rozegrać się bitwa. Słońce wzeszło ponad godzinę temu. Była to nie najlepsza pora dla ich armii, bo Konowerczycy ustawieni na lekkim wzgórzu na wschodnim krańcu równiny mieli je za plecami, a powstańcom ognisty krąg świecił wprost w oczy.

Ale, do cholery, nie można mieć wszystkiego.

Wystarczy, że zdążyli przeciąć wrogowi drogę, ściągnęli tu wszystkie siły, ustawili wozy na prawym skrzydle, tuż pod lasem, i okopali się w szyku głębokim na ćwierć mili. Tak jak planowano. Cztery linie wałów. Nawet armia demonów połamałaby sobie na nich zęby.

I czekali cały poranek, patrząc na szerokie i głębokie kolumny konowerskiej ciężkiej piechoty, zajmujące środkową część szyku nieprzyjaciela. Przed powstańcami ustawiły się dwa wielkie oddziały, przedzielone kilkoma chorągwiami jazdy, jakby Konowerczycy spodziewali się ataku pancernych kopijników albo innej przełamującej kawalerii i szykowali ich do kontrszarży.

Za zwartymi szeregami na zboczu wzgórza widać było artylerzystów kręcących się wokół machin. Przy rzece stał tabor, kilka rzędów wozów obsadzonych przez jakieś wojska, ale trudno było im ocenić, czy to Bawoły, Słowiki czy najemna zbieranina. Po drugiej stronie, na konowerskim lewym skrzydle, stało na oko ze trzy tysiące jeźdźców. Błyszczały hełmy, furkotały proporce. I tyle. Kahelle miał przed sobą nie więcej niż dwanaście–piętnaście tysięcy ludzi. A gdzie reszta? Gdzie słonie? Gdzie pozostała piechota i kawaleria? Najemnicy? Musieli się kryć za tym zasranym wzgórzem.

Zaklął w poczuciu bezsilności. Prawdziwe pytanie brzmiało, gdzie, na litość Baelta'Mathran, podziała się ta słynna południowa arogancja? Ta sama, dzięki której zbuntowani niewolnicy wygrali tyle potyczek, zdobyli mnóstwo koniny pod Pomwe, a nawet zmiażdżyli geghijską armię?

Dlaczego nie atakują? Czyżby nie wiedzieli, że mają przed sobą bandę chłopów, przerażonych do obłędu wizją walki z niezwyciężonymi Bawołami i Słowikami?

Najwyraźniej nie. Najwyraźniej nawet oni mogli się kilku rzeczy nauczyć.

Skinął głową na gońców.

Jedna z głównych zasad imperialnej armii głosiła – nigdy nie oddawaj inicjatywy w ręce wroga. W takim razie pora na ich ruch. Będą szarpać i szturchać nieprzyjacielską piechotę, by zmusić ją do kontrataku, oddzielić od jazdy i słoni, po czym wyrżnąć.

Krwawy Kahelle w końcu uśmiechnął się krzywo. Wydawało się, że to nic trudnego.

***

Luka-wer-Klytus pamiętał szczegóły narady u saw-Kirhu. Lekkozbrojni uderzają pierwsi, drażnią, skupiają na sobie uwagę, przyjmują salwę z machin i zmuszają czarowników do wycofania się poza zasięg proc i oszczepów. A za nimi idzie główny atak. Dziesiętnik nie mógł wziąć w nim udziału – nie mógł stanąć naprzeciw wroga razem z kompaniami powstańczej ciężkiej piechoty, bo ramię wciąż odmawiało mu posłuszeństwa. Ledwo potrafił unieść pleciony kałkan, więc nie pytając nikogo o zgodę, zajął miejsce do ataku razem z chmarą lekkozbrojnych.

Dwa krótkie dźwięki i dwa długie. Dwa krótkie i dwa długie.

„Wieje wiatr". „Wieje wiatr".

W meekhańskiej armii sygnał ten wydawały mosiężne trąbki, tu zastąpili je gwizdkami, ale znaczył on to samo.

Lekka piechota naprzód!

Dobry tysiąc procarzy i oszczepników, mężczyzn i kobiet – cholera, chłopców i dziewcząt – ruszył biegiem do przodu, przez pole śmierci, byle szybciej przebyć te czterysta jardów dzielące obie armie, byle znaleźć się w zasięgu własnej broni, cisnąć oszczep, zakręcić procą i posłać kamień, wraz z krzykiem, wrzaskiem i przekleństwem.

Gdyby słowa mogły ranić i zabijać, armia Pani Oka leżałaby już martwa na tej równinie.

Pędząc na spotkanie muru z potężnych pawęży, nad którym spiżowymi zębami połyskiwały wysokie hełmy, minęli dwie linie śmierci. Pierwszą, jakieś trzysta jardów od Bawołów, gdy powitała ich salwa setki balist i biff, przed których pociskami tarcze powstańczej lekkiej piechoty nie chroniły w najmniejszym stopniu. Plecione z trzciny, z pędów leśnych pnączy, ledwo obciągnięte skórą lub lnem, spisywałyby się nieźle w starciu ze strzałą wypuszczoną z daleka albo kamieniem wystrzelonym z procy. Lecz ciężkie, długie na trzy stopy bełty z balist przeszywały je na wylot i wchodziły w ciała chronione tylko płóciennymi tunikami, a kamienie z biff, spadając niemal pionowo z góry, wytrącały osłony z rąk, rozbijały głowy, miażdżyły kości.

Luka zerknął przez ramię. Pułk powstańczej piechoty ruszył z miejsca i truchtał sto jardów za nimi, bezpieczny przynajmniej do czasu, aż załogi machin bojowych załadują je ponownie. To był jeden z celów ataku lekkozbrojnych: zaoszczędzić zwartym, łatwym do trafienia szeregom ciężkozbrojnych jednej, może nawet dwóch salw. Ale za jaką cenę.

Na oczach Luki długi pocisk trafił biegnącego obok chłopaka w szyję, przeszedł przez ciało i ugrzązł w brzuchu drugiego procarza.

Dwa trupy w czasie, w jakim pędzący bełt przebywa dwadzieścia stóp.

— Poluźnić szyki! — rozdarł się razem z dziesiętnikami lekkozbrojnych. — Nie zbijać się w kupę!

Wciąż mieli za mało doświadczenia w walce, by przełamywać instynktowną potrzebę szukania wsparcia w bliskości innych.

Jakby była jakaś różnica między umieraniem samemu a w towarzystwie.

Drugą linię śmierci, linię cuchnącą dymem i spalonym mięsem, zgotowali im czarownicy. Mniej więcej w połowie odległości między oboma armiami.

Konowerskie wojsko używało magów rozważnie, niczym doświadczony szermierz miecza. Nie miotali widowiskowych ognistych kul, nie tracili sił na stawianie ścian płomieni - to wszystko było dobre przeciw jeździe albo zwartym kolumnom piechoty. I nie ciskali czarów na setki jardów w przód, bo każdy jard zmniejszał ich skuteczność i męczył czarowników. Po co tracić siły? Zamiast tego żar trawił podłoże, ziemię, kamienie, krzewy i suche trawy jakieś sto pięćdziesiąt–dwieście jardów przed Bawołami. Czaił się. A potem nagle wybuchał atakującym wprost w twarze, parzył odsłonięte ramiona i nogi, zwęglał włosy i wypalał oczy.

Luka prawie przystanął, widząc, jak rozkładający się ognistymi płatkami kwiat pochłania trzy dziewczyny przed nim. Błysk, huk, swąd spalenizny i trzy ludzkie sylwetki wyłaniające się z chmury dymu, krzyczące jednym głosem. Upuszczają broń i tarcze, macają dłońmi po oślepłych nagle twarzach. Wyją.

— Naprzód! — wrzask oficerów nie pozwala się zatrzymać. — Szybciej!

To było inne starcie niż nocna bitwa z Geghijczykami. Tam magowie uderzyli od razu pełną mocą, by podpalić puszczę i zamknąć obóz niewolników w ognistych kleszczach. Ci czarownicy nie przemęczali się, nie zużywali niepotrzebnie sił na oddział oszczepników i procarzy. Stając naprzeciw lekkozbrojnych, uderzali, bardziej by poparzyć, poranić, oślepić. Złamać morale i wzbudzić panikę. Dziesiętnik widział ich już wyraźnie, sylwetki drobniejsze niż opancerzeni piechurzy pojawiały się na moment w szczelinach między pawężami, machając rękoma i tkając czary. A ziemia wokół nacierających powstańców eksplodowała i płonęła.

Luka minął krzyczące dziewczyny w pełnym biegu, a gniew i nienawiść niosły go jak jeszcze nigdy wcześniej. Nawet w czasie wojny z koczownikami.

Skurwysyny! Skurwysyny!!!

Przebył następnych kilkadziesiąt kroków na jednym oddechu, sadząc olbrzymie susy i wrzeszcząc wraz z innymi. Gdy zbliżyli się na jakieś sto jardów od linii Bawołów, czarownicy wycofali się, schronili w tylnych szeregach pawężników, by nie dosięgnął ich przypadkowy pocisk. Byli zbyt cenni, by tak głupio zginąć.

Gdy atakujący dotarli na pięćdziesiąt jardów, stała naprzeciw nich gładka ściana okutego stalą drewna.

Nagle Luka-wer-Klytus uświadomił sobie, że jak ostatni dureń poszedł do ataku z tarczą i mieczem. Nie miał ani oszczepu, ani procy. Aż przystanął. Głowa znów go zawiodła. Znów nie pamiętał, co robił wczorajszego wieczoru, co jadł na kolację ani gdzie spał.

Koło. Opiekowała się nim i...

Minęła go grupka dzieciaków krzyczących coś dziko i rozkręcających proce. Mogli mieć po kilkanaście lat... Fru! Kamienie pomknęły płaskim torem w stronę muru pawęży, zabębniły o niego gniewnym gradem.

— Górą! — wrzasnął do nich gniewnie. — Jak was uczyli, do cholery!

Usłyszeli albo sami przypomnieli sobie ćwiczenia, bo drugą salwę połowa z nich posłała wysoko, by pociski spadały na Bawoły z góry. Reszta strzelała normalnie. Kamienie spadające z wysoka powinny załomotać o hełmy, o pancerze, może nawet, jeśli będą mieli szczęście, roztrzaskać czyjąś głupio zapatrzoną w niebo gębę. Ale najważniejsze, że zmuszą piechotę do uniesienia tarcz, by nie mogła rzucić własnych oszczepów, nie przywitała głównego ataku deszczem śmierci.

Luka zerknął ponownie za siebie i uśmiechnął się posępnie. Nadciągali. Cały pułk niewolniczej ciężkiej piechoty. Pani Łaskawa, oddałby wszystko, by truchtać teraz noga w nogę z własną dziesiątką, trzymając solidną tarczę i zbierając siły do decydującego zrywu.

Wzdłuż całej linii rozśpiewały się gwizdki odwołujące lekkozbrojnych. Cofać się! Cofać! Ostatnie oszczepy poleciały wysokimi łukami w stronę wroga, ostatnie kamienie z procy zabębniły o okute stalą pawęże i kilkuset powstańców odskoczyło w tył, między szerokie przejścia zostawione w linii tarczowników.

Ta zaś zatrzymała się dosłownie na trzy uderzenia serca, wyrównała szyk, a oficerowie rozdarli się na całe gardła:

— Młot! Młot! Młot!!!

Luka aż przystanął, zatrzymując się zaraz za ciężką piechotą. Młot. Szyk przełamujący meekhańskiej piechoty. Pułk dzielił się na kompanie, a każda z nich tworzyła kolumnę szeroką na dziesięciu i głęboką na dwudziestu ludzi, a potem całym pędem, całą siłą dwustu żołnierzy, próbowała rozbić linię nieprzyjaciela.

Młot? Czy Kahel-saw-Kirhu liczył na to, że pierwszym atakiem uda mu się...

Podzieleni na oddziały ruszyli równym krokiem, jak na ćwiczeniach. Z każdym jardem przyspieszali i ścieśniali szyk.

Lewa, prawa, lewa, prawa. Szybciej. Szybciej!

Włócznie Konowerczyków wychyliły się znad górnych krawędzi ich tarcz, tysiąc grotów wymierzyło w atakujących.

A ci przyspieszyli.

I uderzyli.

Łomotu, z jakim zderzają się dwie ściany piechoty, nie można pomylić z niczym innym. Jakby gniewne bóstwo waliło żelaznym prętem we wrota piekła. I nagle wrzask, który przecież towarzyszył żołnierzom, gdy pędzili na czworobok Bawołów, wrzask tysięcy gardeł, dyszących zemstą, gniewem, nienawiścią i strachem jednocześnie, wybucha ze stokrotną mocą, aż ziemia się trzęsie, aż niebiosa drżą.

Zwarte kolumny powstańczej piechoty podbiły w górę włócznie Bawołów i uderzyły w mur obrońców, a ci ugięli się. Pani na Niebiosach! Ugięli się! Ich linia w kilku miejscach cofnęła się o krok, potem o dwa, a dziki ryk dochodzący zza ciężkich pawęży konowerskiej piechoty przebił się nawet przez łoskot tarcz walących o tarcze.

I znów zrobili krok w tył. Lecz Luka widział, jak w miejscach ugięcia pojawiają się posiłki, jak wyrasta tam las szpiczastych hełmów. Pierwsza linia obrońców, głęboka na sześć szeregów, zgrubiała momentalnie do ośmiu, dziesięciu, miejscami dwunastu. Konowerczycy wspierali ramionami i tarczami plecy własnych towarzyszy, nie pozwalając upaść nawet śmiertelnie rannym, wbijali nogi w ziemię i rycząc głucho, napierali. I po trwającym, wydawałoby się, wieczność siłowaniu zatrzymali atak.

Przez chwilę wzdłuż całego czoła czworoboku przepychano się zaciekle, ale powstańcza piechota straciła już rozpęd i wreszcie Bawoły zwarły tarcze, wyrównały szyk i znów pochyliły w stronę niewolników las ciężkich grotów.

Meekhańczycy spróbowali ponownie, ale tym razem, bez rozpędu i atakując w miejscach wzmocnionej już obrony, ugrzęźli. Prawdą było też to, co wszyscy powtarzali: że te sukinsyny z Rodu Bawołu są wielkie. Nie dało się tego nie zauważyć zwłaszcza w bezpośrednim starciu, gdy każdy z obrońców o pół głowy, albo o głowę, przewyższał atakujących, a ich uderzające znad górnych krawędzi pawęży włócznie zaczynały coraz częściej trafiać w szczeliny między tarczami powstańców, coraz częściej wracały pokrwawione. Zdobyczna lub improwizowana broń na próżno szukała luk w konowerskim murze. Miecze, maczety albo po prostu groty włóczni i oszczepów na krótkich drzewcach odbijały się od ściany tarcz.

— Wycofaj ich! — Luka sam nie wiedział, do kogo krzyczy. — Do jasnej cholery, wycofaj ich!

Całe doświadczenie, które zebrał w imperialnej armii, mówiło mu, że to najwyższa pora: nie udało się rozbić wroga, ludziom w zwartych kolumnach zaczyna brakować tchu, ci w pierwszych szeregach giną jeden za drugim i nie ma sensu nadal się wykrwawiać.

Kahel-saw-Kirhu nie był głupcem i w tej samej chwili Lukę dobiegł świst sygnałowych gwizdków.

„Odwrót!"

Atakujący cofnęli się. Połowa kompanii w szyku, połowa już rozproszona niczym kupa chłopstwa. Lecz natychmiast gwizdki wydały kolejny rozkaz.

„Wieje wiatr". „Wieje wiatr". „Wieje wiatr".

Matko Łaskawa!

Ruszył naprzód, wrzeszcząc i bezsensownie wywijając mieczem, a całe przedpole zaroiło się od wracających lekkozbrojnych. Kamienie znów zabębniły o tarcze, oszczepy pomknęły górą. Konowerska piechota odpowiedziała obelżywym śmiechem i potrząsaniem zakrwawionymi włóczniami. Ten „atak" nie mógł już nic zmienić w przebiegu starcia.

Gdyby walczył tu jeden z imperialnych pułków, rozbite kompanie wykorzystałyby zdobyty czas, by odskoczyć, zewrzeć ponownie szyk, nabrać pędu i uderzyć jeszcze raz. Ale pułki meekhańskie szkoliły się pięć do siedmiu lat, zanim nauczyły się takich manewrów. Powstańcza piechota i tak dokonała prawdziwego cudu, że udało jej się choć raz uderzyć „młotem".

Jednak atak oszczepników i procarzy nie był zwykłym szaleństwem. Miał powstrzymać na kilka chwil pojawienie się czarowników na pierwszej linii, dać piechocie czas na odskok.

Ciężkozbrojni byli cenniejsi.

Brzęknęły cięciwy balist, ramiona biff zatoczyły półokrąg i setka pocisków przemknęła im nad głowami, spadając na wycofujące się oddziały.

Przed tym już nie mogli ich ochronić.

Konowerski czworobok zarechotał na ten widok, a potem zaryczał jednym głosem. Nisko, aż ziemia zdawała się drżeć.

— Uruuuaaa! Uruuuaaa! Uruuuaaa!!!

Tak musiały ryczeć czarne bawoły z zachodnich równin, a na dźwięk tego ryku nawet stada wygłodniałych lwów porzucały siedliska i uciekały.

Jednak gdy umilkli, nie ruszyli do kontrataku, nie złamali szyku i nie opuścili pozycji. Na to byli zbyt mądrzy i zdyscyplinowani.

Teraz gwizdki wezwały do odwrotu lekkozbrojnych. Wycofywali się, zbierając z pola bitwy rannych, poparzonych i martwych towarzyszy, wycofywali się, podnosząc ich broń i tarcze, a nawet bełty z balist.

Ranek należał do armii właścicieli niewolników.

***

— Co robimy, kha-dar?

Janne zacisnął pięści i już po raz trzeci w ciągu ostatnich kilku minut wymownie zerknął na krążących wokół namiotu zbrojnych.

Och. Ileż było w tym pytaniu bezsilnego gniewu. I ile złej, głupiej niecierpliwości. Zresztą wszystko mówiło już to, że zadawał je Janne-Ptasznik. Ich zwykle spokojny, flegmatyczny i niewzruszony Janne.

No ale przecież to właśnie on jako jedyny z czaardanu nie tylko słyszał, ale i widział, co dzieje się za wzgórzem.

A skoro w głowie kłębiły mu się takie głupie pomysły, to musiało dziać się źle.

Tęczówki młodego mężczyzny na zmianę robiły się szare, żółte i pomarańczowe. Korzystał ze swoich talentów Ptasznika na całego, by z góry śledzić wydarzenia oczyma wielu, wielu ptaków, które zaczęły się już gromadzić nad polem bitwy.

Padlinożercy wiedzieli, kiedy szykuje się uczta.

Gdy od czasu do czasu jego oczy odzyskiwały normalną, brązową barwę, zaczynał dręczyć Laskolnyka. Ale jego pytania wyrażały pragnienia całego ich oddziału.

Kha-dar? Zróbmy coś. Zadziałajmy. Ogłuszmy wartowników, dosiądźmy koni i zwiewajmy stąd. Nasi walczą. Pomóżmy im, kha-dar.

Jakby kilka dodatkowych szabel, nawet wspartych talentami dowódcy takiego jak Genno Laskolnyk i odrobiną zakazanych umiejętności, mogło mieć jakiekolwiek znaczenie w tej bitwie.

Siedzieli w największym namiocie, wyszykowani jak do walki. Pancerze, hełmy, broń pod ręką. Niiar bawił się sztyletem, Kocimiętka wyciągnął szablę i gładził jej ostrze osełką. Wszyscy patrzyli na Ptasznika, który był w tej chwili ich oczyma.

Kailean tylko raz spróbowała wysłać tam Berdetha. To był błąd. Pole walki oglądane z perspektywy ducha psa okazało się chaosem pełnym śmierci, bólu, błąkających się zagubionych dusz i dzikich wirów Mocy używanej przez konowerskich czarowników. Nie potrafiła nawet rozpoznać, kto z kim walczy. Lepiej było trzymać Berdetha blisko siebie, na wypadek, gdyby musieli wykonać jakiś ruch.

Bo przecież, do cholery, w końcu go wykonają. W końcu byli czaardanem Laskolnyka.

Janne chrząknął, przymknął powieki.

— Odparli ich, kha-dar — stwierdził to, czego i tak już wszyscy zdążyli się domyślić, bo hałas zza wzgórza przycichł, zastąpiony rytmicznym, zwycięskim porykiwaniem konowerskiej piechoty. — Kolejny raz.

— I odeprą jeszcze wiele razy, chłopcze. Nic nie wyciągnie Konowerczyków z pozycji.

Genno Laskolnyk jako jedyny stał, opierając się o słup namiotu. W całej jego postaci, w sposobie, w jaki zaciskał wargi, widać było, że jest równie spięty jak reszta. Mimo to hamował zapędy pozostałych, bo, jak sam mówił, dowódca czasem musi być wędzidłem dla swoich ludzi.

— Ale, kha-dar, może...

Janne nie dokończył, tylko znów skinął głową w stronę wyjścia z namiotu, gdzie właśnie dwóch strażników przechadzało się leniwym krokiem. Ten ich krok, ta spokojna pewność siebie, tylko potwierdzały to, co wszyscy wiedzieli. Armia Białego Konoweryn była w tej bitwie górą.

— Nie, Janne. Nie ruszamy się stąd. Czekamy, jasne?

Lea poruszyła się gwałtownie.

— Na co? Aż ich pozabijają?

Laskolnyk spojrzał na nią wyraźnie zły.

— No proszę, i ty dziewczyno też? Wszyscy dziś chcą dowodzić. Siedzimy dokładnie pośrodku konowerskiego obozu, nie wiemy, gdzie jest druga i trzecia linia straży, nie znamy terenu wokół. Czego oczekujecie? Że poślę was po bohaterską śmierć?

— Ale...

— Żadnych ale. Myślcie. Do cholery, wydawało mi się, że nie brałem głupców do czaardanu. Jak to wygląda z góry, Janne?

— Te dupki stoją, a nasi wykrwawiają się o ich linię, kha-dar. Konnica na lewym skrzydle najwyraźniej czeka na okazję do kontrataku.

— Właśnie. Byłem zdziwiony, że Deana d'Kllean wystawiła do walki od razu swoje najlepsze oddziały, zamiast wykrwawiać najemników, ale ona jest mądra. Sprytna i ostrożna. Wiedziała, że najemne kompanie nie są tak zdyscyplinowane i mogą się nabrać na pozorowany odwrót, mogą ruszyć z miejsca i złamać szyk. — Laskolnyk przeniósł wzrok na Ptasznika. — Bo nasi, Janne, nie są rozbijani, tylko wycofują się na rozkaz.

Jednocześnie wzdłuż całej długiej na setki jardów linii wroga. Patrzysz, a nie widzisz, ptasi móżdżku. Jak na razie armia Kahela-saw-Kirhu też utrzymuje dyscyplinę. I ja wiem, że on już wie, że nie uda mu się sprowokować Konowerczyków do ataku. A pamiętacie pole bitwy pod Pomwe? I nocną rzeź Geghijczyków? Saw-Kirhu to doskonały dowódca. Nie będzie walił łbem o mur bez końca. Zaufajcie mu. Na pewno ma jakiś plan na przełamanie tego impasu.

Kocimiętka chrząknął.

— Wierzysz w to, kha-dar?

— Muszę, Sarden. Muszę. Bo jeśli nie mam racji, to znaczy, że jeszcze nigdy w życiu nie pomyliłem się tak w ocenie jakiegoś człowieka.

***

— Na pewno chcecie iść?

Czarna twarz Uware Lwa nie wyrażała niczego. Patrzył tylko przez chwilę w milczeniu na pracujących mężczyzn i kobiety. Odkąd powstańcza armia zajęła pozycję, na jej tyłach wrzało jak w ulu. Karczowano las, wycinano i obrabiano wielki pnie, a krzewy i małe drzewka gromadzono w wielkich stosach.

— Chcemy — powiedział wreszcie.

Krwawy Kahelle unikał wzroku wojownika Uawari Nahs. Chyba po raz pierwszy, odkąd się spotkali.

— To może być samobójcza misja.

Tym razem coś na kształt uśmiechu zagościło na ustach olbrzyma.

— Całe to powstanie to taka misja. Powinniście ruszyć z nami na zachód. Przyjęlibyśmy was jak braci.

— To zbyt długa droga do domu, przyjacielu.

— Już to mówiłeś, Kahel. Wiesz, skąd się wzięła ta pięćsetka, która z wami przyszła? To ci, którzy stracili tutaj najcenniejsze rzeczy: żony, dzieci, przyjaciół. Nie mają już nic poza chęcią zemsty. Nie udało się z Pomwe, to chociaż tu odpłacimy im za wszystko.

— A ty?
Oblicze wodza Uawari Nahs skamieniało.
— Nigdy nie pytałeś? Miałem żonę i syna, lecz już nie mam. I tyle. A przyszedłem tu, bo moi ludzie potrzebują wodza. Więc będę ich wodzem.
— Wybacz.
— Nie ma czego. Kiedy zaczniecie?
— Chcę najpierw ruszyć ich jazdę. Niech sprawdzą dla nas grunt.
— A potem ruszamy.
— Potem ruszamy.

***

— Pani. Raport z pola bitwy.
Deana zerknęła na posłańca, chłopca w wieku może czternastu lat, który w *ahyrze* Bawołów był jednym z Cieląt. Stał przed nią podekscytowany, zarumieniony, dysząc ledwo tłumioną radością.
Właściwie mógł się nie odzywać.
— Mów.
— Odparto wszystkie ataki w centrum. Tabor również się obronił. Buntownicy zostawili na przedpolu tysiące trupów.
Tysiące trupów. Przymknęła oczy i wzięła głęboki oddech. To był już trzeci szturm tego ranka. I jej Bawoły odparły każdy z nich, nie dając się wyciągnąć z zajmowanych pozycji. Zgodnie z rozkazami. Ale nie czuła nic poza wypalającym duszę smutkiem.
Niech już ten dzień się skończy. Niech przylecą ptaki.
— Dobrze. Wieści od Słowików?
Radość spełzła z oblicza chłopca. Najwyraźniej nie spodziewał się tak chłodnej reakcji.
— Wuar Sampore nie przysłał jeszcze gońca, pani, ale *af'gemid* Oluwer przekazał, że jazda starła się z kilkoma setkami buntowników na koniach i przepędziła ich z pola. Nic poza tym.
Tak. Dowódca Słowików musiał być wściekły, że nie zgodziła się na zmianę bitewnego ustawienia, gdy rankiem odkryli, że naprzeciw ich lewego skrzydła Kahel-saw-Kirhu ustawił swój

własny tabor. Co prawda niebyt szeroki, na około sto pięćdziesiąt jardów, za to okopany i otoczony palami jak do wielodniowego oblężenia. Strzelcy w środku, a musiało ich być tam wielu, kontrolowali kawał pola bitwy, zwłaszcza przeciw konnicy. Sampore stwierdził, że może zdobyć ten tabor, jego jeźdźcy potrafili walczyć pieszo, ale straty byłyby znaczne, a od szturmowania umocnień w Białym Konoweryn były Bawoły.

Nie zgodziła się jednak na przesunięcie piechoty na lewe skrzydło. Ten tabor był tak oczywistym celem ataku, że Krwawy Kahelle równie dobrze mógł posłać im pismo z zaproszeniem do wpadnięcia w jakąś pułapkę.

Nie. Nie zagra w jego grę. Niech on gra w jej, próbując ściągnąć konowerskie wojska ze wzgórza.

— Dziękuję. Możesz wrócić do swojego dowódcy — odesłała gońca i zapatrzyła się w mapę.

Równie dobrze mogła gapić się w gwiazdy.

Ale przecież nie musieli dokonywać jakichś strategicznych cudów. Musieli tylko utrzymać się do popołudnia, najpóźniej wieczora, i nie zrobić żadnej głupoty, a na razie wszystko szło po ich myśli.

Zacisnęła pięści i poczuła, jak paznokcie wbijają się jej w skórę. Zabolało. Pani, Wielka Matko, nie potrafię. Nie potrafię siedzieć w namiocie pod strażą i czekać na jakiegoś rozradowanego gońca z garścią nowin o kolejnych tysiącach trupów. Oszaleję od tego.

Wyszła na zewnątrz i skinęła na najbliższego strażnika.

— Każ wezwać Maahira.

— Pani? — zamrugał, zaskoczony.

Jego ton sugerował, że jest o krok od nieposłuszeństwa. Uśmiechnęła się złośliwie, podeszła i stanęła tak blisko, że jej *ekchaar* niemal dotknął twarzy żołnierza. Słowik musiał wręcz czuć oddech Płomienia Agara.

— Insen, mój drogi — opłacało się uczyć imion osobistej straży — Sampore kazał wam trzymać mnie z dala od pola bitwy? Dla mojego bezpieczeństwa, rzecz jasna. Ale, na litość Wielkiej Matki i Płomienie Pana Ognia, jak zamierzasz mnie tu zatrzymać?

Nawet nie siliła się, by położyć dłonie na rękojeściach *talherów*.

— No to jak? Mam pójść sama po tego słonia?

Kilka minut później siedziała już na grzbiecie książęcego kolosa. Tym razem w specjalnej, obitej drewnem i skórą bitewnej wieżyczce, pokrytej spadzistym daszkiem i wyposażonej w solidne okiennice. Całość doskonale pasowała do Maahira, któremu założono pełny pancerz. Deana wspięła się po drabince, wychyliła znad krawędzi wieżyczki i zerknęła na Samiyego. Chłopiec miał stalowy hełm, stalowy kirys, a obie ręce chroniła mu kolcza siatka narzucona na pikowany kaftan. Pocił się i chyba klął pod nosem.

— Wszystko w porządku?

Rzucił jej spojrzenie, które najwyraźniej znaczyło, że nie jest w nastroju do głupich pytań.

— No dobrze, już nic nie mówię. Kto ci to zrobił?

— Oluwer. Kazał przyszykować Maahira jak do walki, mówiąc, że z pewnością nie usiedzisz w namiocie. Jak on cię dobrze zna. Gdzie jedziemy?

— Na razie ruszaj, zanim Sampore pojawi się tu na spienionym koniu i będzie żądał, żebym zeszła.

Gdy tylko wyjechali na wzgórze, jej oczom ukazało się całe pole bitwy.

Armia Białego Konoweryn, jej armia, była uszykowana tak, jak to zaplanowano wczoraj wieczorem. Dwa tysiące najemnej piechoty stało na samym krańcu prawego skrzydła, tuż przy rzece, broniąc taboru. Bawoły zajmowały środek; dwa potężne czworoboki ciężkiej piechoty ustawione dłuższymi krawędziami w stronę wroga liczyły po dwadzieścia *brytah*. W wolnej przestrzeni między nimi kłębiła się masa szarej, najemnej konnicy, ale z tego, co mówiły raporty, nie użyto jej jeszcze ani razu. Dowódca tego oddziału dostał wyraźne rozkazy. Miał stać, stwarzać zagrożenie i nie mieszać się do walki, jeśli nie zostanie bezpośrednio zaatakowany. Weteran setki opłaconych złotem bitew przyjął je z nieskrywanym zadowoleniem.

Czekał na swoją kolej.

Za piechotą stały machiny bojowe, a za nimi rezerwowe oddziały Bawołów. Z tej odległości, patrząc na głębokość i szerokość formacji, Deana musiała przyznać, że całość sprawiała wrażenie niemożliwej do złamania.

Tak jak ją poinformowano, wewnątrz obu formacji Bawołów znalazło się miejsce dla czarowników, z których każdy miał kilkuosobową straż, bezpośrednio odpowiedzialną za jego życie. Żołnierze ci trafiali na stos, jeśli ich podopieczny zginął. Taka była tradycja.

Na lewym skrzydle stały karnie szeregi Słowików. Połowa z nich. Na razie nie mieli wielu okazji do walki, choć najwyraźniej aż się do niej palili.

Zza jej pleców dobiegło ponure trąbienie słoni. Ukryte za wzgórzem zwierzęta słyszały bitwę, zapewne czuły też krew i niepokoiły się.

Muszą czekać. Niech Krwawy Kahelle pokaże wreszcie, jaki ma plan na wygranie tej bitwy. Bo skoro nie udawało mu się zmusić ich do ataku, na pewno wykombinował coś innego.

Niech pokaże, w którym ręku trzyma ukryte ostrze.

Chyba że potrzebuje zachęty – zastanowiła się, patrząc na szeregi kawalerii.

Dobrze więc, tym razem to ona go szturchnie.

Pora spuścić konnicę ze smyczy.

***

— Rusz się, Luka, i pomóż mi.

Koło bezceremonialnie kopnęła go w kostkę, zmuszając do wstania. Do cholery, przecież klapnął tylko na chwilę, by złapać oddech.

— Spałeś. Teraz nie ma czasu na spanie.

Spał?

Zerknął na cień drzewa, pod którym przysiadł. Naprawdę się przesunął.

Podniósł się i pomógł dziewczynie z rannym. Młody mężczyzna trzymał się za brzuch, między palcami błyskały mu wnętrzności, a na twarzy nie miał nic oprócz obłędnego cierpienia.

Niech to szlag!

Prowadząc go pod ramiona, dotarli do szpitala. Kolejnego, do cholery, szpitala. Powstańcza armia zostawiała je za sobą jeden po drugim. Ten umieszczono na prawym skrzydle, nieco w głębi lasu, by schronić się przed słońcem. Za godzinę albo dwie nadejdzie południe i cień drzew będzie błogosławieństwem dla rannych.

I konających. Jak ten chłopak, którego taszczyli. Luka czuł od niego nie tylko smród krwi i potu, ale też odór gówna. Rozpruty brzuch można zszyć, ale rozprute wnętrzności to śmierć. I to paskudna.

— Połóżmy go tu. — Wskazał najbliższe wolne posłanie. — Niech odpocznie.

— Dobrze.

Odeszli kilka kroków i dziesiętnik bezceremonialnie złapał Koło za ramię.

— Nie trać na takich czasu, dziewczyno, nie warto, jak rozumiem. Nie sprowadzaj tu umierających, bo i tak nikt im nie pomoże.

Zerknęła na niego, lekko unosząc głowę, i skrzywiła wargi. Jej poparzona skóra była zaczerwieniona i mocno ściągnięta, więc ten grymas wyglądał makabrycznie.

— On płakał, Luka. Nie zostawię nikogo, kto płacze.

— Ale...

— Nie. Nie ma ale. Nie ma mądrości pola bitwy i rozsądku ratowania najpierw lżej rannych.

Powiedziała to spokojnie i po raz pierwszy od długiego czasu odniósł wrażenie, że opuściły ją One. Była po prostu sobą. Jego Koło wróciła.

I nagle uśmiechnęła się. Strasznie.

— Gdy siedziałam w kopalni, Luka, głęboko pod ziemią, słyszałam, jak dzieci krzyczą w ciemnościach. W zawalonych tunelach. Jak wołają matki i ojców. I nie mogłam nic zrobić. Próbowałam im zaśpiewać, Luka, próbowałam im opowiadać o ratunku. O tym, że przyjdziecie i nas wyciągniecie. Potem dzieci przestawały krzyczeć i tylko płakały. Póki nie skończyło im się powietrze. A ja nie mogłam im pomóc, musiałam je zostawić. Więc teraz nie zostawię nikogo, kto płacze.

Spojrzał jej w oczy, z których to zakryte bielmem wydawało się bardziej żywe niż drugie, i zrozumiał, że się pomylił. One nie opuściły Koła. Trzymały ją mocniej niż kiedykolwiek.

— Czasem trzeba — spróbował jeszcze raz.

— Ciebie nie zostawiłam.

Zamrugał zaskoczony. Wróciła garść wspomnień z nocnej bitwy, w tym te, jak szedł noga za nogą, ogłupiały i otępiały od ran i upływu krwi, wspierając się na...

— Tak. To byłam ja. Nie zostawiłam ciebie, więc nie zostawię nikogo innego. I Luka...

— Co?

Nadchodzi ciemność.

Rozdział 39

Vaihirowie zaatakowali Dolinę Żalu po dłuższym odpoczynku, który Key'la zwykła nazywać snem, więc chyba był to ranek. Choć słowo „zaatakowali" nie było właściwe, bo przecież nie rzucili się naprzód z rykiem trąb i waleniem w bębny, szturmując na wroga uszykowanego do bitwy. Po prostu przekroczyli granicę miejsca zwanego *Vawenn'obleris*, a Key'la zorientowała się, że to już, bo ich armia ścieśniła szyk, a wielu czwororękich założyło pancerze i hełmy, których nie używano do tej pory.

Sama nazwa „dolina" była tu myląca, gdyż obszar, który tak określano, miał według Ust Ziemi ponad trzy dni marszu średnicy. Czyli około pięćdziesięciu mil ludzką miarą, jak wyjaśniła jednooka. Ponoć kiedyś naprawdę była to tylko dolina – możliwe, że już wtedy olbrzymia – ale odkąd *vaihirowie* zaczęli słabnąć bez swojego boga, jej koszmarne emanacje rozlały się wokół, pochłaniając wielki kawał świata.

A zatem pierwsze zetknięcie Key'li z Doliną Żalu, przekroczenie umownej granicy, polegało na wspięciu się na solidne wzgórze i ruszeniu jego grzbietem.

— Uważaj na wszystko — powiedział jej Czarny Biały, który właśnie sprawował nad nią pieczę. — Na to, co na ziemi, i na to, co na niebie.

Key'la pokiwała poważnie głową, ściskając drzewce *kohhy* w spotniałych dłoniach. Kocyk też zachowywał się nerwowo, pazury jego lewej dłoni zgrzytały niespokojnie, oczy wędrowały po horyzoncie. Po jednej stronie mieli kilka niższych wzgórz, po drugiej - kilkaset kroków od ich wzniesienia - rumowisko ostrych, stromych skał, wyglądających jak kolekcja zepsutych, pokrytych próchnicą zębów olbrzyma. Wszechobecna czerń sprawiała, że Key'la zaczynała mieć dziwaczne skojarzenia.

I stamtąd właśnie nadszedł pierwszy atak.

Na oczach dziewczynki głazy nagle pokryły się setkami stworów. Niepełnych - bez nóg, bez pysków, z jednym niepotrzebnym do niczego skrzydłem albo pojedynczą łapą wyrastającą z pleców. Lub wręcz przeciwnie, przepełnych - z wieloma dodatkowymi kończynami, głowami, ogonami, z korpusami składającymi się z byle jak połączonych fragmentów innych ciał. Lecz w tej hordzie pojawiały się też bestie w jakiś dziwaczny sposób właściwe, symetryczne i zamknięte w doskonałych proporcjach. Nawet jeśli był to na przykład pokryty łuskami stwór o głowie wołu, łapach niedźwiedzia i ogonie węża.

Który padł pierwszy przeszyty trzema strzałami.

Vaihirowie raz-dwa ustawili się w szyku. Uzbrojeni w długą broń drzewcową oraz w ciężkie miecze i topory wojownicy wysunęli się naprzód, a stojący nieco wyżej, na grzbiecie wzgórza, łucznicy posyłali w nadciągającą falę obłędu strzałę za strzałą.

Key'la stanęła za łucznikami, ściskając w dłoniach bojowy kij, który wydawał jej się w tej chwili nie bardziej groźny niż miotła, i modliła się bezgłośnie, by im się udało. By potwory zostały wystrzelane do ostatniego, nim dojdą do linii pieszych.

Daremnie.

— *Ghorny!* — przeleciało między szeregami czwororękich. — *Ghorny!*

— To znaczy „pasterze” — wyjaśniła półgłosem Usta Ziemi. — Ci są najgorsi.

Jednooka wojowniczka pojawiła się za nią dość niespodziewanie, a Key’la miała ochotę rzucić się i ją objąć. Powstrzymał ją sposób, w jaki czwororęka kobieta się poruszała i jak jej dolne dłonie zaciskały się na rękojeściach szabel.

To nie był czas na uściski.

— Dolinę Żalu stworzyła zraniona, może nawet zniszczona Księga Pamięci, którą wypchnięto tu z waszego świata. Zawierała ona wszystko, co jej twórcy uznali za ważne: zwierzęta, rośliny, ryby, góry, rzeki i lasy. Oraz ludzi. Nie takich jak ty, ale jednak ludzi. I teraz *Vawenn’obleris* używa ich ciał, oraz wspomnień, radości, marzeń i smutków, do tworzenia nowych bytów. A te, które mają w sobie dość dużo ludzkiego... materiału, są zaskakująco rozumne. Potrafią kierować innymi stworami. Dlatego nazywamy ich Pasterzami.

Za linią dziesiątkowanych strzałami bestii pojawiły się dwie wysokie, chude sylwetki. Key’la widziała je dokładnie. Jedna zdawała się składać z czterech przeraźliwie długich nóg, podtrzymujących niewielki korpus z parą szczupłych rąk na dokładkę, druga poruszała się jak człowiek, lecz zamiast ramion wyrastały jej ptasie skrzydła. Obie miały jednak ludzkie głowy i blade twarze z wielkimi czarnymi oczyma, które wpatrywały się beznamiętnie w pole bitwy. Grzywy śnieżnobiałych włosów sięgały im prawie do ziemi.

Obaj pasterze wykonywali zamaszyste ruchy, otwierając usta w krzyku, który ginął w jazgocie bestii. A kierowane ich rozkazami stwory gromadziły się w stada i pędziły naprzód.

I wreszcie zderzyły się z pierwszą linią obrony.

Po kilku chwilach Key’la odwróciła się i zamknęła oczy, nie chcąc patrzeć na orgię rzezi, rąbania, kłucia, sieczenia, gryzienia, szarpania i darcia pazurami. Walka między *vaihirami* a stworami z Doliny była przerażająca jak starcie dwóch watah zdziczałych psów. Zwierzęca zawziętość, siła i szał królowały po obu stronach.

— Walczymy tak od tysiąca waszych lat, dziecko — w głosie Ust Ziemi zabrzmiała dziwny smutek. — Gdy Niszczycielka zraniła Księgę Pamięci, nasz bóg w imieniu reszty Wygnanych podjął się strzeżenia tego miejsca. A oni przyjęli jego ofertę z entuzjazmem, bo w końcu kto jak nie my, bestie stworzone do walki i mordu, nadawał się lepiej do tego, by powstrzymać inne potwory?

Key'la zrozumiała nagle, co jej nie pasowało w tej bitwie. Poza rykami stworów z Doliny nie dobiegały do niej ani okrzyki triumfu, ani wrzaski nienawiści czy grozy. Czwororęcy walczyli i ginęli w milczeniu.

— Kiedyś, gdy byłam młoda — kontynuowała wojowniczka — nienawidziłam Thowetha za los, na jaki nas skazał. Wieczną wojnę z szaleństwem. Lecz któregoś dnia, stojąc przed jednym z twoich pobratymców, zrozumiałam, że nasz bóg był sprytny. W oczach tego człowieka widziałam strach i odrazę. Bo ludzie uwielbiają znajdować sobie potwory, które mogą nienawidzić i obwiniać za wszystko, co złe. Więc póki tkwiliśmy tutaj, walcząc z bestiami z Doliny, byliśmy potrzebni.

— Mówiłaś, że teraz ludzie was atakują.

— O tak. Od trzystu lat my wymieramy, a Dolina Żalu się rozrasta. I wygląda na to, że nikomu to nie przeszkadza. A nawet niektórzy chcieliby, by rozrastała się szybciej. Dobrzy Panowie wysyłają zatem *ewelunrech*, by na nas polowali. Słyszysz? Słuchaj, walka się kończy.

Słyszała. Ryki, wycia i syki bestii zaczęły cichnąć, przygasać.

— Zabiliśmy pasterzy i większość ich stada ucieka. Nawet te istoty mają coś w rodzaju rozsądku. Możesz już otworzyć oczy.

Key'la i tak wszystko widziała. Wewnątrz. Oczyma wyobraźni.

— Nie chcę. Chodźmy już dalej.

Później dowiedziała się, że trzydziestu wojowników poległo, a drugie tyle było rannych. Tak skończyła się pierwsza z bitew, które *vaihirowie* stoczyli na drodze do swojego boga.

***

— Widzisz? Jest przed nami. Widzisz?

W głosie Ust Ziemi słychać było takie napięcie, że wydawało się, iż jednooka kobieta zaraz wybuchnie. Key'la nie dziwiła się jej. Byli już blisko, bardzo blisko, choć zapłacili za to wielką cenę.

Mieli za sobą osiemnaście starć. Tyle dziewczynka naliczyła, choć tak naprawdę nie sposób było dokładnie określić, ile tych walk było, bo zdarzało się, że zanim jeden atak się skończył, gdzieś z boku nadchodził następny. Choć Usta Ziemi zapewniała ją, że ich bóg tkwi pół dnia drogi od krawędzi *Vawenn'obleris*, oni szli już... znacznie dłużej. Dzień, może dwa?

Raz rozbili obozowisko na szczycie stromego wzniesienia, gdzie przez wiele godzin odpierali dzikie ataki różnorakich bestii. Key'la była już tak zmęczona, że drzemała tam niespokojnie z głową na kolanach Kocyka i nie przeszkadzało jej nic, ryk potworów, jęki rannych, dziki wrzask tych, których pochłonęło *pohe*.

Bo niektórym *vaihirom*, zwłaszcza wojownikom zmęczonym długą walką, zdarzało się wpaść w szał. Reszta armii obserwowała takich szaleńców w napięciu: jeśli rzucali się na potwory z Doliny, cieszono się, że przed śmiercią zabiorą w niebyt jeszcze kilka z nich, jeśli jednak atakowali własnych pobratymców, zabijano ich szybko i bezlitośnie.

Key'la nie miała nawet siły płakać nad ich losem.

Lecz ponieważ nie była głupia, zaczęła się zastanawiać, co ona właściwie tu robi i dlaczego Trzydzieści Dłoni strzegło jej i pilnowało tak zawzięcie. Gdy na stalowoszarym niebie pojawiły się latające bestie, Usta Ziemi przydzieliła jej kilku łuczników do ochrony, a Dwa Palce, Czarny Biały i Kubek Wody, a nawet Kawałek Żelaza, bez przerwy kręcili się wokół. Wiedząc, jak *vaihirowie* podchodzą do śmierci i zabijania, wysiłek, jaki wkładali w to, by utrzymać ją przy życiu, zdawał się co najmniej niezwykły.

Przemknęło jej nawet przez głowę podejrzenie, że ciągną ją i Kocyka ze sobą, by złożyć ich w ofierze swojemu krwawemu bogu. Lecz odrzuciła tę myśl, przypominając sobie, jak niewiele brakowało, by zabito i ją jej *kanaloo*, gdy odważyła się przemówić w kręgu. Gdyby mieli zostać złożeni w ofierze, plemię nie igrałoby tak z nimi, po prostu związano by ich i przywleczono na miejsce.

Zresztą cóż to by była za ofiara, dwójka dzieci, wobec morza krwi, którą czteroręcy przelewali po drodze.

Nie miała jednak odwagi zapytać o to Ust Ziemi.

I wreszcie, po wielu godzinach przedzierania się przez hordy potworów, gdy ich armia stopniała o ponad dwa tysiące wojowników, a reszta w większości była ranna, wyszli na grzbiet kolejnego wzgórza i ujrzeli go.

Uwięzionego boga.

To znaczy zobaczyła go Key'la, na pewno też Usta Ziemi, oraz garść tych, którzy w taki czy inny sposób mieli większą wrażliwość na sekrety świata.

Bo przecież gdyby wszyscy *vaihirowie* dostrzegli Thowetha, cała ich armia padłaby na kolana, zdjęta uwielbieniem i grozą.

Key'la sama miała na to ochotę, choć przecież nie był to jej bóg. Ani bóg żadnego innego człowieka. Lecz promieniująca od czerwonej, czterorękiej postaci bezosobowa Potęga zdawała się prawie zaginać wokół siebie światło.

Widziała go od tyłu. Thoweth stał półnagi, z czterema rękoma uniesionymi w górę. W trzech trzymał broń, miecz, topór i chyba krótką włócznię, czwarta, lewa dolna, była zaciśnięta w pięść. To była poza walki, poza gniewu i ruchu, który najpewniej miał na celu zdruzgotanie firmamentu. Bo bóg *vaihirów* objawił się tu jako kolos, gigant sięgający głową powały nieba. Jakim cudem nie dostrzegli go z daleka? Dlaczego musieli podejść na zaledwie kilka mil, nim z przestrzeni wyłonił się zarys jego sylwetki?

— Powinniśmy dostrzec go wcześniej... — szepnęła dziewczynka.

Usta Ziemi pokręciła głową.

— To jest i nie jest prawdziwy Thoweth. Nasz bóg, tak jak twoi, nie jest gigantem wielkości góry. To tylko emanacja Potęgi, którą dysponuje. Twoje i moje zmysły, wrażliwe na Moc, usiłują nadać właściwe proporcja temu, co czują. Tak jak małe dziecko, patrząc na ojca, widzi olbrzyma, tak my, spoglądając na boga w pełnym majestacie, dostrzegamy postać, która nas przytłacza.

— Jest cały czerwony...

— Dla ciebie. Dla twojej rasy czerwień to symbol przemocy i krwi. Ja go widzę jako złotego giganta.

— Złotego?

— To kolor nadziei, dziewczynko. Nigdy jeszcze nikt z naszych nie dotarł tak blisko. Widzisz łańcuchy?

Widziała. Ogniwa wyglądające jak zrobione z przydymionego szkła, które pełzły wokół korpusu Thowetha, owijały się wokół jego szyi i – Key'la zmrużyła oczy – poruszały się, lekko drżały.

Końce łańcucha tkwiły w dwóch skalnych kolumnach u stóp giganta.

— Musimy zerwać choć jeden z nich — powiedziała Usta Ziemi takim tonem, jakby chodziło o zmianę ubrania.

Zerwać? Key'la nie wybuchnęła śmiechem tylko dlatego, że była zbyt zmęczona. Łańcuchy, które więżą boga?

Rozdział 40

Głupi ludzie powiadają, że takie rzeczy nie powinny się zdarzać. Nie, jeśli na świecie istnieje coś takiego jak sprawiedliwość, ład i porządek. Lecz mądrzy mówią, że nie ma co płakać nad rozlanym mlekiem, a sprawiedliwość i ład istnieją tylko tam, gdzie ludzie są dość rozsądni i silni, by je pielęgnować.

Nazywał się Grest i gdy zabrano go do *ahyry*, miał zaledwie pięć lat. Oficer Słowików zwrócił na niego uwagę, bo chłopiec bez strachu kręcił się po stajni między końmi właściciela, pomagając ile sił w rękach. A konie najwyraźniej go lubiły. Pan Gresta wspomniał Słowikowi, że ma jeszcze jednego takiego samego malca, ale oficer machnął ręką. Był zmęczony i spragniony, nie chciał tracić czasu na ocenianie kolejnego gówniarza. Kilka srebrnych monet zmieniło więc właściciela, podpisano umowę i tego samego dnia zasmarkany i przerażony Grest znalazł się w pokoju z dwudziestoma innymi Pisklętami.

Wszystkiego tam było mało. Mało sienników i koców na noc, mało jedzenia, mało ubrań. Gdyby wiedział coś o *Strofach wychowania* – liczącym kilkaset lat podręczniku szkolenia Rodu Słowika – rozpoznałby zapewne treść pierwszego rozdziału *Oddzielić wróble od sokołów*. Chłopcy musieli walczyć między sobą o wszystko. Jedzenie, ubranie, miejsce do spania.

Najpierw nauczył się, że nie wolno płakać, bo płacz jest oznaką słabości. Potem nauczył się kopać, gryźć i wpychać palce w oczy. A potem, że samotność to głód i chłód. W kilka dni powstały grupki wspierające się nawzajem, a ci, którzy nie należeli do żadnej, wylizywali resztki z garnków i spali na gołej posadzce. Marnieli, chorowali, znikali.

Po miesiącu zostało ich dwunastu. I teraz nareszcie sienników, koców i jedzenia wystarczyło dla wszystkich.

Zaczęło się szkolenie. Przyszedł starszy, co najmniej dziesięcioletni chłopak i powiedział:

— To jest wasze *norste*, wasze gniazdo. Wasze gniazdo nazywa się Eiwire — wskazał drewnianą tabliczkę nad drzwiami — i od tej chwili tak brzmi wasze nazwisko. Jesteście rodziną.

Nie minął rok, a zapomniał słów modlitwy do Wielkiej Pani, która okazała się zwykłą boginką niewolników. Teraz modlił się do Agara, Mądrego, Płomiennego Władcy Światła. Tego, Który Niszczy Ciemność. Nim minęły kolejne dwa lata, zapomniał twarzy ojca, matki i braci. Teraz ojcem był dla niego nadzorca Piskląt w *ahyrze*, mężczyzna postawny, potężny, z wielką siwą brodą i brzuchem pełnym głębokiego śmiechu. A rodziną byli chłopcy z gniazda.

Ćwiczył codziennie, najpierw walkę kijem i pałką, potem nożem, tasakiem i krótkim kordem. Uczył się posługiwać włócznią i rzucać oszczepem. W wieku dwunastu lat otrzymał pierwszą prawdziwą szablę, w wieku czternastu dołożono mu buzdygan o sześciu piórach i topór na długim trzonku oraz wprowadzono naukę posługiwania się lekką kopią.

Uczył się zapasów i walki na pięści, kopnięć i podcięć. Uczył się walki z konia. Potrafił, galopując, pochylić się w siodle i podnieść monetę leżącą na ziemi, potrafił w pełnym cwale założyć na siebie pikowany kaftan i kolczugę. Albo zdjąć, jeśli taki padł rozkaz.

I codziennie, od pierwszego dnia pobytu w *ahyrze*, miał w ręku łuk.

Przez wiele godzin napinał go i powoli zwalniał naciąg, nie wypuszczając cięciwy gwałtownie, by nie uszkodzić ramion broni, bo za to dostawało się dwadzieścia batów. Trenował, by utwardzić palce i nabrać sił. Pierwszy raz pozwolono mu wypuścić strzałę po sześciu miesiącach takich treningów. Potem aż do czternastego roku życia używał tylko ćwiczebnych łuków, choć to właśnie dzięki nim poznał dwadzieścia cztery sposoby chwytania i napinania cięciwy, od najprostszych, na dwa palce, po takie, w których używano pierścienia na kciuk.

Gdy skończył dwadzieścia lat, potrafił wystrzelić tuzin strzał w mniej niż dwadzieścia uderzeń serca, trafiając za każdym razem w cel średnicy trzech stóp z odległości ponad stu jardów.

Po tym egzaminie zaproponowano mu, że Ród Słowika wykupi jego rodzinę, tę dawną, niewolniczą, by mogła pracować w *ahyrze*. Odmówił. Jedyną rodziną, jaką miał, byli jego towarzysze z gniazda i *perdii*.

Gdy miał dwadzieścia cztery lata, przeżył pierwszy i ostatni kryzys wiary. Widział, jak Białe Konoweryn pogrąża się w chaosie, w czasie gdy niewolnicy w różnych częściach księstwa podnoszą bunt. I widział, jak Agar Od Ognia pozwala, by Laweneres, to ślepe książątko, nic z tym nie robił. Grest Eiwire nie miał więc nic przeciwko, by Obrar z Kambehii zajął jego miejsce. Skoro bóg, którego czcił tyle lat, miał wszystko w dupie, śmiertelnicy powinni sami załatwić pewne rzeczy.

A potem był świadkiem, jak issarska dzikuska wspina się po schodach Świątyni Ognia, jak zabija najlepszego szermierza Trzcin i wchodzi w Oko.

I po raz pierwszy, odkąd zabrano go do *ahyry*, zapłakał.

Oto znak.

Oto Płomień Agara.

Bóg jednak nas nie opuścił.

A teraz jego *perdia* stała pod palącym słońcem na równinie zachodniego Konoweryn. Przed sobą w odległości około pięciuset jardów mieli okopany tabor buntowników, dwieście jardów po prawej – zwarte szeregi Bawołów. Te ciężkie i nieruchawe tumany jak dotąd miały najlepszą zabawę. Odpierali atak za atakiem, poszło ich już chyba z pięć albo sześć, usypali nawet przed linią swoich tarcz całkiem spory wał trupów. A Słowiki musiały stać i patrzeć. Nawet strzały nie wolno im było posłać na wroga.

Lecz rozkazy wydawała Ona. Pani Oka. A to tak, jakby wydawał je sam Agar.

Nagle usłyszał z tyłu szum, a potem słowa, na które czekali od samego rana.

— Uderzamy. Uwaga, przy następnym ataku uderzamy na skrzydło buntowników. Gotować się. Gotować.

Nie było gońców wymachujących kolorowymi flagami ani przesadnego zamieszania. Rozkazy przychodziły słownie, przekazywane z usta do ust, by obserwujący ich z naprzeciwka wróg nie zorientował się, że coś szykują. Dopiero w ostatniej chwili trąbki i bębny rzucą ich do natarcia.

Grest poprawił się w siodle. Majdan łuku, który miał w ręku od wielu godzin, kleił mu się do dłoni. Pół tuzina strzał przytrzymywanych palcami drżało. Jego *perdia* była łucznicza, w oddziałach kopijniczych służyli starsi, najbardziej doświadczeni żołnierze. Ale ciężka jazda czekała za wzgórzem, w cieniu, by nie męczyć koni i ludzi. Ten atak będzie należał do nich. Młodszych i szybszych.

Buntownicy ruszyli do kolejnego natarcia. Kilka tysięcy powolnej piechoty poprzedzonej rojem lekkozbrojnych. Tym razem balisty nie marnowały pocisków na oszczepników i procarzy, poczekały, aż ukryte za rzędami ciężkich tarcz kolumny wejdą w zasięg, i powitały je zabójczą salwą.

Grest widział, jak bełty i kamienie walą w piechotę niewolników, obalając ludzi i rzeźbiąc krwawe bruzdy w ciasnych szeregach. Tarczownicy nie czekali, aż artylerzyści przeładują, złamali szyk, i pognali naprzód. Och, gdybyż teraz można na nich uderzyć, spaść z boku, szyjąc w rozproszone szeregi strzałę za strzałą! A potem sięgnąć po szablę i walić po łbach i ramionach, pchnąć płytkim sztychem, stratować, wdeptać w ziemię kopytami…

Jeszcze nie. Jeszcze jest czas.

Nacierająca piechota przebiegła ze dwieście jardów i z powrotem zwarła szyk. Młody Słowik poczuł na ten widok coś na kształt szacunku. Nie musiał się tego wstydzić, *Strofy wychowania* mówiły wyraźnie, że nie ma nic złego w podziwie dla sprawności bojowej wroga. Dzięki temu nie popełnia się głupich błędów, a zwycięstwo ma o wiele słodszy smak.

I znów, jak przy poprzednich atakach, lekka piechota po obrzuceniu Bawołów pociskami wycofała się, a ciężka natarła na ścianę ich pawęży. I znów był łomot, brzęk stali i głuchy wrzask wydobywający się z tysięcy gardeł. I znów Bawoły ugięły się lekko, cofnęły o pół kroku, po czym wzmocniły obronę w zagrożonych miejscach i zatrzymały wroga. A potem odepchnęły go o te pół kroku w tył i wbijając dolne krawędzie tarcz w ziemię, zaryczały zwycięsko.

Nikt ich stąd nie ruszy. Nikt i nic.

Grest nauczył się już rozpoznawać chwilę, gdy atakujący odskoczą. To był ten moment, gdy włócznie konowerskiej piechoty okrwawiały się coraz bardziej, a bezsilne walenie o mur pawęży przebijało się nawet przez krzyki rannych i konających.

Teraz. Buntownicy odstąpili od Bawołów, z początku cofając się wolno, potem coraz szybciej, w coraz luźniejszym szyku. Lekka piechota ruszyła naprzód, by posłać ostatnie pociski, ciężka nie próbowała jeszcze zbierać się w zwarte oddziały, wiedząc, że czeka ją co najmniej jedna salwa z machin...

Powstańcze oddziały przemieszały się dokładnie.

Z tyłu zagrały Słowikom trąbki.

„Za Agara i Konoweryn! Naprzód!"

Grest Eiwire spiął konia i ruszył z miejsca razem z dwoma setkami swoich braci z *perdii*. Inne oddziały podążyły za nimi w skok, ale ich był pierwszy. Po kilkunastu krokach przeszli w kłus, po kilkudziesięciu w galop. Po skosie, prosto w stronę uciekającej piechoty.

Grest uniósł się w siodle, napiął łuk. Pierwsza strzała, druga, trzecia, czwarta, piąta. Każdą posyłał coraz bardziej płaskim torem, coraz pewniej wybierając cele. Ostatnią – szóstą, trafił z odległości jakichś trzydziestu jardów w środek piersi chudego wyrostka, który właśnie próbował zakręcić procą, po czym jednym ruchem umieścił łuk w łubiach, wsunął lewą rękę w uchwyt tarczy, a prawą wyszarpnął szablę.

Zdążył jeszcze ciąć procarza w głowę i wpadli w rozproszonych pieszych.

Przez chwilę obalali buntowników samym pędem, konie gryzły i tratowały ich z zajadłością szkolonych do walki zwierząt. Słowik uderzył z lewej, z prawej, chlasnął po rękach osłaniających jasną głowę, odbił tarczą cios wymierzony postawioną na sztorc kosą i sztychem trafił kosyniera w twarz. Mężczyzna zawył i upadł na kolana, inny jeździec z *perdii* stratował go w pełnym galopie.

— Uwagaaa!

Grest zerknął w stronę, w którą pokazywał krzyczący, i natychmiast zorientował się, o co chodzi.

Buntownicy rozpięli częściowo tabor i zza wozów wypadło kilka setek konnicy, pędząc na pomoc piechocie.

Wojownicy Rodu Słowika starli się już kilka razy z jazdą Krwawego Kahelle i mieli o niej jak najlepsze zdanie. Powstańcy rzadko zdobywali konie bojowe, więc wsadzali na nie najlepszych jeźdźców. Do tego uzbrajali ich w najlepszą zdobyczną broń, pancerze i hełmy.

No nareszcie! Godny przeciwnik!

Trąbka osadziła ich oddział w miejscu, dała kilka uderzeń serca na wyrównanie szyku. Oderwali się od piechoty i runęli na spotkanie buntowników.

Ruszyli galopem, a odległość między nimi a szarżującą konnicą niewolników malała w oczach. *Perdia* pędziła coraz szybciej i szybciej, konie przeszły w cwał, wyciągnęły się przy ziemi, już widzieli błysk oczu nieprzyjaciela.

Trąbka zabrzmiała donośnie i tuż przez zderzeniem zwarli się w szeroką na kilkadziesiąt koni ścianę stali, chrapów i kopyt. Uderzyli! Piersią w pierś, łbem o łeb. Wierzchowce obalały się na ziemię albo stawały dęba, młócąc nogami i sięgając ku innym koniom okrwawionymi zębami. Wizg, kwik, rżenie poprzedziły o pół mgnienia oka brzęk stali.

Grest sparował cios szablą, z bliska trzasnął przeciwnika głowicą w twarz, aż tamten zwalił się z konia, przyjął potężne uderzenie toporem na tarczę, skontrował, chybił i już przebili się przez linię wrogiej kawalerii.

Niewolników nie było zbyt wielu.

Zerknął w prawo. Nieatakowana już piechota uciekała w nieładzie, lecz jej spora część zebrała się w kupę i najwyraźniej miała zamiar iść na pomoc jeździe. Zza pierwszego wału wyłonił się liczny oddział pikinierów i też ruszył ku nim.

Nieważne. Skończą tu, nim powolni piechurzy doczłapią na miejsce.

Kątem oka dostrzegł ruch, odwrócił się, jednocześnie unosząc tarczę i wykonując rozpaczliwe pchnięcie w pierś wroga.

Trafił go prosto w serce.

I zamarł.

***

Głupi ludzie powiadają, że takie rzeczy nie powinny się zdarzać. Nie, jeśli na świecie istnieje coś takiego jak sprawiedliwość, ład i porządek. Lecz mądrzy mówią, że nie ma co płakać nad rozlanym mlekiem, a sprawiedliwość i ład istnieją tylko tam, gdzie ludzie są dość rozsądni i silni, by je pielęgnować.

Matka nazwała go Oher, ponoć po ojcu jej dziadka. Wychowywał się na plantacji, której właściciel oprócz drogocennych przypraw hodował też konie. A on zawsze miał rękę do koni.

Taki dar.

Dorastał na plantacji, najpierw pomagając w stajni, czyszcząc boksy i szczotkując konie, a później, gdy jego pan rozpoznał samorodny talent, ujeżdżając dwu- i trzylatki oraz ścigając się w zawodach organizowanych przez znudzoną szlachtę. Nigdy nie próbował uciekać, nawet dosiadając najszybszego konia w okolicy, bo jego bliscy ponieśliby karę.

Potem zmarła mu matka, w rok później ojciec.

Właściciel docenił jego umiejętności i podniósł rangę do popielnego, zmienił obrożę z żelaznej na skórzaną, podbitą atłasem. Ale obroża to obroża, więc gdy wybuchło powstanie, Oher dosiadł konia i uciekł razem z braćmi i ich żonami.

Dowódcy powstańczej kawalerii wystarczyło tylko rzucić okiem na zbiega, by zostawić go na koniu, dać pancerz, hełm i topór do ręki.

Od tego czasu wiele godzin dziennie uczył się robić bronią, poza tym służył jako goniec i zwiadowca. Raz nawet wziął udział w prawdziwej potyczce, w której udało mu się nie zginąć.

A teraz wokół szalała śmierć, jego towarzysze walczyli ze Słowikami, by dać zasranej piechocie czas na ucieczkę, a on sam miał przed sobą jednego z tych sukinsynów, który jakby nigdy nic zatrzymał się na chwilę i gapił na ich oddziały.

Oher spiął konia i ruszył na wroga, stając w strzemionach dla zadania mocniejszego ciosu. Tamten odwrócił się, tknięty jakimś przeczuciem, próbował unieść tarczę, ale Oher uderzył z całej siły, napędzany strachem i wściekłością. I nawet gdy zobaczył twarz tego drugiego, gdy ogarnął go graniczący ze śmiercią stupor, a coś pocałowało prosto w serce, nie zdołał powstrzymać ciosu, bo ciężki topór już ciął powietrze.

Dosięgnął tamtego ponad krawędzią zbyt nisko uniesionej tarczy, rozrąbując mu szyję tuż przy obojczyku.

***

Kiedyś, zanim trafił do *ahyry*, miał brata, z którym lubił się bawić. Byli prawie nierozłączni, wiadomo – bliźniacy. Po latach prawie o nim zapomniał, o bracie z taką samą twarzą. W gnieździe spotkał nowych braci. W świecie dziecka niewolników takie rzeczy nie były niczym niezwykłym.

Kiedyś miał brata, którego sprzedano jak woreczek pieprzu, choć za znacznie niższą cenę. Byli prawie nierozłączni, wiadomo - bliźniacy. Po latach prawie o nim zapomniał, o bracie z taką samą twarzą. W świecie dziecka niewolników ludzie bez przerwy pojawiali się i znikali.

***

Opowiadano sobie później, że pośrodku pola bitwy, między pozycjami Słowików a taborem niewolniczej armii, stały przez jakiś czas dwa konie. Ich jeźdźcy byli martwi, ale padli sobie w ramiona, szczepieni w uścisku, jakby jeden starał się powstrzymać drugiego przed upadkiem, a ich wierzchowce nawet nie próbowały się ruszyć z miejsca.

Podobno na ich identycznych twarzach widać było ślady łez.

***

— Ile razy jeszcze zamierzasz posłać ich do ataku? Ilu jeszcze musi zginąć? Cały twój plan będzie można o kant dupy rozbić, jak braknie nam ludzi!

Pore Lun Dharo sapał i dyszał, a błyskawice wytatuowane na jego piersi zdawały się wić. W ostatnim ataku rzucił swoje skromne siły do szarży na dobrze ponad dwa tysiące Słowików, nacierających na oddziały walczące w centrum z konowerską piechotą. Czekali na to, bo jak na ironię to kopyta koni konowerskiej jazdy miały sprawdzić, czy grunt przed taborem nadaje się do ataku. Lecz i tak niemal dali się zaskoczyć, gdy stalowe szeregi ruszyły z miejsca i zataczając łuk, uderzyły na powstańczą piechotę.

Prawie udało im się wbić w bok Pułku Lisa. Były Błyskawica zareagował w ostatniej chwili, jego pięciuset jeźdźców skoczyło na atakujących Słowików, zmusiło ich do kontrszarży, co dało czas piechocie na wycofanie się pod osłoną strzelców i pikinierów.

Ale niewiele brakowało. Dosłownie kilku chwil.

A i tak ponad setka jeźdźców Lun Dharo została na polu bitwy. A drugie tyle było rannych, w tym on sam, siedzący teraz w sztabowym namiocie przed Kahelem-saw-Kirhu bez pancerza i hełmu, z lewą ręką owiniętą bandażem i z wściekłością wypisaną na obliczu.

— Zrób wreszcie, co zaplanowano, i niech ta bitwa się skończy.

Dowódca powstańczej armii powitał go w namiocie tylko dlatego, by nie kłócić się z koczownikiem na oczach całej armii. Był spokojny. Jak sama śmierć.

— Bitwę mogę zakończyć nawet teraz — powiedział cicho. — Wystarczy, że się wycofamy. Tylko co potem? Pójdą za nami, a nie znajdziemy lepszego miejsca na kolejne starcie. Kor'ben potrzebuje jeszcze trochę czasu. Kupujemy mu go.

— Ten cholerny Verdanno...

— Ten cholerny Verdanno właśnie skończył — rozległ się głos Olhewara i Wozak wkroczył do namiotu. — Niedobrze jest, gdy głównodowodzący znika żołnierzom z oczu.

— Nie będę z nim dyskutował na oczach wszystkich. A raczej nie będę wysłuchiwał jego wrzasków. Ile przygotowałeś?

— Sto tratw i wszystkie pięćset wozów. Zwiadowcy mówią, że idzie dobry wiatr. Z zachodu.

Wszyscy trzej wymienili spojrzenia i uśmiechnęli się szeroko.

Istnieją dwa najlepsze sposoby, by zamknąć wrogą armię w kotle. Pierwszy to zmusić ją do ataku, przekonać o nadchodzącym zwycięstwie i cofać środek szybciej niż skrzydła. Drugi to zajść ją z boków. Tylko czy da się to zrobić piechotą przeciw wojskom składającym się w połowie z jazdy? W ciągu najdalej godziny mieli poznać odpowiedź na to pytanie. Saw-Kirhu zerknął na Błyskawicę.

— Dasz radę wsiąść na konia?

Obaj wiedzieli, że nie chodzi o wsiadanie, ale o dowodzenie w bitwie. Pore Lun Dharo uśmiechnął się wilczo.

— Spróbuj mnie powstrzymać.

***

— Dobrze! Koniec zmiany! Szykować się!

Kosse Oluwer pchnął już gońców, gdzie trzeba, wydał też wszystkie rozkazy, jakie mógł wydać, więc teraz tylko przechadzał się w tylnych szeregach i grzmiał. Niech jego chłopcy wiedzą, że dowódca czuwa.

Kilka razy zluzowali już przednie *brytah*, więc w tej chwili prawie połowa Bawołów miała za sobą bezpośredni udział w walce. I spisała się świetnie. Był z nich dumny jak nigdy dotąd, nawet Kotły składające się w większości z młodzików, z Cieląt, które nie ukończyły jeszcze pełnego szkolenia, stały niczym skała.

Ta bitwa będzie zwycięstwem Rodu Bawoła i nikt nie odbierze im chwały.

Nagle poczuł drżenie ziemi pod stopami i padł na niego olbrzymi cień.

Maahir zatrzymał się tuż za *af'gemidem* Bawołów, zawachlował uszami i zatrąbił ogłuszająco. A jego kornak szczerzył się z góry jak szalony.

I zanim Kosse Oluwer zdołał otworzyć usta, Pani Oka zsunęła się po sznurowej drabince i stanęła na ziemi.

— Jak sytuacja?

Bawół nabrał powietrza, gotów do wygłoszenia dłuższej tyrady. Co ona sobie, na Żar w Sercu Agara, myślała?

— Nawet nie próbuj — warknęła cicho, groźnie. — Nie jestem w nastroju. Sam kazałeś przygotować dla mnie słonia.

— Ale z myślą, że będziesz poruszać się po grzbiecie wzgórza, pani! O, gdzieś tam. — Wskazał punkt sto jardów za nimi. — Tu jest niebezpiecznie.

— Dolatują tu strzały albo kamienie?

— Nie, ale to nie znaczy, że nie jesteśmy w zasięgu zdolnego procarza. A Maahira trudno nie zauważyć.

— I zdaje się, że właśnie o to ci chodziło, Kosse. — Deana d'Kllean pomachała do kręcących się przy balistach żołnierzy, a najbliższy z nich upuścił wiązkę bełtów. — Miałam być widoczna, a jednocześnie odległa. Lecz Samiy nie słucha twoich rozkazów, tylko moich. Ile jeszcze możemy tu trzymać?

Wzruszył ramionami, pobrzękując zbroją.

— Ile trzeba, pani. Nie zużyliśmy jeszcze piątej części pocisków do machin, a czarownicy nawet się nie spocili. Mówią, że to najłatwiejsza bitwa, jaką w życiu stoczyli.

— I pewnie wydają już w myślach zarobione złoto. Pamiętasz rozkazy? Te o jeńcach?

— Brać.

— No właśnie. A masz już jakichś? Bo Sampore twierdzi, że żaden niewolnik nie dał się schwytać żywcem.

— Około czterdziestu. Większość ciężko ranna. Potrzebujesz języka, pani? Mogę kazać rozgrzać żelazo.

Wykonała gest, który niewiele mu mówił.

— Nie. Nie trzeba. Ale przypominam, że nie chcę bezsensownej rzezi na koniec. Nie chcę wieczorem krztusić się dymem z tysięcy stosów.

— Rozumiem, ale Agar…

— Czuję, że jest w łaskawym nastroju. Chcesz się ze mną o to kłócić?

— Nie, pani.

Jak ona to robi?, pomyślał. Pamiętał Deanę d'Kllean z pierwszego spotkania, zaraz po tym, jak została wyniesiona do władzy. Sprawiała wrażenie przytłoczonej i lekko przerażonej tym, co się wokół działo. A teraz? Mówił do niej „pani", bo tak było trzeba, ale też czuł, że „pani" to najwłaściwsze słowo, jakim należało się zwracać do tej kobiety.

Przerwał mu tętent kopyt.

— Dyyyym! Dym na prawym skrzydle! — Goniec osadził konia i widząc Płomień Agara, zeskoczył z siodła. — Pani, *af'gemidzie*, buntownicy wznoszą zasłonę z dymu naprzeciw naszego taboru!

Kosse Oluwer zerknął na przedpole. Rzeczywiście, lewe skrzydło buntowników, to przy rzece, tonęło w mlecznych kłębach. Jeszcze kilka chwil temu ich nie było, więc musiała to być zaplanowana akcja. Na dodatek wiatr spychał dym w stronę ich linii.

Na szczęście kompaniami najemników dowodzili doświadczeni oficerowie.

— Co to znaczy? — zapytała Deana d'Kllean z dziwnym napięciem w głosie. — Spróbują uciec pod tą osłoną?

— Gdyby tak było, postawiliby ją na całej linii, pani. Nie, myślę, że odbili się od nas tyle razy, że teraz spróbują szczęścia z najemnikami w naszym taborze. Zmusiliśmy ich do zdecydowanego działania. — Wskazał na Maahira. — Powinnaś się cofnąć na bezpieczną odległość. Natychmiast, pani.

Bez słowa skinęła głową i wspięła się na grzbiet słonia.

Oluwer musiał przyznać, że to była jedna z tych rzeczy, które w niej lubił. Nigdy nie kłóciła się, słysząc dobre rady.

Ukłonił się w kierunku pancernej wieżyczki na grzbiecie zwierzęcia i odwrócił do gońca.

— Niech Alen Ts'ardan podciągnie osiem *brytah* na prawe skrzydło. Mają być gotowi do wsparcia taboru, jeśli najemnicy skrewią.

— Wykonam!

— Dobrze. Reszta oddziałów w naszym obozie ma stanąć w pełnej gotowości. Dość obijania się.

***

Coś się zaczynało dziać. Kailean połączyła się z duchem Berdetha i oglądała teraz obóz jego oczyma. Do tej pory czekające w rezerwie oddziały zachowywały się raczej swobodnie, najemnicy wręcz beztrosko, siedząc pod dającymi cień płachtami i grając w kości. Nawet zawodowa piechota Konoweryn nie wykazywała żadnych oznak niepokoju. Żołnierze co prawda chodzili w pełnych zbrojach, ale ich tarcze i długie włócznie tkwiły na stojakach, a dowódcy pozwalali im nawet na popijanie rozcieńczonego wina.

Teraz to się zmieniło, a ona miała okazję na własne oczy zobaczyć sprawność Rodu Bawoła. Gdy tylko zabrzmiały bębny, ciężka piechota w mgnieniu oka zmieniła się z bandy odpoczywających łajz w machinę wojenną. Tarcze i włócznie znikły ze stojaków jakby je wiatr zdmuchnął i w mniej niż minutę żołnierze zebrali się w karne, liczące ponad stu ludzi oddziały.

Po chwili kilka z nich odbiegło gdzieś w bok, pokrzykując rytmicznie.

Najemnicy porzucili kości i też zebrali się w kompanie. Może nie dorównujące Bawołom sprawnością i z pewnością gorzej wyekwipowane, ale i tak błyskające taką ilością stali, że pozazdrościć.

— Co widzisz, Kailean? — Laskolnyk położył jej rękę na ramieniu, wyrywając z transu.

— Szykują się. Ale nie wiem na co. Na razie jednak nie wyglądają na zaniepokojonych.

— Janne?

Ptasznik przymknął oczy. Używał swojego talentu przez dłuższy czas i był już zmęczony, miał coraz większe trudności z opanowaniem ciała jakiegoś ptaka.

— Nad rzeką jest dym, kha-dar. Zakrył wodę i kawał prawego skrzydła Konowerczyków — znużonym gestem machnął ręką w stronę wyjścia z namiotu. — Część z nich poszła pod tabor, reszta czeka i...

Zamrugał, potrząsnął głową i nagle westchnął ciężko.

— Nie dam rady. Zaraz mi łeb pęknie. Muszę odpocząć.

— W porządku, Janne. — Laskolnyk nie wyglądał na rozczarowanego. — Odwaliłeś kawał dobrej roboty.

Kocimiętka wstał, przeciągnął się, aż trzasnęły mu stawy, i zaklął.

— Psiakrew, za stary jestem, żeby tyle czasu siedzieć na dupie i nic nie robić. Ruszymy się wreszcie, kha-dar?

Uśmiech dowódcy czaardanu wyglądał prawie figlarnie.

— Jeszcze nie, Sarden. Cierpliwości. Lea, proszę, ubrudź sobie trochę dłonie.

Dziewczyna zmarszczyła brwi.

— W środku bitwy? Czego mam nasłuchiwać?

— Skrzypienia osi i ziemi trzeszczącej pod kołami. Czyli wozów, córko. Wozów.

***

— Tabor! Tabor niewolników się rusza!

Przez długą, naprawdę długą chwilę szeregi Słowików stały i patrzyły na coś, co wszyscy spośród nich widzieli pierwszy raz w życiu. Szeroki na ponad sto pięćdziesiąt jardów rząd wozów drgnął, ruszył z miejsca i skierował się na nich w ciszy. Absolutnej ciszy.

Po jakimś czasie dowódcy wreszcie zareagowali.

— Ósma *Perdia* Czerwona naprzód! Zwiad!

Dwustu jeźdźców ruszyło stępa, płynnie przechodząc w kłus i galop. Wróg użył niecodziennego sposobu walki, ale oni należeli do Rodu Słowika. Byle czym nie dało się ich zatrzymać.

Tylko w miarę jak zbliżali się do taboru, jasnym stawało się, że to nie jest byle co.

Przody pojazdów jeżyły się co najmniej trzema rzędami bambusowych pik ustawionych pod różnymi kątami. Z tyłu, na wysokich drągach, łopotały płachty różnokolorowych materiałów. Cała konstrukcja miała ponad dwadzieścia stóp wysokości i wyglądała przerażająco. Na tyle, że w odległości jakichś stu jardów pierwsze konie zaczęły się boczyć i zwalniać, przestraszone tą dziwną, nieznaną rzeczą, do której musiały się zbliżać.

I wtedy ta rzecz zaczęła kąsać.

Setki pocisków wyleciały z głębi taboru, wystrzelone przez niewidocznych łuczników, i spadły na konnych. Kilku jeźdźców zwaliło się z siodeł, niektóre zwierzęta całkiem odmówiły posłuszeństwa i mimo bojowego szkolenia złamały szyk i rozpierzchły się. Dowódca *perdii* zagwizdał:

„W lewo".

Skręcili, przyjmując na siebie jeszcze jedną salwę, ale byli już na nią przygotowani i większość wojowników uniosła tarcze. Z boku tabor wyglądał podobnie jak z przodu: wozy miały wysokie burty, z których wystawały trzy rzędy zaostrzonych i utwardzonych w ogniu bambusowych pik: pierwszy poziomo, na wysokości końskich piersi, drugi uniesiony dwie stopy wyżej, a trzeci pod takim kątem, że nawet najskoczniejszy wierzchowiec nie pokonałby tej wysokości. Za nimi do wewnętrznych burt wozów przymocowano długie drągi z łopoczącymi na wietrze, szerokimi wstęgami jedwabiu.

W wysokich burtach na moment otworzyły się szczeliny strzelnicze i *perdia* dostała salwę w bok. Jednocześnie z deszczem pocisków od góry.

Tego było za wiele. Gwizdek zagrał skoczny trel i oddział odskoczył do tyłu.

Dowódca Słowików zdążył jeszcze rzucić okiem na tył taboru, gdzie widać było zwartą masę piechoty.

Agarze, miej nas w opiece, pomyślał, zanim strzała trafiła go w twarz, i zwalił się na ziemię.

***

— Ten tabor na prawym skrzydle powstańców od rana mnie zastanawiał, dzieci. Po cholerę go tam ustawili, jeśli mieli czas na wykopanie solidnych szańców? To niespodzianka Krwawego Kahelle dla Pani Płomieni. Dalekie Południe używa wozów do obrony od zawsze. — Laskolnyk uśmiechał się dziko. — Ale tylko do obrony. Nikt nigdy nie próbował tu atakować taborem. A wiecie dlaczego?

Cholera, nie mieli pojęcia.

— Słonie. Okopane wozy chronione przez rzędy pali, pułapki i rów mogą się przed nimi obronić, ale ruchomy tabor słonie rozniosłyby w drzazgi, bo te bestie są tak silne, że używa się ich nawet do wyłamywania miejskich bram, a konie się ich panicznie boją. Więc Kahel-saw-Kirhu i Kor'ben Olhewar musieli rozwiązać dwa problemy. Pierwszy nie był trudny, bo wozy można ruszyć siłą ludzkich mięśni. Ale drugi? Jak odeprzeć atak tych gigantów, gdy tabor wyjdzie z przesmyku i odsłoni bok? Słowiki nie pozwolą im przecież bezkarnie kopać rowów, wbijać pali wokół ani rozrzucać kolców czy belek nabijanych gwoździami.

Kha-dar popatrzył po nich, jak nauczyciel po studentach i kontynuował.

— Zapewne niewolnicy opancerzyli wozy mocniej niż zwykle i zamienili je w prawdziwe jeże. Może też liczą na łuczników z płonącymi strzałami. Kto wie? No cóż, cokolwiek wymyślili, mam nadzieję, że to wystarczy. Ich wozy są bardzo ciężkie, więc idą wolniej niż wojenna karawana, co da Konowerczykom czas na reakcję. Ale nie będą przecież musieli jechać taborem wielu mil. Saw-Kirhu musi tylko zepchnąć Słowiki ze wzgórza, oskrzydlić Bawoły i otworzyć sobie drogę na ich tyły, a potem, mając jedno skrzydło zabezpieczone taborem, a drugie rzeką, uderzyć wszystkim, co ma. Skoro nie może wygrać bitwy obroną, próbuje, atakując.

Laskolnyk umilkł, a potem uniósł palec.

— Słuchajcie. Zaczyna się.

Rzeczywiście, obóz Konowerczyków stracił cały spokój. Oficerowie biegali tam i z powrotem, wykrzykiwano rozkazy, w ich polu widzenia przemykało coraz mniej żołnierzy. Wyglądało na to, że o czaardanie zapomniano. W końcu.

Kailean wstała i przywołała do siebie Berdetha.

— Uda mu się, kha-dar?

— A czy ja jestem wróżką, córuchna? To jest bitwa. Teraz czas na ruch Pani Oka.

***

— Przekaż Wuarowi Sampore, że ma się wycofać poza zasięg strzał i czekać. Niech spieszy połowę ludzi, samych łuczników, reszta konnicy ma być gotowa, by dowozić im strzały. Kosse podeśle mu tyle piechoty, ile da rady. Powiedział, że co najmniej dziesięć Kotłów i ze dwa tysiące najemników.

— Wykonam, pani!

Goniec wskoczył na konia i pocwałował z rozkazami. Tabor zbliżał się niczym sunąca naprzód ściana lawy, powoli, lecz niepowstrzymanie. Wuar Sampore już dwukrotnie rzucił na niego swoje Słowiki, efekt jednak był jedynie taki, że setka jeźdźców dogorywała wokół ruchomej twierdzy, a dwie setki zostały ranne. Stracili też sporo koni.

Ale przynajmniej dwukrotnie zmusił wroga do zatrzymania się, więc na razie wozy przebyły tylko połowę odległości do pozycji Konowerczyków. Gdy zaczną wspinać się na wzgórze, powinny jeszcze zwolnić.

Deana nie miała czasu się zastanawiać, jak to się stało, że dowodzi. Jakim cudem z kogoś na kształt maskotki, może i otoczonej uwielbieniem czy kultem, lecz przede wszystkim mającej podnosić morale, stała się wodzem armii. To chyba dlatego, że stojący na wzgórzu Maahir przyciągał każdego gońca, który w tym chaosie i zamieszaniu szukał sztabu. Oluwer ugrzązł w centrum, odpierając ze swoimi Bawołami kolejne ataki niewolniczej piechoty, Sampore, stając naprzeciw zupełnie nowej taktyki wroga, wolał dowodzić na miejscu, a ona została tu sama, i nagle wszyscy spodziewali się, że powie im, co mają robić. I co najdziwniejsze, wykonywali jej rozkazy.

Sytuacja nie była zła. Prawie połowa jej sił wciąż czekała w rezerwie, w tym tysiąc Bawołów, dwa tysiące najemników, trzecia część żołnierzy Rodu Słowika z całą zaciężną jazdą oraz korpus słoni i kilka tysięcy *nuawachi*. Wróg nawet o krok nie zepchnął jej piechoty do tyłu, a przy rzece najemnicy wciąż zawzięcie bronili się za linią wozów. Prawdę powiedziawszy, w tej chwili zagrożenie stanowił jedynie tabor niewolniczy.

Deana sięgała po całą wiedzę Pieśniarki Pamięci. Opowieści o wielkich bitwach na północy stepów, między koczownikami a wędrującymi w karawanach Wozakami, zawsze kończyły się zwycięstwem jazdy, która rozstrzeliwała konie pociągowe i zmuszała wroga do obrony. Potem nieodmiennie następowało oblężenie lub szturm. Tu jednak nie było koni, wozy najwyraźniej pchali ludzie, więc zatrzymać je trzeba było inaczej. Gdyby nie kilka tysięcy piechoty towarzyszące wojennej karawanie i kryjące się w zasięgu jej strzelców, sprawa byłaby prostsza. Ale teraz tabor osłaniał piechotę przed szarżą jazdy, a piechota wspierała go, gdy dochodziło do walki wręcz.

Deana wiedziała, że może zatrzymać tego pancernego potwora, jeśli rzuci na niego wszystko, co ma. Jednoczesny atak Bawołów, najemnej piechoty i Słowików najpewniej osadziłby tabor w miejscu, ale ona wolała uniknąć walki na wyczerpanie. To nigdy nie jest dobra taktyka, gdy wróg ma więcej ludzi. Poza tym czuła, że to nie koniec niespodzianek, oddziały rezerwowe mogą jej jeszcze być potrzebne.

Więc czekała na słonie.

A te wciąż szykowały się do bitwy. Do tej pory tylko Maahirowi założono pancerz, reszta zwierząt stała w obozie bez ciężkich zbroi, żeby się nie męczyć. Do cholery – Deana zacisnęła dłonie na rękojeściach szabel – ile to jeszcze potrwa?

Czas. Brakowało jej czasu nawet na przesunięcie machin do ostrzału taboru. Umneres posłał na pomoc Słowikom kilku czarodziei, ale na razie dostali zakaz ujawniania się. Wykorzystają ich magię, gdy słonie będą gotowe.

Niech piechota wzmocni to skrzydło.

I niech wreszcie przylecą ptaki.

***

Uware Lew odłożył drąg i sięgnął po włócznię. Brzeg wyłonił się przed nimi niespodziewanie, bo zasłona z dymu okazała się znacznie skuteczniejsza, niż sądzili. Tratwa siłą rozpędu wbiła się w bagnisty grunt, a zgromadzeni na dziobie wojownicy od razu zaczęli rzucać na niego wiązki gałęzi, żeby nie zapaść się po kolana w błocie. Chwila – i już pięćdziesięciu Uawari Nahs znalazło się na brzegu.

Dookoła nich pod osłoną dymu przybijały inne tratwy wypełnione powstańcami. Pięciuset Uawari Nahs i dwa pułki piechoty lądowały w ciszy pół mili za liniami Konowerczyków. Prawie pięć tysięcy ludzi. I albo uda im się wzniecić panikę, spłoszyć zwierzęta, podpalić obóz, albo zginą.

Od ich prawej strony, zza ściany dymu, dochodziły stłumione odgłosy wściekłej walki. Pora się przyłączyć.

Gdzieś przed nimi rozległo się parskanie koni.

Uware Lew uśmiechnął się.

Rozdział 41

Schodzili coraz niżej i niżej, jeden poziom, drugi i trzeci. Mijali mniejsze i większe komnaty, niemal wszystkie pozbawione mebli, co utwierdzało Altsina w przekonaniu, że statek został rozszabrowany i usunięto z niego wszystko, co nie było częścią żywej konstrukcji. Usunięto albo zniszczono.

Im schodzili niżej, tym powietrze stawało się cięższe i cieplejsze. Miejscami na czarnych ścianach skraplała się woda. Raz minęli salę, której sufit porastały jakieś fosforyzujące grzyby. Jeśli statek był żywym bóstwem, to było to bardzo chore bóstwo. Słabe i umierające.

Psy wskazywały trop bez wahania, sygnalizując też, jak twierdził ich przewodnik, że zbliżają się do celu. To była dobra wiadomość, bo po jakiejś godzinie zużyli już czternaście pochodni.

Wtedy na drodze stanęły im pierwsze drzwi zamknięte na głucho. Szerokie na cztery stopy, masywne jak zamkowa furta.

— Topory! Raz, dwa! — padła komenda. — Bergh i Nur, zgaście pochodnie. Oszczędzamy światło.

Ciężkie toporzyska załomotały o czarne drzwi z taką siłą, że ciosy wprawiały w drżenie podłogę.

Altsin przetarł spocone czoło.

— Mogę o coś zapytać?

Oficer odwrócił się i spojrzał na złodzieja uważnie.

— Pytaj. Tylko o żadne głupoty.

— Naprawdę zawrócisz, gdy zużyjecie połowę pochodni?

— Tak.

— To... zdumiewająco rozsądne.

Porucznik wykrzywił się, jakby taki, było nie było, komplement go uraził. Milczał chwilę, wciąż zmarszczony, wreszcie zapytał:

— Widziałeś kiedyś zamieć w górach?

— Co?

— Zamieć, czarowniku. Mówimy wtedy, że Dress kłóci się z Anday'yą. Wicher zwala ludzi z nóg, tumany śniegu są takie, że nie widzisz nawet własnej ręki, a jeśli splunięsz pod wiatr, do dostaniesz w gębę grudką lodu. W górach, jak przychodzą wieści, że ktoś ugrzązł na szlaku i trzeba mu pomóc, to narzucasz kożuch i idziesz na ratunek. Ścierwem jest ten, który odmówi pomocy. Ale jak w połowie drogi widzisz, że nadciąga zamieć, to zawracasz. I nikt nie powie ci złego słowa, choćbyś porzucił rodzonego brata. Bo jest różnica między odwagą a samobójstwem. Rozumiesz. Robimy, co się da, żeby ocalić własnych ludzi. Ale nasza moc ma granice. A twoja?

A, więc o to chodziło w tej historyjce. Porucznik nadal próbował go wybadać. I mimo że Altsin wcale mu się nie dziwił, postanowił jeszcze trochę pozgrywać głupca.

— Nie rozumiem.

Oficer westchnął, oparł się o ścianę, która wciąż trzęsła się od uderzeń toporami, i kontynuował:

— Zważ, że nie zapytałem, czy możesz nam załatwić światło, Żołądź, bo gdybyś mógł, zapewne sam byś to zaproponował. Mam rację? To pozwoliłoby nam zaoszczędzić pochodnie, dało więcej czasu...

Altsin wzruszył ramionami. Nigdy jeszcze nie próbował wyczarowywać światła. Nie było potrzeby, bo jego wzrok ostatnio okazywał się zdumiewająco dobry. Ale nie miał najmniejszej ochoty uczyć się tego właśnie tu i teraz.

— Nie. Nie dam rady.

W rudej brodzie błysnęły zęby, ale nie był to wcale radosny i przyjacielski uśmiech.

— Może popełniłem błąd, namawiając cię, żebyś z nami zszedł, co? Tracę czas? Powiedz? Co potrafisz, czarowniku? Podpalać? Zamrażać? Rozmazać kogoś po ścianie? A może chociaż wyczuć zastawioną pułapkę? Czy może tylko ładnie żeglować małą łódką? — głos porucznika ścichł do szeptu, chyba po to, żeby nikt poza Altsinem nie słyszał kolejnych słów. — Jestem zmęczony, Żołądź, czy jak ci tam na imię. Moi ludzie giną jeden za drugim, mimo że staram się utrzymać ich przy życiu. Wyznaczyłem trzech z nich specjalnie do pilnowania twojej dupy i może się okazać, że któryś niepotrzebnie zginie, bo ty okażesz się bezużyteczną cipą. A wtedy przysięgam na Matkę, Byka i tę lodową dziwkę, która narobiła nam tylu kłopotów, że każę przywiązać ci solidny ciężar do stóp i wywalę za burtę. Więc powiedz mi albo pokaż, co umiesz, a jeśli nie, to wypieprzaj stąd na górę.

To byłoby nawet niezłe rozwiązanie. Cofnąć się korytarzem, wyjść spiralnymi schodami na powietrze i nie brać udziału w tym szaleństwie. Tylko jak ten zasrany oficerek cię nazwał? Bezużyteczną cipą?

Altsin miał wrażenie, że jego kręgosłup zamienił się w lodową kolumnę, z której zimno rozlewało się na resztę ciała. Sukinsyn. Pieprzony, zasrany, jębnięty w durny, wojskowy łeb kawał tępego kutasa.

Musiał przymknąć na chwilę oczy, zacisnąć z całych sił dłonie w pięści, wziąć długi oddech. Kim był ten żałosny oficerek? Mógłbym mu wyrwać serce i zmusić, by patrzył, jak bije mi w ręce, nim upadłby na ziemię i umarł.

Ale wtedy musiałbyś walczyć z każdym z jego żołnierzy. Każdym. Na śmierć i życie. Tego mu zazdrościsz? Takiej lojalności? To pragnienie Altsina Awendeha, tęskniącego do złodziejskich więzi Ligi Czapki, czy Bitewnej Pięści, pragnącego znalcźć sobie nowych czcicieli? Albo tęskniącego za braterstwem broni wykutym w walce.

Pieprzyć to.

Odwrócił się od porucznika i roztrącając żołnierzy, ruszył w stronę drzwi, które już zbyt długo blokowały im drogę.

Dwóch strażników waliło w nie toporami, ale czarne drewno, twardsze niż dąb, ani myślało się poddawać. Altsin wyciągnął rękę do najbliższego.

— Twój topór, żołnierzu.

Coś dziwnego musiał mieć w głosie, bo zdyszany mężczyzna bez słowa podał mu broń. To był wojskowy topór na dość krótkim drzewcu, z przedłużoną brodą i masywnym obuchem. Lepiej nadawał się do rozwalania głów niż rąbania drewna.

Złodziej postukał w drzwi, nasłuchując. Coś mu mówiło, że deski mają co najmniej trzy cale grubości...

Sięgnął po Moc, wlewając w ręce i nogi siłę i szybkość. I nagle, trzymając w ręku stylisko, poczuł dziką radość, szczęście i ekscytację. Jak nigdy wcześniej. Tańczące płomienie pochodni zamarły na chwilę, a on zamachnął się krótko, z przedramienia, jakby walczył kijem w portowej uliczce, i grzmotnął w drzwi. Dokładnie dwa cale od ich lewej krawędzi, może cal poniżej framugi. W miejscu, gdzie, jak zauważył przy poprzednich drzwiach, znajdował się pionowy pręt pełniący funkcję zawiasu.

Walnął obuchem, żeby ostrze nie ugrzęzło w drewnie, obrócił broń i uderzył na dole, symetrycznie, dwa cale od krawędzi, cal nad progiem. I zanim przebrzmiał odgłos drugiego uderzenia, Altsin cofnął się o krok i kopnięciem w środek wyłamał drzwi z zawiasów.

Wpadły do środka z takim impetem, że uderzyły o przeciwległą ścianę.

Któryś z żołnierzy wydał z siebie przeciągłe westchnienie i rzucił pełnym czci głosem:

— Niech mnie Byk wyrucha oboma rogami we włochate dupsko.

Złodziej musiał udać, że tego nie słyszy, bo miał pewność, że jeśli parsknie śmiechem, zabrzmi raczej piskliwie i nerwowo niż złowieszczo i groźnie. Wciąż czuł pulsowanie Mocy, uderzające do głowy jak wino, wciąż świat wokół niego zdawał się pogrążony w półpłynnym szkle, wolny i spokojny. A on tylko pragnął bojowego szału, krwi i walki. Pragnął... zamachnąć się toporem i poczuć, jak pod ostrzem pęka czyjś czerep... bo w czasie bitwy krew pachnie jak fiołki, a wyprute flaki mają aromat świeżo zaoranej ziemi. Poprzednio, gdy walczył i musiał odpierać czyjeś ataki, to była samoobrona, a nie prawdziwa bitwa. Lecz teraz ma ze sobą oddział druhów, a przed nim kuli się żałosny i godny pogardy nieprzyjaciel.

I jest blisko.

Altsin przeszedł przez próg, prosto w pogrążone w półmroku pomieszczenie, bardzo zresztą przypominające to z kręconymi schodami. Tylko zamiast schodów i klapy nad nimi w środku czekały kły i pazury.

Pierwszy potwór rzucił się na niego, ledwo złodziej zrobił krok za drzwi. Masywna bestia o ciele górskiego lwa, z głową wyposażoną w wilcze szczęki. Większe i mniejsze szczęki.

Schodząc z linii ataku, rąbnął ją z góry, oszczędnym ciosem, żeby ostrze przypadkiem nie ugrzęzło między kośćmi, a potem, wyrywając topór z czaszki, ustawił się przodem do kolejnego napastnika. Bestia oderwała się właśnie od ściany i jak szary cień ruszyła na niego gadzim sposobem, szorując brzuchem po podłodze i szeroko rozstawiając łapy.

Nie czekał, skoczył do przodu i potężnym uderzeniem z góry rozrąbał jej łeb, przygważdżając go do pokładu. Nie tracił czasu na wyrywanie topora, bo trzeci stwór – o ciele charta, tylko dwukrotnie większy niż jakikolwiek pies – sunął właśnie w powietrzu w jego stronę. Złodziej złapał go za przednie łapy, złamał je, jakby były suchymi gałązkami, obrócił się na pięcie i cisnął zwierzęciem o ścianę. Uderzyło z taką siłą, że rozpłaszczyło się na drewnie jak mokra szmata, po czym osunęło na posadzkę, zostawiając mokry ślad.

Altsin zamarł w bezruchu, nasłuchując. Trzy... były tylko trzy bestie. Jeszcze kilka uderzeń serca temu żywe i śmiertelnie niebezpieczne, a teraz martwe. I to my... on... ja... ja to zrobiłem. Te wszystkie dary - umiejętność walki toporem, którego nigdy wcześniej nie używał, podobny do tańca sposób poruszania się, gdzie żaden ruch nie jest zbędny, wiedza, w którym miejscu znajduje się kolejny wróg i jak go powalić - to wszystko było teraz częścią jego osoby. Bardziej niż pamięć ruchów, jakiej ciało nabiera po latach ćwiczenia szermierki, bardziej niż instynkty dzikiego zwierzęcia.

Dlaczego cię to dziwi?

W końcu Objąłeś duszę boga, który narodził się z...

Który powstał jako...

Upadł na kolana wstrząsany dreszczami, jak przez mgłę rejestrując to, że do pomieszczenia wlewa się strumień zbrojnych, że nagle otoczył go pierścień stali, ale żołnierze stoją plecami do niego, osłaniając własnymi tarczami i ciałami.

— W porządku? — Porucznik przepchnął się między strażnikami i przyklęknął. — Gdy mówiłem, żebyś mi pokazał, co umiesz, nie miałem na myśli zabijania tych stworów gołymi rękami.

Altsin zacisnął powieki, nie chcąc patrzeć na tę uśmiechniętą gębę.

— Ochhh — wystękał — zamknij się. I dddaj mi chwilę...

To walka, zrozumiał. Prawdziwe starcie na śmierć i życie, a nie jakaś potyczka z zagłodzonymi myśliwymi. Objąłeś duszę boga, ale żeby sięgnąć po jego wiedzę, wydrzeć sekrety, naprawdę się z nim połączyć, potrzebujesz tańca śmierci i krwi. Walki, gdy nie ma czasu na myślenie. Wtedy Objęcie jest pełne. Całkowite. Prawdziwe.

Nie chcę tego. Wielka Matko, Opiekunko Zagubionych, nie chcę tego. A Oum... Nagle ogarnął go pusty śmiech. Ty żałosny, przemądrzały, zasmarkany durniu. Ten bożek nadal tobą manipuluje. Wysłał cię w drogę, każąc szukać odpowiedzi, wskazówek do odkrycia prawdy o przeszłości świata, a tak naprawdę wiedział, że będziesz musiał tu walczyć i że w końcu pojmiesz, że nie ma różnicy między nim a tobą. Drzewny bożek i Bitewna Pięść, Pani Lodu czy Bliźnięta... Wszyscy narodzili się ze snów i marzeń zwykłych śmiertelników.

Wstał, chociaż zakręciło mu się w głowie, a wątłe światło pochodni niemiłosiernie drażniło oczy. Złodziej miał świadomość, że żołnierze patrzą na niego z pewnym szacunkiem, choć tak naprawdę niczego tu nie pokazał. Niczego.

— Są dwa wyjścia, panie poruczniku! — dobiegło spod ściany. — Jedno zamknięte, drugie nie. Dawajcie psy.

Psy weszły do środka zjeżone i spięte, powarkując na trupy stworów. Jasnowłosy strażnik uspokoił je kilkoma słowami i dał do powąchania kilka fragmentów materiału.

— Szukać.

Altsin wiedział, które drzwi zostaną wskazane, zanim psy ruszyły z miejsca. I wiedział też, że będą to te zamknięte. Zdawał też sobie sprawę, co znajduje się za nimi. Ten moment, w którym spłynęły na niego głębsze „dary", dał mu taką wiedzę.

— Zamieć — wychrypiał. — Nadchodzi zamieć.

— Co?

Kilku żołnierzy zerknęło na niego z zaskoczeniem, ale rudy oficer okazał się nadspodziewanie bystry.

— Skąd wiesz?

— Użyłem magii i wiem. Pamiętacie drogę na górę? Nie, o nic nie pytaj, poruczniku... — Odchrząknął i splunął flegmą gęstą jak okrętowa smoła. — Pamiętacie?

— Tak. Zaznaczaliśmy ją.

— To dobrze. Otworzę te drzwi i sam się przekonasz, o czym mówię. A potem musimy bardzo szybko się stąd wydostać. Najlepiej biegiem. Teraz się cofnijcie.

Podszedł do ściany, pośrodku której tkwiła furta identyczna z tą, którą przed chwilą wyłamał. Bo ta komnata to posterunek strażniczy... ostatni przed główną kryjówką bestii. Jeśli strażnicy musieli mieć pewność, że zrobili wszystko, co w ich mocy, żeby ratować kompanów, trudno o lepszy dowód. Skrzywił się w chłodnym uśmiechu i nawet nie próbował się zastanawiać, czyje to uczucie.

Tym razem nie bawił się w walenie toporem. Po prostu sięgnął po Moc, przekuł ją w światło i ogień i pchnął na przeszkodę. Wąski jak drzewce włóczni strumień rozpalonej do białości energii wytrysnął spomiędzy jego rąk i uderzył w drzwi, w mgnieniu oka przepalając je na wylot. Altsin rozszerzał dłonie, zwiększając szerokość strumienia do stopy, dwóch, trzech, a drewno marszczyło się i rozpadało w pył, smagane piekielnym żarem.

Powietrze w komnacie zgęstniało i w kilka chwil wypełniło się dymem, aż żołnierze zaczęli przepychać się do wyjścia, kaszląc i przecierając oczy. Nie zważał na to.

Klasnął w dłonie, gasząc ogień, i odwrócił się, stając twarzą w twarz z dowódcą Szóstej. Twardy skurczybyk.

— Mówiłeś, że nie potrafisz wyczarować światła.

— Uważasz, że to było światło? — Altsin machnął ręką, przekształcając Moc w strumień powietrza, a resztki drzwi razem w futryną poleciały w ciemność.

I spadły na dół. Co najmniej kilkadziesiąt stóp poniżej.

— Chodź, poruczniku, pokażę ci twoją zamieć.

Oficer podszedł, oparł się o krawędź dziury i milczał przez kilka długich chwil. A potem zaklął. Cicho i bezsilnie.

Znajdowali się na krawędzi wielkiej jamy, jaskini właściwie wydrążonej w żywym statku. Długiej i szerokiej na przeszło sto jardów. Świetlista lanca po przepaleniu drzwi pomknęła dalej, podpalając wszystko na swojej drodze, więc na przeciwległej ścianie płonęły jakieś dziwaczne konstrukcje, a jeden z wielkich niczym stuletni świerk słupów podtrzymujących sufit rozgorzał jasnym ogniem. Widzieli więc wszystko wyraźnie: olbrzymie wręgi żeber statku, wodę między nimi, jakieś kuliste konstrukcje o średnicy kilkunastu jardów, przyczepione do ścian. To właśnie one płonęły teraz na przeciwległym końcu jamy, a dziesiątki stworów uciekały z nich, wydając świdrujące uszy piski.

Te konstrukcje wyjaśniały przynajmniej, gdzie podziały się tkaniny i boazerie ze ścian. Oraz – Altsin wychylił się nieco i przyjrzał odległej o kilkadziesiąt stóp kuli – skóry zdarte z pojmanych członków załogi.

Część żołnierzy wróciła do komnaty, ale żaden się nie odzywał. Bo i nie było sensu marnować słów. Makabrycznych kul, które nie stanęły w płomieniach, było jeszcze co najmniej dwadzieścia, a z każdej wylewał się już strumień bestii. Ile ich mogło być? Kilkaset? Tysiąc? To nie miało znaczenia, bo nawet część stada, które kłębiło się teraz na dole, wystarczyłoby, żeby pokonać Szóstą. Jeśli stwory zabrały tu schwytanych strażników, potrzeba by całego pułku ciężkiej piechoty, żeby oczyścić tę jaskinię.

Złodziej wychylił się mocniej. Do drzwi, które przepalił, prowadziła rampa w postaci sterty śmieci. Podpalił ją i cofnął się szybko przed strumieniem żaru.

— To da nam chwilę. Uciekamy.

Porucznik nie drgnął.

— Spal resztę.

— Co?

— Podpal resztę, czarowniku. Spal wszystko.

Na twarzy oficera malowały się bezsilność oraz czysty gniew. Złodziej rozumiał to, ale nie miał zamiaru spełniać tego rozkazu.

— Nie rozpalę większego ognia w brzuchu statku. Nawet jeśli to czarne drewno kiepsko płonie. Ty nie wiesz, co to znaczy pożar okrętu, żołnierzu. Chcesz zostać, to zostań, ale czas nam się kończy.

Rudy porucznik potrząsnął głową, jakby budził się ze złego snu.

— Dobra. Wracamy. I to biegiem. Bergh, prowadzisz. Nur, idziesz na końcu i jak się da, blokujesz wszystkie drzwi. Żołądź, idziesz przy mnie. I lepiej, żebyś miał jeszcze pod ręką jakieś czary. Ruszamy!

Pobiegli truchtem w stronę wyjścia, a za nimi przez trzeszczenie ognia przebijały się coraz głośniejsze i wścieklejsze piski hordy.

***

Kończyli ewakuację z dolnego pokładu. Właśnie ostatni żołnierze wspięli się na kasztel, wciągnięto wszystkie liny i wystawiono warty. Wizja setek bestii wylewających się spod pokładu i szturmujących ich ostatnią pozycję sprawiała, że dzisiejszej nocy z pewnością nikt nie zmruży oka.

— Panie poruczniku.

Velergorf podszedł do oficera cichutko, wykonując powolne ruchy, jakby bał się, że każdy nagły gest wywoła wybuch. Kenneth zauważył już, że wszyscy chodzą wokół niego jak wokół śmierdzącego jajka.

— Mów.

Dziesiętnik zdjął hełm, podrapał się po głowie, westchnął. Wreszcie nabrał powietrza i rzucił szybko:

— Nie mógł pan ich ocalić.

— Wiem. — Porucznik zacisnął dłonie w pięści. — To jednak nie ma znaczenia. Ja nimi dowodziłem i to moja wina.

— Nie może się pan obwiniać o każdą śmierć, bo...

— Nie obwiniam się, Varhenn. Taki jest los żołnierzy, że czasem giną. Ale czym innym jest polec w bitwie albo zginąć na szlaku, a czym innym... takie coś. Nie widziałeś tego... tego gniazda pod pokładem. A ten cholerny czarownik nie chciał go wypalić. Zwyczajnie odmówił.

— On pochodzi z morskiego miasta. Lepiej zna się na statkach niż my. Może i miał rację z tym ogniem.

Obaj spojrzeli w stronę noszy, gdzie Żołądź pochylał się nad Borehedem i wodził dłońmi wokół ciała szamana, jakby gładził niewidoczny kokon. Po tym, co pokazał na dole, żaden strażnik nie próbował mu przeszkodzić.

— Nie jest zwykłym, przygłupim czeladnikiem z gildii magów, prawda, panie poruczniku?

— Nie. Nie po tym, co widziałem. W walce jest szybki jak...

— Słyszałem o tym, panie poruczniku. — Velergorf przerwał mu nieregulaminowo, co chyba świadczyło, że też jest podenerwowany. — Ale czy jest szybszy niż tuzin bełtów?

Kenneth westchnął. Czasem jego najstarszy dziesiętnik myślał w zaskakująco zbójecki sposób.

— Zastrzelisz kogoś, kto ocalił dwóch naszych? I dzięki komu wyszliśmy cało spod pokładu?

— Nie. Ale jeśli nasze i jego sprawy okażą się niemożliwe do pogodzenia, chcę mieć jakieś argumenty w dyskusji.

Porucznik prawie się roześmiał.

— Nie widziałeś, co pokazał na dole. Wiesz, że jestem wyczulony na magię? No właśnie. Zwykły mag powinien koncentrować się przez dłuższą chwilę, czerpać Moc z aspektów, a taka zmiana potencjału powinna sprawić, że będę czuł dziwne rzeczy. Nie tylko ja, inni też. I psy. Psy powinny wariować i robić pod siebie. A tam na dole on po prostu wyciągnął ręce i sruuu! Pieprznął jak bitewny mag. Z miejsca, w zasadzie bez przygotowania. Nie, Varhenn, nie chciałbym z nim walczyć bez wsparcia co najmniej połowy pułku. Albo wielkiego bitewnego maga. Jeśli nasze i jego sprawy okażą się sprzeczne, będziemy grzecznie negocjować, po czym mu ustąpimy.

Czarownik wstał, wytarł ręce o habit z taką miną, jakby pokrywały je ekskrementy, i podszedł do nich energicznym krokiem.

— Twój szaman umiera.

— Nie jest mój.

— Zabawne. Patrząc, jak ładnie kazałeś go opatrzyć i jak o niego dbasz, mógłbym pomyśleć coś innego. To, co złapało jednego z jego duchów, wysysa teraz z niego siły. Nie znam takiej magii, ale wygląda to dość paskudnie. Musimy wejść do tej rotundy.

Kenneth i tak planował zrobić coś takiego. W końcu to było miejsce, gdzie spodziewali się znaleźć odpowiedzi na kilka pytań.

Na przykład, kto steruje tym cholernym statkiem i czy mógłby ich podrzucić do brzegu.

Był jednak jeden mały kłopot.

— Tam nie ma żadnych drzwi.

Żołądź uśmiechnął się półgębkiem.

— Myślisz, że to twój największy problem? Zresztą, myślę, że prawdopodobnie potrafię coś na to poradzić. Idziecie?

Rozdział 42

— Naprzód! Razem! Lewa! Prawa! Lewa! Pchaaać!

O Pani, ależ te wozy były ciężkie. Luka ze swoim barkiem nawet nie próbował zająć miejsca przy drągu wystającym z burty, ale patrząc, jak żołnierze dyszą i sapią, jak czerwienieją im z wysiłku twarze i karki, prawie się cieszył z kontuzji.

Konstrukcje Kor'bena Olhewara były na swój sposób genialne. Wóz bojowy wyposażono w długie piki z jednej strony, by słonie nie mogły dostać się do jego boku, z drugiej – przy wewnętrznych burtach wystawały cztery solidne, poziome drągi. Przy każdym stało dwóch mężczyzn i pchało całą machinę. Wozy jadące na czele napędzano umieszczonymi z tyłu długimi dyszlami, każdy obsługiwany był przez kilku żołnierzy.

I szli, krok za krokiem, pokonując opór gruntu i opór ludzi.

Wewnątrz taboru maszerowało dwa tysiące strzelców. Wszyscy, którzy umieli posługiwać się łukiem i których Kahel-saw-Kirhu trzymał na tę właśnie chwilę. Cztery oddziały liczące po pięciuset ludzi na rozkaz oficerów wznosiły broń i posyłały salwę nad rzędami jedwabnych płacht rozpiętych na drągach.

Tworzyli wokół taboru prawdziwą strefę śmierci.

I szli, osłaniając ciężką piechotę, której mieli otworzyć drogę do decydującego natarcia. Trzy pułki trzymane do tej pory w rezerwie, najlepiej uzbrojone i najbardziej doświadczone. W tym pułk Wilka, rodzimy oddział Luki-wer-Klytus.

Oddałby wszystko, żeby móc teraz iść z nimi.

— Uwaga! Salwa! — rozdarli się obserwatorzy z wozów.

Wróg ostrzeliwał ich regularnie, spieszona konowerska kawaleria i oddziały najemne nie próżnowały, więc Luka uniósł kałkan nad głowę, krzywiąc się z bólu. Robił to bardziej z nawyku i by dać dobry przykład młodszym, niż z powodu prawdziwego niebezpieczeństwa.

— Lecą!

Strzały nadciągnęły z gniewnym furkotem, ale jak wiele razy wcześniej był to zmarnowany wysiłek, bo płachty jedwabiu wiszące na drągach mocowanych do burt okazały się znakomitą przeszkodą dla pocisków, które grzęzły w nich i spadały bezsilnie.

Część z nich oczywiście odeślą zaraz tym bydlakom z powrotem. Poznajcie meekhańską uczciwość, gnojki.

Doprowadzili do tego, że sfrustrowane oddziały jazdy próbowały podjeżdżać cwałem nawet na pięćdziesiąt jardów do wozów i wypuszczać pociski niemal pionowo w górę, by te spadały na obrońców. Ta desperacka taktyka przyniosła Słowikom tylko mnóstwo trupów.

— Nie zwalniać! Lewa! Prawa! Lewa! Prawa! Trzymać tempo!!!

Musieli iść naprzód, musieli oskrzydlić Bawoły, bo po ich lewej stronie od co najmniej trzech kwadransów trwała zawzięta bitwa. Reszta powstańczej armii atakowała całą linię wroga, wozy bronione przez najemników, ciężką piechotę Bawołów, oddziały kawalerii wciśnięte w środek. Żeby tylko związać przeciwnika walką i nie pozwolić mu się przegrupować ani cofnąć. Żeby tabor i ukryte za nim oddziały miały szansę zrobić swoje.

Ale na ile jeszcze starczy im sił?

Luka pochylił się i krzyknął w ucho jednego z pchających:

— Naprzód. Mocniej! Lewa! Prawa!

Mężczyzna zadrżał i błyskając zębami, naparł na drąg.

Szli. Ale na fujarę Pana Bitew, to był najwolniejszy atak w historii wszystkich wojen!

Do tej pory odparli tylko jedną poważną próbę ich zatrzymania. Przed kwadransem Bawoły uderzyły na tabor od czoła, niemal niewrażliwe na ostrzał w tych swoich łuskowych pancerzach i za murem pawęży. Konowerczycy przynieśli ciężkie drągi, które wbijali w ziemię i opierali o burty, aż udało im się osadzić wozy w miejscu, po czym zaczęły zawzięcie rąbać i ciąć jeżące się na nich piki. Och, nawet głupiec by się domyślił, że chcą zrobić wyrwę w obronie, by ułatwić robotę słoniom.

Pchacze zaprzestali daremnych wysiłków i rzucili się na pomoc załogom wozów. Rozpętała się bezpardonowa walka, w której mordercze szkolenie i żołnierska duma starły się z nienawiścią i pogardą dla śmierci. Obrońcy stawali przy podniesionych burtach i dźgali konowerską piechotę prymitywnymi gizarmami, włóczniami, kosami i widłami, wpychali wąskie ostrza w szczeliny między tarczami, starając się trafić w twarze, szyje, oczy. Ich towarzysze uderzali kiścieniami zrobionymi z łańcuchów, których końce oblano ołowiem. Łup! Łup! Po niejednym takim ciosie wysoki hełm zapadał się do środka. Ale Bawoły też nie próżnowały. Część z nich nie rąbała bambusowych pik, ciężkozbrojni walczyli włóczniami i czymś, co przypominało używane przez meekhańską piechotę spisy. Ich długi, wąski grot zaopatrzony był u dołu w dwa hakowate występy i to tymi hakami wojownicy Domu Bawoła zaczepiali o ciała obrońców i próbowali ściągać ich z wozów.

A że silne z nich były skurwysyny, to sporo strącili na ziemię i skłuli niczym zwierzęta.

Luka w pierwszym odruchu rzucił się naprzód, ale zaraz cofnął. To nie była walka dla niego. Z na wpół sprawną ręką i zawrotami głowy, które znów go dopadły, tylko by przeszkadzał.

Co ja tu robię, do cholery? Dlaczego zawsze pcham się tam, gdzie mnie nie potrzebują?

Z tyłu taboru nadbiegły kompanie powstańczej piechoty i runęły na Bawoły, powiększając zamieszanie. Ale Konowerczycy odskoczyli wreszcie, zostawiając z przodu taboru kilkadziesiąt trupów. Swoich i obrońców. Oraz burty prawie całkiem ogołocone z pik.

Rozległy się okrzyki, przez czołowe wozy przemknęły serie rozkazów i poleceń, którym towarzyszyły wiązanki przekleństw. Ale nie było w nich słychać ani paniki, ani strachu. Kor'ben Olhewar pojawił się między żołnierzami i natychmiast ściągnięto z wozów resztki połamanych bambusów, a na ich miejscu umieszczono nowe, równie długie i ostre.

Luka zaśmiał się cicho na ten widok, przepełniony mieszaniną dumy i złośliwej radości. Tabor wiózł kilka tysięcy takich drągów. Mogli uzupełniać nimi te wyrwane z burt, mogli opalować przedpole albo powiązać je i użyć jako przenośnych kozłów przeciw jeździe. Oto meekhańska przemyślność i wozacka zapobiegliwość w jednym.

Nie załatwicie nas tak łatwo, sucze syny!

No, dawać! Pokażcie, co jeszcze macie!

Oczyścili przedpole, a tabor drgnął i ruszył naprzód.

— Lewa! Prawa! Lewa! Prawa! Równo!

Przyszło mu do głowy, że skoro i tak na nic się tu nie przyda, to wróci do obozu i pomoże w lazarecie. Koło na pewno będzie mu wdzięczna.

Aż przystanął na tę myśl. Koło.

Jak mógł ją zostawić bez opieki?

Musiał wrócić.

***

— Atak idzie za atakiem, pani. Dym zasnuwa całe nasze prawe skrzydło i sięga centrum, i ani balisty, ani magowie nie mogą nas już skutecznie wspierać, bo nic nie widać. — Młody goniec stał obok konia wyprężony niczym struna. — *Af'gemid* Oluwer przekazuje, że jeśli potrzeba tych zasranych czarojebców gdzie indziej, możesz ich, Pani Oka, zabrać. Nam się nie przydadzą.

Nawet nie musiała pytać, czy dowódca Bawołów naprawdę użył takich słów. Sama, stojąc nieco poniżej szczytu wzgórza, widziała cale pole bitwy i mogła sobie wyobrazić, jakie emocje targały Kosse Oluwerem. Odległy o prawie pół mili tabor niewolników wciąż pełzł naprzód i nawet kolejne dwa ataki Bawołów ledwo go spowolniły.

Na szczęście przyszły już wieści, że słonie są gotowe. Zaraz nadejdzie pora na ich ruch.

— Dobrze. Powiedz mu, żeby podesłał tuzin najbardziej zmęczonych do mnie, resztę niech zatrzyma. I niech...

— Pooożar! Ogień w obozie! — Drugi goniec pojawił się nagle, biegnąc pieszo, bez hełmu i tarczy, za to z czystym obłędem w oczach. — Pani, atakują nas od tyłu! Uawari Nahs i piechota! Zdobyli tabuny pociągowe, przywiązali im do ogonów wiązki trzciny, podpalili i pognali na nas. A teraz idą i wyrzynają wszystko na swojej drodze. Mój koń... mojego konia...

Chłopak zamilkł i wydawało się, że zaraz się rozpłacze. A Deana poczuła, jakby jednocześnie przygniótł ją wielki głaz i urosły skrzydła. Więc to była ostatnia sztuczka Krwawego Kahelle. Cudnie bezczelna i szalona. Ale ostatnia. Teraz już wiedziała o wszystkim, co zaplanował wódz wrogich wojsk.

— Uspokój się. — Uniosła dłoń i pogroziła gońcowi palcem. — Ilu ich jest?

— Ttt-tysiące, pani, tysiące. Mój koń, Blady... jeden z tych czarnych demonów obciął mu łeb. Jednym ciosem, pani. *Turanh* Omroe chciał ich zatrzymać, ale rozbili jego oddział i każdy Kocioł walczy teraz sam!

Omroe był najwyższym oficerem Bawołów i dowodził dziesięcioma rezerwowymi Kotłami. Jeśli on został rozbity, to niewolników z pewnością było wielu. Ale w obozie Deana pozostawiła dość wojska, by zatrzymać ten atak, nawet jeśli buntownicy spalą wszystko do gołej ziemi.

I nagle dotarło do niej, co chcą zrobić atakujący.

Pani Łaskawa! To dlatego używali zwierząt z płonącymi wiechciami przywiązanymi do ogonów. Jedyną rzeczą, której słonie boją się zawsze i wszędzie, jest ogień. Obozowisko słoni znajdowało się najdalej od rzeki, ale jeśli niewolnicy przebiją się w jego pobliże...

Umysł Deany wypełniła wizja setki spanikowanych szarych gigantów przelewających się przez wzgórze, by spaść na plecy konowerskiej armii i wdeptać ją w ziemię.

— Ty — wskazała pierwszego gońca — ruszaj do Wuara Sampore. Niech pchnie kopijników i najemną jazdę na pomoc obozowi. Natychmiast. Mają atakować bez zwłoki. A ty, chłopcze, pędź do *nuawachi*, niech zabiorą słonie jak najdalej stąd.

— Wykonam, pani! — wrzasnęli jednym głosem.

Jeszcze daleko było do końca tej bitwy.

Deana zerknęła na pole przed sobą, gdzie kilkadziesiąt tysięcy ludzi usiłowało właśnie pozabijać się nawzajem. A potem spojrzała dalej na zachód, za linię niewolniczych okopów.

A może jednak nie.

Daleko za linią wroga w niebo wzbijały się tysiące barwnych punktów, a każdy ciągnął za sobą długą wstęgę w kolorze żółtym lub czerwonym.

Ptaki.

Nareszcie dotarli.

***

W konowerskim obozie wrzała walka. Od strony rzeki wiatr przynosił kłęby dymu, słychać było wrzaski i szczęk broni. Oddział Bawołów, który ruszył w tamtą stronę na pierwsze odgłosy bitki, przepadł, za to kilka zaciężnych kompanii, które za nim poszły, przebiegło przed chwilą przed namiotem czaardanu, rozbitych i okrwawionych.

Wtedy zdecydowali się działać.

Laskolnyk zerknął tylko na pierzchających najemników i powiedział:

— Uciekamy, dzieci. Tu zaraz zrobi się taki młyn, że usieką nas jedni albo drudzy, bez pytania, kim jesteśmy.

To było oczywiste - dla miejscowych żołnierzy wyglądali zbyt meekhańsko, a ponieważ nie mieli na szyjach śladów po obrożach, niewolnicy najpewniej wezmą ich za bandę najemników na usługach Pani Oka.

Wyszli z namiotu i potruchtali tam, gdzie stały ich konie. Pilnujący zwierząt strażnik nawet nie otworzył ust, gdy ich ósemka podeszła i zaczęła siodłać wierzchowce.

— Znikaj — mruknął do niego Janne.

Młody żołnierz skinął głową i pobiegł przed siebie.

— Co teraz, kha-dar?

— Uciekamy. — Laskolnyk wskoczył na siodło i wskazał ręką na południowy wschód. — To chyba jedyne miejsce, gdzie jeszcze nikt się nie bije.

Kocimiętka poprawił szablę w pochwie, założył hełm.

— A jak kogoś spotkamy, to co? Lejemy?

— Unikamy walki, jak tylko się da, Sarden. No, chyba że nie będzie wyjścia. Janne, odpocząłeś?

— Odrobinę.

— Znajdź nam jakieś oczy na niebie i wypatrz wolną drogę.

Młody jeździec pochylił się w siodle, przymknął powieki. I nagle drgnął, przez jego twarz przebiegł skurcz, a dłonie spazmatycznie ściągnęły wodze, aż koń, którego dosiadał, zarżał i przysiadł na zadzie.

— Kha-dar...

— Mów, Janne.

— Widzę... widzę ptaki na zachodzie. Za naszymi... za armią niewolników... setki ptaków.

Głos mężczyzny był tak głuchy i spięty, że nikt nawet nie pomyślał, by wyrwać go z transu.

— Coś nie tak z tymi ptakami?

— Nie, kha-dar. Ale pod nimi... Pod nimi jest armia. Cała pieprzona armia. Słonie i konnica. I idzie właśnie do ataku na obóz naszych, na okopy.

Janne otworzył oczy. Wyglądał, jakby właśnie budził się z koszmaru.

— Oni ich wdepczą w ziemię.

Kailean wymieniła spojrzenia z Dag i Leą. Pani Oka okazała się sprytna - jakimś cudem zdołała sprawić, że część jej armii przeszła las i znalazła się na tyłach Kahela-saw-Kirhu. A pomyśleć, że przez chwilę nawet wierzyły jej, gdy zapewniała, że nie chce rzezi.

Kłamliwa suka.

Laskolnyk podjechał do Janne i potrząsnął jego ramieniem.

— Widziałeś jakieś znaki? Chorągwie?

— Mają ze sobą sztandary, kha-dar. Niebieskiego węża na zielonym polu.

— Geghijczycy.

— C-co? — wyrwało się Kailean.

— To geghijska kawaleria i słonie, dziewczyno. Nie dziw się tak. Mnie też się wydawało, że Deana d'Kllean coś za spokojnie czekała na tę bitwę. W tym wąskim przejściu to nie ona wpadła w pułapkę Krwawego Kahelle, tylko on wpadł w jej.

***

— To dlatego dwa dni temu kazałaś nam zwolnić? — zapytał Umneres, a z jego twarzy po raz pierwszy znikł wyraz arystokratycznego dystansu. Zerkał na Deanę, jakby nie wiedział, czy ma się jej kłaniać, czy uciekać.

Nie odpowiedziała od razu, patrząc, jak z okopów powstańczej armii wylewa się szara chmara przerażonych uciekinierów. A za nimi sunie konnica, tnąc, dźgając lancami i tratując wszystko po drodze. A za konnicą słonie.

O nich nie dało się nawet powiedzieć, że tratowały. Słonie wbijały się w przerażoną ciżbę, miażdżąc ją i ugniatając. Brodziły w ludzkich ciałach niczym olbrzymy z dziecięcych koszmarów, jednym uderzeniem ciosów wysyłając po kilku powstańców w powietrze, obalając ich trąbami i wdeptując w ziemię.

Wszystko nagle ją opuściło, siła, zdecydowanie, pewność siebie.

Dopóki dowodziła, póki wydawała rozkazy, jakoś się trzymała. Walczyła dla swoich ludzi, dla mieszkańców Białego Konoweryn, dla Laweneresa. Ale teraz straciła kontrolę; nawet gdyby wysłała stu gońców, nie zdołałaby powstrzymać tej rzezi. Nikt nie zdołałby jej powstrzymać.

Spojrzała w lewo - tabor stanął, bezsilny wobec tego, co się działo. Zapewne na zdobycie go będzie trzeba poświęcić jeszcze trochę czasu, ale do wieczora powinien upaść. Albo się poddać. Gdy nadeszła geghijska armia, towarzysząca wozom powstańcza piechota zareagowała właściwie. Utworzyła zwarte kolumny i ruszyła do kontrataku, lecz uciekający w panice lekkozbrojni wpadli na nią, zmieszali szyk, a słonie dokończyły dzieła. W kilka minut było po wszystkim.

To samo działo się na całym polu bitwy. Bawoły bez rozkazu porzuciły pozycje i sunęły naprzód, pchając przed sobą lżejsze oddziały powstańcze, dźgając je włóczniami, obalając tarczami, przekraczając martwych i rannych, których dobijano na ziemi. Łucznicy Słowików dosiedli koni i ganiali po całym terenie, szyjąc strzałami do każdego, kto się nawinął, i zapędzając uciekających z powrotem przed szarżujące słonie.

Rzeź.

Masakra.

Deana czuła pustkę w głowie i w sercu. Całkowitą. Jakby coś pożarło ją od środka. To nie tak miało wyglądać.

Geghijscy najemnicy mieli przybyć wcześniej, a nie w samym środku najzaciętszego starcia, gdy ich atak zmienił pole bitwy w machinę do szatkowania ludzkiego mięsa.

— Wiedziałam, że reszta armii Hantara Sehrawina czai się na południu — powiedział cicho. — Kazałam więc Evikiatowi nawiązać z nimi kontakt i zaproponować wspólny atak. Za godziwą zapłatą, oczywiście. Mieli do przejścia jakieś siedemdziesiąt mil, a nie dwieście, jak my, ale musieli iść w tajemnicy, nocami, za dnia zapadając w lasy...

— Pani, nie musisz mi tego mówić...

— Muszę. — Pustka w jej wnętrzu zdobiła się zimna i mroczna. — Bo wiesz, o kim zapomniałam w tym całym rozgardiaszu? O kimś z Biblioteki. To zabawne, wspierają mnie, a ja nie zabrałam na tę wojnę żadnego bibliotekarza. Nikogo, kto by uczciwie spisał, ile krwi przelewa się teraz moimi rękami. Więc liczę na to, że ty to spiszesz. Jako... uczony.

Zaśmiała się lekko histerycznie. To nie tak miało wyglądać. Chciała... musiała wygrać tę bitwę, ale nie w taki sposób. Nie, kończąc ją taką masakrą.

— Nasz obóz...

— Nie przejmuj się nim, magu. Nasze dzielne wojska odbijają go właśnie z rąk wroga, którego spychają do rzeki. Nie może być inaczej, skoro Wielka Matka zdecydowała, że wykąpie moją duszę w morzu krwi.

***

Zamiast skierować się na południowy wschód, czaardan pomknął ku rzece. Laskolnyk zawsze tak działał, podejmował decyzję w mgnieniu oka, bez oglądania się na konsekwencje.

No ale byli Meekhańczykami, obywatelami Imperium. I teraz, gdy sytuacja się zmieniała, po prostu nie mogli zostawić swoich rodaków bez ostrzeżenia.

Kłęby dymu, wzniecone przez spanikowane konie ciągnące wiązki trzcin, nadal zasnuwały okolicę. Minęli ślady walki, jakieś trupy, kilkadziesiąt przewróconych namiotów. Kolejne trupy, tym razem Bawołów, całą grupę żołnierzy, którzy najwyraźniej bronili się w tym miejscu do ostatniego. A potem z dymu wyłonił się oddział około dwustu piechurów w prymitywnych przeszywanicach, ze zdobycznymi hełmami na głowach i całą kolekcją różnych tarcz. Piechurzy zajęci byli właśnie dobijaniem jakichś najemników.

— Prrr! — Kailean zobaczyła, że kha-dar ściąga wodze i jednocześnie krzyczy — Genno Laskolnyk! Jestem Genno Laskolnyk! Opuścić broń!

Nie posłuchali, nastawiając włócznie, kosy oraz widły i zbliżając się do nich z kilku stron. Cholera! Ręce, uniesione zgodnie z poleceniem Laskolnyka, zaczęły jej ciążyć w stronę broni.

— Stać! — Z tylnego szeregu powstańców wyłonił się postawny brodacz z czerwonym karwaszem na ręce. — Opuścić broń! Witam, generale.

Tylko tyle. Zawsze to jednak lepiej niż kosa w brzuchu.

— Kto tu dowodzi?

— Tą kompanią ja. Pułkiem, Suchryn Małyszczur, ale od pół godziny go nie widziałem. Straszne zamieszanie jest tutaj, zanim skończyliśmy z tamtymi Bawołami i tą hołotą — wskazał na martwych najemników — pułk się rozdzielił na kompanie i poszedł w tany.

Tany. Więc tak piechociarze nazywali podpalanie i wyrzynanie wszystkiego wokół.

— Czym przypłynęliście?

— Tratwami.

— Ładujcie się na nie i uciekajcie. Gdziekolwiek.

— A dlaczegóż to mamy uciekać, generale? — Wysoki, mierzący dobrze ponad siedem stóp czarnoskóry olbrzym wyłonił się z kłębów dymu. Towarzyszyło mu kilkudziesięciu Uawarı Nahs w skórzanych pancerzach i z przerażającymi bojowymi sierpami w rękach.

— Uware. — Kha-dar skinął głową. — Geghijska armia nadeszła z pomocą Deanie d'Kllean. Konnica i słonie. Uderzyli na wasz obóz od tyłu i...

Przerwał, bo twarze piechurów nie zmieniły wyrazu. Ani na jotę.

— Wiecie.

— Wiemy. Słyszymy. Gdybyś nie jeździł na koniu w takim śmiesznym hełmie, też byś to słyszał, w końcu bitwa toczy się tylko z tysiąc długich kroków stąd.

Kailean nadstawiła ucha. Zza odległego o kilkaset jardów wzgórza dochodziły odgłosy walki. Inne niż do tej pory. Trąbienie słoni słychać było aż tutaj. I wrzaski radości też.

Uware Lew uśmiechnął się szeroko, spokojnie.

— Gdzie niby mamy uciekać? Na drugą stronę Tos? A może w dół rzeki?

Kailean powiodła wzrokiem po twarzach piechurów. Białych, brązowych i czarnych. Młodych i starych. Na każdej zobaczyła spokój i zdecydowanie.

Jej kha-dar najwyraźniej też to dostrzegł.

— Sto jardów stąd minęliśmy niewielki pagórek. Piechota mogłaby się tam nieźle bronić — powiedział, a w jego głosie było coś takiego, że Kailean nie ośmieliła się spojrzeć mu w oczy.

Kilka uśmiechów pojawiło się na twarzach żołnierzy, gdy Uware Lew odpowiedział:

— Wiem. Ale my nie przyszliśmy tu, żeby się bronić. Więc jeśli nie zamierzasz zsiąść z konia i do nas dołączyć, lepiej odjedź. Za chwilę nie będziemy już opuszczać broni nawet na żądanie meekhańskiego generała.

Stali przez kilka długich chwil, patrząc sobie w oczy, jeździec z północnych stepów i czarny olbrzym z Południa, i to Laskolnyk pierwszy odwrócił wzrok. A potem czaardan zawrócił w miejscu i pomknął przed siebie.

***

— Luuuukaaaaa! Luuuukaaaaa!

To nie był zwykły krzyk. To nie było nawet wycie ani skowyt. Koło klęczała na ziemi pośrodku lazaretu, który jakimś cudem nie został jeszcze odkryty ani zaatakowany, i jego imieniem rozdzierała niebo.

Pani Najłaskawsza!

Doskoczył do dziewczyny, złapał za ramiona, objął. Zaniosła się rozpaczliwym szlochem i ucichła.

— Oni płaczą, Luuuka… — zaczęła po chwili. — Płaczą i cierpią. Nie chcę… Nie chcę, żeby płakaaali… Nie chcęęęęę!

Tulił ją mocno i kołysał jak dziecko. Kilkaset jardów od nich kawaleria i słonie, które pół godziny temu wyszły z lasu, przewaliły się już przez obóz Krwawego Kahelle, wypchnęły każdego, kto zdołał przed nimi uciec, za linię okopów, i zaczęły rzeź. Luka wiedział, co teraz będzie. Za godzinę, dwie albo trzy, gdy skończy się masakra, znajdą ich tu i zabiją. Będą przyszpilać rannych do ziemi, rozbijać im głowy obuchami, może przyprowadzą słonie i każą się im przespacerować po konających.

Bo tylko tacy zostali w szpitalu. Każdy, kto miał choć odrobinę sił, szedł, pełzł lub czołgał się już w głąb lasu. Po śmierć, oczywiście, od robactwa i gangreny, ale pewny, że umierając, nie będzie widzieć gęb konowerskiego żołdactwa.

Ze zdrowych zostali już tylko on i Koło.

Jeżeli można ich nazwać zdrowymi.

Skąd ja się tu wziąłem?, zatłukła mu się w głowie nagła myśl. Przecież ostatnie, co pamiętał, to tabor. Dlaczego, huknął się pięścią w głowę, dlaczego odmawiasz mi posłuszeństwa? Nie teraz. Teraz muszę zabrać stąd Koło i uciekać.

Spróbował podnieść dziewczynę, ale zdawała się ważyć tyle, ile jeden z tych cholernych słoni.

— Proszę, Koło — wyszeptał. — Proszę, wstań. Musimy uciekać. Oni wkrótce przyjdą.

— One? — zapytała na wpół przytomnie.

Oni, one. Co za różnica.

— Tak. One.

— I będą się śmiać i krzyczeć?

— Tak, mała. Będą się śmiać i krzyczeć, jak rozumiem. Musimy uciekać.

— Ale... Luka... ja... nie... chcę.... już... uciekać.

Uniosła twarz i spojrzała na niego okiem białym i czarnym. Lecz w obu dostrzegł tylko ciemność i pustkę.

— Koło?

Coś się zmieniło. Patrzył w tę ciemność w jej oczach i dostrzegł moment, gdy na jej dnie pojawiła się iskierka. Maleńka jak pierwsza gwiazda na nieboskłonie. Błyszczała nawet w oku zasłoniętym bielmem.

Koło wstała.

— Zawołaj ich, Luka — powiedziała takim tonem, że aż przeszły go ciarki. — Zwołaj wszystkich, co płaczą. I powiedz, że już mogą przestać.

***

Umneres z Luwi jęknął nagle i złapał się za brzuch. Deana też to poczuła: jakby jej *sani* oszalał i wybuchł nagle płomieniem. Jakby znalazła się o krok od bitewnego transu.

— Agarze od Ognia, chroń nas! — wyjęczał mistrz magii, po czym osunął się na kolana i zwymiotował.

Ona nie mogła tego zrobić, bo nic nie jadła od rana. A poza tym najwyraźniej inaczej reagowała na to, co szarpało tak jej duszą. Spojrzała w stronę, gdzie, jak się jej zdawało, świat zapadał się w sobie, krzycząc. Był to głos przepełniony taką nienawiścią, że omal nie straciła przytomności.

Ktoś złapał ją za ramię i podtrzymał. Samiy. Dobrze, że był obok.

— Jest ponad milę stąd — wyszeptał zmartwiały kornak. — Ponad milę! Panie mój, co nadchodzi?

***

Ściągnęli koniom wodze jednocześnie. Kailean, Daghena, Lea, Kocimiętka, Janne i kha-dar.

— O Pani! — Lea chyba po raz pierwszy w życiu wezwała na pomoc Wielką Matkę. — Co to jest?

Obejrzeli się równocześnie na wzgórze, za którym dożynano powstańczą armię. TO było właśnie tam. Jakby dziura w świecie, wrzeszcząca pierwszym krzykiem dziecka i łkająca ostatnim oddechem starca jednocześnie.

Dowódca czaardanu zawrócił konia.

— Jedziemy na wzgórze.

— Czy my nie mieliśmy stąd uciekać, generale?

Po raz pierwszy od naprawdę długiego czasu Kocimiętka zwrócił się do Laskolnyka tak oficjalnie.

— Sarden, od lat za czymś takim jeżdżę. Muszę się, do cholery, dowiedzieć, co się właściwie dzieje!

Więc pogalopowali z powrotem.

Rozdział 43

Gdy tylko *vaihirowie* ruszyli naprzód, równina u stóp giganta zaroiła się od potworów. Dosłownie zaroiła. Ich horda wyglądała jak wielka armia owadów szykująca się do walki, pulsowała i drżała, latające monstra unosiły się nad nią z wrzaskiem, a mniejsze stwory wspinały się na grzbiety większych, tworząc piętrowe koszmary. Wyglądało to tak, jakby wszystkie bestie Doliny przybyły tu, by ich powstrzymać.

Czwororęcy ustawili się w klin z ciężkozbrojnymi na szpicy i łucznikami pośrodku i ruszyli do ostatniego ataku. Przez chwilę wydawało się, że naprawdę będzie to ich pożegnalny zryw. Że żywa ściana pokracznych stworów zatrzyma i zmiażdży nacierających samą swoją masą. Że spadające z nieba latające obrzydliwości zaleją ich i utopią niczym krwawy deszcz.

Trzy razy sunąca naprzód formacja zatrzymywała się, usypując wokół siebie wał z porąbanych, pomiażdżonych i posiekanych truchełł. I trzy razy Key'la była przekonana, że już nie ruszy naprzód. Wojownicy ginęli od kłów i szponów, padali od trucizny, poddawali się *pohe* i albo rozszarpywały ich bestie, albo zabijali pobratymcy.

Jednak za każdym razem atak w końcu ustępował, załamywał się, jakby te półrozumne koszmary Doliny zaczęły odczuwać lęk przed furią *vaihirów*. I nawet odległe nawoływania Pasterzy dopiero po dłuższej chwili zmuszały je do ponownego szturmu.

A czwororęcy szli niepowstrzymanie, jakby czerpali siły z obecności swojego boga. Coraz więcej półzwierzęcych twarzy unosiło się i rozjaśniało niekłamanym zachwytem. Aura Thowetha potężniała i z każdym krokiem, który ich do niego zbliżał, nawet ci mało wrażliwi na Moc zaczynali dostrzegać sylwetkę giganta.

Ostatnia mila kosztowała ich czwartą część armii, a Key'la odkryła, że już nawet odwracanie twarzy od rzezi nie chroni przed jej obrazami. Bo *vaihirski* klin nie roztrącał szeregów bestii, tylko wyrąbywał sobie w nich drogę, więc teraz wszyscy brodzili w sięgającej kostek brei składającym się z krwi, gówna i rozsiekanych ciał. Gdy dziewczynka raz odważyła się unieść głowę i zerknąć w przód, zrozumiała, dlaczego tak się działo: za przednimi liniami ciężkozbrojnych postępowały szeregi *vaihirów* rzeczywiście szatkujących na kawałki każde truchło. Nawet drepczący kilka kroków od niej Kocyk wydawał się wzburzony tym, co się dzieje.

Usta Ziemi podeszła i przytuliła dziewczynkę w zdumiewająco tkliwym geście.

— Niektóre z nich potrafią niespodziewanie ożyć. Przekonaliśmy się już o tym. – Podała jej coś w rodzaju obszernej chusty. – Owiń głowę, zasłoń usta, patrz pod nogi i nie myśl. Wkrótce będzie po wszystkim.

Po wszystkim. Gdyby tylko wiedziała, co to tak naprawdę znaczy.

Pokonali ostatnie jardy i otworzyli obronny krąg wokół kolumny więżącej koniec łańcucha. Wreszcie stanęli u stóp swojego boga. A bestie zakłębiły się wokół i odskoczyły w tył.

Jakby też czuły, że zbliża się coś wielkiego.

Key'la ośmieliła się unieść wzrok i rozejrzeć wokół. Z armii *vaihirów* dotarły tu może dwie trzecie tych, którzy weszli do

Doliny Żalu. Ale wcale nie wyglądali na zwycięzców. Łucznikom kończyły się strzały, część wojowników straciła broń, większość krwawiła z pospiesznie opatrzonych ran i mogła walczyć tylko trzema, dwoma lub nawet jedną ręką.

Nie wrócimy stąd, zrozumiała w nagłym przebłysku. Chyba że ten ich bóg się uwolni i dokona jakiegoś cudu.

Jak to powiedziała Usta Ziemi? Ofiarują Thowethowi krew i dusze? Key'la uniosła wzrok w niebo, patrząc na wznoszącego się nad nimi olbrzyma. Ledwo powstrzymała się od wygrażania mu pięściami. I co, mało ci jeszcze? Mało? To twoje dzieci. Twoi wyznawcy. Uratuj ich!

No tak. Teraz miała przynajmniej dowód, że ten krwistoczerwony gigant z pewnością jest prawdziwym bogiem. Bowiem jak wszyscy oni milczał.

Stwory z Doliny zebrały się na odwagę i ruszyły do natarcia, a powietrze znów wypełniło się wyciem i rykami.

Usta Ziemi podeszła do Key'li, uklękła naprzeciw i kładąc dolne dłonie na jej ramionach, spojrzała jej poważnie w oczy.

— Musisz zniszczyć kamień, w którym tkwi łańcuch.

Dziewczynka zaśmiała się histerycznie. Oczywiście. Zaraz to zrobi.

Kamienna podstawa, w której tkwił łańcuch, miała jakieś sto stóp średnicy i połowę tego w wysokości, i wyglądała jak walec wyciosany z czarnego granitu. Łańcuch łączył się z jego szczytem, ale ponieważ stali tuż u podstawy kolumny, Key'la nie widziała tego dokładnie. Wiedziała jednak jedno: mimo że powierzchnię kamienia pokrywały szczeliny i rysy, potrzeba było naprawdę wielkiego czarownika, żeby pomyśleć choćby o nadkruszeniu takiej skalnej masy.

— Nie mamy nikogo innego, kto potrafiłby posłużyć się Mocą — mówiła dalej *vaihirska* kobieta — bo ten świat jest zbyt jałowy, martwy, za mało prawdziwy, by Moc chciała się go trzymać. Nawet duchy opuszczają go najszybciej, jak się da. Ale niektórzy z nas potrafią dostrzegać... niezwykłości.

Spojrzenie żywego oka Ust Ziemi prawie parzyło.

— Nie strasz mnie, proszę. — Dziewczynka próbowała się cofnąć, ale *vaihirska* kobieta wzmocniła tylko chwyt.

— Jesteś niezwykłością, Słaba Jedna, zobaczyłam to moim kamiennym okiem, gdy tylko przede mną stanęłaś. Otaczają cię dusze. Tysiące dusz wirują wokół ciebie, a każda z nich niesie cząstkę Mocy. Być może jesteś jedyną osobą, która może tu korzystać z czegoś, co w twoim świecie nazywa się magią. Jesteś dla nas jedyną nadzieją.

Patrząc w płonące dzikim pragnieniem oko, Key'la zrozumiała, że tamta nie żartuje ani sobie z niej nie kpi. Usta Ziemi naprawdę wierzyła, że ona potrafi czarować.

— Przecież groziłaś, że mnie zabijecie — wyszeptała.

— Kłamałam. Własnemu plemieniu mówię, co chce usłyszeć, a robię, co musi być zrobione, więc dlaczego tobie miałabym mówić tylko prawdę? Ale teraz nie kłamię. Masz Moc, by uwolnić naszego boga. Zrób to.

Dziewczynka zrozumiała, że to koniec. Wszyscy tutaj umrą, bo szalona jednooka szamanka popełniła błąd. Key'la nie miała przecież żadnej Mocy, nie była czarownicą.

Wycie i ryki wokół kolumny wybuchły ze zdwojoną siłą, po czym gwałtownie przygasły. Kolejny raz udało się odeprzeć stwory. Ale jak długo jeszcze?

— Rozumiem. — Usta Ziemi pokiwała głową i zaczęła zwijać łańcuch łączący Key'lę z Kocykiem. — Ty nic nie widzisz i nie czujesz. Jesteś za młoda, a u twojej rasy zdolności magiczne rozwijają się nieco później. Potrzebujesz więc motywacji. Zachęty...

Twarz jednookiej wykrzywiła się brzydko.

— *Hanru!* — rzuciła krótko.

Kawałek Żelaza i Czarny Biały przyskoczyli do Kocyka, któremu ruchy krępował skrócony przez kobietę łańcuch, złapali go i przycisnęli do kolumny. Usta Ziemi lekko odepchnęła dziewczynkę i własną szablą, w klasycznym szermierczym wypadzie, przyszpiliła chłopca do skały. Ostrze musiało trafić dokładnie w którąś ze szczelin, bo klinga weszła na ponad stopę głębiej, niż powinna.

Kanaloo szarpnął się, otworzył usta jak do krzyku, ale wydał z siebie tylko głębokie westchnienie i zacisnął dłonie na głowni. A Key'la upuściła broń i stała w miejscu bez ruchu, z pustą głową i pustym sercem, niezdolna pojąć, co się właściwie stało.

Kolejny raz świat ją zdradzał. Ufała braciom, gdy zapewniali, że nic jej nie grozi na wojnie, i skończyła, konając na se-kohlandzkich hakach. Uwierzyła, że wszystko będzie dobrze, gdy ją odbito, i omal nie spłonęła żywcem na wozie. A gdy trafiła tutaj, ośmieliła się mieć nadzieję, że ci czwororęcy są jej przyjaciółmi, może nie wszyscy, ale Usta Ziemi, która ocaliła dla niej życie Kocyka, z pewnością.

A ona...

A ona go teraz zabija!

Doskoczyła do chłopca i obejrzała ranę. Ostrze przeszyło ciało tuż poniżej żeber, z lewej strony. Nie miała pojęcia, czy to groźna rana, chociaż słyszała od ojca, że każde pchnięcie w brzuch to w połowie przypadków śmierć, zwłaszcza jeśli ktoś głupio i pospiesznie wyciąga broń z ciała.

Kocyk spojrzał na nią i puścił klingę. Oczy miał wielkie, a wzrok nieobecny, jakby patrzył gdzieś tysiąc mil przed siebie.

Złapała rękojeść i spróbowała wyrwać szablę ze skały. Równie dobrze mogłaby próbować ruszyć z miejsca załadowany wóz.

Nie... nie pozwolę... nie dam ci umrzeć... nie...

Zaparła się nogą o skałę, naprężyła mięśnie.

— To na nic. Ugrzęzła w szczelinie tak, że nawet ja bym jej stamtąd nie wyciągnęła — Usta Ziemi mówiła takim tonem, jakby udzielała Key'li porad przy gotowaniu. — I nie szarp ostrza na boki, bo tylko pogorszysz sprawę.

Nienawidziła, och, jak nienawidziła teraz tego głosu.

— W naszej osadzie, gdy twój *kanaloo* chciał się zabić, wpadłaś w gniew i walnęłaś pięścią w ziemię, zamieniając granitową płytę w piach. Potrafisz więc używać Mocy. Możesz nie tylko uwolnić swojego *kanaloo*, ale i go uleczyć, jak sądzę. Umiejętności ludzkich uzdrowicieli są potężne. Lecz najpierw musisz skruszyć skałę. Uderzyć w nią magią. Nasz bóg szarpie się z tym łańcuchem od wieków, stąd te wszystkie pęknięcia; nie potrzeba wiele, by całość w końcu się rozpadła.

Key'la przestała jej słuchać. Zaparła się i spróbowała choć trochę przesunąć rękojeść, rozruszać ostrze tkwiące w szczelinie.

Daremnie.

Wokół wybuchła kolejna fala ryków i wycia. Dobrze, nienawiść dziewczynki była świeża i uderzała do głowy jak wino, niech was pozabijają! Wszystkich! Co do jednego!

— Motywacja. Strach, miłość, nienawiść — Usta Ziemi nie zamierzała zamilknąć. — Wszystko jedno co, byleby działało. *Amul wan sarei. Podrusen kale ghorny!*

Na te ostatnie słowa nawet stojący obok Kawałek Żelaza położył wszystkie dłonie na rękojeściach mieczy, a jego pokryta bliznami twarz pobladła. Key'la zerknęła w stronę, w którą patrzył *vaihir*, i zamarła.

Linia obrony czwororękich pękła i wpuściła do środka pojedynczy koszmar. Pasterza.

Stwór miał beczkowate ciało, bez wątpienia ludzkie, choć porośnięte zieloną sierścią i wspierające się na ptasich nogach. Jego ręce sięgały ziemi i podpierał się nimi w ruchu, żeby nie upaść, gdy niemal komicznie podskakiwał, sunąc w jej stronę. Ale głowa była zwykła. Blada twarz o lekko kanciastych rysach, czarnych oczach i długich śnieżnobiałych włosach może i zwróciłaby w Meekhanie uwagę, ale z pewnością nie wywołałaby sensacji.

Stwór zbliżał się do dziewczynki, zupełnie ignorując *vaihirów*.

— *Ghorny* zawsze tak reagują na ludzi. Widok kogoś, kto nie jest zamieniony w wykoślawioną bestię, wydaje się być dla nich nie do zniesienia — głos Ust Ziemi dobiegał gdzieś z boku, jakby z bardzo daleka. Key'la przestała słyszeć hałas bitwy i cichy oddech Kocyka, wszystko zagłuszał narastający w uszach łoskot własnego serca, które biło niczym wojenny bęben. — Próbują więc go dopaść i przykroić do własnej miary. Pazurami i zębami.

Pasterz w tej właśnie chwili pokazał kły. Jakby dwie kościane piły błysnęły zza warg.

Bum-bum. Bum-bum. Bum-bum.

Serce Key'li waliło jak szalone, z każdym krokiem-podskokiem człekobestii coraz szybciej i szybciej. Czuła ucisk wewnątrz głowy, drżenie nóg, pulsowanie dłoni, które stały się nagle bardzo odległe i niesamowicie wielkie. Kątem oka zobaczyła coś, jakby tłum ludzkich postaci, ale gdy tylko spojrzała w ich stronę, rozpierzchły się nieważne, wszystko, co nie było tą bestią, było nieważne, dziewczynka widziała każdy ruch stwora, każde drgnienie jego mięśni, błysk zębów między wąskimi wargami, błysk oczu jak kawałki obsydianu, równie twardych i zimnych. A ona nie miała broni. *Kohha* upadła na ziemię, więc powinna ją odnaleźć i podnieść, ale musiałaby odwrócić wzrok od tego czegoś, co zaraz ją dopadnie i rozerwie na strzępy. Ją i Kocyka.

Już jest o dwa kroki, prostuje się i wyciąga szponiaste łapy.

Nie! Nie! Nie!!!

Kij sam wskoczył jej w ręce, ale był dziwny, otoczony błękitną poświatą, nie zastanawiała się nad tym jednak, tylko zakręciła nim i walnęła w wyciągające się ku niej szpony, parując ich uderzenie.

Za długie ramiona oderwały się od ciała z mlaszczącym odgłosem, jakby Key'la trafiła bestię dwuręcznym mieczem, a nie tępą końcówką kija, a dziewczynka obróciła się na pięcie i poprawiła z góry. Głowa Pasterza eksplodowała, jej resztki zapadły się między ramiona, a potem, ponieważ Key'la bardzo chciała, żeby ten stwór znikł, błękitne płomienie ogarnęły jego ciało i pochłonęły je w mgnieniu oka.

Rozpadł się w pył.

Czuła to. Czuła siłę, jakiej nigdy nie miała. Moc zdolną przenosić góry. Odwróciła się do Kocyka i z całej siły walnęła w skałę nad jego głową, i drugi raz, po prawej stronie chłopca, i trzeci, po lewej.

A czarna kolumna zadrżała, gdy z *kohhy* spłynęły błękitne płomienie, i zaczęła się rozpadać.

Key'la w ostatniej chwili, nim runęła lawina głazów, złapała chłopca i rzuciła się do ucieczki, odciągając go jak najdalej. Szabla już bez trudu wysunęła się ze skały. Gdy dziewczynka uniosła głowę, byli już kilkadziesiąt kroków od sterty kamieni, w którą zamieniała się kolumna. Key'la zobaczyła jeszcze, jak koniec gigantycznego łańcucha wypryskuje w górę, tnąc powietrze świetlistą smugą. A Thoweth, bóg *vaihirów*, uniósł prawą stopę, zrobił krok i wszystkimi trzema ostrzami, które dzierżył, uderzył w ziemię.

Moc? Cóż ona mogła wiedzieć o Mocy?

Wszystko, co niosło ją przez ostatnie chwile, co napełniało poczuciem potęgi, opuściło ją w mgnieniu oka.

Grunt zadrżał, podskoczył pod jej stopami, a raczej kopnął ją w te stopy od spodu, aż wyleciała na łokieć w górę, po czym upadła na plecy i uderzyła głową o czarną skałę. Przez jej ciało przemknął obezwładniający ból. A ziemia tańczyła i drgała nieustannie, przewracając wszystkich i miotając nimi jak laleczkami. Raz za razem, w miarę jak wokół przewalały się kolejne wstrząsy.

A potem bóg *vaihirów* wyprostował się, obrócił twarzą do nich, mrówek u swoich stóp, i sięgnął po ich dusze. Tak jak powiedziała Usta Ziemi, choć zapewne nie miała na myśli tak dosłownej ofiary.

I nadszedł czas *pohe*, gniewu, który zmieniał czwororękich w bezmyślne machiny do walki, a Key'la Kalevenh, córka And'ewersa Kalevenh, nosząca w tym miejscu imię Słaba Jedna, klęczała na wciąż drgającej skale, trzymając na kolanach głowę Kocyka, jedynej osoby, która nigdy jej nie zawiodła, i bezgłośnie płakała.

A potem Czarny Biały rzucił się na nią z twarzą wykrzywioną zwierzęca furią, lecz w pół skoku zderzył się z innym *vaihirem* i obaj wpadli na dziewczynkę i jej towarzysza niczym wielka, czworonożna i ośmioręka bestia.

Pięść trafiła ją przypadkiem w głowę i w eksplozji ciemnego blasku w końcu nadeszła ciemność.

***

Luka-wer-Klytus wstał, wyprostował się, nabrał powietrza w płuca i krzyknął:

— Choooooodźcie! Choooodźcie tu! Już dobrze! Już nie musicie się bać! Nie musicie płakać!

Najdziwniejsze było to, że ani przez chwilę nie czuł się jak idiota – choć przecież stał pomiędzy drzewami i wrzeszczał coś bez sensu. Ale słowa płynęły same, jakby ktoś wkładał mu je w usta.

A potem ich zobaczył.

Wychodzili z lasu, wstawali z pokrwawionych posłań, wyłaniali się z ziemi. Półprzejrzyści, drżący, jakby niepewni swego istnienia. Niektórych rozpoznawał – to byli ranni, których Koło ściągała do lazaretu. Niektórym pomagał nawet on sam, jak temu młodemu z rozprutym brzuchem, który teraz właśnie podszedł go dziewczyny, ukląkł, obejmując ją za nogi, i znikł. Po nim szli inni, starzy i młodzi, mężczyźni, kobiety i dzieci.

Widział rodzinę, której wszyscy członkowie mieli karki połamane wisielczymi pętlami, i wiedział, że są z Pomwe, z przeklętego Pomwe, które zamordowało ich, po czym wrzuciło ciała do rzeki, odmawiając nawet namiastki pochówku. Więc płakali nad swym losem i płacząc, przyszli do tej, która ofiarowała im spokój. Zobaczył dwóch młodych mężczyzn o bliźniaczych twarzach, jednego z raną na piersi, drugiego z parszywie rozrąbanym obojczykiem. Trzymali się za ręce, jakby bali się, że ktoś ich zaraz rozdzieli. Za nimi szli inni, coraz więcej i więcej, aż wreszcie wydawało się, że na świecie nie ma nic poza zagubionymi duszami.

Koło przyjmowała ich wszystkich i zdawała się rosnąć, choć nie przybywało jej przecież ani cala.

— To duchy, dziewczyno… — odezwał się wreszcie zdumiony tym, że nie wrzeszczy ze strachu. — Idą do ciebie duchy.

Spojrzała na niego oczyma jak małe słońca.

— Zawsze do mnie przychodziły, Luka. Zawsze. Tylko nikomu nie mówiłam, bo nasi panowie zabijają przecież takie dzieci. Lubię duchy, niektóre nawet zostawały na dłużej, gdy je o to prosiłam.

— Jak One?

Uśmiechnęła się ciepło.

— Nie jak One. Jak ty, Luka. Przecież umarłeś w czasie bitwy w lesie. Nie pamiętasz? Poranili cię i umarłeś od ran, gdy szliśmy do szpitala. Ale ja prosiłam, żebyś mnie nie zostawiał, bo naprawdę cię lubię, Luka. Więc zostałeś. Bardzo mi pomogłeś.

Zwaliło się to na niego jak wóz pełen kamieni.

Pamiętał.

Bitwa w lesie, ciemno, dym, nic nie widać. I nagle oddział jeźdźców wyłania się z tej ciemności, waląc prosto na niego. Dostał w bark i zaraz w głowę.

Przejechali po nim jak po lalce i znikli.

A Koło go znalazła. Opatrzyła pasami tkaniny oderwanymi z własnej tuniki i podtrzymując, prowadziła do obozu, mówiąc bez przerwy: „Nie zostawiaj mnie, Luka. Zostań ze mną. Zostań".

Więc został.

Został z nią, bo poprosiła.

A teraz stała przed nim promienna, błyszcząca.

— Przyprowadzisz do mnie innych, Luka? Wszystkich, którzy płaczą, których skrzywdzono. Którym odebrano wolność, godność i prawo do nazywania się człowiekiem. Których zabijano i kazano zabijać własnych braci. To oni szlochali w ciemnościach i nikt się nimi nie przejmował... Nikt. Ale ja będę. Słyszysz? Obiecuję. I każę zapłacić tym, którzy krzywdzili innych, za każdą wylaną łzę. Masz moje słowo.

Uśmiechnęła się tak, że omal nie pękło mu serce.

— Zrobisz to. Przyprowadzisz ich do mnie?

Oczywiście, że tak. Na fujarę Reagwyra, niech go tylko ktoś spróbuje powstrzymać.

Podszedł do niej, czując, jak opuszcza go strach i zmęczenie. Poczuł też, że wszyscy wokół, wszystkie te zagubione dusze, idą za nim.

Prosto w światło.

***

Sanno Suwer Młodszy siedział w wieżyczce na grzbiecie Ovumera, największego słonia geghijskiej armii, i szył raz za razem w kłębiącą się wokół tłuszczę. Właściwie nie musiałby tego robić, bo wielki samiec spisywał się doskonale, rozdeptując i miażdżąc wszystko wokół siebie, ale zawody to zawody. Miał szczery zamiar upić się na koszt starszego brata.

Było ich tu trzech, dwóch łuczników i *pahhe*, włócznik posługujący się długą piką, którą przyszpilał do ziemi każdego, kto zanadto zbliżył się do słonia. Czwartym członkiem załogi był siedzący na karku Ovumera kornak, ale ten miał najmniej zabawy ze wszystkich.

Sanno napiął łuk i mruknął:

— Między łopatki.

Fruuu, strzała z kolorowymi lotkami ugrzęzła w plecach uciekającego mężczyzny.

— Nie popisuj się. — Jego brat Klines napiął swoją broń, strzelił i nie patrząc nawet, czy pocisk trafił, sięgnął po kolejny. — Tu liczy się ilość, a nie jakość.

— Partacz.

Urządzali takie zawody od lat. Podzielili swoje strzały na pół, barwiąc ich lotki na dwa różne wzory, a po bitwie przechodzili się po polu, licząc trupy. Przegrany stawiał dzban wina.

Tym razem zanosiło się na prawdziwy rekord.

Nagle ich słoń stanął w miejscu. Jakby nogi wrosły mu w ziemię.

A potem przysiadł, trzęsąc całą wieżyczką, uniósł łeb i zaryczał. Inne słonie zrobiły tak samo, a w ich głosach brzmiał niepokój. A nawet coś głębszego i pierwotniejszego. Odbierający siły i wolę walki lęk.

Konie geghijskiej i konowerskiej jazdy też zaczęły nagle stawać dęba, po czym rżąc przeraźliwie, rzuciły się do szaleńczego cwału.

Coś się zmieniło. Jakby na mgnienie oka świat wstrzymał oddech, jakby przełamano czas na Wtedy i Teraz.

A potem Sanno Suwer Młodszy zobaczył, jak twarze niewolników wokół ich zwierzęcia, twarze dotąd przerażone, skute strachem lub nienawiścią, obracają się na zachód. Podniósł się z kolan i spojrzał w tę stronę.

Na szczycie najbliższego wału stała ona.

Nie, raczej ONA. Dziewczyna? Kobieta? Demon? Zdawał się mieć dwadzieścia stóp wzrostu, a jej twarz składała się z dwóch części. Prawa połowa była normalna, lecz lewą pokrywała zaczerwieniona skóra i blizny, a oko z tej strony błyskało bielą. Na szyi miała pręgę wyglądającą, jakby ktoś zdarł jej pas skóry. Rana krwawiła kropelkami szkarłatu.

Postać machnęła ręką i wszystkie słonie w oddziale upadły na kolana, drżąc. A twarze niewolników zwróciły się ku zwierzętom. Każde oblicze miało ten sam wyraz co twarz stojącej na wale kobiety.

Klines również wstał, po czym skrzywił się i splunął na ziemię. A potem udowodnił, dlaczego to on uchodził zawsze za mądrzejszego z braci.

— Kończymy, Sanno. Dobrze było walczyć razem z tobą.

— C-co?

— Strzelaj najszybciej, jak potrafisz.

Ludzka fala runęła na klęczące słonie i zdawało się, w kilka chwil rozdarła je na strzępy.

***

— Musimy uciekać! Natychmiast, pani!

Czarodziej szarpał ją za rękę z twarzą wykrzywioną przerażeniem.

Uciekać? Gdzie? I przede wszystkim jak? Nawet Maahir klęczał w tej chwili, opierając potężny łeb na ziemi. I drżał. Trząsł się niczym pustynny krzak na wietrze. Samiy tulił się do niego i przemawiając gorąco, próbował zmusić do powstania, lecz daremnie. Wszystkie konie w zasięgu wzroku cwałowały na wschód lub południe, z jeźdźcami lub bez, uciekając byle dalej od tej postaci, która pojawiła się w obozie niewolników i odmieniła przebieg bitwy.

Deana zaśmiała się histerycznie.

Nie. Nie odmieniła. Bitwa nadal była rzezią, tylko że teraz wyrzynano jej armię. Uciekające z pola walki konie wpadały na konowerską piechotę, łamały szyk nawet potężnych Bawołów, a za nimi szli niewolnicy, którzy zmienili się w stado demonów.

Nie dawało się ich zatrzymać.

Wydawali się niewrażliwi na ból, obojętni na najgorsze nawet rany. Nabijali się na włócznie, łapiąc za drzewca i zmuszając piechurów do porzucenia broni, chwytali gołymi rękami ostrza mieczy i szabel, a gdy odrąbywano im jedną dłoń, dusili przeciwnika drugą. Obłapiali nogi żołnierzy, niepomni na ciosy spadające z góry, gryźli, drapali, rąbali i kłuli.

I parli naprzód taką masą, że nawet głęboki na kilkanaście szeregów szyk Bawołów łamał się raz za razem.

Przeszli przez ich pierwszą linię, przeszli przez drugą, zmietli balisty i ich załogi i właśnie szturmowali trzecią, ostatnią linię obrony, ustawioną przez Kosse Oluwera z niedobitków Rodu Bawoła, Rodu Słowika i tych najemników, którzy zrozumieli, że nie mogą liczyć na litość.

Wozy przy rzece też wciąż broniły się rozpaczliwie, ale po lewej stronie wzgórza niewolnicy opuścili już własny tabor i zajęci byli teraz dobijaniem słoni, które próbowali bronić *nuawachi*. Oddział niewolników, który zaatakował konowerski obóz od tyłu, był najmniej liczny, więc na razie udało się go powstrzymać, jednak gdy padną skrzydła, raz-dwa będzie po wszystkim.

— Uciekaj, pani. Błagam!

Umneres z Luwi szarpał Deanę za ramię, a jego twarz wykrzywiała się w udręce. Wszelkie próby użycia magii przez czarowników spełzały na niczym. Potęga, która narodziła się na polu bitwy, odcięła ich od aspektów.

Samiy odkleił się wreszcie od słonia i podszedł do Deany.

— To na nic. Maahir za bardzo się boi. Jakby był nowo narodzonym szczurem w kociej paszczy.

Deana otrząsnęła się i wskazała chłopcu wchód.

— Uciekaj.

— Nie. — Pokręcił głową. — Nie mogę. Nawet jakbym chciał.

— O czym ty mówisz? Samiy. Zdołasz uciec. Jesteś mały, schowasz się gdzieś, przeczekasz, aż to szaleństwo się skończy.

Ponownie pokręcił głową, po czym zdjął hełm i zaczął odpinać paski napierśnika.

— Ona Obejmuje tych ludzi. Przez ślady po obrożach. Są jej. I jak długo na Południu ludzie noszą takie blizny, tak długo będzie miała swoich czcicieli... albo wyznawców... albo marionetki na sznurku. Nie przerywaj mi, Deano d'Kllean.

Napierśnik plasnął o ziemię, chłopak zaczął ściągać kolczy kaftan.

— To szaleństwo nieprędko się skończy, bo całe Dalekie Południe wspólnie orało i obsiewało pole nienawiści. A teraz będzie zbierać z niego plon.

Samiy zdjął już pikowaną koszulę i grube buty, po czym stanął przed Panią Oka tylko w krótkich spodniach.

Wyglądał na dwa razy mniejszego, niż gdy nosił zbroję.

Deana pochyliła się i objęła go mocno.

— Nie denerwuj mnie, tylko zmykaj — szepnęła mu do ucha. — Albo przełożę cię przez kolano i wypłazuję po tyłku.

Za jej plecami rozległ się ryk, dziki, potworny i nieludzki. Wiedziała, co to znaczy - ostatnia linia właśnie się łamała. Odruchowo sięgnęła po szable.

— Raz już uciekłem — odszepnął. — I więcej tego nie zrobię. Pora podpalić niebo.

— O czym ty mówisz?

— Patrzyłem, jak wchodzisz na plac przed Świątynią, jak walczysz o tych, których kochasz — rzucił swoim chłopięcym głosikiem. To, co mówił, zupełnie nie pasowało do jego brzmienia. — I chciałem być z tobą. Tak bardzo, jak niczego innego. Jestem Okiem Pana Ognia, Deano. Od wielu, wielu lat. On nie jest złym bogiem. Pilnował, żebym nie opuścił Laweneresa, gdy porwali go bandyci, bo chciał go strzec, bo chciał jego rękoma naprawić to księstwo, a potem inne. Bo zrozumiał w końcu, że niewolnictwo to jeden z tych koszmarów, które nie pozwalają światu się zmienić.

Przez ryk walczących przebił się wrzask Kosse Oluwera nakazującego trzymać szyk. Zdumiewające było, że *af'gemid* jeszcze żyje.

Deana wciąż nie rozumiała, o czym Samiy mówi, ale jego ciało stało się nagle tak gorące, że zaczęło ją parzyć.

— I posłał mnie z tobą, żeby cię strzec. — Chłopiec dotknął jej brzucha. — Lubimy i ciebie, i twoją córkę. To ty powinnaś uciekać. Dla tej małej. I dla Laweneresa.

Kornak nagle zaśmiał się szczerze.

— Och, czuję to! Jest jak światło w piersi. Łaskocze... Po raz pierwszy od tysięcy lat Agar od Ognia stanie do walki z innym bogiem!

Odepchnął ją lekko i ruszył przed siebie.

Umneres z Luwi padł na kolana i wyciągnął ręce w stronę chłopca.

— Panie mój! — krzyknął.

Samiy obejrzał się przez ramię.

— Pilnuj jej. — Wskazał na Deanę.

A potem ruszył w dół wzgórza, gdzie linia piechoty właśnie się załamała.

Kilkuset żołnierzy rzuciło się do tyłu, odsadzając od hordy Objętych, która jednak nie popędziła za nimi, tylko zatrzymała się nagle, zakłębiła, nawet cofnęła.

Jakby chudy dziesięciolatek pchał przed sobą niewidzialną ścianę.

Potem rozłożył ręce na boki, gestem takim, jakby chciał objąć cały świat, stanął na palcach i wybuchł, zamienił się w światło.

Deana krzyknęła, czując, jak coś w niej wybucha także, jak jej wewnętrzny *sani* rozpala się prawie do białości, a potem był już tylko ból i ciemność.

Rozdział 44

Altsin obszedł dookoła konstrukcję zajmującą tylną część kasztelu. „Rotunda” zdecydowanie była właściwą nazwą dla tego czegoś, choć z bliska całość sprawiała raczej wrażenie resztek gigantycznego drzewa, wielkiego pniaka wystającego z pokładu.

Żadnych okien ani drzwi, żadnych śladów ciesielki.

Przejechał dłonią po drewnie, poczuł jego fakturę. Nie było tak gładkie jak czerwone ciało Ouma, ale to tylko potwierdzało jego podejrzenia, że ten statek jest bardzo chory.

Zapewne jak na każdym z okrętów Nieśmiertelnej Floty i tu było coś w rodzaju religijnej... szukał właściwego słowa. Wspólnoty? Sekty? Dziesiątki tysięcy wiernych obcowało ze statkiem-bogiem od chwili narodzin aż do śmierci. To była prawdziwa pływająca świątynia, w której dzień i noc trwały modły i nabożeństwa, bo gdy stąpa się po ciele żywego boga, to nawet podcieranie się nabiera sakralnego znaczenia.

A gdy wyznawcy zaczęli umierać? Gdy ich statek zaatakowało coś, z czym on sam nie mógł sobie poradzić, tak jak człowiek nie może sobie poradzić z robakami, które zjadają go od środka? To tłumaczyłoby ślady zawziętych bitew, barykady nad i pod pokładem oraz zgliszcza w mieście na śródokręciu, o których opowiadali żołnierze. Potworów musiało pierwotnie być o wiele więcej niż te kilka setek wychudzonych bestii, inaczej załoga poradziłaby sobie z nimi bez trudu. A gdy walka została przegrana, gdy załogę pożarto, a z jej skór i kości zbudowano w czeluściach statku kokony-ule, umysł albo dusza, albo jaźń – no, cokolwiek trzyma takiego bożka w kupie – zachowała tylko tyle mocy, by bronić się rozpaczliwie na rufie.

Altsin odwrócił się i usiadł, opierając plecami o czarne drewno. Opcja użycia siły i wypalenia otworu w ścianie nadal była otwarta, ale po pierwsze, musiał odpocząć, a po drugie... mimo że trochę się przechwalał przed rudym porucznikiem, czuł respekt wobec tego statku.

Bo w jego pojawieniu się tkwił sekret, który mu umykał.

Czy Nocna Perła przeniosła się tu, do tego świata, resztką sił desperacko szukając ratunku?

Nie wyglądało to zbyt prawdopodobnie. Złodziej, korzystając ze wspomnień Bitewnej Pięści, potrafił sobie wyobrazić, jakiej Mocy potrzeba, by przebić się przez Mrok i przybyć tutaj. W czasach Wojen Bogów statki Nieśmiertelnej miesiącami przygotowywały się do wyruszenia poza krawędź świata, a wtedy Mrok jeszcze nie został wzniesiony.

Stuknął pięścią w drewno. Jakim cudem się tu znalazłaś, cholero?

Zerknął na stojących nieopodal żołnierzy. Porucznik z tym swoim po bandycku wytatuowanym zastępcą nie spuszczali z niego wzroku. Pomachał im ręką w geście, który miał znaczyć: wszystko w porządku, zaraz biorę się do roboty.

Tylko że wcale mu się do tego nie spieszyło.

Sekret, który zdradził mu Oum, i opowieść, którą go uraczył, były aż do obłędu niewyobrażalne. Lecz miejsca, które złodziej odkrywał na Północy dzięki wskazówkom drzewnego bożka, zdawały się potwierdzać każde jego słowo. Groby, cmentarzyska, rysunki na skałach i napisy w dawno zapomnianych językach.

Kości. Wszystko to ujawniało historię tak parszywą i paskudną, że Altsin doskonale rozumiał, czemu ją ukrywano. Czemu w interesie nie tylko Nieśmiertelnych, ale i ludzi leżało wymazanie jej, unicestwienie i napisanie od nowa przeszłości świata.

Pierwsze pytanie brzmiało: po co Oum podzielił się z nim tą wiedzą i wskazał dowody na jej prawdziwość?

Bo jest zmęczony - odpowiedział sam sobie. Bo umiera i wie, że gdy skona, nie będzie już na świecie żadnego innego świadka tamtych wydarzeń poza naszymi Nieśmiertelnymi. Po prostu chciał przekazać historię swojego ludu komuś, kto być może ocali ją od zapomnienia.

Komuś, kogo nie będzie się dało, ot tak, zarżnąć w ciemnym zaułku, kto potrafi kryć się i uciekać, a gdy trzeba - obronić nawet przed atakiem boga.

Lecz kolejne pytania były ważniejsze: czy w tej budowli Altsin znajdzie ostateczne potwierdzenie tego, czego się domyślał na podstawie odnalezionych śladów i wspomnień Bitewnej Pięści? I czy naprawdę chce odkryć tę prawdę do samego końca? Iść drogą, którą zaplanował dla niego Oum?

Mam do końca odsłonić prawdę i zostać twoją księgą pamięci, zdrzewiały skurczybyku? Po tych, którzy nigdy się nie narodzili? Zapisem ich martwych snów i marzeń?

Do Altsina zbliżył się rudy porucznik i usiadł obok.

— Znalazłeś wejście?

— Mamy je za plecami.

Oficer zerknął na ścianę i pytająco uniósł brwi.

— Drzwi — wyjaśnił złodziej. — Są zarośnięte drewnem, ale powinny być właśnie w tym miejscu. Poza tym, słuchaj. — Uderzył jeszcze raz w drewno obok siebie i stopę dalej. — Pusta przestrzeń.

Dźwięk różnił się tylko odrobinę. Ale się różnił.

— Przysłać ludzi z toporami czy sam wypalisz dziurę?

I to było to, co złodziejowi naprawdę podobało się w tym oficerze. Żadnego pieprzenia i dziwienia się, tylko od razu propozycja konkretnego działania.

— Daj mi jeszcze chwilę odpocząć. Po tym, co wydarzyło się pod pokładem...

Zamilkł w pół słowa. Świat ugiął się i zakołysał wokół niego, obrócił, niebo na chwilę zamieniło się miejscami z wodą i płynęli do góry nogami, a on próbował wczepić się paznokciami w drewno, by nie spaść w błękitne odmęty. A potem rzeczywistość wywinęła kozła, raz, drugi, trzeci...

Usłyszał krzyk.

Dziki, podszyty takim gniewem, że aż odebrało mu dech. Gdyby nagle stanął naprzeciw tak wrzeszczącej osoby, to w pierwszym odruchu najpewniej rzuciłby się do ucieczki, byle dalej od tego szaleńczego zawodzenia. Podobne fale krzyku pulsowały raz za razem, burząc Moc i sprawiając, że wszystko wokół zdawało się drżeć.

Niektórzy z ludzi też to poczuli. Rudy porucznik skrzywił się i zaczął pokasływać, stojący nieopodal dziesiętnik, niski, ale szeroki jak szafa, potrząsnął głową i rozejrzał się wokół błędnym wzrokiem, a nieprzytomny szaman drgnął i spadł z noszy. Dwa psy zaskomliły i próbowały wcisnąć się między resztę zwierząt.

A potem wszystko wróciło na swoje miejsce.

Jeśli można tak powiedzieć o świecie, który wywinął kozła.

Altsin wpółleżał na pokładzie i próbował uspokoić oddech. I serce. I żołądek. Bogowie, to było prawie takie samo uczucie jak wtedy, gdy ucztował u tego seehijskiego wodza, po czym ocknął się nagi w towarzystwie starej Czarnej Wiedźmy imieniem Gualara. Prawie, bo tym razem jego ciało nie było już domem dla dwóch różnych dusz, więc nie doszło do przepychanki, która omal go nie zniszczyła. Ale i tak... każda osoba wrażliwa na Moc, każdy czarodziej i kapłan, musiał to poczuć. Cokolwiek zaszło...

Wiedział, co zaszło. *Ana'bóg* się narodził. Gdzieś daleko stąd...

Nie. Ta wiedza nadeszła nagle, gdzieś z głębi. Nie chodzi tylko o narodziny jakiegoś bękarciego bytu będącego zlepkiem dusz. Coś takiego nie rozkołysałoby oceanu Mocy w ten sposób.

Poczuł kolejną falę nadchodzącą z południowego wschodu. Nie, bardziej ze wschodu... I jeszcze jedną, z południa... i kolejną, z południowego zachodu... i mnóstwo mniejszych, pojedynczych...

Co tu się działo? Co się właśnie stało?

Wiedział co, tylko jakaś rozsądna część jego umysłu odmawiała przyjęcia tej wiedzy do wiadomości.

Dziś był pierwszy dzień końca świata.

I nic już nie będzie takie jak wcześniej.

Zerwał się na nogi, podszedł do ściany i opierając o nią dłoń, zwrócił się bezpośrednio do statku w języku Nieśmiertelnej Floty:

— Czujesz, co zaszło, prawda? Wiesz, co to znaczy. W imieniu Płonącego Ptaka otwórz albo wypalę ci dziurę w sercu.

Dokładnie pod jego dłonią pojawiła się szczelina, która z dźwiękiem pękającego drewna przekształciła się w drzwi.

— Idziemy, poruczniku.

***

Wnętrze rotundy było czarne jak noc, i to taka spędzona w piwnicy bez okien. W porównaniu z tą ciemnością bebechy statku wydawały się słonecznym miejscem. Kenneth wszedł do środka zaraz za czarownikiem, ale po kilku krokach przystanął, odkrywszy, że nic nie widzi. Światło wpadające przez drzwi zdawało się pożerane przez wszechobecny mrok.

— Pochodnie? — zapytał Żołędzia.

— Nie ma potrzeby — dobiegł głos z mroku. — Zaraz coś poradzimy na tę ciemność.

Porucznik odchrząknął. Nadal czuł w ustach smak gorzki i słony, cuchnący i lepki jednocześnie. Jakby ktoś poczęstował go zepsutym mięsem przyprawionym nad miarę. Jego wrażliwość na nagłe zmiany w Mocy bywała przekleństwem. A inni? Czarownik? Borehed? Nawet ta szczurza magiczka... Wszyscy wyglądali, jakby coś próbowało ich wyżąć i rozciągnąć jednocześnie. Gdy Kenneth wchodził do środka, Moiwa Samreh siedziała w kucki na pokładzie i zanosiła się cichym szlochem, a reszta Szczurów próbowała ją uspokoić.

Co przed chwilą zaszło? Czy ten statek próbował swoją magią uniemożliwić im wejście do rotundy? Ale gdyby tak było, Żołądź z pewnością nie pchałby się tak niefrasobliwie do środka.

— Panie poruczniku, jesteśmy. — Velergorf wsadził głowę przez drzwi i zaraz się cofnął. — O cholera, ale ciemno. Dawać pochodnie!

— Nie, Varhenn, zostaw. Zawołaj moją dziesiątkę, i Piątą też. I przynieście tu Boreheda. Ty zostań na zewnątrz.

— Ale...

— Żadnych ale, dziesiętniku. Przejmujesz dowodzenie, gdy będę w środku. Pamiętaj o tych potworach z dołu i pilnuj Szczurów.

Pierwsza i Piąta miały razem stan jednej pełnej dziesiątki, ale Kenneth nie mógł wybrzydzać. No i Nur był jedynym człowiekiem z czymś w rodzaju namiastki talentu magicznego, któremu ufał.

W ciemności czarownik znów odezwał się tym dziwacznym, szeleszczącym językiem, którym otworzył drzwi. I ciemność mu odpowiedziała. Ze wszystkich stron, jakby podłoga, ściany i sufit miały usta.

Żołądź milczał chwilę, a potem coś jakby błękitna iskra przeskoczyło między jego dłońmi, uderzając boleśnie światłem w źrenice porucznika i powodując powidoki. Czarownik rzucił trzy krótkie słowa, po których statek lekko zadrżał. Albo Kennethowi tylko tak się zdawało.

Pojawiło się światło.

Na suficie i na ścianach wykwitły placki blasku, łagodne niczym pierwsze promienie księżyca prześlizgujące się po podłodze. Po chwili rozlały się wokół i wnętrze rotundy wypełniła mglista jasność bez określonego źródła.

Kenneth wciąż mrugał oślepiony błyskawicą Żołędzia i dopiero po chwili zaczął rozróżniać szczegóły.

Po pierwsze, znajdował się naprzeciw wykonanego z drewna, naturalnej wielkości posągu. Kobieta, albo dziewczyna, ubrana była w powłóczystą suknię i stała na podwyższeniu, unosząc lekko lewą nogę, jakby zamierzała z niego zeskoczyć tanecznym krokiem, ręce miała wyciągnięte w przód i uśmiechała się radośnie.

Po drugie, była to jedyna ciesząca oczy rzecz w tym pomieszczeniu.

Bo wokół, pod ścianami, przy kilku słupach podtrzymujących sufit, a nawet pod podestem, na którym stał posąg, leżały ciała. Wnętrze rotundy miało z pewnością dobrze ponad dwadzieścia jardów średnicy, więc ciał mogło być co najmniej dwieście. Dorośli i dzieci, mężczyźni i kobiety. Wszystkie zostały dokładnie zmumifikowane.

Jedynie między wejściem a posągiem została ścieżka wolna od zwłok.

— Już jesteśmy, panie por... ożeż ty...

— Cisza, Malawe. Wchodźcie, tylko ostrożnie. I patrzcie pod nogi. Macie szamana?

— Mamy, poruczniku — głos Nura był nietypowo cichy i przygaszony. — Gdzie go położyć?

— Na razie przy drzwiach. Żołądź!

Czarownik wyłonił się zza szerokiej kolumny. Minę miał nieodgadnioną.

— Rozmawiałeś z tym statkiem?

— Rozmawiałem. Znam wiele języków.

Kenneth wskazał ręką na ciała.

— Co to za miejsce? Grobowiec?

— Przeciwnie, to miejsce narodzin. Świątynia. Serce, dusza tej wspólnoty. — Czarodziej stanął przed posągiem, lekko musnął zawieszoną w powietrzu dłoń. — Nie wierzyłem w opowieść Ouma, póki nie ujrzałem tej sali. Spójrz na to, co jest na ścianach, poruczniku.

Kenneth podszedł do ściany. Gdyby nie delikatna poświata, nigdy by tego nie dostrzegł, ale teraz na czarnym drewnie widać było zarysy lądów. Płaskorzeźby pokrywające każdy cal ściany przedstawiały linie brzegowe setek miejsc, wysp, półwyspów i zatok. W większości widział je pierwszy raz w życiu.

— Pięć stóp po lewej, tylko ostrożnie, nie nadepnij nikogo.

Pięć stóp po lewej wyrzeźbiona w drewnie linia brzegowa była dziwnie znajoma. Kenneth studiował mapy Imperium w trakcie kursu, który każdy oficer musiał odbyć, zanim obszył sobie płaszcz odpowiednią barwą. Ten brzeg... Powiódł po nim palcem.

— Wygląda na linię brzegową z okolic Ponkee-Laa i spory kawałek lądu za nią. Spójrz na Elharan i jezioro Andureh. Widzisz, jakie jest wielkie? I gdzie płynie rzeka? A Góry Wrzasku? Nie ma ich. Są tylko jakieś wzniesienia będące przedłużeniem Anaarów. Ten półwysep, na którym leżą Konawery, jest dużo węższy. To dlatego, że Elharan znalazła sobie nowe koryto pod Konawerami i tam wynosiła muł. — Czarownik parsknął gniewnie — W tym świecie Ponkee-Laa nigdy by nie została taką metropolią. Jeżeli w ogóle byłoby jakieś Ponkee-Laa. Widzisz, poruczniku? To mapa świata, który nigdy się nie narodził.

Kenneth opuścił ręce.

— Nie rozumiem.

— W naszym świecie w czasie Wojen Bogów Laal Szarowłosa wpadła w panikę i wzniosła góry, nazwane później Górami Wrzasku. W tamtych czasach Elharan płynęła zupełnie innym korytem; mniej więcej trzysta mil od swojego obecnego ujścia skręcała na południe, przecinała wielką wyżynę, rzeźbiąc w niej kanion o zboczach wysokich na setki stóp, i dawała życie olbrzymiej równinie, która teraz jest zachodnim krańcem Travahen. Na naszej gałęzi Drzewa Świata Pani Koni wzniosła góry, zmieniła oblicze kontynentu i zabiła setki tysięcy ludzi, którzy zginęli, gdy ich kraina zmieniła się pustynię. A Elharan, gwałtownie odcięta od starego koryta, rozlała się w olbrzymie jezioro, po czym znalazła sobie nową drogę do oceanu. A teraz spójrz jeszcze raz na tę mapę. Tak właśnie wyglądałby nasz świat, gdyby nie został dotknięty Wojnami Bogów i strachem Pani Koni. Powiedzmy, za jakieś pięćdziesiąt albo sto tysięcy lat. Góry Wrzasku zaczęłyby się w nim dopiero wypiętrzać, zamiast zostać wyrwane z trzewi ziemi, a Elharan szukałaby sobie nowych koryt, innych niż to, które znamy.

— O czym ty właściwie mówisz?

— O przyszłości. — Czarownik zaśmiał się ponuro. — Jednej z wielu, których już nie mamy.

Ukląkł, z rozmachem wbił nóż w podłogę.

— Tutaj. Rąbcie.

Kenneth zawahał się. To miejsce miało aurę świątyni, cmentarza, używanie tu toporów zakrawało na świętokradztwo.

— Już! Zaczynajcie.

Statek drgnął i zatrząsł się wyraźnie. Na twarzy Żołędzia pojawił się paskudny uśmiech.

— No, słoneczko, jeśli masz coś przeciw, po prostu to powiedz.

— Nie — zaszumiały w meekhu ściany, podłoga i sufit.

Czarownik uśmiechnął się jeszcze paskudniej.

— Spryciula. Zapewne cały czas nasłuchiwałaś rozmów tych żołnierzy i uczyłaś się języka. A mimo to zmusiłaś mnie do odezwania się mową Nieśmiertelnej Floty.

Mag podniósł się i stanął naprzeciw czarnej rzeźby.

— Spójrz na mnie. Spójrz i powiedz, czy ośmielisz się ze mną walczyć, gdy stoję ci na sercu.

— Proszę — ściany zabrzmiały błaganiem.

— Oum, nazywany kiedyś Płonącym Ptakiem, pokazał mi swój sekret. Więc znam i twój. Tu chodzi o tych ludzi. Oni będą moimi świadkami. Bo nie lubię, jak się mną gra, a twój towarzysz najwyraźniej tego spróbował. Miałem być jego pamięcią, ale się na to nie zgodziłem. Teraz jednak wszystko się zmieniło, złamano barierę Mroku, wybito w nim wielkie wyrwy. Nic już nie jest takie jak wcześniej.

Odwrócił się do żołnierzy i wskazał miejsce, które zaznaczył nożem.

— Rąbać!

Spojrzeli na dowódcę, Kenneth skinął głową. Jak powiedział wcześniej Velergorfowi, nie będzie się z tym człowiekiem kłócił.

Topory rąbnęły o deski, raz, drugi i trzeci, a z każdym ciosem statek zdawał się drzeć. Wreszcie coś trzasnęło i pojawiła się szczelina.

— Podważcie ją i otwórzcie.

Odsunęli pokrywę wielkości trumiennego wieka. Pod spodem ziała dziura.

— Światło — zażądał czarownik, a wnętrze zaczęło się jarzyć fosforyzującym blaskiem.

Żołnierze zbliżyli się bez zaproszenia, ale Żołądź nie protestował. Kenneth podszedł i zerknął w dół.

To była dziura w drewnie. Nie skrzynia czy trumna, lecz po prostu dziupla wielkości sporego kufra. A w tej dziupli tkwiło ciało. Niewielkie, zwinięte w pozycji płodowej, obejmujące ramionami nogi. Nagie ciało dziecka w wieku dziesięciu, może jedenastu lat, zmumifikowane równie dokładnie jak trupy wokół.

Żołądź pozwolił im patrzeć przez chwilę, po czym zdecydowanym ruchem zasunął pokrywę.

Pochylił się i wbił w szczelinę w podłodze coś, co wyglądało jak czarna drzazga.

— Ten kawałek wciąż żyje. Pozwól mu wzrosnąć — powiedział cicho. — Pokaż im, co pokazaliście naszym bogom, i dlaczego się was bali.

Drzazga drgnęła i zaczęła rosnąć. Stopa, dwie, cztery. Młode drzewko sięgało w górę, nieśmiało rozwijając liście. Zielone z wierzchu, prawie czarne od spodu.

Żołądź popatrzył ponuro na Kennetha, a jego oczy błyszczały.

— Wiesz, żołnierzu, okłamałem cię.

Porucznik nie wytrzymał i zaśmiał się krótko. Kilku strażników mu zawtórowało. Na twarzy czarownika pojawił się kwaśny grymas.

— Nawet nie zapytam, kiedy się domyśliłeś. Nieważne. Nie powiem ci, kim jestem, bo musiałbym cię potem zabić, ale nie jestem wrogiem ani twoim, ani twojego Imperium. Pewien plemienny bożek wysłał mnie, bym sprawdził, co dzieje się na Północy. Ten plemienny bożek to szczątki okrętu Nieśmiertelnej Floty, takiego jak ten. Wrósł, dosłownie wrósł w nasz świat, a jego ludzie zmieszali krew z naszymi i stworzyli nowy naród. Wiesz, jak nazywano jego statki i ludzi w czasie Wojen Bogów? Niechcianymi, Odrzuconymi, Przeklętymi, i setką innych imion, które miały ukryć to, kim byli naprawdę. A przecież jego załoga mogła mieć dzieci z naszymi ludźmi. Bez najmniejszych problemów.

***

Altsin patrzył na drzewko. Wyrosło na sześć stóp i pięknie się rozgałęziło.

— Widzisz, poruczniku, wchodząc tu, jeszcze nie wiedziałem, czy znajdę ostateczny dowód. Ale gdy zobaczyłem te mapy… tak różne od naszych, i to różne nie przeszłością naszego świata, tylko jego przyszłością, zrozumiałem, że Oum mnie nie okłamał. Drzewo Świata, bełkot, którym mnie raczył, opowiadając o różnych Gałęziach, nagle stało się żywą ideą. Prawdziwym bytem — podszedł do rośliny i delikatnie pogłaskał jej liście. — Każde życie wykrawa swoją ścieżkę w czymś, co jest czasem, przestrzenią i energią wypełniającą Wszechrzecz. Proste życie wyrośnie jak źdźbło trawy, wysokie i wiotkie; życie bardziej skomplikowane będzie niczym chwast, z kilkoma liśćmi, a może nawet kwiatem na szczycie. Bo dla Wszechrzeczy obojętne jest, czy dany wilk zabił i zjadł jelenia, czy może jeleń złamał wilkowi kark kopnięciem nogi. Ale życie rozumne, tętniące emocjami, grzeszne głupią nadzieją i święte hardym karkiem jednocześnie, wyrośnie niczym drzewo. Z początku jego wzrost będzie prosty — powiódł dłonią po pniaku — niewiele różniący się od wzrostu zwykłego chwastu. Lecz potem…

Dotknął dłonią miejsca, gdzie pojawiała się pierwsza grubsza gałąź.

— Kobieta urodziła chłopca ze szpotawą stopą. Naradzali się z mężem i postanowili wynieść go do lasu i zostawić. Bo głód i chłód rządził ich życiem, a kalekie dziecko to kłopot. I historia świata popełzła dalej. Ale tu — musnął odrastającą w bok gałąź — zdecydowali się go wychować. Zacisnąć pasa i stawić czoła światu. Grzech nadziei i hardość miłości, oto, co nimi kierowało. A chłopiec wyrósł na tego, który przekuł stare legendy w nową religię i poszedł z nią między ludzi. Utykając, he, he. Z początku śmiano się z niego, a potem, gdy na spotkania z nim zaczęły przychodzić tłumy, ogłoszono heretykiem i ukamienowano, albo spalono na stosie, albo rozerwano końmi... przyczyna jego śmierci nie jest tak ważna jak jej efekt. Bo z heretyka zrobiono Męczennika i Proroka. A jego wyznawcy w kilkadziesiąt lat odmienili oblicze świata, obalając imperia i zabijając starych bogów. I Drzewo Świata wypuściło nową Gałąź, na której losy ludzkości potoczyły się inaczej.

Rudy porucznik okazał się zaskakująco bystry.

— Czyli co? Zabiję jakiegoś zbója, to mam jedną gałąź, puszczę go wolno, drugą?

— Tylko jeśli ten wypuszczony przez ciebie zbój radykalnie odmieni oblicze świata. Zresztą co tam zbój, pamiętasz Wojnę z Se-kohlandczykami? Bitwy, pogromy, podboje, rzezie. To wszystko nie zmusiłoby Drzewa Świata do wypuszczenia nowej gałęzi. Koczownicy mogliby podbić Meekhan i wiesz, co by się stało? Nic. Byli zbyt nieliczni, żeby wpłynąć na losy całego świata. Najpewniej jedno imperium zastąpiłoby inne, i tyle. Ojciec Wojny nawet po podboju zachowałby meekhańską administrację i urzędników, żeby móc rządzić, ściągać podatki i tak dalej. W obawie przed religijnymi buntami nie próbowałby zniszczyć kultu Wielkiej Matki, jego wodzowie wżenialiby się w miejscową arystokrację, a sławni wojownicy w szlachtę. I nie miałoby znaczenia, czy po stu albo dwustu latach zostaliby wchłonięci przez meekhańskich tubylców, czy też wybuchłaby rebelia i ich obaliła. Dla głównego pnia — Altsin złapał za drzewko — to żadna różnica. Różne drogi historii ludzkości pełzną w nim naprzód, zmieniając tylko czasem ułożenie jak słoje w prawdziwym drzewie. Ale ciągle w górę. Dopiero wydarzenie o sile końca świata, czasem nawet przychodzące z zewnątrz, sprawia, że Drzewo Świata wypuszcza nową gałąź. Spójrz tutaj.

Złodziej stuknął jedno z odgałęzień.

— Coś stało się słońcu. Nie pytaj mnie co, ale nagle wypluło z siebie taki żar, że bogowie lodu zginęli, lasy stanęły w ogniu, a czapy śniegu na najwyższych szczytach stopniały i spłynęły w doliny. A potem słońce przygasło do czerwonej plamki na niebie, pogrążając świat w półmroku i mrozie. I znów wybuchło gorącem, i znów się ochłodziło, i tak w kółko.

— Słońce nie może się tak zachowywać.

— Oczywiście, żołnierzu, jak to miło wiedzieć, że w akademii oficerskiej uczą was astronomii i astrologii. Zaimponowałeś mi, szczerze. Jednak uczeni astronomowie i magowie są zgodni, że nasz świat to kula krążąca wokół słońca. Więc jeśliby coś zaburzyło jej ruch, tak że zaczęłaby się gwałtownie zbliżać do niego i oddalać na zmianę, mielibyśmy na niebie słońce bliskie i parzące, a potem odległe i zimne. Nie wiem, co wtedy wywołało tę zmianę, ale doszło do niej i Drzewo odmieniło się na tyle, by wypuścić nową Gałąź. W tej Gałęzi świat to płonął niczym w krainach Dalekiego Południa, to znów pogrążał się w półmroku i chłodzie. Wymarła większość zwierząt i roślin, większość ptaków i ryb w oceanach. Lecz ludzie się dostosowali. Mieli magię do dyspozycji, mieli dumę i odwagę. I nic do stracenia. Zmienili się, niewiele, ale wyraźnie. Zmienili swoją skórę, by miała kolor popiołu, i pokryli ją pasami, które rosły i ciemniały w miesiące gorąca, by chronić ich przed słońcem, po czym malały i rozjaśniały się w dni chłodu, gdy każdy promień słońca był źródłem życia. Stali się wysocy i żylaści, by szybko biegać po równinach porośniętych ostrymi trawami, polując na równie szybkie i żylaste zwierzęta, które przetrwały. W sto lat od katastrofy z milionów ludzi zostało mniej niż dziesięć tysięcy, ale odbili się od dna i ruszyli naprzód. Nazwali swój lud *sui*.

Altsin przerwał i uśmiechnął się do wspomnień, które właśnie go nawiedziły. Po chwili podjął opowieść.

— W gałęzi, z której pochodzili *venleggowi*, ludzie znaleźli pewien artefakt. Wiecie, jak to idzie, pewien rybak zarzuca sieć i zahacza o coś na dnie. Raz ponosi go gniew, szarpie bezmyślnie, rozrywa ją i wraca do domu z niczym, innym razem skacze do wody, bo jest przestraszony perspektywą utraty sieci, i odkrywa na dnie TO. Może skrzynię, może beczkę, może dzban. Wyciąga na brzeg, otwiera i świat się kończy. Przez setki lat wojen z mocą, która odmieniała rzeczywistość, ludzie ci zmieniali się coraz bardziej. Znacznie bardziej niż *sui*. Korzystając z magii, sprawili, że ich ciała porosły płytami twardymi niczym skorupa żółwia, by ich wojownicy mogli odpierać ataki demonicznych bytów, które przegryzały się przez każdy metal jak kwas przez papier. Nauczyli się filtrować trujące opary i wiele dni obywać bez wody i jedzenia. Ale pod tymi skorupami wciąż pozostawali ludźmi. Jak ty czy ja – Altsin patrzył w oczy oficera, próbując wyczytać z nich, czy ten go rozumie. – *Amulen'drech* to błękitnoskórzy, wysocy i silni wojownicy, których kobiety walczyły pazurami. Nie wiem, co ich tak odmieniło, ale i tak byli ludźmi. *Ehlurehowie* mieli skórę jaśniejszą niż albinosi, a oczy czarne jak noc, i ponoć, z tego co odczytałem w pewnym kurhanie, zrodziła ich zaraza, która przybyła z nieba i zabiła większość ludzkości. *Ahershowi*, byli dziwną wspólnotą. Poddawali się władzy czegoś, co nazywali *Kaha'leechh*, którą tworzyły nieludzkie byty utrzymywane przez Moc oraz dusze i umysły żywych ludzi. Ich droga zakończyła się tu, na Północy, w cieniu rogów Setrena-Byka.

Altsin potrząsnął drzewkiem, czując jak budzi się w nim niezrozumiały gniew. Musiał wziąć głęboki oddech zanim zaczął mówić dalej.

— Ale większość przybyłych była do nas na tyle podobna, że zazwyczaj nie dawało się nas w ogóle odróżnić. Lud Mgły, załogi Nieśmiertelnej Floty, wojownicy *sunberi* i synowie *Omraha*. Ludzie. Nie z innych światów, z innych zakątków Wszechrzeczy, tylko z naszego Drzewa. To były dzieci naszych dzieci z różnych możliwych przyszłości.

Statek zadrżał wyraźnie, a ściany zaszeptały zaniepokojone.

— Nie. Powiem to, bo ja sam muszę to usłyszeć. Nasze Drzewo Świata zostało zniszczone. — Wyciągnął rękę, a spomiędzy jego palców trysnęła wiązka żaru, która uderzyła w połowie wysokości pnia. — Coś wydarzyło się w przeszłości, kilka tysięcy lat temu, i zmieniło całą naszą historię. Zmieniło na tyle, że wszystkie gałęzie, które wyrosły, nie miały prawa zaistnieć. Po prostu coś odrąbało koronę Drzewu naszego świata. A chaos i rozpad powędrowały wzdłuż linii czasu, wypalając ją doszczętnie.

Patrzyli w milczeniu, jak żar wspina się po pniu ku najniższej gałęzi. Porucznik chrząknął.

— Oni powinni przestać istnieć. Od razu.

Altsin uśmiechnął się łagodnie.

— Też tak sądziłem. Ale Prawa Wszechrzeczy działają inaczej, w końcu korona była czymś stworzonym przez żywe istoty, które pamiętały o swojej historii i utrzymywały jej istnienie przez wiele stuleci. I tu porównanie do drzewa wydaje mi się właściwe, bo nawet jeśli zetniesz dąb, jego gałęzie przez jakiś czas będą próbowały wypuszczać nowe pąki. Rosnąć. Lecz i tak, w miarę jak doganiała je zniszczona przeszłość, umierały różne przyszłości naszego świata. — Altsin wskazał na miejsce, gdzie żar dopadł najniższej gałęzi i zaczął się po niej wspinać. — Widzisz? Nie ma ratunku. Lecz przecież w tych przyszłościach żyli ludzie. A my jesteśmy wrednym i upartym gatunkiem. Sporo naszych krewnych poddało się lub po prostu nie dysponowało odpowiednimi środkami i wiedzą, by coś zrobić, i zginęło. Ale równie wielu, by się ocalić, użyło wszystkiego, co posiadali. A ich bogowie, lub Potęgi, które władały różnymi Gałęziami, wspierały ich w tym żarliwie. Bo Potęgi w przyszłości nie były słabsze od naszych Nieśmiertelnych, choć wiele z nich trudno nazwać bogami w naszym rozumieniu tego słowa. I wyruszali pod prąd strumienia czasu, by walczyć o swoją przeszłość lub by tylko znaleźć spokojne miejsce do życia. Wiesz, kim jest Nocna Perła?

Nagle ściany zaszemrały gniewnie.

— Nie. — Altsin pokręcił głową. — Ty i Oum też jesteście częścią tej historii. Opowiem ją więc tak, jak musi zostać opowiedziana. Lud Nocnej Perły żył nad morzem, wiele, wiele lat w przód od naszych czasów. Wyznawał wiarę w powrót do korzeni, a dusze jego przodków żyły w drewnianych rzeźbach i ścianach domów, opiekując się potomkami. Jak widać, nie zawsze nasi potomkowie wybierali postęp mierzony liczbą kamiennych dróg i miast. Umierająca przeszłość dopadła ich, jak wiele innych gałęzi, nagle, lecz wobec nadchodzącej zagłady przypomnieli sobie zakazane przez przodków umiejętności. Bo w ich świecie nie wolno było umieszczać duszy ludzkiej w żywym stworzeniu. A takim były drzewa.

Spojrzenia wszystkich spoczęły na pokrywie zamykającej dziuplę.

— Tak, to jej ciało. Miała dziesięć lat, gdy złożyli ją w ofierze, lub też sama się w niej złożyła. Nie było w tym jednak okrucieństwa ani cierpienia. Napojono ją wywarem z usypiających ziół, złożono w dziupli potężnego drzewa i zaklęciem zamknięto otwór. Jej dusza połączyła się z duchem drzewa, przejęła go i zaczęła kierować wzrostem rośliny. Składano jej ofiary, przez modlitwę i medytację karmiono Mocą. Tak jak ponad dwieście innych dzieci. Tym sposobem, wypuszczając korzenie, z których wyrastały odrosty wielkie jak drzewa, splatając gałęzie i rosnąc wszerz i wzdłuż, nadała swemu nowemu ciału kształt okrętu. Oum, który nazywał się kiedyś Płonącym Ptakiem, powiedział, że jemu dorośnięcie do pełnej wielkości zajęło sto lat. Ale on był młodszy niż Nocna Perła, był z ostatniego pokolenia bogów-statków.

Ściany znów zaszeptały, tym razem z wyraźnie wyczuwalnym smutkiem.

— Nasza gospodyni mówi, że wiele okrętów nie zdążyło osiągnąć dojrzałości na czas. Musieli je porzucić, odpływając w dół linii czasu, jak inni. Pokaż im, Nocna Perło.

Na szczycie wielu gałęzi drzewka pojawiły się krople światła i zaczęły spływać po korze.

— Niektóre z tych ludów spotykały na swej drodze innych wędrowców. Czasem przyjmowały ich gościnnie, świadome istnienia Drzewa, czasem walczyły zawzięcie, widząc w innych konkurencję. A gdy weszły w zniszczoną przeszłość, napotkały strumień czystego Chaosu.

Ściany zaszemrały cicho, a Altsin pokiwał głową.

— Tak. Żywe góry, morza wypełnione czerwienią, latające bestie wielkości okrętów, plujące trującym gazem. Płonący Ptak opowiadał mi o tym. Woda zamieniająca się w piach, gdy zapadała noc, zły wiatr, który wyrywał ludziom dusze z ciał i zamieniał je miejscami, powietrze trujące niczym oddech wulkanu i miejsca, w których wody mórz unosiły się nad lądem jak chmury, a jeden błąd w czasie żeglowania między nimi kończył się upadkiem w przepaść. A przecież Nieśmiertelna Flota wybrała dość łatwą drogę przez morza i oceany; nie wiem nawet, co spotykało tych, którzy wędrowali innymi szlakami. Ilu z uciekinierów nigdy nie przebiło się przez chaos do naszej ścieżki czasu.

Złodziej zapatrzył się na krople światła wędrujące w dół. Niektóre spotykały się i rozbłyskiwały jaśniej, inne wybuchały blaskiem i gasły. Ludzie. Nigdy się nie zmieniają.

— Po wielu latach wędrówki pierwsi Niechciani trafili do nas. W czasie, gdy rodzili się najpotężniejsi z naszych obecnych bogów, w czasie, gdy świat był młody. Nasz świat, nie ich. Już nie. Bo my jesteśmy gdzieś tutaj. — Altsin machnął ręką i wypalona korona drzewka rozpadła się w pył.

Tuż poniżej miejsca, z którego żar powędrował w górę, wyrastała pojedyncza gałązka. Niewielka i wiotka.

— To my. Nasz świat. Nasza Gałązka. I chociaż uważamy się za koronę stworzenia, nie jesteśmy niczym więcej jak aberracją w historii. Nie byłoby nas, gdyby coś nie zaatakowało naszego Drzewa. — Złodziej parsknął krótko. — A oni, Niechciani, Odrzuceni, Przeklęci, gdy wreszcie docierali do miejsc, gdzie ludzkie życie wciąż tliło się na tej planecie, byli zaskoczeni i zdumieni. Bo musicie pojąć, że wszyscy przybysze z przyszłości na pewnym etapie dzielili wspólną przeszłość. Przynajmniej póki ich Gałąź nie oddzieliła się od głównego Pnia. Tymczasem tu napotykali na nazwy plemion i ludów, których istnienia ich własna pamięć nie potwierdzała. Spotykali bogów, o których nie słyszeli. Z początku przyjęliśmy ich gościnnie, a pierwsze grupy nie ujawniały, kim są. Podawali się za wędrowców z innych rejonów Wszechrzeczy. A potem część z nich doszła do wniosku, że to nasza wina, że Drzewo Świata obumarło, bo to my, albo nasi bogowie, zrobiliśmy coś, co zniszczyło ich przyszłość. I nas zaatakowali. Bez ostrzeżenia.

Statek zaszeptał coś cicho.

— Tak. Nie wszyscy. I wcale nie tak chętnie. Ale niektórzy z nich spróbowali. Z bólu, strachu albo rozpaczy. A byli bardzo potężni. *Venleggowi* mieli swoją *kaaf*, byt rozumny, ale pozbawiony własnego ja, a Mocą przewyższający każdego z naszych bogów. Przynajmniej do czasu, aż zabiliśmy większość *venleggowi*. *Ehlurehowie* ściągnęli tu artefakty, które nazywali Księgami Pamięci albo Księgami Świata, *Afhredoeuynn* w ich języku. Wiele takich rzeczy umieścili na naszych ziemiach i próbowali... rozłożyć. Nie da się tego opisać, poruczniku. *Afhredoeuynn* miało wymazać naszą rzeczywistość i nałożyć na nią tę ich. Z miastami, lądami i milionami żywych istot zapisanych w tych Księgach. Nawet nasi bogowie nie próbowali pojąć, jaka Potęga jest w stanie uczynić coś takiego. Nie byli w stanie zniszczyć tych artefaktów, mogli tylko zmusić ziemię, by je pochłonęła.

Złodziej popatrzył na żołnierzy. Część z nich zerkała na niego jak na szaleńca, część gapiła się w kikut drzewka z jedną gałązką uparcie pnącą się w górę.

— Niechciani przybywali do nas przez ponad sto lat. I przez ponad wiek wojna wypalała świat. Lecz, na dupsko Pani Lodu, nieważne, kto ją zaczął, ważne, kto nie chciał zakończyć. Nasi bogowie dławili się Mocą płynącą z modlitw milionów przerażonych atakiem czcicieli i zasmakowali w niej. I nawet gdy wiernych ubywało, nie potrafili przestać. Jak pijak rujnujący własny dom, byle tylko pociągnąć jeszcze kilka łyków taniego wina. Aż wreszcie pojawiła się Potęga inna niż wszystkie, niezmierzona jak ocean i bezlitosna niczym sztorm. I nagięła wolę wszystkich do swojej. Z resztek światów Niechcianych, z tego, co ze sobą przynieśli, stworzono Mrok i kazano im za nim zamieszkać, póki nasz świat nie odzyska sił, nie wygoi ran, by ci, którzy chcą przybyć tu i żyć w pokoju, mogli znaleźć nowy dom.

Strażnicy wymienili spojrzenia.

— Rozumiem wasze zaskoczenie. Gdzież są więc ci pasiaści ludzie, w jakim zakątku świata mieszkają wojownicy, których zbroją jest ich własna skóra? Korzystając z tego, że Potęga, która zakończyła Wojny Bogów, milczała, oszukano ich. Postanowiono, że Mrok stanie się dla nich murem nie do przejścia, póki nie wymrą. Złamano pakty i przysięgi. Więc teraz — złodziej pozwolił sobie na najwredniejszy z uśmiechów — ktoś wybił dziurę w Mroku i puka do naszych drzwi. Żelaznym buciorem.

Wyprostował się gwałtownie i stanął przed żołnierzami. Przez chwilę wodził wzrokiem po ogorzałych twarzach.

— Przekazuję wam tę opowieść, żeby był ktoś oprócz mnie, kto ją zna. Opowiedzcie ludziom, którym darzycie zaufaniem, co tu widzieliście, opowiedzcie o tych stworach na dole i o tej komnacie. O Drzewie. I o Niechcianych, którzy są dziećmi naszych dzieci z zamordowanych przyszłości tego świata. O tych, których oszukano i zdradzono i którzy teraz wracają.

I — złodziej uśmiechnął się bez śladu wesołości w oczach — nie obchodzą mnie ich krzywdy ani ich żądza zemsty, w końcu sami zaczęli z nami wojnę. Ale musimy wiedzieć z kim walczymy, bo już raz omal nas nie pokonali. Lecz opowiadajcie tę historię szeptem, w półmroku, z dala od kapliczek i świątyń, póki nie rozprzestrzeni się tak, by nikt już nie zdołał jej wyrwać z ludzkiej pamięci. Z początku nie będą wam wierzyć, będą się śmiać i kpić, ale wkrótce zrozumieją, że każde z martwych marzeń naszego Drzewa Świata właśnie przychodzi, by skopać nam dupy.

Rudy oficer uśmiechnął się szeroko. I chyba szczerze.

— Czy ty właśnie próbujesz zrobić z oddziału Górskiej Straży bandę szalonych apostołów? Proroków? Wiesz, ilu takich włóczy się po górach?

— To nieważne, poruczniku. Ja sam mam wrażenie, że pewien drzewny bożek znów próbuje mną kręcić jak bączkiem. Wiedza, którą posiadłem w czasie wędrówki po Północy i na tym statku — Altsin wskazał mapy na ścianach — uczyniła ze mnie najbardziej poszukiwanego szczura w kanałach. Od teraz każdy bóg będzie chciał się mnie pozbyć, by w nadchodzących dniach móc znów ogłosić świętą wojnę z Niechcianymi. Jeśli dowiedzą się, a dowiedzą na pewno, że byliście ze mną na tym statku, pozbędą się i was. Więc waszą jedyną szansą będzie rozpowszechnienie tej opowieści, gdzie się da. Aż zabijanie was, i mnie, straci sens.

Nie naskoczyli na niego ani nie obrzucili przekleństwami, jak się spodziewał.

— Różnie może być, Żołądź, czy jak ci tam na imię.

— Zostanę przy Żołędziu, poruczniku. Wiem, najbliższe dni i miesiące zapowiadają się ciekawie.

— Co teraz?

— Teraz wysadzimy was na brzeg. Nocna Perła podpłynie do lądu i skorzystacie z tej aherskiej łodzi, by dostać się tam suchą nogą. Ale szaman zostaje.

— Co z nim zrobisz?

— Och, nic złego. Najpierw namówię moją przyjaciółkę, by uwolniła jego ducha, a potem przedstawię mu propozycję. Zabawną, jak sądzę. I myślę, że nie do odrzucenia.

Rozdział 45

Ocknęła się, czując, że płynie. Kołysała się łagodnie w rytmie, który nie mógł być niczym innym niż rytmem końskich kroków.

Konie? Jakie konie? Przecież konie uciekły.

To było jak uderzenie w splot słoneczny. Zgięła się wpół, siadając gwałtownie w... w czymś, co okazało się płachtą materiału rozpiętą na żerdziach między końskimi grzbietami.

Było ciemno.

— Spokojnie. — Siedząca na wierzchowcu po lewej stronie dziewczyna pochyliła jasną twarz i przyjrzała jej się uważnie. — Jak się czujesz? Krwawisz?

Deana pamiętała jej twarz. I imię. Kailean.

— Co?

— Między nogami. Czy krwawisz? Dag mówiła, że jej babka mówiła, że taki wstrząs może zaszkodzić dziecku. I kazała cię o to spytać, jak tylko się ockniesz.

Deana sięgnęła pod pledy, obmacała brzuch, krocze. Błagam cię, Pani, niech wszystko będzie w porządku! Błagam...

Palce miała czyste.

Jasnowłosa dziewczyna z zadowoleniem skinęła głową.

— Wiesz, jak wjechaliśmy na wzgórze, to panował taki chaos, że ledwo udało nam się ciebie stamtąd ściągnąć. Połowa pola bitwy została wypalona do gołej ziemi, nawet las się miejscami tlił. A potem walnęło jeszcze raz.

— Walnęło?

— Gdzieś w lesie. Jakby wulkan albo coś. Tak mówią. Połowę drzew zmiotło, a drugą wyrwało w górę. Nieźle rąbnęłaś w tę sukę.

— Sukę?

— Widzę, że umiesz już powtarzać pytania. To dobrze. — Dziewczyna zadrżała wyraźnie. — Wiesz, niby powinnam być po jej stronie, ale jak zobaczyłam, co stoi na tym wale... To nie człowiek ani mag. Tylko mrok i szaleństwo. Żołnierze zaczęli nazywać ją Krwawnicą, od tej czerwonej pręgi na szyi. Podobno to jakaś prawie bogini i...

— Gdzie jesteśmy?

— Jakieś dwadzieścia mil od pola bitwy. Uciekamy. To znaczy, wycofujemy się.

Deana położyła się, patrząc w mrok nad głową.

— Wasze konie nie spanikowały?

— Niektórzy z nas urodzili się w siodle. — Kailean pochyliła się i dodała z naciskiem — a inni mają po prostu dobrą rękę do zwierząt. Naprawdę to zrobiłaś?

— O czym ty mówisz?

— Pobłogosławiłaś tego chłopca mocą Agara i zmieniłaś go w narzędzie boskiego gniewu? Bo tak wszyscy mówią.

— Wszyscy?

Ktoś, idący zapewne przy drugim boku konia, chrząknął basowo. I dopowiedział:

— Prawie dwa tysiące Bawołów, trzy Słowików i trzy tysiące zaciężnych. Oraz około dwóch tysięcy *nuawachi*. Ale bez słoni, moja pani.

— Kosse?

— Przeżyłem. Choć sam nie wierzę.

Przez chwilę obracała w głowie podane liczby.

— Dziesięć tysięcy? — upewniła się.

— Dziesięć.

Z trzydziestu pięciu, które rano stawały do bitwy. Pani Łaskawa.

— Cały czas zbieramy niedobitki, zwłaszcza konnych, który wierzchowce poniosły. Do rana przybędzie jeszcze ze dwa tysiące ludzi. — Oluwer milczał przez dłuższą chwilę, po czym zapytał cicho — pobłogosławisz mnie, pani?

— Słucham? — Omal się nie roześmiała.

— Jak twojego kornaka. Bym znalazł siłę i mógł się stać narzędziem w ręku Agara.

— Kosse, o czym ty, do ciężkiej cholery, mówisz?

— Ja to widziałem, pani. Wszyscy wiedzieli. Pocałowałaś go, a on poszedł, by stać się gniewem Pana Ognia. Tyś jest Płomieniem, Wolą Agara.

— *Tyś jest Płomieniem, Wolą Agara...* — Ciemność zaszumiała wokół niej tysiącami głosów.

Deana zrozumiała, że jakikolwiek kult ją otaczał do tej pory, był tylko cieniem tego, który nadejdzie. A ona nie miała już najmniejszej szansy, by od niego uciec.

Zamknęła oczy i przyciskając dłoń do ust, zaniosła się dzikim chichotem.

***

Okręt podpłynął do brzegu na odległość zaledwie dwustu jardów - tak blisko, jak pozwalało mu na to dno - i zaczęła się ewakuacja. Altsin patrzył, jak żołnierze opuszczają statek, szybko i sprawnie korzystając z aherskiej łodzi. Najwyraźniej spieszno im było znaleźć się jak najdalej od pokładu pełnego potworów i tajemnic. *Qaimu* potrafiło pomieścić tuzin ludzi i już po kilku kursach wszyscy, łącznie z psami i saniami, znaleźli się na brzegu. Złodziej widział, że trwa tam zawzięta dyskusja między Strażą a Szczurami, i wreszcie ci ostatni zabrali dwoje sań oraz kilka psów i ruszyli w swoją stronę.

Najważniejsze, że pozbył się wszystkich z pokładu. Mógł udawać przed żołnierzami nie wiadomo jakiego twardziela, ale potrzebował snu i odpoczynku bez ryzyka, że obudzi się, próbując oddychać własną krwią. Nocna Perła zapewne nie zrobi nic głupiego, połamany szaman też nie będzie sprawiał kłopotów, jednak ci ludzie wyglądali na takich, którzy codziennie robią szalone rzeczy. Nie mógł im zaufać, więc musieli radzić sobie sami.

Szczerze mówiąc, bardziej obchodziło go to, co Szósta Kompania zrobi z jego opowieścią. Czy spróbuje utrzymać ją w sekrecie, czy też posłucha jego rady i poniesie w świat?

Na szczęście teraz ta tajemnica to nie był tylko jego problem. Choć trudno powiedzieć, żeby dzięki temu odetchnął.

Gdy ostatni strażnicy załadowali się na łódź i odpłynęli, Nocna Perła ruszyła powoli na zachód. W miejsce, z którego przypłynęła. Jej obłąkańczy rejs na wschód był tylko rozpaczliwą ucieczką z miejsca starcia z Anday'yą. Starcia, którego omal nie przegrała. Wsłuchując się w odgłosy statku, Altsin wiedział, że czarny okręt jest naprawdę wyczerpany i chory. Potrzebował pilnej pomocy. Złodziej domyślił się też już, że pojawienie się Nocnej Perły na tych wodach miało związek z wydarzeniami na Wyżynie Lytherańskiej, gdy niedokończone przebudzenie *ana'boga* wstrząsnęło Mocą, ale choć dużo by dał, żeby pogadać z kimś, kto brał w tym udział, postanowił na razie zrezygnować z szukania świadków. No cóż, najwyraźniej daleko na południu komuś i tak się to udało. Teraz miał zamiar doprowadzić ten statek na w miarę bezpieczne wody, nim Anday'ya otrząśnie się z szoku po ostatnich wydarzeniach i poszuka kogoś, na kim mogłaby wyładować gniew.

Z takimi babami jak ona lepiej uważać.

Aherski szaman, którego sobie zatrzymał, spał spokojnie. Okręt nie uwolnił tego ducha, który wpadł w pułapkę, bo zdążył go pochłonąć, ale przynajmniej przestał wysysać siły z Boreheda.

Rzecz jasna na grzeczną prośbę Altsina.

***

Ponwered Pusty Ząb rozbił namiot tuż przy brzegu i modlił się przez całą noc do plemiennych duchów. Na próżno. Co prawda lód skuwający morze znikł, szare fale szumiały radośnie, lecz były martwe. Jałowe i puste. Drobne morskie stworzenia nie zdążyły jeszcze wypełnić ich swoimi pląsami, a za nimi nie przypłynęły ryby, foki, morsy ani wieloryby. Upłynie wiele, wiele dni, nim naturalny rytm życia powróci w te strony.

Dla nich będzie za późno.

Był szamanem od czterech dekad. Pamiętał lata tak obfite, że nawet psy jego ludu spasły się do tego stopnia, że prawie toczyły się po ziemi, i tak chude, że w niektórych plemionach umarli wszyscy starcy i wszystkie małe dzieci. Ale nigdy nie pamiętał czegoś takiego: czasów, gdy śmierć stawała się wybawieniem. Coraz częściej proszono go, by odprawił *fuume* – rytuał poświęcenia, który pozwalał rodzinie pożywić się ciałem zmarłego krewnego bez rozgniewania jego duszy.

Tylko co z duszami tych, którzy jedli taki pokarm?

Ale czy mógł ich oceniać?

Wyszedł z namiotu i rozejrzał się. Nad morzem, jak co rano, wisiała mgła, która wkrótce opadnie, ukazując martwe fale. Przeniósł wzrok na południe, za obóz. Przełęcz w górach wciąż błyskała żelazem. Ludzie nie zejdą tu, do nich, o nie, po prostu będą patrzeć, jak jego lud wymiera.

Potem zobaczył, jak przełęcz ożywa, a ciemne wstążki, które musiały być oddziałami imperialnej piechoty, wysuwają się zza niej i zajmują pozycje w obronnym półokręgu.

Czy oni oszaleli? Czy naprawdę myślą, że spróbujemy zaatakować to przejście?

Na to już było za późno.

Poczuł wiatr na plecach, a wśród namiotów i szałasów aherskich plemion nagle wybuchły krzyki.

Odwrócił się.

Nad nim z mgły wyłaniał się olbrzymi czarny potwór. Wielki niczym pół ich obozowiska. Jego przód wznosił się nad głową Ponwereda na wysokość dwudziestu rosłych myśliwych.

A potem z tego pyska opadła lina i zsunął się po niej człowiek. Pusty Ząb rozpoznał go.

To był ten sam mężczyzna, który kupił od nich łódź.

— Podpłynęła bliżej, niż myślałem — powiedział przybysz w języku plemion, uśmiechając się szeroko. — To znaczy, że tu jest niezła głębia przy brzegu.

Szaman otworzył i zamknął usta dwa razy, nim wreszcie się odezwał:

— Znasz naszą mowę.

— Borehed jest całkiem niezłym nauczycielem. Przypłynął ze mną.

Borehed. Pusty Ząb poczuł, jak na dźwięk tego imienia w piersi rozkwita mu nadzieja, która jednak zaraz zgasła. Nawet najpotężniejszy z żyjących szamanów nie wypełni morza rybami.

— Czego chcesz, człowieku? — zapytał głucho.

Tamten przestał się uśmiechać i powiedział poważnym tonem:

— Twój lud nie ma boga, szamanie, i dlatego jest igraszką w ręku każdego Nieśmiertelnego. A ja mam boginię-statek, która opierała się Anday'yi przez wiele dni, lecz która potrzebuje wiernych. Na jej ciele żyją stwory, na które będziecie mogli polować i które będziecie mogli jeść, póki nie wypłyniecie na wody pełne ryb. Później bogini pokaże wam wszystko, co musicie wiedzieć, by żyć w niej i z nią.

Człowiek przerwał i popatrzył na ahera, przekrzywiając głowę.

— Borehed też zgodził się dołączyć. Co powiesz na to?

Ponwered Pusty Ząb milczał. Z całej przemowy obcego zapamiętał tylko dwa słowa: polować i jeść.

Mimo to wahał się.

— Mój lud... — spróbował ubrać lęki w słowa — nie umie pływać na takich statkach ani nie umie na nich żyć.

Oczy mężczyzny, niebieskie jak ściana lodowca, zabłysły.

— Idą trudne czasy, szamanie. Czasy krwi i łez. Doświadczyliście już jednego i drugiego, a będzie coraz gorzej. Przez chwilę popłynę z wami i pomogę, ile będę mógł. Może nie okażę się zbawcą twoich ludzi, tylko ich zgubą, ale przynajmniej dam wam szansę. To więcej, niż dostaliście od tej lodowej suki. I od innych bogów też.

Ponwered aż się zatrząsł uderzony brutalną prawą tych słów. W końcu skinął głową, bo ludzie tak właśnie wyrażali zgodę, i wykrztusił:

— Zawołam myśliwych.

Altsin Awendeh uśmiechnął się do jego pleców i mruknął w mowie Nieśmiertelnej Floty:

— No, Oumie, mam nadzieję, że spodoba ci się mój pomysł. A jeśli nie — wyszczerzył się szeroko — to pocałuj się w swoją drewnianą dupę, sukinsynu.

***

Śniło jej się, że tonie w morzu krwi, gęstej jak smoła. Czerwone fale raz po raz zalewały twarz, lepiąc się do skóry, a gdy otwierała oczy, wszystko miało barwę szkarłatu.

Tonęła, dusiła się, brakowało jej tchu. I nie mogła unieść rąk, by nimi poruszać, bo coś krępowało je do ciała.

Krzyknęła rozpaczliwie, a krew wypełniła jej usta, nos, gardło.

Smakowała zgnilizną i śmiercią.

Key'la zatchnęła się rodzącym się krzykiem i wyrwała z objęć koszmaru.

Leżała na ziemi.

Była związana.

Jej oczy zaklejała jakaś masa i nie mogła rozchylić powiek.

Otworzyła usta, żeby coś powiedzieć, ale wtedy ktoś położył jej palec na wargach.

— Ciiii. Nic nie mów. Mocno uderzono cię w głowę. Masz w oczach krew. Umyję.

To było *anaho*, język Verdanno, ale mówiący dziwnie akcentował słowa. Wymawiał je starannie i powoli, jakby znał tylko podstawowe zwroty i nie chciał popełnić błędu.

Wilgotna szmatka dotknęła jej czoła. Delikatne i ostrożne.

Uniosła powieki, dopiero gdy poczuła, że są czyste.

Nad sobą ujrzała twarz kobiety, która mogłaby być jej babką, twarz, która powoli przegrywała walkę ze zmarszczkami, ale i tak była na swój sposób piękna. Kobieta miała ciemne oczy i ciemne, przetykane siwizną włosy, obcięte krótko, jak u mężczyzny.

— Widzisz mnie.

— Tak.

— Jasno... znaczy, wyraźnie.

— Wyraźnie.

— Dobrze. Matka chce z tobą rozmawiać.

Matka? Znaczy matka tej starszej kobiety?

— *E'enretusah* — usłyszała inny kobiecy głos. — *Sumwert on noar.*

Pojawił się jakiś mężczyzna i razem z kobietą, która przemywała jej twarz, podnieśli Key'lę, która dzięki temu odkryła, że ktoś przywiązał ją do deski. Nogi, tułów, ręce miała skrępowane jak niemowlę w beciku. Dziewczynka szarpnęła się dziko.

— Nie rób tak, przywiązaliśmy cię dla twojego bezpieczeństwa. — Wyjaśniła ta druga kobieta, ta, która kazała ją podnieść. — *E'kale.* Odwróćcie ją.

Odwrócili. A Key'la po raz kolejny zatchnęła się powietrzem. Tym razem z podziwu.

Przed nią, nie dalej jak pięć jardów, na grzbiecie wielkiego zwierzęcia siedziała kobieta, która jaśniała urodą tak nierzeczywistą, że wyglądała niczym bogini. Czarne, sięgające ramion włosy spływały wzdłuż trójkątnej, nieskazitelnie gładkiej twarzy o niewielkim nosie i pełnych czerwonych ustach, za które każda ze starszych sióstr Key'li dałaby się pokroić. Lecz wszystko to ginęło w blasku wielkich ciemnych oczu okolonych długimi rzęsami.

Lecz nie chodziło wcale ani o włosy, ani oczy, nos czy usta, ale o całość, na jaką składały się te rzeczy.

Najpiękniejszy koń w tabunie wcale nie ma najdłuższych nóg, najbujniejszego ogona ani najbardziej łabędziej szyi.

Ma najlepsze proporcje.

Dziewczynka wiedziała, że nie zapomni tej twarzy. Nigdy.

A potem dotarło do niej, gdzie jest i co się wokół dzieje.

Dookoła rozłożyła się armia ludzi. Key'la widziała oddziały szermierzy ubranych od stóp do głów na biało, w białych maskach, dzierżących w dłoniach długie, wąskie jak rożny klingi. Równie białe jak ich stroje. Kątem oka, bo wciąż nie mogła ruszyć głową, ujrzała oddział jeźdźców na wierzchowcach, które wyglądały jak konie oladrowane do bitwy, ale składające się z płyt zbroje były najwyraźniej częścią ciał tych zwierząt. No i każde z nich było o dwie stopy wyższe niż najpotężniejsze konie Verdanno.

Grupa wysokich na osiem stóp wielkoludów o niebieskawej skórze trzymała w dłoniach olbrzymie kusze. Ich łuskowate zbroje połyskiwały złotem.

Po lewej... Key'lę aż przeszedł dreszcz, gdy ujrzała setki szaroskórych zabójców siedzących na zakrwawionej ziemi i spokojnie czyszczących broń.

Po prawej miała stertę głazów, które zostały z kolumny, która...

Wspomnienia zwaliły się na Key'lę, jakby ta właśnie sterta kamieni spadła jej na głowę.

Vaihirowie, Usta Ziemi, Dwa Palce, Kocyk...

Kocyk!

Musiała wyszeptać to mimowolnie, bo piękność siedząca na końskim grzbiecie chrząknęła uprzejmie.

— Widzę, że pamięć ci wraca. *Kanaloo* jest tutaj.

Kocyk wyszedł zza wierzchowca kobiety. Na brzuchu i piersi miał bandaże, rękę na temblaku. Ale jego twarz jaśniała radością i szczęściem.

Tylko że nie patrzył na Key'lę. Patrzył na siedzącą na pancernej bestii kobietę.

— *Kanaloo* ma jedną i tylko jedną panią. Przez całe życie. Ale jest również bardzo bystrym i posłusznym stworzeniem — wyjaśniła czarnowłosa. — Gdy dowiedziałam się, że jedna z moich Córek planuje ucieczkę, podmieniłam jej strażnika na takiego, którego wcześniej związałam ze sobą. Przez cały czas więc był mój, nawet gdy dorastał razem z nią. Potem ona spróbowała go zabić, a jego i twój los splotły się w dziwny węzeł. Niemniej dziękuję, że go do mnie przyprowadziłaś.

Kobieta machnęła ręką i Kocyk oddalił się posłusznie, nawet nie zerkając na Key'lę. Dziewczynka patrzyła na to i czuła, jakby ktoś wyrywał jej duszę z ciała.

— On jest mój — szepnęła bezradnie.

— Nie. — Piękność na koniu posłała jej wyrozumiały uśmiech. — On udawał, że jest twój. Najwyraźniej uznał, że to pomoże mu wrócić do domu. A może też wzbudziłaś jego zainteresowanie? Jest mądrzejszy, niż myślisz.

— Przecież... kazałam mu, by mnie zabił, a on nie chciał. Próbował zabić siebie, ledwo mu przeszkodziłam.

— A jak długo by przeżył, gdyby cię zabił w środku osady *vaihirów*?

— Skąd...

— Opowiedział mi o tym. Widzisz, jak mało wiesz o swoim *kanaloo*? I rzeczywiście sądzisz, że powstrzymałabyś go, gdyby naprawdę chciał zakończyć własne życie?

Dziewczynka czuła, jak coś w niej umiera. Kocyk. Kocyk też był częścią świata, który ją zdradzał na każdym kroku.

— Wygodnie ci? — Czarnooka piękność zdawała się nie zauważać targających Key'lą emocji.

Nie. Nie było jej wygodnie. Miała wrażenie, że więzy odbierają jej oddech i zaraz zmiażdżą.

— Dlaczego mnie związano?

Starsza z kobiet, która wciąż podtrzymywała deskę, żachnęła się wyraźnie.

— Jestem uzdrowicielką. To nie więzy. Opatrunek. Szyja uszkodzona.

— Nie martw się — siedząca na wierzchowcu posłała jej uspokajający uśmiech — będziesz zdrowa. Ale teraz musisz się leczyć. A za to, że uwolniłaś boga *vaihirów* i stałaś się ostrzem, które szerzej rozpruło Mrok, bardzo ci dziękuję.

Przypomniała sobie czerwonego olbrzyma, który rozkołysał ziemię. Nigdzie nie było po nim śladu.

— Czy on umarł?

— Thoweth? Nie. Pożywił się duszami tysięcy swoich dzieci i uciekł. Nie sądzę, by *vaihirowie* podnieśli się po czymś takim, ale to nawet lepiej. Nie byli niczym więcej niż rozumną bronią, stworzoną na jednej z Gałęzi przez dość głupią i arogancką odnogę ludzkości. Ich czas powinien dobiec końca całe wieki temu.

— Oni bronili świata.

— Oni niczego nie bronili. Bezmyślnie wykrwawiali się w niepotrzebnej wojnie, bo taka była ich natura. I przeszkadzali nam w badaniu i odkrywaniu tajemnic Doliny Żalu.

Kcy'la zamknęła oczy, ale i tak zdradzieckie łzy pociekły jej po policzkach. Kłamstwo. Wszystko, co powiedziała jej Usta Ziemi, to kłamstwo. Wykorzystała ją i użyła tylko po to, by uwolnić swojego boga.

Mam nadzieję - pomyślała - że bolało, gdy pożerał twoją duszę.

— Zabijecie mnie? — zapytała cicho, sama nie wiedząc, na jaką odpowiedź liczy.

Usłyszała, jak wierzchowiec czarnowłosej się zbliża, a gdy otworzyła oczy, kobieta stała przed nią i uśmiechała się łagodnie.

— Jesteś człowiekiem, ludzkim dzieckiem, nawet jeśli pochodzisz z bękarciej odnogi naszego Drzewa Świata. A ja od tysiącleci robię wszystko, by ocalić każde z naszych dzieci. Jestem Matką uchodźców zwanych Dobrymi Panami. Przewodzę zdradzonym i oszukanym uciekinierom, których wszystkie marzenia zostały zamordowane. My nie zabijamy ludzkich dzieci, nie wykorzystujemy ich jako broni, tylko walczymy o każde z nich z całych sił. Jesteś już bezpieczna. *Vaihirowie* rozproszyli się, ogarnięci szałem, bestie z Doliny się pochowały, przerażone uwolnieniem Thowetha. Przybyłam tu z moimi wojskami, by sprawdzić, co to za zamieszanie wstrząsa Doliną Żalu. Szliśmy za hordą czwororękich i widzieliśmy, co zrobiłaś.

Musnęła policzek dziewczynki, a ta poczuła, jak pod wpływem tego dotyku coś w niej pęka.

— Prze... przepraszam — załkała.

— Nie przepraszaj. Mówiłam ci już. Dobrze się stało. Przełamałaś impas, w którym tkwiliśmy tu od wielu lat. Ale teraz musimy uciekać. Jest nas za mało, by się obronić, gdy bestie z doliny otrząsną się z szoku. Możesz zasnąć.

Matka spojrzała wymownie na kobietę, która obmywała Key'li twarz, a dziewczynka poczuła na wargach dotyk małej buteleczki.

— Pij — powiedziała stara uzdrowicielka.

Napój smakował jak miód.

I przyniósł sen, tym razem bez koszmarów.

Epilog 1

Czarnowłosa dosiadła *anh'ogiera* i ruszyła przed siebie. *Kanaloo* biegł obok, podskakując radośnie. Pomyślała, że jeśli rany obniżą jego sprawność, trzeba go będzie uśpić.

Sak Xendower, dowódca Białej Gwardii, pojawił się po drugiej stronie wierzchowca. Jego wojownicy rozstawili się już w ochronny wachlarz, ale on sam był zwolniony z obowiązku służby na pierwszej linii.

Nie zwalniając biegu, nawet nie gubiąc rytmu kroków, Xendower ściągnął *uon-kalhh.* Lepkie nici białego śluzu przywarły mu do twarzy. Zamrugał, jak zwykle gdy wracała główna osobowość, a potem spojrzał na kobietę spod jasnych brwi, oczyma o tęczówkach w kolorze macicy perłowej.

— Udało się nam, Matko.

Pokręciła głową.

— Jeszcze nie. Jeszcze czeka nas wiele bitew, przyjacielu. Uzurpatorzy nie poddadzą się łatwo.

Uśmiechnął się lekko. Był owocem stu pokoleń wyselekcjonowanej hodowli, która miała stworzyć broń doskonałą. Lepszą nawet niż *vaihirowie.*

— Ta, która nazywa się Panią Losu, znów prosi o posłuchanie.

— Niech czeka. A ty dopilnuj, żeby główny obóz był gotowy do wymarszu, jak tylko do niego dojdziemy.

— Rozkaz, Matko.

Potruchtał, żeby wysłać przodem gońców.

Tylko ona wiedziała, jak niewiele brakowało, by znów ponieśli klęskę. *Vawenn'obleris* było tak potężną aberracją, że przebijało się przez Mrok, sięgając miejsc w prawdziwym świecie, jedynym prawdziwym świecie, jaki został ludzkości. Miejsca te nazywano tam różnie, Przeklętymi Ziemiami, Matecznikami Chaosu albo Uroczyskami. I to właśnie stąd, z Doliny Żalu, trafiały do prawdziwego świata stwory, których lękano się i które zabijano. Lecz stwory te trafiały tam przez szczeliny otwierające się na kilka zaledwie chwil, i to w losowych miejscach, a ona i inni Wygnańcy od stuleci szukali sposobu, by złamać barierę Mroku na dłużej, najlepiej na stałe.

Odkryli go przypadkiem, gdy kilka lat temu Kanayoness uciekła z więzienia, w którym miała odpokutować za swój występek. Jej ucieczka utworzyła w pewnej wiosce po drugiej stronie małe Uroczysko. A gdy w miejscu tym starły się oddziały ludzi i stwory z Doliny, gdy użyto tam potężnych czarów bojowych, stało się coś dziwnego.

Setki dusz wyrwanych z ciał i szarpiących struny Wszechrzeczy, uderzenie Mocy i jednoczesny nacisk od strony Mroku rozdarły Barierę. Tylko na kilka godzin, ale i tak było to sto razy dłużej niż zwykłe.

Wtedy narodził się plan.

A gdyby tak użyć nie małego, lecz wielkiego Uroczyska? Gdyby przelać krew nie kilkuset, lecz dziesiątków tysięcy ofiar? I gdyby od strony prawdziwego świata Mocą uderzył nie czarownik, czy nawet wielu czarowników, lecz byt o nieskończenie większej potędze? *Ana'bóg* lub próbujący się z nim zmierzyć jeden z tych zdradzieckich miejscowych bożków? Bo przecież nie mogliby zignorować pojawienia się takiej konkurencji.

Na wietrznej równinie, gdzie starły się armie konnych wojowników i bojowe tabory, nie udało im się tego dokonać. Być może dlatego, że wysłana w tamte miejsce Córka, choć lojalna i wierna, nie miała dokładnej wiedzy o planie i pozwoliła, by ludzkie armie stoczyły bitwę zbyt daleko od Uroczyska. Nie nalegała wystarczająco mocno na swojego niewolnika, by ten opóźnił walkę i pozwolił wozom najeźdźców wedrzeć się w głąb kraju, nawet kosztem zniszczenia części własnych sił. Sama bitwa, stoczona w złym miejscu i o niewłaściwym czasie, nie zdradziłaby planów Wygnańców, lecz przedwczesne i niemal udane narodziny *ana'boga* – czarnowłosa mimowolnie zerknęła na niesione nieopodal śpiące dziecko – były w tym przypadku paskudną niespodzianką. Po pierwsze, pojawienie się pierwszego od tysiącleci protoboga mogłoby wzbudzić czujność wśród miejscowych Nieśmiertelnych. Po drugie, to nie ta mała miała być rdzeniem dla takiego bytu.

Uzurpatorzy. Świat naprawdę potrzebuje porządku i ładu.

W portowym mieście, tak bliskim Uroczyska, przypadkiem odkryto niemal pełnego *ana'boga*, mroczny, paskudny byt żyjący w prastarym artefakcie. Pewna miejscowa bogini, przerażona tym, co nadciąga, zaproponowała sojusz. Zadeklarowała, że doprowadzi do rzezi w mieście, objawienia *ana'boga*, a nawet pomoże schwytać Kanayoness, która włączyła się do gry, a w zamian znajdzie się dla niej miejsce w nowym porządku świata.

Kobieta nazywana Matką Dobrych Panów westchnęła ciężko. Kanayoness. Jej prawdziwa córka była utrapieniem. Istnym nasieniem chaosu.

Uśmiechnęła się do tej myśli.

Lecz znów wydarzenia nie poszły jak trzeba, rodzący się *ana-'bóg* został zniszczony, rzeź powstrzymano.

A ona nadal nie wiedziała, co poszło nie tak.

Nie miało to jednak aż takiego znaczenia, bo świat Uzurpatorów był pełen konfliktów i gniewu, i nie musieli długo czekać na następną okazję. Co prawda liczyła na to, że buntownicy w południowych krainach ruszą do szturmu na miasto, w którym Agar od Ognia, ten świętoszkowaty dupek, umieścił fragment swojego królestwa. Rezonował on z Uroczyskami tak, że Moc użyta w pobliżu na pewno wyrwałaby w nich dziury, niszcząc przy okazji Oko. Jakież byłoby to piękne: za jednym zamachem złamać Barierę i odepchnąć Agara od prawdziwego świata... A może nawet zranić tego ognistego bożka?

Wcale nie musiała się starać, by znaleźć tam kandydata na rdzeń dla *ana'boga*. Nienawiść i pragnienie zemsty, zwłaszcza po jednej ze stron, były tak wielkie, że istniała realna szansa, iż nawet ktoś z minimalnym talentem w używaniu Mocy zacznie przyciągać do siebie dusze. Jej agenci działali tym razem ostrożnie i cierpliwie, podgrzewając atmosferę plotkami i prowokacjami, aż cały kraj wybuchł.

Choć musiała przyznać, że moc nowo narodzonego bytu zaskoczyła nawet ją. Tym potężniej uderzył w nią Pan Ognia i tym silniej zareagowało ukryte w lesie bezimienne Uroczysko.

Bogowie Uzurpatorów własnymi rękami zniszczyli to, czego strzegli od trzech i pół tysiąca lat.

Jedynie uwolnienie Thowetha było prawdziwą niespodzianką, nawet jeśli miała zamiar zrobić to osobiście. Dlatego w tej samej chwili, gdy armie po drugiej stronie Mroku stanęły do bitwy, zebrała własne wojska i ruszyła ku uwięzionemu bożkowi. Plan zakładał, że skondensowana wściekłość czwororękiego boga uderzy w Dolinę, a tym samym, niejako od spodu, we wszystkie Uroczyska, powiększając rozdarcie. Ale zamiast przebijać się przez hordy potworów, szli tylko śladami rzezi dokonanej przez *vaihirów*.

Kazała przyspieszać marsz, przepełniona złymi przeczuciami. Czwororęcy nie zjednoczyli się i nie używali Mocy od stuleci, odkąd stracili kontakt z własnym bogiem. Co się właściwie działo? Dlaczego nagle nabrali takiego wigoru?

Ponownie spojrzała na dziewczynkę. Spała. Taka drobna i krucha. To ona omal nie stała się *ana'bogiem* w trakcie pierwszej próby. Nie udało się, lecz w jakiś sposób tysiące duchów wciąż kręciło się wokół niej. Czyżby była...

Sak Xendower podbiegł do wierzchowca.

— Rozkazy wydane, Matko.

— Dobrze.

Zawahał się na mgnienie oka, rzecz niezwykła jak na niego.

— Gdy byłem głęboko w *kalhh*, pomyślałem, czy nie lepiej byłoby się pozbyć tego dziecka.... Widzieliśmy, co potrafi.

Pozwoliła sobie na lekki uśmieszek. Taka konkluzja była niemal wpisana w jego linię hodowli.

— Jej Moc jest spora, ale nie przytłaczająca.

— Jednakże...

— Załóż *uon-kalhh* — poleciła.

Bez słowa przykleił maskę do twarzy i nim zrobił kilka kroków, zmieniło się w nim wszystko, nawet sposób, w jaki stawiał stopy. *Uon-kalhh* było dziedzictwem cywilizacji jednej z Gałęzi, zawierało pamięć ruchową, umiejętności i cienie wspomnień kilkudziesięciu jego poprzednich właścicieli z linii hodowlanej Xendowerów. Gdy Sak się zestarzeje albo zginie, maska będzie zwierać również jego cząstkę. W tej chwili, oprócz własnych imponujących talentów do walki, dowódca Białej Gwardii posiadał także umiejętności wszystkich swoich przodków.

I dlatego przemawiała teraz do nich wszystkich, bo istniała realna szansa, że ta mała jest najważniejszą osobą na świecie, a Sak Xendower nie mógł mieć co do tego żadnych wątpliwości.

— Ta suka, która odebrała nam zwycięstwo, zwana Baelta'Mathran, nie istnieje jeszcze w tej linii czasu. Ale niewykluczone, że właśnie na nią patrzymy.

Jeden z mieczy wojownika wyskoczył z pochwy tak szybko, jakby zmaterializował mu się w dłoni.

— Chcesz ją zabić? Doprowadzić do złamania kolejnej linii czasu i odcięcia ostatniej Gałęzi z Drzewa Ludzkości? Jeśli to ona i teraz zginie, nikt nie powstrzyma rzezi sprzed trzech i pół tysiąca lat. Wygrywaliśmy, lecz czy mielibyśmy dość sił, by wzrosnąć na popiołach po zwycięstwie? Czy też skonalibyśmy pod niebem pełnym dymów? Gdybym miała pewność, że zabicie tej tak zwanej Pramatki zagwarantuje nam wygraną, nie wahałabym się ani chwili, nawet jeśli oznaczałoby to, że oboje zostaniemy na płonącej Gałęzi, patrząc, jak się rozpada.

— Dla przyszłości — zadudnił Sak spod maski.

— Dla przyszłości — powtórzyła. — Muszę mieć pewność, zanim podejmę w jej sprawie jakieś kroki.

— Kanayoness będzie chciała ją zabić — rzucił imieniem, które nadal jej ciążyło.

— A ja bardzo chcę ujrzeć moją córkę w domu. Ty swoją zapewne też. Więc jakiś pożytek z tego zwierzątka będziemy mieli. Tak czy inaczej.

Epilog 2

Yatech stał w oknie i patrzył, jak szary pył zasnuwa miasto. Zewsząd słychać było bicie dzwonów, walenie w gongi i dęcie w trąby, zależnie od tego, jak w danej świątyni wzywano na pomoc własnego boga.

Bogowie tu nie pomogą, pomyślał.

Przypomniał sobie te fragmenty legend Issaram, które mówiły o końcu świata opłakanym szarymi łzami.

Ponkee-Laa wrzało od samego rana, gdy na południowym horyzoncie ukazała się chmura pyłu. Szkarłatne Wzgórza – odmieniano tę nazwę we wszystkich językach używanych w mieście – Szkarłatne Wzgórza wybuchły. A wraz z nimi zginęli zapewne wszyscy żyjący tam poszukiwacze tajemnic i łowcy potworów.

Nie dbał o to.

Jakiś czas później wiatr z południa przygnał nad metropolię dym i miasto oszalało ze strachu.

O to też nie dbał.

Ubrał się spokojnie, bez pośpiechu. Koniec świata końcem świata, ale to jeszcze nie powód, by biegać w rozpiętych spodniach.

Założył pas z mieczami i wyszedł z pokoju, po czym skierował się do sąsiedniego budynku. Była to speluna rządzona przez podejrzaną bandę należącą ponoć do potężnej Ligi Czapki. Żyjąc w tym mieście od tak długiego czasu, natykał się na tę nazwę tu i tam. W spelunie tej, za odpowiednią opłatą, można było palić, żuć, pić lub jeść rzeczy, które zabierały człowieka w bardzo daleką podróż.

Stróżujący przy drzwiach zbir poznał go z daleka i lekko się kłaniając, wpuścił do środka. Odkąd Yatech przyciął mu jedno ucho, nie dyskutował już nad jego prawem do odwiedzania tej nory.

Wojownik zszedł do piwnicy, jak każdego dnia starając się nie wdepnąć w plamy rzygowin i szczyn. I jak co dnia kopniakiem otworzył ostatnie drzwi.

Iavva powitała go jasnookim spojrzeniem. Od chwili, gdy okaleczyła kilku bandziorów, którzy zbyt intensywnie przystawiali się do Kanayoness, dziewczyny miały spokój. Yatech odwiedzał je co dnia, przynosząc kolejne flaszki gorzałki i sprawdzając, czy wszystko w porządku. Odkąd Mała Kana wróciła ze Świątyni Reagwyra, nie wychodziła z tej nory.

Pochylił się i sprawdził, czy oddycha. Cuchnęła paskudnie. A potem zrobił coś, na co Iavva pozwoliłaby tylko jemu: podniósł leżącą bez ruchu Kanayoness ze śmierdzącego siennika i zarzucił sobie na ramię.

— Idziesz? — zwrócił się do blondynki. — Nie możemy pozwolić jej przespać końca świata.

Ważniejsi bogowie

Agar Czerwony – Pan Ognia

Anday'ya – Pani Lodu

Baelta'Mathran – pramatka bogów

Dress – Pani Wiatrów

Eyfra – Pani Przeznaczenia, Pani Losu

Galleg – Pan Burz

Ganr i Aelurdi – Bliźnięta Mórz

Laal Szarowłosa – Pani Koni, Pani Stepów

Laweira – Pani Plonów, bogini czczona szczególnie na południu kontynentu

Maycha – Pani Wojny

Reagwyr – Pan Bitew

Setren Byk – Pan Bestii, Rogaty

Najważniejsze postacie

Szósta Kompania Szóstego Pułku Górskiej Straży m.in.:

Kenneth-lyw-Darawyt, Varhenn Velergorf, Andan-key-Treffer, Bergh Maws, Cerwes Fenl, Versen-hon-Lawons, Omne Wenk, Fenlo Nur, Azger Laweghz, Bland, Tenh-kea-Dynsah, Malawe Gryncel, Gessen Pancw, Rubne Klowr – Jodła, Patyk.

Czaardan generała Laskolnyka m.in.:

Genno Laskolnyk, Faylen, Niiar, Landeh, Sarden Waedronyk – Kocimiętka, Daghena, Lea, Veria, Janne Newaryw, Kailean,

Toryn – bojowy ogier Kailean-ann-Alewan,

Berdeth – duch psa towarzyszący Kailean.

Pałac cesarski w Meekhanie:

Kregan-ber-Arlens – cesarz Imperium Meekhańskiego,

Luwo-asw-Nodares – Pierwszy Szczur Nory,

Ande Salurin – Drugi Szczur Nory,

Gentrell-kan-Owar – Trzeci Szczur Nory,

Eusewenia „Suka" Wamlesch – Pierwszy Ogar Imperium,

Mawilo Vanesares – Brązowy Klucznik, zarządca osobistej służby Imperatora.

Armia niewolników:

Kahel-saw-Kirhu, Krwawy Kahelle – były porucznik meekhańskiej armii, głównodowodzący armii niewolników,

Pore Lun Dharo – były dowódca a'keeru Błyskawic, obecnie dowódca niewolniczej kawalerii,

Kor'ben Olhewar – były *felano* Strumienia obozu Kay'we, dowódca niewolniczych taborów,

Koło – dziewczyna wyzwolona z kopani złota,

Luka-wer-Klytus – dziesiętnik Trzeciej Kompanii Pułku Wilka, opiekun Koła,

Uware Lew – dowódca niemeekhańskich niewolników, pochodzących z różnych krain Południa.

Białe Konoweryn:

Deana d'Kllean – Płomień Agara, Pani Oka – issarska wojowniczka, nieformalna władczyni Białego Konoweryn, siostra Yatecha d'Kllean,

Evikiat ze Smesh – Wielki Kohir Dworu – najwyższy urzędnik książęcego dworu w Białym Konoweryn

Varala z Omeru – pierwsza książęca nałożnica, matka księcia Laweneresa, obecnie przełożona Domu Kobiet,

Suchi – książęcy truciciel,

Samiy – książęcy kornak,

Kosse Oluwer – *af'gemid* Rodu Bawoła,

Wuar Sampore – *af'gemid* Rodu Słowika,

Brimgorn Uvie – naczelny dowódca korpusu słoni i oddziałów *nuawachi*,

Umneres z Luwi – główny mag konowerskiej armii.

Mrok:

Key'la Kalevenh – verdańska dziewczynka zagubiona w Mroku, przed kilkoma miesiącami omal nie została *ana'bogiem*,

Kocyk – *kanaloo* Dobrych Panów, towarzyszący Key'li,

a'sanwerh – łapacz lub łowca duszy, artefakt pochodzący z domeny Dobrych Panów, najczęściej więżący duszę umierającej osoby i zatrzymujący ją przy ciele, często w takiej formie, że nie da się go oddzielić od właściciela bez zniszczenia,

ewelunrech – szarzy, kasta wojowników, pozbawionych dusz łowców, tropicieli i zabójców, jako jedynych potrafiący bezpiecznie przekraczać barierę Mroku,

Dobrzy Panowie – ogólna nazwa społeczności Niechcianych wygnanych poza Mrok,

weh'zaav – elita wśród *ewelunrech*, jako jedyni niemal dorównujący umiejętnościami walki *kanaloo* i *hel'zaav*,

wezure'h – wspólnota rodowa, obejmująca osoby o określonych cechach psychofizycznych, dobierana według klucza hodowlanego Dobrych Panów,

vaihirowie – (m.in. Dwa Palce, Czarny Biały, Kubek Wody, Kawałek Żelaza, Usta Ziemi) rasa czwororękich istot zamieszkująca Mrok, stworzonych jako broń przez jedną z nieistniejących już grup Niechcianych,

Vawenn'obleris – Dolina Żalu, miejsce w którym najmocniej uwidaczniają się wypaczenia i aberracje pochodzące ze zniszczonej Księga Świata,

Thoweth – bóg *vaihirów*.

Pozostałe postacie, pojęcia i miejsca

Afhredoeuynn – Księga Pamięci, Księga Świata, jeden z najpotężniejszych artefaktów z czasów Wojen Bogów, posiadający możliwość zmiany lub nadpisania rzeczywistości,

ana'bóg – pojęcie określające każdą istotę lub przedmiot, która w wyniku wchłonięcia olbrzymiej ilości dusz, osiągnie moc porównywalną do potęgi Nieśmiertelnych,

And'ewers Kalevenh – naczelny dowódca obozu New'harr, wielkiej wozackiej karawany, która brała udział w Bitwie przy Brodzie Lassy, ojciec Key'li Kalevenh,

af'gemid – tytuł dowódcy Rodu Wojny,

afraagra – w tradycji Issaram „miejsce narodzin", dowolna issarska osada istniejąca na tyle długo, by zbudować w niej stałe domostwa i wychować dzieci,

ahyra – główna siedziba Rodu Wojny, najczęściej zamknięty kompleks garnizonowo-mieszkalny, gdzie mieszkają i ćwiczą konowerscy żołnierze-niewolnicy,

al'fedri – przyjaciele,

Amoneria – wyspa Seehijczyków,

amri – „domowi", najwyższa kasta niewolników w Konoweryn, obejmująca niewolników wykształconych w szczególnych umiejętnościach np. nauczycieli języków, lekarzy, muzyków, kucharzy, osobistą służbę itp.,

anaho'la, anaho i av'anaho – mowa niska, mowa, wysoka mowa – trzy główne języki używane przez plemiona Wozaków Verdanno,

Aonel Tamare z klanu Wyrhh – Czarna Wiedźma plemienia Ghamlaków,

auwini – „popielni", średnia kasta niewolników w Konoweryn, zatrudniani zazwyczaj do prac wymagających biegłości w jakimś rzemiośle, np. kowale, rymarze, tkacze itp.,

Aweloney Długi Palec – trzecia wśród sług Wielkiej Biblioteki, *awenderi* – „boże naczynia", „wybrani", „błogosławieni"; według powszechnych wierzeń śmiertelnicy, którzy w czasie Wojen Bogów dostąpili zaszczytu noszenia w sobie kawałka duszy boga,

Białe Konoweryn – jedno z najmniejszych, choć jednocześnie najbogatszych księstw Daeltr'ed,

Borehed „Rzeźnik" – jeden z najpotężniejszych aherskich szamanów,

chaffda – szata wierzchnia Issaram, składająca się z jednej do trzech warstw materiału, często zdobiona,

cmanea – lek spowalniający bicie serca i zagęszczający krew,

d'yahirrowie – plemię Deany,

Demenaya – Królowa Niewolników w Białym Konoweryn,

Dengothaag – Miecz Reagwyra, według Świątyni Reagwyra prawdziwy miecz boga, którym Pan Bitew władał w czasie wojen z Niechcianymi, w rzeczywistości pozbawiony początkowo samoświadomości fragment duszy boga zamknięty w kształcie miecza, pełniący funkcję bramy łączącej królestwo Reagwyra ze światem śmiertelników,

Dolina Dhawii – najświętsze miejsce Seehijczyków, na wpół mityczna dolina ukryta na zachodnim krańcu Amonerii, miejsce przebywania ich plemiennego boga,

Durwon – znak Złamanego Miecza, stylizowany znak Świątyni Reagwyra w Ponkee-Laa, noszony na szatach straży świątynnej oraz tatuowany na ciałach najbardziej fanatycznych wyznawców,

ekchaar – zasłona na twarz,

Ekkenhard Plawers – Wolny Szczur – członek nieformalnej elity Wywiadu Wewnętrznego Imperium,

geijv – Mowa Ognia, tradycyjny język używany od stuleci przez arystokrację i kapłanów Białego Konoweryn,

Iavva – Córka Przysposobiona, towarzyszka Małej Kany i Yatecha,

jezioro Kses – jezioro w pobliżu Białego Konoweryn,

k'issari – dialekt najczęściej używany przez plemiona Issaram,

Ka'eliru – Szafirowy Miecz Rodu Trzciny, pierwszy spośród mistrzów miecza Trzcin,

kaihowie – „brudni", najniższa kasta niewolników w Konoweryn, pracujący w kopalniach i na plantacjach, przy karczowaniu lasu, nawadnianiu pól itp.,

Kambehia – południowo-wschodni sąsiad Konoweryn, główny handlowy, polityczny i militarny konkurent księstwa,

Kan'nolet – oaza na Sak On Valla, gdzie według legend Issaram Harudi rozpoczął nauczanie,

Kanayoness (Mała Kana) – towarzyszka i pani Yatecha, jedna z najbardziej poszukiwanych osób w Imperium i poza nim,

kendet'h – „droga", sześćset dwadzieścia dwie modlitwy regulujące system religijny i etyczny Issaram,

Keru'weln, Noszący Miecze – imię, które Mała Kana nadała Yatechowi,

Kewreth – szpieg z drużyny Szczurów towarzyszącej Szóstej Kompanii,

khaan's – bitewny trans, osiągany przez mistrzów i najlepszych wojowników Issaram,

Kloc – żołnierz i strażnik z drużyny Szczurów towarzyszącej Szóstej Kompanii,

kohha – tradycyjna broń *vaihirów*, rodzaj krótkiego (około pięciu stóp długości) okutego kija bojowego,

królestwa Daeltr'ed – ogólna nazwa szeregu królestw, księstw i wolnych miast z południowego krańca kontynentu,

laagha – towarzysze podróży, termin z języka Issaram,

laagvara – towarzysze walki, termin z języka Issaram,

Laweneres z Białego Konoweryn – książę krwi, Brat Ognia, Dziecię Ognia.

Lengana h'Lenns – kobieta z plemienia d'ryss poślubiona przez starszego rodu h'Lenns, owładnięta nienawiścią do Imperium i wszystkiego, co z im związane,

Magarhy – góry na południu Travahen, oddzielające królestwa Daeltr'ed od pustyni,

Maahir – pierwszy wśród książęcych słoni w Białym Konoweryn,

Moiwa Samreh – czarodziejka z bojowej drużyny Szczurzej Nory, używa aspektu Parząca Igła,

nuawachi – pomocnicze oddziały lekkiej piechoty składające się z łuczników, procarzy i oszczepników, rekrutowanych wśród poganiaczy słoni i miejskiej biedoty,

Obrar Płomienny z Kambehii – książę pretendujący do tytułu Dziecięcia Ognia, zabity w pojedynku przez Deanę d'Kllean,

Olag-hes-Brend – Szczur trzeciej klasy, dowódca drużyny Szczurów, która miała nawiązać kontakt z Szóstą Kompanią i przetransportować ją na Wschód,

Onelia Umbra (Laiwa–son–Baren) – uciekinierka zza Mroku, z z domu Dobrych Panów,

Oum – roztrzaskany okręt Nieśmiertelnej Floty, obecnie plemienny bóg seehijskich plemion,

pohe – bojowy szał, w którym czasem zatracają się *vaihirowie*, odbierający im całkowicie zdolność myślenia,

Polus i Ansser – bliźniacy, truciciele i skrytobójcy z drużyny Szczurów towarzyszącej Szóstej Kompanii,

Ponkee-Laa – największe miasto zachodniego wybrzeża kontynentu, położone przy ujściu Elharan; oficjalnie część księstwa Fiilandu, rzeczywiście, ze względu na potęgę gospodarczą, polityczną i militarną, niezależne handlowe państwo-miasto,

Samaidzi – ostatnia glihijska dynastia rządząca Konoweryn,

sani – „płomyk", według wierzeń Issaram źródło siły mistrzów miecza,

Se-Kohlandczycy – wspólna nazwa dla zamieszkujących Wielkie Stepy plemion koczowników, w przeszłości ich najazd omal nie doprowadził do upadku Imperium Meekhańskiego,

Sowynenn Dyrnih – zbuntowany Syn Wojny władający zachodnią częścią Wielkich Stepów, wspierany przez Imperium,

suanari – powszechny język królestw Daeltr'ed,

talher – krótka szabla o esowato wygiętej głowni,

Travahen – pustynia zwana Issarskim Przekleństwem,

Wozacy Verdanno – grupa plemion zamieszkująca Wyżynę Lytherańską, charakteryzująca się odmawianiem, z przyczyn religijnych, dosiadania koni. Wyparci z ojczyzny przez Se-kohlandczyków zamieszkali na jakiś czas w Imperium, po czym odbili Wyżynę z rąk koczowników,

Yawenyr – Dziecię Koni, Ojciec Wojny, naczelny wódz se-kohlandzkich plemion,

Yphir – średniej długości miecz z wygiętą głownią, potomek „długiego zęba".

Spis treści

Część I
Napięta cięciwa

Część II
Pęknięty mur

WIELK
LOHARRY
MORZE
AWYJSKIE
SZARY
OCEAN
GÓRY POŻEGNANIA
Galoh
LAHUD WIĘKSZY
LAHUD WSCHODNI
DOV
MANE
IMPERIUM MEEKHAŃSKIE
mapa według
Katedry Kartografii
Uniwersytetu Cesarskiego
Rok 853
po założeniu Miasta
AR-MITTAR
PONKEE-LAA
KONAWERY
JEZ. ANDUREH
GÓRY WRZASKU